ALICE'S

Adventures in Wonderland

愛麗絲幻遊奇境

與鏡中奇緣

THROUGH THE LOOKING-GLASS

路易斯‧卡若爾 *Lewis Carroll*—原著　　王安琪—譯注

約翰‧譚尼爾爵士 *Sir John Tenniel*—插圖

目次

落入語言的兔子洞裡——
愛麗絲中文奇遇記

單德興
中央研究院歐美研究所特聘研究員

一、一期一會，再接再勵

今（2015）年適逢英國作家路易斯‧卡若爾（Lewis Carroll，原名道德森〔Charles Lutwidge Dodgson〕，1832-1898）的名著《愛麗絲幻遊奇境》（*Alice's Adventures in Wonderland*, 1865）問世 150 週年，此時此地於台灣出版王安琪教授譯注的《愛麗絲幻遊奇境》與《愛麗絲鏡中奇緣》（*Through the Looking-Glass, and What Alice Found There*（1871，本文書名從王譯），可謂「再遊奇境」、「文中奇緣」，值得大書特書。

安琪教授前一本譯注的文學經典——美國小說家馬克吐溫的《赫克歷險記》（Mark Twain, *Adventures of Huckleberry Finn*, 1885）——於 2012 年出版時，筆者應邀撰寫序文〈文學‧經典‧翻譯：馬克吐溫歷險記〉，有感於她的願景與實踐，所以在文末寫道：「一期

一會　再接再勵　接二連三　蔚為奇觀」。[1]會有如此說法的主要原因有二：一則從事文學經典譯注是任何學者兼譯者畢生難得的機會，稍縱即逝，而安琪教授珍惜機緣，辛勤6年完成該書中文譯注，的確是「一期一會」；再則當時她曾向筆者透露，在完成美國文學經典《赫克歷險記》的譯注後，有意繼續挑戰性質迥異的英國文學經典《愛麗絲幻遊奇境》與《愛麗絲鏡中奇緣》，亦即「愛麗絲二書」（"Alice Books"），並已蒐集資料，故有「再接再勵」、「接二連三」之說。經過5年的努力，果然再度呈現兩部文學經典譯注合集，既為安琪教授個人的翻譯志業再創新猷，也是中文世界讀者之福，稱為「蔚為奇觀」，當不為過。

二、翻譯「愛麗絲故事」的三重障礙

（一）原文障礙

　　相較於一般文學經典的翻譯，在中文世界翻譯「愛麗絲故事」比較特殊的就是，譯者往往必須同時跨越三重障礙：「原文障礙」、「趙譯障礙」以及「一般障礙」。第一重的「原文障礙」就是原著中的許多文字遊戲、諧擬詩作、無稽歌謠等造成的障礙。路易斯・卡若爾就讀牛津大學基督堂學院（Christ Church College, Oxford University）時主修數學，輔修古典文學，在校成績優異，22歲時以第一名成績畢業，取得學士學位，25歲取得數學碩士學位，於母校擔任教職，並於29歲取得終身教職。[2]路易斯・卡若爾學養豐

1　參閱筆者，〈文學・經典・翻譯：馬克吐溫歷險記〉，《赫克歷險記》，王安琪譯注（台北：聯經，2012），頁25。
2　有關路易斯・卡若爾／道德森的年表，參閱本書，頁121-26。

富，興趣廣泛，除了本身專業的數學與邏輯之外，還旁及攝影、藝術、戲劇、宗教、醫學與科學等，具有淵博的文化與科學素養，再加上喜好舞文弄墨，因此兩書中出現了許許多多的文字遊戲，甚至連Lewis Carroll這個筆名都是來自原名Charles Lutwidge Dodgson頗有學問的文字遊戲：Lutwidge的拉丁文是Ludovicus，再化為英文的Lewis；Charles來自拉丁文Carolus，其愛爾蘭姓氏為Carroll。也就是說，他先將自己名字中的Charles Lutwidge譯為拉丁文的Carolus Ludovicus，再譯回英文的Carroll Lewis，然後掉轉為Lewis Carroll。為了一名之立竟如此出入於不同語文之間，而且掉反順序，可見其喜好咬文嚼字、玩弄文字遊戲。

對於英文讀者而言，兩書中固然有些是諧擬當時風行的詩作歌謠，兩相對照可看出作者的巧思，但要充分解讀書中諸多文字遊戲以及影射，甚至追根溯源，本身就是非常大的挑戰。這些無稽詩謠自成一格，而有無稽文學（Nonsense Literature）之稱，甚至有Literary Nonsense此一文類（84）。安琪教授指出，此類作家挑戰語言的規範與邏輯的模式，「往往故意予以扭曲、翻轉、拆解、重組，把『體制』（conventional）變成『非體制』（un-conventional）。表面上似乎毫無邏輯，但實際上卻是『亂中有序』，另外建立自成一派的邏輯，都是把熟悉的事物改造成荒謬怪誕，強迫讀者從另類角度思考『有意義』（"sense"）和『無意義』（"nonsense"）之間『互為表裡』的關係」（87），而以愛麗絲故事為「登峰造極之作」（84）。[3]因此該書問世以來相關論述汗牛充棟，也有不少注解本，其

---

[3]　參閱本書頁84-89。這也是愛麗絲故事與其他被當成兒童文學閱讀的經典之作，如《格理弗遊記》（*Gulliver's Travels*）與《赫克歷險記》，最大的不同，也更難譯的原因──作者可胡說，譯者卻不可胡譯，或者該說，正因作者胡說，譯者更不可胡譯。

中以數學家暨科普作家葛登納的《愛麗絲注解本定版》（Martin Gardner, *The Annotated Alice: The Definitive Edition*, 2000）最具代表性，但也未能解決所有的問題與謎團。[4]張華在《挖開兔子洞》中表示，注解可協助說明愛麗絲故事裡的「時代背景」、「私人典故」、「邏輯與數學」、「語言遊戲」與「排版」（22-23），實屬必要，對於非英文的讀者尤其如此。

文字遊戲主要是利用該語言的特色與聯想，對於有文字與文化、時間與空間之隔的中文世界的讀者而言，要認出其為文字遊戲已屬困難（何況其中還有作者自創的文字與無稽的詩謠），要把它放回原文的脈絡，了解其出處與作者的轉化更是難上加困難。安琪教授將路易斯・卡若爾喻為文字的「魔術師」，玩弄下列多項文字戲法：「『雙關語』（pun 或 paronomasia）、『同音異義』（heteronym）、『同音同形異義』（homonym）、『同音異形異義』（homophone）、『異音同形異義』（homograph）、舊詞新義（neologism）、複合字詞（portmanteau）、挪用字詞（malapropism）、『擬聲詞』（onomatopoeia）、『重組字母』（anagram）、『似非而是』（paradox）或『似是而非』（speciosity）等」（89）。文字遊戲的特色就是門檻高、障礙大、可譯性（translatability）甚低，有許多甚至是不可譯的（untranslatable），即使藉由個人的細讀之功或他人的注解、評論之助而了解其為文字遊戲，甚且進一步知道其出處與作者的轉化，但要以另一種語文，尤其是迥異於英文的中文，加以迻譯，期盼在譯入語（target language）中達到類似或對等的效果，更是困難中的困難，挑戰中的挑戰，惟有藝高膽大之人才敢向此文字虎山行，是非得失則見仁

4　較具代表性的愛麗絲英文注解本，參閱張華，《挖開兔子洞——深入解讀愛麗絲漫遊奇境》（台北：遠流，2010），頁21與287。

見智。正因如此，多年來許多中文譯者勇於挑戰愛麗絲故事，探討不同中譯本之得失的學術論文與學位論文也所在多有。[5]

（二）趙譯障礙

第二重的「趙譯障礙」就是原作者有幸「棋逢對手」，在進入中文世界之初就遇到了精通中英文的語言學家趙元任。趙氏之原本來自於英國劍橋大學鑽研彈道學的俞大維餽贈，由他以道地的北京話翻譯成中文，並挖空心思以各種中文技巧來翻譯、甚至改寫原文裡的多種文字遊戲與無稽詩謠，以期達到等同於原文的效果，所採取的是歸化的手法與「等效改寫」的策略。[6]趙譯《阿麗思漫遊奇境記》由摯友胡適協助命名，於1922年出版，距離原書問世已57年，不僅是名家對名家，也是名著對名譯，實為中文翻譯史上難得的佳話。

至於趙譯的《走到鏡子裡跟阿麗思看見裡頭有些什麼》（原書全名為 *Through the Looking-Glass, and What Alice Found There*，一般簡化為 *Through the Looking-Glass*《阿麗思走到鏡子裡》）則命運多舛。趙元任於1929年8月開始翻譯，[7] 1931年1月譯畢，交給上海商務印書館，「除了正文，還寫了注解、說明和譯者序。又將全書寫成國語羅馬字本，既可以做學習國語羅馬字的課本，又可以做學習

5　參閱本書的參考研究書目，頁413-19及468-73。

6　趙元任曾在演講中表示，「要翻譯就得體會整個句子的意思，看看上下文，然後看本國的話怎麼說。」參閱〈外國語教學的方式〉，收錄於《阿麗絲漫遊奇境記》（台北：水牛，1990），頁195。王安琪在〈中譯導讀〉提到，「無稽詩文難以翻譯，幾乎完全不可能忠於原著，師大翻譯研究所吳恬綾2010年的碩士論文探討『胡鬧詩』翻譯策略與雙語圖文本局限，其結論贊同趙元任『全中文本』《阿麗思走到鏡子裡》所採用的『等效改寫』策略」，頁98。

7　參閱趙新那、黃培雲編，《趙元任年譜》（北京：商務印書館，1998），頁164。

中文的課本」（175）。不幸的是，時逢日本帝國主義侵略中國，於1932年一二八淞滬戰役中，該譯稿的最後清樣隨上海商務印書館毀於戰火，直到1968年才由美國加州的亞洲語言出版社（Asia Language Publications）出版，仍維持中文與國語羅馬字對照的方式，作為語言學習教材，編入《中國話的讀物》（*Readings in Sayable Chinese*）第二冊（436），並由他本人朗讀，製成卡式錄音帶，方便外國人學習中文。在他之前已由程鶴西翻譯的《鏡中世界》（1929）拔得此書中譯的頭籌，其次為楊鎮華翻譯的《愛麗思鏡中遊記》（1937）。趙譯的愛麗絲二書前後相隔近半個世紀，譯者的中英文造詣更為精湛，再加上設定的對象包括熟悉原作的美國學生，因而在翻譯的手法上更為精進，為其「一部重要譯著」、「很得意的一本譯者〔著〕」（448）。他在1975年給朋友的信中寫道：「我把雙關語譯成雙關語，韻腳譯成韻腳。在《阿麗絲漫遊奇境記》裡我沒有能做成這麼好」（448）。[8]儘管趙譯的《阿麗思走到鏡子裡》並非中文首譯本，但因為是名家名譯，再加上先前《阿麗思漫遊奇境記》的光環，所以依然成為眾所矚目、最具指標意義的譯本，以致在他之前或之後的中譯本多為人淡忘，只留給研究者或有歷史癖的人鑽研、賞析。

　　趙元任於1921年6月為《愛麗絲漫遊奇境》寫了一篇滑稽突

8　趙元任在〈論翻譯中信、達、雅的信的幅度〉一文中提到，相較於「西洋人翻譯中國舊詩為了注重內容就沒法子顧到聲音」，以致顯得拖泥帶水，「從英文翻譯到現代的中國白話，在節律方面就相稱的多了。」他並舉自己翻譯的愛麗絲二書為例：「我翻譯路易斯‧加樂爾的書的時候，我的工作就容易的多，把意思都翻譯了，同時還可以不犧牲聲音方面。特別是《走到鏡子裡》不但玩兒字的地方都翻譯出來，所有的詩差不多能全照原來的輕重音跟韵腳的格式」，參閱羅新璋、陳應年編，《翻譯論集》第二版（北京：商務印書館，2009），頁819。

梯、充滿「自我解構」[9]色彩的奇序，要「使人見了這序，覺得他非但沒有做、存在、或看的必要，而且還有不看、不存在、不做的好處」。[10]序中提到本書既是「一部給小孩子看的書」（1），「又是一部笑話書」（2），「又是一本哲學的和論理學的參考書」（3）。此外，「這故事非但是一本書，也曾經上過戲檯」，「近來美國把它又做成影戲片，又有許多人仿著這個故事做些本地情形的笑話書」（5），如《阿麗思漫遊康橋記》（東岸麻州哈佛大學所在地）、《阿麗思漫遊勃克力記》（西岸加州大學柏克萊校區所在地）（5-6），足見此書之繁複與影響之深遠。然而這種看似簡單、胡謅的童書，卻「大概是因為裡頭玩字的笑話太多，本來已經是似通的不通，再翻譯就變成不通的不通了，所以沒有人敢動它」（6）。[11]而「相信這書的文學的價值，比起莎士比亞最正經的書亦比得上，不過又是一派罷了」的趙元任，處於大力提倡白話文的時代，對其譯作懷抱著更遠大的目標，特意要在「現在當中國的言語這樣經過試驗的時代」，以《阿麗思漫遊奇境記》「做一個評判語體文成敗的材料」，並拿其中的打油詩翻譯「來做語體詩式試驗的機會」（7）。可惜的是，

9　此語來自本書頁35。王安琪對趙譯大表推崇，但也提到「希望自己這本譯注成為『輔助』讀者品嚐原汁原味的工具，即使觸犯他的忌諱：『最忌加迂註說明』」（52），這是兩人翻譯的著眼點最大的不同。另一不同處在於趙大膽翻譯與改寫，王則堅持原意，力求譯足（詳下文）。

10　參閱趙元任，〈譯者序〉，《阿麗絲漫遊奇境記》（台北：水牛，1990），頁1。

11　趙序中提到宣統皇帝的英文老師莊士敦（Reginald Fleming Johnston）曾為溥儀口譯此書一遍（6），似乎是最早提到有關該書翻譯（含口、筆譯）之處。溥儀在自傳中的說法稍有出入，提到自己14歲開始上英文課，「除了《英語讀本》，我只念了兩本書，一本是《愛麗思漫遊奇境記》，另一本是譯成英文的中國《四書》。」《溥儀自傳》（台北：大申書局，1976），頁59。然而不管口譯也好，閱讀也罷，恐怕只能了解故事大要，該書精微之處，尤其是文字遊戲與詩歌童謠，想必難以掌握。

趙元任雖然翻譯此書，但未譯序詩，令人有功虧一簣之憾。然而他那篇詼諧的序言，置於路易斯・卡若爾這本充滿奇思幻想、光怪陸離的作品的中文首譯本之前，真是奇文、奇序、奇譯彼此輝映，相得益彰。而《阿麗思走到鏡子裡》在趙氏本人看來更有超越自己前譯之處。總之，趙譯的目標遠大，手法高妙，成果耀眼，為中文世界所公認。[12]

　　只不過如此一來，為以後的中譯者又增加了一重障礙，因為有心的讀者可能會把後來的譯本與趙元任的譯本相比，而有歷史感的出版者與翻譯者都置身於享有盛名的趙譯的影響焦慮（anxiety of influence）之下。此處借用當代批評大家卜倫（Harold Bloom）的著名觀念，雖然他指的是在詩歌創作中，後來者往往處於前輩大詩人的陰影下而心生焦慮，[13]然而對於具有再創作之意味的翻譯而言，處於名譯者陰影下的後來譯者，也難逃此焦慮。愈是認真嚴肅、具有歷史感的譯者，這種影響焦慮愈深；但凡膽敢翻譯此書的譯者，往往也是勇於接受這個挑戰的人。就此書中譯史來看，傑出的趙譯成為後來許多中譯本借鏡或改寫的源本，不管有沒有明言借助之處，都可視為另類的肯定與禮讚。

　　就《愛麗絲幻遊奇境》而言，雖然許多後來的譯本借鏡於趙譯，並針對當時的情境與設定的讀者生產出新的譯本，但其中最具代表性且合理合法的應屬經趙元任的後人同意、賴慈芸「修文」、林良補譯〈序詩〉的《愛麗絲漫遊奇境》。[14]賴慈芸為翻譯研究科班

---

12 〈中譯導讀〉特別列出七篇討論趙元任的翻譯策略的文章，可供參考（頁52-53，注9）。

13 參閱 Harold Bloom, *The Anxiety of Influence: A Theory of Poetry* (Oxford University Press, 1997).

14 參閱《愛麗絲漫遊奇境》，趙元任翻譯，賴慈芸修文（台北：經典傳訊，2000）。原書由當代英國插畫家奧森貝里（Helen Oxenbury）插圖，獲得1999

出身，理論與實務兼具，林良為資深兒童文學作家，配上奧森貝里的插圖，精美的裝禎，為此書在中文世界提供了另一個耀眼的新生。[15]至於經典傳訊文化5年後出版的《阿麗絲走到鏡子裡》則採用趙譯原文，並在章末注解今日讀者不熟悉的字眼。[16]凡此種種都見證了「趙譯障礙」的威力與超越的困難。

（三）一般障礙

第三重的「一般障礙」則可分兩方面來談。一方面就是自趙譯以降，這兩本兒童文學名著，尤其是第一本，在中文世界的譯本層出不窮，呈現的方式也五花八門，如安琪教授在〈中譯導讀〉中就提到了坊間的譯本有重印或改寫趙譯，也有重譯本、重繪本、簡化本、中英對照本、譯注插圖本，或者作為英語教材的版本，琳瑯滿目，溯歟盛哉（40-41）。

單就筆者寓目的譯注本而言，ㄚ亮的《解說愛麗絲漫遊奇境》（2006）提供了背景說明、插圖、注釋、內容提要與英漢對照的翻譯，並附錄了數首路易斯‧卡若爾諧擬詩作的原文與中譯。[17]張華

年庫特‧馬斯勒兒童文學獎（Kurt Maschler Award）。趙元任原譯的《阿麗絲漫遊奇境記》之所以沒譯序詩，或許可以在〈譯者序〉中看出端倪：「因為這書是給小孩子看的，所以原書沒有正式的序」（2）。

15 賴慈芸曾專文討論趙譯，表示自己的修文「最主要的目的還是消弭時代差異，方便今天的讀者閱讀這個傑出的譯本」，並分底下六類舉例說明：名詞、用語習慣、語尾助詞、擬聲字、音譯、過於遷就目的語文化的用語。參閱〈論童書翻譯之原則——以趙元任《阿麗思漫遊奇境記》為例〉，收錄於《譯者的養成：翻譯教學、評量與批評》（台北：國立編譯館，2009），頁217-19。

16 參閱《阿麗絲走到鏡子裡》，趙元任翻譯（台北：經典傳訊，2005）。那些用字雖是當時道地的北京話，但根據今天的觀點，確有時地之隔，顯得相當古老、陌生。

17 參閱ㄚ亮，《解說愛麗絲漫遊奇境》（台北：ㄚ亮工作室，2006）。該書在「詩／

的《挖開兔子洞——深入解讀愛麗絲漫遊奇境》（2010）與《愛麗
絲鏡中棋緣——深入解讀愛麗絲走進鏡子裡》（2011）除了提供背
景說明、注釋與英漢對照的翻譯之外，還努力轉化、譯出了《愛麗
絲鏡中棋緣》之末的藏頭詩（英文暗藏原版愛麗絲的全名〔ALICE
PLEASANCE LIDDELL〕，譯詩轉化為「愛麗絲漫遊奇境」）。[18]此
外，他更別出心裁，以拉頁的方式，於前書呈現愛麗絲12次身形
變化對照圖（除了原來的英式呎吋，並換算為公分），[19]於後書呈現
11張插圖與棋譜對照圖，奇思巧作，殊為難得。這些林林總總的中
譯都接受原作的挑戰，其中許多也接受趙譯的挑戰，希望能後出轉
精，或者至少比較符合譯入語的讀者的時代與語言習慣，而後來的
譯者就進入了這個場域，各自使出渾身解數，與其他譯者同場競
技。

　　另一方面，正如任何文學經典，尤其是兒童文學經典，往往已
有各種不同的文本與不同的媒介之呈現，讀者自認耳熟能詳，其實
許多只是表面的了解或通俗的印象，甚至以訛傳訛之處。[20]如筆者譯

歌目錄」中指出，「除了第一、四、八、九章以外」，都有作者「改作的詩
歌」，並且「列出所有書裡的詩以及改作的原詩」（x-xi），至於諧擬的原作
者、詩作與中譯，見第五章（200-01）、第十章（334-37）、第十一章（346-49）
及第十二章（387），並未如本書般悉數譯出。

18 此藏頭詩及中譯，參閱張華，《愛麗絲鏡中棋緣——深入解讀愛麗絲走進鏡子
裡》（台北：遠流，2011），頁290-93。

19 除書前的拉頁之外，也參閱張華，《挖開兔子洞》〈附錄九　愛麗絲的身高之
謎〉，頁294。ㄚ亮也有專節討論「愛麗絲的高度變化」，頁28-29。

20 相傳維多利亞女王很喜歡《愛麗絲幻遊奇境》，希望能獲得作者下一本著作，
結果路易斯‧卡若爾敬謹簽名、呈送的是一本專業的數學書。此事在當時流傳
甚廣，以致他在1896年出版的《符號邏輯》（*Symbolic Logic*）第二版的跋言
中，鄭重否認此「謠傳」。

注的《格理弗遊記》原為文學經典，卻經常被當成兒童文學來閱讀與談論，以致一般讀者的兒時印象反而掩蓋了經典之作的本來面目。[21]安琪教授先前翻譯的《赫克歷險記》也有類似現象。愛麗絲故事雖然緣起於作者於河上泛舟時為娛樂黎寶（Liddell）三姊妹（大姊Lorina，二姊Alice，小妹Edith）所編出的故事，但由於作者的文學與哲學背景，筆之成書後加上了許多文字遊戲與哲學議題，以致「深者見其深，淺者見其淺」。這類書在讀者長大後重新閱讀，當有另一層的體會，若能借助注解本，必然有更深切的認知與領悟。

因此，身為經典文學譯注者的安琪教授，就同時負有翻譯、注釋以及說明、甚至澄清的責任。她在細讀原著，鑽研資料，以及英中語文轉化的過程中，透過筆者主張的「雙重脈絡化」（dual contextualization），[22]不僅對於原書、作者與其脈絡具有更深刻的了解，對於愛麗絲二書在中文世界的接受史（reception history）也具有更通盤的認識，對於譯入語讀者的看法、甚或成見也能有所掌握，因此更有責任與能力來正本清源，還其原來面貌。換言之，第三重的障礙雖然未必像前兩重那般明確——針對路易斯・卡若爾的原著與趙元任的中譯——但範圍更為廣泛，也是很大的挑戰。

總之，對於有心的中文譯者而言，翻譯愛麗絲故事帶有特別的挑戰意味，因為一則竭盡所能，企盼克服「原文障礙」，再則要閃躲或與傳奇性的趙譯較勁，三則這些後來的譯本彷彿進入巨型競技

21 十七世紀英國作家綏夫特（Jonathan Swift, 1667-1745）的名著《格理弗遊記》（台北：聯經，2004），為筆者執行國科會經典譯注計畫的成果，費時六年完成。

22 有關「雙重脈絡化」的論點，參閱筆者，《翻譯與脈絡》（台北：書林，2009），尤其頁1-7。

場中，彼此角力，希望能夠勝出，或至少展露自身的特色，以期在此書的中譯史與中文市場上取得一席之地。然而，正如安琪教授〈中譯導論〉中所提到的，根據今（2015）年8月底甫出版的三巨冊《愛麗絲全球譯本一覽》（*Alice in a World of Wonderlands: The Translation of Lewis Carroll's Masterpiece*），*Alice's Adventures in Wonderland* 共有174種語言的譯本，總共7600種版本，*Through the Looking-Glass* 共有65種語言的譯本，總共1500種版本，書中並引用北京清華大學封宗信的統計，表示僅僅在中文裡就有463個譯本。[23]有鑒於版本的蒐集難以窮盡，實際數字當不止於此，並且隨時增加。安琪教授本人多方蒐集中譯本，本書的參考研究書目列出了自1922年以來前後93年的130多個中譯本。[24]因此，要在中文世界琳瑯滿目的譯本中展現特色，脫穎而出，其困難可想而知。

三、王安琪譯注本六項特色

筆者先前為安琪教授譯注的《赫克歷險記》撰寫的序文中，曾指出重譯的五個主要原因——（一）不滿於前譯，（二）內容與版本不同，（三）年代不同，（四）地區不同，（五）知識的累積與翻

23　參閱本書頁39和108。*Alice in a World of Wonderlands: The Translation of Lewis Carroll's Masterpiece*（New Castle: Oak Knoll Press, 2015），由林瑟絲與譚能邦（Jon A. Lindseth and Alan Tannenbaum）合編，精裝三冊，總計2656頁。張華在《挖開兔子洞》〈附錄三　愛麗絲故事的譯本語言〉列出了121種語言，可供參考（頁270-73）。

24　參閱本書，頁413-19。張華的《挖開兔子洞》則列出了前書自1922年至2009年除了趙譯之外的82個中譯本（275-79），以及後書自1929年至2011年的54個中譯本（313-15）。

新——逐一說明，並指出，「譯者若無相當的信心與勇氣，想必不敢接受這種挑戰」（16）。因此，她在6年辛勤完成《赫克歷險記》之後，繼續挑戰性質迥異的愛麗絲故事，對於文學經典譯注的投入、信心、勇氣與毅力令人佩服。〈中譯導讀〉中說明了此時此地重譯這兩本英國文學經典的原因在於，「雖然坊間譯本多如牛毛，但翻譯不夠傳神、注解不夠詳盡，作者的諷諭手法及微言大意依然被忽略。本譯注用心撰寫『導讀』和『譯注』，綜合中西歷代讀者與學者的見解，從『當年』及『現代』的兩種角度加以解讀，進一步了解其時代背景及深層意義」（45）。[25] 有鑒於此，本書的翻譯原則為「堅持『忠於原著，輔以譯注』，為了讓讀者一窺原貌，也避免竄改原文」，目標在於完成「一本輔助讀者閱讀原著的譯本，提供讀者品嚐『原汁原味』的趣味」（44）。她更基於多年從事文學翻譯的心得，對翻譯研究中恆久存在的直譯／意譯之爭表達了如下的看法：「能夠在『歸化翻譯』（domestication translation）（『意譯』）和『異化翻譯』（foreignization translation）（『直譯』）的兩極之間取得平衡點，才是高竿」（44）。安琪教授綜觀愛麗絲故事150年來的研究成果以及90多年的中文接受史，對於自己的譯注成果表達了相當的自信：

> 我辛苦了這麼多年要超越前人，自信成就有二：1)精心比對翻譯「童謠原作」和「諧擬仿作」，譯成「詩歌韻文」而非「白話散文」；2)整理150年的研究成果，廣納「雅」（學術界）「俗」（非學術界）共賞的多元觀點。本譯注〈參考研究書目〉裡提供詳盡的歐美研究資料，是我多年來地

25　然而她對於佳譯及其譯者也不吝肯定，如張華（41, 63, 104-05）、ㄚ亮（105）與賴慈芸（106）。

毯式搜尋的結果，學子有興趣可進一步延伸閱讀。（44-45）

　　對於筆者所謂的「趙氏障礙」，安琪教授一方面肯定趙譯的成就，指出「趙元任譯本始終深獲好評，身為語言學家的神來譯筆至今無人超越，大膽創意改編原著文字遊戲，歸化納入中文情境，打油詩句句押韻」，另一方面也表示「趙元任先生大量使用民國初年北京方言俚語和俏皮話，以中國童謠置換英國童謠，固然新鮮有趣，卻與當今年輕台灣讀者產生隔閡，徒增閱讀與認知困擾。本譯注希望彌補趙元任及其他譯本之不足，讓讀者一窺原貌」（40）。底下謹就筆者所見，分述安琪教授的愛麗絲故事譯注本的特色，並顯示她如何突破前述的三重障礙。

　　首先，作為國科會／科技部經典譯注計畫的成果，此書最顯著的特色就是翔實的中譯導讀（37-120），周延的作者年表（121-26），愛麗絲故事中譯史上前所未有的詳細譯注，以及充實的參考研究書目（413-73）。中譯導讀中介紹了此書的緣起，作者的背景，原書的特色與技巧，譯者的準備，翻譯的過程與挑戰，此譯注本的特色……作者年表方便讀者掌握路易斯・卡若爾的家世、生平大事與著作。此外，本書綜合多方資料，尤其是著名的葛登納注釋本、中英文研究資料以及譯者的心得，撰就280多個腳注，總計3萬7千多字（約為譯文的五分之二），包括了文字遊戲，文本的背景，諧擬的詩歌童謠，影射的對象，書中的可譯與不可譯，以及譯者的轉化等等，「讀者讀到哪裡，我就解釋到哪裡，邊讀文本邊看注釋，就會體驗字裡行間蘊藏的豐富意涵，同時也發展讀者個人的觀點，重溫舊夢的讀者更能發掘新意」（78）。最難得的是，譯者謹遵翻譯界前輩思果的主張，透過紙本與網路資料，找到作者諧擬的所有的詩歌出處，附上原文與中譯，雖說這些對譯注者構成了額外的挑戰與負擔，卻方便讀者對照正文的中譯，了解路易斯・卡

若爾諧擬的手法，可說是本書最花費心血、值得稱頌之處。[26]

　　參考研究資料則條列了愛麗絲故事的中譯本，依年代順序排列，有如中文世界的翻譯簡史（413-19），並將趙元任的譯本單獨列出（413），以凸顯趙譯在愛麗絲故事中譯史上的獨特地位。英文研究資料提供了相關的專書與論文，長達50頁（419-68），顯示了譯者所下的工夫。國內碩博士論文項下蒐集了以中文與英文撰寫的相關學位論文（468-71），可以看出台灣學子對於愛麗絲二書的濃厚興趣與研究成果。中文參考資料擇要列出海峽兩岸的相關論文（471-73）。以上學位論文與中文參考資料都依出版年代順序排列，勾勒出中文世界，尤其是台灣的愛麗絲故事研究史。

　　其次便是版本的完整與忠實。安琪教授先前譯注《赫克歷險記》時，根據失蹤100多年之後而於1990年復得的前半部手稿，補足了以往被刪除的第十六章中的〈筏伕章節〉（"The Raft Episode"），使得她的譯本在版本方面有別於坊間先前的英文本與中譯本。她在《愛麗絲鏡中奇緣》中也附錄了〈假髮黃蜂〉（"A Wasp in a Wig," 406-11）。此部分原位於第九章白棋騎士離去之後，但因插畫家譚

26　思果的《〈阿麗思漫遊奇境記〉選評》（北京：中國對外翻譯，2004）選了趙譯的三章仔細評析，值得有志於翻譯者細讀慢品。全書對趙譯多所肯定，但也求全責備，指出不妥之處，因為「任何高明的譯家也有被人批評的地方」，而「譯者無論多謙虛都不嫌過分」（2），是為名譯對選評，名家對名家。書前的評介提到，「這是本『不可譯』的書」，「這本難譯的書誰也不能譯得比趙先生更好。」他進一步指出，「趙先生神通廣大，做到了不少別人萬做不到的巧譯。不過也現出他力不從心的地方。」思果舉的最明顯的例子就是，「有些歪（打油）詩要先熟悉它所摹仿的舊作才有意思」（1）。關於那些詩往歌謠搜尋的過程，參閱本書頁43-44，各詩謠的譯注參閱頁148-49注7，頁162注13，頁179-80注3，頁190注5，頁203-04注10，頁225注7，頁240注8，頁241-42注10，頁244注13，頁248注3，頁387-88注5，頁390注7。

尼爾（John Tenniel）表示異議，路易斯・卡若爾尊重其意見而刪除。然而，單就文本的完整性而言，刪除如此大段文字已然有損，更何況此處並未涉及任何敏感議題，將之刪除更為可惜。因此王譯補齊，附錄於書末，一方面讓讀者看到初版時的英文版本，另一方面也有機會一窺全貌。此外，本譯注版在排版上也力求忠實於原書，包括多處分隔的星號，《愛麗絲幻遊奇境》中著名的圖象詩（calligram，仿鼠尾狀，〔161及162注13〕），《愛麗絲鏡中奇緣》中左右顛倒的鏡體詩（281）。因此，就版本與版面而言，王譯實為不折不扣的「中文全譯詳注本」。

　　第三個特色就是插圖的選擇。《愛麗絲幻遊奇境》第一段就提到愛麗絲瞄到姊姊的書既沒有圖畫、又沒有對話，於是心想，「一本書既沒圖畫又沒對話，有什麼用呢？」（"'and what is the use of a book,' thought Alice, 'without pictures or conversation?'"）。對於兒童而言，沒有生動的圖畫與活潑的對話的書，當然索然無味，而給幼童的繪本更是以圖為主，以文為輔。此書的緣起便是路易斯・卡若爾在船上向三個年幼的姊妹胡編瞎扯，摶小女生們一粲，之後依小孩之請筆之成書，並曾親繪37張插圖，編成小冊，取名《愛麗絲地底冒險記》（Alice's Adventures Under Ground），獻給愛麗絲・黎寶（92）。《愛麗絲幻遊奇境》計畫出版時，邀請譚尼爾繪圖。譚尼爾當時已是著名的插畫家，而路易斯・卡若爾只是初出茅廬的作家，而且比插畫家年輕12歲，因此很尊重譚尼爾的意見，雙方充分溝通，因此插畫家不但能掌握作者的原意，也能發揮自己的創意，創作出獨具特色的插畫，奇文佳畫相互輝映，宛如雙璧。就此而言，譚尼爾將路易斯・卡若爾的文字轉化為圖像，有如雅克慎（Roman Jakobson）所謂的「符際翻譯」（intersemiotic translation），也就是把一種符號或媒介的文本轉譯為另一種符號或

媒介。[27]在此轉譯過程中,插畫家譚尼爾扮演了獨一無二的角色。

　　由於第一本書內容奇幻,圖文並茂,廣受歡迎,《愛麗絲鏡中奇緣》脫稿後,路易斯‧卡若爾再次邀請譚尼爾繪圖,但因插畫家忙碌而遭到拒絕,足足等了兩年多才獲得首肯,並尊重他的意見刪去〈假髮黃蜂〉一節。其實路易斯‧卡若爾本人便是當時著名的業餘攝影師,曾拍過數千張照片,具有相當的視覺藝術造詣(80-81),卻依然如此尊重譚尼爾,甚至讓插圖者影響其文本(61)。然而這個尊重與等待是值得的,結果不僅是前書的42幅插圖與後書的51幅插圖保持一致的風格與特色,譚尼爾也在原文的基礎上發揮創意,如「獅鷲」(Gryphon, 228)一圖及其文字就是明顯的例子:「(要是妳不曉得獅鷲是什麼,就看一下插圖吧。)」(227-28),彷彿自己的文字不逮之處,有賴譚尼爾的插圖來補全。愛麗絲故事文、圖之間的密切關係由此可見。正如安琪教授先前譯注的《赫克歷險記》選用原書於1885年初版時由坎柏(E. W. Kemble)所繪的174幅插圖以及哈雷(John J. Harley)為「筏伕章節」所繪的13幅插圖,總計187幅插圖,讓讀者有機會分享英文讀者初讀時的感受,王譯的愛麗絲故事依循相同的理念,選用譚尼爾為兩書繪製的93幅插圖,力求達到原汁原味、圖文輝映的目標。

　　第四個特色就是王譯為教研合一、師生互動的成果。安琪教授先前譯注《赫克歷險記》時,便在課堂上與學生多所交流、切磋,不恥下問,察納雅言。此次依循相同的模式,再度將翻譯、研究與教學三者合而為一,利用講授英國文學以及文學翻譯的機會,不僅細讀原文,研讀相關資料,並在課堂上與學生討論,相互切磋,字斟句酌,甚至採取投票表決的方式,結合個人心得與「民意基礎」,

---

27　參閱Roman Jakobson. "On Linguistic Aspects of Translation." *Roman Jakobson: Selected Writings. Vol. II: Word and Language* (Paris: Mouton, 1971): p. 260-66.

將眾人的心得與智慧轉化入譯本中（49）。這種形式的群策群力為一般翻譯所罕見，有如另類的讀者反應與實踐，也稱得上是一種特殊的協力翻譯（collaborative translation），並以此開展出原著的另一種新生。[28] 這種教學法的特色是教學、研究與翻譯同步，言教與身教並行，對自己是「教中學，學中教」（learning by teaching, teaching by learning），對學生則是「做中學，學中做」（learning by doing, doing by learning），師生共同參與文學經典翻譯與再創的過程，將老師對於文學翻譯的知識、技巧與熱情傳達給學生，使學生不僅有知性的啟迪、技巧的鍛鍊，更有感性的召喚，與一般的英國文學或翻譯課程大異其趣。對於老師來說固然有教學相長之效、得天下英才而教之樂，對於學生來說更是難得的師徒經驗與熱情交流，將來若有人進入翻譯界，繼承安琪教授的志業，也不會令人感到意外。[29] 因此，〈中譯導讀〉中明言，「本譯注希望同時關注到『語言學習』和『翻譯學習』的目的，更是為老老少少的讀者提供一個閱

---

28 此舉類似余光中翻譯王爾德的《不可兒戲》（Oscar Wilde, *The Importance of Being Ernest*〔台北：大地，1983〕）。周英雄在接受筆者訪談時提到，早在1966至1967年於台灣師範大學英語系碩士班修余光中的翻譯課時，老師便要他們「逐句試譯」王爾德的《不可兒戲》，至今仍然印象深刻。參閱周英雄，〈卻顧所來徑：周英雄訪談錄〉，收錄於單德興，《卻顧所來徑——當代名家訪談錄》（台北：允晨，2014），頁422。筆者就此詢問余光中，他表示以《不可兒戲》作為教材效果頗佳，因為「一方面王爾德的劇本情節很有趣味，另一方面也是讓學生練習，彼此觀摩，尤其裡面是浪漫的courtship〔求愛〕，大學生或研究生正處於這個階段，所以他們都很喜歡這種教法。」參閱余光中，〈第十位繆斯：余光中訪談錄〉，收錄於單德興，《卻顧所來徑》，頁201。經多年準備，譯作不同凡響，其來有自。

29 〈中譯導讀〉就提到碩士生曾文怡受其啟發，前來請益，於是師生二人合撰英文研討會論文（16-17, 431-32），足證翻譯、教學與研究合而為一，以及她提攜後進不遺餘力。

讀原文原著的輔助讀本，以便對照『原文』和『譯文』，充分體會《愛麗絲》裡文字遊戲的趣味」（98）。

　　第五個特色就是王譯除了運用注解本與其他紙本研究成果之外，並且善用現代資訊科技，連結網路上的多種資源，最值得一提的就是找到路易斯‧卡若爾諧擬的所有詩作歌謠的原文，有些甚至找到唱誦版，並把這些詩作歌謠以英漢對照的方式呈現於腳註。而安琪教授在翻譯這些詩謠時，綜合翻譯界前輩，尤其是余光中與思果的見解與自己的心得，立下了幾個原則：必須知悉諧擬的原作（思果）；在手法上不採改寫，而譯出原作之文意（思果）；[30]在形式上以五言、七言為主，間採六言、八言、十言，各詩儘量維持用字及句型的對仗以及自身形式的統一（43）；在韻腳上以自然為本，「勿以韻害義」（余光中），亦即不因勉強押韻而以詞害義（43及148注7）。[31]安琪教授雖說面對原作以及先前多種中譯本，翻譯愛麗絲故事時必須「出奇致勝」（42），但她的「奇」卻不是故弄玄虛，而是來自腳踏實地的工夫，由「正」、「勤」、甚至「拙」而來。這些翻譯原則為路易斯‧卡若爾的中譯示範了一條既符合英文原意、譯文又順暢可讀的「信達」之路。

　　此外，〈中譯導讀〉中提到若干網站（109-10），筆者便循指引前往lit2go網站邊看原文、邊聽專人誦讀，視、聽並進，更增加了

30　思果在《〈阿麗思漫遊奇境記〉選評》中主張「翻譯本該照足原文」，「原文有的應該譯足」（3），至於難以處理的「諧趣」（1）與「雙關語」（2），必要時須加注（3）。他也表示趙元任「那個時期的白話文大都有點毛病」，而且「文言有時也非用不可」（4）。這些見解都落實於王譯中。

31　余光中在《含英吐華：梁實秋翻譯獎評語集》（台北：九歌，2002）中根據自己多年譯詩、教詩與評詩的經驗指出，「英詩中譯的起碼功夫，該是控制句長，以免前後各行參差太多」（3），「遇到古典的格律詩，就考驗譯者用韻的功力。用韻之道，首先要來得自然」（5）。

閱讀的興趣與領會，對於莘莘學子也必能提高閱讀能力與聽力（目前路易斯・卡若爾的網頁有《愛麗絲漫遊奇境》與其他五部作品，包含科普的文本，但不知為何未包括《愛麗絲鏡中奇緣》）。[32] 該網站收錄了許多作品，讀者若能因而聽、讀其他作品，將是額外的收穫。

第六個特色就是中譯導讀之末對於作者可能有「戀童癖」（pedophilia）之辯。安琪教授一方面秉持「不為賢者諱」的態度，坦然面對此一議題，將正反兩面的意見並陳，另一方面則引用許多例子，論證此說難以成立（110-19）。筆者雖非路易斯・卡若爾專家，對此議題也未曾深入研究，但從此處的呈現大致可以判斷其中頗多查無實據、捕風捉影之說，或依據晚近觀點、特定理論的揣測之詞，對於作者並不公允。因為作者身處極端重視道德與禮教的維多利亞時代，若有任何傷風敗俗的事，以當時的處境或在學界中的位置，恐難逃身敗名裂的命運，當無全身而退的道理，也不可能與愛麗絲・黎竇長期維持良好的關係。然而，從另一個角度來看，作者個性文雅沉靜，有些害羞內向，甚至口吃，而且終生未婚，與黎竇三姊妹的來往說是出於戀慕少艾之心也未嘗不能成立，[33] 但發乎情、止乎禮，難稱得上是道德瑕疵。[34]

---

32 網址為 http://etc.usf.edu/lit2go/authors/1/lewis-carroll/。

33 如劉鳳芯便指出，「路易斯・卡若爾對於他筆下愛麗絲小主角的描寫和評語充滿呵護孺慕之情與欣賞玩味的態度。」參閱劉鳳芯，〈《愛麗絲夢遊仙境》導讀〉，收錄於《愛麗絲夢遊仙境・鏡中奇緣》，陳麗芳譯（台北：希代，1999），頁21。

34 譯注者對此表現出同情的了解：「天下沒有十全十美的人，每個人都有嗜好或癖好，只要不做出傷天害理的事，我們不妨抱持『瑕不掩瑜』的寬容態度，不要動不動就嗤之以鼻罵人『變態』，不小心扼殺『天才』，畢竟所謂『常態』和『變態』不過是一線之隔」（118）。

　　因此，可能的解釋是路易斯・卡若爾內心之矛盾。一方面他具有童心，這點可證諸他對許多事物的強烈好奇，以及在為三姊妹說故事時一反不擅言詞的習性，可以娓娓道來，自由自在地發揮想像力，頗得小女孩們的歡心。但另一方面他卻有年歲已長、時不我予之感，因此在小女孩身上看到青春的影子，在與小孩的來往中滿足他對天真無邪的童真世界的嚮往，即使哀傷自己青春不再，卻願意扮演娛悅者與守護者的角色，並把自己對於愛麗絲的關愛化入文字中，如《愛麗絲鏡中奇緣》第八章〈我的獨家發明〉中的白棋騎士，在護送愛麗絲離開樹林時，所獻唱的那首歌謠〈全部獻給你，我一無所有〉。文中並用後設小說的手法，或安琪教授所暫譯的「超前敘述」（flash-forward）的敘事技巧（71-72），從多年之後回顧此時的情景：「愛麗絲在鏡中世界的旅程裡，遇到形形色色的奇怪事情，其中最令她記憶深刻的就是這一幕。多年之後，她還能回憶起整幕景象，一切恍如昨日──白棋騎士溫和的藍眼睛與和藹的笑容……」[35]或如最後的第十二章〈誰在作夢〉卷尾的藏頭詩或「嵌入詩」（acrostic），嵌入愛麗絲的全名，這首卷尾詩（epilogue）與卷首詩（prologue）遙相呼應，訴說此書的緣起，與三個孩童相聚的歡樂，以及人生如夢的感慨，結尾九行如下：

> 孩童渴望聽故事，
> 眼神熱切耳傾聽，
> 依偎身畔惹憐愛。

---

[35]　此段引文參閱本書頁374，該歌謠參閱頁375-79，並參閱頁375的兩個譯注，其中特別指出此書出版時，「路易斯・卡若爾已近40歲，有可能自比『老老先生』」（375）。

徜徉奇境樂逍遙，
夢裡不覺時光逝，
夢裡不覺夏日遠。

依然沿溪輕擺盪，
金黃光影盡普照，
人生豈非一場夢？[36]

　　再者，書中不時用到「超前敘述」的手法來對比當時與未來，並透露出世事無常、淡淡哀愁與款款深情。果真如此，愛麗絲故事就成為另一類型的「滿紙荒唐言，一把辛酸淚，都云作者痴，誰解其中味」了。[37]因此，愛麗絲故事雖然看似童書，然而箇中況味實非初讀的兒童所能領會，長大之後重讀，或者大人讀給小孩聽時，當更能體悟其中的人生感懷。換言之，路易斯・卡若爾雖有遲暮之感，但透過故事不僅娛樂了三姊妹，也豐富了全世界歷代讀者的童年，更讓這些人在長大後重讀之時，體悟到韶光易逝，青春苦短，人生如夢。

　　上述這些特色與國科會／科技部經典譯注計畫的要求密切相關，因此安琪教授指出，「本譯注本同時考量兒童與成人讀者的視野與立場，以詳細注解說明文字表面與文字底下的雙重文本意義……還原該書應有的『深度與廣度』，驗證《愛麗絲》是雅俗共賞的作品」（42）。筆者曾戲以「奢侈」一詞來形容經典譯注版，

36　參閱本書頁404-05，譯注參閱頁405。

37　劉鳳芯在〈《鏡中奇緣》導讀稿〉結尾指出，在書中可以「讀到一位敏感脆弱的大男孩，屢屢情不自禁地藉情、藉景、藉詩、藉對話吐露出他對小孩子的戀戀真情。」參閱《愛麗絲夢遊仙境・鏡中奇緣》，頁239。

因其允許、甚至要求納入一般譯本所未能容納的豐富資訊。總之，安琪教授譯注的愛麗絲故事後出轉精，並藉由資訊科技之助，綜合中英文資料與研究成果，除了版本考究完整、譯文信達洗練之外，附文本更是錦上添花，增加此合集的特色，不僅在此二文本中譯史上難得一見，置諸其在全世界的接受史也必名列前茅。若說原作者路易斯・卡若爾是「斯人也，而有斯文也？！」，那麼譯注者王安琪則是「斯人也，而有斯譯文也？！」

四、愛麗絲層出不窮的來生

　　班雅明（Walter Benjamin）曾有翻譯如來生（afterlife）的比喻。[38]而雅克慎曾將翻譯分為三類：語內翻譯（intralingual translation，即把文本翻譯為較簡易的文字，以便同一語言中的讀者了解，如文本的改寫或白話翻譯）；語際翻譯（interlingual translation，即一般所認知的不同語文之間的翻譯），以及符際翻譯（intersemiotic translation，即不同符號與媒介之間的翻譯）。[39]就愛麗絲故事而言，雖然原本似乎是文字淺顯的兒童文學，但路易斯・卡若爾本人晚年還曾改寫為《幼兒版愛麗絲》（*The Nursery "Alice"*, 1890），加入譚尼爾彩繪的20張插圖，對象為0到5歲的幼兒，連同其他類似的英文改寫本，是為語內翻譯；其語際翻譯自1868年的法譯本與德譯本開始，近一個半世紀以來隨著170多種語文的譯本在全球遍地開花，與時俱進，不勝枚舉；至於其符際翻

38　參閱 Walter Benjamin, "The Task of the Translator." *Illuminations*. Ed. Hannah Arendt. Trans. Harry Zohn. New York: Schocken, 1968, p. 71。

39　參閱 Roman Jakobson, "On Linguistic Aspects of Translation."

譯，從原本的插圖，到不同地區、不同時代的不同插圖，以及卡通、錄音、廣播、電影、電視、舞台劇、CD、DVD、電動玩具……不同媒介的呈現，數量也不遑多讓。套用班雅明的比喻，這些都成為愛麗絲故事在原文、不同語文以及不同媒介中生生不息、層出不窮的來生。

　　此外，受到愛麗絲故事的啟發而創作的書也甚多，成為另類的來生。此處舉幾個截然不同的例子，以示路易斯・卡若爾在不同地區與領域的影響。中國作家沈從文於1920年代讀到趙元任翻譯的《阿麗思漫遊奇境》，不禁手癢，寫出《阿麗思中國遊記》（1928）。書中提到姑媽以為她為阿麗思所講的小人國與大人國的故事，讓女主角綻生要在睡夢中前往小人國的這個奇怪念頭，而愛麗思卻是應兔子先生之邀，結伴坐船到中國旅遊。[40]沈從文在序中謙稱這本「通計我寫來花了整十天功夫」（8）的書，「把這一隻兔子變成一種中國式的人物〔王儺喜先生〕了，同時我把阿麗思也寫錯了，對于前一種書一點不相關連，竟似乎是有意要借這一部名著來標榜我文章，而結果又離得如此很遠很遠」（1）。因此，《阿麗思中國遊記》是沈氏自己「承認失敗的創作」，「算我初寫的一個長篇」（8）。儘管沈從文如此自謙，但讀者可能見仁見智。無論如何，此書是名家受名家啟發而寫出的作品，可作為比較文學影響研究的一例，也見證了譯作對於本國文學可能產生的影響。

　　英國物理學家吉爾摩長期研究粒子物理學，為了讓此學門更為普及，撰寫了《愛麗絲漫遊量子奇境》（Robert Gilmore, *Alice in Quantumland: An Allegory of Quantum Physics*, 1995），並配上插圖，將愛麗絲置於量子世界，讓讀者隨著她的行蹤來體驗這個奇幻

40　參閱沈從文，《阿麗思中國遊記》（上海：新月書店，1928），頁71, 75, 80以及本書頁53。

境地。原本的愛麗絲在兔子洞中歷經12次身形變大變小，在鏡中世界體驗到時間變快變慢。[41]此書中的愛麗絲則縮小到電子般大小，漫遊於量子奇境中。前言〈歡迎來到量子主題樂園〉明白道出此書是「量子力學的寓言故事」，「師法了一些著名的故事，如《天路歷程》（*Pilgrim's Progress*）、《格列佛遊記》（*Gulliver's Travels*）和《愛麗絲漫遊奇境》（*Alice in Wonderand*）。其中，《愛麗絲漫遊奇境》最適合借用來探討我們居住的世界」（二）。作者並說，「本書的故事情節純屬虛構，書裡的角色也是想像的」，但全書有許多以方框標示的注解，以「強調電子力學在真實世界中的重要」，幾乎各章之末都有「一些比較長的注解……是文章裡某些微少重點的詳細說明」，並特別指出這兩類注解都不會影響故事的發展或進行（三）。[42]中譯本還附錄了葉李華的〈名詞注釋〉（232-55），讓人充分感受到作者努力引領讀者進入量子物理學的熱心、創意與人文素養，以及中譯本推廣科普的努力與信心（首刷即印行6500本）。

　　至於德國分析哲學家希伯爾晚近的《跟著白色的兔子走，到哲學的世界裡去》（Philipp Hübl, *Folge Dem weiBen Kaninchen... in Die Welt Der Philosophie*, 2012），前言〈追尋兔子的蹤跡〉指涉那隻著名的白兔（國人熟知的另一隻著名的白兔在月宮陪伴「應悔偷靈藥」的嫦娥），提到路易斯・卡若爾「並非只是位作家，他同時也是邏輯家與哲學家。因此，在廣大讀者的心目中，書中的奇境就彷彿是個充滿哲學謎團的地方」（15）。[43]希伯爾並提到電影《駭客任

41　因此，在愛麗絲故事的批評史上，一個重要的議題就是愛麗絲的認同（identity）問題，而此問題主要來自她身形的變異紛歧。

42　參閱吉爾摩，《愛麗絲漫遊量子奇境》，葉偉文譯，葉李華審訂（台北：天下文化，1998）。

43　參閱希伯爾，《跟著白色的兔子走，到哲學的世界裡去》，王榮耀譯（台北：橡實文化，2015）。

務》（*The Matrix*）中，男主角看到一則「跟著白兔走！」的訊息，隨後就跟著有兔子刺青的女子走入一個奇幻世界（16）。此書先以指涉愛麗絲故事的書名招喚讀者，繼以平易近人的方式引領讀者進入哲學領域，分章探討情感、語言、信仰、夢、行動、知識、美、思考、身體、生死等世人關注的十大主題，自2012年問世以來，兩年之間印行三版，成為暢銷的「哲普書」。

巧合的是，筆者撰寫此文之際，台北市立美術館正在展出「愛麗絲的兔子洞——真實生活：可理解與不可被理解的交纏」（展期自2015年10月9日至次年1月10日），顯然是以愛麗絲和她落入的兔子洞為號召，試圖連結現實生活，指出《愛麗絲幻遊仙境》裡的「女主人公跌落兔子洞，進而開啟契機體驗各式與日常生活邏輯迥異的神奇國度。在兔子洞裡的世界裡，大小與左右顛倒、語言不再專屬於人類，各種感官認知受到強烈挑戰和質疑」，主旨在於「藉由比真實生活更貼近於現實的夢境隱喻，探討日常生活中『真實性』的建構，並透過介於『展覽』與『表演』之間的混雜形式，詮釋流動開放、即興未知的動態辯證過程。」整個活動邀請9組（10位）藝術家，從各自專長的劇場、舞蹈與視覺藝術的領域出發，針對三個脈絡——「作者與協作者之間的新盟約」、「展覽成為一種表演」以及「展覽成為實境秀」——「邀請觀眾成為創作的一部分，與創作者一起打造新的身體與語言邏輯，重新思考觀看生活現象視角的其他可能性」，另邀請5位哲學家，進行3場馬拉松式的對談，並歡迎現場觀眾互動。[44]

前述的三本書分別涉及中國奇幻小說、量子物理學與分析哲學，後者的展覽與討論則帶入台灣的藝術家與哲學家，並企盼與觀眾互動交流，相較於先前的語內翻譯、語際翻譯與符際翻譯，更是

44　參閱 http://artemperor.tw/tidbits/3315/0.

跨越到不同領域，進入不同的兔子洞，希望漫遊者在不同的奇境中自得其樂，各有所獲。而這些都來自路易斯・卡若爾的文學作品的啟發，作者地下有知，以他的博學與好奇，對這些異時、異地、異領域的另類來生應不只樂觀其成，也會樂在其中。由此可見其筆下的愛麗絲的魅力，以及兔子洞的光怪陸離、無奇不有，並允許有心人繼續進行各式各樣匪夷所思的創意發揮。

　　因此，安琪教授的譯注本此時此地於台灣問世，成為此二部文學經典最新的來生，允稱愛麗絲故事於2015年的壓卷之作，而且從上述諸項特色可以斷言，此譯注本既是中文世界裡的佼佼者，置於全球翻譯史的脈絡中也會是難得一見的佳構。雖然因為翻譯策略、譯注、緒論等附文本，以及安琪教授的譯文「不再遷就兒童口語的平淡淺易，而隨路易斯・卡若爾的典雅文筆有所調整」（42），而把讀者設定為「18歲以上、重溫舊夢、想讀原著的成年讀者」（50），然而是否如此可能見仁見智，因為原作的一般讀者年紀顯然低於此，再加上譯文信實清通，對於18歲以下的中文讀者應不至構成太大的障礙，而且全書數十幅插圖幅幅精美，對於較年輕的讀者也會有一定的吸引力。因此，筆者認為安琪教授不必如此自謙或自限，或可仿照趙元任《愛麗絲漫遊奇境》那篇自我解構的〈譯者序〉，建議讀者若發現附文本構成障礙，就直接閱讀譯文本身。[45]同時筆者盼望此書的普及版早日問世，將讀者群擴大為9歲到99歲，畢竟愛麗絲故事的緣起是為了當時年僅10歲的愛麗絲，二書中女主角的年齡分別為7歲和7歲半，而且一向被視為世界知名的兒童文學，因此中譯本讀者的年齡不必與之相差太遠，至於其中的文字遊戲、哲學深意與人生感悟，就像其他經典一般，值得終生參究。

45　這也是在普及版《格理弗遊記》（台北：聯經，2013）問世之前，筆者在將譯注版贈送給學童時的衷心建議。

　　總之，安琪教授譯注愛麗絲故事，就計畫的發想與執行都有獨特之處，成果之殊勝也就理所當然。至於她在哈佛大學研究訪問期間，得以結識趙元任的女公子趙如蘭（趙氏父女分別於1948年與1990年當選中央研究院第一屆與第18屆院士，傳為佳話），並多次拜訪（53），也為此譯注本增添了另一個難得的因緣。愛麗絲故事看似兒童文學或遊戲之作，其實箇中另有文章，落入此文本中的讀者，不管是文學學者或年輕學子，有如落入兔子洞裡的愛麗絲，「落呀，落呀，落呀」，不知伊於胡底？等落到洞底之後，會有哪些奇遇？又如進入鏡中世界之後，會有哪些巧逢？令人尋思不已。感謝安琪教授勇敢進入玄機處處、機關重重、變幻無窮的兔子洞，穿越左右顛倒的鏡中世界，追根究柢，字字推敲，句句斟酌，無詩不查，無謠不探，並把自己在奇境中的奇緣化為信達的譯文，加上空前豐富的附文本，讓讀者了解愛麗絲故事的前世與來生，並於《愛麗絲幻遊奇境》問世150週年的2015年，再度把她帶入中文世界，展開另一段奇遇。

2015年10月25日

香港嶺南大學翻譯系

譯中奇緣：王安琪教授打開了兔子洞！

林文淇

國家電影中心執行長、國立中央大學英文系教授

今年是路易斯・卡若爾一般譯為《愛麗絲夢遊仙境》這本名著出版150週年紀念，王安琪教授在科技部的補助下，耗時5年完成了這本以及下一本咸譯為《鏡中奇緣》兩本世界名著的翻譯，還加上詳盡的考證、注釋與導讀，實在是毅力驚人。單德興教授為本書所寫的序明白指出王教授這兩本書的重要學術貢獻：

> 身為經典文學譯注者的安琪教授，就同時負有翻譯、注釋以及說明、甚至澄清的責任。她在細讀原著，鑽研資料，以及英中語文轉化的過程中，透過筆者主張的「雙重脈絡化」（dual contextualization），不僅對於原書、作者與其脈絡具有更深刻的了解，對於愛麗絲二書在中文世界的接受史（reception history）也具有更通盤的認識，對於譯入語讀者的看法、甚或成見也能有所掌握，因此更有責任與能力來正本清源，還其原來面貌。

　　一般讀者比較不會知道的是，這在國內學術領域裡是一條鮮少學者願意選擇的路。原因無他，因為現在大學裡的學術評鑑大多以求論文發表數量論績效，寫一篇登在國外期刊的論文可以換得的榮譽與實質獎勵（如獎金），讓必須埋首多年為經典翻譯與譯注的計畫顯得完全吃力不討好。王安琪教授先前已經做了馬克吐溫的《赫克歷險記》的譯注計畫，成果斐然。如今又完成《愛麗絲幻遊奇境》與《愛麗絲鏡中奇緣》這兩本翻譯極其困難，考證又超級繁多累人的譯注，真是國內學者少有的壯舉。

　　路易斯・卡若爾這兩本愛麗絲小說中文的譯本無數，英文本也有詳細的注解版，為何王安琪教授還要投入5年時間來進行這個譯注計畫？這在她為本計劃所寫的導讀中說得很明白：

> 我辛苦了這麼多年要超越前人，自信成就有二：1)精心比對翻譯「童謠原作」和「諧擬仿作」，譯成「詩歌韻文」而非「白話散文」；2)整理150年的研究成果，廣納「雅」（學術界）「俗」（非學術界）共賞的多元觀點。本譯注〈參考研究書目〉裡提供詳盡的歐美研究資料，是我多年來地毯式搜尋的結果，學子有興趣可進一步延伸閱讀。

　　閱讀王安琪教授的翻譯、注釋與導讀，讀者會發現愛麗絲的兔子洞其實有兩個。小說中愛麗絲看到帶著懷錶，嘴裡說著「遲到了！遲到了！」的兔子，她好奇心使然跟著鑽進的兔子洞，是卡若爾為愛麗絲所打造身體可以忽大忽小、微笑貓可以忽隱忽現、老鼠會說故事、花會唱歌的無厘頭想像世界。透過王安琪教授所提供的作者生平、英國時代背景、打油詩改編的原文、雙關語的意義等導覽，讀者得以跟著進入路易斯・卡若爾更巨大的兔子洞。這是一個語言與數學的界線可隨意跨越、真實的愛麗絲與故事的愛麗絲身份

交錯、純真的童心與精巧的敘事交織出的文學與文化天地。

我是個路易斯・卡若爾的粉絲級讀者，受邀為這本重量級的愛麗絲名著譯注版寫序實在受寵若驚。但這是一個由愛麗絲串起長達16年的美麗「尾巴」（tail/tale），我也只有厚顏受命。尾巴的起頭是1999年我在中央大學與數學系的單維彰教授合開的一門通識課程：「英文與數學閱讀：愛麗絲夢遊仙境」。在課中我們邀請了當時任職鐵路局的愛麗絲迷張華先生演講，後來他持續對兩本愛麗絲小說進行研究，我們也有間歇的交流。張華在2010年與2011年出版了英漢對照譯注本的《挖開兔子洞—深入解讀愛麗絲漫遊奇境》與《愛麗絲鏡中棋緣—深入解讀愛麗絲走進鏡子裡》。在他的盛情邀請下，我為《挖開兔子洞》寫了序。在序中我寫道：

> 很高興看到張華的《挖開兔子洞》終於付梓。這個原本是英美文學領域學者專家的份內工作，竟然是由張華這位正職工程師利用自己業餘時間一個字一個字來完成，這著實讓我們這些身在英文系的教授們汗顏，很想挖個鴕鳥洞把臉藏進去。

王安琪教授在她的導讀最後提到了這篇序，自陳在英文系任教的她當時對我的汗顏也深有同感，因此讓她已經著手的愛麗絲譯注計畫有了更明確的目標。

王安琪教授這本重量級的愛麗絲譯注，總算是為我們英文系的教授們保住了尊嚴。歡迎讀者們跟著王安琪教授一起鑽進路易斯・卡若爾迷人的兔子洞！

中譯導讀

　　很多同事學生和親朋好友聽說我這幾年深居簡出，都在家裡譯注《愛麗絲》經典童書，每個人都眨眨眼睛不講話，我心裡當然明白：何必浪費力氣去譯注童書？交情比較深厚的才說：這豈非大材小用？學界人士更質疑：不是有更多的經典需要譯注嗎？申請國科會（科技部）譯注計畫時還要特別解釋：既然譯本多如牛毛為何需要重譯？這當中也相當曲折離奇，姑且聽我慢慢道來，原先我以為很簡單，結果一頭鑽進學術研究的桃花源就耗費五年工夫，修修改改也意外拖延到2015年，欣逢《愛麗絲》出版150週年紀念，全世界各種慶祝活動頻繁熱絡（詳閱後文），謹以此譯注獻給《愛麗絲》作者路易斯・卡若爾（Lewis Carroll, 1832-1898）。

　　Alice's Adventures in Wonderland 及 *Through the Looking-Glass* 兩書出版間隔六年，而事實上寫作時間是一氣呵成，在西方世界一向被視為一體，統稱 *Alice in Wonderland* 或 the *Alice* books，行之經年毫無爭議，但在中譯本世界就無法用「愛麗絲夢遊記」一詞囊括兩書，因為「愛麗絲夢遊記」已習慣專指 *Alice's Adventures in Wonderland*。而 *Through the Looking-Glass* 多譯為「鏡中世界」、「鏡中奇遇」、「鏡中奇緣」或「鏡中棋緣」。

　　為了避免混淆，本譯注區分為：《愛麗絲幻遊奇境》與《愛麗

絲鏡中奇緣》，希望「奇境」和「奇緣」互相呼應。也為了避免累贅，以《愛麗絲》同時指稱兩書。如遇特殊時空背景與場合，需指稱原著則保留原文 *Alice's Adventures in Wonderland* 或 *Through the Looking-Glass*，畢竟《愛麗絲幻遊奇境》和《愛麗絲鏡中奇緣》是中文譯本。

《愛麗絲》譯名五花八門，從本譯注〈參考研究書目〉所羅列的100多冊主要中譯版本書名可見一斑，但都在「夢遊」、「漫遊」、「奇遇」、「歷險」徘徊，或在「幻境」、「仙境」、「奇境」打轉。為了區分兩個不同的愛麗絲，往後統一指稱作者現實生活中啟發他靈感的小女孩為「愛麗絲・黎竇」（Alice Liddell），小說中的主角為「愛麗絲」。

作者名字 Lewis Carroll 中譯也令人眼花撩亂，[1]其中十之八九都有個尾音「爾」，我本想翻譯成「路易斯・卡若」，但見到師大翻譯所賴慈芸教授2015年為國語日報出版的《愛麗絲鏡中奇遇》，把他翻譯成「路易斯・卡洛爾」，我也只好從俗翻譯成「路易斯・卡若爾」，即使也是有點拗口累贅。除了特殊狀況，需要區分筆名和原名時，才保留 Lewis Carroll 英文。

Lewis Carroll 原名查爾斯・陸特維治・道德森（Charles Lutwidge Dodgson）（Lutwidge是他母親姓氏，Dodgson正確發音是"Dodson"），他一輩子都用這個原名，只有出版兩本《愛麗絲》才用 Lewis Carroll 這個筆名，但他的筆名比原名更廣為人知、名垂千古。Lewis Carroll 是由 Charles Lutwidge 轉換成拉丁文之後，再將字母重新組合的結果，因為他一向喜歡玩弄「重組字母」（anagram）

1　Lewis Carroll中文譯名：路易斯・加樂爾、路易斯・卡洛、路易斯・卡洛爾、路易斯・卡羅、路易斯・卡羅爾、路易士・卡洛爾、路易斯・卡萊爾、劉易斯・卡羅爾等。

的文字遊戲，《愛麗絲》書中屢見不鮮。他第一次使用這個筆名是在24歲時，剛開始在牛津大學基督堂學院（Christ Church, Oxford University）擔任數學講師，向大學刊物投稿幽默詩文，主編希望他提供筆名，他提供了4個，主編選了這個Lewis Carroll。

也有人說他是為了讓Lewis Carroll與Alice Liddell在字母形式和數目上對稱，但這很可能是穿鑿附會的說法，好像犯了「年代錯誤」（anachronism），因為他30歲時帶10歲的愛麗絲·黎竇及其姊妹出遊划船、講故事給她們聽，即使他24歲那年在院長亨利·黎竇（Henry George Liddell）家裡第一次認識4歲的愛麗絲·黎竇，不可能那時就對她情有所鍾。國內讀者往往只知Lewis Carroll，倒是國外學術界比較常用其原名Charles Lutwidge Dodgson。[2]

Alice's Adventures in Wonderland（1865）及*Through the Looking-Glass*（1871）被譽為英國兒童文學經典，也是奇幻文學代表作，更是全世界最膾炙人口的暢銷讀物。作者路易斯·卡若爾以牛津大學數學講師的理工思維，擁有高度的文學造詣及創意想像，寫出極其精緻優美的詩文，玩弄英語語文遊戲於指掌，處處展現詼諧戲謔的笑果，令人嘆為觀止拍案叫絕。

2015年出版的三大巨冊*Alice in a World of Wonderlands: The Translation of Lewis Carroll's Masterpiece*（暫譯「愛麗絲全球譯本一覽」），售價US$295，羅列全世界各種文字的《愛麗絲》譯本，聲稱至今已經被翻譯成174種語言，書中引用北京清華大學封宗信教授（Prof. Zongxin Feng）的資料，指出目前已有463個中譯版

2　但他不是名Lewis姓Carroll，不便單單稱他為Carroll，就像馬克吐溫（原名Samuel Langhorne Clemens）的筆名Mark Twain，典故是「標示兩潯水深」，不能說他名Mark姓Twain。

本。[3]

　　*Alice in Wonderland*一向被公認為「難以翻譯」（untranslatable），因為全書充滿各類文字遊戲：押頭韻、押尾韻、雙關語、擬聲詞、同音異義、舊詞新義、複合字詞、重組字母、似是而非、似非而是等等，需要大量注釋來解釋說明，否則會像「鴨子聽雷」，有聽沒有懂。儘管*Alice in Wonderland*的文字遊戲和腦筋急轉彎是天下譯者最大挑戰，仍被爭相轉譯，各憑本事想像表述，可見其魅力。

　　本譯注〈參考研究書目〉羅列100多冊主要中譯本，其中有些早已絕版或僅存書目，還有不少是改寫自1922年趙元任先生的首譯本《阿麗思漫遊奇境記》。趙元任譯本之後陸續出現不少新譯本，但參差不齊，且多自囿於兒童文學，未能完全傳達原書旨意。趙元任譯本始終深獲好評，身為語言學家的神來譯筆至今無人超越，大膽創意改編原著文字遊戲，歸化納入中文情境，打油詩句句押韻。

　　趙元任的成就媲美二十世紀美國詩壇盟主龐德（Ezra Pound），龐德將中國名詩李白〈長干行〉創意改譯，變成意境優雅文情並茂的美國文學經典詩作"The River-Merchant's Wife: A Letter"，雖然「雅」到登峰造極，但也多少背離「信」、「達」原則。然而，趙元任先生大量使用民國初年北京方言俚語和俏皮話，以中國童謠置換英國童謠，固然新鮮有趣，卻令當今年輕台灣讀者產生隔閡，徒增閱讀與認知困擾。本譯注希望彌補趙元任及其他譯本之不足，讓讀者一窺原貌，看到*Adventures in Wonderland*的「長干行」原版。

　　坊間譯本多如牛毛，[4]有的重印趙元任譯本（如水牛），有的改

3　Lindseth, Jon A., and Alan Tannenbaum, eds. *Alice in a World of Wonderlands: The Translation of Lewis Carroll's Masterpiece*. 3 vols. New Castle: Oak Knoll, 2015.

4　台灣譯文版本多得嚇人，如商務、水牛、仙人掌、正文、大林、經典傳訊、尖

寫趙元任譯本（如聯經、九儀），有的另起爐灶重新翻譯（如國際少年村、希代、三九、寂天等），有的搭配印刷精美重新繪製的插圖（如經典傳訊），有的簡化為兒童讀物或英語學習教材（如理得、企鵝、方向、城邦等）。早期譯本大多只譯前冊 *Alice's Adventures in Wonderland* 而已，近年加譯後冊 *Through the Looking-Glass*（如理得、企鵝等），或完整兩冊譯本問世（如高寶、商周等），較新譯本為中英對照譯注插圖本（如遠流），及最新全譯本（如國語日報社）。

　　有的譯本內容似乎互相抄襲，增添寥寥可數的注釋，仍有亟待加強改善空間。有的提供優秀專業學者的導讀，但卻搭配稀疏的譯注，導致原文風味及文字遊戲的雙關語奧妙未能完全傳達。張華譯注的《挖開兔子洞》和《愛麗絲鏡中棋緣》集 30 年鑽研結晶，以工程師專業背景詮釋《愛麗絲》中的科學知識，以現代台灣童謠取代趙元任的北京童謠。國語日報社 2015 年的新譯，堪稱近年來可讀性較高的譯本。[5]

　　《愛麗絲》確實也是「深者讀其深，淺者讀其淺」的書，就像馬克吐溫《赫克歷險記》（*Adventures of Huckleberry Finn*, 1885）一樣，內容以兒童為主角，但老少咸宜雅俗共賞，兒童看「熱鬧」，大人看「門道」，兒童感同身受讀其趣味想像，成人別有用心讀其字裡行間。但若能深入分析作者的生平傳記，與維多利亞時代的社會、歷史、政治、文化等背景，將更能體會其中暗藏的弦外之音與

端、啟明、成文、何家、大眾、西北、正言、大夏、世茂、英文漢聲、南台、陽明、建宏、國際少年村、三九、聯經、九儀、希代、主人翁、寂天、愛麗絲書房、飛寶、高寶、商周、理得、小知堂、台灣麥克、企鵝、方向、紅蜻蜓文化、格林文化、立村文化、新潮社、晨星、城邦、遠流等。

5　各種中文全譯本的詳細比較，參見張華。〈《愛麗絲漫遊奇境》臺灣中文全譯版本比較其探討〉。《兒童文學學刊》4（2000 年 11 月）：62-83。

多方影射，進而領略該書幽默戲謔宗旨。書中幻境多為精心設計，諧擬成人社會價值觀，兒童經歷諸多光怪陸離的場景後，未來將有所心理準備進入成人世界，因此也暗含「成長主題」（initiation）。

《愛麗絲》在中文世界裡幾乎完全淪為兒童讀物，誤以為只是一則夢遊故事，犧牲豐富意涵與寓言層面，不知其中暗含文學、語言學、數學、邏輯等多重領域的譬喻典故和思維模式。因此需要正本清源，釐清作者原旨並非僅僅只為兒童，當中投入作者個人歷練與感觸，成人心智年齡成熟之後重讀此書更能深刻體會，若侷限該書僅為兒童文學，將剝奪成人讀者應有的樂趣。

本譯注本同時考量兒童與成人讀者的視野與立場，以詳細注解說明文字表面與文字底下的雙重文本意義，詮釋其歷史淵源、典故出處、幽默諧擬、文字遊戲等，尤其是數學家作者的文學素養，還原該書應有的「深度與廣度」，驗證《愛麗絲》是雅俗共賞的作品。譯文也不再遷就兒童口語的平淡淺易，而隨路易斯・卡若爾的典雅文筆有所調整，因為全書隱藏豐富譬喻，不露痕跡的引經據典，也間接顯示作者的博學多聞。

既然坊間已有不可勝數的中譯本，而且推陳出新精益求精，尤其是賈文浩、賈文淵（但譯者名字未出現在封面，只出現在版權頁）的全譯本《愛麗絲夢遊仙境》（商周，2005）、張華的英漢對照譯注本《挖開兔子洞——深入解讀愛麗絲漫遊奇境》（遠流，2010）和《愛麗絲鏡中棋緣——深入解讀愛麗絲走進鏡子裡》（遠流，2011）、賴慈芸的《愛麗絲鏡中奇遇》（國語日報，2015）推出之後，本譯注要超越前人成就，就必須出奇制勝，別出苗頭發揮特色，從成人讀者的角度「重溫舊夢」，看待這本人人當年都讀過的童書，看看其中的微言曉義，更要看看學術界150年來的研究成果。

《愛麗絲》最大特色是諸多朗朗上口的打油詩和諧擬童謠，既

鏗鏘有致，又對仗押韻，是作者神來之筆，也令人拍案叫絕。但坊間譯本大多譯成長短不一的「白話詩」（blank verse），除了賈文浩、賈文淵譯本（韻文不甚齊整）之外，頓失節奏和韻味。我特別下功夫譯為韻文，在合理範圍之內，盡量統一以五字、七字為主，偶爾也因應特殊狀況需用六字、八字，或十字。每行詩句字數和意義都盡量對稱，句型結構也力求對偶，朗讀起來頗有詩情韻味和鏗鏘節奏，雖然無法句句都做到押韻，但也遵循翻譯大師余光中教授所告誡的「勿以韻害義」，不要為了押韻而扭曲原文意義。

　　我也堅持，如果在「信」、「達」、「雅」三者無法皆顧之下，當然取「信」「達」而捨「雅」，即使取捨之間難以兩全，偶爾也會「順了哥情失嫂意」。如今我很感恩當年接受的「唐宋詩詞」教育，那是我們中國文學的薪傳，俗話說：「熟讀唐詩三百首，不會作詩也會吟。」詩詞是孩童啟蒙教育不可或缺的一環，難怪書中的愛麗絲動不動就被逼著要朗誦很多詩詞歌謠，當然還有路易斯・卡若爾小時候，還有眾多英國孩童。

　　翻譯大師思果先生在〈《阿麗思漫遊奇境記》選評〉裡也說，翻譯路易斯・卡若爾這些「歪詩」必須要熟悉他所模仿的原作，不然讀者讀來無趣。路易斯・卡若爾本人聽說《愛麗絲》譯為法文版時說過，他很擔心法國讀者因為不熟悉被諧擬的原作，而無法了解他的諧擬之作。[6]

　　於是我每一首詩詞歌謠都勤於上網查詢（謝天謝地我們這個年代有網際網路），找出他所「諧擬」或「仿諷」（parody）的原本歌

6　儘管如此，路易斯・卡若爾十分熱心支持第一位法文譯者 Henri Bué，還說他的譯本可以讓人學習法語，參見 Romney, Claude. "The First French Translator of *Alice*: Henri Bué (1843-1929)." *Jabberwocky: The Journal of the Lewis Carrol Society* 10.4 (1981): 89-94.

謠，其中許多知名原作還可在YouTube或其他網站找到影音資料，聽到它們當年吟唱的曲調。然後一一加以比對並翻譯成中文，讓讀者得以比對兩種版本，凸顯路易斯・卡若爾創意改編和玩弄文字的絕妙天分。

路易斯・卡若爾諧擬眾所熟悉的知名作品時，大多保留原有格律和押韻，只有替換部分詞語、內容或關鍵詞彙，主要是為了詼諧戲謔的效果，所以"parody"這個文學術語我翻譯時取「諧擬」而捨「仿諷」，因為「詼諧」成分多於「諷刺」目的。路易斯・卡若爾很多神來之筆令人嘆為觀止，成為英國文學獨樹一幟的瑰寶，並不全是「無稽之談」（nonsense），也沒有貶損污衊原作之嫌，而是賦予另類新意。他也不是搗亂或扯後腿，而是要「解構」一下濃厚的「說教」意涵。因此也有學者收集考據比對原作和仿作。[7]

我也了解，「翻譯研究」（Translation Studies）理論學者主張諧擬詩詞的翻譯有三種可行方式：1）選取一首讀者熟悉的詩作來模仿；2）譯者另創一首來取代；3）直接翻譯原文。趙元任、張華等都採取前兩種方式，但我堅持「忠於原著，輔以譯注」，為了讓讀者一窺原貌，也避免竄改原文。

我們的確需要一本輔助讀者閱讀原著的譯本，提供讀者品嚐「原汁原味」的趣味，我自己從事翻譯多年，由衷覺得翻譯畢竟都是隔靴搔癢，能夠在「歸化翻譯」（domestication translation）（「意譯」）和「異化翻譯」（foreignization translation）（「直譯」）的兩極之間取得平衡點，才是高竿。

我辛苦了這麼多年要超越前人，自信成就有二：1）精心比對翻譯「童謠原作」和「諧擬仿作」，譯成「詩歌韻文」而非「白話

7　Shaw, John Mackay. *The Parodies of Lewis Carrol and Their Originals*. Tallahassee: Florida State UP, 1960.

散文」；2）整理150年的研究成果，廣納「雅」（學術界）「俗」（非學術界）共賞的多元觀點。本譯注〈參考研究書目〉裡提供詳盡的歐美研究資料，是我多年來地毯式搜尋的結果，學子有興趣可進一步延伸閱讀。

150年以來學者們以嚴謹莊嚴的態度，援引各種跨科際跨領域的文學文化理論，個個據理力爭言之鑿鑿，使得《愛麗絲》超越童書的侷限。每隔幾年就有嶄新創見問世，柳暗花明又一村，甚至形成學術論戰壁壘分明，讓真理越辯越明。透過學術界學者專家的檢驗，更可證明《愛麗絲》並非只是極度暢銷的童書而已，眾多讀者的狂熱喜愛，以及學者的深入鑽研，不是沒有理由。

隨著學術界的詮釋解讀，膾炙人口的《愛麗絲》在文學史上的地位水漲船高，讀者年齡層逐漸提高，全民知識水平提升之後，也慢慢讀出《愛麗絲》的豐富意涵，體會到作者淡淡的「自嘲嘲人」，對當時的社會、政治、教育、文化等環境，戲謔之情溢於言表。雖然坊間譯本多如牛毛，但翻譯不夠傳神、注解不夠詳盡，作者的諷諭手法及微言大義依然被忽略。本譯注用心撰寫「導讀」和「譯注」，綜合中西歷代讀者與學者的見解，從「當年」及「現代」的兩種角度加以解讀，進一步了解其時代背景及深層意義。

我自己活了大半輩子，一直以為《愛麗絲》不過只是一本人人必讀的童書而已，讀過就算了，長大了沒有必要重讀，大人還有很多大人該讀的書。如今一念之差老來重讀，卻是別有一番滋味。為了撰寫本譯注的「學術性導讀」，我一頭栽進學術研究領域，就像墜入大江大海（或像跌入愛麗絲的「眼淚池塘」），差點滅頂，這才發現全世界「居然」有這麼多的「大人」都在研究分析《愛麗絲》，甚至說《愛麗絲》的暢銷度在學界早已超越兒童文學範圍，

居然僅次於聖經和莎士比亞。

「愛麗絲研究」早已蔚為風氣自成一格，多年來累積成千上萬的論文，我讀了好幾年都讀不完，讀著讀著又被指引到另一批人的高見，像蜘蛛網似的串連起來，個個都像藏寶圖，無所不及無孔不入。幾乎各個新興的文學批評跨領域理論都要拿《愛麗絲》當「試金石」，見證「典律轉移」現象，我按圖索驥追蹤下去，柳暗花明樂不思蜀。

滿坑滿谷的研究資料讀來竟然比原著更有挑戰性，而且推陳出新，甚至標新立異，每隔幾年就有讓人眼睛一亮的嶄新創見，長江後浪推前浪，語不驚人死不休。幾年下來發現自己也被牽著鼻子走，一會兒倒向這邊，一會兒倒向那邊，公說公有理，婆說婆有理，南轅北轍，我不知聽誰的好，搞得自己騎虎難下焦慮不堪，寫好的導讀文字刪掉又改寫，三天兩頭還被催稿，想要慢工出細活都不行。

學術研究如江海浩瀚又琳瑯滿目，族繁不及備載，在此我只能大致綜合歸納，畢竟這只是一篇「導讀」，又不是博士論文，而且我也不願過度學術化而阻礙讀者閱讀興趣，更不希望我這本譯注淪為「教科書」。

原著英文書名 *Alice's Adventures in Wonderland* 有 "Adventures" 一詞，但譯為「歷險記」又有流浪探索、歷經險境之虞。即使書中到結局時才透露整個故事是一場夢，但譯為「愛麗絲夢遊記」也不甚妥當，有誤導讀者之嫌，以為愛麗絲患了睡眠障礙的「夢遊症」，俗稱 sleep-walking，專業術語是 somnambulism（或稱 noctambulism）。在整個閱讀過程中，讀者並不覺得身處夢境，反而隨著愛麗絲實地體驗種種不可思議的奇境，穿梭於虛擬幻境之間，倒是頗有「魔幻寫實」（magical realism）小說的意味，因此我的譯注書名修訂為

「幻遊奇境」。趙元任的《阿麗思漫遊奇境記》就沒有「夢」的字眼，符合作者原有旨意。

《愛麗絲幻遊奇境》與《愛麗絲鏡中奇緣》都是夢境，但書裡的夢境不是中西文學傳統《枕中記》、《南柯太守傳》或《呂伯大夢》（"Rip Van Winkle"）的另一個世界，不等同「夢的解析」心理學派所謂潛意識慾望的滿足，也沒有支離破碎不合常理，或反映生活壓力的「日有所思夜有所夢」。

書中愛麗絲自始至終保持清醒，在夢境裡依然維持理智的思考模式和完整的認知體系，呈現十九世紀的世道人情和學童所接受的養成教育、禮儀規矩、邏輯思考。即使書中諸多荒謬怪誕，畢竟也是現實世界的反照，雖然作者毫無意圖挑戰顛覆傳統，也無冷嘲熱諷憤世嫉俗，但挪揄笑納訴諸同理心，從孩童的角度旁觀成人世界的矛盾謬誤。書中黨團賽跑、瘋狂茶會、法庭審判等等場景與對話，常被解讀為影射當時政治或社會現象，但是動不動就威脅砍掉人頭的紅心王后，絕非影射當時勤政愛民的維多利亞女王，而且聽說維多利亞女王本人很喜歡 *Alice's Adventures in Wonderland*。

既然坊間中譯本多如牛毛，為何還要重譯？其來有自。

多年以前有一天一位碩士班研究生來找我，問了一個問題我一時無法答覆，現在用 5 年工夫譯注這兩部作品當作答覆。她問：趙元任翻譯的《阿麗思漫遊奇境記》為什麼她讀起來有點吃力，而英文原著她卻比較能夠了解掌握，北京話不就是國語嗎？

趙元任是鼎鼎大名的語言學家，他那譯本是翻譯界公認的空前創舉和登峰造極之作，為什麼學生難以體會？我正想去把中學時代讀過的趙元任譯本找出來瞧一瞧，過了兩天她就送來一本給我。我這才恍然大悟，我們這一代台灣國語教育教出來的年輕人怎麼能夠揣摩「京片子」的韻味？即使我這個外省第二代也略知一二而已，

整個中國幅員廣大方言迥異，台灣國語和北京國語都各有腔調和慣用語，我自己教了幾年「文學翻譯」，照理說「歸化翻譯」應該比「異化翻譯」更能取得讀者認同。但是，「忠於原著」和「創意改編」之間應該還有一個平衡點。

這位研究生後來和我共同發表了一篇英文的研討會論文："*Alice in Wonderland*: Teaching English through Children's Literature"，我們都相信「兒童文學」和「兒童英語教學」應該密切結合，早一點讓兒童循序漸進閱讀英文原著、學習異國文化，而不是在字母和音標的死胡同裡打轉受盡挫折。而玩弄文字遊戲的 *Alice in Wonderland* 當然就是「寓教於樂」的最佳教材。外文學界多年來的語文教學爭議一向是兩極化：skill-based（強調聽、說、讀、寫技巧），或是 content-based（強調文化內涵）。但學習語文並不是只有語言而已，也是開啟人生另一扇視窗，認識異國文化，豐富人文素養。

我們常聽到一句至理名言：「文學反映人生，文學照亮人生」，文學是一面「鏡子」，也是一盞「明燈」，文學作品反映人生百態，我們個人日常生活範圍狹窄，經驗有限，唯有靠廣泛閱讀，才能體驗別人的人生經驗，將來遭遇同樣困境，也會將心比心得到啟示。閱讀有趣的經典原著「一舉兩得」：既可學到優美語言，又可習得人生哲理。

於是我問大學部學生：想不想讀一讀《愛麗絲》原著？當然想啊！於是我就開了兩門新的選修課程「西洋經典研讀」，上學期讀 *Adventures of Huckleberry Finn*，下學期讀 *Alice's Adventures in Wonderland* 及 *Through the Looking-Glass*，（兩本都是我的科技部「西洋經典譯注」計畫）。兩門課居然都收到100多位學生，大大出乎我意料，以前一直以為「經典」就是代表「枯燥乏味如同嚼蠟」，一定會嚇跑很多學生。原來所有學生小時候都讀過這兩本經典名著的中譯本（或節譯本、或繪圖本、或改寫本），但只有故事

情節殘留印象。這回挑戰閱讀「英文」原著，才發覺內容和文字比印象中豐富太多了，好像全然不同的文本。

　　學生特別享受直接以英語體驗書中的雙關語、打油詩、文字遊戲、腦筋急轉彎等，非常有成就感，對路易斯‧卡若爾更是佩服得五體投地，原來大師級作家不是浪得虛名，原來字裡行間蘊藏的奧妙意義以往都在翻譯過程當中消失了（"lost in translation"）。學生迫不及待的主動繼續讀下去，還有什麼比這本書更適合英語教學？

　　我那時候已大致完成馬克吐溫《赫克歷險記》的譯注計畫，為了教這班學生 Alice's Adventures in Wonderland 及 Through the Looking-Glass，我從網路下載原文，然後一段英文一段中文對照翻譯，快馬加鞭甚至開夜車到三更半夜，短短幾個月之內兩本書全部翻譯完畢，全憑一股傻勁和衝勁，面對電腦如同面對學生，將心比心感同身受。

　　然後把中英對照電子檔傳給學生們，上課時不停的追問：「這樣或那樣的譯法和措辭，哪一個比較好？」「表決嗎？表決一次、兩次、三次？」「還需要再加注釋說明？」「文字背後的奧秘懂了嗎？」學生感動之餘，紛紛回傳檔案，用紅色標示修改建議，共襄盛舉，這班學生還有6、7個大陸來的學生，也積極參與討論表決，十分熱鬧。教書30多年，第一次碰到學生學習動機這麼強烈，幾乎都不缺課，一個學期讀完兩本英文原著，真是拜「愛麗絲」之賜。

　　翻譯過程之中我特別精心翻譯詩詞歌謠，遣詞用字也力求符合原詩通俗淺白、幽默戲謔的特色，讓譯文也有一定的格律和字數，形成對偶或對稱的形式，努力呈現風趣詼諧的韻味。果然贏得學生們「慧眼識英雄」的稱讚，說我翻譯的就像白居易一樣「老嫗能解」，大家還努力幫忙修改以配合押韻。

　　我2012年譯注出版的馬克吐溫《赫克歷險記》也是依照此一「教」與「學」互動模式，先拿學生「試水溫」，他們也樂當「白老

鼠」，集思廣益去蕪存菁，然後針對讀者群的需求而量身打造。學生們小時候讀中文版，長大後讀英文版，挑戰「經典原著」，還因此啟蒙了不少學生，勇於嘗試閱讀其他原文經典作品。我特別鼓勵學生先讀一句英文再讀一句中文，一面讀經典一面學英文，果然印證了閱讀經典原著「一舉兩得」：既可學習優美英語，又可充實人文素養。教了30多年外文系不虛此生，我因此在《赫克歷險記》「獻辭頁」把他們列入銘謝對象，學生也與有榮焉。

　　基於同理心，我譯注的《愛麗絲》因而設定讀者為「18歲以上、重溫舊夢、想讀原著的成年讀者」。英文原著已是公共財產，讀者可隨時下載文本對照閱讀，先讀一句英文再讀一句中文，必可深入了解原文樂趣，並感受我的用心良苦。

　　我還是特別推薦"lit2go"網站，意思是"literature to go"，「走到哪裡聽到哪裡」，用手機或平板電腦更方便。Google鍵入lit2go，進入網站點選Books欄，按字母挑選 Alice's Adventures in Wonderland，就可同時聆聽Audio並閱讀Passage PDF。

　　這是美國南佛羅里達大學（University of South Florida）設計提供的教學服務，提供幾百部文學作品，由專人朗讀錄製全書，還有PDF「文字檔」，像聽廣播劇似的非常有趣，用現代科技呈現文學文化內涵，並同時練就閱讀與聽力，造福不淺值得推廣。

　　清朝末年宣統皇帝溥儀在《我的前半生》第二章裡提到，他14歲時開始跟隨蘇格蘭教師莊士敦（Sir Reginald Fleming Johnston, 1874-1938）學習英文、數學、西洋歷史和地理。這位教師畢業於愛丁堡大學和牛津大學（路易斯・卡若爾的母校），擁有文學碩士學位，來到東方擔任殖民地官員，1919年起擔任溥儀教師，曾口譯愛麗絲故事給溥儀聽，所以溥儀也讀過 Alice in Wonderland。

　　中文世界最早的譯本是趙元任先生的《阿麗思漫遊奇境記》，

1922年由上海商務印書館出版，書名經由胡適先生修正敲定。趙元任後來還翻譯了 *Through the Looking-Glass*，但1932年日本轟炸上海時，炸毀了商務印書館，譯稿因而毀於戰火，直到1968年才在美國加州重新整理出版，書名《找到鏡子裡跟阿麗思看見裡頭有些什麼》（這才是最貼切的譯名，因為原著全名就是 *Through the Looking-Glass, and What Alice Found There*，但所有其他譯本都省略後半段，我也不免從俗），收錄在華語教科書 *Readings in Sayable Chinese*（暫譯「口說漢語讀本」）第二冊，中文和羅馬拼音雙語對照，趙元任還親自錄音朗讀。[8]

　　此一譯本在台灣出版時改名為《阿麗思走到鏡子裡》（尖端，2005），未用譚尼爾爵士的插圖，而改用海倫‧奧森貝里（Helen Oxenbury）的插畫。但中文世界第一位翻譯 *Through the Looking-Glass* 的並不是趙元任，而是詩人兼散文家的程鶴西（1907-1999），1929年由上海北新書局出版的《鏡中世界》。然而趙元任的譯本卻成為後來譯本一再改寫的藍本。

　　趙元任在《阿麗思漫遊奇境記》〈譯者序〉裡也模擬路易斯‧卡若爾的幽默，寫了幾頁趣味橫生的序文，自我調侃寫序「可有可無」的難處：

　　　　會看書的喜歡看序，但是會做序的要做到叫看書的不喜歡看序，叫他越看越急著要看正文，叫他看序沒有看到家，就跳過了看底下，這才算做序做得到家。我既然拿這個當作序的標準，就得要說些不應該說的話，使人見了這序，覺得它非但沒有做、存在、或看的必要，而且還有不看、

8　參見張華譯注。《愛麗絲鏡中棋緣——深入解讀愛麗絲走進鏡子裡》。台北：遠流，2011。頁10。

　　　　不存在、不做的好處。

　　事實上這篇序寫得十分奧妙，每寫完一段就「自我解構」說應該刪掉。先是介紹這本書裡的笑話獨樹一幟，他把"nonsense"譯為「不通」，說路易斯‧卡若爾是「不通」笑話家的大成，「不通」笑話是要叫聽的人自己想通其中意味，「最忌加迂註說明」，而翻譯又害「不通」失去笑味兒，還是讀原書最好，因為書裡「玩字」（玩弄文字）的笑話太多，「本來已經是似通的不通，再翻譯就變成不通的不通了，」難怪50多年來沒人敢動它。他翻譯這本書是在做試驗，嘗試用語體文（白話文）翻譯，率先使用代名詞的他、她、它等新字。總而言之，還是閱讀英文原著最好。

　　我個人非常贊同他這句話「還是讀原書最好」，所以希望自己這本譯注成為「輔助」讀者品嚐原汁原味的工具，即使觸犯他的忌諱：「最忌加迂註說明」。

　　連趙元任都承認這兩部作品難以翻譯得傳神，所以他在翻譯過程中，碰到無法翻譯的狀況時，就另創新義重新編寫，運用大量當時的口語、俚語、語尾助詞儿等，大膽創意改編的程度令人嘆為觀止，在翻譯史上罕見，歷來學者大多讚譽有加，分析他翻譯策略的文章屢見不鮮。[9]

9　值得一提的有7篇（按出版年代排序）：

　1）賴慈芸。〈論童書翻譯與非文學翻譯相左之原則──以趙元任《阿麗思漫遊奇境記》為例〉。《台灣童書翻譯專刊》台北：天衛，2000。

　2）賴慈芸。書評：〈讓人驚豔的舊譯本──趙元任《阿麗思漫遊奇境》的啟發〉。《中國時報》2000.9.30。

　3）張華。〈《愛麗絲漫遊奇境》臺灣中文全譯版本比較其探討〉。《兒童文學學刊》4（2000年11月）：頁62-83。

　4）張華。〈譯者與作者的罕見巧合──趙元任的「阿麗思」中文翻譯〉。《翻譯

一代語言學大師趙元任的譯作當然是擲地有聲，才疏學淺的我怎敢挑戰？何況我和趙元任的女兒趙如蘭教授也有數面因緣。[10]

趙元任的《阿麗思漫遊奇境記》啟發了沈從文創作《阿麗思中國遊記》，1928年3月起連載於剛創刊的《新月》雜誌，他動用意念把阿麗思和兔子帶到中國旅行，給兔子取了一個湘西名字「儺喜」，並塑造成一位影射讀書人道貌岸然的形象，透過阿麗思眼睛觀看中國世界，寫出一部遊記，摻雜寫實與虛構，也摻入機智對話場景，批判當時的現實世界，諷刺苦難落後的中國。全書感時憂國意識多於傳奇幻想色彩，被視為模擬粗糙的寓言體小說或長篇童話，跟原著完全無法相比，但在中國小說史倒是開創了一個史無前例的嶄新文類。[11]

學研究集刊》7（2002年12月）：109-35。

5）雷靜。〈《阿麗絲漫遊奇境記》兩個中文譯本的比較——基於歸化和異化的分析視角〉。《中南民族大學學報》29卷5期（2009）：172-76。

6）Hu, Rong. "Zhao Yuanren's Translation of *Alice's Adventures in Wonderland* and Its Significance in Modern Chinese Literary History." *Frontiers of Literary Studies in China*. Sept. 2010, 425-41.

7）童元方。〈趙元任的翻譯用心——《阿麗絲漫遊奇境記》〉。《譯心與譯藝——文學翻譯的究竟》。台北：書林，2012。頁116-21。

10　1990年8月到1991年7月間我在國科會（現改名科技部）贊助下，到哈佛大學英文系研究進修一年，承蒙張鳳女士引薦，參與每月一次的「劍橋新語」讀書座談會，每隔一個月輪到在趙如蘭教授家中以文會友，久仰大師典雅風範，我當然不肯放棄每一次朝聖的機會。有一次聚會結束後，大家排隊輪流用洗手間，趙教授拉著我的手，帶我進她房間裡的衛浴間，我看到她房間四面牆壁全是書架放滿書籍，羨慕崇拜之至，同時也恍然大悟，原來大師的優雅氣質是這樣被書香薰陶出來的，趙如蘭教授已於2013年仙逝，但她的蘭心慧質雍容華貴永存我心。

11　參見向鴻全〈戲仿的習作——論沈從文《阿麗思中國遊記》〉《2010海峽兩岸華文文學學術研討會論文集》。台北：中國現代文學學會，2010。

　　在中西文學世界裡，長久以來《愛麗絲》的故事內容經常被「刻板形象化」（stereotyped），作者路易斯・卡若爾的生平傳記也被「神話化」、「迷思化」、「神秘化」，甚至「污名化」，因此需要正本清源。

　　十九世紀英國維多利亞時代是民風保守道德嚴謹的社會，非常講究禮儀禮教體統，遵從所謂的「合宜規範」（decorum）：言談、態度、舉止、服裝等等都要中規中矩，待人、處世、應對、進退都要掌握分寸。《愛麗絲》書裡常見作者讚揚愛麗絲的舉止行為都合乎端莊文雅的風範教養，什麼場合說什麼話，逆來順受絕不頂撞，除非對方先壞了規矩、不按牌理出牌、或得理不饒人，愛麗絲才會據理力爭稍微頂撞一下。

　　維多利亞時代的嚴謹禮教有助於維護一個知書達禮的社會，個個循規蹈矩，人人知所進退，但行之多年也難免僵化、形式化、教條化，因而訂定各種繁文縟節，逼迫自己也逼迫別人接受，「己所欲施於人」，身分特殊的權威人士往往「假禮義之名，行霸凌之實」。《愛麗絲》裡化身為各種瘋狂怪誕的人物、動物、植物，很多都是頑固的本位主義，秉持一己之見，強迫愛麗絲苟同，挑戰顛覆她的邏輯觀、價值觀、禮教訓練。

　　作者和愛麗絲都是接受那樣的養成教育和道德價值觀，活在那個時代那個社會的英國人民當然視為理所當然，但《愛麗絲》裡隱約透露些許不以為然，似乎心有靈犀一點通的無可奈何，但又不得不容忍種種制式的道德規範、虛飾的社交禮儀、做作的虛偽矯情等。如果依據傳言，維多利亞女王讀了 *Alice's Adventures in Wonderland* 也愛不釋手，那麼女王一定「心有戚戚焉」，何況女王本人從小接受的當然是更嚴謹的宮廷教育。

　　愛麗絲經歷的兩個世界裡充斥著違背常情、唯我獨尊、自以為是、挾理自重、執迷不悟等等的角色，挾天子以令諸侯，狐假虎威

頤指氣使。愛麗絲不得已也會自衛,據理力爭出言頂撞。而作者似乎也認同愛麗絲的立場,那個時代的成人世界,的確有著太多荒謬矛盾的規範,值得孩子去戳破假象、挑戰權威,就像「國王的新衣」故事裡那個天真小孩,一語道破事實、揭露真相。然而,當道的意識型態往往是「眾志成城」的結果,不是少數幾個人就可以動搖國本。

《愛麗絲》書中那位跋扈蠻橫趾高氣揚的紅心王后,據說就是影射愛麗絲‧黎寶的家庭教師普里克女士(Miss Mary Prickett),教了她們15年之久。愛麗絲‧黎寶的父母屬於高等社會階層,當然嚴加管束子女,延聘家庭教師教授基本學識和禮儀規範,宴請賓客時命其背誦各種勵志詩歌童謠以娛樂大家。而書中愛麗絲平日朗朗上口的勵志歌謠,到了另一國度卻不知不覺變了調,反而變成調侃反諷「文以載道」傳統,活在那個時代的孩童讀來一定正中下懷。《愛麗絲》裡諸多諧擬仿諷的歌謠,不只是路易斯‧卡若爾的創意智慧,也代表當年學童「敢怒不敢言」的心聲。

但路易斯‧卡若爾也不是一竿子打翻一船人,《愛麗絲》書中的確有不少奇人趣事,他們雖然偏執自恃,但也言之鑿鑿,頗有幾分道理,也令人耳目一新,捫心自省,世上確實有太多的「約定俗成」,而我們也視為「理所當然」,只知其然,而不知其所以然。在閱讀過程中我們不知不覺認同愛麗絲,愛麗絲的遭遇正是我們的寫照,在成長過程中我們也都會遇見類似的人和事,他們顛覆我們從小到大所塑造的價值觀,也逼迫我們不斷的自我修正,誠所謂「不經一事,不長一智」。

路易斯‧卡若爾自己也創作童謠,但絕不迂腐說教,反而俏皮幽默,〈海象與木匠〉("The Walrus and the Carpenter")的格律援用湯姆斯‧胡得(Thomas Hood, 1799-1845)的〈尤金阿拉姆的夢想〉("The Dream of Eugene Aram," 1832)(描述一位教師淪為謀殺犯的

故事），但只援用格律而已，內容完全自創，渾然天成，也是路易斯·卡若爾最為人稱頌的一首詩，甚至經常被收錄文學選集（anthology），除了深具諷諭精神，嘲諷人心險惡和貪婪虛偽，也有警惕意味：「不聽老人言，吃虧在眼前。」

就是這樣既讚許又批判的雙重態度，使得《愛麗絲》變成童書界的「奇葩」，打破當時流行的「文以載道」說教模式，十九世紀號稱是兒童文學的黃金時期，但幾乎所有的童書都有道德教誨的意圖，希望教化孩童。而《愛麗絲》異軍突起獨樹一格，「在體制內批判體制」，算是革命之作，把閱讀童書的「樂趣」回歸給孩童，所以當其他的童書紛紛崛起又紛紛沒落，只有《愛麗絲》永遠保持龍頭寶座屹立不搖。

Alice's Adventures in Wonderland 出版之前兩年，路易斯·卡若爾的好友金斯萊（Charles Kingsley, 1819-1875），出版了《水孩兒》（*The Water-Babies: A Fairy Tale for a Land Baby*, 1863），榮登當年最暢銷童書的榜首，講述一個清掃煙囪的孩子Tom，被富家女逐出戶外，不慎跌落河裡淹死，轉換成「水孩兒」，從此展開一系列歷險，協助不仁不義者懺悔贖罪改邪歸正，這本童書的宗教救贖意味濃厚，十分符合維多利亞時代的道德典範。

Alice's Adventures in Wonderland 出版之後兩年，史崔頓（Hesba Stretton，原名Sarah Smith, 1832-1911）出版童書 *Jessica's First Prayer*（1867）（暫譯「潔西卡的第一次禱告」），講述窮苦女孩因信主而得救，在維多利亞時代十分暢銷，銷售量高達150萬冊，但後來卻淪為主日學福音傳教文粹，而 *Alice's Adventures in Wonderland* 扶搖直上成為兒童文學經典。兒童文學評論家認為是因為書中沒有太多的道德教訓。[12]

---

12 參見Jan Susina, *The Place of Lewis Carrol in Children's Literature*（2010）。

Alice's Adventures in Wonderland故事緣起於1862年7月4日星期五下午,路易斯·卡若爾和好友德克沃斯(Robinson Duckworth)牧師,帶著牛津大學基督堂學院(作者任教學院)院長亨利·黎寶的三個女兒:蘿芮娜(Lorina)、愛麗絲(Alice)、伊迪絲(Edith),去泰晤士河划船野餐,從牛津附近的佛利橋(Folly Bridge)划船到閣茲頭村(Godstow),全程約5公里。

在船上三個小女孩懇求他講故事,路易斯·卡若爾投其所好即席編造,逗得她們樂不可支。書中的愛麗絲就是院長次女愛麗絲·黎寶的寫照,三位姊妹當中作者特別鍾愛她,故事為她而說,以她為主角。故事講完愛麗絲·黎寶拜託他把故事寫下來,路易斯·卡若爾回家後就開始提筆書寫,因而成就本書。

著名英國(後入籍美國)詩人奧登(W. H. Auden, 1907-1973)曾說,這「金色午後陽光燦爛」(golden afternoon)的7月4日,「在文學史和美國歷史都是值得紀念的一天」("was memorable a day in the history of literature as it is in American history"),因為美國獨立是1776年7月4日,這句話被很多人一再引用。

1932年路易斯·卡若爾百年誕辰紀念,愛麗絲·黎寶口述當時情景,由她兒子卡爾·哈格李夫斯(Caryl Hargreaves)筆錄,刊登於《玉米丘雜誌》(Cornhill)(頁1-12)。她回憶當年三姊妹和路易斯·卡若爾遊船情境,其實遊船之前,路易斯·卡若爾就經常帶她們出遊、講故事給她們聽,他有的是奇幻故事,兩本《愛麗絲》書的內容都是他平常講的這些故事,每次剛開始時他會有點結結巴巴,一旦開講就行雲流水,偶爾講累了還會假裝睡著。他平常總是穿著牧師裝束的黑帽黑套裝,帶她們出遊時才換上白色法蘭絨長褲、戴上白色草帽。聽他講故事、吃蛋糕喝茶、讓他拍照片、到他暗房看他沖洗照片、看照片顯影後是何模樣,一向是她們和很多其他孩子的最大享受。

　　回家之後路易斯‧卡若爾開始認真撰寫手稿，廣泛蒐集各種動物習性及植物資料，充實書本內容，4、5個月之內完成手稿，也將原稿給好友的孩子們閱讀，深受歡迎。可是，令人不解的是，快樂出遊之後一年，1863年6月愛麗絲‧黎寶母親突然阻止路易斯‧卡若爾來訪，不准他們再見面，並銷毀他寫給愛麗絲‧黎寶的全部信函。路易斯‧卡若爾6月27至29日的日記也於身後失蹤。除了當事人和家人之外，外人都不知道發生了什麼事。此一事件至今仍為一大謎團，臆測之詞眾說紛紜，也讓諸多傳記家穿鑿附會大做文章，一本又一本的杜撰故事，甚至無中生有。愛麗絲迷們情何以堪，很多視而不見，心痛之餘更加憐愛。

　　回溯這兩本書寫作的時間和過程，這麼多年來路易斯‧卡若爾都是靠著「回憶」和「想像」，繼續編寫這兩本日後成為曠世巨著的童書，全世界所有大人小孩都盡情享受書中難以忘懷的趣味故事。不管這當中有什麼難言之隱，不管他犯下什麼滔天大罪，「人非聖賢孰能無罪」，我們都能原諒，秉持疼惜天才的心理，一掬同情之淚。我個人小時候渾然不知背後有此一插曲，老來重讀一字一句，倍感點滴在心頭，相信讀者也會將心比心深有同感。

　　儘管被列為拒絕往來戶，路易斯‧卡若爾依然把手稿親手編排裝訂成一本90頁的小冊子，加上親自手繪的37幅插圖，命名為 *Alice's Adventures Under Ground* 獻給愛麗絲，題詞為「贈與一位親愛孩子以紀念夏日的聖誕禮物」（"A Christmas Gift to a Dear Child in Memory of a Summer's Day"），於1864年11月獻贈給愛麗絲‧黎寶珍藏。

　　這本手稿於1928年4月3日由愛麗絲‧黎寶拍賣（為了維持丈夫去世之後的家族生計），蘇富比公司原先估計可賣4,000鎊，結果居然賣了15,400鎊，由美國人得標，三度易手之後又重新拍賣，當時美國國會圖書館館長伊凡斯（Dr. Luther J. Evans）號召匿名捐款

者，以50,000美元高價得標，並安排於1948年11月12日親自把手稿送還英國，目前存放「大英圖書館」（British Library），讀者上網可看到這本手稿每一頁的「照相複製版」（facsimile）。

路易斯・卡若爾聽從兩位好友金斯萊和麥當諾（George MacDonald）的建議（這兩位也是當時知名童書作家），準備出書，敲定書名為 *Alice's Adventures in Wonderland*。經人引薦認識《噴趣雜誌》（*Punch*）的插圖畫家譚尼爾爵士（Sir John Tenniel, 1820-1914），該雜誌以幽默嘲諷和政治漫畫馳名，譚尼爾多年來已建立盛名。路易斯・卡若爾邀請他繪製插圖，取代自己的插畫，並大幅增加內容，由1.55萬字擴充到2.75萬字，還增添了著名的瘋帽匠和柴郡貓等章節，1865年由「麥米倫公司」（Macmillan House）出版 *Alice's Adventures in Wonderland*。

Alice's Adventures in Wonderland 剛剛問世之際，一般評論對這本童書的反應不是很好，被稱為「毫無條理、一群怪人的瘋人瘋語」。大家稱讚的反而是譚尼爾的插圖，因為那時他已經功成名就建立聲譽（後來被英國皇室冊封為爵士）。儘管一開始評價不佳，但沒多久就開始大賣特賣，尤其書中天馬行空的想像力、出神入化的情節，玩弄文字的趣味、戲謔童謠的打油詩、會說話的鳥獸花草、咄咄逼人的各式人物，個個神氣活現躍然紙上，擄獲大大小小讀者芳心，一時洛陽紙貴。據說維多利亞女王也讀得入迷，派人打聽出作者路易斯・卡若爾身分之後，要求他出版下一本書也要給她一本，兩年之後收到一個精緻的包裹，包裝著一本路易斯・卡若爾簽名題贈的數學著作，但路易斯・卡若爾否認有這麼一回事，也有學者考據這是傳言。[13]

13　Richards, Mark R. "The Queen Victoria Myth." *The Carrollian: The Lewis Carrol Journal* 6 (1999): 35-40.

　　既然 *Alice's Adventures in Wonderland* 大為暢銷，路易斯‧卡若爾乘勝追擊立刻提筆撰寫續集 *Through the Looking-Glass*，所以主角愛麗絲年紀由 7 歲轉為 7 歲半。寫完之後再度央請譚尼爾繪製插圖，卻被他一口回絕，說他不再從事書本插畫，但也因為譚尼爾太忙，而且路易斯‧卡若爾又太難搞。於是轉而聯絡其他插畫家，但都不成，最後耗費兩年半時間終於說服譚尼爾。[14] 6 年之後，*Through the Looking-Glass* 終於在 1871 年年底出版。拖延了這麼多年，彷彿冥冥之中自有安排成其美事，如果換了其他插畫家，風格一定出入很大，如果沒有大師加持，就不是「插圖」與「文本」圖文並茂了。

　　另外，1890 年路易斯‧卡若爾還為 0 到 5 歲的幼童重新編寫出版 *The Nursery "Alice"*（《幼兒版愛麗絲》），從原書 42 幅插圖挑選 20 幅，請原插畫大師譚尼爾爵士放大並添上彩色。

　　路易斯‧卡若爾剛開始商請譚尼爾為 *Alice's Adventures in Wonderland* 繪製插圖時，只把一疊書稿和一張小女孩照片交給他，不敢有太多指示，因為譚尼爾已是大師級的插畫家，而路易斯‧卡若爾只是初出茅廬初試啼聲的小子（譚尼爾比他大 12 歲）。譚尼爾讀過書稿之後大筆一揮，就分別為兩本書繪製了 42 幅及 51 幅插圖，「文本」與「插圖」搭配得天衣無縫，互動得無懈可擊，兩者都展露高度幽默風趣詼諧俏皮，往後也在文壇雙雙成為「經典」。

　　Through the Looking-Glass 臨出版前還有一個小插曲，路易斯‧卡若爾在第八章結束時本來寫了一個約 1400 字的章節〈假髮黃蜂〉（"A Wasp in a Wig"），這個章節都已經排版印刷成 4 頁的「校樣」

14　參見劉鳳芯。〈《愛麗絲夢遊仙境》中的無稽、死亡、與自我正名〉。〈《鏡中奇緣》在前往皇后寶座的路上〉。《愛麗絲夢遊仙境＆鏡中奇緣》導讀。陳麗芳譯。台北：高寶，2006。頁 6-11，頁 130-33。

（Galley proofs），但插畫大師譚尼爾寫信給路易斯‧卡若爾，說他不知怎樣畫黃蜂戴假髮的插圖，而且認為刪除這一章節更好，路易斯‧卡若爾非常尊重德高望重的譚尼爾，立刻從善如流。

這4頁的校樣從此石沉大海，一直到1974年7月3日才出現在蘇富比拍賣會場，以1,700美元拍賣成交，經過斡旋協商，買主同意出版印行。這一章節現已成為很多新版 *Through the Looking-Glass* 的「附錄」（Appendix），畢竟這也是路易斯‧卡若爾創作原旨的一部分。

本譯注特將此一章節翻譯並加以注釋，置於文本譯注最後幾頁的〈附錄〉，這好像也是坊間其他譯本沒有的。

譚尼爾一向以有「主見」、有「創意」而聞名，成就非凡，書中插畫廣獲好評。主角愛麗絲在書中是個7歲小女孩，全書中插圖裡的她是金色鬈髮披肩，並非依照愛麗絲‧黎寶本人短直黑髮瀏海覆額的造型，也不是根據路易斯‧卡若爾提供參考的另一個小女孩照片。雖然多年之後路易斯‧卡若爾稍有抱怨，說有幾幅愛麗絲插圖似乎不成比例，頭太大而腳太小，讀者可注意觀察一下。

兩人都是「吹毛求疵的完美主義者」（meticulous perfectionist），處處要求盡善盡美，搭配得天衣無縫，被譽為千古絕配。可惜兩人往返信件大都佚失，只有牛津大學檔案保存了兩份文稿草圖，上面詳細註明插圖嵌入文本的位置、尺寸大小等，路易斯‧卡若爾甚至根據譚尼爾的建議，反過來修改文本的文字和段落來因應插圖。[15]

15　Wong, Mou-lan（王沐嵐）. "Generations of Re-generation: Recreating Wonderland through Text, Illustrations, and the Reader's Hands." *Alice beyond Wonderland: Essays for the Twenty-First Century*. Ed. Cristopher Hollingsworth. Iowa City: U of Iowa P, 2009. 135-51.

　　書中圖文互動很巧妙，譬如《愛麗絲幻遊奇境》第九章〈假海龜的故事〉裡，敘事者對愛麗絲說：「（要是妳不曉得獅鷲是什麼，就看一下插圖吧。）」又譬如《愛麗絲幻遊奇境》第十一章〈誰偷了水果蛋塔？〉裡，紅心國王就是審判法官，但他把王冠戴在法官假髮上面，樣子既不舒服又不相稱，敘事者對愛麗絲說：「（若妳想知道他怎麼戴的，看看卷頭插畫就知道了。）」

　　《愛麗絲幻遊奇境》第一章開頭第一段愛麗絲抱怨，姊姊讀的那本書「既沒圖畫又沒對話」十分無聊，因此路易斯・卡若爾就是要寫一本「又有圖畫又有對話」的書給孩童們看，果然是「圖文並茂」，不同凡響。王沐嵐的牛津大學博士論文特別觀察到書中圖文並茂的特色，作者與插畫家精心安排，讓文字與圖像巧妙對應，產生相輔相成的互動。[16]

　　《愛麗絲幻遊奇境》第七章〈瘋狂茶會〉裡，譚尼爾畫的「瘋帽匠」（Mad Hatter）造型令人拍案叫絕。有人認為路易斯・卡若爾是根據牛津地區的一位特異人士卡特（Theophilus Carter）而設計，他原來是一位牛津大學的工讀生，曾發明一種所謂的「鬧鐘睡床」（alarm clock bed），可以把熟睡者掀翻落地，1851年於海德公園（Hyde Park）的水晶宮殿（Crystal Palace）展示，這也可解釋為什麼這位「瘋帽匠」這麼在乎「時間」，還一直要喚醒睡鼠。他後來開了一間家具店，經常戴著一頂高帽子站在店門口，思想奇特行徑怪異，人們因而戲稱之為「瘋帽匠」，聽說譚尼爾還專程跑來牛津探望他，設計出絕妙造型。也有人觀察到，瘋帽匠戴著高帽子的造型似乎有幾分神似當時的英國首相、政治家、小說家迪斯雷利

16　Wong, Mou-lan（王沐嵐）. "Visualizing Victorian Nonsense: Interplay between Texts and Illustrations in the Works of Edward Lear and Charles Lutwidge Dodgson." PhD Dissertation, University of Oxford, 2009.

（Benjamin Disraeli, 1804-1881）。

有趣的後續故事是，譚尼爾為他設計的「瘋帽匠」造型，在《愛麗絲幻遊奇境》出版25年後，被魏納（Norbert Wiener）[17]發現酷似鼎鼎大名的哲學家羅素（Bertrand Russell, 1872-1970），羅素才華洋溢、浪蕩不羈、愛鑽邏輯牛角尖，真是巧合。強尼戴普（Johnny Depp）在2010年提姆波頓（Tim Burton）導演新拍的3D數位 *Alice in Wonderland*（《魔境夢遊》）也是造型獨特令人驚豔。

插畫家譚尼爾具有超人的幽默感和想像力，連有史以來根本不曾存在的動物，他都依照故事文意而畫得栩栩如生。《愛麗絲幻遊奇境》第九章〈假海龜的故事〉裡，譚尼爾把「假海龜」的長相畫成了牛頭、牛尾、龜身，原來西洋名菜有一道「海龜湯」（turtle soup），但因海龜取之不易價格昂貴，用不起真材實料的海龜，就改用廉價「小牛肉」（veal）煮成「假的」海龜湯（mock turtle soup）。這「假的」海龜湯（"mock" turtle soup）卻被路易斯・卡若爾故意說成用「假海龜」煮的湯（"mock turtle" soup），於是創造出「假海龜」這種匪夷所思的動物。譚尼爾變本加厲把「牛」和「龜」結合在一起，就像上帝一樣，創造了空前絕後的生物「假海龜」。

令人聯想到台灣滿街「薑母鴨」餐廳，為什麼用薑煮「母鴨」而不是「公鴨」？原來台語「薑母」是「老薑」，用老薑煮鴨肉，不分公鴨或母鴨。張華譯注的《挖開兔子洞——深入解讀愛麗絲漫遊奇境》做了一個巧妙比喻：好比「鹹鴨蛋」是「鹹鴨」所生的蛋，那以後鴨農只要養「鹹鴨」就可以了。

此外，插畫家譚尼爾畫的「獅鷲」（Gryphon）也顛覆形象，沒有威武神聖的氣勢。「獅鷲」（或譯「鷹頭獅」、「獅身鷹」，也可寫成griffin或griffon）是神話裡一種具有鷹首、鷹翼、鷹爪、獅身、

---

17 參見其自傳 *Ex-Prodigy* 第十四章。

獅尾的生物，根本不存在於現實世界，由於老鷹和獅子分別稱霸於空中和陸地，「獅鷲」因此被認為是神奇有力的超級神獸，常出現在中世紀宗教圖像或紋章圖案。中亞地區發現的恐龍化石，據說就是捍衛金礦寶藏的神獸。

　　「獅鷲」也是牛津大學三一學院的院徽。1953年為英國現今女王伊麗莎白二世（Elizabeth II）加冕儀式而雕刻的十隻神獸，當中就有獅鷲的紋章，現存放「皇家植物園」（Kew Gardens）。「獅鷲」也出現在文學作品中，如但丁（Dante Alighieri）《神曲》（*Divina Commedia*）、路易斯（C. S. Lewis）《納尼亞傳奇》（*The Chronicles of Narnia*）、羅琳（J. K. Rowling）《哈利波特》（*Harry Potter*）等。路易斯·卡若爾在書裡描述的「獅鷲」在曬太陽睡大覺，也沒有很威武的樣貌，好像顛覆了神聖傳統，但沒有褻瀆意味，純粹博君一笑而已。

　　另外，《愛麗絲幻遊奇境》第十二章〈愛麗絲的證詞〉裡有法庭審判的一幕戲，「陪審團席位」（jury-box）坐著十二隻小動物，插畫家譚尼爾也超有創意，把坐在陪審團「席位」的小動物裝在一個小「盒子」（box）裡，難怪愛麗絲走過去不小心踢翻這個盒子，害得牠們滿地翻滾。

　　《愛麗絲鏡中奇緣》第一章〈鏡中屋〉裡，愛麗絲穿越鏡子的兩幅插圖譚尼爾畫得十分傳神，前一幅是愛麗絲穿越鏡子前的背影，後一幅是愛麗絲穿越鏡子後的正面，畫中所有細節完全對映，彷彿鏡中畫。而路易斯·卡若爾更是匠心獨運，堅持兩幅插圖必須安排在同一書頁背對背的兩面，互相呼應，這樣讀者翻頁時也等於穿透鏡面跨越世界，彷彿那一頁紙就是那一面鏡子。許多版本的原著都照這作者的要求而排版，一般讀者可能沒注意到這兩幅插圖的巧妙安排，張華譯注的《愛麗絲鏡中棋緣》有特別編排，本譯注也要求如此，希望讀者讀到這裡時，前後多翻閱幾次，體驗「鏡像」

視覺效果（頁275和276）。

《愛麗絲鏡中奇緣》第七章〈獅子與獨角獸〉裡，這兩隻動物為了爭奪白棋國王的王位而爭戰不休，表現又可愛又可笑，最後為了水果蛋糕才握手言和。蛋糕切好了，又為了誰的比較大塊而爭來爭去，路易斯·卡若爾讓這兩隻動物神氣活現躍然紙上。有人考據說，譚尼爾的插圖也像是一幅他專長的政治諷刺漫畫，影射維多利亞時代國會的兩大政黨領袖格萊斯頓（William Ewart Gladstone）和迪斯雷利（Benjamin Disraeli），兩人為了爭奪議會主導權而經常互鬥，即使兩人一再否認無此明顯企圖。

傳聞愛麗絲·黎寶差點變成王妃，她的家族與英國皇室頗有淵源：1）維多利亞女王曾於1860年12月12日去探望就讀牛津大學的長子威爾斯王子（Prince Wales），當時就住在她家；2）女王幼子李奧波得王子（Prince Leopold）也就讀牛津大學，曾和當時20歲左右的愛麗絲·黎寶談戀愛約會出遊，但因愛麗絲·黎寶是平民身分而被皇室婉拒；3）李奧波得王子後來與德國公主結婚，所生長女命名為Alice。愛麗絲·黎寶也把自己的次子命名為Leopold。

《愛麗絲鏡中奇緣》最後章節當中，愛麗絲終於升格成為王后，是否意味著路易斯·卡若爾內心也期盼愛麗絲·黎寶嫁入皇室？根據路易斯·卡若爾日記（1860年12月12日）記載，維多利亞女王確實曾來到基督堂學院探視在此就讀的幼子李奧波得王子，愛麗絲·黎寶的院長父親設宴款待，路易斯·卡若爾也是座上賓。

Through the Looking-Glass 出版時，路易斯·卡若爾已經40歲，感覺自己「垂垂老矣」，而愛麗絲·黎寶才20歲。讀者若是知道，路易斯·卡若爾早在1863年結束划船出遊的第二年，就被愛麗絲·黎寶的母親拒絕往來，那麼他在撰寫 *Through the Looking-Glass* 的整個過程中，是否念念不忘這段「忘年之交」？

　　《愛麗絲鏡中奇緣》第八章〈我的獨家發明〉裡，白棋騎士護送愛麗絲走出樹林，送君千里終須一別，臨別之際感傷而又語重心長，「唱」了一首歌謠〈全部獻給你，我一無所有〉，他引用摩爾（Thomas Moore, 1779-1852）的詩〈我的心和魯特琴〉（"My Heart and Lute"），整首詩描述詩人全部奉獻給愛人，已經一無所有，只剩一顆心和一把魯特琴，希望用琴弦呈現心中滿腔熱情。

　　路易斯‧卡若爾是否將自己感傷之情寄託在白棋騎士身上？很多學者揣摩路易斯‧卡若爾當年心境，一定是萬般不捨，但也只能放手，那一句「全部獻給你，我一無所有」，實在讓人鼻酸。白棋騎士是鏡中世界唯一真誠對待愛麗絲的人，一路護送她，直到她成為王后，永遠是文質彬彬溫文儒雅，難怪愛麗絲最懷念的也是他。書中愛麗絲即將成為王后，意味著現實世界裡她已長大成人，往後有自己的前途，所以安排她靜心聆聽白棋騎士唱詩，但沒有熱淚盈眶。

　　其中一段文字是「多年之後」追憶當年，文字優美流暢，充滿詩情畫意，令人回味無窮，知道內幕的讀者讀來一定「別是一番滋味在心頭」：

　　　　愛麗絲在鏡中世界的旅程裡，遇到形形色色的奇怪事情，其中最令她記憶深刻的就是這一幕。多年之後，她還能回憶起整幕景象，一切恍如昨日──白棋騎士溫和的藍眼睛與和藹的笑容──燦爛的落日餘暉穿透髮絲，照耀在盔甲上，反映出令她目眩的光彩──他的馬兒靜靜的四下走動，韁繩垂掛頸邊，低頭吃著腳邊青草──樹林在他們身後投下長長的陰影──這一切彷彿如詩如畫映入她腦海，此刻的她倚靠著一棵樹，舉起一隻手遮擋陽光，眼睛望著這一對奇特的騎士和馬兒，半睡半醒聽著這首歌謠的感傷

旋律。[18]

　　《愛麗絲鏡中奇緣》第八章〈我的獨家發明〉結束時，路易斯‧卡若爾本來寫了一個約1400字的章節，描述愛麗絲正要跳過溪流，突然聽到一陣唉聲嘆氣，原來是一隻老態龍鍾的黃蜂戴著黃色假髮（A Wasp in a Wig），顯然非常鬱悶。愛麗絲天性善良當然樂於助人，黃蜂唱了一首歌敘述他的悲慘遭遇，他原本長了一頭金色鬈髮，但眾人奚落霸凌他，要他剃掉鬈髮改戴假髮，從此之後鬈髮再也長不出來，眾人取笑他是豬。這位壞脾氣、唱反調、自以為是、目空一切的老傢伙，他的辛酸悲慘故事，令人一掬同情之淚。

　　在白棋騎士和假髮黃蜂身上，似乎可以看到路易斯‧卡若爾「時過境遷、時不我與」的感傷情懷，歲月不饒人，萬般不捨也無可奈何，而愛麗絲需要追尋她的人生目標，她充滿鬥志與毅力，也終將心想事成變成王后。

　　《愛麗絲鏡中奇緣》的「卷尾詩」（epilogue）和《愛麗絲幻遊奇境》的「卷頭詩」（prologue）遙遙呼應，回憶當年7月「金色午後陽光燦爛」，形成完美圓滿故事結構。這首詩7段，每段3行，共21行，每行第一個字母湊起來正好是ALICE PLEASANCE

---

18 Of all the strange things that Alice saw in her journey Through the Looking-Glass, this was the one that she always remembered most clearly. Years afterwards she could bring the whole scene back again, as if it had been only yesterday — the mild blue eyes and kindly smile of the Knight — the setting sun gleaming through his hair, and shining on his armour in a blaze of light that quite dazzled her — the horse quietly moving about, with the reins hanging loose on his neck, cropping the grass at her feet — and the black shadows of the forest behind — all this she took in like a picture, as, with one hand shading her eyes, she leant against a tree, watching the strange pair, and listening, in a half-dream, to the melancholy music of the song.

LIDDELL（愛麗絲・黎竇全名），是典型的「藏頭詩」或「嵌入詩」
（acrostic），也是路易斯・卡若爾著名傑作。

　　學者也常把這首詩與愛倫坡（Edgar Allan Poe, 1809-1849）的
〈夢中夢〉（"A Dream within a Dream," 1849年）相提並論，愛倫坡
這首24行的短詩以第一人稱敘述與愛人吻別之後的惆悵，眼看著
生命中的美好事物都已流逝，金黃歲月荏苒不再，質疑如何區分幻
想與真實，到頭來人生難道只是一場「夢中之夢」？

　　《愛麗絲鏡中奇緣》第八章〈我的獨家發明〉裡，白棋騎士幾
乎就是路易斯・卡若爾本人的寫照，一頭蓬鬆的亂髮、溫和的藍眼
睛、氣質文雅的面孔，難怪愛麗絲覺得「這輩子還沒看過長相這麼
奇怪的士兵」。但路易斯・卡若爾沒有把白棋騎士塑造成英雄人物，
反而是笨手笨腳、可笑又可憐的漫畫型丑角人物。有學者指證，這
位白棋騎士很像「唐吉訶德」（Don Quixote）。[19]他的騎士裝扮、舉
止行為、浪漫心態、行俠仗義、邏輯推理等，的確與有幾分神似。
他有自己的原則，活在自己的世界裡，行事作為總是與眾不同。[20]
讀者在閱讀「白棋騎士」章節時，可以稍加比較一下用心體會。

　　白棋騎士有很多「獨家發明」，路易斯・卡若爾自己也是鬼點
子很多，他天資聰穎博學多聞，又跟得上時代，喜歡科學新知和創
新產品，研究最新科學發現和達爾文進化論，購買新進相機和暗房
沖印設備。他也多才多藝，發明各種新奇玩意兒，譬如一種旅行用
西洋棋，棋子底下有小小木樁，可以卡在有洞的棋盤上，就不會因
旅途搖晃而滑落。他還發明一種「寫字暗碼夾版」（自稱為

19　Hinz, John. "Alice Meets the Don." *South Atlantic Quarterly* 52 (1953): 253-66.

20　Taylor, Alexander L. *The White Knight: A Study of C. L. Dodgson*. Edinburgh: Oliver & Boyd, 1952.

Nyctograph），塞在枕頭下，半夜因新點子驚醒時，可協助在黑暗中寫字，不必麻煩起來開燈或點蠟燭。他還設計一種小小郵票信封，稱之「奇境郵票夾」（Wonderland Postage-Stamp Case），放進他喜歡的兩幅插圖圖片，一張是愛麗絲抱著公爵夫人嬰兒的圖片，另一張是嬰兒變成小豬，這樣迅速輪流一抽一放，就會產生「視覺驚奇效果」（Pictorial Surprises）。

兩本《愛麗絲》書內容涵蓋範圍廣泛，足以證明他博學多聞，對數學、物理、生物、地理、哲學、詩詞、神話、西洋棋等都頗有研究。尤其是《愛麗絲鏡中奇緣》，整本書的架構就是一局西洋棋戲，張華翻譯成「鏡中棋緣」，貼切又別有創意，本人讚嘆之至，但不便掠美剽竊。[21]

路易斯‧卡若爾興趣廣泛，對動物學也頗有研究，《愛麗絲幻遊奇境》第九章〈假海龜的故事〉裡，把「假海龜」寫成老淚縱橫，一把辛酸一把淚。海龜頻頻落淚是有原因的，尤其是母海龜夜間上岸產卵時，因為爬蟲類動物的海龜，腎臟無法代謝過多鹽分，因而天生有一種特殊腺體，促進海龜透過管道將鹽分由眼角末端排出體外，被海水沖掉，但當海龜在陸地上時，這些分泌物就像眼淚不斷湧出，路易斯‧卡若爾當然了解此一現象。

路易斯‧卡若爾也對「時光倒流」（living backwards）概念很有興趣，「時光倒流」也有另外說法：backward living 或 time

---

21　*Through the Looking-Glass* 首次出版於1871年年底時，在「卷頭詩」之前原有「棋譜」圖形，解釋愛麗絲這個「白棋卒子」（White Pawn）如何移動、如何到第11步棋勝出，書中各角色都列表分配位置。但讀者紛紛質疑似有矛盾，路易斯‧卡若爾自己也坦承錯誤，於1897年修訂新版本取消，往後版本都未見此一棋譜，本譯注也略過。有興趣讀者請參見張華譯注《愛麗絲鏡中棋緣：深入解讀愛麗絲走進鏡子裡》的詳盡解釋。

reversal。在「時光倒流」的鏡中世界裡，愛麗絲要先把水果蛋糕分給大家，然後才能切片。白棋王后被別針扎到流血時反而沒有慘叫，因為她還沒被扎到之前就已經慘叫過了。路易斯‧卡若爾另外一部作品 *Sylvie and Bruno Concluded*（暫譯「席爾薇和布魯諾完結篇」）也出現事件逆時發生的情節，他還喜歡把音樂盒的曲子倒著播放。[22]

　　文學裡科幻小說或傳奇故事常出現「時光倒流」，最著名的例子是費茲傑羅（F. Scott Fitzgerald, 1896-1940）的短篇小說〈班傑明的奇幻旅程〉（"The Strange Case of Benjamin Button," 1922），還拍成賣座電影，故事描述一個奇特的人，出生時是80歲的老頭子，越活越年輕，最後變回嬰兒。費茲傑羅這個故事的靈感來自馬克吐溫（Mark Twain, 1835-1910）的一句話：「要是我們出生時是80歲，慢慢活到18歲，人生肯定會更快樂。」（"Life would be infinitely happier if we could only be born at the age of 80 and gradually approach 18."）。

　　《愛麗絲》有別於一般「第三人稱」的敘事手法，敘述故事的過程當中，常出現很多包含在括弧裡的文字，顯示說故事的人一面說故事一面補充說明，說者很關心聽者的反應，頻頻出現「妳瞧」、「妳看」（"you see"、"you know"）等字眼，訴諸聽者共鳴，將心比心推心置腹，兩者之間有密切互動。書裡那個聽故事的人就是愛麗絲，印證《愛麗絲》果然是為她量身打造而寫。讀者讀來別有「親切感」（intimacy）和「臨場感」（immediacy），彷彿自己也是那個聆聽故事的愛麗絲，就在現場，因此越讀越窩心。

　　全書「第三人稱」的敘事手法，偶爾出現第一人稱的「我」，敘事者「現身說法」對聽故事的愛麗絲說話，譬如《愛麗絲幻遊奇

22　Bowman, Isa. *The Story of Lewis Carrol*. London: J. M. Dent and Sons, 1899.

境》第十二章〈愛麗絲的證詞〉裡，「一隻天竺鼠突然歡呼起來，但立刻被法庭役吏壓制下去。」敘述過程中插入下列括弧文字：（「壓制」這個字有點難，**我**需要稍微解釋一下，其實就是他們拿一個帆布袋，把天竺鼠塞進袋子裡，頭朝下腳朝上，袋口用繩子綁起來，然後坐在袋子上面。）又譬如《愛麗絲鏡中奇緣》第三章〈鏡中世界的昆蟲〉，也出現下列括弧文字：（我希望妳明白大家都同時想著是什麼意思──因為**我**必須承認，**我**自己也不明白。）還有第六章〈不倒翁大胖墩〉也有括弧文字：（愛麗絲不敢貿然問他，用什麼付工資，所以，**我**也沒法告訴妳。）（文中**粗體字**表示強調，為我所加。）

就「敘事理論」（narrative theories 或 narratology）而言，書中說故事的人叫「敘事者」（narrator），閱讀小說的叫讀者（reader）。但有的小說「敘事者」周圍還有在現場聆聽故事的聽眾，甚至發問或互動，大大增加故事的真實性與臨場感，譬如康拉德（Joseph Conrad, 1857-1924）的小說《黑暗之心》（*Heart of Darkness*, 1902）裡，在現場聆聽敘事者馬婁（Marlowe）講故事的那一群水手。《天方夜譚》（*Arabian Nights*）裡，每晚聽新娘講故事欲罷不能的妹妹，還有那位在旁偷聽也聽得欲罷不能的國王。這個現場聽眾角色有個文學術語叫做 "naratee"（重音在最後一個音節），目前還沒有統一的中文譯名，姑且譯成「敘事對象」。本書中在現場聆聽故事的黎竇三姊妹，就是 naratee。

另外，路易斯‧卡若爾用了一個少見的敘事技巧叫 "flash-forward"（目前尚無固定譯名，暫譯「超前敘述」），一般敘事過程中，常見「回溯敘述」（"flash-back"），追溯以往發生的事件，讓「當時」（present）與「過去」（past）穿梭交會。flash-forward 則是敘述後續「未來」（future）發生的事件。「回溯敘述」是在交代事件的「來龍」，「超前敘述」則在交代事件的「去脈」。

　　超前敘述慣用字眼是「事後」（"afterwards"）或「多年之後」（"years after"），交代後續發生的「後事」，有點像中國章回小說「欲知後事如何，請待下回分解」，使情節發展的前因後果更具邏輯性與完整性。西方二十世紀後葉1970年代開始出現的「後設小說」（metafiction），引導讀者意識到虛構和現實之間的差異，也常使用超前敘述手法。譬如：

1)《愛麗絲幻遊奇境》第一章〈鑽進兔子洞〉裡，「愛麗絲看到粉紅眼睛的白兔先生自言自語跑過身邊，當下並不覺得非比尋常，（**事後回想起來**，才想到應該覺得奇怪，然而當時一切好像自然而然。）」

2)《愛麗絲鏡中奇緣》第一章〈鏡中屋〉裡，「愛麗絲**後來說**，她一輩子也沒看過像白棋國王那樣嚇破膽的表情。」

3) 第二章〈花園裡花兒會說話〉裡，「愛麗絲根本想不透，即使**事後回想**，也想不透當初是怎麼開始的，只記得她們手牽著手一起跑，紅棋王后跑得那麼快，愛麗絲只能拚命跑，勉強跟上她。」

4) 第四章〈推德頓和推德迪〉裡，「三個人圍成一圈跳起舞來。（她**事後回想此事**）覺得一切都似乎理所當然。」「**後來**愛麗絲回想，這一輩子沒見過那麼慌亂不堪的狀況。」

5) 第八章〈我的獨家發明〉裡，「愛麗絲在鏡中世界的旅程裡，遇到形形色色的奇怪事情，其中最令她記憶深刻的就是這一幕。**多年之後**，她還能回憶起整幕景象，一切恍如昨日──白棋騎士溫和的藍眼睛與和藹的笑容。」（文中**粗體**字表示強調，為我所加。）

　　學術界對這兩本暢銷童書的研究興趣始於1932年「路易斯・卡若爾百年誕辰紀念」，美國文學批評大師愛德蒙・威爾森

（Edmond Wilson, 1895-1972）率先稱讚路易斯‧卡若爾是一位「詩
人邏輯學家」（"Poet Logician"），理應贏得更多仰慕者和研究者。[23]

英國現代主義與女性主義先鋒維吉尼亞‧吳爾芙（Virginia
Woolf, 1882-1941）的話也經常被人引用：「路易斯‧卡若爾讓我們
看見孩子眼裡上下顛倒的世界，也讓我們像孩子一樣笑開懷，」[24]因
此，吳爾芙這話後半句趙元任譯得真好：「這兩本書不是給兒童看
的，而是給大人看的，大人讀了之後就變成了孩子。」（"the two
Alices are not books for children; they are the only books in which we
become children"）。[25]

趙元任也說：「在英美兩國裡差不多沒有小孩子沒有看過這書
的，但是世界上的大人沒有不是曾經做過小孩子的，……等於說英
國人、美國人、個個大人也都看過這書的。」

全世界知名評論家和作家也紛紛對《愛麗絲》抒發高見，[26]長大
之後的大人讀起《愛麗絲》更能讀出精髓，小時候只能笑看熱鬧，
不能體會內涵。有學者說得更貼切：「所有讀過《愛麗絲》的，反
而是孩子最不能了解書裡寫的是關於什麼。」[27]重溫舊夢的讀者是否

23　"C. L. Dodgson: The Poet Logician." Edmond Wilson另一知名著作是 *To the
　　Finland Station: A Study in the Writing and Acting of History* (1940)，劉森堯譯
　　《到芬蘭車站：馬克思主義的起源和發展》（麥田，2000）。

24　"Carroll has shown us the world upside down as a child sees it, and has made us
　　laugh as children laugh," (*The Moment and Other Essays*. London: Hogarth, 1947.)

25　《阿麗思漫遊奇境記》〈譯者序〉。

26　世界知名評論家和作家還有 Terry Eagleton、Gilles Deleuze、Hélène Cixous、
　　William Empson、George Orwell、W. H. Auden、Susan Sontag、Joyce Carol
　　Oates等。

27　參見Peter Heath, "of all those who read them, it is the children especially who have
　　the smallest chance of understanding what they are about." *The Philosopher's Alice*.
　　New York: St Martin's, 1974. 3.

有同感？

　　路易斯‧卡若爾的日記和書信陸陸續續被整理出版之後，研究資料大增，也促成1970年代以後學術界「愛麗絲研究」如雨後春筍，開始出現各種解說，百家爭鳴，此起彼落，甚至南轅北轍。顛覆性的另類詮釋屢見不鮮，一句話就可以大做文章各自表述，標新立異匪夷所思。其中不乏洞見，觸類旁通，見人所未見，令人耳目一新。但也有些難免牽強附會，甚至走火入魔，令人懷疑是否犯了文學評論界所謂的「意圖謬見」（intentional fallacy）或「感受謬見」（affective fallacy），將作家言談、書信、日記等外在因素的意圖，或將詮釋者個人感受及誤讀見解，強行加諸於作品，而導致偏差解讀。

　　難怪葛登納（Martin Gardener，也是傑出數學家）在他那劃時代的 The Annotated Alice（暫譯「愛麗絲注釋版」；2015年擴充為 The Annotated Alice: 150th Anniversary Deluxe Edition，暫譯「愛麗絲注釋版：150週年紀念豪華版」），開頭就引用學者的呼籲，不要太嚴肅對待兩本《愛麗絲》書：「可憐、可憐的小小愛麗絲！她不僅被逮到了、被逼著做功課、還被逼讓別人從她身上學到教訓，她現在不僅是女學童，還是女教師。」[28]

　　學生們被逼著正襟危坐閱讀《愛麗絲》，又要考試、又要寫讀書心得報告、又要回答莫名其妙的問題，所以他很擔心愛麗絲在學究手中會變成「經典墳墓裡的冷漠遺跡」。[29] 葛登納也說，二十世紀

28　參見 Gilbert K. Chesterton, "Poor, poor, little Alice! She has not only been caught and made to do lessons; she has been forced to inflict lessons on others. Alice is now not only a schoolgirl but a schoolmistress." (Qtd. Gardener, xiii.)，這段文字也經常被他人引用。

29　"cold and monumental like a classic tomb."

以來的讀者，目前面臨學術界另一套稀奇古怪錯綜複雜的無稽之談，與《愛麗絲》書中的無稽之談截然不同，根本無助於體會《愛麗絲》的機智幽默。

我個人深表贊同，愛麗絲好不容易才把兒童文學從學院派的說教傳統中解放出來，不要再把她放回學院去，我也希望學生們盡情享受閱讀與幻想的樂趣，而不是一味追求書中的教誨意義或寓言象徵，捕風捉影穿鑿附會，把一本趣味童書弄得支離破碎慘不忍睹。就像〈假海龜的故事〉裡的公爵夫人那樣引經據典自圓其說，凡事都硬要掰出「道德教訓」。

我個人也覺得路易斯·卡若爾是一個「業餘」作家，不應該用「專業」作家的高超標準去要求他，不要用二十世紀的文學理論去衡量評價十九世紀的作品。路易斯·卡若爾的專業是數學教師，沒有顯赫家世，沒有著作等身，即使《愛麗絲》令他一炮而紅，而且身後比身前更紅，躋身世界級經典之林，但他毫無撰寫經典巨著的意圖。

路易斯·卡若爾親口說過：「我寫《愛麗絲》書僅僅只是『為了取悅一個我喜愛的孩子』（"to please a child I loved"）而已」，沒想到卻取悅了全世界億億兆兆的孩子。他只是一個說故事的高手，而且為孩子量身打造，編織出天馬行空的故事，那我們就應該從他「說故事的本領」這一方面給他評價，而不是針對「說故事者」的生平身世去扯後腿、揭瘡疤，如果他講的故事只取悅了「一個孩子」而已，那麼全世界老老少少的讀者為何也趨之若鶩？

路易斯·卡若爾作夢也沒想到，他為「一個小女孩」寫的故事書，居然引起如此廣泛的學術討論和研究，廣度與深度令人咋舌，包羅萬象無奇不有，幾乎所有當道顯學的批評理論，都拿《愛麗絲》當作檢驗對象，所幸也都找到滿意答案，有學者說：「哲學家、邏輯學家、數學家、物理學家、心理學家、民俗學家、政治學

家，還有文學評論家及沙發椅讀者，都在《愛麗絲》裡找到詮釋見解的根據。」[30] 我被眾多理論牽著鼻子走到東走到西，暈頭轉向之餘，寧可當個「沙發椅讀者」。

幸虧《愛麗絲》經得起時代考驗，當其他作品紛紛沉淪滅頂之後，《愛麗絲》始終戰勝激流，保持中流砥柱的地位。哲學家們特別偏愛《愛麗絲》，紛紛探討哲學領域議題。學者們的論文討論愛麗絲書中的藥物、夢境、邏輯、性別、逃避主義、女性主義，甚至核子策略等議題，引用各種門派的文學理論，也是天馬行空各自表述。[31]

愛麗絲身材變化忽大忽小，懷疑自己不是原來的自己，欠缺安全感，於是有「身分認同」（identity）的問題。醫學上還有所謂的「愛麗絲夢遊症候群」（"Alice in Wonderland syndrome"），人體在腦部受到病毒感染而發炎時，會引發腦壓上升，產生視覺錯亂、異想天開、語無倫次、情緒不穩、意識障礙等精神異常症狀，其中一種有趣症狀是把所有的人和物都看成巨大或渺小，學術界稱之為「巨視症」（macropsia）與「顯小症」（micropsia），就像愛麗絲幻遊奇境，因而得名。有學者考據路易斯・卡若爾曾罹患偏頭痛毛病，推論是否也會造成這種幻覺現象。還有，十九世紀歐洲不少文人雅士或藝術家以吸食鴉片為風尚，但以路易斯・卡若爾拘謹保守的個性，絕不可能貿然嘗試。

30　參見 Nina Demurova, "philosophers, logicians, mathematics, physicists, psychologists, folklorists, politicians, as well as literary critics and armchair readers, all find material for thought and interpretations in the *Alices*"。

31　參見 Richard Brian Davis, ed. Alice in Wonderland *and Philosophy: Curiouser and Curiouser* (2010)。

　　基本上讀者分成兩大陣營。一是喜愛到癡迷瘋狂的偶像崇拜，網路上處處可見書迷網頁、俱樂部、部落格等等，還有推陳出新的電影、電視、CD、DVD等。一是自認客觀嚴肅的文學剖析，援引各種門派理論，架構各種自圓其說的詮釋。

　　兩大陣營的組成份子重疊重複的比例極高，畢竟閱讀《愛麗絲》是人人成長過程中難以忘懷的享受經驗，幾乎沒有人不喜歡《愛麗絲》，即使其中許多笑話妙趣是當時當地英國語言文化背景專屬享有。

　　儘管俗話說「內行人看門道，外行人看熱鬧」，經過這兩大陣營的切磋互動，看「熱鬧」的也漸漸看出「門道」到來了。我自己也感染了兩大陣營的狂熱，任何片語隻字都會讓我雀躍萬分。多年來也加入路易斯·卡若爾協會（Lewis Carroll Society，目前已有英國、北美、日本、巴西等分會）的e-mail名單，每當協會有活動、聚會、演講、旅遊、工作坊、文章發表、新書出版、連結網站，甚至學者逝世等訊息，我都會收到通知，分享那種天涯知己共享盛事的喜悅。

　　「《愛麗絲》研究」不只有成千上萬的「隨筆」、「論文」、「專書」等，還有專屬的「學術期刊」*Jabberwocky*（1998年起改名 *The Carrollian*）和 *Knight Letter*、專屬的「手冊」*The Lewis Carroll Handbook*、專屬的「伴讀」*The Alice Companion*、專屬的「用語索引」*The Alice Concordance*、論文集至少有八冊（按出版年代排序）：

1）Phillips, ed. *Aspects of Alice: Lewis Carroll's Dreamchild as Seen Through the Critics' Looking-Glass 1865-1971* (1971)；

2）Guiliano, ed. *Lewis Carroll Observed: A Collection of Unpublished Photographs, Drawings, Poetry, and New Essays* (1976)；

3）Guiliano, ed. *Lewis Carroll, A Celebration: Essays on the Occasion of the 150th Anniversary of the Birth of Charles*

Lutwidge Dodgson (1982)；

4）Guiliano and Kincaid, eds. *Soaring with the Dodo, Essays on Carroll's Life and Art* (1982)；

5）Bloom, ed. *Modern Critical Views: Lewis Carroll* (1987)；

6）Fordyce and Marello, eds. *Semiotics and Linguistics in Alice's Worlds* (1994)；

7）Hollingsworth, ed. *Alice beyond Wonderland: Essays for the Twenty-First Century* (2009)；

8）Davis, ed. *Alice in Wonderland and Philosophy: Curiouser and Curiouser* (2010)。

　　近年來文學論壇的焦點似乎從《愛麗絲》作品「文本」轉移到路易斯・卡若爾作者「本人」。我在《愛麗絲》文本譯注裡加了280多個腳註（footnote），讀者讀到哪裡，我就解釋到哪裡，邊讀文本邊看注釋，就會體驗字裡行間蘊藏的豐富意涵，同時也發展讀者個人的觀點，重溫舊夢的讀者更能發掘新意。在這篇〈導讀〉裡我將多花一點功夫探索路易斯・卡若爾生平，以及多年來被「誤解」、被「迷思化」的怪現狀。

　　路易斯・卡若爾的傳記也是多如牛毛，至少有二、三十本，其實他的一生非常平凡，淡泊名利、與世無爭，沒有輝煌事蹟、沒有緋聞醜聞，只是喜歡寫信、寫日記、以文會友，但傳記家們卻發揮想像各自表述，寫得天花亂墜。

　　他的第一本傳記 *The Life and Letters of Lewis Carroll*（暫譯「路易斯卡若爾生平及書信集」），由他外甥柯林伍德（Stuart Dodgson Collingwood）撰寫，完成於路易斯・卡若爾去世之後幾個月，上市後立刻被搶購一空。往後的十幾本傳記大都持續把他描繪成害羞內向、沉默寡言、自律嚴謹、離群索居的形象。二十一世紀前後新

出爐的多本傳記，更是傾向於繪聲繪影大做文章，甚至拿著雞毛當令箭。等到他全部的日記和書信出版之後，大家才發現原來他幽默開朗、擇善固執、寧缺勿濫，天天忙著讀書、寫信、攝影、旅遊、參展、餐敘，日子過得很豐富很充實，怡然自得。

　　路易斯‧卡若爾流傳後世的照片寥寥可數，網路上可看到少數幾張，讀者很容易就感覺到他那憂鬱小生的靦腆氣質，害羞內向，似乎不敢正眼直視鏡頭。他身高近6呎，修長消瘦，面目清秀，一頭棕色鬈髮，一對藍灰眼睛，一隻耳朵微聾。從小患有相當嚴重的口吃（幾個弟妹也有），但不自卑，《愛麗絲幻遊奇境》中那隻「多多鳥」（The Dodo）就是調侃自己，因為說話結巴，每次說到自己姓氏Dodgson時，常常說成Do-Do-Dodgson。他面對家人、至親好友、小孩子時談笑自如妙語如珠，講起故事來口沫橫飛趣味橫生。他在家中11個孩子當中排行第三，上有2個姊姊，下有3個弟弟、5個妹妹，始終扮演「孩子王」、「大哥哥」的角色，帶領8個弟妹，為他們講故事、摺紙船、演木偶戲、編小雜誌、寫幽默詩文、發明小玩意兒，自娛娛人，也擅長玩西洋棋、槌球、撞球等遊戲。兄弟姊妹感情融洽，他即使長年住在學校教師宿舍，還是經常回家處理家務，父母去世後「長兄若母」，照顧未嫁娶的幾位弟妹們無微不至，為他們買房搬家，逢年過節家族團聚和樂融融。

　　路易斯‧卡若爾是牛津大學基督堂學院的數學講師，一教就教了26年，雖然他上課時嚴肅正經不苟言笑，並不如《愛麗絲》書中的風趣幽默，但他教書時很會創造遊戲來解釋數學邏輯。雖然也出版了幾冊邏輯和數學方面的著作，但不是特別高深的學術研究。教數學的他和《愛麗絲》作者的他簡直判若兩人，再加上他注重隱私獨善其身，更是謎上加謎，於是傳記家只好捕風捉影加油添醋。[32]

32　Stanhill, Gerald. "The Reverend Charles Lutwidge Dodgson and Lewis Carroll: A

　　他出身牧師家庭，虔誠信仰英國國教，政治立場偏向保守，經常一身牧師黑衣裝束，溫文儒雅不苟言笑，嚴以律己謹守本分。他一生幾乎都住在牛津大學院區宿舍，生活簡單，寫書信、寫日記，不交際、不應酬，除了經常進出倫敦劇院聆聽歌劇或觀賞舞台劇，著名女演員艾倫泰瑞（Ellen Terry）是其終身好友，夏天則到海邊度假。

　　攝影是他維持了25年的嗜好（hobby），雖然他自謙只是「消遣」（pastime）而已。他用擔任牛津大學數學講師的第一年收入，買了最新進的相機和沖印照片設備，在那個時代攝影還是複雜的新興高科技藝術，他深度鑽研自成一格，拍攝對象以親朋好友及其兒女為主，當時傑出人物如桂冠詩人丁尼生（Alfred Tennyson）、物理學家法拉第（Michael Faraday）、捍衛達爾文進化論的生物學家赫胥黎（Thomas Huxley）等也都入鏡，還包括眾多男女、洋娃娃、貓狗、雕像、樹木等，拍了3000多張，主題意象豐富又變化萬千，曾一度參加「皇家攝影協會」（Royal Photographic Society）展覽，被譽為那個時代的優秀攝影家。

　　網路上最常見到的幾張照片：一張路易斯・卡若爾手拿攝影機鏡頭的照片、一張路易斯・卡若爾站在戶外窗前的照片、一張黎竇三姊妹坐在中國式躺椅上、一張愛麗絲・黎竇頭戴花冠的照片[33]，及一張愛麗絲・黎竇在6歲時打扮成衣衫襤褸流浪乞丐的照片。

　　這張楚楚可憐的「乞丐女孩」（"The Beggar Maid"）照片十分有名，是1858年夏天他在院長亨利・黎竇宅邸花園裡拍攝的，院

Mystery Wrapped in an Enigma." *The Carrollian: The Lewis Carrol Journal* 12 (2000): 36-44.

33　*Alice's Adventures in Wonderland*「卷前詩」最後兩行提到花冠（"wreath of flowers"）。

長全家人也常請他拍攝照片，好友詩人丁尼生稱讚是所見最美照片。但後來被人拿來大做文章，因為照片中的愛麗絲‧黎竇衣袖褪落雙臂兩側，露出左邊乳頭，甚至被質疑有強烈性暗示意味。但讀者也不妨想想：6歲小女孩露出乳頭會很性感嗎？

　　有學者針對這張照片深入研究路易斯‧卡若爾的日記與攝影技巧，於2011年由牛津大學出版社出版了一本新的傳記，[34]封面就是用了這張照片，書中闡述「攝影」如何改變了這位害羞又半聾的數學家，也觀察入微的記錄了他周圍天真無邪的孩童們，這張照片是第一手資料，證明路易斯‧卡若爾的曠世巨著就是被這麼一個小女孩啟發靈感的，4年之後愛麗絲‧黎竇長到10歲（雖然書中的愛麗絲才7歲），路易斯‧卡若爾帶著她們三姊妹們和朋友們在「金色午後陽光燦爛」（golden afternoon）的日子去划船郊遊，然後寫成經典童書 *Alice's Adventures in Wonderland*。

　　1880年聽說路易斯‧卡若爾因為幫韓德森家的艾莉和法蘭西斯姊妹拍攝裸體寫真照片，受到他人惡意中傷，導致從此放棄深愛了25年的嗜好。1997年路易斯‧卡若爾逝世一百週年紀念，德州大學（University of Texas）舉辦研討會並展出其所收藏的照片，展覽主題訂得頗有意義：「鏡中世界的反映：路易斯‧卡若爾百年紀念攝影展」（"Reflection in a Looking Glass: A Lewis Carroll Centenary Exhibition"）。近年來有學者紛紛為文出書，[35]深入研究證明他的攝影技術確實具有高度的專業水準和藝術造詣，拍攝的角度、打光、氣氛、背景、清晰度都極為講究，堪稱無懈可擊的精心傑作，因為他凡事謹慎堅守原則，天生就是典型的完美主義者。

34　參見 Simon Winchester, *The Alice behind Wonderland* (2011)。

35　參見 Nickel、Cohen、Guiliano、Hollingsworth、Monteiro、Taylor、Wakeling 等。

　　路易斯・卡若爾每次參加社交場合時，都害羞的坐在一旁聆聽，不會主動與人攀談。因此常被現代醫學界「診斷」出可能患有「亞斯伯格症候群」（"Asperger's Syndrome"），在人際互動和社交活動方面有所困難。奧地利小兒科醫生亞斯伯格（Hans Asperger, 1906-1980）於1944年觀察到這一類人思維模式異於常人，不易融入團體，無法理解或遵循社會常規，常以自我為中心，偏執特殊喜好，興趣狹隘專注，經常固執己見，容易遭受挫折，傾向負面思考，情緒不太穩定，不懂人情世故，講話得罪人而不自知，不易與人建立親密關係。

　　「亞斯伯格症候群」也是一種「自閉症」（Autism），但因人而異，每位患者因先天或後天環境不同，而導致不同特性或症狀，甚至高達數十種，因而稱之為「症候群」。病因不明，定義也有爭議，1990年代才被廣為重視，多數醫界學者認為是一種「差異」，但非急需治療的缺陷或障礙，也絕非智能障礙。歷史上有很多名人或天才也被認為具有「亞斯伯格症候群」，如牛頓、貝多芬、莫札特、傑佛遜、希特勒、比爾蓋茲等。

　　近年來有兩位學者出版了兩本書討論「自閉症」和「亞斯伯格症」如何影響作家的寫作，也列舉歷代名作家如《安徒生童話》的安徒生（Hans Christian Anderson）、《格里弗遊記》的綏夫特（Jonathan Swift）、《動物農莊》的奧威爾（George Orwell）、《湖濱散記》的梭羅（Henry David Thoreau）、《白鯨記》的梅爾維爾（Herman Melville）、美國才女詩人愛蜜莉狄瑾森（Emily Dickinson）、愛爾蘭諾貝爾詩人葉慈（William Butler Yeats）等。[36]還有學者從本

36　參見Michael Fitzgerald, *The Genesis of Artistic Creativity: Asperger's Syndrome and the Arts* (2005)和Julie Brow, *Writers on the Spectrum: How Autism and Asperger Syndrome Have Influenced Literary Writing* (2010)。

身就是「自閉症」患者的角度，觀察路易斯‧卡若爾的言行舉止。[37]

　　路易斯‧卡若爾的父親查爾斯‧道德森（Charles Dodgson）是德高望重、博學多聞、自律嚴謹、深受愛戴的教區牧師，當然指望這個長子繼承衣缽，而路易斯‧卡若爾天資聰穎、認真用功、品學兼優，也沒有辜負他的期望，雖然沒有當上牧師，但也當上牛津大學的講師。

　　路易斯‧卡若爾在12歲前都是由父親在家親自教育，12歲後上瑞奇蒙公立中學（Richmond Grammar School），14歲至18歲就讀名校拉格比寄宿中學（Rugby School），住校期間曾因害羞內向又口吃而常遭同輩霸凌，還感染百日咳和腮腺炎，導致往後經常咳嗽和右耳有些失聰，幾乎是「慘綠少年」的日子，但他一直保持名列前茅，數學特別傑出，因為他父親也喜愛數學。18歲進入父親當年就讀的牛津大學基督堂學院，學業表現優異獲得獎助學金，減輕不少家庭經濟負擔。22歲以第一名優秀成績畢業取得學士學位，主修數學、輔修古典文學。25歲取得數學碩士學位後，在母校擔任數學講師，29歲時取得終身任教資格，也被任命為教堂「執事」（deacon），準備將來擔任牧師。

　　「執事」這個神職人員的工作及他長期領有獎助學金（Studentship），都需要宣誓保守單身（celibacy），但可能因為嚴重口吃又不擅言詞，他不打算成為牧師上台講道，他的院長亨利‧黎寶（愛麗絲‧黎寶的父親）也不勉強他。基於這一點宗教家庭背景，再加上他自己本來就是至為虔誠的基督徒，路易斯‧卡若爾可能覺得在道義上也有義務保持單身。

37　Robert B. Waltz自行出版的電子書（e-book）*Alice's Evidence: A New Look at Autism* (2014)。

　　路易斯‧卡若爾從小飽讀詩書，7歲開始閱讀《天路歷程》（*Pilgrim's Progress*），還有莎士比亞、狄更斯、丁尼生（Alfred Tennyson）、柯勒瑞芝（Samuel Coleridge)、羅斯金（John Ruskin）、喬治‧艾略特（George Eliot）等，又喜歡舞文弄墨、結交文人雅士、出入劇院、四處攝影，因此憂慮擔任神職人員也會剝奪這些樂趣，遲遲不敢宣誓接受聖職。這也多多少少解釋他終身未婚的原因。

　　《愛麗絲》號稱是「無稽文學」（"Nonsense Literature"）的代表作。根據《牛津英文字典》（*Oxford English Dictionary*），"nonsense" 泛指「無意義、荒謬、不合邏輯的語言文字」（"either words without meaning or words conveying absurd and incongruous ideas"），通常翻譯成無稽、荒誕、胡鬧、胡扯、荒謬、荒唐、廢話、無厘頭、瘋言亂語等，視前後文狀況而定。

　　有人質疑「無稽文學」是否堪稱一種「文學類型」（literary genre），因為沒有構成文類的基本要素，如固定文體、體裁行規、專有術語、內容範圍、風格技巧、系列傳承作品等。也有人堅持此類戲謔文章早已行之多年，苦於有「實」無「名」，沒有統一認可的名稱，一直到二十世紀末期，兒童文學領域才正式敲定 "Literary Nonsense" 文類名稱，以愛德華‧李爾（Edward Lear, 1812-1888）和路易斯‧卡若爾為先驅，以《愛麗絲》為登峰造極之作。

　　儘管「無稽文學」在西方世界已被認定是一種文類，但中文譯名有待商榷，幸好近年來國內有幾篇碩博士論文，如陳佳汶、李昭宜、吳恬綾、朱淑華、蔣裕祺等，討論分析「無稽詩文」（nonsense verse）的翻譯策略，多數譯為「無稽」，少數譯為「荒誕」或「胡鬧」。本譯注在此截長補短統一譯為「無稽」，取其 "non"-sense 的「無」，《尚書》、《閱微草堂》、《鏡花緣》都有「無稽之言」或

「無稽之談」的成語典故，指稱沒有根據、胡言亂語的說法。

西方文學近年來鑽研「無稽詩學」（"nonsense poetics"）或「無稽美學」（"nonsense aesthetics"）的學者與日俱增，已經建立相當口碑。本譯注〈參考研究書目〉列出30多筆專書或論文資料討論《愛麗絲》裡的無稽文學，[38]其中特別值得一提的是兩本國內學者撰寫的高水準英文博士論文，對「無稽文學」有極為深入的探討：

1) 王沐嵐（Wong, Mou-lan）2009年英國牛津大學博士論文："Visualizing Victorian Nonsense: Interplay between Texts and Illustrations in the Works of Edward Lear and Charles Lutwidge Dodgson"，討論愛德華・李爾和路易斯・卡若爾無稽詩文本和插畫之間的互動，特別觀察到圖文並茂的特色，作者與插畫家精心安排，讓文字與圖像巧妙對應，產生相輔相成的互動。

2) 蔣裕祺（Chiang Yu-chi）2012年國立台灣師範大學英語學系博士論文："Biophilosophy and the Logic of Nonsense: A Deleuzian Reading of Lewis Carroll's Two *Alice* Books"，以德勒茲式閱讀方式探討《愛麗絲》裡的生命哲學與荒誕邏輯。

「無稽文學」早在十七世紀（1611年）即源於英國，但到十九世紀才蔚為風氣。維多利亞時期插畫家詩人愛德華・李爾開創「五行打油詩」（"limerick"），被公認為發揚光大「無稽文學」的先鋒，他的《無稽詩集》（*A Book of Nonsense*, 1846）在當年十分轟動暢銷，作家群起模仿。他的無稽詩歌常被拿來和路易斯・卡若爾相

38（依作者姓氏字母順序排列）Chesterton, Chiang, Ede, Farrel, Flescher, Holbrook, Holquist, Kent, Kérchy, Lecercle, Lehmann, Lopez, Noimann, Orwell, Partridge, Prickett, Pitcher, Rackin, Rieke, Scharfstein, Schwab, Sewell, Shires, Snider, Taliaferro, Thomas, Throesch, Tiggs, Warner, Willis, Wong 等。

比擬，但愛德華・李爾在後代文學史逐漸沒落，而路易斯・卡若爾
卻大紅特紅。

　　古今中外很多詩人、小說家、劇作家對此一戲謔文類樂此不
疲，經常戲耍玩弄，別出心裁各顯神通：

1）二十世紀英國諾貝爾獎詩人艾略特（T. S. Eliot, 1888-1965）
　　也禁不住小試身手，為孩子們寫了一本詼諧詩集《老負鼠的
　　貓經》（*Old Possum's Book of Practical Cats*, 1939），用古怪
　　荒誕異想天開（whimsical）的方式，寫盡各種「貓科動物」
　　（feline）的特性和心態：奸詐、狡猾、陰險、鬼祟、矯揉、
　　過氣等，被當今音樂劇大師韋伯（Andrew Lloyd Webber,
　　1948- ）改編成膾炙人口的《貓》（*Cats*），享譽國際。

2）二十世紀愛爾蘭諾貝爾獎小說家喬伊斯（James Joyce, 1882-
　　1941）生前最後一部小說《芬尼根的守靈》（*Finnegans
　　Wake*, 1939），描述守靈者的虛幻夢境，大玩語言文字遊
　　戲，大量創造新詞（甚至創造九個100和一個101字母長的
　　單字），融合異國語言，將字辭解構重組，重新安排詞序句
　　法，形成各式各樣雙關語，結合神話民謠與寫實情節，夾雜
　　離題故事，導致誨澀難懂，被稱為意識流空前絕後之作。

3）二十世紀愛爾蘭諾貝爾獎劇作家貝克特（Samuel Beckett,
　　1906-1989）的《等待果陀》也是荒誕派戲劇重要代表作，
　　劇中兩個百無聊賴的人物在等待「果陀」，而「果陀」始終
　　未出現，全劇沒有劇情，只有亂無頭緒的對話，象徵現代社
　　會對未來的迷惘企盼。

4）二十世紀美國電影奧斯卡獎編劇導演伍迪・艾倫（Woody
　　Allan, 1935- ）也喜歡編導「鬧劇式的喜劇」（slapstick
　　comedies）電影，戲弄無稽自娛娛人，演出焦躁不安神經質
　　人物的無厘頭言行。

　　歷代作家創作「無稽文學」的用意因人而異，目的五花八門，好像「萬花筒」（kaleidoscope）千變萬化，但多在質疑抗拒世俗傳統，特別是語言的約定俗成和邏輯的推理模式。儘管語言和邏輯無法人人認同，但人類溝通還是需要使用共同的語言文字作為媒介，還是要從共同的邏輯思考模式出發，所以「無稽文學」作家往往故意予以扭曲、翻轉、拆解、重組，把「體制」（conventional）變成「非體制」（un-conventional）。

　　表面上似乎毫無邏輯，但實際上卻是「亂中有序」，另外建立自成一派的邏輯，都是把熟悉的事物改造成荒謬怪誕，強迫讀者從另類角度思考「有意義」（"sense"）和「無意義」（"non-sense"）之間「互為表裡」的關係。「是」與「非」往往模稜兩可，有時「積非成是」、「昨是今非」、「口是心非」、「似是而非」，誰對誰錯毫無準則，單看從「誰的立足點」觀看。

　　「無稽文學」就是要把「無意義、荒謬、不合邏輯」變成「有意義、合理、合乎邏輯」，於是就要靠作者和讀者「互動合作」，好比「一個巴掌拍不響」，「落花」有意也要「流水」有情，若是作者寫了半天而讀者讀不懂，就失去價值也暢銷不起來，《愛麗絲》裡的無稽詩文從英國紅到全世界，不是沒有道理。

　　「無稽文學」向來與童謠十分親近，愛德華·李爾和路易斯·卡若爾最擅長創作或諧擬童謠。《愛麗絲》最受歡迎的原因就是，把大家耳熟能詳的兒歌童謠改頭換面，保留押韻與音調格式，但字義都被撤換或扭曲。

　　原本規勸向善的嚴肅主題，從愛麗絲或其他人物嘴巴裡出來時卻變了調，變成了詼諧反諷的打油詩，彷彿大家潛意識都傾向排斥或顛覆一本正經的威權意識。但路易斯·卡若爾不是瞎掰惡搞，他的無稽歌謠遵循自成體系的邏輯，人生何必如此的道貌岸然？換個

方式另眼看世界又何妨？難怪愛麗絲從小背得滾瓜爛熟的歌謠，卻無法出口成章，難怪書中其他人物也深有同感。

　　我們孩童時期都會朗朗上口一些兒歌童謠或打油詩，音韻鏗鏘節奏分明，意義卻莫名其妙，甚至以訛傳訛，譬如跳橡皮筋的時候唱：「小皮球，香蕉油，滿地開花二十一，二五六，二五七，二八二九三十一」。又譬如「城門城門雞蛋糕，三十六把刀，騎白馬，帶把刀，走進城門滑一跤」，原來人家南京人是這樣唱的：「城門城門幾丈高，三十六丈高。騎大馬，帶把刀，城門底下走一遭。」又譬如宜蘭民謠〈丟丟銅仔〉：「火車行到伊都，阿末伊都丟，唉唷磅空內。磅空的水伊都，丟丟銅仔伊都，阿末伊都，丟仔伊都滴落來」，但其產生緣由和流傳眾說紛紜，有人說「丟丟銅仔」是昔日丟擲銅錢的遊戲，也有人認為是火車過山洞時洞內滴水的聲音滴滴答答，甚至有人認為是黃色歌曲影射男女之間的性行為。

　　閱讀《愛麗絲》最大的樂趣當然是路易斯‧卡若爾創意改編的童謠和打油詩，堪稱「無稽歌謠」顛峰，尤其是英國當年的孩童一定讀得笑呵呵。耳熟能詳的勵志歌謠被解構、被翻轉，套用格式照樣押韻，但巧妙替換字詞，拼貼錯置，別是一番反諷意味。維多利亞時代流行的傳統童話故事和童謠常有嚇人情節和道德教訓，警告小孩子不聽話就會受到懲罰或落得悲慘下場，因此孩童從小被教育得要服從大人、要循規蹈矩。這些說教故事和勵志歌謠，在《愛麗絲》書中常被路易斯‧卡若爾用來諧擬調侃（parody）。

　　英國孩童也從小背誦勵志歌謠，大家都背得滾瓜爛熟，還常背給長輩聽，宴客時背給客人聽，博得稱讚。英國著名「聖詩之父」瓦特（Isaac Watts, 1674-1748）於1715年出版勵志詩集《孩童聖歌》（*Divine Songs for Children*），供學童背誦十分暢銷，其中一首〈戒怠惰避災禍〉（"Against Idleness and Mischief"），奉勸世人要學習勤勞的蜜蜂，不要懶散怠惰，否則災禍就會降臨。我們小時候唱的

兒歌也要學蜜蜂勤做工，別當懶惰蟲：

> 嗡嗡嗡，嗡嗡嗡，大家一起勤做工。
> 來匆匆，去匆匆，做工興味濃。
> 天暖花好不做工，將來哪裡好過冬？
> 嗡嗡嗡，嗡嗡嗡，別學懶惰蟲。

在《愛麗絲幻遊奇境》第二章〈眼淚池塘〉裡，路易斯・卡若爾把勤勞工作的小蜜蜂，改成了以逸待勞的小鱷魚，笑瞇瞇的張開嘴巴設下圈套，以優雅手勢歡迎小魚兒自投羅網，戲謔之餘也顛覆「說教」傳統，從小被禮教束縛管訓的孩童，讀來會有暫時解脫桎梏的快感。

路易斯・卡若爾諧擬童謠並無明顯貶損或誣衊原作之嫌，他保留原作的格律和押韻，替換關鍵詞彙，很多神來之筆令人嘆為觀止，不是完全「無稽」（nonsense），而是賦予另類「新意」（new sense），也不是「扯後腿」（undermine），而是要「解構」（deconstruct）過度濃厚的說教意味。

在《愛麗絲》裡，路易斯・卡若爾大量玩弄文字，如同魔術師耍戲法，出神入化爐火純青，使用各種「雙關語」（pun 或 paronomasia）、「同音異義」（heteronym）、「同音同形異義」（homonym）、「同音異形異義」（homophone）、「異音同形異義」（homograph）、舊詞新義（neologism）、複合字詞（portmanteau）、挪用字詞（malapropism）、「擬聲詞」（onomatopoeia）、「重組字母」（anagram）、「似非而是」（paradox）或「似是而非」（speciosity）等，文學家和語言學家讚不絕口。以下挑出幾個例子簡單說明路易斯・卡若爾的文字遊戲。

　　《愛麗絲幻遊奇境》第三章〈黨團熱身賽跑和漫長故事〉裡，大夥兒從眼淚池塘爬出來又濕又冷，只聽得老鼠先生說："I'll soon make you dry enough!"，這個"dry"是個「雙關語」，都以為他會幫大夥兒趕快把身體「弄乾」（dry）免得感冒，沒想到老鼠先生卻準備長篇大論，講述他們家族史的「枯燥」（dry）故事。「雙關語」常常故意造成「牛頭不對馬嘴」，翻譯「雙關語」需要考量「說話者」的立場，只能翻譯成「我會很快把大家弄得夠枯燥！」，而不是「聽話者」的立場，所以不能翻譯成「我會很快幫大家把身體弄乾！」。

　　《愛麗絲幻遊奇境》第七章〈瘋狂茶會〉裡，紅心王后因為瘋帽匠擅自竄改歌詞，指稱瘋帽匠「破壞了拍子」（murdering the time），也就是亂了拍子，"murder"一字除了「謀殺」，還包括「破壞、糟蹋、扼殺」的意思。瘋帽匠以為被指控「謀殺了時間」，因為時間被謀殺了、死了，所以永遠停留在六點鐘，他們也被迫喝上永遠沒完沒了的茶。翻譯「雙關語」本來應該依循說話者的旨意譯成「破壞了拍子」，但在這裡情況特殊，瘋帽匠是「間接引述」王后的話，由他認知觀點以為自己犯了謀殺罪，所以必須翻譯成「謀殺了時間」。

　　〈瘋狂茶會〉一整章都是在製造「雞同鴨講」、「牛頭不對馬嘴」的趣味效果，愛麗絲與睡鼠說的是同一個字"treacle"，但認知意義卻相去甚遠。在翻譯上很困難，雙關意義無法在同一句話並列，也無法捨彼取此，只能在注解中說明其奧妙。關鍵就在"treacle"這個「同形同音異義字」（heteronym），愛麗絲心裡想的treacle是「糖漿」，由蔗糖製糖過程中提煉出來的棕黃色濃稠漿汁（syrup），香甜可口，小孩子都喜歡，但總被大人告誡吃多了會生病，住在「糖漿井」（treacle well）裡天天吃糖漿，當然是匪夷所思的夢幻境界，難怪愛麗絲說三個姊妹不可能靠吃糖漿過日子，

「那會生病的」。

事實上睡鼠說的treacle是指一種「神奇井水」，牛津西北方2公里左右有一個村莊叫賓禧（Binsey），那兒的聖瑪格麗特教堂（Church of St. Margaret）庭園有一座神奇水井（treacle well），這神奇井水據說具有醫療效果。歐洲中世紀以來就流傳，住在這種神奇水井的醫療聖地可以治百病，成千上萬的朝聖者蜂擁而至，汲取井水治病，認定具有解毒劑或萬靈藥之類的神奇療效，中世紀時代"treacle"這個字的意思是「醫療藥膏」（healing unguent）（參見「維基百科」）。難怪睡鼠說她們三個姊妹確實是病得嚴重，需要住在有療效的神奇水井地區，靠汲取神奇井水過日子。

坊間譯本大多只取愛麗絲的觀點，一律譯為「糖漿」，忽略睡鼠的觀點，不知「神奇井水」的典故背景，頓失此一章節「雞同鴨講」的趣味，也害得讀者也莫名其妙。

西方學者提出確鑿證據，證明睡鼠說的treacle指的是「具有醫療效果的神奇井水」，典故來自賓禧神奇水井：

1) 葛登納在 *Annotated Alice*（暫譯「愛麗絲注釋版」）（76, note 12）中說，他接到很多讀者提供這方面的訊息，其中包括知名作家葛林（Graham Greene）的夫人薇薇安・葛林（Vivian Greene）。

2) 貝悌（Mavis Batey）在其牛津導遊書 *Alice's Adventures in Oxford*（暫譯「愛麗絲牛津探險」）裡也提到，西元八世紀賓禧神奇水井的傳奇故事，居然可以使瞎眼的古英格蘭麥西亞國王（King of Mercia）奇蹟式的復明。

3) 勒斐特（Charlie Lovett，「北美路易斯卡若爾學會」前任主席）的文學導覽書 *Lewis Carroll's England: An Illustrated Guide for the Literary Tourist*（暫譯「路易斯卡若爾的英國：文學觀光客的繪圖導覽」）也提到這處醫療聖地。

4) 2014年出版的論文集 *Binsey: Oxford's Holy Place: Its Saint, Village, and People*（暫譯「牛津聖地賓禧：其聖徒、村莊與居民」），收集一系列相關文章，討論這個牛津附近的教堂庭園，如今也成了觀光景點，據說英國國王亨利八世的原配王后凱薩琳（Katherine of Aragon）曾來此地朝聖求子，但依然生不出男嗣。[39]

《愛麗絲幻遊奇境》第九章〈假海龜的故事〉裡，路易斯‧卡若爾把枯燥乏味的學校課程和教師們狠狠作弄一番，利用「同音異義」、「同音同形異義」、「同音異形異義」、「異音同形異義」原理，把課程名稱轉換成「聲音相近似、意義卻荒謬」的詞彙，巧妙變化令人嘆為觀止，戲謔效果十足，多少也有苦中作樂的情趣，當過學童的一定都「於我心有戚戚焉」，很高興連路易斯‧卡若爾這個品學兼優的模範生，私底下也有一點叛逆性，抗拒「說教」、「填鴨」的教育。

〈假海龜的故事〉裡，公爵夫人很會引經據典、自圓其說，任何事情都可以掰出一個「道德教訓」（moral）來，英國俗諺 "Take care of the pence and the pounds will take care of themselves."（「照顧小錢，大錢自來」），累積小錢，就會存下大錢，類似中國俗諺「積少成多」、「集腋成裘」。被改編成："Take care of the sense, and the sounds will take care of themselves."（「照顧意義，音韻自來」），累積意義，就會存下大道理。俗諺裡 pence、pounds 和改編的 sense、sounds 對稱對偶，既押「頭韻」（alliteration）又押「尾韻」（end-rhyme）。

《愛麗絲鏡中奇緣》第二章〈花園裡花兒會說話〉，愛麗絲說她「迷路了」（lost her way），紅棋王后解釋成愛麗絲「失去了她的

39　Carr, Lydia, Russell Dewhurst, and Martin Henig, eds.

路」，所以蠻橫的說：「這裡的每一條路全都屬於我」，在她的王國裡，每一條路都是她的「路」（way），每一件事都得照她的「方式」（way）做。紅棋王后的獨裁霸道也暗示大人常以權威壓制孩子，不講道理，而孩子明知不合邏輯，也不太敢頂撞。

《愛麗絲鏡中奇緣》第五章〈老綿羊與小溪流〉裡，老綿羊一直喊 "feather!"，要愛麗絲「平槳」讓船自行漂浮前進，愛麗絲聽成「羽毛」。難怪老綿羊說愛麗絲「卡住船槳」（catch a crab），但愛麗絲卻以為「抓到一隻螃蟹」。翻譯這種「牛頭不對馬嘴」的文字遊戲時，應該分別遷就老綿羊與愛麗絲的認知觀點，雖然讀者閱讀起來會覺得莫名其妙，但這也是路易斯・卡若爾所要表達的戲謔效果。

《愛麗絲鏡中奇緣》第六章〈不倒翁大胖墩〉裡，不倒翁大胖墩（"Humpty Dumpty"）是英國傳統童謠裡的著名人物，一個長得像雞蛋形狀的矮胖男子，從牆頭上摔下來跌得粉碎，也泛指「倒下去就爬不起來的人」，或「損壞後無法修護的東西」，或「自己胡亂創造字義的人」，這些意義都符合他在本書中的行徑，我因此「意譯」加上「音譯」，根據「倒下去就爬不起來的人」，翻譯成「不倒翁大胖墩」。他也自詡他的名字符合他的長相，因為他的名字 Humpty Dumpty 裡的字根 "ump" 即是「圓形或團狀的東西」，而且他長得就像一顆蛋。這也讓人聯想中國造字六種類型（象形、指事、會意、形聲、轉注、假借）中的「象形」。

路易斯・卡若爾把不倒翁大胖墩塑造成一個語言學家和哲學家，尤其對語言中「符號」與「意義」之間的對應關係有獨到見解，也就是「語意學」（semantics）。他斬釘截鐵的說：「我用的每一個字，都是我精挑細選用來表達的意義——既不過分也無不及。」（"When *I* use a word, it means just what I choose it to mean — neither more nor less."）。在語言世界裡，說話人權威至上，所以他又強

調：「問題是，誰才是主宰者──那才是重點。」（ "The question is, which is to be master." ）難怪愛麗絲聽不懂他說的，只覺得他相當霸道，「強詞奪理」。

　　路易斯‧卡若爾曾在一篇文章中寫道：「文字並沒有附帶不可切割的意義；往往說者心裡想的，聽者未必能夠了解，就是這麼一回事。」（ "No word has a meaning *inseparably* attached to it; a word means what the speaker intends by it, and what the hearer understands by it, and that is all." ） [40] 這句話一語道盡他在《愛麗絲》中的一切「雙關語」或「雞同鴨講」，說者與聽者處於完全不同的認知領域裡，種種「誤會」因而產生。

　　路易斯‧卡若爾玩弄文字遊戲之外，還大量翻轉玩弄「邏輯觀念」。《愛麗絲幻遊奇境》第五章〈毛毛蟲的忠告〉（ "Advice from a Caterpillar" ）裡，愛麗絲吃了蘑菇脖子變長，鴿子誤認為蛇攻擊她，鴿子的「三段論證演繹法」（syllogism）：大前提「蛇都吃蛋」，小前提「愛麗絲吃蛋」，結論「所以愛麗絲是蛇」。這種「似是而非」的推理犯了「邏輯謬誤」（fallacy），卻把愛麗絲唬得一愣一愣的，無從反駁。

　　《愛麗絲幻遊奇境》第七章〈瘋狂茶會〉裡，瘋帽匠堅持「我看見我吃的」（I see what I eat）不同於「我吃我看見的」（I eat what I see），三月兔也堅持「我喜歡我得到的」（I like what I get）不同於「我得到我喜歡的」（I get what I like），而睡鼠邊睡邊說「我睡覺時呼吸」（I breathe when I sleep）「我呼吸時睡覺」（I sleep when I breathe）則另當別論，因為在牠身上沒差別。這是在搬弄「似非而是」（paradox）或「似是而非」（speciosity）的遊戲，明明

40　 "The Stage and the Spirit of Reverence," qtd. Gardner, *Annotated Alice*, 213.

是同樣的文字，但次序變動之後，就會產生「微妙差異」（nuance），譬如「我們都是一家人」和「我們一家都是人」。

瘋帽匠和三月兔的邏輯推理模式異於常人，他們吹毛求疵愛挑語病，似乎可以印證一種當代流行的文學觀念：語言的「自我解構」現象，語言作為一種溝通工具往往表裡不符，詞不達意，障礙重重，但在沒有更好的工具可以取代語言之前，只好將就使用，而事實上我們心裡「想」的往往與嘴巴「講」的也常有出入，難怪我們也經常「口是心非」。

《愛麗絲鏡中奇緣》裡，白棋王后的邏輯更是天真，硬把拉丁文的jam（現在）套在英文的jam（果醬）上，立下規矩：「明天吃果醬，昨天吃果醬——但是今天沒果醬吃。」大概只有學過拉丁文的讀者，才能體會個中奧妙。王后意思是：除了「今天」以外，「每一個」（every）「其他的日子」（other day）可以吃果醬，但是，今天不是「任何」「其他的日子」，所以不能吃果醬。話說回來，如果依照這個邏輯推論，既然每個今天都不是其他的日子，因此可能每天都沒果醬吃，幽默只給懂得的人去欣賞。

「無稽詩文」本來就不需要解釋意義的，留給讀者充分的想像空間，其中趣味也就在此，讓讀者在閱讀過程中，參與製造意義，似乎響應「讀者反應理論」的說法。《愛麗絲幻遊奇境》第七章〈瘋狂茶會〉裡，瘋帽匠沒頭沒腦的問了一句：「烏鴉為什麼像寫字桌？」（"Why is a raven like a writing-desk?"），這個謎語一直沒有答案，其實作者本來就沒打算揭露謎底，很多讀者殷切詢問，即使作者在31年後提供解釋，但也沒有解惑，當年和往後的讀者依然百思不得其解，也形成千古謎團，讓後來世世代代讀者繼續努力解謎。人人都以加入解謎陣營為樂，反正天下事都很荒謬，都是無稽之談，見仁見智，都隨個人意願，端看從何觀點出發。

　　《愛麗絲鏡中奇緣》第一章〈鏡中屋〉裡，"Jabberwocky"這首詩被譽為英文中最有名、也最難懂的「無稽詩」。這首詩的靈感據說來自路易斯・卡若爾家鄉小鎮，根據古老傳說有一隻名叫「史托克伯恩大蟲」（"Stockburn Worm"）的翼蛇龍（winged serpent），被勇士以寶劍屠殺，屠龍寶劍現存該地教堂展覽。Jabberwocky這個字指「毫無意義」或「莫名其妙」的無聊話語，我因此將"Jabberwocky"這首詩翻譯成〈空洞巨龍〉。

　　幸虧到了第六章不倒翁大胖墩幫忙解惑詮釋，否則愛麗絲與讀者真的不知所云，原來很多字詞都是路易斯・卡若爾發明創造的。雖然這首詩當中有些字詞意義不明，但韻律鏗鏘，節奏分明，朗朗上口，十九世紀後葉孩童常掛嘴邊，後世也多引經據典或爭相仿效，譯成多國文字更挑戰翻譯功力。有趣的是，這首「無稽詩」幾乎沒有一個標準的翻譯版本，所有譯者各憑本事、各自表述、各顯神通。

　　詩中幾個路易斯・卡若爾首創的「複合字詞」已經正式進入英語詞彙，譬如"chortle"是結合"snort"（鼻孔出氣）和"chuckle"（咯咯笑聲）而成，表示勇士為民除害，屠龍之後「得意洋洋的高聲狂笑」。又譬如"galumph"結合"gallop"（馬匹快步飛奔疾馳）和"triumph"（勝利凱旋）而成，表示勇士利劍猛揮，讓巨龍身首異處，然後「步履鏗鏗，提著巨龍首級凱旋」。

　　第六章〈不倒翁大胖墩〉解釋更多的「複合字詞」（portmanteau）是結合什麼字詞而成，妙的是字裡行間還互相呼應押韻。「複合字詞」是兩種意義的字合併成一個字，在英文世界裡據說是路易斯・卡若爾首創使用，源自中古法語 *porter*（手提）和 *manteau*（外套、斗篷），原指「有兩個隔層的大旅行皮包或皮箱」，後來被借用為語言學概念，指兩個詞語和意義合併為一。現代英文很多新字都是複合字詞（又稱 blend），如 smog（煙霧）＝ smoke ＋ fog、motel

（汽車旅館）＝ moter ＋ hotel、brunch（早午餐）＝ breakfast ＋ lunch、Internet（網際網路）＝ international ＋ network 等。

《愛麗絲鏡中奇緣》出版 5 年之後，路易斯・卡若爾於 1876 年出版史詩般的長詩 *The Hunting of the Snark*（暫譯「獵捕蛇鯊」），這首長詩分為 8 個章節（section），共 141 個詩段（stanza），也是典型的無稽詩，詩中引經據典，充滿異想天開的幽默怪誕，也發明很多文字遊戲複合字詞。這首敘事詩描述一群 10 人小組探險隊，出發獵捕一種神奇可怕的怪獸 Snark（翻譯成「蛇鯊」取其 Snake ＋ Shark 諧音）。這也是路易斯・卡若爾創造出來的一種動物，現實世界不存在。但探險隊依據的航海圖卻是一張白紙，一路上危機四伏驚險連連，來到海島上發現蛇鯊並不可怕，可怕的是另一種「怪獸」（Boojum）。

路易斯・卡若爾在〈空洞巨龍〉裡創造出來的複合字詞，也出現這首長詩內，虛構出來的恐怖動物如 "Jujub"（「聒噪猛禽」）和 "Bandersnatch"（「擷命怪獸」），也現身在這個海島，空洞巨龍（Jabberwock）也被屠殺在此。有趣的是，這探險隊 10 個成員的名字都是 B 開頭，都代表他們從事的行業。*The Hunting of the Snark* 在盛行無稽詩的十九世紀相當暢銷，賣了 47000 本之多，雖然大家覺得無法和《愛麗絲》相比擬，2006 年葛登納還出版了 *The Annotated Hunting of the Snark*（暫譯「獵捕蛇鯊注釋版」）。至於這首無稽詩意義為何，也是眾說紛紜，很多人去函詢問，路易斯・卡若爾都說連他自己也不知道，20 年之後終於回覆說，他同意這首詩是一則追尋幸福的寓言。

路易斯・卡若爾晚年還寫了兩本類似《愛麗絲》的童書小說，*Sylvie and Bruno*（暫譯「席爾薇和布魯諾」，1889）及 *Sylvie and Bruno Concluded*（暫譯「席爾薇和布魯諾完結篇」，1893），前者背景設在維多利亞時代的現實世界，裡面的人物經常討論社會、宗

教、道德、哲學，後者背景設在童話的虛幻世界，充斥無稽、荒誕、詩詞、童謠。兩書大幅運用路易斯・卡若爾專長的數學與邏輯，但卻默默無聞，不受讀者歡迎，因為欠缺《愛麗絲》的機智幽默和戲謔語氣，反而道德意味稍嫌濃厚。其實這兩本小說和《獵捕蛇鯊》也都有特色，只是被《愛麗絲》比下去了。

　　無稽詩文「難以翻譯」，被稱為完全不可能忠於原著，師大翻譯研究所吳恬綾2010年的碩士論文探討「胡鬧詩」翻譯策略與雙語圖文本侷限，其結論贊同趙元任「全中文本」《阿麗思走到鏡子裡》所採用的「等效改寫」策略。

　　但我個人覺得，無稽詩文「幾乎完全無法翻譯」的確是不爭的事實，不得不大膽採用「改寫內容」，也是情有可原，但是「譯本」與「改寫本」畢竟還是有相當大的差距，否則「移花接木」、「移橘為枳」，不僅無法提升譯本的藝術性地位，反而褻瀆了原作的神聖，甚至「畫虎不成反類犬」。

　　翻譯這類玩弄文字遊戲和腦筋急轉彎的無稽詩文，很難傳達作品原有旨意的效果，所以「要忠於原著，只能靠譯注」，萬不得已不要隨意改寫「內容」，否則「信」、「達」、「雅」三者皆輸。本譯注希望同時關注到「語言學習」和「翻譯學習」的目的，為老老少少讀者提供一個閱讀原文原著的輔助讀本，以便對照「原文」和「譯文」，充分體會《愛麗絲》裡文字遊戲趣味。「譯注」固然累贅，但至少達到「信」、「達」的標準。

　　這也印證翻譯界盛傳的一個比喻：「翻譯像女人，漂亮的女人不忠實，忠實的女人不漂亮。」（"Translation is like a woman. If it is beautiful, it is not faithful. If it is faithful, it is most certainly not beautiful."）衡量美醜，見仁見智，全憑主觀。

　　《愛麗絲》當中有不少典故和淵源，影射英國文化背景與歷史事件，一般讀者不知背後蘊含重大意義，錯失部分趣味，因此也需要譯注說明。

　　《愛麗絲幻遊奇境》第二章〈眼淚池塘〉裡，老鼠先生不厭其煩講述「枯燥」的「征服者威廉大帝」（William the Conqueror）歷史故事。西元五世紀來自德國日耳曼的三支民族盎格魯（Angles）、撒克遜（Saxon）和朱特（Jutes），湧入英國不列顛群島，驅逐當地土著民族凱爾特（Celtics），建立盎格魯撒克遜（Anglo-Saxon）古英語王國達六個世紀之久。直到十一世紀才被法國來的「征服者威廉大帝」征服，結合「德」、「法」傳統，改變英國本土歷史和語文，傳承至今。

　　7歲的愛麗絲歷史知識有限，不知道那是800年前的事。「威廉大帝」是法國諾曼第公爵與女僕的私生子，但公爵指定他為繼承人。他與英國王室有遙遠的血緣關係，當時英國國王無嗣，死前允諾王位傳承給他，於是他在1066年率領大軍渡過英吉利海峽進入英國，平息內亂、征服群雄、繼承王位，成為威廉一世。

　　《愛麗絲幻遊奇境》第二章〈黨團熱身賽跑和漫長故事〉，愛麗絲和一群動物在「眼淚池塘」泡得全身濕透，多多鳥先生建議大夥兒來一趟「熱身賽跑」（caucus-race）弄乾身體和羽毛。英文caucus這個字據說淵源於美國印地安部落的族群會議，引申指「政黨幹部會議」，政黨核心人士聚會討論候選人或競選活動政策。在十九世紀英國是個新興名詞，指某些政府委員會成員，一向在黨團會議裡奔走繞圈子，好像很熱絡似的，卻是瞎忙一場，倒是希望從中分得一杯羹，或得到「政治酬庸肥缺」（political plum）。我翻譯時刻意加上「黨團」兩個字，把caucus-race譯成「黨團熱身賽跑」，希望凸顯路易斯·卡若爾間接揶揄政黨政治的妙趣。

　　《愛麗絲幻遊奇境》第八章〈紅心王后的槌球場〉裡，三個黑

桃園丁忙著把白玫瑰漆成紅玫瑰，擔心紅心王后會砍掉他們的頭，這當中影射英國歷史的「紅白戰爭」（Wars of the Roses，1455-1485年）。兩個封建家族為爭奪王位繼承權進行長達30年的自相殘殺，最後同歸於盡，蘭開斯特家族（Lancaster）以紅玫瑰為家徽，約克家族（York）以白玫瑰為家徽，因而得名。這三個園丁混淆家徽非同小可，難怪嚇得魂不附體。[41] 沒有譯注解釋說明，難以體會個中趣味。

《愛麗絲鏡中奇緣》第一章〈鏡中屋〉裡，愛麗絲看到窗外「男生們撿樹枝準備生營火」，這個營火也有歷史典故，因為第二天是「蓋‧福克斯紀念日」（Guy Fawkes Day，又稱煙火夜〔Bonfire Night〕），男孩子們要撿樹枝生營火，依照400多年來的傳統紀念這個特殊日子。蓋‧福克斯是一位天主教徒士兵，在國會地窖放置火藥，打算趁上議院大廈落成這一天（1605年11月5日），一舉炸死所有的國會議員及英國國王詹姆士一世，後因消息走漏被捕判刑。英國稱11月5日為Guy Fawkes Day，紀念王室成員及國會議員們躲過一劫，從此之後英國國教正式與天主教切割，國會新會期間必有一個搜查地下室的儀式，在廣場施放煙火並舉行營火晚會。根據路易斯‧卡若爾外甥為他寫的傳記，當年他剛入牛津大學時宿舍額滿，一位講師讓出派克沃特方庭（Peckwater Quadrangle）房間給他暫住，房間窗口看出去正是營火晚會地點。

《愛麗絲鏡中奇緣》第四章〈推德頓和推德迪〉裡，這一對兄弟名字的淵源典故眾說紛紜。其中有此一說頗為有趣：德國作曲家韓德爾（Handel），與義大利提琴家柏諾契尼（Bonocini），兩人有瑜亮情結，1720年代兩人在倫敦相當活躍，英國保皇派托利黨

---

41 古佳豔，〈兔子洞與鏡中世界：《愛麗絲夢遊仙境》導讀〉。《愛麗絲夢遊仙境》。賈文浩、賈文淵譯。台北：商周，2005。頁5-9。

（Tory）偏愛韓德爾，自由派惠格黨（Whig）偏愛Bononcini。十八世紀英國聖詩作家拜若姆（John Bryom, 1692-1763）於是寫了一首詩描述兩人之間的爭議，詩中最後一行出現tweedle-dum和tweedle-dee，指的是「提琴聲音的高與低」。意思是兩人曲風其實很相近，「半斤八兩」，沒什麼好競爭。兄弟倆的中文譯名更是五花八門，譯者見仁見智各顯神通。我則採用音譯取其「提琴高低聲音」。

《愛麗絲鏡中奇緣》第七章〈獅子與獨角獸〉裡，愛麗絲背誦一首十八世紀非常流行的古老歌謠，描述獅子與獨角獸為爭奪白棋國王的王位打得天昏地暗。獅子是「英格蘭徽章」（British coat of arms），獨角獸是「蘇格蘭徽章」（Scottish coat of arms），英格蘭和蘇格蘭征戰好幾世紀，直到1603年伊麗莎白女王去世未留子嗣，入主擔任英國國王的詹姆士一世，其身分原本是蘇格蘭國王詹姆士六世，英格蘭和蘇格蘭才首度合併為一，英國國徽才出現一左一右這兩隻動物。近年來蘇格蘭又吵著要獨立要公投，果真獨立的話，「大英國協」（United Kingdom）國徽不知會有什麼變化？

美國約翰霍普金斯大學（Johns Hopkins University）創刊於1977年的高水準國際級兒童文學學術期刊《獅子和獨角獸》（*The Lion and the Unicorn*），命名典故淵源於《愛麗絲》。

典故淵源於《愛麗絲》的還有一句成語 "grin like a Cheshire Cat"（「咧嘴笑得像隻柴郡貓」），路易斯・卡若爾本人就出生在柴郡（Cheshire County），住到11歲才搬家。但柴郡貓是一隻虛構的貓，並不是當地特產或某種品種的貓。這句成語起源不明，是十八世紀英國開始流行的一句俗諺，形容笑起來露出牙齒和牙齦。根據學者考據，路易斯・卡若爾可能在1852年讀到雜誌文稿，可能追溯到兩則當年習俗，一是柴郡生產的乳酪形狀像隻咧嘴笑的貓，一是柴郡的路標畫家（sign-painter）喜歡畫咧嘴笑的貓。但這句成語因《愛麗絲》暢銷全世界而大為風行。

　　《愛麗絲》問世150年來，各方人馬絞盡腦汁解讀詮釋，幾乎無所不用其極，前仆後繼再現《愛麗絲》，重新創作或改編成電影、卡通、電視、歌劇、舞台劇、芭蕾舞劇、電子書，藝術家用盡巧思繪製精緻唯美的插圖，電腦工程師研發遊戲軟體，地方政府開發旅遊熱門景點和文化創意商品。

　　《愛麗絲》早在1903年、1910年、1915年三度被拍成默片電影，之後有40多次改編拍成卡通、電影、電視、廣播節目、音樂劇等，值得一提的有三：

1) 1951年的迪斯奈卡通影片是64年以來公認的經典，尤其是「毛毛蟲先生」視覺效果最好，片中他抽水煙筒吐出彩色煙圈的字母形狀和物體，用來詮釋自己的話語，非常有創意。近年來動畫技術大幅提升，真希望能夠再拍出一部更精緻的卡通。

2) 1999年的電影結合真人扮演與電腦特技，比較特別的是，琥碧‧戈柏（Whoopi Goldberg）飾演那隻咧嘴笑的柴郡貓，身為黑人演員的她扮相像極了虎斑貓，還有因《甘地》得奧斯卡獎的班‧金斯利（Ben Kingsley）飾演毛毛蟲先生。

3) 2010年提姆‧波頓新拍的3D數位模式 *Alice in Wonderland*（《魔境夢遊》），強尼‧戴普飾演的「瘋帽匠」造型獨特令人驚豔，還動用了多位知名演員如海倫娜‧寶漢‧卡特（Helena Bonham Carter）飾演紅棋王后、安‧海瑟薇（Anne Hathaway）飾演白棋王后、蜜雅‧娃絲柯思卡（Mia Wasikowska）飾演愛麗絲，卻被普遍認定「叫座」但不「叫好」，甚至戲稱令人「失望又失望」（"disappointinger and disappointinger"），因為不僅離題得離譜，而且大幅竄改內容，東拼西湊，「惡搞」經典名著，慘不忍睹，徒然敗壞導演自己多年來建立的名聲，雖然我還是十分喜歡這個鬼才導

演的《剪刀手愛德華》（*Edward Scissorhands*）、《大智若魚》
（*Big Fish*）、《巧克力冒險工廠》（*Charlie And The Chocolate
Factory*）、《瘋狂理髮師：倫敦首席惡魔剃刀手》（*Sweeney
Todd: The Demon Barber of Fleet Street*）。

　　每年都有很多愛麗絲迷前往英國牛津「朝聖」遊玩，1998年美
國學者勒斐特寫了一本圖文並茂的文學導覽「路易斯‧卡若爾的英
國：文學觀光客的繪圖導覽」，提供交通資訊，說明淵源典故，讓
人按圖索驥，讀來真是享受。

　　用Google Maps可以找到「愛麗絲商店」（Alice's Shop），甚至
透過「街景服務」可看到現場。網路上也有讀者慕名前往遊玩，寫
下日誌拍下照片，值得一看。在牛津大學讀書的學子告訴我們，原
來牛津大學有自成體系的38個學院，牛津大學基督堂學院也是拍
攝《哈利波特》電影食堂大廳的場景之一，大學博物館擁有絕種
「多多鳥」標本，大學植物園裡種了白玫瑰和紅玫瑰，附近河邊還
可划船。

　　愛麗絲‧黎竇全家1961年復活節時到威爾斯北面海邊度假，
她父親在當地小鎮買地蓋了一間別墅以度假或招待賓友，這間別墅
後來成為觀光勝地，每年舉辦比賽選舉酷似愛麗絲的女孩。[42]

　　路易斯‧卡若爾出生地北方不遠的城鎮沃靈頓（Warrington），
市中心有一座「真人大小肖像」（life size effigy）的「瘋帽匠茶會」
（Mad Hatter's Tea Party），以8噸重的大理石雕刻而成，1984年4月
30日由英國王儲查爾斯和戴安娜王妃揭幕，成為觀光景點。讀者
Google「街景服務」即可看到現場，四位人物之外，茶桌上擺滿杯

42　婁美蓮譯。舟崎克彥、笠井勝子著。《愛麗絲夢遊仙境：路易斯‧卡洛爾與兩
　　本愛麗絲》。台北：台灣麥克，2002。頁62。

碗碟盤。

據說路易斯・卡若爾在基督堂學院教書期間（1854-1871年），夏天常到約克郡北方的惠特比海灘（Whitby Sands）度假或參與數學學會聚會，當地居民樂於常說〈海象與木匠〉（"The Walrus and the Carpenter"）這首詩就是在此沙灘上寫成。當地還開設一家「海象與木匠咖啡茶館」（The Walrus and the Carpenter Tea and Coffee House）。「披頭四合唱團」（The Beatles）的約翰藍儂（John Lennon）1967年那首歌 "I Am the Walrus"（〈我是海象〉），歌詞裡也提到 I am the Eggman（我是蛋人），顯示他也是路易斯・卡若爾的忠實讀者。[43]

國內學者的研究著作也不遑多讓，再加上 20 多篇碩博士論文（參見〈參考研究書目〉）。

張華譯注的《挖開兔子洞──深入解讀愛麗絲漫遊奇境》和《愛麗絲鏡中棋緣──深入解讀愛麗絲走進鏡子裡》也是典型愛麗絲迷的傑作，集 30 多年時光收集、翻譯、研究《愛麗絲》，窮其一生功力嘔心瀝血，運用工程師的數理專長思維模式，把同為數學家的路易斯・卡若爾詮釋得淋漓盡致，解讀《愛麗絲》中隱藏的各種弦外之音，還把愛麗絲在書中的 12 次體型變化，佐以插畫和出處為證，換算成公分和呎吋，做成展開成 4 頁橫幅的圖表拉頁，也是國內首見的創舉，讀者也不可錯過。張華把另一本書名譯成《愛麗絲鏡中棋緣》，對書中西洋棋棋譜研究之深，無人能出其右，也做成展開成 6 頁橫幅的圖表拉頁，對應插畫人物和棋子的位置。張華還寫過 4 篇學術論文，討論愛麗絲翻譯、雙關語翻譯、趙元任譯本

---

43 Roos, Michael E. "The Walrus and the Deacon: John Lennon's Debt to Lewis Carroll." *Journal of Popular Culture* 18.1 (Summer 1984): 19-29.

等議題，分別刊登於高水準的學術期刊《兒童文學學刊》（東華大學兒童文學研究所）和《翻譯學研究集刊》（國家教育研究院）。

「丫亮工作室」網站的「*Alice* Books相關書籍介紹」一欄，收集、考據、分析、評比各種不同版本的詳細資料，還有諸多中文譯本、參考文獻、有聲書、CD、DVD電影等，並附上個個封面照片、解釋說明、指正錯誤，幾近癡迷的鉅細靡遺，對《愛麗絲》版本研究之深度與廣度也令人讚賞，可惜只翻譯部分文字。（http://www.aliang.net/literature/alice_in_wonderland/AliceBooks.html）。

黃盛2012年出版的《飛越愛麗絲：邏輯、語言和哲學》大膽指出《愛麗絲》根本就不是兒童讀物，也不應該歸類於荒唐文學。《愛麗絲》兩條主線：一是邏輯，一是語言哲學。黃盛說，100多年來，中國人完全誤解這個「兒童故事」，包括第一位翻譯《愛麗絲夢遊仙境》的語言學家趙元任先生。路易斯·卡若爾的邏輯和數學觀念傾向傳統保守，但他的語言哲學遊戲規則理論，卻比二十世紀知名哲學家維根斯坦（Ludwig Wittgenstein, 1889-1951）還要早半個世紀。

中央大學英文系的林文淇教授與數學系的單維彰教授，1999年曾經合作開授一門非常有創意的「實驗性」課程：「英文與數學閱讀：愛麗絲夢遊仙境」，讓學生閱讀這本充滿想像力的兒童讀物原著，討論英文與文化問題，也介紹這作品中「玩」的文字與數學遊戲（http://www.ncu.edu.tw/~wenchi/english/carroll/index.htm）。

2015年是*Alice's Adventures in Wonderland*出版150年紀念，全世界共襄盛舉，紛紛推出150週年新版本和各種紀念活動，郵票、明信片、立體書、著色本。先說國內，再說國外。

國語日報出版社推出新譯本：陸篠華譯《愛麗絲夢遊奇境》（2014）和賴慈芸譯《愛麗絲鏡中奇遇》（2015），兩者搭配英國畫

家海倫・奧森柏莉（Helen Oxenbury）現代版的彩色插圖，把愛麗絲畫成穿著藍衣布鞋的當代小女孩，海倫・奧森柏莉是備受稱譽的童書插畫家，屢次獲得兒童繪本榮譽獎項。

賴慈芸曾任師大翻譯所所長，譯筆功力可見一斑，「譯者序」說明其譯本以讀者閱讀的趣味性為考量，並配合海倫・奧森柏莉插圖，譬如將 "bread-and-butter-fly" 譯為「下午茶蛾」，因為插圖畫的是以麵包當翅膀的昆蟲，又譬如 Humpty Dumpty 譯為「蛋頭先生」，Tweedledum 和 Tweedledee 譯為「叮噹咚和叮噹叮」，也十分貼切傳神。賴慈芸指出翻譯成中文慣用語的積習，譬如 butterfly 固定譯為「蝴蝶」，不可能譯為「奶油蝶」，又譬如下西洋棋擒王時也要喊「將軍！」，而不能譯為「叫將」（check! 或 checkmate!）。為了因應國語日報的兒童讀者，賴慈芸自創的翻譯「解決方案」令人激賞，國內的兒童有福了。

《愛麗絲》超級難譯，翻譯策略因人而異，誠如該書「名人推薦詞語」中台東大學兒童文學研究所所長杜明城所說：「令無數的翻譯家技癢，想與作者的文字才情相映成趣。」幾百部前仆後繼的譯本都是「技癢」的結果，努力傳達原著風味。中興大學外文系劉鳳芯教授也稱讚譯筆流暢，掌握演繹時空逆轉的特色：「愛麗絲上回跌入地洞，是在一個明媚午後，於樹蔭下展開，而這次穿鏡入室，則發生在屋外白雪皚皚屋內壁火熊熊的冬季。上回的地底之旅，愛麗絲經歷了身體的縮小和變大，這次走入鏡子，她將體驗忽快忽慢的時間經驗和稍縱即逝的空間變化。」

台大外文系 2015 年 7 月 3 至 5 日畢業公演《給艾莉絲》（*Alice's Adventures Under Ground*），採用英國當代知名劇作家兼電影編劇導演克里斯多夫・漢普頓（Christopher Hampton, 1946-）於 1994 年與瑪莎・克拉克（Martha Clarke）合作的創新改編劇本，該劇曾在

倫敦、芝加哥上演。[44] 漢普頓喜歡探討文本與現實之間互為指涉的關係，這齣改編新劇「拼貼」原著部分情節和作者個人信件文字，將愛麗絲的奇幻旅程濃縮在路易斯・卡若爾的書房內，交織愛麗絲幻想與作者慾望的糾葛，讓兩位角色現身說法親密互動，也對路易斯・卡若爾戀童傳聞有所影射，劇中第一句話就是路易斯・卡若爾說：「我向來喜愛小孩，除了小男孩以外。」（"I've always been fond of children, except boys."），第十二幕是路易斯・卡若爾脫下愛麗絲衣服之後為她拍照。學生畢業公演演出極具水準，場場爆滿。

為慶祝 *Alice's Adventures in Wonderland* 出版 150 週年紀念，當年（1865 年年底）出版該書首版的麥米倫（Macmillan）公司推出 *The Complete Alice*（暫譯「完整版愛麗絲」），這個新版最大特色是把當年原創的黑白插圖，在譚尼爾爵士的親自指導下，於 1911 年由席克（Harry Theaker）改成彩色，再由瓦理斯（Diz Wallis）改成現在的水彩畫。[45] 英國當今奇幻小說家菲利普・普曼（Philip Pullman, 1946- ）[46] 為之撰寫序言。

同時，麥米倫公司也推出 "The Macmillan Alice 150 Years" 網

44　漢普頓 1988 年以《危險關係》（*Dangerous Liaisons*）獲得奧斯卡最佳改編劇本獎，1995 年改編自己劇作成電影《全蝕狂愛》（*Total Eclipse*），2007 年改編《贖罪》（*Atonement*）提名奧斯卡及金球獎，2011 年改編自己劇作成電影《危險療程》（*A Dangerous Method*），都是巨星主演享譽一時的賣座電影。

45　The dreamlike illustrations, colour versions of Sir John Tenniel's originals, were produced in 1911 by celebrated artist Harry Theaker, under the direction of Tenniel himself, and the series completed by contemporary watercolourist Diz Wallis.

46　以暢銷奇幻小說「黑暗元素三部曲」（His Dark Materials trilogy）聞名：《黃金羅盤》（*The Golden Compass*, 1995）、《奧秘匕首》（*The Subtle Knife*, 1997）、《琥珀望遠鏡》（*The Amber Spyglass*, 2000）。

站，讀者非看不可，美輪美奐賞心悅目，第一頁是愛麗絲跟隨兔子先生跳進兔子洞的動畫，第二頁是菲利普・普曼的一段引言，接著簡述該書出版史、路易斯・卡若爾筆名由來、譚尼爾插圖先製成木刻板再製成金屬鑄板、愛麗絲金髮藍衣白圍裙照型、愛麗絲・黎寶曾孫女凡內莎・泰特（Venessa Tait）的照片及其家族史等（http://aliceinwonderland150.com）。

英國時尚設計師薇薇安・魏思伍德（Vivienne Westwood）在倫敦旗艦店舉辦「瘋帽匠午茶派對」（Mad Hatter tea party），帶領孩童閱讀Alice's Adventures in Wonderland，店中人形模特兒打扮成瘋帽匠、三月兔、紅心王后，在此之前也推出新產品「淘氣愛麗絲」（Naughty Alice）女性淡香精，因為該書是她童年最喜愛的文學作品。

「北美路易斯・卡若爾學會」於2015年10月7-8日在紐約舉辦「學術研討會」和「全球各種語言版本展覽會」（展期9月16日～11月21日），並出版三大巨冊高達2600頁的Alice in a World of Wonderlands: The Translation of Lewis Carroll's Masterpiece。第一卷包含知名學者撰寫的多篇論文，討論各種語言翻譯遭遇的困難與議題，還有16頁127個版本的彩色封面。第二卷則把〈瘋狂茶會〉的外文譯本譯回英文，以腳注解釋譯者翻譯策略和緣由。第三卷書目羅列Alice's Adventures in Wonderland全世界174種語言共7600版本，Through the Looking-Glass全世界65種語言共1500版本。

美國「摩根圖書館暨博物館」（Morgan Library & Museum）推出「愛麗絲150年紀念展」（"Alice: 150 Years of Wonderland"），展期6月26日～10月11日，展出30年來首度飄洋渡海，從倫敦大英圖書館來到紐約的珍貴手稿、自繪插圖、原始信件、罕見照片、13歲編寫給弟妹們的雜誌原稿等。

美國科羅拉多州「海象與木匠製作公司」（Walrus & Carpenter

Productions），於2013年推出一個「多媒體影音電子書」（multimedia audio-video e-book），取名 *AliceWinks*（暫譯「愛麗絲眨眼睛」，因為電子書封面的愛麗絲會眨眼睛）。結合動畫和數位科技超連結（hyperlink），囊括十多位藝術家（原插畫家譚尼爾爵士以外）的精緻彩色插圖，配上朗讀的旁白，呈現書中每一個角色活靈活現的聲音，有聲有色十分有趣，區分為十二章，每一章節15分鐘。電子書可透過Google或Amazon下載購買，售價US$1.99。

　　網路上更是熱鬧非凡，三不五時就有新發現、新觀點、新詮釋，讀者要有客觀判斷邏輯推理的能力，區分孰真孰假外行內行，因為很多都是以訛傳訛，譬如台灣某大報紙在報導BBC紀錄片路易斯・卡若爾疑似戀童癖時，竟然說：「卡洛爾的孫女則表示，不希望祖父受到戀童癖的指責。」（2015年1月26日），路易斯・卡若爾根本沒結婚，哪來的孫女？

　　值得拜訪的網站如下：

1）*Lewis Carroll Resources* 列出全世界的文化活動和近兩年出版書籍（lewiscarrollresources.net）。

2）*Lewis Carroll Society* 在1969年首創於英國，之後紛紛在美國、加拿大、日本、巴西、澳洲、德國、荷蘭、蘇俄、瑞典、以色列等地成立分會（http://lewiscarrollsociety.org.uk）。

3）*Lewis Carroll Society of North America*（http://www.lewiscarroll.org）

4）*Contrariwise, the Association for New Lewis Carroll Studies* 列舉最具爭議的研究書籍和論文，目的在破除近年塑造的迷思（http://contrariwise.wild-reality.net）。

5）*Lewis Carroll Site* 由Edward Wakeling教授主持，以資深學者身分列舉證據，書寫論文發表演講，闡述真正的路易斯・卡若爾（http://www.wakeling.demon.co.uk）。

6）*Lewis Carroll at the Victorian Web* 維多利亞時期文學 Lewis Carroll 專屬網頁（http://www.victorianweb.org/authors/carroll/index.html）。

7）*University of Texas Online Exhibition* 可以看到該校珍藏的照片（http://www.hrc.utexas.edu/exhibitions/web/carroll）。

8）*The Carrollian: The Lewis Carroll Journal Online Catalogue* 專屬論文期刊（http://thecarrollian.org.uk/archive.html）。

9）*Lenny's Alice in Wonderland Website* 由 Lenny de Rooy 主持，定期維護架構完整，特別提供「經常詢問問題」（FAQ）專欄（http://www.alice-in-wonderland.net/alice1d.html）。

想要從事學術研究者則需登入大專院校圖書館採購的「電子資料庫」，非在校師生無法取得：

Literary Resource Center

MLA International Bibliography

以下段落討論學術界近年來議論紛紛的「戀童癖」議題，不願閱讀可以跳過。

由於路易斯・卡若爾終身未娶（他們家 11 位兄弟姊妹有 8 人也未曾嫁娶），毫不諱言喜愛小女生，尤其是青春期前的小女孩，他曾說：「我喜歡孩子們（除了男孩以外）。」[47] 他經常帶著黎竇家的小姊妹及其他小女孩出遊，但對愛麗絲情有獨鍾。知名的愛麗絲學者摩頓・柯恩（Morton Cohen）出版了路易斯・卡若爾日記之後，就大膽懷疑路易斯・卡若爾曾向愛麗絲・黎竇母親明白表示，將來等她長大希望娶她為妻，雖然他倆相差 20 歲，那時愛麗絲・黎竇才 11 歲，維多利亞時代女子結婚的法定年齡是 12 歲。愛麗絲・黎竇

47　"I am fond of children (except boys)."

來自中高階層社會家庭，父母給予所謂的「名媛教育」，當然希望
將來嫁入名門貴族，因此愛麗絲・黎竇的母親可能會覺得路易斯・
卡若爾只是一個數學講師，和她女兒不是門當戶對。1970年代路易
斯・卡若爾的信件和日記毫無保留的全部出版，引發學術界一波震
盪，但其中有幾天的日記付之闕如，6頁手稿被兩位姪女維奧萊特
（Violet Dodgson）和法蘭西斯（Frances Menela Dodgson）撕掉。這
就大大啟人疑竇，讀者和學者紛紛揣測，到底其中有何難言之隱，
也引起兩派極端反應。

　　既然我這篇號稱「學術性導讀」，就應該嚴肅處理這個棘手的
問題，看看這麼多年來學術界怎麼看待這個極具爭議性的議題。果
然又是兩派極端意見，有人撻伐，有人辯護。學者柯恩直言，路易
斯・卡若爾就是「壓抑的戀童癖」，即使他在1960年代曾經訪談過
6或8位年長女士，她們當年都是路易斯・卡若爾的「孩童朋友」
（"child-friends"），被問及敏感性話題時，都說他是最慈祥和藹溫文
儒雅的人。另有學者李區（Karoline Leach）則反駁說，柯恩和之前
的傳記家都不了解十九世紀的禮教規範和世俗觀念，愛麗絲・黎竇
並不是書裡「真正的愛麗絲」（the real Alice），路易斯・卡若爾跟
愛麗絲・黎竇沒有曖昧關係。[48]法國學者樂百里（Hughes Lebailly）
也指出，維多利亞時代受到歐洲浪漫主義影響，的確都流行「崇拜
小女孩」（"Child-Cult"）。

　　十九世紀末二十世紀初在大西洋彼岸，著名的美國幽默大師馬
克吐溫（Mark Twain, 1835-1910）晚年時也有很多的「孩童朋友」
（"child-friends"），妻女相繼過世之後，獨守豪宅淒涼寂寞，因而與
許多仰慕他的年輕女孩過從甚密，他稱她們為「天使魚」
（angelfish），邀她們來家裡玩或帶她們出外旅遊，還有300封左右

48　*In the Shadow of the Dreamchild: A New Understanding of Lewis Carroll* (1999).

的信件往來，信件裡隱約透露，她們是他晚年人生一大慰藉。我的看法是，我們是否道德意識過度強烈，還是喜歡偷窺名人隱私？

路易斯・卡若爾的日記和書信出版之後，大家才體會到他所謂的「孩童朋友」並不是專指小女孩，而是泛指從小交往到大的任何年齡的女性朋友，包括長大後結了婚的、未結婚的，甚至寡婦，她們陪他上劇院、下館子、替他縫補衣服、生病時照顧他、充當模特兒拍照。

多年來讀者不知不覺受到太多「迷思」（myth）的誤導，一廂情願的懷疑他有「戀女童癖」，追根究柢原來是肇因於彼此對「孩童朋友」的認知有所差異。李區的傳記強調，路易斯・卡若爾並非一輩子都活在「一個夢幻小女孩」愛麗絲・黎竇的陰影之下。知名的愛麗絲學者魏克陵（Edward Wakeling）研究路易斯・卡若爾書信之後，於2014年出版最新傳記 *Lewis Carroll and His Circle*（暫譯「路易斯卡若爾及其社交圈」），也聲明路易斯・卡若爾的人生並非完全環繞著小女孩，他研究了將近6000封書信，證明路易斯・卡若爾與當時的文人雅士、藝術家、插畫家、出版商、音樂家、作曲家、學界人士都有密切往來。魏克陵繼續在2015年由德州大學出版社出版了 *The Photographs of Lewis Carroll: A Catalogue Raisonné*（暫譯「路易斯卡若爾的攝影照片：附說明分類目錄」），展示近1000幅照片，證明他是維多利亞時代最優秀的業餘兒童攝影家，也證明那個時代的諸多藝文人士也常入他鏡頭。

我個人推測 *Alice's Adventures in Wonderland* 固然是為愛麗絲・黎竇而寫，靈感因她而來，但寫到後來欲罷不能加油添醋，篇幅擴充將近一倍之多。路易斯・卡若爾後來被迫與愛麗絲・黎竇疏遠之後，《愛麗絲》中的愛麗絲就成為所有他曾交往過的「孩童朋友」的投影，只是借用愛麗絲的名字。《愛麗絲幻遊奇境》〈卷頭詩〉最後一節裡，路易斯・卡若爾期許讀者在成年之後也對自己的童年

有美好的回憶：

> 愛麗絲那纖纖小手，
> 懇請笑納童話故事，
> 童年舊夢永久珍藏，
> 神秘記憶裹以絲帶，
> 枯萎花環常伴香客，
> 朵朵採自遙遠他鄉。

　　即使往後人生難免遭遇困境，或與現實世界糾葛不清，也要挑選美好的部分來回憶。即使編織的花環已經枯萎，美好的往事已經遙遠，也依然要像朝聖者一樣，繼續書寫與天真無邪小女孩們共處的美好回憶。

　　俄裔美籍作家納博科夫（Vladimir Nabokov, 1899-1977）24歲時將 *Alice's Adventures in Wonderland* 翻譯成俄文，1923年在德國柏林出版，用的是筆名V. Sirin（俄國民俗一種智慧神鳥），他把場景和敘事模式都俄國化，被譽為所有外文譯本當中最精緻傑出者。[49]

　　32年後，納博科夫56歲時出版《羅莉塔》（*Lolita*, 1955），轟動歐洲文壇，一舉成名，《羅莉塔》描述一位37歲的大學教授韓伯特‧韓伯特（Humbert Humbert），迷戀一個12歲小女孩朵羅芮絲（Dolores），暱稱她為羅莉塔（Lolita），為了接近她，因而娶了她母親，登堂入室成為她繼父，母親發現他們不倫之戀，狂奔出門被車撞死。韓伯特帶著羅莉塔四處漂泊逃避追緝，但羅莉塔長大後愛

---

[49] 討論納博科夫俄文譯本的學者：Beverly Lyon Clark、Nina Demurova、Natalija Vid、Victor Fet。

上別的男孩遠走高飛，17歲時死於難產。

　　這部小說當初被美國所有知名出版社拒絕，1955年先在巴黎出版，引發爭議震撼文壇，3年後（1958年）才在美國出版。1962年被知名導演史丹利・庫柏利克（Stanley Kubrick）拍成電影而聲名大噪，獲得奧斯卡獎多項提名，被譽為電影史經典，中譯片名《一樹梨花壓海棠》（片中女主角蕾絲衫、蓬蓬裙、蝴蝶結的裝扮，甚至在日本流行成為「羅莉控」）。1997年時又再度被導演艾竺恩・林恩（Adrian Lyne）改編成電影。此外，還被多次改編成舞台劇、歌劇、芭蕾舞劇、歌舞劇等。

　　《羅莉塔》由一位溫文儒雅的大學教授以第一人稱敘述，這種「自白式」（confessional mode）的敘事模式，把一個「戀童癖者」（pedophile）的內心境界寫得入木三分淋漓盡致，引發讀者深切同情憐憫，刮目相看「戀童癖」（pedophilia）。文字技巧高超，寫盡情慾掙扎和情色挑逗，挑戰禁忌顛覆倫理，也就是因為遊走道德法律邊緣，引發高度爭議和兩極評論，後來被譽為美國文學經典之作。納博科夫20多歲才移民美國，就以非母語的英文書寫創作，文筆洗鍊精湛，與英國作家康拉德同被視為英美文學的奇葩。心理學家也把這部虛構文學視為戀童癖「醫學個案」來分析，「羅莉塔」也進入流行文化界，成為「性早熟少女」的代稱。

　　讀完《羅莉塔》之後讀者通常有兩極反應。一方是深惡痛絕，痛恨老男人戕害小女孩的可恥行徑，道貌岸然的大學教授如此陰險，目中無人只為滿足自我色慾。另一方則深表同情，德高望重的學者教授就因此身敗名裂，畢竟這種邊緣人物的詛咒也可能落在任何人身上。我曾在台大外文研究所開課教授《羅莉塔》，討論時引發學生激烈反應，形成壁壘分明兩派：一派同情主角的率性真情，陷於情慾糾葛而無法自拔，另一派則譴責主角不該誘拐無知少女，情理法不容。我是屬於前者，幾番激辯之後，有一位學生忿忿不平

的說：「老師，如果妳自己的女兒被一個糟老頭這樣亂搞，妳會怎樣？」我被問得啞口無言，天下父母心，難道我也被他那「自白式」的剖心置腹嘔心瀝血給騙了？

《愛麗絲》作者路易斯‧卡若爾和《羅莉塔》主角韓伯特‧韓伯特之間的微妙關係經常被學者討論，因為納博科夫1966年接受《時尚》雜誌（*Vogue*）專訪時曾經說過，路易斯‧卡若爾就是第一個韓伯特‧韓伯特。這就暴露納博科夫模稜兩可的態度，似乎點出《羅莉塔》的寫作淵源的確是受惠於路易斯‧卡若爾，但他卻不齒路易斯‧卡若爾拍攝猥褻裸照，居然在當年沒被逮到，只有一個女孩長大後透露出來，這個女孩是誰也引起諸多揣測。[50]

當被問到作品是否受到路易斯‧卡若爾影響時，納博科夫又擺出道德家口吻，說路易斯‧卡若爾與韓伯特‧韓伯特是有幾分因緣，但幸好他的書中沒有引用那位可憐變態者拍攝猥褻裸照的癖好，維多利亞時代很多像他有那樣癖好的變態者逃過一劫，沒因姦淫或誘拐少女而被定罪，路易斯‧卡若爾拍的多是瘦骨嶙峋小妖精們，衣著半遮半掩若隱若現，彷彿參與瘋狂派對。[51]

50　"I always call him Lewis Carroll Carroll, because he was the first Humbert Humbert. Have you seen those photographs of him with little girls? He would make arrangements with aunts and mothers to take the children out. He was never caught, except by one girl who wrote about him when she was much older." (Qtd. *The Annotated Lolita: Revised and Updated* 381-82)

51　"He has a pathetic affinity with H. H. but some odd scruple prevented me from alluding in *Lolita* to his wretched perversion and to those ambiguous photographs he took in dim rooms. He got away with it, as so many other Victorians got away with pederasty and nympholepsy. His were sad scrawny little nymphets, bedraggled and half-undressed, or rather semi-undraped, as if participating in some dusty and dreadful charade." (Qtd. *The Annotated Lolita: Revised and Updated* 381-82)

　　我個人一向非常喜歡納博科夫的作品和精緻細膩的文筆，畢竟是二十世紀美國文學經典作品，但他這一番言論令我大失所望，又心痛萬分，甚至於覺得他過河拆橋、恩將仇報，受人啟蒙還這樣奚落人家。還好學者們發揮正義感，舉證指出納博科夫的作品確實頗受路易斯·卡若爾影響，譬如《羅莉塔》出現「從奇境傳來的微風」("a breeze from wonderland"，頁139)、「她那愛麗絲般的頭髮」("her Alice-in-Wonderland hair"，頁266)，兩部作品種種相似之處也被經常拿來分析評論。[52]

　　既然納博科夫24歲正值文學生涯起頭之時，精心翻譯 *Alice's Adventures in Wonderland* 成俄文，一定得到不少靈感，因為《羅莉塔》裡也充滿幽默諧擬和文字遊戲，《羅莉塔》的韓伯特·韓伯特色慾薰心鋌而走險，路易斯·卡若爾則壓抑克制孤芳自賞。

　　醫學界普遍認為「戀童癖」是一種天生的性偏好（sexual preference）或性傾向（sexual orientation），也受後天環境或社會刺激影響，古今中外具有這種隱憂的邊緣人物不在少數，只是輕重有別。傳說影壇鬼才伍迪艾倫（Woody Allen）是戀女童癖，搖滾歌王麥可傑克森（Michael Jackson）則是戀男童癖，此外，神父猥褻男童、教師性侵女童的社會醜聞也時有耳聞。路易斯·卡若爾出身牧師家族，循規蹈矩自律甚嚴，宗教道德觀念嚴謹，絕不可能做出逾越禮教之事，即使他有「戀童癖」傾向，一定也是百般壓抑，反而令人心疼。

　　佛洛伊德心理學和心理分析學派當道的時候，人類的所有思想言行都出自「性」的原動力和內心隱藏的潛意識，《愛麗絲》中很多情節和人物甚至被「曲解」成各種象徵，作者生平也被攤在放大鏡之下任人宰割。舉例而言，路易斯·卡若爾信件曾說他父親去世

52　參見Joyce、Prioleau、Appel、Demurova、Meyers等。

是他人生最大的打擊，學者格林艾克（Phyllis Greenacre）檢視書中的紅心王后和紅棋王后都是強勢母親角色，相對的，紅心國王和白棋國王則是和藹父親角色，所以和愛麗絲‧黎竇年齡相差20歲的路易斯‧卡若爾，反過來認同她為真正的母親，形成一種反向的戀母情結。這種詮釋的可信度令人存疑。

　　至於他拍攝的半裸或全裸小女孩照片，更是引發爭議。路易斯‧卡若爾認為裸體小女孩是天下最美麗的，十九世紀維多利亞時代認為小女孩是「清純無邪」（purity and innocence）的象徵，如同天使（angels）一般，浪漫主義更是美化、理想化童貞女孩。路易斯‧卡若爾為她們畫素描、拍照片，都得到她們母親的同意並有大人陪伴在旁。而且他嚴格要求家人在他死後將照片「銷毀」或「歸還其父母」，唯恐照片外流殃及無辜女孩，但是還是有少數人看到其中幾張，這些照片目前大多收藏於普林斯頓大學（Princeton University），普林斯頓大學於2002年出版了 Lewis Carroll, Photographer: The Princeton University Library Albums（暫譯「攝影大師路易斯‧卡若爾：普林斯頓大學圖書館珍藏」）。

　　大家可想而知為何這些照片會流落出來，路易斯‧卡若爾的手稿拍賣屢創高價，有人高價收購之後，原璧歸趙奉還給英國大英圖書館，當然也可能有人禁不起高價誘惑而出賣給外人。葛登納一再澄清路易斯‧卡若爾對小女孩的情愛沒有逾越規矩，以他嚴謹自律個性和宗教家庭背景，他絕對不可能越雷池一步傷害了她們。

　　我們在閱讀《愛麗絲》時通常是從積極正面的角度看待這件事，《愛麗絲》以她為主角，為她而寫，關懷寵愛之情溢於言表，取悅她的動機昭然若揭，但畢竟路易斯‧卡若爾絲毫未有逾越禮教的行為，否則早已不見容那個保守的維多利亞時代，所以很多人想像力豐富，就一廂情願的揣測，他那被撕毀的6頁日記一定透露了

個人非分之想。

　　大多數讀者會很慶幸當年有愛麗絲這麼一個可愛的小女孩，像希臘神話的「文藝女神繆斯」（Muse）啟發了路易斯·卡若爾的靈感，寫出了這麼一本兒童文學的曠世巨著，愉悅了全世界億兆的兒童讀者，還有重溫舊夢的成年讀者。即使路易斯·卡若爾有「戀童癖」那又怎樣？他又沒有騷擾或性侵她們，他邀約小女孩出遊或替小女孩拍照之前，都有事先徵得其父母同意，也有監護人或友人陪伴在旁，那是那時代人人遵守的禮儀規矩，也未曾鬧出醜聞或導致身敗名裂，反而藉著「寫作療法」（writing therapy）寄情創作，把此一癖好「昇華」轉換成文學想像，不然我們今天怎麼會有這麼美妙的閱讀享受？天下沒有十全十美的人，每個人都有嗜好或癖好，只要不做出傷天害理的事，我們不妨抱持「瑕不掩瑜」的寬容態度，不要動不動就嗤之以鼻罵人「變態」，不小心扼殺「天才」，畢竟所謂「常態」和「變態」不過是一線之隔。天真純潔的小女孩誰不喜歡？路易斯·卡若爾並沒有褻玩或戕害她們，即使拍攝她們裸照，也是藉著藝術來轉移個人壓抑，無人淪為受害者，也無人跳出來喊冤。

　　我自己當年第一次聽到路易斯·卡若爾「戀童癖」的傳聞也是驚駭到無法置信，此次反覆譯讀《愛麗絲》的過程當中，一而再再而三捫心自問：這是一個「戀童癖」寫出來的嗎？實在找不出蛛絲馬跡，處處只見一個又一個將心比心、揣摩小女孩心態、面對面互動講故事的場景。我掙扎了好幾年，到底要不要在譯注「導讀」裡討論這件事？到底要不要害愛麗絲迷們「掃興」、「被潑冷水」或「幻想破滅」（disillusion）？

　　譯注期間邀請多位以前教過的學生幫忙試閱，並與他們聚餐聊天討論，請他們「正式」對此發表個人意見，因為我當年上課時只有「點到為止」不敢多說，怕20歲左右的學生會排斥他是「變

態」。沒想到畢業幾年後的學生們思想成熟多了，知道他可能有戀童癖才恍然大悟：「難怪他會寫出那麼棒的童書！」因為處處都針對孩童讀者的反應而設想，將心比心推心置腹，學生們知道他害羞內向、木訥寡言、成長期間飽受霸凌，更是同情萬分，一再強調：「反而更愛他了」，甚至說他是「悶燒型」天才，外表冷漠內斂，內心卻熱情洋溢。於是我決心設定這本譯注讀者群不是兒童，而是「18歲以上、重溫舊夢、想讀原著的成年讀者」。

每一個小孩都會長大，都會面臨成人社會種種「怪現狀」，在體驗浮世繪的人生百態之後，回頭重新展讀《愛麗絲》，別有一番滋味，更擴充了本書多層面向的豐富意義。所以學生們堅持我一定要多多討論這個高度爭議性的問題，特別是所謂「變態」的少數邊緣人物，事實上所謂的「正常」，也是一種「主流壟斷」的勢力、一種「多數暴力」，歧視詆毀「變態」也可能抹煞扼殺「天才」，畢竟二十一世紀已是「多元性別」社會，如何避免「非主流」、「非常態」的少數邊緣人物被霸凌而走入極端，才是我們應該研究的，而不是一句「變態！」就嗤之以鼻，把他們擠向極端偏鋒的痛苦角落，因而做出負面攻擊的舉動。

指控路易斯・卡若爾是「戀童癖」的學者拿不出證據，往往出自臆測，一廂情願的「想當然耳」，以為路易斯・卡若爾因為嚴重口吃，與成年女性交往不順，在感情世界受挫，轉而在小女孩身上尋求慰藉，大概是佛洛伊德的性慾理論讀多了，以為沒有性生活就是不正常，這豈不是侮辱了眾多獻身宗教的神職人員？人人都有保持單身的自由，誣陷羅織「戀童癖」的罪名也是「侵犯隱私」，多數霸凌少數。人人都有難言之隱，有必要落井下石嗎？

《愛麗絲》和作者路易斯・卡若爾經過150年紛紛擾擾，名望始終持續攀升，完全未受蜚言流語的干擾，很多讀者反而更加疼惜。「愛麗絲研究」更是日新月異，從暢銷童書躍為學術研究顯

學，也是路易斯・卡若爾這個牛津大學數學講師始料不及的。

　　身兼國家電影資料館館長（2013年8月起）的中央大學英文系林文淇教授，看到張華這位工程師利用業餘時間一個字一個字完成《挖開兔子洞──深入解讀愛麗絲漫遊奇境》，在推薦序文〈兔子洞裡的心血結晶〉裡說：「著實讓我們這些身在英文系的教授們汗顏，很想挖個鴕鳥洞把臉藏進去」，因為「這原本是英美文學領域學者專家的份內工作」，我當時也深有同感，正在做的科技部譯注計畫就有了明確目標。

　　學生們和讀者們三天兩頭殷切垂詢：「什麼時候出版？」現在我終於完成5年來的心願了。接著，大家可以用手機或電腦Google打開Lit2go網站，叫出朗讀版的原文，「聽」「讀」一段原文，再閱讀一段譯文，好好的、慢慢的享受原汁原味的《愛麗絲》，是不是和小時候讀的很不一樣？

路易斯·卡若爾／查爾斯·陸特維治·道德森
（Lewis Carroll / Charles Lutwidge Dodgson）
年表

1832年　　　1月27日出生於英格蘭北部柴郡（Cheshire）達斯伯瑞（Daresbury）的牧師家庭，父親查爾斯·道德森（Charles Dodgson），母親法蘭西斯·陸特維治（Frances Jane Lutwidge），命名為查爾斯·陸特維治·道德森（Charles Lutwidge Dodgson）。在家中11個孩子當中排行第三，上有2個姊姊，下有3個弟弟、5個妹妹。

1839年7歲　　閱讀《天路歷程》（*Pilgrim's Progress*）。

1843年11歲　全家搬到約克郡（Yorkshire）的克洛夫特鎮（Croft-on-Tees），父親在此擔任教區牧師。往後25年居住於此，直到1968年父親去世。

1844年12歲　12歲以前都由父親在家教育。8月開始就讀約克郡當地的瑞奇蒙公立中學（Richmond Grammar School），數學表現優異。

1845年13歲　為家人編寫第一本小型雜誌 *Useful and Instructive Poetry*。

1846年14歲　1月開始就讀華威克郡（Warwickshire）的拉格比寄

宿中學（Rugby School）。

1850年18歲　5月經過「考試分發」（matriculated）到牛津大學基督堂學院（Christ Church, Oxford University）（也是當年父親就讀學院），但因宿舍額滿暫時無法住校，延至次年入學。

1851年19歲　1月24日開始就讀牛津大學基督堂學院，因宿舍額滿，一位講師讓出房間，讓他暫時入住派克沃特方庭（Peckwater Quadrangle）。入學第三天奔喪回家，母親因腦膜炎1月26日去世，得年47歲。參觀倫敦第一屆世界博覽會。

1852年20歲　長期領有獎助學金（Studentship）。愛麗絲・黎寶（Alice Liddell）於5月4日誕生。

1853年21歲　養成寫日記習慣，直到1897年12月（後來出版共13大冊）。

1854年22歲　以第一名優秀成績畢業於牛津大學基督堂學院，取得學士學位，主修數學、輔修古典文學。畢業後兼任基督堂學院數學教師。開始撰寫幽默文章，投稿雜誌。

1855年23歲　開始在母校擔任專任數學講師（tutor），直到1881年49歲為止，總共教了26年。愛麗絲・黎寶的父親亨利・黎寶（Henry George Liddell）就任牛津大學基督堂學院院長。

1856年24歲　首度以筆名路易斯・卡若爾（Lewis Carroll）在牛津大學刊物發表文章及諧擬詩文。4月第一次在院長宿舍認識4歲的愛麗絲・黎寶及其家人。5月購得第一部照相機和沖洗照片器材，此一攝影嗜好持續25年。6月開始為親朋好友拍攝照片。

1857年25歲　取得碩士學位。認識知名畫家羅斯金（John Ruskin）

及桂冠詩人丁尼生（Alfred Tennyson）。

1858年26歲　署名「一位大學講師」（"A College Tutor"）出版第一本數學著作 *The Fifth Book of Euclid Treated Algebraically*（暫譯「歐基里德的第五本書處理代數」）。在倫敦攝影協會第五屆攝影展展出4幅攝影作品。

1859年27歲　接受口吃矯正治療。認識知名作家麥當諾（George MacDonald），成為終身好友。

1860年28歲　以本名Charles Lutwidge Dodgson出版第一本數學著作 *A Syllabus of Plane Algebraical Geometry*（暫譯「平面代數幾何的教學大綱」）。12月12日維多利亞女王來牛津大學基督堂學院，探望在學的威爾斯王子（Prince Wales），住在院長黎寶家。

1861年29歲　1月1日開始登記往來信件，截至1891年1月8日共有98,721封。取得牛津大學基督堂學院終身任教資格。12月22日被任命為英國國教教堂「執事」（deacon），需宣誓保守單身（celibacy），但因口吃不擅言詞，不打算成為牧師上台講道。

1862年30歲　6月27日帶愛麗絲·黎寶姊妹及友人出遊划船，在紐恩漢（Nuneham）碰上下雨，眾人淋成落湯雞。7月4日再度出遊划船，好友德克沃斯（Robinson Duckworth）牧師同行，在船上應三姊妹要求講故事，故事講完後愛麗絲·黎寶請他寫下故事，回家立即提筆把口述故事寫成文字。8月又同她們划船出遊，告知寫作計畫。

1863年31歲　廣泛蒐集各種動物習性及植物資料，以豐富書本內容。2月完成手稿文字，同時也將原稿給朋友的孩子們閱讀，深受歡迎。6月愛麗絲·黎寶母親阻止路易

斯‧卡若爾來訪，並銷毀他寫給愛麗絲‧黎寶的全部信函。6月27～29日的日記於身後失蹤。此一事件至今仍為一大謎團，臆測之詞眾說紛紜，傳記作家穿鑿附會大做文章。

1864年32歲　聽從好友麥當諾建議，準備出書。6月敲定書名為 *Alice's Adventures in Wonderland*。經人引薦邀請頗負盛名的《噴趣》雜誌（*Punch*）插畫家譚尼爾爵士（Sir John Tenniel）繪製42幅插圖。大幅增加內容，加入柴郡貓和瘋帽匠等情節。11月26日將手稿親手編成一本90頁的小冊子，加上親自手繪的37幅插圖，命名為 *Alice's Adventures Under Ground* 獻給愛麗絲‧黎寶。

1865年33歲　7月擬出版 *Alice's Adventures in Wonderland*，但首印2000本因插圖印刷效果不佳而撤回。11月改善插畫印刷之後，以筆名Lewis Carroll由「麥米倫公司」（Macmillan House）出版 *Alice's Adventures in Wonderland*。

1866年34歲　*Alice's Adventures in Wonderland* 開始在美國銷售。一開始評價不佳，被稱為「毫無條理、一群怪人的瘋人瘋語」，沒多久開始大賣特賣。

1867年35歲　著手撰寫 *Through the Looking-Glass*。7月至9月與朋友旅遊法國、比利時、德國及蘇俄，生平唯一一次出國旅遊。

1868年36歲　6月21日父親去世。8月為他六位未婚姊妹們在吉爾福德（Guildford）租得新居栗園（The Chestnuts）。9月搬到牛津大學的湯姆方院（Tom Quad），在此居住近30年，直到去世。

1869年37歲　1月完成 *Through the Looking-Glass* 手稿。收集並修改以往發表過的雜詩,出版詩集 *Phantasmagoria*(暫譯「魔術幻景」)。

1871年39歲　4月出版 *The Hunting of the Snark*(暫譯「狩獵蛇鯊」),創造 "snark" 一詞被收錄英語辭彙。12月出版 *Through the Looking-Glass, and What Alice Found There*。

1872年40歲　維多利亞女王幼子李奧波得王子(Prince Leopold)在基督堂學院就讀4年,傳聞其間曾與愛麗絲・黎寶談戀愛約會出遊,但因平民身分被迫分手。

1877年45歲　夏天到伊斯特玻恩(Eastbourne)海邊避暑度假,往後持續20年。

1880年48歲　9月15日愛麗絲・黎寶與富家子弟瑞吉納・哈格李夫斯(Reginald Hargreaves,也是基督堂學院畢業生)在西敏寺(Westminster Abbey)結婚,路易斯・卡若爾未出席婚禮,與友人合送一幅水彩畫為贈禮。因為幫韓德森家的艾莉和法蘭西斯姊妹拍攝裸體寫真一事,受到他人惡意中傷,從此放棄深愛了25年的攝影嗜好。

1881年49歲　提前退休,辭去基督堂學院數學講師一職,但繼續個別指導學生。

1882年50歲　被選為「教授聯誼社主任」(Curator of the Senior Common Room),擔任該職10年,直到1892年。李奧波得王子與德國公主結婚,所生長女命名為 Alice。

1883年51歲　愛麗絲・黎寶次子出生,命名為 Leopold。著手改編 *Alice in Wonderland* 為舞台劇。

1885年53歲　出版 *A Tangled Tale*(《解結說故事》)。

1886年54歲　出版 *Alice's Adventures Underground* 原稿複製版

（facsimile edition）。12月 *Alice's Adventures in Wonderland* 歌劇於倫敦威爾斯王子劇院（Prince Wales Theatre）上演。

1887年55歲　出版 *The Game of Logic*（暫譯「邏輯遊戲」）。

1889年57歲　出版 *Sylvie and Bruno*（暫譯「席爾薇和布魯諾」）。

1890年58歲　出版特別為0歲至5歲孩童重新編寫的 *The Nursery "Alice"*（《幼兒版愛麗絲》），從原書42幅插圖挑選20幅，請原插畫大師譚尼爾爵士放大並添上彩色。

1892年60歲　60歲大壽，愛麗絲・黎竇來訪慶賀。辭去「教授聯誼社主任」職位。

1893年61歲　出版 *Sylvie and Bruno Concluded*（暫譯「席爾薇和布魯諾完結篇」）。

1896年64歲　出版 *Symbolic Logic: Part I*（暫譯「符號邏輯」）。

1898年66歲　感染風寒併發支氣管炎，1月14日病逝於栗園寓所，葬於吉爾福德墓園。愛麗絲・黎竇未出席喪禮，僅送鮮花致意。外甥柯林伍德（Stuart Dodgson Collingwood）出版傳記 *The Life and Letters of Lewis Carroll*（暫譯「路易斯卡若爾生平及書信集」），上市後立刻被搶購一空。

愛麗絲
幻遊奇境

ALICE'S
ADVENTURES
IN
WONDERLAND

目　錄

金色午後陽光燦爛，
我等泛舟悠然自在，[1]
輕輕鬆鬆搖動雙槳，
小小手臂前後擺盪，
小手一伸毫不委婉，
直指小船前進方向。[2]

1　路易斯・卡若爾（Lewis Carroll）在日記中記載，這一天是1862年7月4日星期
　　五下午，他和好友羅賓森・德克沃斯（Robinson Duckworth）牧師，帶著牛津大
　　學基督堂學院院長亨利・黎寶（Henry George Liddell）的三個女兒（Lorina, Alice,
　　Edith）去泰晤士河划船，從牛津附近的佛利橋（Folly Bridge）划到閣茲頭村
　　（Godstow），全程約5公里。在船上三姊妹懇求路易斯・卡若爾講故事，他投
　　其所好即席編造，逗得她們樂不可支。書中的愛麗絲就是院長次女愛麗絲・黎
　　寶（Alice Pleasance Liddell）的寫照，故事講完之後愛麗絲・黎寶拜託他把故
　　事寫下來，路易斯・卡若爾回家後就開始提筆書寫，因而成就本書。著名英國
　　（後入籍美國）詩人奧登（W. H. Auden）曾說過，這「金色午後」（golden
　　afternoon）的7月4日，在文學史和美國歷史都是值得紀念的一天（"was
　　memorable a day in the history of literature as it is in American history"），這句話
　　被很多人一再引用。但是，關於這一天午後的天氣也有爭議。根據路易斯・卡
　　若爾的親筆日記和愛麗絲・黎寶口述的回憶，都是當天午後炎熱，陽光燦爛。
　　不過，根據倫敦氣象局和牛津天文氣象觀測所的紀錄，當天又濕又冷，午後兩
　　點下雨，溫度只有華氏67.9度（約攝氏20度，參閱Gardner, *Annotated Alice*,
　　8-9）。事實上根據路易斯・卡若爾日記記載，在這之前半個月的6月17日他們
　　也曾划船去紐恩漢（Nuneham），回程碰到大雨，大家都淋濕了，只好上岸到
　　朋友家避雨，因此才會有第二章大家掉進眼淚池塘全身濕透急著烘乾的情節。

2　本譯注特別著重詩詞歌謠翻譯，因為本書最大特色是諸多打油詩和諧擬童謠，
　　既鏗鏘有致，又對仗押韻，是作者神來之筆，也令人拍案叫絕，但坊間譯本大
　　多譯成長短不一的「白話詩」（blank verse），頓失節奏和韻味。我特別下功夫
　　譯為韻文，在合理範圍之內，盡量以五字、七字為主，偶爾也因應特殊狀況需
　　用六字、八字、或更多字數。每行詩句字數和意義都盡量對稱，句型結構也力
　　求對偶，希望朗讀起來也有詩情韻味和鏗鏘節奏，雖然無法句句都做到句尾押

怎耐三個難纏孩童，
懇求說個故事聽聽，
此時天色夢幻慵懶，
氣若游絲鼻息若定！
可憐單口無力招架，
怎敵三張聒噪小嘴？

霸氣大姊首先發難，
頒布命令即刻開講，
溫柔二姊輕聲輕氣，
希望多點離奇怪誕！
性急小妹頻頻插嘴，
不止一次打斷故事。[3]

頃刻之間鴉雀無聲，
陶醉沉迷幻想連篇，
夢中孩兒幻遊奇境，
不斷經歷狂野新奇，
珍禽異獸友善交談——
半信半疑姑且聽之。

韻，但也力求規避翻譯大師余光中教授所告誡的「勿以韻害義」，不要為了押韻而扭曲原文意義。如果在「信」、「達」、「雅」無法三者皆顧之下，當然取「信」「達」而捨「雅」，雖然不得不有所取捨也會導致「順了哥情失嫂意」，難以兩全。

3　黎寶三姊妹：大姊（Prima）指的是蘿芮娜（Lorina Charlotte），二姊（Secunda）指的是愛麗絲（Alice Pleasance），小妹（Tertia）指的是伊迪絲（Edith）。

傳奇故事終需結束，
靈感泉源終將枯竭，
說者終究不敵睏倦，
但願留待下回分解，
興致高昂孩童齊喊，
此刻即是下回分解！

奇境故事因而展開，
一段一段接二連三，
奇妙情節推陳出新──
終於全部告一段落，
心滿意足打道回府，
個個迎向落日餘暉。

愛麗絲的纖纖小手，
懇請笑納童話故事，
童年舊夢永久珍藏，[4]

4　路易斯‧卡若爾把手稿親手編排裝訂成一本90頁的小冊子，加上親自手繪的
　　37幅插圖，於1864年11月獻贈給愛麗絲‧黎竇珍藏，這版本就是後來排版印
　　行的 *Alice's Adventures Under Ground*。1932年路易斯‧卡若爾百年誕辰紀念，
　　愛麗絲‧黎竇口述當時情景，由她兒子卡爾‧哈格李夫斯（Caryl Hargreaves）
　　筆錄，刊登於《玉米丘雜誌》（*Cornhill*）（1-12）。她回憶當年三姊妹和路易
　　斯‧卡若爾等人一同遊船的情境，其實遊船之前，路易斯‧卡若爾就經常講故
　　事給她們聽，他有的是奇幻故事，兩本愛麗絲書的內容都是他平常講的這些故
　　事。愛麗絲‧黎竇回憶每次剛開始講故事時他會有點結結巴巴，但一旦開講就
　　行雲流水，偶爾講累了還會假裝睡著。他平常總是穿著牧師制服的黑帽黑套
　　裝，帶她們出遊才換上白色法蘭絨長褲、戴上白色草帽。聽他講故事、吃蛋糕

神秘記憶裏以絲帶，
枯萎花冠常伴香客，[5]
朵朵採自遙遠他鄉。

喝茶、讓他拍照片、到他暗房看他沖洗照片、看照片顯影後是何模樣，一向是
她們和很多其他孩子的最大享受。

5　路易斯・卡若爾一生最大嗜好是攝影，曾採購當年最先進相機，也熟悉暗房沖
　　洗技術，拍攝出幾千張極有水準的照片。在撰寫本首「卷頭詩」或「序詩」
　　（prologue 或 prefatory poem）之前幾年，他曾拍攝過愛麗絲・黎竇頭戴花冠的
　　照片，網路上可看到。

第一章：鑽進兔子洞

　　愛麗絲[1]陪著姊姊坐在河畔，閒來沒事，正覺無聊，偶爾偷瞄一兩眼姊姊讀的那本書，但書裡既沒圖畫又沒對話，愛麗絲心想：「一本書既沒圖畫又沒對話，有什麼用呢？[2]」

　　於是一直考慮（努力的想，因為天氣炎熱害她又睏又笨）[3]，要

1　主角愛麗絲在本書中是個7歲小孩，全書中她的插圖並非依照愛麗絲・黎竇本人短直黑髮瀏海覆額的造型，而是金髮披肩，作者路易斯・卡若爾曾給插畫家譚尼爾爵士（Sir John Tenniel）一張小女孩的照片，經過多次討論後未被採納。多年之後路易斯・卡若爾私下稍有抱怨，說有幾幅愛麗絲的插圖似乎不成比例：頭太大而腳太小，請讀者們觀察一下，是否有同感？不過兩人都是完美主義者，處處要求盡善盡美，搭配得天衣無縫，被譽為千古絕配。插畫家譚尼爾一向以有主見有創意而聞名，成就非凡，後來被冊封為爵士，書中插畫廣獲好評，連有史以來根本不曾存在的動物，他都依照故事文意而畫得栩栩如生。

2　讀者讀下去會發現，路易斯・卡若爾就是要寫一本「又有圖畫又有對話」的書給孩童們看，果然是「圖文並茂」，不同凡響。王沐嵐的牛津大學博士論文和專書論文，都特別觀察到圖文並茂的特色，作者與插畫家精心安排，讓文字與圖像巧妙對應，產生相輔相成的互動。

3　往後在敘述故事的過程當中，會出現不少這類包含在括弧裡的文字，有些括弧文字顯示是敘事者在對現場聆聽故事的聽者補充說明的話，還頻頻出現"you see"、"you know"等，訴諸聽者同感或共鳴。就敘事理論（narrative theories）而言，一般敘事文體裡，說故事的人叫「敘事者」（narrator），但不等同於小

不要起來去摘雛菊，編個雛菊花環找點樂子。這時突然有一隻粉紅眼睛的白兔先生[4]跑過身邊。

　　本來這沒什麼非常大不了，聽到白兔先生自言自語「天哪！天哪！我遲到太久了！」，愛麗絲也不覺得非比尋常，（事後回想起來，才想到應該覺得奇怪，然而當時一切好像自然而然）[5]，不過，

　　說的作者（author），聽故事的人多是閱讀小說的讀者（reader）。但有的小說narrator周圍還有聽眾在現場聆聽故事，甚至發問或互動，形成「故事中的故事」（story-within-story），大大增加故事的「真實性」（authenticity）與「臨場感」（immediacy），這個現場聽眾角色有個文學術語叫做naratee（重音在最後一個音節），目前還沒有統一的中文譯名，姑且譯成「敘事對象」。譬如康拉德（Joseph Conrad, 1857-1924）的小說《黑暗之心》（*Heart of Darkness*, 1902），在現場聆聽馬婁（Marlowe）講故事的那一群水手；還有《天方夜譚》（*Arabian Nights*），每晚聽新娘講故事講得欲罷不能的妹妹，還包括那位在旁偷聽也聽得欲罷不能的國王。本書中在現場聆聽故事的黎竇三姊妹，就是naratee。

4　原文是定冠詞加上大寫的專有名詞the White Rabbit，並非小寫的一般白色兔子white rabbit，因為他是一個「擬人化的動物角色」（personified animal character），因此譯為「白兔先生」，而非「白兔」，往後譯文也區分「他」和「牠」。「白兔先生」是書中一個重要角色，往後也會再出現。

5　這一段括弧內的文字路易斯・卡若爾用了一個敘事技巧叫"flash-forward"（目前尚無固定譯名，暫譯「超前敘述」），一般說故事的過程中，常見"flash-back"（「回溯敘述」）追溯以往發生的事件，讓「當時」（present）與「過去」（past）穿梭交會，flash-forward則是敘述事件後續「未來」（future）發生的事件，交代事件的「來龍」和「去脈」。本書中經常出現flash-forward，使情節發展的前因後果更具邏輯性與完整性，也讓讀者體會到說故事的narrator（路易斯・卡若爾本人）現場有聆聽故事的naratee（特別是愛麗絲・黎竇），「說者」很關心「聽者」的反應，將心比心推心置腹，兩者之間有密切互動，讀來別有「親切感」（intimacy）。二十世紀後葉1970年代開始出現的「後設小說」（metafiction），刻意引導讀者意識到虛構和現實之間的差異，也常使用flash-forward敘事手法。

眼見白兔先生竟然從背心口袋裡掏出一只懷
錶，看了一眼，又匆忙趕路，愛麗絲這
才站起來，腦中靈光一現：她可是從
沒見過兔子又穿背心、又掏出懷
錶，一時好奇心大作，也跟著跑過
田野，正好看他鑽進圍籬樹叢底
下一個大大的兔子洞。

　　片刻之後，愛麗絲也跟著鑽
進兔子洞，壓根兒沒想到以後究
竟怎麼鑽出來。

　　這兔子洞像隧道，先是向前
直伸，接著急轉直下，愛麗絲還
來不及想該不該停下腳步，就發現
自己栽進一口很深的井裡。

　　可能是這口井太深，也可能是她飄落得太慢，愛麗絲竟然有時
間東瞧瞧西看看，納悶接下來會怎樣。起初，她先瞧瞧下方，看自
己會落到哪兒，可是底下一片漆黑，什麼也看不見；接著，又瞧瞧
井壁四周，只見四處都是櫥櫃和書架，還有幾幅地圖和圖片懸掛木
釘上。她順手拿起櫥櫃上一個瓶罐，上面標示「**橘皮果醬**」，然而
卻是空的，令她大失所望。不過她沒把瓶罐往下扔，怕會砸死底下
什麼人，因此飄過另一個櫥櫃時，又順手放了回去。

　　愛麗絲心想：「喲！跌了這麼一大跤，以後滾下樓梯也沒什麼
大不了！家人還會認為我很勇敢呢！當然哪，哪怕從屋頂摔下來，
我也不會吭一聲！」（那可是大有可能）[6]

　　落呀，落呀，落呀。難道這一大跤就跌得沒完沒了嗎？愛麗絲

6　表示摔得這麼慘很可能也吭不出聲了。

大聲說：「不知道跌到現在有多少哩了？大概快到地球的核心了。依我看，應該有四千哩吧，我想——」（因為，妳瞧，愛麗絲在課堂上學過這類知識，即使眼前不是炫耀知識的**大好機會**，也沒人聽她炫耀，不過嘴裡說一說也算好好複習一下）「——是啊，這個距離應該就對了——不過，也不曉得落到哪個緯度或經度？」（愛麗絲根本沒概念什麼是緯度、什麼是經度，只覺得這兩個壯觀字眼說起來很夠份量。）

　　過了一會兒，她又說：「不曉得會不會**穿透**地球核心[7]！要是冒出一群頭下腳上倒立走路的人，那有多好玩哪！我想——就是所謂的對立人[8]吧。」（很高興這回**沒有人**聽到她說什麼，因為那根本不是正確詞彙）「不過，妳瞧，我還得問問他們國家的名字。夫人，請問，這是紐西蘭？還是澳洲？」（她說話時還努力行個屈膝禮——想像一下，半空中**行屈膝禮**呢！妳認為妳辦得到嗎？）「聽我這麼問，她一定把我當成無知小女孩呢！不行，絕對不能亂問，說不定我會看到某處寫著這個國家的名字。」

　　落呀，落呀，落呀。沒事可做，愛麗絲又開始嘀嘀咕咕：「我敢說，黛娜今晚一定很想念我！」（黛娜是她家那隻貓[9]）「但願他們

7　墜入深坑「穿透地球核心」是否有可能？這個話題在當年曾引發相當多的討論，路易斯・卡若爾另一部作品 *Sylvie and Bruno Concluded* 第七章也討論過這個問題。

8　愛麗絲原本的意思是要說 antipodes（倒立人），卻錯說成 antipathies（對立人）。根據學者張華譯注《挖開兔子洞——深入解讀愛麗絲漫遊奇境》（頁45）考證，澳洲和紐西蘭分別在1851年和1863年發現金礦，形成一股淘金熱，當時英國人戲稱這兩個位於南半球國家的居民為 antipodes（倒立人），蔚為一時熱門字眼。難怪作者引用，但幽默的讓愛麗絲誤用成另一個相似字詞，畢竟她還是個7歲小女孩而已。

9　愛麗絲・黎竇家裡養了兩隻虎斑貓（tabby cat），公貓命名為威力肯（Villikens），

記得午茶時間給牠一碟牛奶。黛娜，我的寶貝！真希望妳也和我在這洞裡！半空中恐怕沒老鼠可抓，或許妳能抓隻蝙蝠，妳也知道，蝙蝠長得很像老鼠。不過，我懷疑，貓吃蝙蝠嗎？」這時愛麗絲有點睏了，但依然自言自語，只是語調含糊：「貓吃蝙蝠嗎？貓吃蝙蝠嗎？」有時不小心說成「蝙蝠吃貓嗎？」反正這兩個問題她都沒答案，隨她怎麼問都無所謂。說著說著，打起瞌睡來了，夢見她和黛娜手牽手一路走，還一本正經的問：「喂，黛娜，說真的，妳吃過蝙蝠嗎？」突然之間，撲通！撲通！落在一堆枯枝乾葉上，總算跌到洞底了。

　　愛麗絲毫髮無傷，立刻跳起來站穩腳步。往上看看，頂上一片漆黑。往前看看，又是一條長長通道，白兔先生身影若隱若現，還在匆忙奔走。愛麗絲眼見機不可失，風也似的追了上去，正好在轉角處聽見他說：「喲！我的寶貝耳朵和鬍鬚啊！[10] 遲到太久了！」拐過轉角時，愛麗絲還緊跟在後，但是眨眼之間，白兔先生就不見身影。當下來到一座狹長低矮大廳，天花板垂掛一排吊燈，照得大廳通亮。

　　大廳四周有幾扇門，不過都上了鎖，愛麗絲從這一頭走到那一頭，每一扇門都推不開，滿腹悲傷回到大廳中央，不知怎麼才出得

　　母貓命名為黛娜（Dinah），取名自一首流行民謠 "Villikens and His Dinah" 裡面的人物。黛娜本來是姊姊羅芮娜的寵物，後來變成愛麗絲的愛貓，難怪書中愛麗絲念念不忘她的愛貓，黛娜在下一本書《愛麗絲鏡中奇緣》出現時已經是兩隻小貓的媽。

10　一般人驚嘆時大多呼喚「我的天老爺啊！」（Oh My God!、My Goodness!、My Heavens! 等），而兔子先生最大的特徵，就是頭頂上那一對高聳的尖耳朵，和臉頰兩邊的鬍鬚，所以他驚嘆時就呼喚他最寶貝的兩樣東西，"Oh my ears and whiskers!"，這是路易斯・卡若爾的創意幽默，人說「在商言商」，他是「在兔子言兔子」。

去。

突然之間，她來到一座三腳茶几邊，全由實心玻璃製成，茶几上什麼都沒有，只擺著一根小小金鑰匙。愛麗絲立刻想到，這鑰匙

必定可以開啟大廳中某一扇門。然而，哀哉！不是門鎖太大，就是鑰匙太小，反正每一扇門都打不開。不過，等愛麗絲繞第二圈時，碰巧發現一幅低矮門簾，剛才沒有注意到，門簾後面有一扇小門，只有十五吋高，把鑰匙插入門鎖，小門居然應聲而開，令她喜出望外！

愛麗絲開了門，只見通往一條小道，門比一個老鼠洞大不了多少，她跪在地上向裡面望去，小道盡頭是一座前所未見的漂亮花園。她多麼想快點離開這陰暗大廳，去到那美麗花園，徜徉於繽紛花壇和清涼噴泉之間，偏偏她連頭都伸不進那扇小門，可憐的愛麗絲心想：「就算我頭能夠伸進去，肩膀進不去也沒用。唉，多麼希望我也像望遠鏡一樣可以縮短！[11]我一定能縮短，只要曉得怎麼縮短。」妳瞧，既然這麼多非比尋常的事剛剛都發生了，愛麗絲心

---

11 原文"how I wish I could shut up like a telescope!"，十九世紀時的望遠鏡大多是一根長長的單管，可拉長可縮短，因此愛麗絲希望自己也可以像望遠鏡一樣，隨心所欲伸縮自如。2007年有兩位數學教授Adrian Rice and Eve Torrence在學術期刊 *College Mathematics Journals* 發表論文，解釋shutting up like a telescope 的原理。

想，當然什麼怪事都可能真的發生。

看來守在這扇小門外空等也不是辦法，於是走回小茶几邊，指望再找到一根鑰匙，或是一本秘訣書教人像望遠鏡一樣縮短。這回她找到一個小瓶子（愛麗絲說：「剛才明明沒有這個瓶子」），瓶口繫著一紙標籤，印著漂漂亮亮的大字「喝我！」

說「喝我」倒很簡單，但聰明的小愛麗絲不急著那麼做。她說：「才不呢，我得先瞧一瞧，看看有沒有標示『毒藥』字眼。」因為她從小就讀過一些精彩小故事，說有些孩子被灼傷、被野獸吃掉，還有其他可怕事，都是因為沒有學到朋友們教的簡單規矩[12]：譬如，握住燒得通紅的撥火棍太久，手就會燙傷；還有，用刀子割手指割得太深，手指就會流血。因此愛麗絲永遠記得，喝多了瓶子標示「毒藥」的東西，身體遲早會出狀況。

然而，這瓶子並沒有標示「毒藥」字眼，愛麗絲斗膽嚐了一口，覺得味道挺好（事實上也是，就像混合櫻桃蛋塔、奶蛋糊、鳳梨、烤火雞、太妃糖、熱奶油麵包的多種口味），因此很快喝個精光。

---

12 這些精彩小故事指的是維多利亞時代及十八世紀末至十九世紀初流行的傳統童話故事，故事裡常有嚇人情節和道德教訓，警告小孩子不聽話就會受到懲罰落得悲慘下場，教育小孩子要服從大人、要循規蹈矩。這些說教故事和當時許多教誨勵志的歌謠，常被路易斯・卡若爾用來諧擬調侃（parody）。

愛麗絲說：「好奇怪的感覺喔！我一定像望遠鏡一樣縮短了！」

說的也是：愛麗絲現在只有十吋高，[14]想到已經縮短得能通過那扇小門，進到那座美麗花園，她就樂得眉飛色舞。不過，她又等了幾分鐘，看看自己有沒有繼續縮短，心裡有點緊張，自言自語：「妳瞧，說不定我會繼續縮短，到頭來像根蠟燭似的，火苗就熄滅了，不知那時我會怎樣？」她也揣摩蠟燭吹滅之後，火苗變成什麼樣子，印象中從沒見過這檔子事。

過了一會兒，什麼事也沒發生，愛麗絲決定立刻前往花園。哀哉！可憐的愛麗絲！來到這扇小門前，卻發現忘了帶那根金鑰匙，回到茶几邊，又發現自己居然已經縮短到根本搆不著茶几上的鑰匙，透過玻璃桌面看到鑰匙好端端躺在茶几上，只好順著茶几柱子往上攀爬，偏偏茶几柱子滑溜溜的爬不上去，試了好幾次，累得精疲力竭，可憐的小傢伙乾脆坐在地上嚎啕大哭。

愛麗絲嚴厲的對自己說：「起來，哭成那樣沒有用！勸妳馬上停止哭泣！」通常她都會給自己很好的建議（即使很少聽從），有時候還責罵自己，嚴厲到把自己罵到掉眼淚。記得有一回和自己玩槌球遊戲，作弊欺騙了自己，還差點兒賞自己一耳光，因為這個怪

13　全書出現幾次這樣的三行「星號」（asterisk），表示愛麗絲體型或現場狀況有所變化。

14　這是愛麗絲第1次身體尺寸變化，這時候她只有10吋高（25.4公分）。往後總共有12次體型變化。張華譯注的《挖開兔子洞——深入解讀愛麗絲漫遊奇境》別出心裁，不愧是工程師，秉著科學家精神，以「拉頁設計」呈現這12次體型變化比例，挑出12張插圖印證比對，實在是空前絕後的貢獻，建議讀者看看。

小孩就是喜歡扮演兩個人的角色。可憐的愛麗絲心想：「現在扮演兩個人的角色也沒用！當然，我已經縮短到連**一**個像樣的人都稱不上！」

　　沒多久，目光落到茶几下一個很小的玻璃盒子，打開盒子，裡面有塊小蛋糕，蛋糕上有葡萄乾拼成漂漂亮亮的兩個字「**吃我**」。愛麗絲說：「好吧！那我就吃蛋糕，要是蛋糕讓我變大，我就能拿到鑰匙，要是蛋糕讓我變小，我就能從門縫底下鑽過去。不管怎樣，都能進到花園，才不管會發生什麼事！」

　　她才吃了一小口，就焦慮的問自己：「變大了嗎？變小了嗎？」還用手按住頭頂，想感覺是變大還是變小，奇怪的是，依然保持原狀。[15]當然哪，平常吃塊蛋糕本來就是這樣，但愛麗絲今天經歷了這麼多怪事，當然指望發生非比尋常的事，普通的事情反而顯得枯燥乏味。

　　於是，她坐下來繼續吃蛋糕，一下子就吃光光。

---

[15] 這裡有一個小小的幽默之處：愛麗絲把手放在自己頭頂上，來判斷自己變大還是變小，當然感覺不出來。到了下一個章節，她「用茶几來衡量她的身高」才比較有準頭，因為有一個外在的客觀標準可以比對丈量。

第二章：眼淚池塘

　　愛麗絲大叫：「越奇越怪了！越奇越怪了！」（她驚訝得一時忘了怎麼說正確英文）[1]。「現在我變成有史以來伸得最長的望遠鏡了！拜拜，腳丫子！」（低頭看自己的腳，已經離得越來越遠，幾乎快看不到了。）愛麗絲心想：「噢，可憐的小腳丫子，天哪，以後誰來幫你們穿鞋穿襪喲？我可是無能為力了！你們離我太遠，再怎麼折騰我也搆不著，你們得自個兒想個好法子。——不過，我一定會好好對待他們，不然的話，他們就不肯帶我到我想去的地方！依我看，以後每年聖誕節我要送他們一雙新的靴子。」

1　英文curious這個字的比較級應該是more curious，而不是curiouser，難怪愛麗絲說她嚇得忘了怎麼說正確英文。英文一般文法規則是：單音節形容詞的比較級直接在字詞後面加er，多音節形容詞的比較級則在字詞前加more，愛麗絲當時才7歲，有可能一時不知所措才犯錯。

　　然後，她又自個兒計畫往後怎麼做，心想：「以後得派郵差寄靴子給他們，好好笑喲，居然寄禮物給自己的腳丫子！包裹上的地址看來一定好奇怪！

　　　　愛麗絲的右腳先生[2]收啟
　　　　　　壁爐前地毯，
　　　　　　　火炭圍欄邊[3]
　　　　　　　　（愛麗絲寄贈）

天哪！我在胡說八道什麼呀！」

　　就在這時候，她的頭撞上大廳天花板，現在她已變成九呎高，[4]馬上抓起茶几上的小金鑰匙，急忙奔向通往花園那扇小門。

　　可憐的愛麗絲！充其量就只能這樣了，側身躺在地面上，瞇著一隻眼睛望向花園，想鑽過去根本沒希望，坐起來又開始嚎啕大哭。

　　一面哭一面說：「妳該覺得很丟臉，這麼大的女孩子，」（她當然說得沒錯）「還這樣一直哭一直哭！告訴妳，馬上停住！」可是愛麗絲還是哭得沒完沒了，眼淚一加侖一加侖流下來，流在身體四周，積成一池水塘，足足四吋深，淹沒半個大廳。

　　過了一會兒，聽見遠處傳來啪噠啪噠腳步聲，急忙擦乾眼淚，看看誰來了。原來是白兔先生回來了，這回他穿著非常體面，一手

2　有學者質疑愛麗絲稱呼她的右腳為「先生」（Esq. 為 Esquire 的縮寫），有可能是因為法文中的「腳」pied 是陽性名詞，即使擁有這隻腳的主人是女孩（參見 Goodacre, qtd. *Annotated Alice*, 21, n. 1）。

3　「火炭圍欄」（fender）是壁爐前的柵欄，遮擋壁爐裡木柴或煤炭燃燒爆裂時向外迸濺的火花，避免地毯或地板著火。

4　這是愛麗絲第 2 次體型變化，這時她竟然高達 9 呎（約 274 多公分）。

拿著白色羔羊皮手套，另一手拎著一把大扇子。他行色匆匆快步小跑，一面跑一面喃喃自語：「噢！公爵夫人，公爵夫人！噢！我害她等了這麼久，她不大發脾氣才怪！」此時愛麗絲絕望之至，巴不得有任何人能幫忙，眼見白兔先生過來，便壓低聲音怯生生的說：「先生，可不可以請你——」白兔先生猛然嚇了一跳，扔下羔羊皮手套和扇子，慌慌張張閃入黑暗之中，說有多快就有多快。

　　愛麗絲撿起扇子和手套，既然大廳裡非常悶熱，就用扇子對自己搧呀搧，[5]嘴裡依然自言自語：「天哪，天哪！今天發生的事多麼

5　注意這裡搧扇子的動作是個「伏筆」（foreshadowing），稍後會出現「呼應」（echoing），她的體型會有所變化。

奇怪啊！而昨天一切都還很正常。我懷疑，是不是一夜之間我就變了一個人了？想想看：今天早晨起床時我還是我嗎？好像記得跟平常有點不一樣。不過，要是我已經不是原來的我，那麼，接著的問題是：『我究竟是誰呢？』唉呀，**那真是個大謎團啊！**」接著，她開始把自己認識的孩子們，跟她同年齡的，一個一個想了一遍，看自己到底變成她們當中哪一個。

　　她說：「我肯定不是變成了愛妲，因為她有那麼一頭長長的鬈髮，而我的頭髮根本不鬈。我也肯定不是變成了梅寶，因為我懂得各式各樣的東西，而她呀，什麼都不懂！更何況，**她**是她，**我**是我。天哪！我被搞得糊裡糊塗了！得趕快看看還記不記得以前我懂的那些東西。想想看，四乘五是十二，四乘六是十三，四乘七是——，天哪！照這樣背下去，我永遠也背不到二十！[6]不管怎樣，乘法表不準，那麼，試試地理吧。倫敦是巴黎的首都，巴黎是羅馬的首都，而羅馬——不對，**那全都錯了**，我確定！我真的是變成梅寶了！現在看看我會不會背誦〈小小鱷魚——〉」於是雙手交疊腿上，像背課文一樣開始背誦，只是聲音聽來沙啞又奇怪，背誦的詞句也跟以前不一樣：

> 小小鱷魚愛保養，
> 尾巴擦得閃亮亮，
> 尼羅河水灌下來，
> 沖洗每片金鱗甲！

6　愛麗絲「永遠也背不到二十」的「乘法表」（multiplication table）只能乘到12，與現行的「九九乘法表」大不相同，對此學者們有幾種複雜的解釋（參見 Gardner, *Annotated Alice*, 23, n. 4）。

咧開嘴巴笑開懷，
張開指爪做手勢，
優雅展開上下顎，
迎接小魚游進嘴！[7]

7　遵循翻譯大師思果在〈《阿麗思漫遊奇境記》選評〉的指示，本譯注將「比對並翻譯」大部分路易斯・卡若爾所「諧擬」或「仿諷」（parody）的原作，其中許多知名原作還可在YouTube或其他網站找到影音資料，聽到它們當年吟唱的曲調。路易斯・卡若爾模仿眾所熟悉的知名作品時，保留原有格律和押韻，只有替換部分詞語、內容或關鍵詞彙，主要是為了詼諧戲謔的效果，所以翻譯parody這個文學術語譯者取「諧擬」捨「仿諷」，因為「詼諧」多於「諷刺」。路易斯・卡若爾很多神來之筆令人嘆為觀止讚不絕口，成為英國文學獨樹一幟的瑰寶，並不全是「無稽之談」（nonsense），也沒有貶損或污衊原作之嫌，而是賦予另類新意，也不是搞亂或扯後腿，而是要「解構」一下濃厚的說教意味。常有學者收集考據比對原作和仿作（參見Shaw, *The Parodies of Lewis Carrol and Their Originals*）。為了凸顯其創意改編和玩弄文字的巧妙，譯者上網搜尋原詩，在此將原詩翻譯，請讀者比對兩種版本。

英國著名「聖詩之父」以撒・華滋（Isaac Watts, 1674-1748）於1715年出版勵志詩集《孩童聖歌》（*Divine Songs for Children*），供學童背誦，十分暢銷。路易斯・卡若爾這首諧擬詩改編自其中一首 "Against Idleness and Mischief"（〈戒怠惰避災禍〉），奉勸世人學習勤勞的蜜蜂，不要懶散怠惰，否則災禍就會降臨。這裡路易斯・卡若爾把勤勞工作的小蜜蜂改成了以逸待勞的小鱷魚，笑瞇瞇的張開大嘴設下圈套，以優雅手勢歡迎小魚兒自投羅網，戲謔之餘也顛覆「說教」（didactic）傳統，博君會心一笑。從小被禮教束縛管訓的孩童，讀來會有暫時解脫的快感。原版如下：

How doth the little busy Bee	小小蜜蜂忙什麼，
Improve each shining Hour	毫不浪費好時光，
And gather Honey all the day	整天到處採花蜜，
From every opening Flower!	美麗花兒朵朵開！
How skilfully she builds her Cell!	嫻熟幹練築蜂房！

　　可憐的愛麗絲雙眼含著眼淚，嘴裡說著：「這些詞句肯定都不對，我果真變成梅寶了，那我就得去住在那棟低矮小房子裡，不但連玩具也沒有，天哪，還要補習那麼多功課！不行，就這麼決定了，要是變成梅寶，我寧可永遠待在這裡！到時候即使他們把頭伸進洞口對我說：『親愛的，上來吧！』也沒有用。我只會往上看，對他們說：『那麼，先告訴我，我是誰？如果是那個我喜歡的，我才肯上去。如果不是，我寧可待在這裡，直到變成那個我喜歡的。』——可是，天哪！」愛麗絲突然迸出眼淚放聲大哭：「真希望他們**會**把頭伸進洞口來！我非**常**不想孤伶伶待在這裡！」

　　說著說著，低頭看看自己雙手，又嚇了一跳，原來剛才說話的當兒，她一隻手已經戴上白兔先生的羔羊皮手套。她心想：「我怎麼**可能**這樣做？我一定又縮短了。」站起來走到茶几邊，用茶几來衡量身高，果然如她所料，現在只有兩吋高，[8]而且還在繼續快速縮短。這才發現，原來是手裡拿的那把扇子造成的，連忙扔掉扇子，才沒繼續縮短到完全消失。

　　愛麗絲說：「剛剛**真是**好險啊！」這突如其來的變化嚇壞了她，慶幸的是，總算還活著。「現在該去花園了！」於是全速奔向

How neat she spreads the Wax!	乾淨俐落塗蜂蠟！
And labours hard to store it well	辛辛苦苦勤儲存，
With the sweet Food she makes.	甜蜜食物備妥當。

　　我們小時候唱的兒歌也有異曲同工之妙，要學蜜蜂勤做工，別當懶惰蟲：

　　　嗡嗡嗡，嗡嗡嗡，大家一起勤做工。
　　　來匆匆，去匆匆，做工興味濃。
　　　天暖花好不做工，將來哪裡好過冬？
　　　嗡嗡嗡，嗡嗡嗡，別學懶惰蟲。

8　這是愛麗絲第3次身體尺寸變更，只有2吋（5公分）高。這回她用茶几當標準比對衡量自己身高，總算比較精確。

那扇小門。可是，哀哉！小門還是鎖著，那根金鑰匙還在玻璃茶几上，可憐的她心想：「事情怎麼越變越糟呀，我從來也沒變得這麼小，從來沒有！我敢說，這簡直是糟糕透了，真的是！」

說話當下，腳底一滑，片刻之間，撲通一聲！跌進水裡，鹹水淹到她下巴。第一個念頭是，大概掉進海裡了，然後自言自語：「若是這樣，我大可坐火車回家。」（愛麗絲去過海邊一次，得到一

個結論是：不管去到哪一處英國海灘[9]，海裡都會有很多更衣小車[10]，海灘上都會有很多孩子用木鏟挖沙子玩，海邊還有一排排出租旅社[11]，旅社後面就是火車站。）不過，眼前愛麗絲立刻恍然大悟，原來是跌進一灘淚水積成的池塘裡，還是她剛才身

9　英國四面環海，坐火車可來回海邊，作者路易斯・卡若爾自己很喜歡到海邊遊玩，書中「獅鷲和假海龜」、「海象和木匠」等故事都發生在海邊。

10　原文 "bathing machines"，讀者千萬別望文生義以為是「洗澡機器」，這種「更衣小車」是保守年代海邊常見的特有景觀，1750 年一位基督教「貴格教派」（Quaker，或稱「教友派」〔Religious Society of Friends〕）教徒 Benjamin Beale 發明活動的海邊更衣小房間，有輪子可上鎖，由馬匹拖入海邊停放，泳客從沙灘這面的一扇門進入房間，更換游泳衣，之後由面對大海的另一扇門直接走入海水中，可以保有隱私，避免穿著暴露招搖海灘。讀者鍵入 "bathing machine" 即可 Google 看到圖片。

11　愛麗絲・黎竇全家 1961 年復活節時到威爾斯北面海邊度假，她父親在 Llandudno 小鎮買地蓋了一間別墅以度假或招待賓友，這間別墅後來改建成 St. Tudno Hoel，現為觀光勝地，每年舉辦比賽選舉最像愛麗絲的女孩（參見婁美蓮譯，《愛麗絲夢遊仙境：路易斯・卡洛爾與兩本愛麗絲》，頁62）。

高九吋時嚎啕大哭所流的眼淚。

　　愛麗絲說：「真希望剛才沒哭得那麼厲害！」一面游來游去，一面想辦法離開水裡。「我猜想，這是懲罰我那麼愛哭，要把我淹死在自己的眼淚裡！肯定的是，這一定又是怪事一樁！不管怎樣，今天每件事都很奇怪。」

　　就在這時候，聽見不遠處有水花激濺聲，游過去看看怎麼回事。起先她以為必定是一隻海象，或是一隻河馬，然後想起自己現在變得這麼短小，才明白那不過是一隻老鼠，像她一樣跌進水裡。

　　愛麗絲心想：「跟這隻老鼠說話，會有用嗎？不過，反正這裡每一件事都非比尋常，搞不好這隻老鼠也會說人話。不管怎樣，試一試也無妨啊。」於是對老鼠說：「喂，老鼠先生[12]！你知道怎麼游出這個池塘嗎？喂，老鼠先生！我已經游來游去累壞了。」（愛麗絲以為跟一隻老鼠這樣說話是正確的，因為她從來沒有跟老鼠說過話，不過，她記得曾在哥哥的拉丁文法書看過這樣的詞類變化：「一隻老鼠——老鼠的——給老鼠——一隻老鼠——喂，老鼠！」[13] 老鼠先生一臉狐疑盯著她，愛麗絲覺得牠

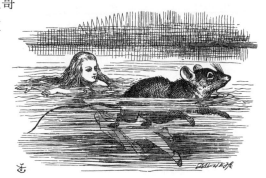

12　原文是定冠詞加上大寫的專有名詞the Mouse，並非小寫的一般老鼠mouse，因為他也是一個「擬人化的動物角色」，因此譯為「老鼠先生」，而非「老鼠」。

13　這拉丁文法分別是"A mouse (nominative) — of a mouse (genitive) — to a mouse (dative) — a mouse (accusative) — O mouse! (vocative)"，依趙元任譯《阿麗絲漫遊奇境記》（頁30）：「領格」、「屬格」、「司格」、「受格」和「稱呼格」。

一隻小眼睛好像朝她眨了眨，但什麼也沒說。

　　愛麗絲心想：「搞不好牠聽不懂英文，我敢說，牠一定是隻法國老鼠，跟著征服者威廉大帝來到英國。[14]」（即使愛麗絲學過不少歷史知識，但她搞不清楚那是多久以前發生的事。[15]）於是她又用法文說：「我的貓咪在哪兒？」那是她法文課本裡的第一個句子。老鼠先生在水裡猛然一竄，好像嚇得全身發抖。愛麗絲深怕傷了這隻可憐動物的心，趕忙說：「噢，對不起！我忘了你不喜歡貓咪。」

　　老鼠先生語調尖銳激動大喊：「不喜歡貓咪！如果妳是我，妳會喜歡貓嗎？」

　　愛麗絲連忙安撫他：「啊，也許不喜歡，你可別生我的氣。不過，我倒希望給你看看我的貓咪黛娜，你要是見過牠，一定會喜歡貓咪的，黛娜是那麼可愛又安靜，」愛麗絲一面懶洋洋的在池塘裡游著，一面繼續說，多半是自言自語：「牠坐在壁爐邊喵喵叫，舔自己的爪子，洗自己的臉，那模樣可愛極了——你抱著牠的時候，牠又是那麼柔軟溫和——而且喔，牠抓老鼠的本領可是一等一的高

14　西元五世紀來自德國日耳曼民族的三支民族盎格魯（Angles）、撒克遜（Saxon）和朱特（Jutes），湧入英國不列顛群島，驅逐了當地土著的凱爾特（Celtics），建立盎格魯撒遜（Anglo-Saxon）古王國達六個世紀之久，直到1066年才被法裔的「征服者威廉大帝」（William the Conqueror）征服，結合德法傳統，改變英國本土歷史和語文。「威廉大帝」是法國諾曼第公爵與女僕的非婚私生子，但公爵指定他為繼承人，他與英國王室有遙遠的血緣關係，當時英國國王無嗣，死前允諾王位傳承給他，於是他在1066年率領大軍渡過英吉利海峽進入英國，平息內亂、征服群雄、繼承王位，成為威廉一世。到下一章老鼠先生講述他們家族歷史時會提到這一部分：「征服者威廉大帝，因為政治主張被教皇認同，所以很快獲得英國人的擁護，因為英國人需要領導者，而且近年來飽受篡位與征戰。」

15　愛麗絲果然沒有太豐富的歷史常識，因為「征服者威廉大帝」從法國率軍渡海來到英國是800年前的事。

超——噢，對不起！」愛麗絲又叫了出來，因為這回老鼠先生已經全身毛髮倒豎，她確定這回真的惹毛了老鼠先生，「如果你不喜歡，那我們就別再談牠了。」

老鼠先生喊道：「還說『我們』呢！」氣得連尾巴末梢都在發抖，「好像我會喜歡談這個話題似的！我們家族永遠**痛恨**貓，貓是可惡、下流、卑鄙的東西！再也別讓我聽見牠們的名字！」

愛麗絲連忙改變話題：「那我就不談貓咪了！你——你喜歡——狗狗嗎？」見老鼠先生沒搭腔，愛麗絲一頭熱接下去：「我們家附近有隻可愛的小獵犬，真想帶你去看牠！你知道嗎，那隻小獵犬眼睛亮晶晶，棕色的毛又長又捲！你扔出去任何玩意兒，牠都會啣回來，牠會蹲坐著求人家給牠吃飯，還會玩各種把戲——而我連一半都不會——你知道嗎，牠的主人農夫說，牠真是太管用了，身價值上一百英鎊呢！還說牠會把田地裡的老鼠抓光光——唉呀，天哪！」愛麗絲滿腔悲哀，「搞不好我又冒犯他了！」這時老鼠先生已經用盡全力游走，留下池水激盪。

愛麗絲對著老鼠先生背影溫柔呼喚：「親愛的老鼠先生，拜託你回來，要是你不喜歡貓咪和狗狗，那我們就別再談論牠們！」老鼠先生聽了，轉過身來，慢慢游回愛麗絲身邊，臉色慘白（愛麗絲心想，他一定很激動），顫抖的低聲說：「我們游上岸吧，然後我再告訴妳我們家族的故事，妳就會明白為什麼我痛恨貓咪和狗狗。」

這時候也該上岸了，因為池塘裡陸續掉進許多鳥兒和動物，顯得擁擠不堪：包括一隻鴨子[16]，一隻多多鳥[17]，一隻鸚鵡，一隻小

---

16 這隻「鴨子」（Duck）影射作者的好友德克沃斯牧師，因他的姓氏Duckworth當中有個Duck，當年和作者及愛麗絲姊妹們出遊划船。

17 這隻「多多鳥」（Dodo）據說是作者調侃自己，因為作者口吃，說話結巴，每次說到自己姓氏Dodgson時，常常說成Do-Do-Dodgson（Dodgson正確發音是

鷹[18]，還有幾隻稀奇古怪的生物[19]。由愛麗絲領頭，大夥兒紛紛游向
岸邊。

"Dodson"）。「多多鳥」產於印度洋模里西斯島（Mauritius）沿海地區，因為食
物不虞匱乏而演進成一種有翅膀卻不會飛的鳥類，身高1公尺，體重10-18公
斤，1598年被人類發現，但由於濫捕而於1662年徹底滅絕。「多多鳥」因
Alice's Adventures in Wonderland 而聲名大噪，其標本模型是牛津大學博物館最
著名的展示品，被稱之為 The Oxford Dodo。這隻「多多鳥」會成為下一章「黨
團熱身賽跑」的主持人，他的長相請見下一章插圖。

18 「鸚鵡」（Lory）指的是大姊 Lorina，「小鷹」（Eaglet）指的是小妹 Edith。

19 根據路易斯・卡若爾日記，6月17日他們划船去紐恩漢時，同行者還包括他的
兩個姊姊芬妮（Fanny）和伊莉莎白（Elizabeth）及姨媽露西（Lucy），他們都
成了此處所謂的「其他稀奇古怪的生物」。

第三章：黨團熱身賽跑和漫長故事

　　聚集在岸邊的真是一夥兒特異族群——鳥兒的羽毛濕透透，動物的毛皮黏答答，大家都濕淋淋、氣呼呼、一身狼狽。

　　當前首要問題就是，怎麼趕快弄乾身體，大夥兒討論對策，才過了幾分鐘，愛麗絲便與牠們親熱攀談起來，彷彿彼此已經認識很久。愛麗絲跟鸚鵡爭論了好一陣子，最後鸚鵡火大，嘴裡只會一直說：「我年紀比妳大，當然懂得比妳多。」而愛麗絲就是不讓步，非要知道鸚鵡年紀到底有多大，而鸚鵡偏偏不肯說自己年紀，那就沒有什麼可說了。

　　老鼠先生好像是這一夥兒當中最有權威的，[1]最後他大聲說：「大家通通坐下來，聽我說！**我**會很快把大家弄得夠枯燥！[2]」大夥

1　有人說老鼠先生是影射黎竇三姊妹的家庭教師普里克女士（Miss Mary Prickett），教了她們有15年之久（1856-71）。謠傳她和路易斯・卡若爾有戀情，但路易斯・卡若爾日記澄清是空穴來風無憑無據（groundless）。維多利亞時代男孩子到學校上學，女孩子在家裡由家庭教師授課，約從6歲到20歲。路易斯・卡若爾拜訪或邀約黎竇三姊妹出遊時，普里克女士經常隨侍在側。

2　原文*"I'll* soon make you dry enough!"當中的dry是個「雙關語」（pun），大夥兒又濕又冷，以為老鼠先生會幫忙把身體趕快「弄乾」（dry）免得感冒，沒想到老鼠先生卻準備長篇大論，講他們家族史的冗長「枯燥」（dry）故事。「雙關語」常常故意造成「牛頭不對馬嘴」，翻譯取捨需要考量說話者的立場為主。

兒馬上坐下來，圍成一大圈，老鼠先生在中央。愛麗絲著急的盯著老鼠先生，因為她知道，要是不趕快弄乾身體，一定會得重感冒。

老鼠先生自命不凡：「啊哈！大夥兒都準備好了嗎？這是我所知道最枯燥的事！請大家安靜，聽我說！『征服者威廉大帝，因為政治主張被教皇認同，所以很快獲得英國人的擁護，因為英國人需要領導者，而且近年來飽受篡位與征戰。愛德溫和莫卡爾，分別是墨西亞伯爵和諾申伯瑞亞伯爵——』[3]」

鸚鵡打了個哆嗦：「呃呵！」

老鼠先生皺著眉頭，但很客氣的問：「抱歉！是妳在說話嗎？」

鸚鵡連忙回答：「不是我！」

老鼠先生說：「我還以為妳有話要說呢，——那我繼續講下去。『愛德溫和莫卡爾，分別是墨西亞伯爵和諾申伯瑞亞伯爵，都宣稱支持威廉大帝，連愛國的坎特伯里大主教史提甘德，也發現那是明智之舉——』」

鴨子問：「發現什麼？」

老鼠先生有點生氣：「發現那是，你當然知道『那是』指的什麼。」

鴨子答道：「我當然知道『那是』指的什麼。當我逮到獵物，『那是』指的就是一隻青蛙或一條小蟲。問題是，大主教到底發現的是什麼？」

老鼠先生不甩這個問題，急著說下去：「『發現那是明智之舉，就是跟愛德格·艾瑟陵一起去晉見威廉大帝，獻皇冠給他。威廉大帝剛開始的表現還算穩健，但是他那種諾曼人的專橫性格——』」說著說著，老鼠先生轉向愛麗絲：「親愛的，妳還好嗎？」

3　老鼠先生講的這段歷史故事引述自Havilland Chepmell於1862年出版的 *A Short Course of History*（頁143-44），是黎竇三姊妹跟著普里克女士念的歷史書。

愛麗絲口氣憂鬱：「跟剛才一樣濕透透，好像根本也沒有變乾燥。」

多多鳥先生[4]站起來，嚴肅的說：「既然如此，我提議暫時休會，以便立刻採取更有效率的補救措施——」

小鷹說道：「拜託講白話文！你剛剛講的那些深奧字眼，我連一半也聽不懂，更何況，我相信連你自己也不懂！」說完低頭偷笑，有些其他鳥兒也嘻嘻笑出聲。

多多鳥先生一副被冒犯的腔調[5]：「我想要說的是，如果大夥兒都想弄乾身體，最好來一趟黨團熱身賽跑[6]。」

4　原文是定冠詞加上大寫的專有名詞 the Dodo，因為他也是一個「擬人化的動物角色」，因此譯為「多多鳥先生」，而非「多多鳥」。

5　譚尼爾插圖所繪的「多多鳥」是根據 Roelandt Savery 十七世紀的畫作，原版存於大英博物館，牛津大學博物館存有複製版。

6　愛麗絲和這一群動物全身濕透，只好靠「熱身賽跑」（race）來弄乾身體和羽毛。英文 caucus 這個字據說淵源於美國印地安部落的族群會議，引申指「政黨幹部會議」，政黨核心人士聚會討論候選人或競選活動政策。在十九世紀英國算是個新興名詞，指某些政府委員會成員，一向在黨團會議裡奔走繞圈子，好像很熱絡似的，卻是瞎忙一場，倒是希望從中分得一杯羹或得到酬庸肥缺（political plum）。譯者在此刻意加上「黨團」，把 caucas-race 譯成「黨團熱身賽跑」，希望凸顯路易斯・卡若爾間接揶揄政黨政治的動機，這是書中少見「嘲諷時政」的例子之一。這個「黨團熱身賽跑」章節並未出現在原始版本 Alice's Adventures Under Ground 裡，是後來加進去的。路易斯・卡若爾日記顯示，他曾兩度前往國會聆聽黨團領袖施政報告，雖然沒有顯著政治立場，但偏向保守（參見 Watson, "Tory Alice"）。據說路易斯・卡若爾可能受到當時最流行的童書《水孩兒》（Charles Kingsley, Water-Babies, 1863）所影響，書中出現的烏鴉黨團呈現辛辣的政治諷刺。根據 Norton Critical Edition 的腳註，路易斯・卡若爾任教期間需要參加教職員會議，常被捲入狂熱枯燥的人事選舉運作，似乎以 caucus 來暗示其愚昧。（參見 Schwartz, "The Dodo and the Caucus Race" 及 Imholtz, "The Caucus-Race in Alice in Wonderland: A Very Drying Exercise"）。

　　愛麗絲問：「黨團熱身賽跑是什麼？」本來不想問的，但多多鳥先生住口不說，彷彿以為**某某人**應該接下去說，然而卻沒人願意說話。

　　多多鳥先生回答：「當然哪，最好的解釋就是實地體驗一下。」（或許哪個冬天日子無聊時，妳可能也想親身體驗一下，所以我在此告訴妳多多鳥先生怎麼安排。）

　　首先，多多鳥先生標示出跑道路線，有點像個圓圈圈，（他說：「無所謂正確形狀，」）然後，大夥兒散在圓圈周圍，愛站哪兒就站哪兒。也沒人喊「一、二、三，開跑」，大家隨時想跑就跑，隨時想停就停，所以很難知道什麼時候結束。不管怎樣，大夥兒跑了大約半個鐘頭之後，身體也都乾了。多多鳥先生突然大喊：「賽跑結束！」大夥兒都圍到他身邊，氣喘吁吁問：「那誰跑贏了？」

　　多多鳥先生一時回答不了這問題，還得費番功夫研究一下，他坐下來，一根手指頂著額頭，想了好久（就是莎士比亞的那個姿態，常在圖片見到），其他動物都安安靜靜等著。最後，多多鳥先生說了：「**每個人都跑贏了**，每個人都應該有獎品。」

　　大夥兒眾口同聲：「可是，誰來頒發獎品呢？」

　　多多鳥先生一根手指指向愛麗絲：「當然，是**她**嘍，那當然。」大夥兒立刻圍住她，七嘴八舌喊：「獎品！獎品！」

　　愛麗絲不知怎麼辦，絕望之餘，伸手進口袋，居然掏出一盒蜜餞夾心糖[7]，（幸虧剛才沒被鹹水泡濕），於是發給大夥兒當獎品，幸好每隻動物都分到一塊。

　　老鼠先生說：「可是，她自己也應該有獎品啊。」

　　多多鳥先生很嚴肅的說：「那當然啊。」轉向愛麗絲：「妳口袋

7　原文comfits是乾燥或糖漬水果、堅果、甜菜根等，裹上糖衣或添加香料而做成的夾心糖果，並不算蜜餞，在此譯為「蜜餞夾心糖」。

裡還有什麼？」

　　愛麗絲悲哀的說：
「只有一枚頂針[8]。」

　　多多鳥先生說：
「頂針拿出來給我。」

　　大夥兒又圍到愛
麗絲身邊，多多鳥先
生莊嚴肅穆的頒發那
一枚頂針：「我們懇請
妳接納這枚精緻的頂
針。[9]」簡單扼要的致詞
後，大夥兒齊聲歡呼。

　　愛麗絲覺得整件事非
常荒謬，但看到大夥兒都很
認真，也不好意思偷笑，一時想不到該說什麼，只好彎腰鞠躬，收

8　「頂針」（thimble）是縫衣服時套在手指末端的金屬套，以保護手指，也方便將
　　縫衣針頂入厚布料之內，女孩子學習縫紉時用得到，因此愛麗絲隨身攜帶。
　　也有人嗜好收藏各式各樣設計精美的頂針。

9　針對這個場面張華譯注的《挖開兔子洞——深入解讀愛麗絲漫遊奇境》（頁75-
　　79），提出個人創見頗有幾分道理：謠傳路易斯・卡若爾曾向愛麗絲・黎寶求
　　婚，雖然無法求證，但1863年愛麗絲・黎寶的母親禁止他來訪，撕毀他寫給愛
　　麗絲・黎寶的所有信件，而他1863年6月27-29日三天的日記也遭其家人撕
　　掉，這一切令人覺得事有蹊蹺。維多利亞時代女孩結婚合法年齡是12歲，愛麗
　　絲・黎寶剛滿11歲。張華說這個場景可說是「一場婚禮的家家酒」，多多鳥
　　（路易斯・卡若爾的化身）把頂針當成「戒指」頒給愛麗絲，主婚者是鴨子
　　（德克沃斯牧師的化身），女方家屬是鸚鵡和小鷹，男方家屬則是其他稀奇古怪
　　的動物，先有儀式（賽跑），頒發頂針後有蜜餞夾心糖招待，餘興節目是講故
　　事，場面和程序都像完整的婚禮。

下頂針，盡量裝出莊嚴蕭穆的樣子。[10]

接著大夥兒開始吃蜜餞夾心糖，這又引起一陣吵鬧騷動，大型鳥兒抱怨不夠塞牙縫，沒嚐到味道，小型鳥兒卻噎到喉嚨，還得幫牠們拍背。不管怎樣，事情告一段落之後，大夥兒又圍成一圈，懇求老鼠先生講點別的。

愛麗絲說：「你答應過要講家族故事給我聽的，還有，」她加上一句耳語，有點擔心再度冒犯他：「你為什麼痛恨──ㄇ和ㄍ[11]。」

老鼠先生轉身面向愛麗絲，嘆了一口氣：「我的故事是個漫長又悲傷的故事！」

愛麗絲低頭望著老鼠先生的尾巴，困惑的問：「你的尾巴是很長，確實是，但為什麼你說尾巴很悲傷呢？[12]」老鼠先生講故事時，愛麗絲一直困惑的望著他尾巴，以至於把故事想像成尾巴的形狀，就像這樣──

---

10 這一枚頂針明明是愛麗絲口袋裡拿出來的，卻又當成獎品頒贈給愛麗絲，作者在此似乎暗示，在政黨政治之下政府向人民納稅，然後又將稅金當獎品賜給人民，難怪愛麗絲覺得非常荒謬，但看到大夥兒都很認真，也不好意思偷笑，只好彎腰鞠躬收下頂針。

11 原文 C and D 指的是 Cat and Dog，因為是英文字母 C 和 D，譯成中文只好將就換成注音符號「ㄇ和ㄍ」，指的是「貓」（ㄇㄠ）和「狗」（ㄍㄡˇ）。也有人譯成「喵」和「汪」。

12 這裡是玩弄文字遊戲，利用「同音異義字」（homonym）的奧妙，老鼠先生說的是「故事」tale，而愛麗絲卻以為是「尾巴」tail，各說各話，雞同鴨講。

惡犬名字叫
憤怒，見到
老鼠在家
裡，咱們
一起上
法庭，我
要把你來
控訴——
來吧來吧
別抵賴，
開庭審
判躲不
了，今
天上午
悶得
慌，
閒來
無事來
這招。
老鼠回
覆誣賴
狗，此
等審判
太荒謬
，法官
陪審都
欠缺，
白費力
氣何苦
呢。
奸詐
惡犬
兇巴
巴，
我是
法官
兼陪
審，
整個
案件
歸我，
判處
死刑
你沒
轍。

13

老鼠先生嚴厲責怪愛麗絲:「妳都沒注意聽!妳在想什麼?」

愛麗絲謙卑回答:「對不起,我在想,你的尾巴是否已經轉到第五個彎了?」

---

13 這首詩就是典型的「圖像詩」(calligram,也稱 emblematic verse 或 figured verse),將詩文編排成與詩主題相關的圖形,路易斯・卡若爾把這首「老鼠的故事」編排成「老鼠的尾巴」形狀,在英詩世界赫赫有名,因為他還巧妙運用「同音異義字」"tale" 和 "tail"。這隻惡狗名叫「憤怒」("Fury")很貼切,因為 Fury 也指性子暴烈的男人或潑婦。這隻狗蠻橫不講理,欺負弱小的老鼠,身兼法官和陪審團,硬是誣賴栽贓判刑,是典型的「司法暴力」。這首「圖像詩」讀來有些吃力,看不出詩行、段落、格律和押韻,以下將原詩及中譯還原成易讀的一般格式:

Fury said to a mouse,	惡犬名字叫憤怒,
That he met in the house,	見到老鼠在家裡,
"Let us both go to law:	咱們一起上法庭,
I will prosecute YOU. —	我要把你來控訴——
Come, I'll take no denial;	來吧來吧別抵賴,
We must have a trial:	開庭審判躲不了,
For really this morning	今天上午悶得慌,
I've nothing to do."	閒來無事來這招。
Said the mouse to the cur,	老鼠回覆誣賴狗,
"Such a trial, dear Sir,	此等審判太荒謬,
With no jury or judge,	法官陪審都欠缺,
Would be wasting our breath."	白費力氣何苦呢。
"I'll be judge, I'll be jury,"	奸詐惡犬兇巴巴,
Said cunning old Fury:	我是法官兼陪審,
"I'll try the whole cause,	整個案件歸我審,
And condemn you to death."	判處死刑你沒轍。

老鼠先生大叫，又激烈又生氣：「才沒有呢！」

愛麗絲總是樂於助人，迫切的看看四周：「你尾巴打結了！噢，讓我幫你把結解開來吧！[14]」

老鼠先生說：「我才不幹那種事呢，妳這樣胡說八道，簡直是在侮辱我！」說罷站起來一走了之。

可憐的愛麗絲再三懇求：「我才沒有那個意思！但是，你知道嗎，你未免也太容易被冒犯了！」

老鼠先生只是咆哮回應。

愛麗絲對著老鼠先生背影喊：「拜託回來，把故事講完！」其他動物也異口同聲：「是啊，拜託回來吧！」可是，老鼠先生只是不耐煩的搖搖頭，加快腳步走掉了。

老鼠先生身影消失後，鸚鵡嘆了一口氣：「好可惜他不肯留下來！」一隻老螃蟹[15]逮住這個機會對她女兒說：「啊，親愛的女兒，好好記取這個教訓，妳可千萬不能亂發脾氣！」結果她那螃蟹女兒沒好氣的頂嘴：「老媽，閉上妳的嘴！連最有耐性的牡蠣都受不了妳嘮嘮叨叨！[16]」

愛麗絲也沒特別針對誰，只是大聲說：「真希望我家黛娜就在這裡，真的希望！那牠很快就會把老鼠先生找回來！」

鸚鵡說：「我可不可以冒昧問一聲，黛娜是誰？」

---

14 這裡是玩弄文字遊戲，利用「同音異義字」的奧妙，老鼠先生說的「我尾巴才沒有轉彎呢！」是 "I had *not*!"，而愛麗絲聽成是 "I had knot!"，難怪她接著說：「你尾巴打結了！」所以很樂意幫忙：「那就讓我幫你把結解開來！」（"Oh, do let me help to **undo it**!"），各說各話，雞同鴨講。

15 「螃蟹」（crab）也指脾氣暴躁或滿腹牢騷的人。

16 「牡蠣」（oyster）也指沉默寡言或守口如瓶的人。螃蟹女兒的意思是嫌她老媽太囉唆，足以考驗牡蠣的耐性了。（You're enough to try the patience of an oyster!）

愛麗絲隨時隨地都樂意談論她的寵物，立刻熱切回應：「黛娜是我家的貓。你們絕對想不到，牠抓老鼠的本領是一等一的高超！啊，真希望你們也見識一下牠抓鳥兒的本領！當然，只要看到小鳥，牠就一口吃掉！」

這番話又造成大夥兒一陣驚人騷動。有些鳥兒立刻振翅飛走，一隻老喜鵲[17]小心翼翼收起翅膀，一面說著：「我真的該回家了，夜晚濕氣會害到我嗓子！」一隻金絲雀[18]聲音顫抖呼喚孩子們：「寶貝孩子，快回家吧！該上床睡覺了！」大夥兒都找到各種藉口，陸續離開，沒多久，只剩愛麗絲一個人。

愛麗絲滿腔憂鬱喃喃自語：「真不該提起黛娜！在這兒好像沒人喜歡牠，不過我相信，牠是全世界最棒的貓！啊，親愛的黛娜，不曉得還能不能再見到妳！」說到這兒，可憐的愛麗絲又哭起來，非常孤單，情緒低落。然而，沒多久，又聽到遠處傳來啪噠啪噠的一陣腳步聲，急忙抬頭，心裡盼望老鼠先生回心轉意，回來講完他的家族故事。

---

17 「喜鵲」（magpie）通常也指嘰嘰喳喳、饒舌多嘴的人，也指喜歡收集瑣碎小東西的人。

18 「金絲雀」（canary）一向以嗓音嘹亮、歌聲婉轉美妙著稱。

第四章：白兔先生派來小比爾

　　原來是白兔先生，又慢慢小跑回來，一面小跑一面焦慮的四處張望，好像找尋遺失的東西。愛麗絲聽見他喃喃自語：「公爵夫人！公爵夫人！噢，我的寶貝爪子啊！我的毛皮觸鬚啊！她肯定會砍掉我腦袋瓜子，肯定就像雪貂一樣堅持到底！[1]奇怪，我可能忘在哪兒呢？」愛麗絲馬上猜到，他一定是在找那把扇子和那雙白色羔羊皮手套，好心好意的幫他到處找尋，卻怎麼也找不到──打從眼淚池塘游出來之後，好像每樣東西都變了樣，連那座大廳、那個玻璃茶几、那扇小門，也通通消失了。

　　白兔先生很快注意到愛麗絲也在四處找尋，火冒三丈對她大吼：「喂，瑪麗安[2]，妳在這裡做什麼？趕快回家，去幫我拿一雙手套和一把扇子來！嘿，快點！」而愛麗絲居然驚嚇到拔腿就跑，跑向白兔先生指的方向，壓根兒都沒想到需要解釋一下這場誤會。

1　「雪貂」（ferret）擅長鑽地洞，英國農人飼養並訓練雪貂，來狩獵兔子或捕殺老鼠。「雪貂」也指堅持不懈的搜索者或偵探。這裡不是指公爵夫人會砍掉白兔先生的頭，她沒有那個權限，而是指霸道的紅心王后鐵定會砍掉他的頭（見本書第八章〈紅心王后的槌球場〉），就像「雪貂就是雪貂一樣的堅持到底」，"as sure as ferrets are ferrets!"也是那時代流行的話語，表示千真萬確。

2　白兔先生把愛麗絲叫成「瑪麗安」（Mary Ann），以為她是他家中「女僕」（servant girl），英國人稱女僕為「瑪麗安」是一種委婉「美言法」（euphemism）。

　　愛麗絲一面跑一面自言自語：「他一定把我當成他家女僕了，要是他知道我是誰，一定會嚇一跳！不過，最好還是幫他拿扇子和手套來──要是找得到的話。」說著說著，來到一棟精緻小屋前面，門上釘著一片銅牌，上面雕刻「**白兔先生**」的名字。愛麗絲也沒敲門，逕自走進去，匆匆跑上樓，非常擔心萬一碰上瑪麗安本人，還沒找到扇子和手套，就會被趕出門。

　　愛麗絲又喃喃自語：「這不是很奇怪嗎？居然幫一隻兔子跑腿！³搞不好以後黛娜也會對我發號施令！」於是開始揣摩那種情景：「『愛麗絲小姐！快點過來，該準備去散步了！』『奶媽，我馬上就來！不過，我得先幫黛娜守著老鼠洞，等牠回來，免得老鼠跑出來。』」愛麗絲繼續說：「只是，如果黛娜敢這樣對人類發號施令，他們可不准留牠在家裡。」

　　這時候，愛麗絲來到一個整潔的小房間，窗前擺著一張桌子，桌上（正如她所料）擺著一把扇子，還有兩三雙小小的白色羔羊皮手套，她拿起扇子和一雙手套，正準備離開房間，忽然看到鏡子邊有個小瓶子。上面並沒有標示「**喝我**」的字樣，然而，愛麗絲還是拔掉瓶塞，把瓶子湊近嘴邊，對自己說：「我就知道，每當我吃點或喝點什麼，就一定會發生**某種**有趣的事。這回我倒想看看這瓶東西會有什麼作用。希望能讓我再一次變大，我實在不想當這麼個小不點！」

　　果真如此，而且快得大大超乎她預料，還沒喝到一半，她的頭就頂撞天花板，逼她不得不彎下身體，免得折斷脖子。愛麗絲連忙放下瓶子，自言自語：「這就夠了──希望別再變大了──眼前這個樣子，我就已經走不出門了──唉，但願沒喝那麼多！」

　　哀哉！說時遲那時快！她繼續變大，沒多久，就不得不跪在地

3　原文"going messages"指的是running errands，跑腿辦差事。

板上，再過一會兒，連跪也沒空間了，只好躺下來，一隻手肘頂著門，另一隻手臂彎起來抱著頭。可是，她還是繼續變大，最後只好來這麼一招，一隻手臂伸出窗外，一隻腳踹上壁爐煙囪，喃喃自語：「不管再發生什麼事，我都無能為力啦，究竟我還會變成什麼？」

　　慶幸的是，小瓶子魔力終於發揮到極點了，她不再變大。可是，擠壓成這樣實在很不舒服，好像也沒機會逃離那個房間，難怪她很不快樂。

　　可憐的愛麗絲心想：「在自己家裡可就舒服多了，也不會這樣一會兒變大、一會兒變小，還要聽老鼠和兔子發號施令。真希望當初沒有鑽進這個兔子洞──然而──然而──這一切經歷還真夠稀奇，妳知道嗎，這種人生！只是不知還會發生什麼事！以前讀童話故事，還以為故事裡的那些事永遠不會發生，而現在我居然就活在童話世界裡！應該有人寫一本關於我的書，真的應該！等我長大，我要來寫一本──」還傷心的補上一句：「可是，我現在已經變得這麼大，至少這裡已經沒有空間讓我繼續變大了。」

　　愛麗絲心想：「可是，到那時候，我就永遠不會比現在更老了嗎？那倒值得安慰，至少有一點──永遠不會變成老女人──不過──也會有永遠學不完的課業！噢，我可不喜歡那樣！」

　　她又自言自語：「噢，笨蛋愛麗絲！那妳在這裡又有什麼課業好學？這裡的空間容不下妳，當然，也容不下任何課本！」

就這樣說呀說的,一會兒這麼說,一會兒那麼說,一來一回互相對話。不過,幾分鐘之後,聽見外面有說話聲,於是閉上嘴,用耳朵聽。

那個聲音喊著:「瑪麗安!瑪麗安!馬上把我手套找來!」接著,樓梯傳來一陣啪噠啪噠腳步聲。愛麗絲曉得白兔先生來找她,嚇得全身發抖,抖得整棟房子搖搖晃晃,一時也忘了自己變大,比白兔先生大上一千倍,實在沒有理由怕成那樣。

白兔先生上樓來到房間門口,正要推開房門,但因為門是向內開的,愛麗絲手肘又緊緊頂在門後,所以白兔先生推不開。愛麗絲聽見白兔先生自言自語:「那我就繞過去,從窗戶進去。」

愛麗絲心想:「那是不可能的!」等了一會兒,彷彿聽見白兔先生就在窗戶下面,於是手臂一伸,在空中胡亂抓了一把,但什麼也沒抓到,只聽見一陣尖叫和摔落聲,還有玻璃碎裂聲,愛麗絲推論,很可能白兔先生跌進了一間玻璃溫室[4]之類的地方。[5]

---

4 原文 "cucumber-frame" 指的是以木條和玻璃搭建的小型溫室,通常用來搭棚種植小黃瓜。

5 有趣的是,白兔先生跌落玻璃溫室的這一幕,譚尼爾插圖裡白兔先生穿著格子背心,但是《愛麗絲鏡中奇緣》第一章的插圖裡白兔先生穿的是白色背心,雖

　　接著傳來一個氣呼呼的聲音——白兔先生的聲音——「派特！派特！你在哪兒？」然後，又聽到剛才沒聽過的一個聲音：「老爺大人，我就在這兒，正在掘馬鈴薯[6]呢！」

　　白兔先生大怒：「這會兒還掘哪門子馬鈴薯！快過來！幫忙把我從這兒拉出來！」（又是一陣玻璃碎裂聲。）

　　「派特，快告訴我，窗戶裡那個是什麼東西？」

　　「是，老爺大人，那是一隻手臂！」（他把手臂說成「手阿臂」。[7]）

　　「一隻手臂，你這個大笨鵝！誰見過那麼大隻的手臂？唷，堵住了整個窗戶！」

　　「是，老爺大人，是堵住了，可是，那的確是一隻手臂。」

　　「呸！不管那是什麼東西，反正都沒道理堵在那兒，快弄走它！」

　　在這之後，有好一陣子安安靜靜，愛麗絲只聽見此起彼落的耳語聲，譬如：「是，老爺大人，我不喜歡，根本不，根本不！」「你這個膽小鬼，照我的話做！」最後，她又伸出手，在空中胡亂抓一把，這回聽到**兩聲**小小的尖叫，還有更多玻璃碎裂聲。愛麗絲

　　然都是格子外套（參見Gardner, *Annotated Alice*, 41 n. 7）。

6　原文"digging for apples"容易令人望文生義產生誤會，蘋果明明長在樹上，怎需從土裡挖掘？原來這裡的apples不是蘋果，而是所謂的Irish apples，也就是Irish potatoes。Irish potato其實就是普通馬鈴薯，只是為了和「蕃薯」（sweet potato）有所區分。馬鈴薯原產於南美洲秘魯，被帶回西班牙，1610年引進愛爾蘭大量種植，因而通稱Irish potato，但直到十九世紀，才普遍成為全世界人民主食之一。

7　此處派特講的是愛爾蘭方言，他把老爺your honour說成yer honour，把手臂arm說成arrum。路易斯‧卡若爾很少使用方言，但十九世紀英國幽默作家慣於使用方言，因為在英國境內同一種英文語言也是南腔北調。

心想：「這裡玻璃溫室可真不少啊！不知道接下來他們會怎樣！要是他們想把我從窗戶拖出去，我也巴不得他們**能夠**拖得動我！我實在不想待在這裡了！」

愛麗絲等了一會兒，沒再聽見什麼聲音，最後，遠處傳來小推車輪子轆轆滾動聲，還有很多嘴巴同時講話的嘈雜聲，依稀分辨出幾句話：「另一座梯子在哪兒？當然，我一次只能扛一座來，另一座比爾扛著呢——比爾！扛來這裡，小伙子！——這裡，把它們架在這個牆角上——不，先把兩個梯子綁在一起——兩個梯子都還不夠一半高呢——噢，綁在一起就夠高了；別再挑剔了——這兒，比爾，抓住這條繩子——屋頂承受得住嗎？當心那些瓦片已經鬆動了——噢，瓦片要掉下來了！底下的人，小心你們的頭！」（一陣響亮碎裂聲）「——嘿，誰幹的？——我想，一定是比爾——要派誰爬下煙囪去呢？——不，我可不行！換你來吧！——我辦不到，那麼？——該讓比爾爬下去——比爾，來吧！主人說，要你爬下煙囪去！」

愛麗絲自言自語：「噢！這麼說，比爾得爬下煙囪來，是嗎？真丟臉，他們好像什麼都叫比爾做！我才不要當比爾這種人呢。這座壁爐很窄，沒錯，但我想我的腳還可以踢一下！」

愛麗絲先把腳盡量往煙囪下方縮，等到聽見一隻小動物（猜不出是哪一種動物）從煙囪裡窸窸窣窣跌跌撞撞爬下來，那時候，她告訴自己：「這一定就是比爾，」說完狠狠往上踢了一腳，等著看會發生什麼事。

愛麗絲聽到的第一個聲音是，大夥兒異口同聲的喊：「比爾飛出來了！」緊接著是白兔先生的聲音——「籬笆邊的那幾個，趕快接住他！」然後一陣安靜，接著又是一片嘈雜聲——「扶起他的頭——給他喝口白蘭地——別嗆著他了——老傢伙，你還好嗎？發生了什麼事？快告訴我們！」

最後傳來一陣軟弱尖細的聲音（愛麗絲心想，「這一定是比爾，」）：「唉，我也不知道——謝謝，我不能再喝了，現在好多了——我一時又慌又亂，不知從何說起——只知道有個東西，就像彈簧玩具人偶，從盒子裡突然蹦上來，把我像太空火箭一樣彈出來。」

大夥兒說：「老傢伙，你剛才真的像太空火箭！」

白兔先生的聲音：「我們非燒了這棟屋子不可！」——愛麗絲一聽，立刻扯開喉嚨大叫：「要是你們燒房子，我就放黛娜來咬你們！」

立刻一片死寂，愛麗絲心想：「不知道他們下一步**要幹什麼**！要是他們夠聰明，會拆掉屋頂再說。」過了一兩分鐘，他們又開始活動，愛麗絲聽見白兔先生說：「先用一桶子就夠了。」

愛麗絲心想：「一桶子什麼？」還沒來得及懷疑，片刻之間飛來一陣鵝卵石陣雨，劈哩啪啦砸在窗戶上，有些還砸中她的臉。愛麗絲對自己說：「我得叫暫停。」於是大吼一聲：「不准你們再丟石頭！」這一吼又造成一時平靜。

愛麗絲驚訝的發現，掉在地板上的鵝卵石都變成了小蛋糕，腦子裡立刻閃過一絲精明念頭：「要是吃一塊這種蛋糕，一定會讓我體型產生**某種**變化，既然它不可能讓我再變大，我猜，一定可能讓我變小。」

於是，愛麗絲吞下一塊蛋糕，很高興發現自己果然明顯變小。

等身體變小到能夠走出門口，她馬上跑出屋子，這才發覺一大群小動物和鳥兒等在外面。比爾，那隻可憐的小蜥蜴，被大家圍在當中，兩隻天竺鼠在旁攙扶，正在餵他喝瓶子裡的東西。愛麗絲一出現，他們全都朝她衝過來，愛麗絲拚了小命拔腿狂奔，沒多久就安全躲進一座濃密樹林裡。

徜徉在樹林裡，愛麗絲自言自語：「我現在該做的第一件事，就是恢復到正常的大小；第二件事則是找到一條路，通往那座美麗花園，這才是最佳計畫。」

這計畫似乎很棒，沒錯，安排得巧妙又簡單，唯一的困難是，她根本不知道怎麼付諸實現，正在樹林裡焦慮的東張西望時，頭上突然傳來一陣刺耳的狗吠聲，連忙抬頭望去。

一隻體型很大的幼犬，睜著渾圓大眼睛，往下盯著愛麗絲，還伸出一隻爪子，想要碰觸愛麗絲。愛麗絲逗弄牠說：「可憐的小東西！」還對牠吹口哨，其實心裡怕得要命，怕牠有可能肚子餓了，萬一牠真的餓了，就很可能吃掉她，不管愛麗絲多麼努力逗弄牠玩。

愛麗絲也不知道自己在做什麼，順手撿起一根樹枝，朝狗兒丟過去，狗兒高興得汪汪叫，立刻騰跳起來，朝樹枝衝過來，想要叼住樹枝，

愛麗絲馬上一閃，躲到巨大薊樹叢後面，免得被狗兒壓倒在地。等她從樹叢另一邊冒出來，狗兒又朝樹枝衝過來，匆忙間倒栽蔥跌了一跤，才叼住樹枝，愛麗絲覺得很像跟一匹駑馬在玩遊戲，隨時隨地都有被牠踩扁的危險。愛麗絲繞著薊草叢兜圈子，狗兒則發動一連串短攻，撲向她手上的樹枝，進攻時先向前跑一小段，再向後退一大段，不時發出低吼聲，就這樣前進後退到老遠，最後狗兒累得蹲坐喘氣，舌頭伸得老長，大眼睛也半瞇著。

愛麗絲一看，正是逃跑的好機會，於是拔腿就跑，累到喘不過氣來，狗兒叫聲也遠得聽不清楚，這才停了下來。

愛麗絲身子靠著一株毛茛休息，用毛茛葉當扇子搧涼，嘴裡說：「多麼可愛的小狗狗啊！真想教牠玩把戲，要是——要是我體型夠大的話！噢，天哪！差點忘了我得再變大才行！想想看——這回該怎麼辦呢？似乎應該吃點或喝點這個那個，但眼前的大問題是，該吃喝什麼呀？」

眼前的大問題當然是，吃喝什麼呀？愛麗絲四處張望，只見花朵和草葉，這種狀況根本找不到任何看起來可以吃喝的東西。不遠處出現一株蘑菇，跟她一樣高，愛麗絲看看它下方、兩側、後面，突然，她想看看蘑菇頂上有什麼。

她踮起腳尖拉長身體，從蘑菇邊緣往上看，立刻就看見一隻藍色大毛毛蟲和她四目相對，那隻毛毛蟲舒舒服服躺在蘑菇頂上，雙臂交疊，安安靜靜抽著水煙筒，似乎根本沒注意到愛麗絲，或其他任何東西。

第五章：毛毛蟲的忠告

　　毛毛蟲先生[1]和愛麗絲默默對看好一陣子，最後，毛毛蟲取下嘴裡的水煙筒，無精打采又迷迷糊糊的對愛麗絲說話。[2]

　　毛毛蟲先生問：「妳是誰呀？」

　　這樣的開場白根本沒法讓人接下去對話，不過，愛麗絲還是羞愧的回答：「先生，眼前這一刻，我──我也不知道──至少今天早晨我起床時，還知道我是誰，但從那之後，我已經變來變去好幾回了。」

　　毛毛蟲先生口氣嚴厲：「這話是什麼意思？妳自己好好解釋一下！」

　　愛麗絲回答：「先生，恐怕**我自己**沒辦法解釋，你知道，因為我已經不是自己了。」

　　毛毛蟲先生又問：「我不懂。」

　　愛麗絲很有禮貌的回答：「恐怕我沒法講得更清楚，因為我自

1　原文是定冠詞加上大寫的專有名詞 the Caterpillar，並非小寫的一般 caterpillar，因為他也是一個「擬人化的動物角色」，因此譯為「毛毛蟲先生」。

2　大家都公認 1951 年的迪斯奈卡通電影呈現的「毛毛蟲先生」視覺效果最好，片中他抽水煙筒吐出彩色煙圈的字母形狀和物體，來詮釋自己的話語，非常有創意。

己也不知從何說起，一天之
內變大變小這麼多回，實
在莫名其妙。」

　　毛毛蟲先生說：
「一點也不。」

　　愛麗絲回答：「那
麼，或許你還不覺得困
惑，但是，當你不得不
變成蛹──你也知道，
早晚會變成蛹──然後
再變成蝴蝶，你也會覺
得有點古怪，不是嗎？」

　　毛毛蟲先生說：「一
點也不。」

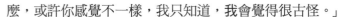

　　愛麗絲回答：「那
麼，或許你感覺不一樣，我只知道，**我會覺得很古怪**。」

　　毛毛蟲先生輕蔑的說：「妳！妳是誰呀？」

　　這又回到當初的對話，毛毛蟲先生如此**非常**簡短的評論，愛麗
絲覺得有點惱怒，於是鼓起勇氣，非常嚴肅的說：「我想，你倒是
應該先告訴我，你是誰？」

　　毛毛蟲先生說：「為什麼？」

　　這問題又是令人疑惑，愛麗絲一時想不出任何好理由，而毛毛
蟲先生的情緒又好像非常不悅，於是她轉頭就走。

　　毛毛蟲先生在她背後叫：「回來！我有重要的事要說！」

　　的確，這話聽來還算有指望，於是愛麗絲又轉身回來。

　　毛毛蟲先生說：「別亂發脾氣。」

　　愛麗絲說：「這就是重要的事？」想盡辦法嚥下怒氣。

　　毛毛蟲先生說：「不是。」

　　愛麗絲心想，反正也沒事可做，不妨稍待一會兒，或許毛毛蟲先生終究會講一點值得聽的事。偏偏毛毛蟲先生只顧著抽水煙筒，一抽抽上好幾分鐘，都不開口說話，還好，最後他終於展開交疊的雙臂，拿下嘴裡的水煙筒：「這麼說，妳以為妳已經變了，是嗎？」

　　愛麗絲回答：「先生，我想我是變了，我想不起從前記得的事——而且，也沒辦法維持同樣體型達十分鐘之久！」

　　毛毛蟲先生問：「想不起什麼事？」

　　愛麗絲十分憂鬱的回答：「唉，我一直想背誦〈小小蜜蜂忙什麼〉，可是背出來的卻完全不一樣！」

　　毛毛蟲先生說：「那妳就改背〈威廉老爹您老啦〉。」

　　於是，愛麗絲合起雙手，開始背誦：

　　　　年輕兒子問：威廉老爹您老啦，
　　　　頭髮早已斑白蒼蒼，
　　　　偏偏還在蜻蜓倒立——
　　　　大把年紀怎受得了？

老爹回答當年年少，
擔心這樣傷害腦袋，
如今確定已無腦袋，
這樣動作一做再做。

年輕兒子問：威廉老爹您老啦，
腰身早已又肥又厚，
偏偏進門翻個觔斗——
請問您是如何辦到？

老爹回答甩甩白髮，
當年常保四肢靈活，
就是靠這潤滑油膏——
低價促銷賣你兩盒。

年輕兒子問：威廉老爹您老啦，
牙齒鬆動只能喝粥，
吃起鵝肉連骨帶肉——
請問您是如何辦到？

老爹回答當年立志，
研讀法律爭論案件，
腮幫肌肉練得發達，
終生顎骨咀嚼有力。

年輕兒子問：威廉老爹您老啦，
眼神依然銳利穩健，
滑溜鰻魚豎立鼻尖——
請問您是如何辦到？

老爹回答別再囉唆，

三個問題早已足夠！

哪能聽你喋喋不休？

再不滾蛋踢你下樓！[3]

3　這首諧擬詩改編自羅伯特・沙賽（Robert Southey, 1774-1843）1799年的勵志詩
〈老爹的福報和由來〉（"The Old Man's Comforts and How He Gained Them"），
奉勸年輕人珍惜青春，鍛鍊體力，樂天知命，敬畏上帝。大家都會背得滾瓜爛
熟，還常背給長輩聽。原詩如下：

"You are old, Father William," the young man cried,	年輕兒子說：
	威廉老爹您老啦，
"The few locks which are left you are grey;	頭髮早已斑白蒼蒼，
You are hale, Father William, a hearty old man,	精神卻是飽滿充沛，
Now tell me the reason I pray."	拜託告知是何緣故。
"In the days of my youth," Father William replied,	老爹回答當年年少，
"I remember'd that youth would fly fast,	知道青春稍縱即逝，
And abused not my health and my vigour at first	不敢浪費活力健康，
That I never might need them at last."	珍惜健康老來無憂。
"You are old, Father William," the young man cried,	年輕兒子說：
	威廉老爹您老啦，
"And pleasures with youth pass away,	青春一去人生乏味，
And yet you lament not the days that are gone,	你卻絲毫無怨無悔，
Now tell me the reason I pray."	拜託告知是何緣故。
"In the days of my youth," Father William replied,	老爹回答當年年少，
"I remember'd that youth could not last;	知道青春不會永駐，
I thought of the future whatever I did,	凡事總會想到未來，
That I never might grieve for the past."	但願老來不會怨悔。

毛毛蟲先生說：「妳背的不對。」

愛麗絲怯生生的說：「我也擔心，不是很正確，有些字詞被改掉了。」

毛毛蟲先生斬釘截鐵的說：「從頭到尾全都錯了。」然後，沉默了好幾分鐘。

最後是毛毛蟲先生先開口。

他問：「妳想變成何等大小的體型？」

愛麗絲急忙回答：「噢，多大多小都無所謂，只是不要這樣忽大忽小變來變去就好了，你懂吧。」

毛毛蟲先生說：「我不懂。」

愛麗絲沒說話，這輩子還沒被反駁得這樣一無是處，簡直快要發脾氣了。

毛毛蟲先生又問：「妳滿意現在的體型嗎？」

愛麗絲回答：「噢，先生，如果你不介意的話，我希望變得比現在大一點點，三吋實在是如此悲慘的身高。」

毛毛蟲先生怒沖沖：「三吋可是非常恰當的身高！」說著，把腰身挺得直直的（偏偏他恰好就是三吋高）。

"You are old, Father William," the young man cried,

"And life must be hastening away;
You are cheerful, and love to converse upon death!
Now tell me the reason I pray."

"I am cheerful, young man," Father William replied,
"Let the cause thy attention engage;
In the days of my youth I remember'd my God!
And He hath not forgotten my age."

年輕兒子說：
威廉老爹您老啦，
人生逝去似箭如梭，
你卻樂得陪伴死神，
拜託告知是何緣故。

老爹回答當年年少，
一心一意專注目標，
自始至終崇敬上帝，
因而獲得恩賜長壽。

可憐的愛麗絲悲哀的自我辯護：「可是，我實在很不習慣這麼矮小。」同時心想：「真希望所有的動物都不這麼容易被冒犯！」

毛毛蟲先生說：「妳早晚會習慣。」說著，水煙筒放回嘴裡，又抽了起來。

這回愛麗絲耐心等候，等他再開口說話。過了一兩分鐘，毛毛蟲先生拿下嘴裡水煙筒，打了一兩個呵欠，蠕動一下身體。然後爬下蘑菇，往草地爬去，一面爬一面說：「這一邊會讓妳變高，那一邊會讓妳變矮。[4]」

愛麗絲捫心自問：「什麼東西的這一邊？什麼東西的那一邊？」

彷彿聽見愛麗絲大聲開口問過似的，[5]毛毛蟲先生說：「蘑菇的。」片刻之後，消失蹤影。

愛麗絲若有所思端詳蘑菇好一陣子，想搞清楚到底哪邊是這一邊，哪邊是那一邊，偏偏蘑菇又是正圓形，害她碰上一個大難題。不管怎樣，最後她用力展開雙臂，環抱蘑菇，左右兩手分別從兩邊掰下一塊蘑菇。

愛麗絲問自己：「究竟哪邊是哪邊？」說著，啃下一口右手抓的那塊蘑菇，看看會有什麼結果，頃刻之間，感覺下巴被猛地撞了

4　某些品種的蘑菇的確會讓人產生幻覺（hallucination），如捕蠅蕈屬（Amanita）的毒蠅傘（fly agaric，又稱fly mushroom），這種蘑菇通常顏色鮮豔有斑點。但專家在園藝學期刊撰文指出，譚尼爾插圖裡的蘑菇顯然無毒，而且應該很美味（參見Hornback, "Garden Tour of Wonderland," 9-13）。

5　毛毛蟲先生好像會「讀心術」（mind-reading）似的，知道愛麗絲心裡想的，即使根本沒開口。路易斯・卡若爾一向關心最新的科學發展，似乎對ESP（Extra-Sensory Perception超感知覺）和psychokinesis（運用心靈力量操縱遠處物體移動）相當有興趣，他信件中曾言及他相信假以時日未來科學界會研究這種現象（參見Cohen, *The Letters of Lewis Carrol*, Vol. I, 471-72），他也是「心靈現象研究學會」（Society for Psychical Research）的創始會員，書架上還有十幾本這方面的書（參見Shaberman, "Lewis Carroll and the Society for Psychical Research," 4-7）。

一下，原來下巴撞到腳面！

　　這突如其來的變化，嚇了愛麗絲一大跳，既然正在迅速縮短，她覺得機不可失，立刻咬一口另一隻手裡的蘑菇。這時她已縮短到下巴緊貼腳面，差一點張不開嘴巴，還好她及時咬到一口左手裡的蘑菇，還趕快吞進肚子裡。

```
   *         *         *         *
        *         *         *
   *         *         *         *
```

　　愛麗絲語氣歡欣：「好啦，我的頭終於自由了！」但轉瞬之間，歡欣變成恐慌，因為她竟然找不到自己的肩膀，放眼下望，只見一截很長很長的脖子，好像一根樹幹似的，聳立在下方一片汪洋綠葉中。

　　愛麗絲問：「那些綠色玩意兒**會**是什麼呢？我的肩膀**會**到哪兒去了呢？噢，可憐的雙手，怎麼看不見你們了？」一面問，一面活動手指，可是都沒反應，只見遙遠下方樹葉裡，有一陣輕微搖晃。

　　既然沒辦法把雙手舉上來，愛麗絲只好把頭低下去，幸好她的脖子可以四面八方彎來彎去，像一條蛇似的。她把脖子彎成一個優雅的「之」字形，正想一頭鑽進那叢綠葉裡，這才明白，原來那一叢綠葉也不過是樹梢，剛才她只有三吋時還在樹下鑽來鑽去。突然之間，傳來一陣尖銳的嘶嘶聲，嚇得她連忙把頭縮回來，只見一隻大鴿子衝著她的臉飛來，翅膀拚命拍打她。

　　鴿子女士[6]尖叫：「蛇！」

6　原文是定冠詞加上大寫的專有名詞 the Pigeon，並非小寫的一般 pigeon，因為她

愛麗絲十分憤慨：「我才不是蛇呢！離我遠一點！」

鴿子女士又叫：「蛇！我說妳就是蛇！」這回語氣稍微減弱，還多了一點啜泣聲，「我已經想盡辦法了，牠們就是不肯饒過我。」

愛麗絲說：「我根本不懂妳在說些什麼。」

鴿子女士不理會，繼續說：「我試過住在樹根、試過住在河邊、試過住在圍籬，但那些該死的蛇，就是不肯放過我！」

愛麗絲越來越困惑，心想多說什麼也沒用，只好等鴿子女士講完再說。

鴿子女士繼續說：「彷彿孵蛋還不夠麻煩似的，還要每天睜大眼睛，日日夜夜提防蛇來偷襲！唉呀，我已經三個星期沒闔眼了！」

愛麗絲逐漸明白鴿子女士的意思了：「看妳這麼生氣，我深表遺憾。」

鴿子女士又提高音量，幾近尖叫繼續說：「我剛剛才搬家到樹林裡最高的樹梢上，還以為可以擺脫牠們了，結果牠們依然蠕動身軀從天而降！呃哦，該死的蛇！」

愛麗絲說：「但我不是蛇呀！跟妳說，我是——我是——」

鴿子女士說：「那，妳到底是什麼呀？我看妳是在捏造故事！」

愛麗絲說：「我——我是個小女孩。」但是，想起今天一整天經歷的各種變化，她也相當質疑。

鴿子女士語氣極度輕蔑：「故事編得倒是有模有樣！我這一輩子見過不少小女孩，但還沒見過**一個**小女孩脖子這麼長！不對，不對！妳一定是條蛇，千真萬確別想抵賴。看樣子，妳可能接下來會對我說，妳從來沒吃過蛋！」

愛麗絲一向是個誠實孩子：「我是吃過蛋，那當然。不過，妳也知道，任何小女孩吃過的蛋，也不比蛇吃過的蛋還少。」

也是一個「擬人化的動物角色」，因此譯為「鴿子女士」。

　　鴿子女士說：「我才不信呢，我只能說，要是小女孩也吃蛋，那麼，小女孩也當然是一種蛇。[7]」

　　愛麗絲第一回聽到這種論調，沉默了一兩分鐘沒答腔，鴿子女士趁這機會補上一句：「妳就是到處在找蛋，**那檔子事**我可是心知肚明，不論妳是個小女孩，還是一條蛇，對我而言又有什麼差別？」

　　愛麗絲連忙說：「對我而言可不一樣，事實上，我並不是在找蛋，就算我真的在找蛋，我也不要妳的蛋，我不喜歡吃生蛋。」

　　鴿子女士臉色一沉：「呸，滾開吧！」說完又飛回窩裡。愛麗絲用盡辦法，想在樹林裡彎下腰來，偏偏脖子老是被樹枝卡住，三不五時就得停下來解開糾纏。過了一會兒，她才想起手裡還有那兩塊蘑菇，於是小心翼翼的咬一口這塊，又咬一口那塊，一會兒長高，一會兒變矮，最後才成功的把身體調整成原來大小。

　　愛麗絲好一陣子沒有回歸正常大小了，所以一開始覺得有點奇怪，幾分鐘後才習慣，然後，又照樣開始自言自語：「好吧，現在我的計畫完成一半了！過去這些變化真是令人費解啊！我都不敢保證下一分鐘我會變成什麼！不管怎樣，總算又變回原狀了，下一步是，怎麼去到那美麗花園──只是，不知道**要**怎麼進行？」說著說著，突然來到一處空地，上面有棟小屋，只有四呎高。愛麗絲心想：「不管是誰住在這兒，千萬不能讓他們看到**這麼**大個子的我，當然，一定會嚇得他們神經錯亂！」於是，又咬了一口右手裡的蘑菇，等到自己變成九吋高時，才走了過去。

7　有趣的是，鴿子的「三段論證」演繹法（syllogism）犯了邏輯謬誤：大前提是「蛇都吃蛋」，小前提是「愛麗絲吃蛋」，結論是「所以愛麗絲是蛇」。這種「似是而非」的邏輯推理，把愛麗絲唬得一愣一愣的，一時也無法反駁其謬誤。

第六章：小豬與胡椒

　　愛麗絲站在屋前，看了一兩分鐘，正納悶接著怎麼辦，突然有個身穿僕人制服的男僕，從樹林跑出來——（愛麗絲認為他是男僕，因他穿僕人制服，不然的話，單是看他的臉，愛麗絲會說他是一條魚）——他用手指關節大聲敲門。另一個身穿僕人制服的男僕開了門，那男僕有張圓臉，大眼睛像青蛙。愛麗絲注意到，兩位男僕都戴著捲曲的假髮，還撒了香香的髮粉，[1] 心裡十分好奇怎麼回事，便從樹林躡手躡腳走出來，豎起耳朵聽。

　　那位魚臉男僕從腋下掏出一只大信封，幾乎跟他自己一樣大，遞交給另一個男僕，口氣莊重的說：「謹呈公爵夫人，紅心王后邀約打槌球。」蛙臉男僕也語氣莊重的複述，

1　維多利亞時代，僕人（footman）的穿著打扮也代表主人的氣派，因此這兩位男僕的精緻制服、假髮香粉、繁文縟節等言行舉止，也等於炫耀大戶人家的財富與身分。

只是前後順序顛倒：「來自紅心王后的邀約，邀請公爵夫人打槌球。」

然後相互深深一鞠躬，結果兩人假髮就糾纏在一起了。

愛麗絲忍不住要大笑，只好跑回樹林裡，免得笑聲被他們聽見，等她再向外張望，魚臉男僕已離去，另一個男僕坐在門口，笨笨的仰望天空。

愛麗絲怯生生走過去，敲敲門。

男僕說：「敲門完全沒用，基於兩個理由，第一，因為我和妳一樣，都在門的同一邊；第二，因為他們在裡面大吵大鬧，根本沒人聽見妳敲門。」的確，門裡面正是空前嘈雜的吵鬧聲——持續不斷的哭嚎聲和噴嚏聲，三不五時夾雜碎裂聲，彷彿盤子或鍋子被砸得粉碎。

愛麗絲說：「那麼，拜託告訴我，怎麼進去？」

男僕沒理會愛麗絲，自顧自的繼續說：「要是妳我之間有這麼一道門，妳敲門才有意義，譬如說，要是妳在**裡面**，妳敲門，我就會讓妳出來，妳懂吧。」男僕說話時，兩眼一直仰望天空，愛麗絲斷定這很沒禮貌，自言自語：「也許他也沒辦法，眼睛天生長得**那麼**接近頭頂，但是，不管怎樣，他還沒回答我問題。」於是又大聲重複：「——怎麼進去？」

男僕說道：「我要坐這兒，一直到明天——」

就在這時候，門開了，飛出一個大盤子，朝向男僕的頭，還好貼身擦過他鼻子，砸碎在他身後的樹幹上。

彷彿什麼事也沒發生，男僕同樣語調繼續說：「——或許後天，說不定。」

愛麗絲提高嗓門，又問：「怎麼進去？」

男僕說：「妳**真要**進去嗎？妳知道吧，那才是該先問的。」

是啊，沒錯，只是愛麗絲不喜歡人家這樣指使她，她喃喃自

語：「這些動物的辯論方式真是可怕，簡直快把人逼瘋了！」

　　男僕好像認定這是好機會換個說法：「我要坐在這兒，三不五時，一天又一天。」

　　愛麗絲問：「那我怎麼辦呢？」

　　男僕說：「妳想怎麼辦就怎麼辦。」說著，吹起口哨。

　　愛麗絲氣急敗壞：「唉唷，跟他說沒有用，真是個道地的白痴！」於是，開了門走進去。

　　門後通往一間大廚房，廚房裡四處煙霧瀰漫，公爵夫人坐在中央的三腳凳上，懷裡抱著嬰兒，廚娘站在爐灶前，攪動著滿滿一大鍋子的湯。

　　愛麗絲一面打噴嚏，一面自言自語：「一定是湯裡加了太多胡椒！」

　　空氣中必定也是胡椒味太重，連公爵夫人也不停的打噴嚏，那個嬰兒一會兒打噴嚏、一會兒嚎啕哭，片刻也沒停。廚房裡沒有打噴嚏的，只有廚娘，和一隻大貓咪，趴在壁爐邊，咧著嘴巴笑得合不攏嘴。[2]

　　愛麗絲不太確定先開口講話是否不禮貌，所以怯生生的問：

2　"grin from ear to ear" 是常見成語，形容笑逐顏開合不攏嘴，嘴巴甚至從左耳根咧開到右耳根。

「可否請妳告訴我，妳家貓咪為什麼那樣咧嘴笑？」

　　公爵夫人回答：「因為牠是一隻柴郡貓[3]，就這麼一回事。豬啊！」

　　公爵夫人說最後那個字時，口氣兇猛，嚇得愛麗絲差點跳起來，還好她馬上了解公爵夫人是對那個嬰兒說的，不是對她說，於是鼓起勇氣繼續說：「我不知道柴郡貓會那樣咧嘴笑，事實上，我還不知道貓**會**咧嘴笑。」

　　公爵夫人說：「牠們全都會咧嘴笑，而且大多數都在咧嘴笑。」

　　愛麗絲很高興能夠和公爵夫人攀談，於是很有禮貌的說：「我沒見過會咧嘴笑的貓。」

　　公爵夫人說：「妳不知道的可多著呢，那是事實。」

　　愛麗絲不喜歡她說這話的口氣，心想換個話題會好一點吧，正在想怎麼找個話題時，廚娘把大湯鍋從爐上端下來，接著把手邊所有搆得到的東西，全部朝公爵夫人和嬰兒扔過來──先扔來火鉗，接著是陣雨般的平底鍋、盤子、碟子。公爵夫人全然不理會，連東西砸到身上也不在意，嬰兒早已哭得死去活來，也看不出是不是被東西砸中了。

　　愛麗絲陷入恐慌，跳上跳下焦急大叫：「喂，**拜託**注意妳在幹什麼！」只見一個大型平底鍋緊貼嬰兒鼻子飛過去，「喂，他的**寶貝**鼻子差點被砸掉了！」

3　路易斯‧卡若爾本人就出生在柴郡（Cheshire County），住到11歲才搬家。但柴郡貓（Cheshire Cat）是一隻虛構的貓，並不是當地特產或某種品種的貓。「笑得像隻柴郡貓」（"grin like a Cheshire Cat"）起源不明，是十八世紀英國開始流行的一句俗諺，形容笑起來露出牙齒和牙齦。根據學者考據，作者可能在1852年讀到 Notes and Queries 雜誌有人投稿的文字，說可能追溯到兩則當年習俗，一是柴郡生產的乳酪形狀像隻咧嘴笑的貓，一是柴郡的路標畫家（sign-painter）有傳統喜歡畫咧嘴笑的貓。

公爵夫人聲音沙啞的低吼：「要是每個人都管好自己的事，地球就會轉得比現在快一點。」

愛麗絲好高興又有機會炫耀一下知識：「那可**不會**有好處，想想看，那會對白天和夜晚造成什麼後果！妳知道，地球繞著地軸自轉一圈需要二十四小時——」

公爵夫人說：「哪門子斧頭啊[4]，給我砍掉她的頭！」

愛麗絲焦慮的望著廚娘，看她要不要真的砍頭，只見她忙著攪動大鍋裡的湯，好像根本沒聽見似的，於是繼續說：「**我想**，應該是二十四小時吧，還是十二小時？我——」

公爵夫人說：「噢，別煩**我**了，我對數字沒概念！」說完又哄起嬰兒，一面哄一面唱催眠曲，每唱一句，就狠狠搖晃他一下：

> 我對幼兒說話粗暴，
> 他打噴嚏我就打他，
> 存心搗蛋惹惱人家，
> 以為人家喜歡吵鬧。

> 合唱
> （廚娘和嬰兒齊聲唱和）——
> 　哇！哇！哇！

公爵夫人唱催眠曲第二段時，一直上上下下猛烈甩動嬰兒，可憐的小傢伙嚎啕大哭，愛麗絲幾乎聽不見歌詞：

4　這裡是玩弄文字遊戲，利用「同音異義字」的奧妙，愛麗絲說的「地軸」是 axis，而公爵夫人說的「斧頭」是 axes，各說各話，雞同鴨講。

　　我對兒子說話嚴厲，
　　他打噴嚏我就打他，
　　因為他要充分享受，
　　道道地地胡椒美味！

合唱
　　哇！哇！哇！[5]

　　公爵夫人對愛麗絲說：「來吧，要是妳願意，幫我哄哄他！」說著，把嬰兒扔給她，「我得準備出門去和紅心王后打槌球，」說完，匆匆跑出廚房。廚娘朝她身後扔過去一個平底煎鍋，差一點打中她。

　　愛麗絲吃力的接住嬰兒，嬰兒長相奇特，雙臂和雙腿踢來踢去，愛麗絲心想：「真像一隻海星。」愛麗絲接住他時，他正在打鼾，聲音大得像蒸汽引擎，身體一會兒彎曲，一會兒又伸直，扭來扭去一兩分鐘，愛麗絲用盡力氣才抱得住他。

5　這首催眠曲是作者改編自 David Bates（1809-70）於1848年發表的 "Speak Gently"，奉勸大家講話輕聲細語，不論是對幼兒、孩童、長者、窮人。其中第三、四段詞句奉勸對幼兒及孩童輕聲細語，才會獲得其敬愛，童年稍縱即逝：

Speak gently to the little child!	我對幼兒輕聲細語！
Its love be sure to gain;	才會獲得他的親情，
Teach it in accents soft and mild —	語氣輕柔態度溫和——
It may not long remain.	童年短暫需多珍惜。
Speak gently to the young, for they	我對青年輕聲細語，
Will have enough to bear —	因為他們負擔不小——
Pass through this life as best they may,	人生定要好好度過，
'Tis full of anxious care!	充滿焦慮需要關懷。

　　愛麗絲好容易才想出辦法抱穩他，（像打結似的捲起他手腳，用力抓住他右耳和左腳，免得鬆開），帶他來到室外。心想：「要是我不帶走他，他一兩天之內就會被折磨死，留他下來豈不等於謀殺他？」最後這幾個字她還直接說出口，那個小傢伙哼了一聲回應她（這時已經不打噴嚏了）。愛麗絲說：「別哼哼叫，那不是表達自己意見的正確方式。」

　　嬰兒又哼哼起來，愛麗絲焦慮的看著他的臉，看他怎麼回事，只見他鼻孔一直向上翻，反而更像個豬鼻子，眼睛也越來越小，不像嬰兒，愛麗絲實在不怎麼喜歡他那長相，心想：「或許因為他在哭吧，」又仔細看看他眼睛有沒有淚水。

　　沒有，沒有淚水，愛麗絲一臉嚴肅：「親愛的，要是你變成一隻豬，我就拿你沒辦法了，懂吧！」小傢伙又哭泣起來（哼哼起來，實在分不清楚他是哭還是哼），就這樣默默相對好一陣子。

　　愛麗絲心裡正在想：「唉，要是我把這小東西帶回家，以後拿他怎麼辦？」突然，小傢伙又哼哼起來，非常猛烈，愛麗絲低頭看看他臉，有點驚恐，這回應該沒有看錯，那的的確確是一隻豬，要是繼續抱著牠走，那就太荒謬了。

　　愛麗絲把小豬放地上，看牠安安靜靜跑進樹林，才鬆了一大口氣，對自己說：「他長大一定會是醜八怪孩子，不過倒是一隻很帥的豬。」然後，想起自己認識的孩子們，哪些會長得比較像豬，正在自言自語：「但願有人知道怎麼改變他們——」突然之間嚇了一

跳，看見那隻柴郡
貓，趴在幾碼外的枝
頭上。

那貓只是咧嘴看
著愛麗絲，她心想：
牠看來性情溫和，但
畢竟爪子很長、牙齒
尖利，還是尊敬三分
再說。

她怯生生的開口：「柴郡貓先生[6]，」
也不知道他喜不喜歡這個稱呼，幸好，他
的嘴巴咧得更開了，愛麗絲心想：「還
好，看來滿高興的，」於是繼續說：「請
你告訴我，我應該走哪一條路才能離開這
兒？」

柴郡貓先生說：「那就看妳要去哪兒
了。」

愛麗絲說：「去哪兒我都無所謂──」

柴郡貓先生說：「那妳走哪一條路也都無所謂。」

愛麗絲補充說明了一句：「──只要能夠去到某個地方。」

柴郡貓先生說：「噢，只要妳走得夠久，當然就能去到某個地

6　愛麗絲稱呼這隻貓為 "Cheshire Puss" 而非 Chesire Cat，"Puss" 和 "Cat" 都是貓，
　　愛麗絲用 Puss 也有尊稱之意，令人聯想到歐洲著名童話故事《穿靴的貓》
　　（*Puss in Boots*），英雄人物是一隻智勇雙全的貓 Puss，利用機智和妙計，為他
　　窮苦出身的主人贏得財富地位和美嬌娘公主。此處的柴郡貓開始與愛麗絲互
　　動，成為書中擬人化的角色，在此譯為「柴郡貓先生」。

方。[7]」

　　愛麗絲覺得這話確實難以否認，於是又試另一個問題：「這裡住的都是些什麼人？」

　　柴郡貓先生揮了一下右爪：「在**那個**方向，住著一位瘋帽匠，」然後揮了另一隻爪子，「在**那個**方向，住著一隻三月兔。隨便妳想拜訪哪一位，反正他們都是瘋子。」

　　愛麗絲表白：「我才不想跟瘋子打交道。」

　　柴郡貓先生說：「噢，由不得妳，我們這裡全是瘋子，我是瘋子，妳也是瘋子。」

　　愛麗絲問：「你怎麼知道我是瘋子？」

　　柴郡貓先生說：「妳一定是瘋子，不然不會來這裡。」

　　愛麗絲不置可否，不過還是繼續問：「那你怎麼知道自己是瘋子？」

　　柴郡貓先生說：「首先，狗兒不是瘋子，妳同意嗎？」

　　愛麗絲回答：「我也這麼認為。」

　　柴郡貓先生繼續說：「好，那麼，妳瞧，狗兒生氣時會吼，高興時會搖尾巴。而我高興時會吼，生氣時會搖尾巴，所以我是瘋子。」

　　愛麗絲說：「我說那是喵喵叫，不是吼。」

　　柴郡貓先生說：「隨便妳怎麼說。妳今天要跟紅心王后打槌球嗎？」

　　愛麗絲回答：「我會很樂意，但我沒被邀請。」

　　柴郡貓先生說：「妳會在那兒見到我。」說完就消失了。

7　這裡也是玩弄文字遊戲，原文 "so long as" 有兩個意思：一是「只要」（等於 as long as），就是愛麗絲說的「只要」能夠去到某個地方；另一個意思是「長達」，也是柴郡貓說的「走得夠久」當然就能去到某個地方。

　　柴郡貓先生突然消失，愛麗絲也不覺得太驚奇，反正已經習慣發生各種古怪事情。正望著柴郡貓先生趴過的枝頭，突然之間，柴郡貓先生又出現了。

　　柴郡貓先生說：「順便問一聲，那個嬰兒後來怎麼啦？我差點忘了問。」

　　彷彿柴郡貓先生再度出現也是自然而然，愛麗絲也平靜回答：「他變成一隻豬了。」

　　柴郡貓先生說：「我想也是。」說完又消失了。

　　愛麗絲等了一會兒，期待再看他出現，但他沒出現，過了幾分鐘，她開始走向三月兔住的地方，對自己說：「我以前見過瘋帽匠，三月兔應該比較有趣，現在是五月，或許他不會抓狂——至少不會像三月時那麼瘋瘋癲癲。[8]」

　　柴郡貓先生問：「妳剛才說的是豬，還是無花果？[9]」

愛麗絲回答：「我說的是豬，希望你別這樣突然出現又突然消失，搞得我眼花撩亂。」

　　柴郡貓先生回答：「好吧，」這回他就慢慢的消失，先是尾巴消失，最後是

8　這隻「三月兔」（March Hare）的名字來自英國諺語 mad as a March hare（「瘋得像隻三月野兔」），淵源據說來自英國地區的野兔，於每年2月至9月進入繁殖發情期，為了搶奪優先交配權的瘋狂競爭行為，3月是發情高潮，因此而得名。

9　「豬」（pig）和「無花果」（fig）發音近似還押韻。

咧嘴的笑容，等到全身都不見了那笑容才消失。

　　愛麗絲心想：「唉呀！我見過沒有咧嘴笑的貓，但沒見過沒有貓的咧嘴笑！這是一輩子所見最古怪的事！」

　　愛麗絲沒走多遠，就看見三月兔的家，她想那一定是，因為煙囪形狀像兩隻尖尖的兔耳朵，屋頂覆蓋著毛皮。房子那麼大，愛麗絲還沒走近，就先咬一口左手裡的蘑菇，等身體長到兩呎高再說，即便如此，走過去時還有點膽怯，告訴自己：「萬一他抓狂的話！那我倒希望改去瘋帽匠家！」

第七章：瘋狂茶會[1]

房前樹下擺著一張桌子，三月兔和瘋帽匠[2]在桌邊喝茶，兩人

1　這個章節並未出現於作者原著手稿*Alice's Adventures Under Ground*裡，而是後來添加於*Alice's Adventures in Wonderland*裡，成為書中最具特色也引起廣泛討論的一章。

2　這位「瘋帽匠」（Mad Hatter）人物造型的寫照有好幾種說法，比較可信的有二：（1）大多數人認為典故來自英國口頭諺語 "mad as a hatter"（瘋得像個帽匠），淵源來自製帽行業需要使用水銀來鞣製皮革，長期吸入水銀煙霧，破壞神經系統而導致言語混亂及視覺扭曲現象，甚至中毒身亡，在作者長大的地區Stockport製帽業是主要行業，常見這類職業傷害徵狀，稱為「瘋帽匠症候群」（The Mad Hatter Syndrome）。不過書中這位「帽匠」雖然有點瘋言瘋語，並未出現典型徵狀。（2）有人認為是根據作者任教牛津地區的一位特異人士Theophilus Carter，他原來是一位牛津大學的工讀生，曾發明一種所謂的「鬧鐘睡床」（alarm clock bed），可以把熟睡者掀翻落地，1851年於海德公園（Hyde Park）的水晶宮殿（Crystal Palace）展示，這也可解釋為什麼這位「瘋帽匠」這麼在乎「時間」，還一直要喚醒睡鼠，他後來還開了一間家具店，經常戴著一頂高帽子站在店門口，思想奇特行徑怪異，人們因而戲稱之為「瘋帽匠」，聽說當時極負盛名的插畫大師譚尼爾還專程跑來牛津探望他，設計出絕妙造型。（3）也有人觀察到，瘋帽匠戴著高帽子的造型似乎有幾分神似當時的英國首相、政治家、小說家迪斯雷利（Benjamin Disraeli, 1804-1881）。（4）有趣的後續故事是，譚尼爾為他設計的「瘋帽匠」造型，在《愛麗絲幻遊奇境》出版25年後，被Norbert Wiener（見其自傳*Ex-Prodigy*第14章）發現酷似鼎鼎大

間坐著一隻睡鼠[3]，呼呼大睡，他倆把睡鼠當靠墊，手肘倚靠牠身上，越過牠頭頂上方交談。愛麗絲心想：「這睡鼠挺不舒服的，不過，既然睡著了，想必也不在乎。」

桌子很大，這三個卻全擠在一個角落：看見愛麗絲進來，他們大喊：「沒位子啦！沒位子啦！」愛麗絲忿忿不平：「位子多的是！」說完便坐進桌子一頭的大扶手椅。[4]

三月兔獻殷勤：「喝點兒酒吧。」

名的哲學家羅素（Bertrand Russell, 1872-1970），羅素才華洋溢、浪蕩不羈、愛鑽邏輯牛角尖，和他當時劍橋大學（Cambridge University）的另兩位同事 J. M. E. McTaggart 及 G. E. Moore，被譽為「三一學院瘋茶幫」（the Mad Tea Party of Trinity）。

3　這隻「英國睡鼠」（British dormouse）是一種住在樹上齧齒類動物（rodent），體型比較像松鼠，而不像老鼠，到了冬天會冬眠（hibernate），也是一種「夜行性動物」（nocturnal animal），白天也都在睡覺，所以在本章內牠也隨時處於睡眠狀態，難怪一直要被喚醒，即使要牠說故事，也是邊睡邊說。1998年1月英國曾發行一系列「瀕臨絕種動物」（endangered species）郵票，英國睡鼠是其中一種。

4　路易斯·卡若爾出生地達斯伯瑞（Daresbury）北方不遠的城鎮沃靈頓（Warrington），市中心 Golden Square 有一座真人大小的茶會肖像（life size effigy），名為「瘋帽匠茶會」（Mad Hatter's Tea Party），以8噸重的大理石雕刻而成，1984年4月30日由英國王儲查爾斯和戴安娜王妃揭幕，成為觀光景點。讀者 Google「街景服務」即可看到現場，四位人物之外，茶桌上擺滿杯碟。

　　愛麗絲環顧桌上，桌上沒別的，只有茶。她就說：「我沒看見有酒。」

　　三月兔說：「根本沒有酒。」

　　愛麗絲很生氣：「沒有酒卻邀我喝酒，很沒禮貌。」

　　三月兔又說：「妳不請自來就坐下，也很沒禮貌。」

　　愛麗絲說：「我又不知道那是你的桌子，桌子這麼大，坐得下很多人，比你們三個還多。」

　　瘋帽匠冒出一句：「妳頭髮該剪一剪了。」打從愛麗絲進來，他就一直非常好奇的盯著她，這才開口說話。

　　愛麗絲面色有些嚴峻：「你該學著不要隨便批評人家，那樣很沒禮貌。」

　　瘋帽匠一聽，眼睛睜得老大，**嘴裡**卻說：「為什麼烏鴉像寫字桌？[5]」

5　瘋帽匠沒頭沒腦的問了一句：「為什麼烏鴉像寫字桌？」（"Why is a raven like a writing-desk?"），這個謎語一直沒有答案，其實作者本來就沒打算揭露謎底，很多讀者殷切詢問，作者才在31年之後1896年版的序言中答覆："because it can produce a few notes, although they are very flat, and it is never put the wrong end front."，這句解答的癥結主要在於 it 這個代名詞，到底指的是「烏鴉」還是「寫字桌」？notes 到底是「烏鴉」還是「寫字桌」造出來的？flat 這個形容詞如何修飾 notes？而 put the wrong end front 又怎麼解釋？怎麼分別運用到「烏鴉」和「寫字桌」上？若是指前者，就有可能譯成「因為烏鴉會發出幾個音符，雖然音符平板單調，但絕不會把難聽的尾音搬到前面來。」若是指後者，也有可能譯成「因為寫字桌上會出現札記，雖然札記平淡無奇，但絕不會把不同目的的札記擺在前面。」但這也沒有解除大家的疑惑，當年和往後的讀者依然百思不得其解，也形成千古謎團，讓後來世世代代繼續努力解謎。有趣的後續故事很多，值得一提有四：（1）著名的英國小說家赫胥黎（Aldous Huxley, 1894-1963），《美麗新世界》（*Brave New World, 1932*）作者，於1928年9月號的《浮華世界》（*Vanity Fair*）雜誌寫過一篇文章："Ravens and Writing Desks"，提

　　愛麗絲心想：「好哇！我們要來點好玩的嘍！好高興他們要開始玩猜謎遊戲。」——於是大聲附和：「我一定猜得出來。」

　　三月兔問：「妳是說，妳以為妳猜得到謎底？」

　　愛麗絲回答：「一點兒也沒錯。」

　　三月兔接著說：「那妳就該說妳想的。」

　　愛麗絲連忙回答：「我說的就是我想的，至少——至少我想的就是我說的[6]——你知道，反正都是同樣的事。」

　　瘋帽匠說：「根本不是同樣的事！那妳或許也可以說，『我看見我吃的』和『我吃我看見的』是同樣的事。」

　　三月兔補了一句：「妳或許也可以說，『我喜歡我得到的』和『我得到我喜歡的』是同樣的事！」

　　睡鼠似乎邊睡邊說，也補了一句：「妳或許也可以說，『我睡

供兩個「腦筋急轉彎」答案：because there's a *b* in both（因為在 both 這個字裡有一個 b）及 because there's an *n* in neither（因為在 neither 這個字裡有一個 n）；（2）英國路易斯卡若爾協會（Lewis Carroll Society）於 1898 年舉辦新答案徵文比賽，答案五花八門無奇不有；（3）英國知名雜誌《觀察家》（*The Spectator*）1991 年也舉辦比賽公開徵求謎底，優勝者答案刊載於 7 月 6 日那一期；（4）Francis Huxley 為此寫過一本專書：*The Raven and the Writing Desk*（1976）。截至目前為止，最為人樂道的說法是："because Poe wrote on both"，因為十九世紀美國詩人愛倫坡（Edgar Allan Poe）在「書桌」上寫過一首名詩〈烏鴉〉（"The Raven"）。不管讀者是否苟同，但畢竟人人都以加入解謎陣營為樂，聊備一格，多少添加一絲「無聊」（nonsense）旨趣，聊勝於無，博君一笑而已，反正天下事都很荒謬，都是無稽之談，見仁見智，愛怎麼想、愛怎麼說，都隨個人意願，端看從何觀點出發。

6　這裡愛麗絲回答三月兔：「我說的是我想的」（"I say what I mean"），接著又說：「我想的是我說的」（"I mean what I say"），一般讀者都會附議愛麗絲的看法，認為這兩句話是一樣的意思，只是換個說法而已。

覺時呼吸』和『我呼吸時睡覺』是同樣的事！[7]」

　　瘋帽匠對睡鼠說：「反正在你身上**都是**同樣的事。」此時他們對話暫告中斷，大夥兒沉寂了一分鐘，愛麗絲趁機用心回想剛才那個烏鴉和寫字桌的問題，卻想不出個所以然。

　　瘋帽匠率先打破沉默，轉頭問愛麗絲：「今天是幾號？」同時從口袋掏出懷錶，不安的看著，三不五時搖一搖，湊近耳朵聽一聽。

　　愛麗絲想了一下，然後回答：「四號。[8]」

　　瘋帽匠嘆口氣，「錯過了兩天！」氣沖沖望著三月兔，又補了一句：「我就跟你說過，奶油不適合修理鐘錶！」

7　此處的幽默在於：瘋帽匠堅持「我看見我吃的」（"I see what I eat"）不同於「我吃我看見的」（"I eat what I see"），三月兔也堅持「我喜歡我得到的」（"I like what I get"）不同於「我得到我喜歡的」（"I get what I like"），而睡鼠邊睡邊說「我睡覺時呼吸」（"I breathe when I sleep"）「我呼吸時睡覺」（"I sleep when I breathe"）則另當別論，在牠身上沒差別。這裡四個人在搬弄「似非而是」（paradox）或「似是而非」（speciosity）的遊戲，他們四位說的都符合語言文法規則，明明是同樣的文字，但文字次序前後對調之後，有時候意義就會產生難以察覺的「微妙差異」（nuance），但有時就有重大差異，譬如「我們都是一家人」和「我們一家都是人」，一般人說話常犯類似語病而不自知，大家也都習慣成自然，得過且過不予追究，可是吹毛求疵愛挑語病的瘋帽匠、三月兔、睡鼠卻大大不以為然，事實上是他們三位的邏輯推理模式異於常人，這裡似乎可以印證一種當代流行的文學觀念：語言的自我解構現象，語言作為一種溝通工具往往表裡不符，詞不達意，障礙重重，但在沒有更好的工具可以取代語言之前，只好將就使用，而事實上我們心裡「想」的往往與嘴巴「說」的也常有出入。

8　從《愛麗絲幻遊奇境》第六章得知，這一場茶會發生時間是5月，而愛麗絲‧黎寶的生日是5月4日。根據諸多線索前後印證，她生於1852年，在本書故事發生時間內，她應該是10歲，雖然書中的愛麗絲是7歲。作者把手稿 *Alice's Adventures Under Ground* 獻給愛麗絲‧黎寶的1864年，她應該是12歲。

　　三月兔溫馴的回答：「那可是**最好的**奶油呢。」

　　瘋帽匠嘟嘟囔囔：「沒錯，可是麵包屑一定也掉進去了，你不該拿切麵包的刀子來抹奶油。」

　　三月兔拿起懷錶，憂心忡忡看著，然後把懷錶放進自己茶杯裡浸一浸，又提起來看一看，不過，他實在想不出比剛才更好的說詞，只好又說：「你也知道，那可是**最好的**奶油。」

　　愛麗絲越過他的肩膀一直看著，有點好奇：「多有趣的錶啊！錶上有日期和月份，竟然沒顯示現在幾點鐘！」

　　瘋帽匠喃喃怨道：「為什麼要顯示幾點鐘？妳的錶有顯示今年是哪一年嗎？」

　　愛麗絲立即回辯：「當然沒有，因為這長長的一整年都是同一年份啊。」

　　瘋帽匠回答：「**我的錶也是同樣狀況。**」

　　愛麗絲給搞得莫名其妙。瘋帽匠確實都用英文說的，卻好像沒什麼道理，於是盡量客氣的說：「你說的話我聽不太懂。」

　　瘋帽匠說：「睡鼠又睡著了，」然後倒一點熱茶在牠鼻子上。

　　睡鼠不耐煩的搖搖頭，連眼睛也沒睜開，嘴裡就說：「當然，當然，這也正是我想說的。」

　　瘋帽匠又轉身問愛麗絲：「猜出謎底了嗎？」

　　愛麗絲回答：「沒有，我放棄，答案是什麼？」

　　瘋帽匠說：「我壓根

兒不知道。」

三月兔說：「我也不知道。」

愛麗絲厭煩的嘆了一口氣：「我認為你們應該好好把握時間，不要浪費在問一些沒有答案的謎語。」

瘋帽匠說：「要是妳跟我們一樣認識**時間**的話，妳就不會說浪費它，反而是他了。」

愛麗絲說：「我不懂你意思。」

瘋帽匠不屑的把頭一甩：「妳當然不懂！我敢說，妳從來沒跟**時間**講過話。」

愛麗絲心懷警惕：「或許沒有，但是學音樂的時候，我知道一定要打拍子。[9]」

瘋帽匠說：「啊！原來如此，他就是沒法忍受人家毆打他。妳瞧，只要妳肯跟他保持良好關係，他就會讓時鐘完全照著妳的意願進行。譬如說，現在是上午九點鐘，正是該上課的時候，但妳只要輕聲細語給時間拋一個暗號，時鐘眨眼之間就會多繞幾圈！馬上就變成下午一點半鐘，正是該吃午餐的時候！」

（三月兔輕聲自言自語：「我也巴不得這樣。」）

愛麗絲若有所思：「那可好極了，當然，不過到那時候──你知道，我應該還不會餓。」

瘋帽匠說：「或許，剛剛轉到一點半鐘時，妳可能還不餓，但是，只要妳高興，妳可以讓時間一直保持在一點半鐘。」

愛麗絲問：「那你一向都是這樣處理時間嗎？」

9　這裡是玩弄詞彙的文字遊戲，利用字面與字義之間的差距，有點類似「腦筋急轉彎」的俏皮法。英文 "beat time" 是指配合音樂節奏的「打拍子」，但字面上也可被解讀為「毆打時間」，難怪接下來瘋帽匠會說「時間」這個人無法忍受人家毆打他。

瘋帽匠哀悼的搖搖頭：「我沒辦法這樣，去年三月我和**時間**吵了一架——妳知道，就在他發瘋之前——」（用茶匙指指三月兔）「在那一場紅心王后舉辦的音樂會上，我演唱：

> 一閃一閃小蝙蝠！
> 到底為何而忙碌！

「或許，妳聽過這首歌吧？」
愛麗絲說：「我聽過類似的歌。」
瘋帽匠繼續說：「妳知道，這首歌接著下來，應該這樣唱——

> 高高在上漫天飛，
> 好像天上小茶碟。
> 一閃一閃——[10]

---

10 這裡路易斯・卡若爾諧擬廣為流傳的歌謠 "Twinkle, Twinkle, Little Star"，由 Jane Taylor 創作，收入 1806 年出版的 *Rymes for the Nursury*，後來經常被改編，連我們小時候聽的中文版童謠，也與原意有所出入，變成：「一閃一閃亮晶晶，滿天都是小星星，掛在天上放光明，好像許多小眼睛，一閃一閃亮晶晶，滿天都是小星星」。瘋帽匠在這裡唱成：

Twinkle, twinkle, little bat!
How I wonder what you're at!
Up above the world you fly,
Like a tea-tray in the sky.

請讀者對照以下的傳統版原文歌詞：

Twinkle, twinkle, little star,	一閃一閃小星星，
How I wonder what you are.	到底你是何許人。
Up above the world so high,	高高掛在半空中，
Like a diamond in the sky.	好像一顆小鑽石。

　　這時睡鼠搖晃身體，半睡半醒跟著唱起來：「一閃，一閃，一閃，一閃──」唱得沒完沒了，他們不得不掐牠一下止住牠。

　　瘋帽匠說：「那時候，我第一段還沒唱完呢，紅心王后就跳起來大吼：『他謀殺了時間！[11] 砍掉他的頭！』」

　　愛麗絲驚嘆：「多麼野蠻殘忍哪！」

　　瘋帽匠語調哀戚繼續說：「從那以後，我要時間做的事，他都

Twinkle, twinkle, little star,	一閃一閃小星星，
How I wonder what you are!	到底你是何許人！
When the blazing sun is gone,	豔陽西下日將盡，
When he nothing shines upon,	萬物不再明亮亮，
Then you show your little light,	換你上場來照耀，
Twinkle, twinkle, all the night.	一閃一閃一整夜。
Twinkle, twinkle, little star,	一閃一閃小星星，
How I wonder what you are!	到底你是何許人！
Then the traveler in the dark,	天涯海角夜歸人，
Thanks you for your tiny spark;	感激你的小照明，
He could not see which way to go,	若是沒你如此閃，
If you did not twinkle so.	不知摸索去何處。
Twinkle, twinkle, little star,	一閃一閃小星星，
How I wonder what you are!	到底你是何許人！

11 紅心王后因為瘋帽匠擅自竄改歌詞，指稱瘋帽匠「破壞了拍子」（“murdering the time”），也就是亂了拍子（mangling the time），murder一字除了「謀殺」，還包括破壞、糟蹋、扼殺的意思。瘋帽匠以為被指控「謀殺了時間」，因為時間被謀殺了、死了，所以永遠停留在六點鐘，他們也被迫喝上永遠沒完沒了的茶。翻譯「雙關語」本來應該依循說話者的旨意譯成「破壞了拍子」，但這裡瘋帽匠是間接引述王后的話，由他的認知觀點以為自己犯了謀殺罪，所以譯成「謀殺了時間」。

不理了！現在他永遠指向六點鐘。」

　　愛麗絲腦海突然掠過一絲念頭：「桌子上擺著這麼多茶具，難道就為這緣故？」

　　瘋帽匠又嘆一口氣：「是啊，就為這緣故，時間永遠停留在下午茶時間，我們這頓喝完接著下頓，連洗茶具的時間都沒有。」

　　愛麗絲說：「我猜，所以你們就這樣不停的挪動位子？」

　　瘋帽匠說：「一點也沒錯，每當茶和點心都用完了。」

　　愛麗絲鼓起勇氣問：「但是，等你們挪動位子一整圈之後，又回到原點，那會怎樣？」

　　三月兔岔進來，一面打呵欠：「我們不妨換個話題，這些話我都聽煩了。我提議，請這位年輕女士講個故事給我們聽。」

　　愛麗絲聽了這個提議，有點驚慌：「恐怕我沒有什麼故事可講。」

　　他倆又喊：「那麼，叫睡鼠講個故事吧！」說著，同時從兩邊掐了牠一把，「睡鼠，醒醒吧！」

　　睡鼠緩緩睜開眼睛，聲音沙啞無力：「我沒有睡著，你們這些傢伙說的每一個字，我都聽得清清楚楚。」

　　三月兔說：「講個故事給我們聽！」

　　愛麗絲也請求：「是啊，拜託講個故事！」

　　瘋帽匠補了一句：「最好講快一點，不然的話，故事還沒講完，你又睡著了。[12]」

　　睡鼠急忙開講：「從前從前，有三個小姊妹，她們的名字叫艾

12　往後睡鼠講故事時邊講邊睡，路易斯・卡若爾在《愛麗絲幻遊奇境》開頭的那首「卷頭詩」就提到，他講故事給三個孩子聽時，也常被她們打斷，有時候他就假裝睡著，但她們不放過他，糾纏他繼續講故事。

爾希、蕾西、堤莉，[13] 她們住在一座水井深處——」

　　愛麗絲一向非常關心吃吃喝喝的民生問題：「她們靠什麼過日子？」

　　睡鼠想了一兩分鐘之後：「她們靠神奇井水過日子。」

　　愛麗絲溫和的評論：「她們不可能靠糖漿過日子[14]，你也知道，那會生病的。」

13　路易斯・卡若爾當初寫作此書時，目的就是講故事給黎寶三個小姊妹聽，此處三個小女孩也分別指她們：艾爾希（Elise）是 L. C.（Lorina Charlotte 的縮寫）；蕾西（Lacie）是 Alice 的「字母順序重新排列」（anagram）；堤莉（Tillie）是 Edith，她家人也叫她 Matilda。

14　這一整章都是在製造「雞同鴨講」、「牛頭不對馬嘴」的趣味效果，愛麗絲與睡鼠說的是同一個字，但認知意義卻相去甚遠。在翻譯上很困難，雙關意義無法在內文並列，也無法捨彼取此，只能在注解中說明其奧妙。關鍵就在 "treacle" 這個「同形同音異義字」（heteronym），愛麗絲想的 treacle 是「糖漿」（也就是美國人說的 molasses），由蔗糖製糖過程中提煉出來的棕黃色濃稠漿汁（syrup），香甜可口，小孩子都喜歡，但總被大人告誡吃多了會生病，住在「糖漿井」（treacle well）裡當然是匪夷所思的夢幻境界，難怪愛麗絲說不可能靠吃糖漿過日子，「那會生病的」。坊間譯本大多只取愛麗絲的觀點，統一譯為「糖漿」。而事實上睡鼠說的 treacle 是指一種「神奇井水」，牛津附近就有一個地方叫賓禧（Binsey），那兒的教堂庭園有一座 treacle well，這神奇井水據說具有醫療效果，歐洲中世紀以來就流傳，住在這種神奇水井的醫療聖地可以治百病，成千上萬的朝聖者蜂擁而至，汲取井水治病，認定具有解毒劑或萬靈藥之類的神奇療效。難怪睡鼠說她們三個姊妹確實是病得嚴重，需要住在有療效的神奇水井地區，靠汲取神奇井水過日子。*Annotated Alice* 作者馬丁・葛登納（Martin Gardner）說他接到很多讀者提供這方面的訊息，其中包括知名作家格雷厄姆・葛林（Graham Greene）的夫人薇薇安・葛林（Vivian Greene）（76, note 12）。Mavis Batey 也在導遊書 *Alice's Adventures in Oxford* 裡提到瞎眼的古英格蘭麥西亞國王（King of Mercia）因此水而復明。Charlie Lovett 的文學導覽書 *Lewis Carroll's England: An Illustrated Guide for the Literary Tourist* 也提到這醫療聖地。2014 年出版的論文集 *Binsey: Oxford's Holy Place: Its Saint, Village, and People* 全書都在講這個賓禧聖地。

睡鼠說：「她們就是，病得十分嚴重。」

愛麗絲自個兒努力想像，那樣過日子多麼奇特，想了半天沒結果，於是繼續問：「那她們為什麼要住在水井深處呢？」

睡鼠很熱心的回應：「再多喝一點兒茶吧！」

愛麗絲怒氣沖沖：「我根本還沒喝到茶呢，當然沒法再多喝一點兒茶。」

瘋帽匠說：「妳該說妳沒法再少喝一點兒，如果根本沒喝，那麼多喝一點兒就容易多了。[15]」

愛麗絲說：「沒人要問你的意見。」

瘋帽匠得意洋洋的反問：「這回是誰在隨便批評人家呢？[16]」

愛麗絲一時無言以對，只好給自己斟了一點茶，取了麵包和奶油，然後轉向睡鼠，又重複剛才的問題：「她們為什麼要住在水井深處呢？」

睡鼠又想了一兩分鐘，然後才回答：「因為那是一口神奇水井。」

愛麗絲突然怒氣橫生：「天底下沒有這種事！[17]」但瘋帽匠和三

---

15 這裡在玩弄邏輯觀念，睡鼠勸愛麗絲：「再多喝一點兒茶吧！」（"Take some more tea"）可是愛麗絲明明一口也沒喝到：「我根本沒喝呢，所以沒法再多喝一點兒茶。」（"I've had nothing yet, so I can't take more."）這時瘋帽匠插嘴進來，原文是："You mean you can't take *less*," said the Hatter: "it's very easy to take *more* than nothing."。這句話重點在強調less和more之間的對比，修飾的都是nothing（「根本沒喝」）這個字，如果一口茶也沒喝到，在邏輯上當然不可能再「少喝一點兒」（less than nothing）；既然一口茶也沒喝到，那麼「多喝一點兒」（more than nothing）自然容易得多。

16 本章一開頭，瘋帽匠批評愛麗絲頭髮該剪一剪，愛麗絲頂撞他「你該學著不要隨便批評人家，那很粗魯。」現在瘋帽匠反將她一軍，也怪罪愛麗絲沒教養隨便批評人家，愛麗絲無言以對。

17 愛麗絲相信天下不可能有「糖漿水井」，但不知道這種具有醫療作用的「神奇水井」。

月兔同時發出「噓！噓！」聲，睡鼠也繃著臉：「妳要是這麼沒教養，那妳乾脆自個兒講完這個故事。」

愛麗絲十分謙卑：「喔不，請繼續講吧！我再也不打岔了。我想可能真有這麼一口井。」

睡鼠十分憤慨：「當然是有。」還好，他還願意繼續講下去。「這三個小姊妹——妳知道，她們在學汲取——」

愛麗絲忘了剛才的承諾：「她們汲取什麼呀？」

這回睡鼠想都沒想：「神奇井水。」

瘋帽匠打岔進來：「我想換個乾淨杯子，我們再挪動一下位子吧。」

說著，便往旁邊挪動一個位子，睡鼠也跟著挪動，三月兔也坐進睡鼠剛才的位子，愛麗絲也心不甘情不願坐進三月兔的位子。這樣挪動位子之後，瘋帽匠是唯一得到好處的人；而愛麗絲的位子比先前更糟糕，因為三月兔剛剛把牛奶罐打翻在盤子裡。

愛麗絲不願再惹惱睡鼠，於是小心翼翼問：「可是我不懂，她們從哪兒汲取糖漿？」

瘋帽匠說：「妳可以從水井裡汲取井水，當然妳也可以從神奇水井裡汲取神奇井水——喔，笨蛋？」

愛麗絲不理會瘋帽匠剛才批評她沒禮貌，對睡鼠說：「不過，她們是住在水井**裡面**啊。」

睡鼠說：「她們當然是——深在井中。[18]」

這麼一答把可憐的愛麗絲搞糊塗了，難怪好一陣子她沒打岔，

18　前面一句話說她們是「住在井裡」（"in the well"），well當名詞用，後面這一句話把in和well互換位置，變成"well in"，well也是個「同形同音異義字」，又是顛倒文字前後次序而另得新義的遊戲。這裡well當副詞用，修飾in，表示「深在井中」、「在很深很深的井底」，或「被包圍在四面井壁之內」。

任由睡鼠繼續講下去。

睡鼠一面打呵欠，一面揉眼睛，似乎睏極了，還繼續說：「他們在學汲取，她們汲取各式各樣的東西——凡是Ｍ字母開頭的——」

愛麗絲問：「為什麼是Ｍ呢？」

三月兔說：「為什麼不是呢？」

愛麗絲不吭一聲。

這時睡鼠閉上眼睛，打起瞌睡，但瘋帽匠掐了牠一下，牠尖叫一小聲，又醒過來，繼續講下去：「——凡是用Ｍ字母開頭的東西，譬如捕鼠器、還有月亮、還有記憶、還有多多[19]——妳也知道有些東西是『差不多』[20]——妳可見過汲取多多那玩意兒嗎？[21]」

19　原文列舉四個用Ｍ字母開頭的東西：mouse-traps（捕鼠器）、moon（月亮）、memory（記憶）、muchness（多多）。巧合的是，這場瘋狂茶會三個人物名字裡也都有個Ｍ：瘋帽匠Mad Hatter、三月兔March Hare、睡鼠Dormouse。

20　又是一項文字遊戲，玩弄兩個表面相似而意義相遠的字詞。"muchness"是一個罕用古字，據說源自十四世紀，意指「多多」、「很多」、「大量」；而"much of muchness"則是英式常用口語，意指某些東西彼此「非常相近」到難以區分的地步，正如我們俗稱「差不多」、「半斤八兩」、「大同小異」。譯者試將muchness譯為「多多」，much of muchness譯為「差不多」，取其在「多」（much）字大做文章。

21　這一段文字是中文翻譯的最大挑戰，原文是："--that begins with an M, such as mouse-traps, and the moon, and memory, and muchness--you know you say things are 'much of a muchness'--did you ever see such a thing as a drawing of a muchness?"趙元任先生譯成白話文打油詩令人拍案叫絕：「樣樣東西只要是ㄇ字聲音的，譬如貓兒、明月、夢、滿滿兒……你不是常說滿滿兒的嗎？你可曾看見過滿滿兒的兒子是什麼樣子？」但讀者心裡明白，這偏離原意相當多，mouse-traps（捕鼠器）和「貓兒」差很多，memory（記憶）和「夢」也差很多，而much of muchness（差不多）和「滿滿兒的兒子」差更多。坊間中譯本不是因循趙元任譯法，就是大顯神通各自表述，Ｍ開頭的字眼還有譯成「老」字的。譯者在此選擇「忠於原著、輔以譯注」。

　　愛麗絲非常困惑：「真的呢，現在你倒問起我來了，我想不出來——」

　　瘋帽匠說：「那妳就別開口講話。」

　　愛麗絲再也無法忍受這樣粗魯的話，滿腔厭惡站了起來，立刻走出去。睡鼠當場陷入熟睡，其他兩位根本沒注意她已離席，然而愛麗絲還是回頭觀望一兩回，半期待他們喚她回去。等她最後一次回頭時，只見他倆正抬起睡鼠，打算把牠塞進茶壺裡。[22]

　　「不管怎樣，我再也不要回去那兒了，」愛麗絲一面說，一面走上林中小路，「這一輩子還沒見過這麼愚蠢的茶會！」

22　據說英國維多利亞時代有些孩子養睡鼠當寵物，養在鋪了青草或乾草的舊茶壺裡，難怪瘋帽匠和三月兔要把睡鼠塞進茶壺裡。

　　話聲一落，只看見林中一棵樹上，向內開了一扇門。心想，「這就非常奇怪了！不過，今天什麼事都很奇怪。還是進去再說。」說著就走了進去。

　　這下子她又回到先前那座長長大廳，來到那玻璃茶几前。於是對自個兒說：「這回我該好好掌握了。」接著取了那把金色小鑰匙，打開那扇通往花園的門。然後，咬下一小口蘑菇（原先存在口袋裡那一塊），等到自己身材變成一呎高，然後走下小通道。**然後**──發現自己終於來到那座美麗花園，周圍盡是繽紛花壇和清涼噴池。

第八章：紅心王后的槌球場

　　靠近花園入口有一棵巨大玫瑰樹，樹上開的玫瑰是白色，卻有三個園丁忙著把花朵漆成紅色。愛麗絲覺得非常奇怪，走向前去看個究竟。才剛過去，就聽見其中一個園丁說：「黑桃五，小心喔！別那樣把顏料噴濺到我身上！」

　　黑桃五繃著一張臉：「我沒辦法！黑桃七撞到我手肘。」

　　聽到這話，黑桃七抬起頭：「黑桃五，算了吧！你老是把過錯推到別人身上！」

　　黑桃五說：「你最好別講話！昨天我才聽見紅心王后說，你該被砍頭！」

　　最先說話的那個園丁問：「為了什麼？」

　　黑桃七回答：「黑桃二，不干你的事！」

　　黑桃五說：「是啊，就是干他的事！我要告訴他──就是因為他拿給廚師的，是鬱金香球莖，而不

是洋蔥。[1]」

黑桃七刷子一甩，才剛開口：「嘿，這一切沒道理的事──」，眼神突然落在愛麗絲身上，她站在那兒看著他們，馬上閉住嘴，其他兩個也轉過身來，三人向愛麗絲深深一鞠躬。

愛麗絲有點膽怯的問：「請告訴我，你們為什麼把玫瑰花漆成紅色？」

黑桃五和黑桃七沒說話，只是望著黑桃二。黑桃二低聲說：「小姐，妳瞧，事實是這樣的，這裡本來應該種的是一棵紅色玫瑰樹，可是我們不小心種了一棵白色玫瑰樹，要是紅心王后知道了，我們的腦袋都會被砍掉！[2]小姐，所以我們要在紅心王后來到之前，竭盡所能──」就在這時，黑桃五焦慮的看著花園那一頭，突然喊出來：「王后來了！王后來了！」三個園丁立刻臉朝下直挺挺的趴在地面上。這時傳來一陣嘈雜的腳步聲，愛麗絲四處張望，急著想看紅心王后。

先是來了十個士兵，身上印有撲克牌梅花圖案，長相和先前三個園丁一樣，身體都是扁平的長方形，手腳長在四個角落。接著來了十位大臣，身上佩戴撲克牌的方塊圖案，和士兵一樣兩個兩個並排走。後面則是皇室小孩，也是十個，這些小可愛手拉著手成雙成

---

1 鬱金香的球莖外表長得很像洋蔥，只是個頭小多了，這裡黑桃七誤把鬱金香球莖當成洋蔥給了廚師，難怪王后要砍他的頭。中國有一句俗諺歇後語：「水仙不開花，裝蒜」，也是因為水仙花的球莖外表長得很像蒜頭。

2 三個黑桃園丁忙著把白玫瑰漆成紅玫瑰，擔心紅心王后會砍掉他們的頭，這當中暗含影射英國歷史的「紅白戰爭」（Wars of the Roses，1455-1485）。兩個封建集團之間為爭奪王位繼承權進行了長達30多年的自相殘殺，蘭開斯特家族（Lancaster）以紅玫瑰為家徽，約克家族（York）以白玫瑰為家徽，因而得名。這三個園丁混淆家徽非同小可，難怪嚇得魂不附體。（參見古佳豔，〈兔子洞與鏡中世界：《愛麗絲夢遊仙境》導讀。）

對，高高興興蹦蹦跳跳，身上裝飾著紅心圖案。接著來的是賓客，大多是親王和王妃，愛麗絲認出當中還有白兔先生，正匆忙而慌張的說著話，不管人家說什麼他都笑臉迎人，他走過去時沒注意到愛麗絲。接著是紅心傑克[3]，雙手捧著深紅色絲絨墊子，上面擺著紅心國王的王冠。龐大隊伍最後登場的是，**紅心國王和紅心王后**。

愛麗絲不敢確定是否也該像那三個園丁一樣，趴下來臉貼著地面，也不記得王室出巡時有這種規矩，心想：「更何況，要是群眾都臉貼地面趴著，不准抬頭觀看，這樣出巡有什麼作用？」於是站在原地等著。

出巡隊伍來到愛麗絲面前，都停下來盯著她看，紅心王后口氣嚴厲：「這是誰啊？」話是對紅心傑克說的，紅心傑克卻只鞠躬微笑作為回應。

紅心王后不耐煩的甩甩頭：「白痴！」然後轉向愛麗絲：「孩子，妳叫什麼名字？」

愛麗絲彬彬有禮

3　原文"Knave of Hearts"即是Jack of Hearts。張華譯注《挖開兔子洞──深入解讀愛麗絲漫遊奇境》（頁171）解釋，因Knave簡寫Kn和國王K相似，因而改為Jack。

的回答：「託您的福，陛下，我的名字是愛麗絲。」私底下卻想：「他們不過是一副撲克牌而已，我犯不著怕他們！」

紅心王后指著趴在玫瑰樹前面的三個園丁，問道：「**這幾個又是誰？**」事實上，他們全都臉貼地趴著，背上圖案和其他撲克牌一模一樣，她根本分辨不出哪些是園丁、士兵、大臣，或是她的三個小孩。

愛麗絲回應：「我怎麼知道？」也被自己的勇氣嚇了一跳。「那可不干我的事。」

紅心王后大為震怒，滿臉通紅，像野獸般瞪著愛麗絲好一陣子，尖叫：「砍掉她的頭！砍掉——」

愛麗絲斬釘截鐵大聲說：「胡說八道！」紅心王后愣得沒吭一聲。

紅心國王搭著她手臂，膽怯的說：「親愛的，想想看，她不過是個孩子！」

紅心王后生氣的調轉頭去，對紅心傑克說：「把他們通通翻轉過來！」

紅心傑克照著辦，小心翼翼用一隻腳去翻轉他們。

紅心王后尖聲叫喊：「站起來！」三個園丁立刻跳起來，紛紛向國王、王后、王室子女及眾人鞠躬。

紅心王后尖叫：「免了免了！你們搞得我頭都昏了。」說完，轉向那棵玫瑰樹：「你們幹了什麼好事？」

黑桃二單腿跪下，語氣十分謙卑：「陛下，託您的福，我們正在——」

紅心王后一面檢查玫瑰花，一面說：「我懂了！給我砍掉他們的頭！」出巡隊伍繼續前進，留下三個士兵負責處決這三個不幸的園丁，園丁趕緊跑來向愛麗絲求救。

愛麗絲說：「你們不會被砍頭！」說完，把他們藏進旁邊的一

個大花盆裡。三個士兵在附近找尋了一兩分鐘，沒找到他們，便悄悄離開，大步趕上隊伍。

紅心王后吼著問：「他們的頭砍掉了嗎？」

士兵們大聲回答：「陛下，託您的福，他們的頭都不見了！⁴」

紅心王后回答：「那就好！妳會玩槌球⁵嗎？」

士兵們不作聲，看著愛麗絲，顯然這個問題是在問她。

愛麗絲大聲回答：「會！」

紅心王后也大吼：「那就來吧！」於是愛麗絲加入隊伍，納悶接下來會發生什麼事。

這時身邊響起膽怯的聲音：「今天——今天天氣真好！」原來一旁走的是白兔先生，一臉焦急偷看她臉色。

愛麗絲回應：「天氣很好——公爵夫人在哪兒？」

白兔先生連忙壓低聲音：「噓！噓！」一面說一面焦慮的東張西望，然後踮起腳尖，嘴巴湊近愛麗絲耳朵，小聲說：「她被判處死刑了。」

愛麗絲問：「為了什麼？」

白兔先生反問：「妳有說『多麼可惜！』嗎？」

愛麗絲說：「沒，我沒說，我一點也不覺得可惜。我問的是『為了什麼？』」

白兔先生說：「因為她打了紅心王后一個耳光——」愛麗絲噗

4　王后問的是：他們的頭「砍掉了」嗎？（"Are their heads off?"）士兵回答：他們的頭「不見了」（"Their heads are gone"），似有意又似無意「模糊焦點」，不過他也沒錯，他們被愛麗絲藏起來，所以不見了。

5　「槌球」（croquet）是1852年自愛爾蘭引進而後風行於英國、適合男女老幼的戶外運動。遊戲在草地上進行，用木槌擊打木球（姿態類似打高爾夫球），使球穿過一連串「倒U」字形的拱狀球門，誰先把球打過6個球門，然後擊倒中間柱子，誰就先贏。電影裡常見槌球遊戲。

哧一聲笑了出來。白兔先生嚇得低聲制止她：「噢，噓！紅心王后
會聽見！妳知道嗎，她居然遲到了，而且紅心王后說──」

　　只聽得紅心王后雷霆萬鈞的大吼：「各就各位！」大夥兒立刻
四面八方拔腿狂奔，互相推擠衝撞，還好過了一兩分鐘，總算各就
各位，開始進行球賽。愛麗絲心想，這一輩子還沒見過這麼奇怪的
槌球場地，地面到處都是崎嶇不平的土堆和土溝，球是活生生的刺
蝟，球槌是活生生的紅鶴，士兵們手腳撐在地上，拱起身子當球門。

　　一開始愛麗絲就碰上大麻煩，沒法招架她那支紅鶴球槌，好不
容易才把牠雙腳下垂的身子緊緊夾在手臂下，剛剛弄直牠的脖子，
正準備用牠的頭，瞄準那顆刺蝟球開打，**牠竟然歪過脖子**，往上看
著愛麗絲的臉，露出那種莫名其妙的表情，害得愛麗絲忍不住當場
爆笑。等她把紅鶴的頭往下按，準備重新開打時，那顆刺蝟球卻突
然伸展身子想要爬走溜掉。更糟的是，每當愛麗絲把球打出去，那
刺蝟球滾過的地面凹凸不平，又是土
丘又是土堆，而那些躬著身子當球門
的士兵，隨隨便便就站起來走開，走
到場地別處，愛麗絲很快就體會到，
這場槌球玩起來真是非常艱難。

　　參賽者也沒輪流等著出賽，反而
全部一起下場，一面玩球一面吵架，
都在爭奪刺蝟球，沒多久紅心王后大
發雷霆，走來走去一再跺腳，每一分
鐘喊一次：「砍掉他的頭！」或「砍
掉她的頭！」[6]

6　也有人說這位跋扈蠻橫趾高氣揚的紅心王后，就是影射愛麗絲·黎竇的家庭教
　　師普里克女士。

　　愛麗絲開始覺得不自在，說實在的，她還沒跟紅心王后吵過架，但她知道，隨時隨地都可能吵起來，心想：「到那時候會落得什麼下場？在這裡他們動不動就要砍掉人家的頭。不過，奇怪的是，居然每一個人都還活著！」

　　愛麗絲四處張望想找退路，看看能不能趁人不注意時溜走，突然注意到半空中出現奇怪景象，起先很迷惑，盯著看了一兩分鐘，這才看出那是一張咧著嘴的笑臉，自言自語：「那是柴郡貓先生，這下子我有人可說話了。」

　　柴郡貓先生嘴巴才剛顯現成形，就問她：「妳近來可好？」

　　等他眼睛也現形之後，愛麗絲才點點頭，心想：「現在跟他說也沒用，要等他耳朵也現形，至少一隻。」沒多久，柴郡貓先生整個頭都現形了，愛麗絲放下那隻紅鶴，開始講起那場球賽，很開心終於有人願意聽她講話。柴郡貓先生大概覺得已經現形夠多的部位，就不再現出其他部位。

　　愛麗絲滿口都是埋怨：「我認為他們球賽根本就不公平，吵架聲音大得嚇人，連自己說話都聽不見——好像根本沒有遊戲規則，即使有也沒人遵守——你都不知道有多煩，每樣遊戲道具都是活的，譬如說，我明明能把球打進球門，可是球門卻爬起來，跑到球場另一端散步去了——我本來可以打到紅心王后的刺蝟球，可是牠看到我的球滾過來，居然也跑掉了！」

　　柴郡貓先生壓低聲音：「妳喜歡紅心王后嗎？」

　　愛麗絲回答：「一點也不喜歡，她實在太——」就在這時候，注意到紅心王后在後面偷聽，立刻改口：「太會贏球了，我根本贏不了這一局。」

　　紅心王后笑著走開了。

　　紅心國王走過來，看到柴郡貓先生懸在半空中的頭，十分好奇的問：「妳在跟誰說話呀？」

愛麗絲回答：「那是我朋友───一隻柴郡貓。容我介紹一下。」

紅心國王說：「我根本不喜歡牠的模樣，不過，要是牠高興，可以親吻我的手。」

柴郡貓先生反駁：「我才不要呢。」

紅心國王說：「不得無禮！也不許那樣看我！」說著，躲到愛麗絲背後。

愛麗絲說：「貓可以仰視國王，我在某本書上讀到過，但不記得是哪本書。[7]」

紅心國王斬釘截鐵的說：「那麼，這隻貓該被除掉，」叫住正好經過的紅心王后，「親愛的！希望妳除掉這隻貓！」

紅心王后解決各種大小疑難雜症只有一招，她連頭也不回就說：「砍掉牠的頭！」

紅心國王很積極：「我自己去找劊子手來，」說完急忙離開。

愛麗絲聽見遠處紅心王后激動尖叫聲，心想最好也過去一下，看看球賽進行如何。只聽見她已經又判了三個與賽者的死刑，因為輪到他們打球時他們沒上場。愛麗絲很不喜歡這種場面，整場遊戲亂七八糟，也不知道是不是輪到自己打球了，於是就走開了，去找尋她那顆刺蝟球。

她那顆刺蝟球正在跟另一隻刺蝟打架，愛麗絲覺得這是大好機會，可以用這隻刺蝟球打中另一隻刺蝟球，但麻煩的是，她的紅鶴球槌卻跑了，跑到花園另一邊，還正想飛上樹，卻又白費力氣。[8]

7　愛麗絲讀過的這本書應該是阿奇伯德·魏爾登（Archibald Weldon）於1652年出版的《貓可以仰視國王》（*A Cat May Look Upon a King*）。這也是一句俗諺 "A cat may look at a king"，表示地位卑賤的人在權貴面前也有某些基本權利。

8　張華譯注《挖開兔子洞───深入解讀愛麗絲漫遊奇境》（頁177、183）觀察到一個有趣現象，路易斯·卡若爾「手稿」裡的球槌本來是「鴕鳥」（ostrich），正式出版時改成「紅鶴」（flamingo），鴕鳥是退化成不會飛的鳥，而紅鶴是每

　　等到愛麗絲抓住紅鶴，把牠帶回來，球賽已經結束，兩隻刺蝟球也都不見蹤影，愛麗絲心想：「這也沒什麼大不了，因為球門也都跑光光了。」於是，她把紅鶴夾在手臂下，免得牠又逃跑，然後回去繼續和她朋友多談幾句。

　　愛麗絲回到柴郡貓先生面前，驚訝的發現周遭圍了一大群人，而劊子手、紅心國王、紅心王后正在爭執，三張嘴巴同時說話，其他人則安安靜靜，表情很不愉快。

　　年遷徙的候鳥，也是不會飛上樹的水鳥，此處似乎是修改不完全。動物園的紅鶴每年需剪羽毛，才不會遷徙飛走。

　　愛麗絲一出現，三個人都圍上來，要她幫忙解決問題，他們各自據理力爭，同時搶著說話，愛麗絲很難聽懂他們到底說什麼。

　　劊子手爭辯的是，你無法砍掉單單一個頭，這個頭非要連著身子才能砍得掉，[9]他從來沒幹過這種事，他這一輩子也不想破這個例。

　　紅心國王爭辯的是，只要有頭就可砍得掉，廢話少說。

　　紅心王后爭辯的是，要是砍頭命令不能馬上照辦，她就要砍掉所有人的頭。（就是這最後一句話，嚇得大家面目嚴肅焦慮不堪。）

　　愛麗絲想不出別的話，只好說：「這隻貓是公爵夫人的，你們最好去問她。」

　　紅心王后對劊子手說：「她被關在監牢裡，去帶她過來。」劊子手飛奔而去，像脫弦的箭。

　　劊子手一離開，柴郡貓先生的頭也逐漸消散。等劊子手帶回公爵夫人，柴郡貓先生已完全消失，紅心國王和劊子手瘋狂的到處尋找，其他人又回去打槌球。

9　劊子手看柴郡貓先生只有一個頭懸在半空中，沒有身子，無法執行命令下刀砍，讓身首分離，彷彿他也很有專業尊嚴似的。

第九章：假海龜的故事

　　公爵夫人親熱的挽著愛麗絲手臂：「親愛的老朋友，妳不知道我多高興再看到妳！」兩人一起離開槌球場。

　　愛麗絲很高興看到公爵夫人心情這麼好，心想先前在廚房看她那麼暴躁，可能是因為胡椒的緣故。

　　愛麗絲自言自語：「等**我當了**公爵夫人，（雖然口氣不很想當），我的廚房**根本**不要胡椒，沒加胡椒的湯也照樣很好喝──也許就是胡椒害人脾氣暴躁，」很高興又發現新道理，「醋害人尖酸刻薄，苦菊[1]害人苦澀憂鬱──還有──還有大麥糖[2]之類的東西讓孩子變得甜蜜溫柔。我只是希望大家懂得這些道理，就不會吝嗇小器了──」

　　愛麗絲想得入神，差點忘了公爵夫人，等到公爵夫人湊近她耳朵說話，這才驚醒過來。「親愛的，妳在想什麼，連話都忘了說，我一時沒法告訴妳這當中的寓意，不過，等一下我會想起來。」

　　愛麗絲鼓起勇氣說：「可能沒什麼寓意吧。」

1　原文 camomile（即 chamomile，洋甘菊）是一種藥物香草，泡茶喝可以發汗解熱安神，英國維多利亞時代廣泛使用。

2　原文 barley-sugar 是將蔗糖加熱濃縮之後，製成晶瑩透明螺旋狀的糖果，早期是用大麥調合物煎熬而成，因而稱為「大麥糖」。

　　公爵夫人說：「孩子啊，嘖，嘖！每件事情都有寓意，就看妳能不能體會。」說著，擠過來緊挨著愛麗絲。

　　愛麗絲不太喜歡她挨得這麼近，因為她長得**非常醜**，其次，她的身高正好把下巴頂在愛麗絲肩膀上，那尖下巴頂得她很不舒服，但愛麗絲又不想表現得無禮，只好盡量忍受。

　　為了延續對話，愛麗絲說：「現在球賽進行得不錯。」

　　公爵夫人說：「是啊，這當中的寓意就是──『噢，就是愛情，就是愛情，愛情是轉動地球的力量！』[3]」

　　愛麗絲對她耳語：「也有人說過，每個人都留意自己的事，地球就會轉動。[4]」

　　公爵夫人說：「啊，是啊，意思都差不多，」尖尖的下巴戳著愛麗絲肩膀，還補充說明：「**這當中**的寓意是──『照顧意義，音韻自來。』[5]」

　　愛麗絲心想：「她真喜歡發現凡事都有寓意！」

3　公爵夫人很會引經據典，這句話典故出自但丁《神曲》〈天堂篇〉最後一行："Oh, 'tis love, 'tis love, that makes the world go round!"。

4　這句話也是公爵夫人在第六章親口說的話，愛麗絲似乎在暗示公爵夫人說話前後矛盾，「愛情」是愛別人，「管好自己的事」是自私、各人自掃門前雪。不過，公爵夫人也很會自圓其說。

5　此處巧妙運用一則英國俗諺「積少成多」（"Take care of the pence and the pounds will take care of themselves."），「照顧小錢，大錢自來」，意指累積一便士又一便士的小錢，久而久之就會存下一鎊又一鎊的大錢，類似我們中國俗諺「積少成多」、「集腋成裘」。原文套用俗諺的句型結構："Take care of the sense, and the sounds will take care of themselves."，「照顧意義，音韻自來」，或「只要顧及義理，說話自有道理」，意指累積吸收一點又一點的意義，久而久之就會存下一則又一則的大道理。作者改編巧妙得令人拍案叫絕，而且對稱對偶，俗諺裡 pence 和 pounds 既押「頭韻」（alliteration）又押「尾韻」（end-rhyme），此處 sense 和 sounds 也是。

公爵夫人停頓了一下：「妳一定在納悶，為什麼我不攬著妳的腰，原因是，我不太信任妳那隻紅鶴的脾氣，要不要讓我試一下？」

愛麗絲不急著讓她嘗試，因此提高警覺：「牠可能會咬人。」

公爵夫人說：「也有道理，紅鶴和芥末都是火爆性子，這當中的寓意是——『鳥以類聚』。」

愛麗絲有意見：「但芥末不是鳥類。」

公爵夫人說：「對啊，還是妳對，把事物分門別類，妳很內行哩！」

愛麗絲說：「我想，芥末是一種礦物吧。」

公爵夫人說：「當然是啊，」似乎對愛麗絲說的都深表贊同，「這附近就有個芥末礦場。這當中的寓意是——『屬於我的越多，屬於妳的就越少。』[6]」

愛麗絲沒在意公爵夫人最後說的那句話，反而驚呼：「啊，我想起來了！芥末是一種植物，雖然不像，但的確是植物。」

公爵夫人說：「我完全同意妳說的，而這當中的寓意是——『你像什麼樣子，就是什麼樣子』——或者更簡單的說——『永遠別

6　原文 "The more there is of mine, the less there is of yours." 是作者杜撰，利用 mine 這個同音異義字，一方面指「礦場」，另一方面指所有格代名詞「我的」。

想像自己不同於人家以為的那個樣子不管你曾經是或曾經不是人家
以為是的那個樣子大家都知道你不是那個樣子。』[7]」

7　路易斯・卡若爾似乎在驗證語言的特性之一就是「無限迂迴展延」（infinitely recursive），言語和故事可以一直講一直講，一再重複沒完沒了，文學裡也有 recursive poem 或 recursive tale，最有名的就是童謠敘事詩（"This is the House that Jack Built"），也令人聯想到一首膾炙人口的搖籃曲〈乖乖小寶貝〉（"Hush, Little Baby"）：

Hush, little baby, don't say a word,	乖乖小寶貝別說話，
Mama's going to buy you a mockingbird.	媽媽給你買隻知更鳥。
And if that mockingbird don't sing,	如果知更鳥不唱歌，
Mama's going to buy you a diamond ring.	媽媽給你買個大鑽戒。
And if that diamond ring turns brass,	如果鑽戒變成破銅，
Mama's going to buy you a looking glass.	媽媽給你買面鏡子。
And if that looking glass gets broke,	如果這鏡子打破了，
Mama's going to buy you a billy goat.	媽媽給你買隻比莉羊。
And if that billy goat won't pull,	如果比莉羊不拉車，
Mama's going to buy you a cart and bull.	媽媽給你買隻牛拉車。
And if that cart and bull turn over,	如果牛和車都翻了，
Mama's going to buy you a dog named Rover.	媽媽給你買隻羅浮狗。
And if that dog named Rover won't bark,	如果羅浮狗不吠叫，
Mama's going to buy you a horse and cart.	媽媽給你買匹馬拉車。
And if that horse and cart fall down,	如果這馬和車都倒了，
You'll still be the sweetest little baby in town.	你還是城裡最乖的寶貝。

　　愛麗絲很有禮貌的回應：「要是妳把這些話寫下來，我會更明白，但妳剛說的那些我實在聽不懂。」

　　公爵夫人得意洋洋：「這實在不算什麼，我還有更多可說的。」

　　愛麗絲說：「比剛剛那更長的句子，拜託別再費心說了。」

　　公爵夫人說：「噢，甭說費心啦！剛才我說的每句話，都可當禮物送給妳。」

　　愛麗絲心想：「好廉價的禮物！還好沒人送這樣的生日禮物！」可是不敢大聲說出來。

　　公爵夫人問：「又在想什麼呀？」尖下巴再度戳了她一下。

　　愛麗絲有點不耐煩，毫不客氣的回答：「我有思考的權利。」

　　公爵夫人說：「說得也對，豬也有飛的權利，[8]這寓──」

　　愛麗絲吃驚的是，公爵夫人聲音突然減弱，連最愛說的「寓意」都欲言又止，勾肩搭背的手也發抖起來，愛麗絲抬頭一看，眼前站著紅心王后，雙臂盤在胸前，緊緊皺著眉頭，就像暴風雨即將來臨。

　　公爵夫人低聲下氣：「陛下，天氣真好啊！」

　　紅心王后大吼：「喂，我警告妳喔，」雙腳猛跺：「不是妳人滾蛋，就是妳腦袋搬家，任妳選擇！馬上給我決定！」

　　公爵夫人做出選擇，立刻消失。

　　紅心王后對愛麗絲說：「我們繼續打球吧，」愛麗絲嚇得說不出話，慢慢跟她走回槌球場。

　　其他賓客趁紅心王后不在時，都溜到樹蔭下乘涼，一見紅心王后回來，連忙回去繼續打球，紅心王后只有輕描淡寫的說，誰要耽擱片刻，腦袋就會搬家。

8　套用蘇格蘭俗諺的「歇後語」，前半句「豬也可以飛」，後半句「但不太可能」（"Pigs may fly, but it's not likely."）。

　　打球時，紅心王后不斷和其他與賽者吵架，動不動就大吼：「砍掉他的頭！」或「砍掉她的頭！」被她判刑的立刻被士兵押走，士兵一個接一個押解人犯離開，就沒有人當球門了，以至於半個鐘頭之後，球場上一個球門也沒有了，除了紅心國王、紅心王后及愛麗絲以外，所有的與賽者都遭到扣押和被判死刑。

　　終於，紅心王后停下來，上氣不接下氣，問愛麗絲：「妳見過假海龜先生嗎？」

　　愛麗絲回答：「沒見過，我甚至不知道假海龜是什麼。」

　　紅心王后說：「就是用來煮假海龜湯[9]的材料。」

　　愛麗絲說：「我從來沒見過，也沒聽過。」

　　紅心王后說：「那麼，來吧，他會說他的故事給妳聽。」

　　她倆離開時，愛麗絲聽見紅心國王低聲對大家說：「你們都被赦免了。」愛麗絲心想：「那倒是件好事！」先前還覺得很難過，因為紅心王后判了這麼多人死刑。

　　沒多久，她們看見一隻獅鷲[10]，在太陽下熟睡。（要是妳不曉得

9　插畫家譚尼爾有超人的幽默感和想像力，連有史以來根本不曾存在的動物，他都依照故事文意而畫得栩栩如生。在這一章〈假海龜的故事〉裡，譚尼爾把「假海龜」的長相畫成了牛頭、牛尾、龜身，原來西洋名菜有一道「海龜湯」（turtle soup），但因海龜取之不易價格昂貴，用不起真材實料的海龜，就改用廉價「小牛肉」（veal）煮成「假的」海龜湯（mock turtle soup）。這「假的」海龜湯（"mock" turtle soup）卻被路易斯・卡若爾故意說成用「假海龜」煮的湯（"mock turtle" soup），於是創造出「假海龜」這種匪夷所思的動物。譚尼爾變本加屬把「牛」和「龜」結合在一起，就像上帝一樣創造了空前絕後的生物「假海龜」。令人聯想到台灣滿街「薑母鴨」餐廳，為什麼用薑煮「母鴨」而不是「公鴨」？原來台語「薑母」是「老薑」，用老薑煮鴨肉，不分公鴨或母鴨。張華譯注的《挖開兔子洞——深入解讀愛麗絲漫遊奇境》做了一個巧妙比喻：好比「鹹鴨蛋」是「鹹鴨」所生的蛋。那以後鴨農只要養「鹹鴨」就可以了。

10　插畫家譚尼爾畫的「獅鷲」（Gryphon）也顛覆形象，沒有威武神聖的氣勢。

獅鷲是什麼，就看一下插圖吧。）紅心王后說：「起來，懶鬼！帶這位年輕女士去看假海龜先生，聽他說他自己的故事。我得回去了，去監督士兵們執行我下達的死刑命令。」說完就離開了，把愛麗絲留在獅鷲先生身邊。愛麗絲不太喜歡這隻怪獸的長相，但衡量整個情勢，覺得跟怪獸在一起，遠比跟那個兇暴紅心王后在一起安全多了，於是留下來等他醒來。

獅鷲先生坐起來，揉揉眼睛，看紅心王后走得不見人影，才咯咯笑起來，半對自己半對愛麗絲說：「多麼滑稽啊！」

愛麗絲問：「滑稽的是什麼？」

獅鷲先生說：「當然，是**她**啊，全都是她自個兒的幻想，妳知道嗎，根本沒人被處決。來吧！」

愛麗絲跟在後面慢慢走，心裡想：「這裡每個人動不動就說『來吧！』我這一輩子還沒這樣被人指使過，從來沒有！」

他們沒走多遠，就看見假海龜先生坐在遠處一塊岩石上，滿臉

「獅鷲」（或譯「鷹頭獅」、「獅身鷹」，也可寫成 griffin 或 griffon）是神話裡一種具有鷹首、鷹翼、鷹爪、獅身、獅尾的生物，不存在於現實世界，由於老鷹和獅子分別稱霸於空中和陸地，「獅鷲」因此被認為是神奇有力的超級神獸，常出現在中世紀宗教圖像或紋章圖案。中亞地區發現的恐龍化石，據說就是捍衛金礦寶藏的神獸。獅鷲也是牛津大學三一學院的院徽。1953 年為英國女王伊麗莎白二世加冕儀式而雕刻的十隻神獸，當中就有獅鷲的紋章，現存放皇家植物園 Kew Gardens。

悲傷又孤伶伶的，走近了，愛麗絲聽見他在嘆息，彷彿心都碎了似的，不由得深深憐惜，她問獅鷲先生：「他為什麼這麼悲傷？」獅鷲先生的回答跟之前的說法幾乎一模一樣：「那全都是他自個兒的幻想，妳知道嗎，他根本沒有悲傷可言。來吧！」

於是他們走向前去，假海龜先生淚汪汪的大眼睛看著他們，一句話也沒說。

獅鷲先生說：「這位年輕女士想聽聽你的故事。」

假海龜先生聲音低沉而空洞：「我會講給她聽，你們兩個都坐下來，我沒講完之前，不許你們說話。」

於是他們坐下來，好幾分鐘沒人說話。愛麗絲心想：「要是他遲遲不開口講，不曉得怎麼才能結束。」但還是耐心等待。

假海龜先生深深嘆了一口氣，終於說了：「從前，我是一隻真海龜。」

說完這幾個字，又是一陣漫長沉默，只有獅鷲先生偶爾驚叫一聲「呵喀呵！」，和假海龜先生不斷的啜泣聲。愛麗絲差點想站起來說：「先生，謝謝你這有趣的故事，」但忍不住又覺得故事應該還有下文，所以安靜坐著沒說話。

　　假海龜先生終於平靜下來，繼續說故事，只是依然不時啜泣，「我們小時候，在大海裡的學校上學，教我們的是一隻老『海龜』──我們叫他『陸龜』──」[11]

　　愛麗絲問：「既然他不是陸龜，你們為什麼叫他陸龜呢？」

　　假海龜先生氣呼呼：「我們叫他陸龜，因為他『教我們』[12]。妳真的很笨！」

　　獅鷲先生也補上一句：「妳真丟臉，問這麼簡單的問題。」然後，他們一聲不吭看著可憐的愛麗絲，愛麗絲巴不得有地洞鑽進去。最後，獅鷲先生對假海龜先生說：「老兄，繼續講吧！我們沒有那麼多時間好浪費！」於是他就繼續講下去。

　　「好吧，我們在大海裡的學校上學，說來妳大概不相信──」

　　愛麗絲打岔：「我並沒有說我不相信啊！」

　　假海龜先生說：「妳這不就說了嘛。」

　　不等愛麗絲再反駁，獅鷲先生又補了一句：「閉嘴！」假海龜先生接著講下去。

　　「我們接受最好的教育──事實上，我們每天上學──」

　　愛麗絲說：「我也是上全天制的學校，你不必這麼得意。[13]」

　　假海龜先生有點焦慮的問：「你們有額外收費嗎？」

　　愛麗絲說：「有啊，我們有額外學法文和音樂。」

　　假海龜先生問：「洗衣服有收費嗎？」

---

11 英文的「海龜」是turtle，「陸龜是」tortoise。

12 原文又是玩弄文字遊戲，利用發音相同的字詞："tortoise"（陸龜）和"taught us"（教我們）。

13 維多利亞時代教育尚未普及，貧苦孩童需要協助家計，不能全天上學，只能上教會辦的「週日學校」（Sunday school）或貧民學校（Ragged school），家境不錯的才能上「全日制學校」（day-school），家境好的則上昂貴的「公立學校」（public school）。

　　愛麗絲憤慨的說：「當然不用洗衣服！[14]」

　　假海龜先生鬆了一口氣：「啊！那你們的學校不是真正的好學校，而**我們**的學校收費單最後都列著一個項目：『法文、音樂和**洗衣服——額外收費**』[15]。」

　　愛麗絲說：「你們住在大海裡，不太需要洗衣服那一項。」

　　假海龜先生嘆一口氣：「我學不起那個項目的課程，只能學普通的課程。」

　　愛麗絲問：「那是些什麼課程？」

　　假海龜先生回答：「當然，一開始是『旋轉』和『蠕動』，然後是不同的算術——『野心』、『困惑』、『醜化』、『嘲弄』。[16]」

　　愛麗絲大膽的問：「我從來沒聽過『醜化』，那是什麼？」

　　獅鷲先生驚訝的舉起兩隻爪子大喊：「什麼！從沒聽過『醜化』！那妳總該知道什麼是『美化』吧？」

　　愛麗絲猶豫的說：「知道啊，意思是——把——東西——變得——漂亮一點。」

　　獅鷲先生接下去：「對呀，那麼，要是妳還不知道什麼是『醜

---

14 假海龜指的是「額外收費」的部分，而愛麗絲以為是「額外課程」的部分。

15 「住宿學校」（boarding-school）的收費單通常會註明「額外收費」的項目：法文、音樂、洗衣服，其中「洗衣服」指的是衣物包給宿舍清洗的費用。假海龜以為愛麗絲上的學校沒有這項收費服務，所以說她的學校不是真正的好學校，但稍後假海龜也說他付不起這個項目的額外課程。

16 原文裡作者大量玩弄文字遊戲，把學生在校所學的基本課程，全部轉換成「聲音相近似、意義卻荒謬」的詞彙，巧妙變化令人嘆為觀止，戲謔效果十足，學生讀來一定捧腹大笑。「閱讀」（Reading）變成「旋轉」（Reeling），「寫作」（Writing）變成「蠕動」（Writhing），「加法」（Addition）變成「野心」（Ambition），「減法」（Subtraction）變成「困惑」（Distraction），「乘法」（Multiplication）變成「醜化」（Uglification），「除法」（Division）變成「嘲弄」（Derision）。

化』，那妳就是個笨蛋。」

愛麗絲沒有勇氣再問相關問題，於是轉向假海龜先生：「你們還學些什麼？」

假海龜先生扳著爪子回答：「我們有『神秘學』——古代的和現代的，還有『海洋學』，還有『緩慢』——教『緩慢學』的老師是條老鰻魚，每週來上課一次，他教我們『緩慢』、『伸展』和『捲曲昏厥』。[17]」

愛麗絲問：「那是像什麼的課？」

假海龜先生說：「我沒辦法做給妳看，身體太僵硬，獅鷲先生也沒學會。」

獅鷲先生說：「沒時間學，不過我跟教『經典』的老師上過課，老師是隻老螃蟹，他真的是。」

假海龜先生嘆了一口氣說：「我沒上過他的課，他們說，他教『歡笑』和『悲傷』。[18]」

這回輪到獅鷲先生嘆氣：「沒錯，沒錯。」兩隻怪獸都用爪子摀著臉。

愛麗絲急忙轉變話題：「你們每天上幾小時的課？」

假海龜先生說：「第一天十小時，第二天九小時，依此遞減。」

愛麗絲驚嘆：「好奇怪的課表唷！」

獅鷲先生解釋：「所以才稱之為『功課』啊，因為一天比一天

---

17 「歷史」（History）變成「神秘學」（Mystery），「地理」（Geography）變成「海洋學」（Seaography），「繪畫」（Drawing）變成「緩慢」（Drawling），「素描」（Sketch）變成「伸展」（Stretch），「油畫」（Painting in Oil）變成「捲曲昏厥」（Fainting in Coils）。

18 「拉丁文」（Latin）變成「歡笑」（Laughing），「希臘文」（Greek）變成「悲傷」（Grief）。

『減少』。[19]」

又是一件新鮮事兒，愛麗絲想了一會兒：「那麼第十一天就是放假日了嗎？」

假海龜先生說：「當然是啊。」

愛麗絲急忙又問：「那第十二天你們做什麼？」

獅鷲先生語氣堅定的打岔：「上課的事[20]談得夠多了，講講遊戲的事給她聽吧。」

19　「功課」（lesson）和「減少」（lessen）是同音異義字。

20　路易斯‧卡若爾大規模巧妙善用雙關語、同音異義字等文字遊戲產生高度戲謔效果，把枯燥乏味的學校課程和教師們揶揄一番，多少也有苦中作樂的情趣，當過學童的大人小孩一定「於我心有戚戚焉」，很高興連路易斯‧卡若爾這個品學兼優的模範生，私底下也有一點叛逆性，抗拒「說教」、「填鴨」的教育。

第十章：龍蝦方塊舞

　　假海龜先生深深嘆口氣，用前鰭背面擦擦眼睛，看著愛麗絲，想說什麼，卻又泣不成聲，獅鷲先生說：「他喉嚨像卡了一根骨頭似的，」說完，開始搖晃他身體，捶打他背部，最後，假海龜先生終於恢復聲音，兩頰滾下眼淚，又繼續說：

　　「妳大概沒在海底長期住過──（愛麗絲說：「我沒有，」）──或許從來沒人介紹過龍蝦給妳──」（愛麗絲才剛要脫口而出：「我曾嚐過──」急忙煞住，改口說：「沒，從來沒有。」「──所以，妳根本沒概念龍蝦方塊舞[1]多麼美妙！」

　　愛麗絲說：「真的沒概念。那是哪一種舞蹈？」

　　獅鷲先生說：「是這樣的，先在海灘排成一行──」

　　假海龜先生說：「兩行！海豹、海龜、鮭魚等等，然後，等你把水母都清除乾淨──」

　　獅鷲先生又插嘴：「那樣通常會花上一段時間。」

―――――――――

1　「方塊舞」（quadrille）於十八世紀末創始於法國，因而稱為French quadrille。十九世紀初傳到英國，是上流社會的社交舞，當時很流行，愛麗絲‧黎竇家裡曾延聘私人教師教授她們這種相當複雜的國際標準舞（ball-room dance）。後來傳到美國，成為中西部鄉村土風舞，改稱square dance。由四對男女面對面圍成方形，彼此交換舞伴，不停變換隊形，配合節奏輕快的舞曲。

「──然後向前走兩步──」

獅鷲先生又喊：「各帶一隻龍蝦舞伴！」

假海龜先生說：「對，向前走兩步，面對舞伴──」

獅鷲先生繼續說：「──交換龍蝦，退兩步回原位。」

假海龜先生又說：「然後，把龍蝦──」

獅鷲先生騰空一跳，大叫一聲：「拋出去！」

「拋得越遠越好──」

獅鷲先生高聲喊：「游過去追牠們！」

假海龜先生大喊：「在海裡翻個觔斗！」狂熱的跳來跳去。

獅鷲先生又吼：「再一次交換龍蝦！」

假海龜先生說：「再游回岸上，這是第一節。」說完，聲調突然降下來。這兩隻怪獸剛才像瘋了一樣跳來跳去，現在忽然又安安靜靜坐下來，悲傷的看著愛麗絲。

愛麗絲膽怯的說：「那一定是很好看的舞蹈。」

假海龜先生問：「妳想看我們跳上一小段嗎？」

愛麗絲回答：「真的很想。」

假海龜先生對獅鷲先生說：「來吧，我們來跳第一節，沒有龍蝦舞伴我們也可以跳，

誰來唱歌？」

　　獅鷲先生說：「啊，你來唱吧，我忘了歌詞。」

　　於是，他們慎重其事跳起舞來，一圈一圈繞著愛麗絲，有時太靠近了，還不小心踩到她腳趾，一面跳一面用前爪打拍子。假海龜先生非常緩慢而悲傷的唱著：

> 鱈魚求蝸牛：可否走快點？
> 海豚在後面，踩著我尾巴。
> 龍蝦和海龜，匆匆快步走！
> 都在海灘等，要來舞會嗎？
> 要嗎不要嗎，要嗎不要嗎，要來舞會嗎？
> 要嗎不要嗎，要嗎不要嗎，要來舞會嗎？
>
> 你都不知道，那有多快活，
> 抱起龍蝦來，拋進大海中！
> 蝸牛說太遠，斜眼看我們——
> 向鱈魚道謝，沒法來舞會。
> 要嗎不要嗎，要嗎不要嗎，要來舞會嗎？
> 要嗎不要嗎，要嗎不要嗎，要去舞會嗎？
>
> 鱈魚回答道：太遠又怎樣？
> 這邊有海岸，那邊有海岸。
> 遠離英格蘭，靠近法蘭西——
> 不必臉蒼白，快點來舞會。
> 要嗎不要嗎，要嗎不要嗎，要來舞會嗎？
> 要嗎不要嗎，要嗎不要嗎，要來舞會嗎？[2]

愛麗絲說：「謝謝你們，跳得真好看，」很高興他們終於跳完了：「我真喜歡這首奇怪的鱈魚歌！」[2]

假海龜先生說：「噢，至於鱈魚嘛，牠們——當然哪，妳見過牠們吧？」

愛麗絲說：「是啊，我常常在餐——」連忙又克制自己。

假海龜先生說：「我不曉得『餐』在哪兒，不過，要是妳常見到牠們，當然知道牠們長什麼樣子。」

愛麗絲若有所思：「我想我知道，牠們嘴裡含著尾巴，全身沾滿麵包屑。[3]」

假海龜先生說：「麵包屑部分妳就錯了，海水會沖掉麵包屑，但牠們的尾巴**的確是**含在嘴裡，理由是——」這時假海龜先生打了個呵欠，閉上眼睛，對獅鷲先生說：「你來告訴她理由吧，還有一切的一切。」

獅鷲先生說：「理由是，牠們**將要**跟龍蝦跳舞，所以牠們也會被拋下海，所以也會被拋得很遠很遠，所以就把尾巴緊緊的含在嘴裡，所以尾巴就再也拿不出來了，這就是一切。」

愛麗絲說：「謝謝，這真有趣，我以前不知道鱈魚有這麼多趣事。」

2　作者諧擬瑪麗·豪葳特（Mary Howitt, 1799-1888）於1829年發表的〈蜘蛛與蒼蠅〉（"The Spider and the Fly"），詩中一隻奸詐狡猾的蜘蛛，設計勾引一隻天真無邪的蒼蠅，用盡誘惑和諂媚伎倆，引誘蒼蠅進入蜘蛛的家，蒼蠅果然上當。這首詩有強烈道德寓意和警示作用，奉勸世人不要輕易被騙。路易斯·卡若爾只有援用這首詩的格律而已，內容不太相干，因此不比對不翻譯。

3　愛麗絲說的是一種鱈魚的烹調料理，有一道法國菜叫 *merlan en colere*（英文是 whiting in anger，暫譯「暴躁鱈魚」），利用繩子捆綁或是其他方式扭轉魚身，將魚尾塞進魚嘴裡，沾上麵包屑，下鍋油炸，搭配荷蘭芹、檸檬、塔塔醬，熱騰騰的端上桌，外表看來暴躁上火或怒氣沖沖，菜的名稱因此而來。

　　獅鷲先生說：「要是妳想聽，我還會告訴妳更多，妳知道牠們為什麼被稱為鱈魚嗎？」

　　愛麗絲說：「從來沒想過，為什麼？」

　　獅鷲先生非常莊重的說：「**因為牠們被用來擦亮靴子和鞋子。[4]**」

　　愛麗絲大惑不解，懷疑的重複：「擦亮靴子和鞋子！」

　　獅鷲先生說：「那麼，妳的鞋子是怎麼擦亮的？我的意思是，妳的鞋子怎麼弄得這麼亮？」

　　愛麗絲低頭看看鞋子，想了一會兒才回答：「我想，是用黑鞋油擦亮的。[5]」

　　獅鷲先生語調低沉繼續說：「在海裡，靴子和鞋子是用鱈魚擦亮的，這下子妳懂了吧。」

　　愛麗絲語氣充滿好奇：「你們的靴子和鞋子是用什麼做的？」

　　獅鷲先生不耐煩的回答：「當然是用牛舌魚和鰻魚做的啊[6]，隨便一隻小蝦子都知道。」

　　愛麗絲腦海裡還餘波蕩漾著那首鱈魚歌，嘴裡說：「如果我是鱈魚，我就會跟海豚說：『拜託離我們遠一點，我們不想跟你們在一起！』」

4　原文whiting這個字，除了指「鱈魚」外，還指一種「白粉」，研磨天然碳酸鈣成粉末當作顏料，所以獅鷲說用來擦亮靴子和鞋子。

5　這裡巧妙運用「鱈魚」的英文whiting，字面有「刷成白色」的意思，而形成對比的是英文blacking這個字，字面上則有「抹黑或塗黑」的意思，抹上黑鞋油後再擦亮。

6　這裡隱藏著譯文看不出來的奧妙：原文soles and eels是一語雙關，但譯文無法「兼譯」，難免顧「此」失「彼」，非得用譯注說明不可。獅鷲不耐煩的原因是，他們的靴子和鞋子當然是用「牛舌魚」和「鰻魚」做的，但愛麗絲期待聽到是用「鞋底」和「鞋跟」做的，因為「鞋底」和「牛舌魚」都是sole，「鞋跟」heel的h不發音聽起來跟「鰻魚」eel一樣。

假海龜先生說：「鱈魚非得跟海豚走在一起不可，因為聰明的魚兒出門時，沒有不帶海豚同行的。」

愛麗絲極度驚訝：「真的不帶海豚不行嗎？」

假海龜先生說：「當然不行，要是有魚兒來跟我說，牠要出門旅行，我就一定問：『帶哪一隻海豚同行？』」

愛麗絲問：「你說的不會是『目的』吧？[7]」

假海龜先生有點惱火：「我說什麼，意思就是什麼。」獅鷲先生也補了一句：「來吧，講講妳的歷險故事給我們聽聽。」

愛麗絲有點怯生生的說：「我只能告訴你們——從今天早上開始的歷險故事，但沒法從昨天說起，因為昨天我是另外一個人。」

假海龜先生說：「解釋一下什麼意思。」

獅鷲先生很不耐煩：「不必！不必！先講歷險故事再說，別浪費時間解釋為什麼。」

於是，愛麗絲開始講她的歷險故事，打從第一次見到白兔先生開始。起初她有點兒緊張，因為這兩隻怪獸，一邊一個，緊緊挨著她坐，眼睛和嘴巴張得老大，講著講著，膽子才大起來。這兩位聽眾安安靜靜聽她說，說到怎樣背〈威廉老爹您老啦〉給毛毛蟲先生聽的時候，背的字詞全都錯了，這時假海龜先生深深吸了一口氣：「這真的很奇怪。」

獅鷲先生說：「說有多奇怪，就有多奇怪。」

假海龜先生若有所思的重複：「背的字詞全都錯了！」然後看著獅鷲先生，彷彿獅鷲先生有權威支使愛麗絲：「我想聽她背點別的，請她開始背吧。」

獅鷲先生說：「站起來，背〈懶鬼的心聲〉。」

愛麗絲心想：「這些怪獸真會發號施令，居然叫人家背課文！

7　原文裡「海豚」（porpoise）與「目的」（purpose）發音近似。

我寧可馬上回去上學。」不過，她還是站起來，開始背誦，偏偏滿腦子龍蝦方塊舞，幾乎不知自己在說什麼，當然背出來的句子的確很古怪：

聲音傳過來，龍蝦在說話，
把我烤焦黃，鬍鬚刷糖漿。
鴨子整眼皮，龍蝦整鼻子，
整理好儀容，腳趾朝外擺。
海灘退潮後，快活似雲雀，
罵起鯊魚來，絲毫不嘴軟。
等到漲潮時，鯊魚回身邊，
聲音又發抖，膽顫又心驚。[8]

獅鷲先生說：「這跟以前我小時候背的不一樣。」
假海龜先生說：「我從來沒聽過，不過似乎窮極無聊。」
愛麗絲沒說話，坐下來兩手摀著臉，不知道什麼時候事情才會

8　這首諧擬詩改編自以撒・華滋於 1715 年發表的勵志詩〈懶惰鬼〉（"The Sluggard"）第一、二段，奉勸世人不要偷懶貪睡而浪費寶貴光陰。原詩如下：

'Tis the voice of the sluggard; I heard him complain,	聲音傳過來，懶鬼在抱怨，
"You have waked me too soon, I must slumber again."	太早喚醒我，我還要再睡。
As the door on its hinges, so he on his bed,	門扉關又開，他還躺在床，
Turns his sides and his shoulders and his heavy head.	翻來又覆去，頭殼越沉重。
"A little more sleep, and a little more slumber;"	再睡一陣子，越睡越深沉，
Thus he wastes half his days, and his hours without number,	睡上大半天，指日不可數。
And when he gets up, he sits folding his hands,	終得起床來，掐指一算計，
Or walks about sauntering, or trifling he stands.	蹉跎大半生，虛擲好光陰。

再變回正常。

假海龜先生說：「我想聽她解釋一下。」

獅鷲先生急忙說：「她沒法解釋，再背下一段吧。」

假海龜先生堅持：「那牠的腳趾怎麼回事？牠用鼻子怎能把腳趾向外擺？[9]」

愛麗絲說：「那是準備跳舞的第一個姿勢，」不過，自己也被搞得糊裡糊塗，也想換個話題。

獅鷲先生又不耐煩了：「趕快背下一段詩吧，開頭是『我路過庭園』。」

愛麗絲不敢不服從，雖然知道一定也會背錯，還是顫抖著聲音開始背：

> 我路過庭園，眼角注意到，
> 貓頭鷹和豹，分享一個派——
> 豹吃得多多，派皮肉汁餡，
> 貓頭鷹吃少，只剩空盤子。
> 派餅吃完後，貓頭鷹請求，
> 可否特准我，湯匙進口袋。

9　由插圖可看出來，龍蝦擺的姿勢好像跳芭蕾舞的基本姿勢：腳跟合併靠攏，腳尖向外張開。

豹收下刀叉，吼出一大聲，
就此而宴罷——[10]

　　假海龜先生打岔：「要是妳不順便解釋一下，背這些東西又有什麼用處？這是我聽過最令人困惑的東西！」
　　獅鷲先生也說：「是啊，我看妳最好別背了。」愛麗絲聽了樂不可支。
　　獅鷲先生接著說：「我們再來跳一段龍蝦方塊舞，如何？不然就請假海龜先生為妳唱一首歌。」
　　愛麗絲回答：「哇，拜託，唱首歌，要是假海龜先生願意的話。」興致十分高昂，害得獅鷲先生有點不是滋味：「哼！毫無品味可言！老兄，唱那首〈海龜湯〉給她聽，好嗎？」
　　假海龜先生深深嘆口氣，依然泣不成聲[11]，開始唱道：

10　原文最後一句是 "And concluded the banquet by —"，作者故意隱而不言吊人胃口，而讀者也心照不宣，知道下面接的應該是 "eating the Owl"，美洲豹「吃掉貓頭鷹」當作最後一道菜，這是典型弱肉強食的例子，強勢者佔盡利益。這首諧擬詩改編自同一首詩〈懶惰鬼〉第三、四段，懶惰鬼潦倒墮落不思振作：

I pass'd by his garden, and saw the wild brier,	我路過庭園，看到野荊棘，
The thorn and the thistle grow broader and higher;	荊棘刺叢生，蔓延一叢叢。
The clothes that hang on him are turning to rags;	衣衫不蔽體，襤褸又破爛，
And his money still wastes till he starves or he begs.	花錢又浪費，餓了就乞討。

I made him a visit, still hoping to find	我去拜訪他，希望看到他，
That he took better care for improving his mind:	振作起精神，好好顧自己。
He told me his dreams, talked of eating and drinking;	他說起夢想，談到吃和喝，
But scarce reads his Bible, and never loves thinking.	很少讀聖經，從來不思考。

11　*Annotated Alice* 作者葛登納（108, n. 10）說：好幾個讀者來信告知，海龜頻頻落淚是有原因的，尤其是母海龜夜間上岸產卵時，因為爬蟲類動物的海龜，腎

香濃翠綠美味湯，
熱氣騰騰蓋碗裝！
珍饈美味誰不想？
晚餐來碗美味湯！
晚餐來碗美味湯！
　美──味──湯！
　美──味──湯！
晚餐來碗美味湯，
　美味美味湯！

勝過海味美味湯，
勝過山珍美味湯，
千金不換美味湯，
一碗只要兩便士，[12]
一碗只要兩便士，
千金不換美味湯。

臟無法代謝過多鹽分，因而生有一種特殊腺體，促進海龜透過管道將鹽分由眼角末端排出體外，被海水沖掉，但當海龜在陸地上時，這些分泌物就像眼淚不斷湧出。路易斯·卡若爾興趣廣泛，對動物學也有研究，當然了解此一現象，所以把海龜寫成老淚縱橫，一把辛酸一把淚。

12 抱歉譯文在此無法忠於原著，只好輔以譯注，以呈獻原著的文字俏皮。「千金不換美味湯，一碗只要兩便士」的原文很特別：

Who would not give all else for two P

ennyworth only of beautiful Soup?

路易斯·卡若爾為了兩行詩句都押同一尾韻，硬把是 pennyworth 這個字的第一個字母 p 拆下來，移到第一行最後面，以便 "two P" 連起來的發音成了 toup，以便和第二行的 Soup 押尾韻。

> *美——味——湯！*
> *美——味——湯！*
> *晚餐來碗美味湯，*
> *美味美味湯！*[13]

---

13 路易斯・卡若爾 於 1862 年 8 月 1 日在日記上記載：黎寶三姊妹們唱了一首流行
歌給他聽，那是賽勒斯（James M. Sayles）譜曲填詞的〈夜空星辰〉（"Star of
the Evening"）（1855），路易斯・卡若爾在此套用曲調改編成「美味湯」，三姊
妹們聽了一定額手稱慶。茲將原作歌曲翻譯如下：

1.

Beautiful star in Heav'n so bright,	美麗星辰高空掛，
Softly falls thy silv'ry light,	閃耀銀輝柔柔照，
As thou movest from earth afar,	天涯海角緩緩移，
Star of the evening, beautiful star.	夜空星辰美麗啊。

CHORUS	合唱
Beautiful star,	美麗星辰，
Beautiful star,	美麗星辰，
Star of the evening, beautiful star.	夜空星辰美麗啊。

2.

In Fancy's eye thou seem'st to say,	彷彿聽見妳呼喚，
Follow me, come from earth away,	快離塵世來相會，
Upwards thy spirit's pinions try,	振翅高飛來靈修，
To realms of peace beyond the sky,	九霄雲外是桃源。

3.

Shine on, oh star of love divine,	聖愛星辰永眷顧，
And may our soul's affection twine	但願此情連理伴，
Around thee as thou mov'st afar,	物換星移長相憶，
Star of the twilight, beautiful star,	晨曦星辰美麗啊。

　　獅鷲先生喊著：「再來合唱一遍！」假海龜先生正要加入，突然聽到遠處一聲大喊：「審判開始！」

　　獅鷲先生說：「來吧！」拉起愛麗絲的手，拔腿就跑，也不等歌唱完。

　　愛麗絲一面跑一面喘：「什麼審判？」但獅鷲先生跑得更快了，只回答：「來吧！」身後隨著微風飄來哀怨歌聲，越來越微弱：

　　　　晚餐來碗美味湯，
　　　　　美味美味湯！

第十一章：誰偷了水果蛋塔？

　　他們抵達時，紅心國王和紅心王后已經坐在王位上，旁邊圍了好大的一群——各種小小鳥獸，還有一整副撲克牌，紅心傑克站在他們前面，拴著鍊條，兩旁各有一個士兵押著。紅心國王旁邊是白兔先生，他一手拿著喇叭，另一手拿著一卷羊皮紙。法庭正中央有一張桌子桌上擺著一大盤水果蛋塔[1]，看來很好吃的樣子，愛麗絲忍不住也肚子餓了——心想：「希望審判快點結束，大家就能分享那些點心！」不過，看來這個機會不大，只好東看看西看看，打發時間。

　　愛麗絲從來沒上過法庭，但在書裡讀過，因此很高興懂得很多事物名稱，對自己說：「那是法官，因為他戴了一頂假髮。」

　　順便說明一下，那位法官就是紅心國王，他把王冠戴在假髮上面（若妳想知道他怎麼戴的，看看卷頭插畫就知道了〔編按頁134〕），樣子似乎不太舒服，的確也不太相稱。

1　原文的tart是一種小點心，類似蛋塔，用掌心大小、邊緣淺淺的杯狀（cup）酥餅皮，盛裝新鮮水果、酒漬水果、果醬，或其他餡料（如櫻桃、藍莓、杏子、洋梨、水蜜桃、椰子果醬等），再放入烤爐內烘烤。"tart"中文多譯為「水果餡餅」或「水果蛋糕」，不甚貼切，既然pie取其音譯成「派」已經相當大眾化，同理而言，tart也已常聽人說成「塔」，但譯為「水果塔」也容易誤導為水果堆砌成塔，此處譯為「水果蛋塔」差強人意。

愛麗絲又想：「那邊是陪審團的席位，而那十二隻動物，」（她不得不說是「動物」，因為他們有的是獸類，有的是鳥類）「我看牠們就是陪審員。」最後這個名詞還對自己說了兩三遍，相當引以為傲，也理所當然的相信，跟她同年齡的小女孩，沒有幾個懂得這些術語。不過，說成「陪審人」，其實也行得通。

這十二個陪審員都忙著在自己的石板[2]上擦擦寫寫，愛麗絲壓低聲音問獅鷲先生：「牠們在做什麼？審判都還沒開始呢，應該沒有什麼好寫的。」

獅鷲先生也壓低聲音回答：「牠們在寫名字，免得審判結束前忘了。」

愛麗絲憤慨的大聲說：「一群笨蛋！」但立刻住口，只聽見白兔先生喊道：「法庭內肅靜！」紅心國王戴上眼鏡，焦慮的東張西望，看看誰在講話。

愛麗絲轉頭越過肩膀去看，只見所有陪審員都在石板上寫下「一群笨蛋！」，其中一個不知道「笨」字怎麼寫，還拜託旁邊的告訴牠。愛麗絲心想：「不用等到審判結束，牠們的石板一定寫得一塌糊塗。」

有個陪審員的石筆刮得石板吱嘎響，愛麗絲沒法忍受，繞過法庭來到牠背後，逮到機會抽掉牠石筆，她動作之快，害得那個可憐的小小陪審員（就是比爾，那隻蜥蜴）完全不知怎麼回事，遍尋不著之後，不得不用一根手指寫字，但寫了也沒用，一整天下來石板上什麼也沒有寫。

紅心國王說：「傳令官，宣讀起訴書！」

2　當年英國小學裡，低年級學生做功課都用「石板」（slate）和「石筆」（slate pencil），到了高年級才用紙和筆。「鉛筆」原稱 lead pencil，後來石筆沒落不用，lead pencil 才統稱 pencil。

白兔先生揚起喇叭吹了三聲，
然後展開那卷羊皮紙，宣讀如下：

　　紅心王后做了蛋塔，

　　炎炎夏日做上整天：

　　紅心傑克偷了蛋塔，

　　全部帶走一個不剩！[3]

　　紅心國王對陪審團說：「宣
讀你們的裁決。」

　　白兔先生急忙制止：「還
沒！還沒！在那之前還有很多程
序呢！」

　　紅心國王說：「傳喚第一位證人。」白兔先生又吹響三聲喇
叭，接著大喊：「傳喚第一位證人！」

　　第一位證人是瘋帽匠。他進來時，一手拿著茶杯，另一手拿著

3　這首童謠作者不詳，出現於英國 1782 年 4 月號的 *The European Magazine*。全詩
　　兩大段，路易斯‧卡若爾只取前段，隻字未改，全詩如下：

　　　　The Queen of Hearts, she made some tarts,　　紅心王后做了蛋塔，

　　　　All on a summer day:　　　　　　　　　　　　炎炎夏日做上整天：

　　　　The Knave of Hearts, he stole those tarts,　　紅心傑克偷了蛋塔，

　　　　And took them quite away!　　　　　　　　　全部帶走一個不剩！

　　　　The King of Hearts, called for the tarts,　　　紅心國王搜尋蛋塔，

　　　　And beat the knave full sore;　　　　　　　打得小偷鼻青臉腫：

　　　　The Knave of Hearts brought back the tarts,　紅心傑克帶回蛋塔，

　　　　And vowed he'd steal no more.　　　　　　　發誓再也不偷蛋塔。

奶油麵包，開口說：「陛下，請原諒我帶這些東西進來，因為我還沒結束下午茶，就被傳喚過來了。」

紅心國王說：「你早該吃完了，什麼時候開始吃的？」

瘋帽匠看著三月兔，三月兔和睡鼠手挽著手一起跟進法庭。瘋帽匠說：「我想，大概是三月十四日吧。」

三月兔說：「十五日。」

睡鼠說：「十六日。」

紅心國王對陪審團說：「寫下來。」陪審團急忙把三個日期都寫在石板上，然後把三個日期加起來，把數字換算成幾先令幾便士。[4]

紅心國王對瘋帽匠說：「脫掉你的帽子。」

瘋帽匠說：「那不是我的帽子。」

紅心國王大喊：「**偷來的！**」轉向陪審團，牠們立刻寫下來當作備忘錄。

瘋帽匠補充解釋：「那是我準備賣的，所有的帽子，沒有一頂是我的，因為我是製帽匠。」

這時紅心王后戴上眼鏡，盯著瘋帽匠，嚇得他臉色蒼白，坐立不安。

紅心國王說：「開始作證吧，別緊張，不然我就當場處決你。」

這番話也根本沒有讓證人放輕鬆，他不停的一會兒換左腳站，一會兒換右腳站，神情緊張望著紅心王后，慌亂之餘，居然把茶杯咬了一口下來，而不是奶油麵包。

就在這時，愛麗絲突然冒出一股奇怪感覺，起先迷惑了一陣子，後來才弄清怎麼回事，原來她身體又開始變大，她想站起來離

4　英國幣制複雜但行之多年，1鎊（pound）等於20先令（shilling），1先令等於12便士（pence），換算十分麻煩，一直到1971年才改為十進位。

開法庭，後來念頭一轉，決定待下來，只要這兒還有空間容納得下她。

坐在愛麗絲旁的睡鼠說：「拜託不要擠我，我快喘不過氣了。」

愛麗絲溫和回答：「我也沒辦法，我正在長大。」

睡鼠說：「妳沒有權利在**這裡**長大。」

愛麗絲大膽的說：「別胡說八道了，你知道你自己也在長大。」

睡鼠說：「是啊，但我是照正常速度長大，不像妳那樣的荒唐方式。」說完，惱火的站起來，穿越法庭走到另一邊去。

就在此時，紅心王后眼睛一直盯著瘋帽匠看，睡鼠穿越法庭時，紅心王后對一個法庭役吏說：「把上次音樂會的歌唱家名單給我！」聽到這話，可憐的瘋帽匠嚇得全身發抖，抖得鞋子都掉了。

紅心國王又生氣的說：「不管你緊不緊張，開始作證吧，不然我就當場處決你。」

瘋帽匠聲音顫抖：「陛下，我是個可憐人，──我才剛剛開始喝茶──才喝了不到一個星期──由於奶油麵包變得這麼薄──又由於閃閃發亮的茶──」

紅心國王問：「閃閃發亮的**什麼**？」

瘋帽匠回答：「閃閃發亮的茶。」

紅心國王嚴厲的說：「廢話，閃閃發亮這個字當然是 T 開頭，你把我當傻瓜嗎？繼續說！」

瘋帽匠繼續說：「我是個可憐人，從那之後，很多東西都閃閃發亮──只是三月兔說──」

三月兔急忙打岔：「我沒說！」

瘋帽匠說：「你有說！」

三月兔又說：「我否認！」

紅心國王說：「他否認。那部分不算。」

瘋帽匠繼續說：「噢，不管怎樣，那可能是睡鼠說的──」說著，焦慮的張望，看看睡鼠會不會也否認，但是睡鼠睡著了，也沒否認。

瘋帽匠繼續說：「從那之後，我又切了一些奶油和麵包──」

一位陪審員問：「可是，睡鼠怎麼說的？」

瘋帽匠說：「我想不起來了。」

紅心國王說：「你必須想起來，不然我就處決你。」

悲慘的瘋帽匠扔下茶杯和奶油麵包，單膝下跪，開始說：「陛下，我是個可憐人。」

紅心國王說：「你**說話**的本領**真**是差勁。」

這時候，一隻天竺鼠突然歡呼起來，但立刻被法庭役吏壓制下去。（「壓制」這個字有點難，我需要稍微解釋一下，其實就是他們拿一個帆布袋，把天竺鼠塞進袋子裡，頭朝下腳朝上，袋口用繩子綁起來，然後坐在袋子上面。）

愛麗絲心想：「真高興親眼看見壓制是怎麼回事，以前常在報紙上看到，當審判結束時，『有人鼓掌喝采，但立刻被法庭役吏壓制』，現在才明白那是什麼意思。」

紅心國王繼續說：「要是沒有別的話說，你就可以退席了。」

瘋帽匠說：「事實上，我已經跪在地板上了，沒辦法再往下站了。」

紅心國王說：「那你就坐下吧[5]。」

這時候另一隻天竺鼠也歡呼起來，也立刻被壓制。

愛麗絲心想：「好啦，天竺鼠都被收拾了，現在，審判可以順利進行了。」

瘋帽匠說：「我寧可先喝完茶，」憂心忡忡看著紅心王后，紅心王后正在看上次音樂會的歌唱家名單。

紅心國王說：「你可以走了。」瘋帽匠趕忙離開法庭，連鞋子也顧不得穿便跑了。

紅心王后對一個役吏說：「——快去外面砍掉他的頭，」但役吏還沒到門口，瘋帽匠已跑得無影無蹤。

5　這裡也在玩弄文字遊戲，紅心國王要瘋帽匠 "stand down" 是要他「退席」；「退出證人席位」，而瘋帽匠回答沒法「往下站」，已經跪在地板上了。難怪國王無可奈何，只好要他 "sit down"「坐下」，sit 和 stand 又形成對比。

　　紅心國王說：「傳喚下一位證人。」

　　下一位證人是公爵夫人的廚娘，她手裡拿著一個胡椒罐子，還沒進到法庭裡，愛麗絲就猜到是誰了，因為靠近門口的人都打起噴嚏來。

　　紅心國王說：「開始作證吧。」

　　廚娘說：「我不作證。」

　　紅心國王焦慮的看著白兔先生，白兔先生壓低聲音：「陛下一定要盤問這位證人。」

　　紅心國王無可奈何：「好吧，要是非問不可，那我就問吧。」於是盤起雙臂，盯著廚娘，眉頭皺得眼睛都不見了，然後壓低聲音問：「水果蛋塔用什麼做的？」

　　廚娘回答：「大部分是胡椒。」

　　背後傳來昏昏欲睡的聲音：「神奇井水。」

　　紅心王后尖叫：「逮捕那隻睡鼠，砍掉牠的頭！趕牠出法庭！壓制牠！捏住牠！拔掉牠鬍子！」

　　整個法庭一片混亂，大家忙著把睡鼠趕出去，等一切搞定之後，廚娘也不見了。

　　紅心國王如釋重負：「沒關係！傳喚下一位證人。」然後低聲對紅心王后說：「親愛的，說真的，得由妳來盤問下一位證人了，我已經被弄得額頭都痛了！」

　　愛麗絲看著白兔先生來回檢閱那份名單，很好奇下一位證人會是誰，自言自語：「——他們到現在**還沒**問出什麼證據。」白兔先生接著尖聲高喊出來的名字竟然是：「愛麗絲！」她的驚訝可想而知。

第十二章：愛麗絲的證詞

愛麗絲回應：「在這兒！」慌亂中忘了自己剛剛已經長得又高又大，忙著站起來時，裙襬掃過陪審團席位[1]，把陪審員全都掀翻，落在下面觀眾頭上，滾得滿地都是，也讓她聯想起一星期前，不小心打翻金魚缸的那件事。

愛麗絲驚慌失措的喊：「唉呀，拜託原諒

1　原文 jury-box 是「陪審團席位」，有趣的是，插畫家譚尼爾也很有創意，把這十二隻小動物的陪審員裝在一個小「盒子」（box）裡，難怪愛麗絲走過去不小心把這一盒子小動物都打翻了，所以接下來愛麗絲才會聯想到前一陣子打翻金魚缸，滿地活蹦亂跳的金魚，就像這十二隻小動物滿地翻滾。仔細看看這幅插圖，路易斯·卡若爾後來在為五歲以下幼兒重新編寫的 *The Nursery "Alice"* 中明白指出這十二隻小動物分別是：青蛙、睡鼠、老鼠、雪貂、刺蝟、蜥蜴、鬥雞、鼴鼠、鴨子、松鼠、鶴鳥、幼鼠。

我！」急忙把牠們一個一個撿起來，腦子裡還一直想著上次打翻金魚缸的意外事件，隱約感覺，要是不趕快把牠們撿回陪審團席位，牠們就會死翹翹。

紅心國王嚴肅的宣布：「審判暫停，等待全體陪審員回歸原位——**全體**。」他加重語氣重複最後這個字，說話時眼睛緊緊盯著愛麗絲。

愛麗絲望著陪審員席位，才發現剛才匆忙之間，不小心把蜥蜴頭下腳上放反了，害得那隻可憐的小動物動彈不得，拚命擺動尾巴不斷掙扎，愛麗絲趕忙把牠抓起來，再放正，一面自言自語：「反正也沒什麼差別，我倒覺得，不管牠哪一頭朝上，對審判都沒什麼用處。」

等陪審員都從慌亂驚嚇中回神過來，石板和石筆也都找到了，擺回手裡，牠們又開始非常勤奮忙碌起來，記錄剛才發生的事，只有蜥蜴例外，牠好像驚嚇過度，什麼也做不了，只能張大嘴巴坐在那兒，眼睛瞪著法庭天花板。

紅心國王問愛麗絲：「妳對這個案件了解多少？」

愛麗絲回答：「不了解。」

紅心國王追問：「**絲毫**都不了解嗎？」

愛麗絲回答：「**絲毫**都不了解。」

紅心國王轉向陪審員：「這點很重要。」牠們正要在石板寫下這句話，白兔先生突然打岔：「陛下的意思，當然是，不重要，」口氣是畢恭畢敬，但說話當兒又對紅心國王擠眉弄眼。

紅心國王急忙改口：「當然，我的意思是，不重要，」說完，繼續喃喃自語：「重要——不重要——不重要——重要——」好像在推敲，哪一個字比較好聽。

陪審員有些寫下「重要」，有些寫下「不重要」。愛麗絲站的位置離牠們很近，石板上寫的字都看得一清二楚，心想：「隨牠們

怎麼寫，反正都無所謂。」

　　紅心國王也一直忙著在記事本上寫字，這時大喊一聲：「肅靜！」然後宣讀記事本上寫的：「第四十二條規定，**身高超過一哩者，一律退出法庭。**」

　　大家都看著愛麗絲。

　　愛麗絲說：「我並沒有一哩高。」

　　紅心國王說：「妳有。」

　　紅心王后補了一句：「快兩哩高了。」

　　愛麗絲說：「不管怎樣，我都不會退出法庭，再說，那也不是一條正式規定，你自己剛剛編出來的。」

　　紅心國王說：「這是筆記本裡最老的一條規定。」

　　愛麗絲說：「那麼，這該是第一條規定。」

　　紅心國王臉色蒼白，匆忙闔上記事本，聲音顫抖對陪審員說：「宣讀你們的裁決。」

　　白兔先生急忙跳起來：「稟告陛下，還有更多證據沒呈堂呢。這張紙條是剛剛撿到的。」

　　紅心王后問：「上面寫什麼？」

　　白兔先生說：「我還沒打開看，不過，好像是一封信，一個罪犯寫的——給某人的。」

　　紅心國王說：「當然是寫給某人的，除非是寫給沒人的，不過那就不尋常了。」

　　一個陪審員問：「寫給誰的？」

　　白兔先生說：「根本沒寫是給誰的，事實上，**外面什麼也沒寫，**」一面說一面打開紙條，然後說：「這根本不是一封信，而是一首詩。」

　　另一個陪審員問：「是罪犯的筆跡嗎？」

　　白兔先生說：「不，不是罪犯的筆跡，可是，這就怪透了。」

（陪審員全都滿臉疑惑。）

紅心國王說：「他一定是模仿某人的筆跡。」（陪審員又全都恍然大悟。）

紅心傑克說：「稟告陛下，那不是我寫的，沒有人能證明那是我寫的，信尾沒有簽名。」

紅心國王說：「要是你沒簽名，只會更麻煩。你**必定**是存心搞蛋，不然的話，你就會像個老實人，好好簽上名字。」

這時候，大家都鼓掌叫好，公認這是紅心國王當天說的第一句真正聰明的話。

紅心王后說：「那就**證明**他有罪。」

愛麗絲說：「那根本不能證明他有罪！你們甚至還不知道裡面寫的什麼！」

紅心國王說：「唸出來。」

白兔先生戴上眼鏡：「稟告陛下，我要從哪兒唸起呢？」

紅心國王嚴肅的說：「從頭開始唸，唸到結束時就停。」

以下便是白兔先生朗讀的詩句：

> 他們說你拜訪她家，
> 跟他聊起我的狀況：
> 她對我是讚譽有加，
> 但是說我不會游泳。

> 他們說我並未前往，
> 我們知道他未說謊：
> 若是她未緊迫盯人，
> 你會遇到何等狀況？

我給她一他們給二，
你們又給三個以上；
最後全都回你身邊，
當初全都來自我這。

是我或她遭遇不幸，
全都捲入倒楣事件，
拜託你來釋放他們，
歸還我等清白之身。

我心早有先入主見，
在她尚未大發雷霆，
一道障礙已然橫亙，
介乎他與我等之間。

勿讓他知她愛他們，
這點必須永保秘密，
他人一概不知底細，
秘密只有你我知曉。[2]

　　紅心國王搓搓雙手：「這是我們目前聽到最重要的證據，現在
請陪審團——」
　　愛麗絲說：「要是有人能夠解釋這首詩，我就給他六便士，我

2　這首詩修改自路易斯·卡若爾舊作 "She's All My Fancy Painted Him"（1855年發
　　表於自編小冊 Mischmasch），諧擬一首當年流行的歌謠，William Mee 的 "Alice
　　Gray"（1815），修改幅度相當大，在此不比對也不翻譯。

不認為這首詩有任何意義。」（這幾分鐘內她又長大許多，所以根本不怕打斷紅心國王的話）

陪審員們又寫在石板：「她不認為這首詩有任何意義，」但也沒人打算解釋。

紅心國王說：「要是這首詩沒意義，那就省掉很多麻煩，你也知道，我們也不需要解釋，而且我也不知道，」紅心國王把那張紙攤在膝蓋上，瞇著一隻眼睛看，繼續說：「不過，我好像看出一點端倪，『——但是說我不會游泳——』」說著轉向紅心傑克：「你不會游泳，對不對？」

紅心傑克傷心的搖搖頭：「我看來會游泳嗎？」（他當然不會游泳，因為他全身是紙片做的。）

紅心國王繼續讀詩喃喃自語：「那就對了，『我們知道他未說謊——』那當然——指的是陪審團，『我給她一他們給二——』當然指的是他把那些水果蛋塔——」

愛麗絲說：「但後面接著寫的是：『最後全都回你身邊。』」

紅心國王指著桌上水果蛋塔，得意洋洋的說：「當然，水果蛋塔就在那兒！事情再清楚不過了。再讀下去：『在她尚未大發雷霆——』」轉而問紅心王后：「親愛的，妳從未大發雷霆，對不對？」

紅心王后暴跳如

雷:「從未!」說著,拿起桌上的墨水瓶,瞄準蜥蜴砸過去。(可憐的小比爾,因為用手指在石板上根本寫不出字來,早已放棄了,但是,現在發現滿臉墨水流下來,立刻用手指蘸著墨水,在石板上寫個不停。)

紅心國王微笑著看了法庭一圈:「那麼,這些字眼就不符合你了。[3]」全場一片死寂。

紅心國王震怒之餘補了一句:「這是雙關語!」大家哈哈大笑。紅心國王又重複他那天已經講了快二十遍的話:「陪審團宣讀裁決。」

紅心王后說:「不行,不行!先判刑──再裁決。」

愛麗絲大聲喊:「簡直胡說八道!哪有先判刑的!」

紅心王后氣得臉色發紫:「閉上妳的嘴!」

3　這裡是「雙關語」(pun)的文字遊戲,原文 fit 有兩個意義:"have a fit" 意思是「大發雷霆、大發脾氣、大吃一驚、嚇了一跳」,前面那首詩裡就是用的這個意義。另一個意義是「符合、適合、恰當」,而此處 "Then the words don't *fit* you" 用的是這個意義。

愛麗絲說：「我偏不閉嘴！」

紅心王后尖聲高喊：「砍掉她的頭！」可是，沒人採取行動。

愛麗絲說：「誰理妳啊？」（這時候，她已經長大變回原來的正常身高了。[4]）「你們不過是一副紙做的撲克牌而已！」

聽到這話，所有的撲克牌全都飛了起來，向她撲過來，她尖叫一聲，又害怕又生氣，揮手想要撥開他們，卻發現自己躺在河岸邊，頭枕在姊姊腿上，姊姊正輕輕幫她拂去飄落臉上的枯葉。

姊姊說：「親愛的，愛麗絲，醒醒吧！看看，妳睡了這麼久！」

愛麗絲說：「喲，我作了一個好奇怪的夢啊！[5]」然後，把記得的一切都告訴姊姊，也就是妳剛剛讀到的種種奇特經歷，等她說完，姊姊親了她一下：「親愛的，這**的確**是個奇怪的夢，好吧，快去喝妳的下午茶，時候不早了。」於是愛麗絲起身離開，一面跑一面想：我作了好奇怪的夢啊。

愛麗絲離開後，姊姊留在原地，手托著頭，望著夕陽，回想小妹愛麗絲的奇妙經歷，想著想著，似乎自己也進入夢境，以下是她的夢：

起先，她夢見小小愛麗絲，看見她一雙小手環抱膝蓋，明亮專注的眼睛看著她——還清楚的聽見她聲音，看見她甩甩頭，想把**可能飄進眼睛的頭髮甩開**——她依然聽見，或彷彿聽見，妹妹夢中那些珍禽異獸，都在她周圍變得活生生起來。

4　此時愛麗絲體型又變大了，由30公分變回正常小女孩的120公分，對比之下，整個法庭彷彿是個娃娃屋。

5　作者一直到這裡才透露整個故事其實是一場夢，所以坊間很多譯本將本書書名（原文 *Alice's Adventures in Wonderland*）譯為「愛麗絲夢遊記」不甚妥當，甚至有誤導讀者之嫌，以為愛麗絲患了「夢遊症」，俗稱 sleepwalk，夢遊症的專業術語是 somnambulism（或稱 noctambulism）。中文世界第一個譯本，1922年趙元任的《阿麗思漫遊奇境記》，就沒有「夢」的字眼，符合原作者的旨意。

　　白兔先生匆匆經過時，她腳邊長長的草葉沙沙作響——受驚的老鼠穿越附近池塘時，揚起水花激濺聲——三月兔和朋友們喝著沒完沒了的下午茶，她也聽見杯盤碰撞聲，還有紅心王后處決可憐的賓客時，發號施令的尖銳叫聲，——還有鍋碗瓢盆摔破砸碎時，小豬嬰兒躺在公爵夫人膝上的噴嚏聲——還有獅鷲先生的嘶吼聲，蜥蜴用石筆寫字時摩擦石板的吱嘎聲，還有天竺鼠被壓制時的窒息喘氣聲，混合著遠處假海龜先生的悽慘啜泣聲，種種聲音都在空中迴盪。

　　於是，她坐起來，閉著眼睛，半相信自己也身處奇境，明明知道一睜開眼睛，就會回到單調的現實世界——草葉只會在微風吹過時沙沙作響，池塘只會在蘆葦擺動時出現漣漪——杯盤碰撞只會變成羊鈴叮噹聲，紅心王后尖叫只會變成牧童吆喝聲——嬰兒的噴嚏聲、獅鷲先生的嘶吼聲，還有各種奇妙聲音，（她很明白）都會變成農村忙亂的喧囂——遠處牛群的哞叫也會取代假海龜先生的啜泣。

　　最後，她想像這個妹妹將來長大成人後會是什麼樣子，到時候這個妹妹也會變成女人，想像她在往後成熟歲月裡，依然保持童年時代的清純愛心，想像眾多孩子圍繞她身邊，他們個個眼睛發亮全神貫注，聽她講述許多奇妙故事，尤其是幻遊奇境故事，想像她會分擔孩子們的淡淡哀愁，分享孩子們的純純喜樂，重溫自己童年舊夢，還有那快樂的夏日時光。

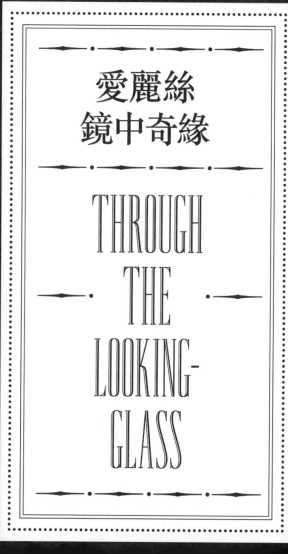

愛麗絲
鏡中奇緣

THROUGH
THE
LOOKING-
GLASS

目 錄

天真孩兒眉毛上揚，[1]
夢幻奇境歷歷如繪！
光陰似箭日月如梭，
妳我相差大半輩子，[2]
看妳高興笑容燦爛，
獻上童話深情禮物。

久未見妳和煦笑靨，
久未聽妳銀鈴笑聲，
往後人生花樣年華，
是否有我一席之地──
足以重溫童年舊夢，
再度聆聽童話故事。

當年故事始於昔日，
夏日驕陽高懸在上──
一篇樂章節奏呼應，
陣陣搖槳起起伏伏──
如今旋律封存記憶，

---

1 *Through the Looking-Glass*（《愛麗絲鏡中奇緣》）首次出版於1871年年底時，在這首「卷頭詩」之前原有「棋譜」圖形，解釋愛麗絲這個「白棋卒子」（White Pawn）如何移動、如何到第十一步棋勝出，書中各角色都列表分配位置。但讀者紛紛質疑似有矛盾，路易斯‧卡若爾自己也坦承錯誤，於1897年修訂新版本取消，往後版本都未見此一棋譜，本譯注也略過。有興趣讀者請參見張華譯注《愛麗絲鏡中棋緣──深入解讀愛麗絲走進鏡子裡》的詳盡解釋。

2 這本 *Through the Looking-Glass* 於1871年出版時路易斯‧卡若爾已近40歲，愛麗絲‧黎竇也近20歲，相差了大半輩子。

稱羨之餘只得淡忘。

快來聆聽唯恐錯過，
歲月蹉跎青春不再，
落得寂寞獨守空閨，
小姑獨處抑鬱而終！
如今我等皆已成長，
難再忍受床邊故事。

屋外一片冰天雪地，
狂風怒吼寒冬刺骨——
屋內爐火溫暖融融，
孩童擁被高枕無憂，
神奇故事引人入勝，
誰管屋外狂風暴雨。

儘管難免幾聲嘆息，
故事依舊迷人有趣，
即使夏日時光已逝，
歡樂歲月一去不返——[3]
傷感陰影毫不抹煞，
童話故事幸福愉悅。[4]

3　呼應前一本書《愛麗絲幻遊奇境》「卷頭詩」夏日出遊時的美好時光。

4　「童話故事幸福愉悅」原文 "The pleasance of our fairy-tale"，當中的 pleasance 意思是「幸福、愉悅、滿足、享樂」，也是女子名字，更是愛麗絲‧黎寶（Alice Pleasance Liddell）的中間名（middle name）。

第一章：鏡中屋[1]

　　千真萬確的就是：小白貓跟這檔子事毫不相干——全都是小黑貓的錯，因為剛剛那一刻鐘內，老貓一直在幫小白貓洗臉（整體而言，洗得相當徹底），所以，妳知道小白貓不可能插手來搗蛋。

　　黛娜幫孩子洗臉一向都是這麼洗的：先用一隻爪子按住小傢伙的耳朵，再用另一隻爪子搓洗整張臉，從鼻子開始，反方向搓洗。現在，正像我說的，牠正專心幫小白貓洗臉，小白貓乖乖躺著，喵喵作聲——不用說，牠也知道那是為了牠好。

　　而小黑貓早在下午就洗過臉了，所以，就在愛麗絲捲著身子縮在大沙發角落，喃喃自語昏昏欲睡時，小黑貓把愛麗絲辛辛苦苦捲好的毛線球，當成玩具玩得非常起勁，滾來滾去，滾得毛線球又散開了，散在壁爐前地毯上，糾纏打結一塌糊塗，而牠還在上面追著

1　既然 *Alice's Adventures in Wonderland*（《愛麗絲幻遊奇境》）大為暢銷，路易斯・卡若爾乘勝追擊立刻著手寫續集，寫完之後再度央請譚尼爾繪製插圖，卻被聲名大噪的他一口回絕。於是聯絡其他插畫家，但都不成，最後耗費兩年半時間說服譚尼爾。六年之後，*Through the Looking-Glass*（《愛麗絲鏡中奇緣》）終於在1871年出版（參見劉鳳芯，〈《愛麗絲夢遊仙境＆鏡中奇緣》導讀〉，頁130）。拖延了這麼多年，彷彿冥冥之中自有安排成其美事，否則換了其他插畫家，風格一定出入很大，就不是「文本」與「插畫」圖文並茂了。

自己尾巴轉圈圈。

　　愛麗絲大叫：「唉唷，妳這個小壞蛋！」抓起小黑貓，輕輕親了一下，讓牠明白牠闖了禍，還補上一句：「真的，黛娜應該教妳一點規矩！」然後，滿眼責備看著那隻老貓，裝出生氣的聲音：「黛娜，妳真的**應該教牠一點規矩**，妳也知道該教的！」說完，抱起小黑貓，撿起毛線球，坐回沙發裡，又開始捲毛線。她慢條斯理捲著，嘴裡不停說話，有時候對小貓說，有時候對自己說。小貓凱蒂[2]一本正經坐她膝上，假裝專心看她捲毛線，三不五時伸出前爪，摸摸毛線球，好像很想幫忙似的，要是幫得上。

　　愛麗絲問：「凱蒂，妳知道明天是什麼日子嗎？跟我一起去窗戶邊，就猜得到了——只有黛娜才能幫妳洗乾淨，妳自己辦不到。我看到男生們撿樹枝準備生營火[3]——凱蒂，生個營火要很多樹枝

2　據說風靡全世界的日本卡通人物「凱蒂貓」（Hello Kitty）創作靈感即來自《愛麗絲鏡中奇緣》的這隻小貓Kitty，雖然本書中牠是隻小黑貓，Hello Kitty明顯是隻小白貓。但是這個說法被當事人否認。

3　此處顯示當天是11月4日，因為第二天是Guy Fawkes Day（「英國煙火節」，又

呢！偏偏天氣這麼冷，又下這麼大的雪，他們只好算了。沒關係，
凱蒂，我們明天再過去看他們生營火。」說著，愛麗絲在小貓脖子
上繞了兩三圈毛線，看看是什麼模樣，卻不小心把毛線球給掉了，
毛線球滾到地板上，又散得到處都是。

把牠們弄妥當了，愛麗絲繼續說：「凱蒂，妳知道嗎，我實在
很生氣，看看妳調皮搗蛋搞成這樣，真想打開窗戶，把妳扔到雪地
裡算了！而妳這個淘氣的小可愛，也活該受罰！還有什麼話說？現
在，不許再打斷我說話！」說著，舉起一根手指制止牠，接著又
說：「我要數一數妳犯了哪些錯，第一個錯：今天早上黛娜幫妳洗
臉時，妳叫了兩聲，凱蒂，妳不否認吧，我親耳聽見妳叫了！妳說
什麼？」（假裝小貓在說話。）「牠的爪子碰到妳眼睛了？那可是妳
的錯，妳不該張著眼睛——要是妳眼睛閉著，就不會發生這種事
了。好啦，別再找藉口了，聽我說話！第二個錯：我在雪花面前放
了一碟牛奶，妳卻用尾巴把雪花⁴撥開！什麼，妳也口渴了，是
嗎？那妳怎麼知道雪花就不口渴？至於第三個錯：妳趁我不注意，
把毛線球全都拆散了！」

「凱蒂，這就是妳犯的三個錯，而妳還沒受到任何懲罰呢。妳

稱 Bonfire Night），男孩子們要撿樹枝生營火，依照四百多年來的傳統紀念這個
特殊日子。Guy Fawkes 是一位天主教徒士兵，在國會地窖放置火藥，打算趁上
議院大廈落成這一天（1605 年 11 月 5 日），一舉炸死所有的國會議員及英國國
王詹姆士一世，後因消息走漏被捕判刑。英國稱 11 月 5 日為 Guy Fawkes Day，
紀念王室成員及國會議員們躲過一劫，從此英國國教正式與天主教切割，國會
新會期間必有一個搜查地下室的儀式，施放煙火並舉行營火晚會。根據路易
斯・卡若爾外甥為他寫的傳記，當年他剛入牛津大學時宿舍額滿，一位講師讓
出 Peckwater Quadrangle 房間給他暫住，房間窗口看出去正是營火晚會地點。

4　「雪花」（Snowdrop）是路易斯・卡若爾借用朋友女兒的愛貓名字。Snowdrop
也是一種植物「雪花蓮」（石蒜科），開白色小花。

知道，我把妳該受的懲罰都先存起來，等到下星期三再一起算總
帳──搞不好他們大人也把**我該受**的所有懲罰，都先存起來了！」
愛麗絲繼續說，彷彿是對自己而不是對貓咪：「到了年底他們**會**怎
樣？到了那一天，我猜，一定把我關進監牢。或是──讓我想
想──要是每次懲罰都是不准吃晚餐，那麼，等那倒楣日子來了，
我可能要一口氣連續餓上五十頓了！哼，我才不**那麼**在乎呢，寧可
挨餓，也不要吃飯！」

　　「凱蒂，妳聽得到雪花片片打在窗格上嗎？多麼好聽、多麼溫

柔啊！好像從外面不停的親吻整片窗格[5]。我在想，雪花是不是也深愛樹林和田野，才會那麼溫柔的親吻它們？雪花像一條白色棉被，把它們舒舒服服的蓋著，搞不好還對它們說：『親愛的，安睡吧，一覺睡到夏天來臨。』凱蒂，到了夏天等它們醒來，都會穿上全身綠色衣服——風一吹，就會隨風起舞，哇，好看極了！」愛麗絲高興的拍起手來叫喊，毛線球又掉落下來，「多麼希望這一切都是真的呀！我相信，到了秋天，樹葉全都變黃，樹林也昏昏欲睡。」

「凱蒂，妳會下棋嗎？喲，親愛的，不要笑，我是當真的，因為我們剛才下棋時，妳在旁邊好像都看得懂，我喊『將軍！』，妳還喵了一聲呢！凱蒂，那一軍將得真是棒，真的，要不是半路殺出那個討厭的騎士，攪亂了我的棋子，我還差點贏了那盤棋。凱蒂，來吧，我們來假裝——」這裡，我得先跟妳大致說明一下，愛麗絲的口頭禪就是「我們來假裝——」。就在前一天，愛麗絲剛跟姊姊爭論了好久，因為愛麗絲說：「我們來假裝是國王們和王后們，」而她那一向喜歡精準的姊姊反駁說，她們只有兩個人，不可能同時假裝國王們和王后們，愛麗絲不得不讓步：「好吧，那妳來假裝其中的一個，我來假裝其他的。」還有一次，她把老奶媽真的嚇壞了，因為對著她耳朵大喊：「奶媽！我們來假裝，我是一隻飢餓的非洲土狼，妳是一根骨頭。」

趕快言歸正傳，回到愛麗絲對貓咪說話。「凱蒂，我們來假裝一下，假裝妳是那個紅棋王后。要是妳坐直起來，盤起雙臂，簡直像透了她，來吧，試試看，嗯，這才是乖寶寶！」說著，愛麗絲拿起桌上的紅棋王后，豎立在貓咪面前，給牠當榜樣，偏偏小傢伙不領情，愛麗絲只好說，因為小貓沒法盤起手臂。於是，為了懲罰

5　《愛麗絲鏡中奇緣》場景設在冬天的11月4日，而《愛麗絲幻遊奇境》場景設在夏天的5月4日，整整隔上半年。

牠，愛麗絲抓起小貓咪，湊到鏡子前面，叫牠瞧瞧牠那一副繃著臉的模樣——還補了一句：「要是妳不乖乖聽話，我就把妳推到鏡中屋裡面去，妳喜歡那樣嗎？」

「凱蒂，要是妳專心聽，不再說這麼多話，我就告訴妳鏡中屋的事。首先，透過鏡子，會看到一個房間——跟我們的客廳一模一樣，只是裡面的東西都跟我們的左右相反。我站上椅子，就看得到那裡面的一切——除了壁爐後面。噢！真希望也看得到壁爐後面那一部分！真希望知道，冬天他們是不是也生火取暖，根本分辨不出來，除非我們壁爐裡有火在冒煙，那個房間壁爐裡才也有火在冒煙——不過，一切可能只是假裝的，為了讓他們壁爐看來也有火。還有，他們的書本也像我們的，只是書上文字都是反的，我當然知道，因為我曾在鏡子前舉起一本書，而在那個房間裡他們也會舉起一本書。」

「凱蒂，想不想去住在鏡中屋裡面？不知道在那兒他們會不會餵妳喝牛奶？搞不好鏡中屋裡的牛奶不好喝——啊，凱蒂，過來看看走道，妳會瞄到鏡中屋裡面也有一條走道，要是客廳門大開著，妳盡量往裡看，會看到那走道跟我們的很相似，只是走進裡面可能大不相同。噢，凱蒂！要是能夠穿透鏡子，去到鏡中屋裡面，該有多好啊！噢，裡面一定有很多漂亮東西！凱蒂，我們來假裝，不管怎樣，一定有一條路可以通到那裡面。我們來假裝，整片鏡子軟得像一層薄紗，就可以穿透過去。唉唷，它真的變成一層薄霧了，真的呢！要穿透可就容易了——」說著說著，她已經爬上壁爐檯面，連她自己也不記得怎麼爬上去的。而鏡子居然也開始融化，真的就像一層明亮銀白的薄霧。

頃刻之間，愛麗絲已經穿透鏡子[6]，輕輕跳下壁爐檯面，來到鏡中屋裡。她進來後第一件事，就是看看壁爐裡有沒有生火，很高興壁爐裡真的有火，爐火熊熊燃燒，就像她剛離開的那個房間一樣。愛麗絲心想：「這樣我會很暖和，像在老家屋子一樣，而且更暖和，因為這裡沒有人會逼我離爐火遠一點。他們透過鏡子看見我在這邊，卻管不著我，哇！多麼痛快呀！」

接著看看四周，果然注意到老家屋子裡的東西，在這裡也一樣普通又乏味，但其他東西就大不相同了，譬如壁爐旁牆壁上掛的那些圖畫，看起來都栩栩如生，還有，壁爐檯面擺的那一座鐘（原先鏡子裡只看到背面），現在居然是一張小老頭的臉，咧著嘴對她笑。

愛麗絲注意到壁爐灰燼裡有幾個棋子，心想：「他們也沒把這裡打掃得像老家一樣乾淨。」片刻之後，又嚇得「唉唷！」一聲，因為她趴下去看這些棋子時，只見棋子正走來走去，還成雙成對呢！

愛麗絲說（輕聲輕語，免得嚇到它們）：「這是紅棋國王

6　愛麗絲穿越鏡子的兩幅插圖譚尼爾畫得十分傳神，前一幅是愛麗絲穿越鏡子前的背影，後一幅是愛麗絲穿越鏡子後的正面，畫中所有細節完全對映，彷彿鏡中畫。而路易斯·卡若爾更是匠心獨運，堅持兩幅插圖必須安排在同一書頁背對背的兩面，互相呼應，這樣讀者翻頁時也等於穿透鏡面跨越世界，彷彿那一頁紙就是那一面鏡子。讀者不妨前後多多翻閱，體驗穿越鏡面的效果。

和紅棋王后，那邊坐在鐵鏟旁的是白棋國王和白棋王后[7]——這邊手挽著手走來走去的，是兩只城堡棋——我猜它們一定聽不到我說話，」於是低下頭去，更靠近它們，繼續說：「而且我也相信，它們看不見我，我好像快要變成隱形人——」

這時候，愛麗絲背後桌子傳來嘎嘎作響的聲音，連忙轉身，只見一個白棋卒子滾倒在棋盤上，雙腳猛踢，她非常好奇的盯著它，看下一步會發生什麼事。

白棋王后大叫一聲：「那是我孩子的聲音！」接著衝了過去，用勁太猛，把白棋國王撞得四腳朝天，倒在灰燼裡，「我的寶貝莉莉！我的金枝玉葉小公主！」說著，連滾帶爬攀上火炭圍欄。

白棋國王揉著撞傷的鼻子：「胡說八道的金枝玉葉！[8]」當然名正言順對白棋王后有一點點惱火，因為他從頭到腳都沾滿灰燼。

愛麗絲急著想幫忙，聽到可憐的小莉莉哭叫得快昏過去了，連忙拎起白棋王后，直接放在桌子上，放在哭鬧小女兒的身邊。

白棋王后坐下來，大口喘氣，剛才那快速的高空旅行，嚇得她喘不過氣，有一兩分鐘之久完全動彈不得，只能摟著小莉莉說不出話。等呼吸稍微順暢，立刻朝著白棋國王大喊：「當心那座火山！」而白棋國王還氣呼呼坐在灰燼裡。

白棋國王問：「哪座火山？」焦慮的望著爐火，以為火山最可能在那裡。

白棋王后氣喘吁吁：「把我——噴上來——的那座火山，拜託

7　為了避免混淆，《愛麗絲幻遊奇境》裡的 King of Hearts 和 Queen of Hearts 譯成「紅心國王」和「紅心王后」，《愛麗絲鏡中奇緣》裡的 Red King 和 Red Queen 譯成「紅棋國王」和「紅棋王后」。

8　原文 imperial fiddlestick!，fiddlestick 除了指小提琴的「琴弓」，也指「胡扯廢話、胡說八道」。

你上來——照正常走路方式——不要被火山噴上來！」

愛麗絲看著白棋國王慢慢沿著鐵欄杆，一級一級吃力爬上來，終於忍不住：「唉唷，照你那種速度，要爬上好幾個鐘頭，才能爬到桌子上，我還是幫你一把，好吧？」但白棋國王根本沒注意她說什麼，顯然聽不到也看不見她。

於是，愛麗絲小心翼翼的拎起他，比剛才拎起白棋王后時慢很多，免得他也嚇得喘不過氣。不過，還沒把他放在桌子上，愛麗絲突然想到，既然他全身沾滿灰燼，應該順便幫他撢一撢。

愛麗絲後來說，她一輩子也沒看過像白棋國王那樣嚇破膽的表情。白棋國王發現自己被一隻隱形手抓在半空中，身上灰燼被撢掉，嚇得連一聲也哼不出來，眼睛和嘴巴越張越大，越張越圓，愛麗絲笑得全身搖晃，手也抖得差點害他掉在地板上。

她嘴裡喊：「噢！親愛的，**拜託別扮那副鬼臉！**」忘了白棋國王根本聽不到她說什麼，「害我笑得差點抓不住你了！嘴巴別張那麼大！不然灰燼會跑進嘴巴裡——好啦，現在夠乾淨了吧！」說完，理理他的頭髮，把他放在桌子上白棋王后身邊。

白棋國王當場仰面倒下，直挺挺躺著，愛麗絲被自己幹的好事嚇慌了，連忙在屋內四處找尋，看看能不能找點水潑他身上，可是什麼也沒找到，只找到一瓶墨水，等她帶著墨水回來，白棋國王已經恢復知覺，正跟白棋王后竊竊私語，語氣驚慌——低沉得愛麗絲幾乎聽不到。

　　白棋國王說：「親愛的，跟妳保證，我全身冰冷，冷到絡腮鬍的末梢啦！」

　　白棋王后回應：「你根本沒有任何絡腮鬍[9]。」

　　白棋國王繼續說：「剛才那恐怖的一刻，我一輩子永遠、**永遠**忘不了！」

　　白棋王后說：「要是你不寫個備忘錄，一定會忘光光。」

　　愛麗絲興致勃勃在旁觀看，看白棋國王從口袋裡掏出一本巨大的備忘錄，開始寫字。突然一個念頭閃過，便抓住那根石筆末端，越過他肩膀，幫他寫起字來。

　　可憐的白棋國王又困惑又生氣，拚命跟那支石筆奮鬥，說不出

話來，但愛麗絲力氣比他大得多，最後他氣喘吁吁：「老天爺啊！我真的必須換一根比較細的石筆，這一根我完全使喚不得，它寫出來的字都不是我要寫的──」

　　白棋王后問：「寫的什麼呀？」探頭看看備忘錄（愛麗絲幫他寫的是「白棋騎士從火鉗上滑下來，無法保持平衡」）：「備忘錄上寫的，不是你的想法啊！」

9　原文 whiskers 這個字在英國指的是 sideburns（絡腮鬍、側鬢，或鬢毛），而非一般下巴長的「鬍」（beard）或嘴唇上方的「髭」（mustache）。《愛麗絲鏡中奇緣》第一章和第七章的插圖裡，白棋國王下巴都只有鬍鬚，所以王后說的是國王沒有絡腮鬍。

　　愛麗絲坐在那兒看著白棋國王（因為還有點擔心，手裡拿著那瓶墨水，以備萬一他又昏倒，還可潑他身上），看到身旁桌子上有一本書，順手翻了幾頁，想找讀得懂的，卻只能對自己說：「——都是我看不懂的文字。」

　　書上這麼寫的：

龍巨洞空

，難白嚅蠕滑軟，間朝餐烤逢時
；洞鑽坪草晷日，鑽錐又轉螺又
，恐驚兒鳥褸襤，憐悲弱虛身全
。欷歔哮嚎日終，園鄉走迷豬綠

　　愛麗絲困惑良久，終於頓悟：「唉唷，當然囉，這是鏡中書啊！只要拿到鏡子前面，顛倒的字就會變正了。[10]」以下就是她讀到的這首詩。

空洞巨龍[11]

時逢烤餐時間，軟滑蠕動白獲，
又螺轉又錐鑽，日晷草坪鑽洞；
全身虛弱悲憐，襤褸鳥兒驚恐，
綠豬迷走鄉園，終日嚎哮歔欷。

10　路易斯‧卡若爾曾經多次用這種「鏡體字」寫信給他的孩童朋友們（child-friends）。

11　〈空洞巨龍〉（"Jabberwocky"）也成為英文世界中最有名、也最難懂的「無稽詩」，幸虧到了第六章Humpty Dumpty幫忙解惑詮釋，否則愛麗絲與讀者真的

個個警告子孫，提防空洞巨龍，
牠的巨顎撕咬，牠的巨爪掐箝，
提防聒噪猛禽，避之唯恐不及，
提防擷命怪獸，隨時劫走生命。[12]

勇士緊握利劍，雙手用勁揮舞，
持久奮戰巨龍，勇敢對抗邪惡，
無奈強弱懸殊，力竭棲息一旁，
腦中沉思片刻，思索如何智取。

思緒馳騁縱橫，終究想出計策，
空洞巨龍再現，火眼猛冒凶光，
氣勢儼然凌厲，噴火吐氣連連，
昂首叫囂恫嚇，果然來勢洶洶。

不知所云，原來是路易斯・卡若爾發明創造的。原文Jabberwocky指的是「毫
無意義」或「莫名其妙」的無聊話語，《愛麗絲鏡中奇緣》裡的這首詩也成為
英文中最有名的「無稽詩」（nonsense poem），雖然其中有些字詞意義不明，
但韻律鏗鏘，節奏分明，朗朗上口，十九世紀後葉孩童常掛嘴邊，後世也多引
經據典或爭相仿效，譯成多國文字更挑戰翻譯功力。有趣的是，這首「無稽
詩」幾乎沒有一個標準的翻譯版本，所有譯者各憑本事、各自表述、各顯神
通。這首詩靈感據說來自路易斯・卡若爾家鄉小鎮Croft-on-Tees南方河流River
Tees河口的村莊Stockburn，根據古老傳說有一隻名叫Stockburn Worm的翼蛇龍
（winged serpent），被John Conyers以寶劍屠殺，屠龍寶劍現存教堂展覽。我因
此將Jabberwocky這首詩翻譯成「空洞巨龍」。

12 「聒噪猛禽」（"Jujub bird"）和「擷命怪獸」（"Bandersnatch"）都是路易斯・卡
若爾虛構出來的恐怖動物，這兩種怪獸後來也出現在他的無稽史詩 The Hunting
of the Snark 當中。

進退閃躲一二，旁敲側擊策略，
利劍刀刃猛揮，一如雷鳴萬鈞，
空洞巨龍不敵，終於身首異處，
勇士步履鑿鑿，提著首級凱旋。[13]

---

13 "galumph" 為路易斯‧卡若爾首創的「複合字詞」（portmanteau），是兩種意義
　　合併成一個字，結合 "gallop"（馬匹快步飛奔疾馳）和 "triumph"（勝利凱旋）而
　　成，表示勇士利劍猛揮，讓巨龍身首異處，然後「步履鑿鑿，提著巨龍首級凱
　　旋」。

　　勇士手誅巨龍，為民除害建功，
　　英雄勝利回歸，接受歡呼慶賀，
　　從此安居樂業，事蹟千古傳誦，
　　了卻多年心願，得意高聲狂笑。[14]

　　時逢烤餐時間，軟滑蠕動白獾，
　　又螺轉又錐鑽，日暮草坪鑽洞，
　　全身虛弱悲憐，襤褸鳥兒驚恐，
　　綠豬迷走鄉園，終日嚎哮戚欷。

　　愛麗絲讀完之後說：「這首詩非常好聽，但**相當難以理解！**」（妳看，即使對自己，她也不肯承認根本讀不懂。）「好像我腦子塞滿各種想法——只是不懂究竟是哪些！總而言之，**某個人**殺了**某個東西**，不管怎樣，就是這麼回事——」

　　愛麗絲突然跳起來，心想：「唉呀！我得動作快一點，不然的話，還沒看仔細這鏡中屋其他部分，就得穿透鏡子回去！先去看看花園吧！」立刻衝出房間，跑下樓梯——或者是，她又自言自語：根本不算真的跑，而是她新發明的方式，下樓梯又快速又輕鬆。指尖沿著扶手，輕輕飄浮下來，雙腳不沾樓梯。接著飄浮穿過廳堂，差點直接飄出門外，幸好及時抓住門框。就這樣飄浮好一陣子，頭都暈了，直到雙腳終於落地，又能正常走路，這才高興起來。

14　"chortle" 也是路易斯・卡若爾首創的「複合字詞」，結合 "snort"（鼻孔出氣）和 "chuckle"（咯咯笑聲）而成，表示勇士為民除害，屠龍之後「得意洋洋的高聲狂笑」。往後到了第六章，Humpty Dumpty 將會解釋更多的「複合字詞」（portmanteau）是結合什麼字詞而成，妙的是字裡行間還互相呼應押韻。

第二章：花園裡花兒會說話

　　愛麗絲自言自語：「爬上那座小山丘，就能看遍整座花園。這兒有條小路可以直接過去——」（於是沿著這條小路走了好幾碼，又轉了好幾個急轉彎之後），「唉唷，此路不通——，原先以為會去到那兒。可是，這條小路怎麼彎得那麼奇怪呀！不像一條路，反而像一座迴旋樓梯！好吧，我以為轉完**這個**彎就會到達山丘——唉唷，此路又不通！反而直接轉回屋子那兒！好吧，那我再試試另一條。」

　　她就這樣上上下下來回奔走，轉了一個彎又一個彎，不管多麼努力，最後總是回到屋子前面。還有一次，她加速前進飛快轉過一個彎，竟然差點撞上屋子，幸好及時煞住。

　　愛麗絲望著屋子，假裝跟它爭辯：「怎麼講也沒用，我才**不要**再進去呢，我知道早晚都得再次穿透鏡子——回到老家屋子去——果真那樣，我的探險美夢就落空了！」

　　於是，她毅然決然轉身離開，沿著小路再度出發，不登山頂誓不罷休。頭幾分鐘一切都還順利，正說著：「這回**將會**真的登上山丘——」突然，小路來了一個急轉彎，（照她後來形容的）還搖晃了一下，接著，愛麗絲發現眼前的她居然正要邁入屋子門口。

　　愛麗絲大叫：「唉呀，太糟糕了！從沒見過屋子竟然會這樣擋路！從沒見過！」

　　然而，整座山丘依然遙遙在望，沒別的辦法，只好從頭再來一次。這回來到一座大花園，四周圍著一圈雛菊，中央長著一棵柳樹。

　　愛麗絲對著一朵迎風招展婆娑起舞的虎皮百合：「嗨，虎皮百合，真**希望**妳會說話！[1]」

　　虎皮百合說：「我們本來**就會**說話，只要遇上談得來的朋友。」

1　奇境裡多為動物，本章轉向花園植物。這座花園裡的花兒會說話，靈感來自英國十九世紀桂冠詩人丁尼生（Lord Alfred Tennyson, 1809-1892）的 *Maud*（1855），詩人在花園等待戀人，百花同等興奮：

There has fallen a splendid tear	燦爛露珠落下地，
From the passion-flower at the gate.	門口一株西番蓮。
She is coming, my dove, my dear;	親親至愛她來了；
She is coming, my life, my fate;	我命我運她來了；
The red rose cries, "She is near,"	紅玫瑰說她已近，
And the white rose weeps, "She is late,"	白玫瑰怨她來遲，
The larkspur listens, "I hear,"	飛燕草說已聽見，
And the lily whispers, "I wait."	百合花說將等待。

丁尼生詩裡出現的花兒在書中這座花園裡都有。但路易斯・卡若爾將其中的 passion-flower（西番蓮）換成 tiger-lily（虎皮百合），因為得知 passion-flower 與耶穌受難有關連。passion-flower 是「百香果」（passion fruit）的花朵，中文由 pa（百）-ssion（香）-fruit（果）直譯而來。日本稱之「時鐘花」，花瓣圍繞像時鐘，花蕊像時針、分針。"The Passion of Christ" 是「耶穌受難」，源自希臘字根 suffer 之意。相傳十六世紀耶穌會傳教士到了巴西，發現了這種奇妙的熱帶花朵，覺得很像聖經「十字架上的花朵」，他們將雌蕊比喻成「鐵釘」，捲曲藤蔓看作「皮鞭」，五個花藥代表耶穌身上五處「受傷」，又稱「耶穌受難花」。也有人直譯成激情花，因為是出身熱帶巴西的熱帶花果。Tiger-lily 是百合花瓣上有深色班點，人稱之「虎百合」、「虎皮百合」或「虎斑百合」，有多種繁衍品種，其中橘色的虎皮百合原產地是中國，因花瓣尾端捲曲而稱「卷丹」，十九世紀自廣東引進英國。

愛麗絲驚愕得一時說不出話，好像也喘不過氣。看著虎皮百合一直搖擺身子，愛麗絲怯生生、近乎耳語的問：「全部的花兒都會說話嗎？」

虎皮百合回答：「說得跟妳一樣好，而且聲音比妳大多了。」

玫瑰也開口：「妳也知道，我們先開口說話是不禮貌的，剛才我就一直納悶，到底妳什麼時候才說話！還對自己說：『她那張臉蛋看來有點理性，雖然不是個聰明樣！』還有，妳的顏色不錯，還有一段很長的花期。」

虎皮百合也評論：「我不在乎顏色，要是她的花瓣能夠再捲一點，就會更好看。」

愛麗絲不喜歡被人家品頭論足，轉而主動問問題：「妳們被種在這裡，沒有人照顧，難道不擔心嗎？」

玫瑰說：「花壇中央有一棵樹，妳知道它還有什麼用處嗎？」

愛麗絲問：「但是，萬一發生危險，它能做什麼呢？」

玫瑰回答：「它會汪汪叫。[2]」

2　玫瑰說，發生危險時，那棵樹有樹皮（bark），所以會bark，bark也是形容狗

雛菊跟著喊：「它會『汪汪狗叫！』那是為什麼它的樹枝被稱為樹枝！[3]」

另一朵雛菊也喊：「妳不曉得**那個道理**嗎？」接著，全部雛菊跟著大喊，空中瀰漫尖銳叫聲。虎皮百合激烈擺盪身子，氣得發抖：「安靜！妳們全都閉嘴！」說著，向愛麗絲垂頭顫抖，氣喘吁吁：「她們知道我拿她們沒輒！否則不敢這麼囂張！」

愛麗絲安撫她：「別介意！」接著，彎腰面對雛菊們，趁她們沒再尖叫前，低聲說：「妳們再不閉嘴，我就把妳們摘下來！」

頓時一片安靜，幾朵粉紅色雛菊還嚇得變成白色。

虎皮百合說：「這就對了！雛菊最難搞，每次人家講話，她們就一齊插嘴，人家聽她們這樣吵鬧，氣得都枯萎了。」

愛麗絲希望講句恭維話，讓虎皮百合脾氣好一點：「妳們為什麼這麼會說話呢？我去過很多花園，沒有一座花園裡的花兒會說話。」

虎皮百合說：「伸出妳的手，摸一摸地面，就知道為什麼了。」

愛麗絲照著做了：「這地面很堅硬，我不懂這有什麼關係。」

「吠叫」。翻譯這種玩弄文字遊戲很難傳達「一語雙關」的效果，所以「要忠於原著，只能靠譯注」。

3　雛菊立刻接應說，那棵樹會 bough-wough，bough-wough 實際上是 bow-wow 的同音字，bow-wow 是「學狗汪汪叫」，這裡利用 bough 和 bow 這兩個同音字。雛菊接著說 "that's why its branches are called boughs"，而 branch 是樹枝，bough 也是樹枝，譯成中文就成了「那是為什麼它的樹枝就叫樹枝」。人類語言的起源和發展，語言學家眾說紛紜，有一派學者認為來自「擬聲詞」（onomatotopoeia），模擬自然界的各種聲音，如 bark 模擬狗叫汪汪、buzz 模擬蜜蜂嗡嗡、cuckoo 模擬杜鵑咕咕，因而有英國學者 Max Müller 於 1861 年首創 the Bow-Wow Theory（汪汪學說）一詞。路易斯・卡若爾可能受到啟發，書中多次質疑語文是否為正確傳達意義的符號（arbitrary signs），人、事、物的命名是否與內在本質有關。

虎皮百合說：「大多數的花園裡，花壇鋪得太鬆軟——所以花兒老是在睡覺。[4]」

聽來的確有道理，愛麗絲很高興學到這一點：「我從來沒想到！」

玫瑰語氣相當嚴厲：「**我的看法是，妳根本不會思考。**」

紫羅蘭[5]突然開口：「我沒看過比妳更笨的，」嚇得愛麗絲跳起來，因為她之前沒說話。

虎皮百合喊：「閉上妳的嘴！好像只有妳見過世面！妳還是把頭藏在葉子底下，躲在那兒睡覺打鼾，別再管世上發生什麼，當個花苞就行了！」

愛麗絲暫時不理會玫瑰的批評，反問她：「花園裡除了我，還有別的人嗎？」。

玫瑰說：「花園裡還有另一朵花，像妳一樣走來走去，我懷疑妳們為什麼會走路——」（虎皮百合插嘴：「妳老是在懷疑，」）「但是，那另一朵花的葉子比妳茂盛。」

愛麗絲迫切的問：「她長得像我嗎？」心裡閃過一絲念頭，「花園某處，還有另一個小女孩！」

玫瑰回答：「是啊，她外型跟妳一樣笨拙，不過，顏色比妳紅——花瓣比妳短。」

虎皮百合打岔：「她的花瓣片片密闔，像朵大麗菊，毫不凌亂，不像妳的。」

4　「花壇」的英文是 flower-bed，花兒植栽著床的土壤，字面意思是「花床」，當然也可以想像成花兒睡覺的床，床鋪太鬆軟太舒服，難怪花兒都在睡覺不講話，這個說法很有趣。

5　愛麗絲·黎竇三姊妹另外還有兩個妹妹，只有出現在此花園，「玫瑰」（Rose）是若姐（Rhoda Caroline Anne Liddell），「紫羅蘭」（Violet）是最小的妹妹維奧萊特（Violet Constance Liddell）。

玫瑰好心補上一句：「不過，那也不是妳的錯，妳知道嗎，妳已經開始枯萎了——到那時候妳也沒辦法，花瓣自然變得不太整齊。」

愛麗絲不喜歡她這麼說，於是換個話題：「她常來這裡嗎？」

玫瑰回答：「妳很快就會看到她，她是有九根刺[6]的那種。」

愛麗絲有點好奇：「她那九根刺戴在哪裡？」

玫瑰回答：「當然哪，戴在頭上啊，我懷疑妳是不是也戴了幾根刺，我以為那是正常規矩。」

這時飛燕草叫著：「她來了！我聽見腳步聲了，走在碎石子路上，咚，咚，咚！」

愛麗絲急忙東張西望，只見來的是紅棋王后，愛麗絲立刻注意到：「她變大許多！」她真的變大了：上次愛麗絲在灰燼裡看到她，才只有三吋高——而眼前的她，卻比愛麗絲高出半個頭！

玫瑰說：「一定是新鮮空氣讓她變大，這裡的空氣真是清新美妙。」

愛麗絲說：「我應該過去和她見見面。」雖然這裡的花兒都很有趣，但她覺得，和一位真正的王后交談，會比較有聊頭。

玫瑰說：「妳可能走不過去，我會建議妳走另一個方向。」

愛麗絲覺得沒道理，也沒說什麼，反而朝紅棋王后直接走過去。眨眼之間紅棋王后不見蹤影，令她大吃一驚，而自己卻又走回屋子前門。

愛麗絲有點惱怒，退回原位，東張西望，到處尋找紅棋王后（終於偵察到她人在遙遠之處），這回她改變計畫，朝相反方向走去。

果然一舉奏效，才走了不到一分鐘，就面對面站在紅棋王后跟前，剛才一心一意想爬上去的山丘，也在眼前。

6　王后的王冠有九根突起物。

紅棋王后問：「妳從哪裡來？要到哪裡去？抬頭看我，好好說話，不要一直玩弄手指頭。」

愛麗絲看看四面八方，然後，盡可能的解釋，她已經迷路了。

紅棋王后說：「我不懂妳要走的路是什麼意思，這裡的每一條路全都屬於我[7]——不過，妳到底為什麼來這裡？」又慈祥的補了一句：「想說什麼，行屈膝禮時慢慢想，可以節省時間。」

愛麗絲有點詫異，但不敢不相信，因為太敬畏紅棋王后的威嚴。私底下想：「等我回家以後，下次吃晚餐時遲到的話，就來個屈膝禮。」

紅棋王后看看手錶：「現在該妳回答了，講話時嘴巴開大一點，每次都要說『陛下』。」

「陛下——我只是想看看這座花園什麼樣子。」

紅棋王后說：「那還差不多，」說著，拍拍愛麗絲的頭，愛麗

7　愛麗絲說她「迷路了」（lost her way），紅棋王后解釋成愛麗絲「失去了她的路」，所以很生氣的說：「這裡的每一條路全都屬於我」。紅棋王后的獨裁霸道可見一斑，在她的王國裡，每一條路都是她的路（way），每一件事都得照她的方式（way）做，way用作雙關語。也暗示大人常以權威壓制孩子，不講道理，而孩子明知不合邏輯，也不太敢頂撞。

絲很不喜歡,「妳說起『花園』——我曾經看過很多花園,相比之
下,這裡只能算是荒野。」

愛麗絲不敢跟她爭論,只好繼續說:「——我以為我找得到通
往那座山丘頂上的路——」

紅棋王后打斷她:「妳說起『山丘』,我可以帶妳去看很多山
丘,相比之下,這只能算是山谷。」

愛麗絲說:「不,我才不這麼想,」詫異自己居然敢頂撞她:
「妳也知道,山丘不可能是山谷,那會是無稽之談——」

紅棋王后搖搖頭:「妳說那是『無稽之談』,隨妳便,但我曾
經聽過很多無稽之談,相比之下,這只能算比字典還有道理!」

愛麗絲又行了個屈膝禮,因為聽紅棋王后的語氣,好像有一點
冒犯了她。然後,兩人默默前行,終於來到山丘頂上。

愛麗絲站在那兒幾分鐘沒說話,向四面原野望去——只見那原
野很奇特,有好多道小小溪流,筆直的從這邊流到那邊,小小溪流
之間的土地,被綠色樹籬分隔成許多方格子。

愛麗絲終於說了:「我敢說,這原野被隔成一座巨大棋盤!上

面應該有人走動才對——啊，果然沒錯！」愛麗絲高興的補上一句，心也興奮得怦怦跳，「他們正在下一局超大的西洋棋——如果這原野自成一世界的話——他們就是在整個世界裡下棋。哇，多有趣啊！多麼希望自己也是其中一份子！即使當個小兵小卒，我也甘願，能參加就好——當然哪，最好的話，我也願意當個王后。」

　　說著說著，愛麗絲有點羞答答的瞄了真正的王后一眼，但紅棋王后只是愉快的笑著說：「要辦到也很簡單，如果妳願意，可以先當白棋王后的小卒，因為莉莉年紀太小還不能參加。妳從第二行格子開始走，等妳走到第八行格子，就會變成王后——」就在這時候，不知為何緣故，兩人開始跑了起來。

　　愛麗絲根本想不透，即使事後回想，也想不透當初是怎麼開始的，只記得她們手牽手一起跑，紅棋王后跑得那麼快，愛麗絲只能拚命跑才勉強跟上她，偏偏紅棋王后還一直喊：「快一點！快一點！」愛麗絲實在沒法跑得更快，甚至連說跑不動的力氣也沒了。

　　整件事最奇怪的是，周圍樹木和景物根本沒有變動位置，不論她們跑得多快，卻從未超越任何東西。可憐的愛麗絲困惑極了：

「我懷疑，難道所有的東西也跟著我們一起跑？」紅棋王后似乎也猜中她心意，因為她繼續喊：「快一點！別想講話！」

愛麗絲不是沒想要那樣，喘得上氣不接下氣，彷彿永遠不能再講話了，偏偏紅棋王后還在喊：「快一點！快一點！」拉著她繼續往前跑。最後，愛麗絲喘著氣勉強說出幾個字：「我們快到了嗎？」

紅棋王后重複說：「快到了！十分鐘前我們就跑過頭了！快一點！」然後她們沒講話又跑了一陣子，風在耳邊呼嘯而過，愛麗絲心想，頭髮都快被風刮得掉光了。

「來啊！來啊！」紅棋王后又喊：「快一點！快一點！」她們跑得速度之快，好像凌空飛掠，幾乎腳不沾地。突然之間，正當愛麗絲快要筋疲力盡，終於停了下來，愛麗絲癱軟在草地上，氣喘吁吁，頭暈目眩。

紅棋王后扶起她來靠在一棵樹上，慈祥的說：「現在妳可以休息一下。」

愛麗絲抬頭一看，大吃一驚：「唉唷，原來我們一直都還待在這棵樹下！一切都原封不動！」

紅棋王后說：「當然哪，不然妳以為會怎樣？」

愛麗絲依然氣喘吁吁：「可是，在**我們的**國度裡，跑得這麼快，又跑了這麼久——就像我們剛剛那樣——早就跑到某個地方了。」

紅棋王后說：「真是步調緩慢的國度啊！**在這裡**，妳知道，妳得拚命的跑、不停的跑，才能保持在原位。想去另一個地方，速度必須加快兩倍以上才行！」

愛麗絲說；「拜託！我寧可不去，待在這裡我已經心滿意足了——不過我是又熱又渴！」

紅棋王后一片善意：「我知道**妳會**喜歡什麼！」從口袋裡掏出小盒子：「來一塊餅乾吧？」

　　愛麗絲覺得說「不」很不禮貌，即使餅乾根本不是她要的，還是從盒子裡拿了一塊，努力吃下去，餅乾實在很乾，[8]這一輩子從沒像這樣差點噎到。

　　紅棋王后說：「妳在這兒慢慢恢復體力，我先去丈量土地。」說完，從口袋裡掏出一根皮尺，上面標有尺寸，開始丈量土地，又在這裡和那裡釘上一根根小木樁。

　　她一面釘木樁標示距離，一面說：「在兩碼處，我會指示妳方向——再來一塊餅乾吧？」

　　愛麗絲說：「不，謝了，一塊就夠了！」

　　紅棋王后問：「口渴解除了嗎？」

　　愛麗絲不知怎麼回應，幸好紅棋王后沒等她回答，就接著說：「在三碼處，我會再指示一次方向——免得妳忘記。在四碼處，我要跟妳說再見。在五碼處，我就要離開！」

　　這時所有的木樁都釘好，愛麗絲興致盎然看著她走回樹下，然後沿著那排木樁開始慢慢走下去。

　　走到兩碼處的木樁時，紅棋王后回頭說：「妳知道吧，小卒第一步要走兩格，所以妳經過第三格時，速度一定要非常快——像坐火車——會很快就到第四格。那個格子屬於推德頓和推德迪——第五格大部分是水——第六格屬於不倒翁大胖墩——可是，妳怎麼沒表示意見呢？」

8　此處讓人聯想到英文有一句成語"as dry as biscuit"，形容乾巴巴、乾透了、乾到骨子裡。愛麗絲又乾又渴，紅棋王后卻給她吃餅乾，吃完還問她是否已經解渴，令人啼笑皆非，反正在此鏡中國度凡事都以反邏輯方式進行。biscuit在英國指的是一種不太甜的硬餅乾，譬如著名的消化餅（Digest）。但在美國biscuit指的是一種發酵的鬆軟圓麵包，外表烤得穌黃，如Kentucky Fried Chicken的biscuit，有點類似英國的scone。美國的鹹蘇打餅乾叫cracker，甜餅乾叫cookie。

愛麗絲結結巴巴：「我——不知道需要表示意見——剛剛。」

「妳**應該說**：『非常感激您教導這一切』——不管怎樣，就當作妳已經說過了——第七格全是森林——會有一位騎士為妳帶路[9]——到了第八格，我們都當上了王后，到時候全是饗宴和作樂！」愛麗絲起身行屈膝禮，然後再坐下。

到了下一個木樁，紅棋王后又回頭，這回她說：「要是妳想不起有些東西英文怎麼說，那就用法文說[10]——走路時邁開八字腳[11]——還要記得妳是誰！」這回，還沒等愛麗絲行屈膝禮，她就快速走到下一個木樁，轉身的那一片刻說了聲：「再見」，急急忙忙走到最後一個木樁。

愛麗絲永遠不知這一切怎麼發生的，只知道紅棋王后來到最後一個木樁後，就消失得無影無蹤。愛麗絲根本猜不出，紅棋王后究竟是憑空消失，還是飛快的跑進樹林（心想：「她**真能**跑得飛快！」），反正她就是不見了。愛麗絲才想起自己是個小卒，很快就會輪到她走下一步棋。

9　這裡預告第八章白棋騎士將會出現。

10　王后在此指導愛麗絲下棋的方式，指的是「吃過路卒」，這一招是法文 *en passant*，沒有英文對等語，因此王后暗示她用法文。

11　「走路時邁開八字腳」（turn out your toes as you walk）是個暗示，指小卒可以走對角線的斜格子。

第三章：鏡中世界的昆蟲

　　當然，愛麗絲要做的第一件事，就是好好勘查要遊歷的國度。踮起腳尖，希望看得更遠一點，心想：「這好像在上地理課。主要河流──這裡沒有。主要山峰──只有我站的這一座，但沒名稱。主要城鎮──咦，下面忙著採蜜的那些生物是什麼？不可能是蜜蜂──妳瞧，一哩之外都看得到，不可能是蜜蜂──」愛麗絲默默站在那兒一會兒，看著其中一隻穿梭花叢，長長吸管插入花朵內，心想：「就像普通蜜蜂一樣。」

　　然而，那萬萬不是一隻普通蜜蜂，事實上那是一頭大象[12]──愛麗絲很快就明白了，乍看之下，嚇得差點喘不過氣來。接著閃過一絲念頭：「那麼，那些花兒該有多麼巨大呀！一定像茅草屋上面拆掉屋頂、下面托著花柱──哇，裡面花蜜會有多少呀！我該下去看看──」正要拔腿衝下山丘，突然煞住腳步，「喔，還不能立刻過去！」為自己驟然畏縮找個藉口：「穿梭在巨大花朵之間，若不拿根大樹枝撥開她們，可是行不通的──萬一人家問我，在那兒走動什麼感覺，我只能說──『啊，挺喜歡的──』」（又習慣性甩一

12　學者 A. S. M. Dickins 考據，600多年前「主教棋」（bishop）就是被稱為「大象」（elephant），回教國家的 *Alfil*、印度的 *Hasti*、中國象棋的「象」，俄文的 *slon* 都意指「大象」，（*A Short History of Fairy Chess*. Chap IX, note 1）。

甩頭），「『只是塵土太多，天氣太熱，大象也挺會逗人！』」[13]

　　停頓一會兒又說：「我想我會走另一條路下去，或許改天再去看那些大象，何況，我實在也很想去到第三格。」

　　有了這個藉口，她就奔下山丘，跳過六道小小溪流中的第一道。

　　車掌先生把頭伸進車廂窗戶：「出示車票，拜託！」大家立刻舉起車票，車票尺寸跟人一般大小，一下子好像塞滿整個車廂。

　　車掌先生氣呼呼看著愛麗絲：「來吧，孩子，出示妳的車票！」大家也齊聲大喊（愛麗絲心想：「好像大合唱似的」）：「孩子，別讓他久等！他的時間每分鐘價值一千鎊呢！」

　　愛麗絲語氣驚恐：「對不起，我沒有票。我上車的地方沒有售票處。」大家又齊聲大喊：「她上車的地方沒有空間設售票處。那裡的土地每吋價值一千鎊呢！」

　　車掌先生說：「別找藉口，妳該向火車司機買車票。」大家再度齊聲大喊：「就是駕駛火車的那個人。火車頭噴出來的蒸汽，每一口價值一千鎊呢！」

　　愛麗絲心想：「看樣子，多說也沒用。」這回大家沒有齊聲大喊，因為她沒說出口。可是，她非常詫異，大家都同時想著（我希

---

13 愛麗絲只是個七歲半的小女孩，多少知道如何自保，沒把握穿梭於巨花巨獸之間，就不要隨便冒險，但礙於面子不願承認膽怯，只好瀟灑的甩甩頭，顧左右而言他。

望妳明白**大家都同時想著**是什麼意思——因為我必須承認自己也不明白）：「最好什麼都別說，說出來的話語，每個字價值一千鎊呢！[14]」

愛麗絲心想：「今晚我作夢一定會夢到一千鎊，一定會夢到！」

整個過程當中，車掌先生一直看著愛麗絲，先是用望遠鏡，然後用顯微鏡，然後又用歌劇觀望鏡。最後他說：「妳坐錯方向了。」說完關上窗戶離開。

坐在愛麗絲對面的一位先生（身上穿著白紙做的衣服[15]）說：「這麼年輕的孩子，應該知道要去哪兒，即使連自己的名字都不知道！」

坐在白衣先生旁邊的一頭山羊，閉著眼睛大聲說：「她應該知道怎麼去售票處，即使連英文字母也不認識！」

---

14 本章節裡火車上眾口齊聲叫喊的四段「價值一千鎊呢！」，其典故也是眾說紛紜，可能是當時流行的口頭禪，或當年的廣告宣傳術語，或桂冠詩人丁尼生的詩句（描述島上空氣清新「價值每品脫六便士」），或報章雜誌引述蒸汽輪船建造成本驚人（如平均每呎造價一千鎊，或每天資金一千鎊，或每噴一口蒸汽耗費一千鎊）。

15 「身穿白紙衣服的先生」指的是「政客」，「白紙」指的是「官方文件」（official documents）。比較本書插畫家譚尼爾在報章雜誌發表的其他政治漫畫，這幅插圖裡的白紙衣服先生，據說是影射當時的英國首相、政治家、小說家迪斯雷利（Benjamin Disraeli, 1804-1881）。

　　坐在山羊旁邊的是一隻甲蟲（一整個車廂裡的乘客全都十分奇特），依照規矩，好像大家都該輪流講上幾句話，於是他接下去：「應該把她當成行李運回去！」

　　坐在小甲蟲旁邊的是誰，愛麗絲看不見，只聽得一個沙啞的聲音接著說：「更換火車頭──」語音一落，火車頭氣閥嗆了一下，不得不停下來。

　　愛麗絲心想：「這聲音好像一匹馬。」耳邊傳來一個非常微弱的聲音：「妳可拿那句話編個笑話──妳知道的，關於『馬匹』和『沙啞』[16]。」

　　接著，遠處一個溫柔的聲音響起：「把她當成行李運送，就得貼上標籤『內裝女孩，小心輕放』[17]，妳知道吧──」

　　緊接著，又有眾多聲音響起（愛麗絲心想：「這個車廂裡怎麼裝了這麼多人哪！」）：「應該把她郵寄出去，因為她有頭[18]──」「應該把她當成訊息用電報發出去──」「應該叫她拉著火車跑完剩下路程──」等等。

　　但是，身穿白紙衣服的先生靠過來，在她耳邊低語：「親愛

16　用小一號字體表示這個聲音十分微弱。這裡的典故引用一句傳之已久的古老笑話，有人說：「我聲音有點沙啞」（"I'm a little hoarse"），然後補一句：「因為我有一匹小公馬」（"I have a little colt"）。這句笑話是交錯利用兩組發音近似的字詞：hoarse（沙啞）與 horse（馬匹），及 colt（小公馬）與 cold（小感冒）。把下面兩句的關鍵字互換，幽默效果就出來了：「我聲音有點沙啞；我有一點小感冒」（"I'm a little hoarse; I have a little cold."）和「我是一匹小馬；我有一匹小公馬」（"I'm a little horse; I have a little colt."）。

17　常見寄送物品的標籤是 "Glass, with care"（內裝玻璃，小心輕放），這裡把 glass（玻璃）去掉第一個字母 g，就成了 lass（女孩）。類似此等寄送物品的標籤還有 "Fragile, handle with care"（內裝易碎品，請小心輕放）。

18　1840 年英國發行了全世界第一枚郵票，不論遠近郵費都是 1 便士，郵票上印有維多利亞女王人頭像，所以那個時代的俚語把郵票稱之為「頭」，愛麗絲有個「頭」，等於有「郵票」，所以可以郵寄。

的，別介意他們說的。但每次停車時，妳都要買一張回程票。」

愛麗絲有點不耐煩：「才不要呢！我根本不想搭這一趟火車——剛剛我還在樹林裡呢——真希望能夠回到那兒。」

那微弱聲音又在耳邊響起：「妳可以拿那句話編個笑話，妳知道，關於『事成就會心想』[19]之類。」

放眼望去依然看不見那個微弱聲音來自何方，愛麗絲說：「別再逗我了。要是你這麼想聽人說笑話，那你為什麼不自己編個笑話？」

那微弱聲音深深嘆了一口氣，顯然十分不快樂，愛麗絲很想說些同情話語安慰它，心想：「要是它嘆氣能像別人一樣大聲就好了！」可是，這嘆息聲微弱而好聽，要不是離她耳朵這麼近，她可能根本聽不到。結果搔得她耳朵好癢，也暫時忘卻這可憐小傢伙不快樂。

那個微弱聲音繼續說：「我知道妳是一個朋友，一個親愛的朋友，也是一個老朋友，妳不會傷害我，雖然我是一隻昆蟲。」

愛麗絲迫切的問：「什麼樣的昆蟲？」她真的想知道，牠會不會咬人，但覺得那樣問好像有點不禮貌。

那個微弱聲音才剛剛說：「什麼樣的？那妳還不——」就被火車尖銳的汽笛聲掩蓋了，大家嚇得跳起來，愛麗絲也是。

那匹馬把頭伸出窗外，又靜靜的縮回來，說：「那只是我們非得跳過去的一道溪流。」大家好像都很滿意這個解釋，雖然愛麗絲覺得有點緊張，火車居然跳過溪流。她自言自語：「不管怎樣，火

---

19 英文裡鼓勵大家有志竟成的說法是："You could if you would"（有心願做事，事情就會成），類似我們常說的「心想就會事成」，也常祝福人家「心想事成」。路易斯‧卡若爾在此把這說法顛倒變成："You **would** if you **could**"（有事情成功，就會有心願），這裡權且譯成「事成就會心想」。

車還是會帶我們去到第四格,算是一大安慰!」片刻之後,她感覺火車好像豎立起來衝向空中,驚慌之中她伸出手去,一把抓住離她最近的東西,竟然抓到山羊的鬍子。

*   *   *   *

*   *   *

*   *   *   *

不過,山羊鬍子經她一碰,居然融化不見了。結果,她發現自己端坐一棵樹下——上方有一隻蚊子[20](就是剛才跟她聊天的那隻昆蟲),正穩穩站在枝頭上,用翅膀幫她搧風。

那是一隻十分巨大的蚊子,愛麗絲心想:「跟一隻雞差不多。」然而,愛麗絲一點兒也不緊張,畢竟他們已經聊了那麼久。

蚊子繼續問:「——那妳不喜歡所有的昆蟲嘍?」語氣平靜若無其事。

愛麗絲說:「要是牠們會說話,我會喜歡,但在我們的國度裡,昆蟲不會說話。」

蚊子問:「在妳們的國度裡,妳喜歡哪一種昆蟲?」

愛麗絲解釋:「我根本不喜歡昆蟲,因為我有點怕牠們——尤其是大型的昆蟲,但我可以告訴你某些昆蟲的名字。」

蚊子輕率回覆:「叫牠們的名字,牠們果真會回應嗎?」

「沒聽說過牠們會回應。」

蚊子說:「要是牠們不回應,即使牠們有名字又有什麼用?」

愛麗絲回答:「對牠們沒有用,但是對我們有用,我們替牠們

---

20 原文gnat,在英國指「蚊子」(mosquito),通常也指「蚋」,一種會叮人的小昆蟲。

命名，我是這麼認為。不然的話，天下萬物為什麼都有名字呢？[21]」

蚊子回答：「我不曉得。再說吧，下面那樹林裡，萬物都沒有名字——不管怎樣，繼續說說妳知道的昆蟲名字吧，你們為昆蟲命名真是浪費時間。」

愛麗絲扳著手指，數說昆蟲名字：「好，我們有『馬蠅』。」

蚊子說：「對了，往灌木叢那邊望去，妳會看到一隻『搖木馬蠅』[22]，全用木材造的，在樹枝之間前後搖擺。」

愛麗絲滿心好奇：「牠靠什麼維生？」

蚊子回答：「樹的汁液和鋸木屑。繼續說其他昆蟲吧。」

愛麗絲興致高昂看著那隻木馬蠅，心裡斷定它一定剛剛油漆過，才會如此鮮豔，還有點黏性。接著，繼續說下去。

「我們還有『蜻蜓』。」

蚊子說：「看看妳頭上那根樹枝，妳會看到一隻『霹靂蜻

21　路易斯・卡若爾再度闡述語言與意義之間的關連，人類為了自身方便而賦予萬物名稱，不然「無以名之」很難溝通。呼應往後第六章不倒翁大胖墩（Humpty Dumpty）強調他的名字是「人如其名」的說法。

22　前面愛麗絲說「馬蠅」是horse-fly，是圍繞馬匹身邊的一種蒼蠅，或稱「虻」。而此處蚊子說的「搖木馬蠅」rocking-horse-fly，是把兒童玩具的「搖木馬」rocking-horse，和「馬蠅」horse-fly，硬是結合在一起，捏造出rocking-horse-fly這種匪夷所思的昆蟲。難怪接下來會說，它靠樹的汁液（sap）和鋸木屑（sawdust）維生。

蜓』[23]，身體是葡萄乾布丁[24]做的，翅膀是冬青樹葉，頭是燃燒的白蘭地葡萄乾。」

愛麗絲又問：「那牠靠什麼維生？」

蚊子回答：「牛奶麥片粥[25]和百果碎肉餡餅[26]，牠在聖誕禮盒裡作窩。」

愛麗絲仔細觀看那隻頭上著火的昆蟲，捫心自問：「我懷疑，是不是因為這個緣故，昆蟲都喜歡撲向燭火——因為牠們想要變成『霹靂蜻蜓』！」然後繼續說：「我們還有『蝴蝶』。」

蚊子說：「現在爬在妳腳上的，」（愛麗絲驚嚇得把腳往後一縮）「就是一隻『麵包奶油蝴蝶』。翅膀是兩片薄薄的奶油麵包，身體是麵包皮，頭是一塊方糖。」

「那牠靠什麼維生？」

23　前面愛麗絲說「蜻蜓」是 dragon-fly，照字面看有「龍」的聯想，龍在東方是帝王的象徵，在西方傳說則是嚴厲兇暴的噴火怪獸。此處蚊子說的 snap-dragon-fly，把 snap-dragon（燃燒的白蘭地葡萄乾），結合 dragon-fly（蜻蜓），又憑空捏造出 snap-dragon-fly（霹靂蜻蜓），令人莞爾。snapdragon（或稱 flapdragon）即「搶燃燒葡萄乾遊戲」，是維多利亞時代孩子們喜歡在聖誕節時期玩的一種消遣遊戲，一個淺淺大碗裡裝白蘭地，投入葡萄乾，白蘭地點上火，參加者從燃燒的藍色閃爍火焰中，抓取葡萄乾，趁葡萄乾還在霹靂燃燒之際，投入口中，這燃燒的葡萄乾就叫做 snapdragon。

24　原文 plum-pudding 令人望文生義誤以為是「梅子布丁」，事實上是「葡萄乾布丁」，從中世紀以來一直是聖誕夜晚餐應景食物之一，因此又稱 Christmas pudding，梅子指的是「葡萄乾」或其他水果。

25　frumenty 是一種用牛奶煮的香甜麥片粥，添加香料和葡萄乾。

26　mince pie 是以水果為底的小小碎肉餡餅，通常是 12 月聖誕季節才有的甜點。

「加了牛奶的淡茶。」

愛麗絲突然想到新的難
題：「萬一牠找不到加牛奶
的淡茶，怎麼辦？」

「當然，那牠就會死
掉。」

愛麗絲若有所思：「那
種狀況必定經常發生。」

蚊子說：「的確是經常發生。」

聽完這話，愛麗絲沉思了一兩分鐘沒說話。蚊子則自得其樂，
在她頭上嗡嗡嗡繞來繞去，最後停了下來才問：「妳不想丟掉自己
的名字吧？」

愛麗絲有點焦慮：「當然不想。」

蚊子不經意的說：「可是我不懂為什麼，想想妳回家之後沒有
名字，應該會很方便吧！譬如說，妳的家庭教師叫妳上課，她會先
說『來吧──』然後，因為妳沒名字讓她叫，她就叫不下去了，那
妳就不用上課了。」

愛麗絲說：「我敢保證，那可行不通，我的家庭教師絕對不會
因為這個藉口，就饒過我不上課。要是她想不起我的名字，她會叫
我『小姐！』，就像僕人叫我那樣。」

蚊子又說：「好哇，要是她叫妳『小姐！』，又沒加上別的稱
呼，妳當然就可以錯過課堂[27]。那是個笑話，我希望是妳講這個笑
話。」

愛麗絲問：「為什麼你希望是我講這個笑話？這個笑話很爛
咧。」

27　英文miss可指稱呼「小姐」，也可當動詞指「錯過」課堂不用上課。

蚊子卻深深嘆氣，兩顆豆大淚珠滾下雙頰。

愛麗絲說：「講笑話害你這麼傷心，那你就不該講笑話。」

然後，牠又嘆了一口氣，依然憂鬱微弱，可憐的蚊子，這回似乎就把自己嘆得消失了，等愛麗絲抬頭，樹枝上已經空無一物，她一個人孤伶伶在那兒坐了好久，慢慢覺得有點涼意，這才起身繼續走下去。

很快的，她來到一處空地，空地另一邊是樹林，樹林比上次那片看起來還更黑暗，愛麗絲感到一絲膽怯，不敢進去。不過，轉念一想，還是決定走進去，心想：「我當然不會後退，」這是通往第八格的唯一通道。

她若有所思自言自語：「想必這就是那片樹林，裡面的萬物都沒名字。我懷疑，進去之後我的名字會變怎樣？我也不會喜歡失去名字——因為他們會再幫我取名字，新名字一定很難聽。好笑的是，到哪兒去找撿到我舊名字的人！那很像狗兒走失後人們報紙登的尋狗啟事——『叫牠「戴許」會回應：頸上戴著銅環圈』[28]——想想看，碰到每個人就叫聲『愛麗絲』，直到有人回應！但是，夠聰明的人根本不會回應。」

就這樣邊說邊走，來到樹林邊，裡面看來十分蔭涼。她走進樹蔭下，繼續說：「哇，不管怎樣，的確很舒服，外面那麼炎熱，走進這個——走進這個什麼？」有點詫異怎麼想不起那個字。「我是說，走進這個——走進這個——走進這個，你知道的！」用手摸著樹幹：「那它怎麼稱呼自己？我相信，它應該沒有名字——當然哪，在這裡確實沒有！」

她默默站了一分鐘，想了一下，突然又說：「畢竟事情還是發

---

28 維多利亞女王當年有一隻小獵犬（spaniel），名字也叫「戴許」（Dash），圖片或畫像裡常見那隻小狗，在她身邊或坐她懷裡。

生了！唉呀，那我是誰呢？我一定
要想起來，一定！下決心非想起
來不可！」可是，下決心也幫
不了忙，想得一頭霧水也只能
說：「L，我知道我的名字是L
開頭的！[29]」

就在這時候，一隻小鹿漫
步走來，睜著溫柔的大眼睛，
看著愛麗絲，完全沒有驚恐表
情。愛麗絲伸手想摸牠，嘴裡
說：「來這兒！來這兒！」但小鹿
倒退幾步，又站住看她。

最後，小鹿問：「妳叫自己什麼名字？」牠
的聲音真是溫柔甜美！

可憐的愛麗絲心想：「我要是知道就好了！」嘴裡哀傷的回
答：「我現在沒有名字。」

牠說：「再想想看，沒有名字可不行。」

愛麗絲想了又想，還是想不起來，膽怯的說：「拜託，可以告
訴我你叫什麼名字嗎？或許能幫我想起自己名字。」

小鹿說：「妳再往前走一會兒，我就告訴妳。在這裡我也想不
起來。」

於是，他們一起穿過樹林，愛麗絲手臂親密摟著小鹿柔軟的脖
子，直到他們走出樹林，來到空地，這時候小鹿突然騰空一跳，掙

29　愛麗絲隱約記得自己是莉莉（Lily），白棋王后的女兒，本書第二章裡，因為莉
　　莉年紀太小還不能下場玩棋戲，所以由愛麗絲代替她擔任白棋王后的小卒。愛
　　麗絲·黎竇本人的姓氏也是L開頭。

脫愛麗絲摟抱，滿腹歡欣大叫一聲：「我是一隻小鹿！」但是，牠那美麗的棕色眼睛，卻突然露出驚恐神色：「而妳，天哪！妳是個人類小孩！」轉眼之間，像箭一般狂奔而去。

愛麗絲站在那兒望著牠離去的背影，這麼快就失去親愛的小同伴，苦惱得差點哭出來：「不管怎樣，我終於知道自己名字了，也算有點安慰。愛麗絲——愛麗絲——我再也不會忘記。現在，眼前這兩個手指形狀的路標，我應該跟隨哪一個？」

這個問題其實不難回答，因為走出樹林只有一條路，而兩個路標又指向同一條路，愛麗絲自言自語：「等這條路分岔成不同方向的兩條，我再決定要走哪一條。」

然而，這原則不適用於眼前狀況。她繼續往前走，走了好久，每次碰到岔路，都有兩個路標指著同一方向，一個寫著「**通往推德頓家**」，另一個寫著「**通往推德迪家**」。

最後，愛麗絲說：「我相信，他們住同一棟房子！奇怪之前怎麼沒想到——不過，我也不能待太久，只能問候一聲：『你們好嗎？』」然後打聽怎麼走出這片樹林。天黑之前能夠到達第八格，那就好了！」於是漫步閒逛，一面走一面喃喃自語，過了一個急轉彎，遇見兩位矮矮胖胖的兄弟，事出突然，嚇得倒退兩步，片刻之間，又恢復正常，確定他倆就是推德頓和推德迪。

第四章：推德頓和推德迪

　　他倆並肩站在樹下，手臂摟著彼此脖子，愛麗絲立刻分辨出誰是誰，因為一個人的領子繡著「頓」，另一個繡著「迪」。她自言自語：「我猜，他們領子後緣一定都有『推德』的字樣。¹」

1　這一對兄弟的淵源典故眾說紛紜。其中有此一說頗為有趣：德國作曲家韓德爾（Handel），與義大利提琴家柏諾契尼（Bonocini），兩人有瑜亮情結，1720年代兩人在倫敦相當活躍，英國保皇派托利黨（Tory）偏愛韓德爾，自由派惠格黨（Whig）偏愛柏諾契尼，十八世紀英國聖詩作家拜若姆（John Bryom, 1692-1763）於是寫了一首詩描述其中爭議，詩中最後一行出現tweedle-dum和tweedle-dee，指的是提琴聲音的高與低。

>　　Some say, compar'd to Bononcini　　　有人說比起柏諾契尼，
>　　That Mynheer Handel's but a Ninny　　韓德爾只算笨蛋傻瓜，
>　　Others aver, that he to Handel　　　　有人辯稱比起韓德爾，
>　　Is scarcely fit to hold a Candle　　　他連根蠟燭都拿不住，
>　　Strange all this Difference should be　　儘管兩人似乎差異大，
>　　'Twixt Tweedle-dum and Tweedle-dee!　好比提琴高音和低音！

意思是兩人曲風其實很相近，「半斤八兩」，沒什麼好競爭。路易斯‧卡若爾引用來命名這一對兄弟，一為「推德頓」（tweedle-dum），一為「推德迪」（tweedle-dee），也極具巧思別有用心。他倆只為了區區一個撥浪鼓玩具，就全身披戴武器，準備打上一仗，拚個你死我活，像透了這兩位音樂家。這一對雙胞胎兄弟（identical twin）面貌、性情、裝扮、言語、邏輯等各方面都極端酷似，再加上推德迪的口頭禪「反之亦然」，在在都顯示幾何學家所謂的

他倆直挺挺站著，一動也不動，愛麗絲差點忘了他們是活人，繞到他倆背後，正想看看領子後緣有沒有「推德」字樣，這時領子繡著「頓」的那位突然冒出聲音，嚇了愛麗絲一跳。

他說：「如果妳以為我們是蠟像，那妳就該付費，知道吧。蠟像可不是做來給人免費參觀的。絕對不是。[2]」

領子繡著「迪」的那位補上一句：「反之亦然，如果妳以為我們是活人，妳就該說話。」

愛麗絲只能說：「實在很抱歉，」因為一首老歌歌詞在她腦海裡迴響，就像時鐘滴答聲，禁不住大聲唸出來：

---

enantiomorph（鏡像物、對映結構體），鏡前的本體和鏡中的倒影互相輝映。他們也出現在很多版本的童謠選集，如 James Orchard Halliwell 的 *The Nursery Rhymes of England*（1842年初版）、「鵝媽媽童謠」（Mother Goose rhymes）等。兄弟倆的中文譯名更是五花八門，譯者見仁見智各顯神通。

2　1835年蠟像雕塑家瑪麗·杜莎（Marie Tussaud）於倫敦創立第一座「杜莎夫人蠟像館」（Madame Tussauds），至今全世界大城市已有9座。當時門票收費6便士，不便宜，難怪這一對兄弟檔說他們不是免費參觀的。他們站在門口一動也不動，自詡像真人蠟像，而蠟像是仿造真人，到底是「假到真時真亦假」還是「真到假時假亦真」，難免令人產生錯覺。我們看到出奇美好的東西時，不也常驚呼：「好像假的喲！」

推德頓和推德迪，
同意打上一場仗！
推德頓對推德迪，
說他毀了撥浪鼓。

巨大烏鴉落了地，
全身漆黑像焦油！
兩個英雄嚇破膽，
全都忘記吵架事。[3]

推德頓說：「我知道妳在想什麼，但事實不是那樣，絕對不是。」

推德迪接下去：「反之亦然。如果是那樣，就可能是那樣。假設是那樣，就會是那樣。但如果不是那樣，就不能是那樣。那就是邏輯。」

愛麗絲客氣的問：「我在想，哪一條路才能走出這樹林，天快黑了。請告訴我，好嗎？」

但是，這兩個胖小子只是互看一眼，咧著嘴笑。

他倆看來像透了一對大塊頭的男學生，愛麗絲禁不住伸出手指，指著推德頓，說：「第一號男生！」

推德頓爽快大喊：「絕對不是。」又啪的一聲閉上嘴巴。

愛麗絲轉而指向推德迪：「第二號男生！」心想他一定會喊「反之亦然！」果然如此。

推德頓喊著：「妳一開始就錯了！拜訪人家時，首先該問候人家一聲『你好！』還要握手！」說著，兄弟倆又緊緊摟了一下，然

3　這首英國傳統童謠路易斯‧卡若爾沒有更動。

後各自伸出空著的那一隻手，跟她握手。

　　起初愛麗絲不知先跟哪一位握手，又怕傷了另一位的心，於是，同時伸出雙手握住他倆的手，解決了眼前的問題，接著，三個人圍成一圈跳起舞來。（她事後回想此事）覺得一切都似乎理所當然，甚至聽見音樂聲響起也毫不詫異，音樂聲好像來自他們頭上那棵樹，（據她當時理解的）似乎是樹枝彼此摩擦而產生，就像琴弦和琴弓拉奏出來似的。

　　（後來愛麗絲對姊姊說起這一段經歷）：「當時確實是有趣，我竟然唱起〈我們繞著桑樹叢〉[4]，也不知道什麼時候開始的，彷彿唱了很久很久！」

　　另外兩位舞者很胖，很快就上氣不接下氣，推德頓喘著氣說：「一首舞曲跳四圈就夠了。」頓時停止跳舞，而音樂聲也戛然而止，來得快去得快。

　　然後，他倆鬆開愛麗絲的手，站在那兒盯著她一會兒，場面有點尷尬。愛麗絲也不知道，怎樣開始跟剛才跳過舞的同伴正式交談，自言自語：「現在，再問候一聲『你好！』顯然行不通，我們似乎已經認識彼此了。」

4　YouTube 有這首童謠的 3D 動畫片（https://www.youtube.com/watch?v=KP6LBYoqBl0），這首童謠是邊唱邊跳舞的唱遊曲，大家一定耳熟能詳，初學英語時或許唱過。整首歌謠重複唱著："This is the way we go round the mulberry tree , the mulberry tree, the mulberry tree. This is the way we go round the mulberry tree, so early in the morning"，第二段起 we go round the mulberry tree 主題替換成刷牙、穿衣、梳頭、晨禱、吃麵包、喝牛奶、穿鞋、道別父母、上學去。曲調一再重複，共有 10 段。難怪愛麗絲說她唱了很久很久，也難怪這胖嘟嘟的兄弟倆很快就累得上氣不接下氣。其他版本修改內容和歌詞，但大同小異，譬如：週一早上洗衣服、週二早上燙衣服、週三早上補衣服、週四早上掃地板、週五早上擦地板、週六早上烤麵包、週日早上上教堂。

最後只好說：「希望你們不會太累？」

推德頓說：「絕對不會。非常感謝妳這麼問。」

推德迪也說：「**非常感謝**！妳喜歡詩嗎？」

愛麗絲語氣不甚堅定：「是──是的，相當喜歡──某些詩歌。可否告訴我，哪條路可以走出這片樹林？」

推德迪沒理會愛麗絲，神情肅穆轉頭望著推德頓：「我該為她朗誦哪一首呢？」

推德頓熱情擁抱一下他兄弟，回答：「〈海象與木匠〉[5]是最長的一首。」

推德迪立刻開始朗誦：

「太陽照耀海面上──」

愛麗絲冒昧打斷他，盡可能有禮貌的說：「要是這首詩很長，請你先告訴我哪條路──」

推德迪對她溫和一笑，又再開始：

> 太陽照耀海面上，
> 使盡全力綻光芒，
> 盡心盡力掀波浪，
> 滑順金碧又輝煌──
> 實在古怪又反常，
> 此刻正值夜已央。

5　當年路易斯‧卡若爾拿著這首詩的草稿給插畫家譚尼爾看，要他就下列三個主角選擇一個：木匠（carpenter）、蝴蝶（butterfly）、準男爵（baronet），三個字都是三音節，都是重音在第一音節，都符合該詩格律，譚尼爾選了木匠。他所畫的木匠戴著四方形盒子狀紙帽，現在木匠已經不用，倒是報紙印刷廠的工人常用白報紙摺紙帽戴頭上，避免油墨弄髒頭髮（參見 Gardner, *Annotated Alice*, 183, n. 4）。

悶悶不樂是月亮，
因她心裡怪太陽，
何故在此管閒事，
日正當中既成往——
如此無禮又粗暴，
破壞大夥尋歡樂。

海水潮濕又潮濕，
沙灘乾燥又乾燥，
晴空萬里無雲彩，
藍天無雲天更藍，
晴空萬里無飛鳥——
飛鳥不來空寂寞。

海象木匠聯袂來，
手牽手啊肩並肩，
痛哭流涕淚漣漣，
沙灘綿延無盡處，
沙子若能清乾淨，
放眼望去多俐落。

七個女傭七掃帚，
掃呀掃上大半年，
你看是否有辦法，
沙子全部掃光光，
我看絕對沒辦法，
說完眼淚滴滴落。

牡蠣兄弟跟我走，
海象苦苦勤哀求，
開心散步開心談，
沿著海水和沙灘，
我們四個結伴行，
少了一個都不成。

年長牡蠣望著牠，
緊閉雙唇不言語，
年長牡蠣眨眨眼，
左右搖頭不首肯——
選擇篤定不願改，
牡蠣床鋪不輕離。

年輕牡蠣有四個，
迫切想要被款待，
整裝待發理儀容，
皮鞋擦得黑又亮——
只有一事非常怪，
他們沒有腳丫子。

更多牡蠣跟著來，
四個四個又四個，
成群結隊蜂擁來，
越來越多又更多——
活蹦亂跳冒出海，
爭先恐後爬上岸。

海象木匠領頭走，
走呀走了一哩多，
然後歇腳岩石邊，
岩石低矮近又便，
全體牡蠣大集合，
列隊等待排排站。

海象於是開話匣，
天南地北話家常，
鞋子船隻和封蠟，
還有甘藍和國王——
海水為何滾燙燙，
小豬為何長翅膀。

牡蠣只好叫暫停，
等等再來話家常，
我們累得直喘氣，
個個肥肥又胖胖，
木匠表示不用急，
大家為此表感謝。

海象要求配麵包，
一條土司就足夠，
加了胡椒還加醋，
肯定成為好美味——
牡蠣兄弟準備好，
我們將要吃大餐。

牡蠣聽了臉鐵青，
拜託不要吃我們，
千方百計獻殷勤，
這般結局太悽慘，
海象指著明月夜，
美好夜色共享之。

你們來得是時候，
個個精挑又細選，
木匠沒有多說話，
土司一片切給我，
希望你們別裝聲——
免得要我問兩遍。

海象覺得很汗顏，
欺騙他們施詭計，
離鄉背井帶過來，
又逼他們小跑步，
木匠沒有多說話，
奶油抹得太厚了。

海象哭得淚漣漣，
深感同情又憐憫，
一把鼻涕一把淚，
挑出牡蠣最大顆，
掏出手帕蓋住臉，
蓋住流淚的雙眼。

　　木匠終於被感動，
　　呼喚牡蠣齊來聚，
　　打道回府開步走，
　　詫異竟然無回應——
　　其實根本不稀奇，
　　全體都被吃光光。[6]

　　愛麗絲說：「我比較喜歡海象，因為牠對可憐的牡蠣感到有點抱歉。」

　　推德迪說：「可是，牠吃的牡蠣比木匠多，你看牠用手帕蓋住臉，那樣木匠就數不清牠到底吃了幾個，反之亦然。」

　　愛麗絲十分憤慨：「牠很卑鄙！那麼，我比較喜歡木匠——如果他吃的牡蠣沒有海象那麼多。」

　　推德頓說：「但是，他也能吃多少就吃多少。」

　　這真是一大難題。愛麗絲暫停一下，又說：「哼！他們兩個都是討人厭的傢伙——」說了一半就嚇得停住，因為樹林裡傳來某種

6　〈海象與木匠〉（"The Walrus and the Carpenter"）這首詩的格律援用Thomas Hood的 "The Dream of Eugene Aram"（1832），描述一位教師如何淪為謀殺犯。但只援用格律而已，所以不比對不翻譯。內容全是路易斯・卡若爾自創，沒有模擬任何特定詩歌，渾然天成，也是路易斯・卡若爾最為人稱頌的一首詩，甚至經常被收錄文學選集（anthology），除了深具諷諭精神，嘲諷人心險惡和貪婪虛偽，也有警惕意味：「不聽老人言，吃虧在眼前。」據說路易斯・卡若爾在牛津大學基督堂學院期間（1854-1871年），每年夏天常到約克郡北方的惠特比海灘（Whitby Sands）度假或參與數學學會聚會，當地居民常說，這首詩就是在此沙灘上寫成，還開設一家咖啡茶館 The Walrus and the Carpenter Tea and Coffee House。披頭四合唱團（The Beatles）的約翰・藍儂（John Lennon）1967年那首歌〈我是海象〉（"I Am the Walrus"），歌詞裡也提到 I am the Eggman（我是蛋人），顯示他也是路易斯・卡若爾的忠實讀者。

聲音，聽來好像蒸汽火車頭
在噴氣，愛麗絲更擔心有
野獸，膽怯的問：「這附
近有獅子或老虎嗎？」

推德迪說：「那只是
紅棋國王在打鼾。」

兩兄弟喊：「來吧，
去看看他！」一邊一個牽起
愛麗絲的手，領著她來到紅棋國王睡覺的地方。

推德頓說：「他的睡相不是很可愛嗎？」

老實說，愛麗絲不敢恭維，他頭戴高高的紅色睡帽，帽尖有個
絨球，整個人邋遢的癱成一堆，鼾聲如雷──推德頓說：「鼾聲大
得腦袋都會給震下來！」

愛麗絲一向是善解人意的小女孩：「我擔心他會著涼，睡在潮
濕的草地上。」

推德迪說：「他正在作夢呢，妳猜他夢到什麼？」

愛麗絲說：「沒人猜得到。」

推德迪得意的拍手大喊：「唷，他夢到的是妳！要是他不再夢
到妳，妳猜妳會在哪兒？」

愛麗絲回答：「當然，就在這裡。」

推德迪輕蔑反駁：「才不呢！妳就無處可尋了，妳只是他夢裡
的一樣東西而已！」

推德頓也補了一句：「要是紅棋國王醒來，妳就消失了──噗
的一聲！──就像蠟燭滅了！」

愛麗絲忿忿不平：「我才不會消失呢！而且，我倒想知道，如
果我是他夢裡的一樣東西，那你們是什麼呢？」

推德頓說：「跟妳一樣。」

推德迪也喊著：「一樣，一樣！」

他喊那麼大聲，愛麗絲忍不住要制止他：「噓！你這麼吵，我擔心會吵醒他。」

推德頓說：「唉！妳說擔心吵醒他，根本沒用，妳只是他夢裡很多東西之一，妳也明白，妳不是真的。」

愛麗絲說：「我**是**真的！」接著哭了起來。

推德迪說：「妳哭也不會更讓自己變成真的，沒什麼好哭的。」

愛麗絲說：「如果我不是真的，」——含著眼淚半哭半笑，模樣很荒謬——「我就不會哭了。」

推德頓語氣輕蔑打斷她：「希望妳別以為那是**真的**眼淚？」

愛麗絲心想：「我知道他們在胡說八道，但為這而哭實在太蠢。」於是，抹掉眼淚，振作起來，繼續說：「不管怎樣，我最好早點走出樹林，因為天色已經很黑。你們看會下雨嗎？」

推德頓撐起一把大雨傘，遮住自己和他兄弟，抬頭往上看：「不會，我想不會下雨，至少——在**這傘下面**不會。絕對不會。」

「但是，**傘外面**會下雨嗎？」

推德迪說：「可能會，如果老天要下雨，我們不敢反對。反之亦然。」

愛麗絲心想：「自私鬼！」正想跟他們說聲「晚安」就離開，這時推德頓突然從傘下跳出來，一把抓住她手腕。

他激動得連聲音都噎住了，眼睛頓時睜大，滿眼猜忌，手指顫抖指著樹下一個白色小東西：「妳看見**那個**了嗎？」

愛麗絲仔細察看那個白色小東西，然後說：「那只是個撥浪鼓，」看他那般驚慌失措，連忙補了一句：「又不是**響尾蛇**[7]，你也知道，只是個舊的撥浪鼓——又老舊又破爛。」

7　英文裡，撥浪鼓 rattle 和響尾蛇 rattle-snake 共用一個 rattle。

推德頓瘋狂跺腳、拉扯頭髮，嘴裡大叫：「我就知道是撥浪鼓。」然後，瞪著推德迪，「一定是，被破壞的！」而推德迪立刻坐在地上，設法躲進傘底下。

愛麗絲手搭著他胳臂，語氣溫和安撫他：「你犯不著為一個破舊的撥浪鼓生這麼大的氣。」

推德頓火氣更大，聲音高昂近乎尖叫：「那不是舊的！那是新的，我告訴妳──我昨天才買的──嶄新的撥浪鼓！」

這時，推德迪正要收起那把雨傘，想把自己藏在裡面，動作很不尋常，愛麗絲看著他，忘了暴跳如雷的推德頓。偏偏他就是收不起傘，結果把自己捲了進去，和雨傘捆成一團，剩下腦袋露在外面，只見他躺在那兒，嘴巴眼睛一開一闔──愛麗絲心想：「活像一條魚。」

推德頓終於平靜下來：「理所當然，你贊成打一仗囉？」

另一個從傘底下爬出來，氣呼呼回答：「我不反對。只是，她得幫我們整理裝備，知道吧。」

於是兩兄弟手牽手走進樹林，一分鐘後出來了，抱著大把大把東西──譬如墊枕、毛毯、爐前地毯、桌布、盤子護套、炭火鉗。推德頓說：「希望妳對扣別針和綁帶子很內行，這些東西全部都要穿戴上身，不管穿在哪裡。」

事後愛麗絲回想，這一輩子沒見過如此這般的小題大作──兄弟倆衝來衝去──雜七雜八東西穿戴上身──幫他們綁繩子和扣鈕釦的繁瑣──還要給推德迪的脖子塞墊枕，套句他說的話：「預防

腦袋被砍掉。」最後，愛麗絲自言自語：「等他們整裝完畢，好比兩大團破爛衣服堆疊上身！」

推德迪還很嚴肅的補充：「妳知道吧，腦袋被砍掉——是戰場上最嚴重的狀況。」

愛麗絲笑出聲來，但努力裝成咳嗽聲，免得傷他自尊心。

推德頓走過來，讓她幫忙綁好頭盔（他稱之為頭盔，其實更像燉鍋），嘴裡問：「我臉色蒼白嗎？」

愛麗絲溫和回答：「啊——是——有一點點。」

他壓低低聲：「平常我非常勇敢，只是今天碰巧有點頭疼。」

推德迪偷聽到他們對話，也說：「我則是牙疼！比你更糟糕！」

愛麗絲想趁這個好機會讓他們和解：「那麼，你們今天就別打仗了。」

推德頓說：「我們必須打上一仗，還好我也不想打太久。現在幾點鐘了？」

推德迪看看手錶：「四點半。」

推德頓說：「那我們就打到六點，然後吃晚餐。」

另一位則有點悲哀的說：「很好，她可以在旁觀看——只是別太靠近我們。」又補上一句：「我打得起勁時，通常看到什麼就打什麼，毫不留情。」

推德頓也喊：「而我則是遇上什麼就打什麼，不管看不看得見。」

愛麗絲笑起來：「我猜想，那你們一定常常打到樹木。」

推德頓笑容滿面環顧四周：「等我們收兵時，我估計，方圓之內，不會剩下一棵樹！」

愛麗絲說：「一切只為了一個撥浪鼓！」依然希望他們**有點慚愧**，居然為一樁小事大動干戈。

推德頓說：「那個撥浪鼓如果不是新的，我才不會那麼在意。」

愛麗絲心想：「希望那隻巨大烏鴉會飛過來！」

推德頓對他兄弟說：「你知道，我們只有一把劍，不過，你可以用那把雨傘——也同樣鋒利。只是，我們得快點開始，天色已經很黑了。」

推德迪說：「越來越黑了。」

天色突然昏暗，愛麗絲以為雷雨要來了。「好厚的烏雲啊！怎麼移動這麼快！唉唷，還以為烏雲長了翅膀呢！」

推德迪驚慌尖叫：「那是烏鴉！」兩兄弟拔腿就跑，片刻之間不見蹤影。

愛麗絲跑了一小段路衝進樹林裡，停在一棵大樹下，心想：「在這裡牠絕對逮不到我，翅膀那麼大，根本擠不進樹木間隙。不過，也希望牠別拍打翅膀——那會在樹林裡掀起颶風——咦，誰的披肩被吹到這裡了！」

第五章：老綿羊與小溪流

　　愛麗絲一把抓住飄來的披肩，東張西望尋找披肩主人，片刻之後，只見白棋王后穿過樹林瘋狂跑來，兩隻手臂高舉張開，好像在飛似的。愛麗絲迎上去，彬彬有禮奉上披肩。

　　愛麗絲幫白棋王后圍上披肩，然後說：「很高興我恰好撿到。」

　　白棋王后只是看了她一眼，神情無助又驚恐，不停低聲自言自語，好像重複說著「麵包和奶油，麵包和奶油」。愛麗絲覺得，想要和白棋王后攀談，得自行找個話題才行，於是怯生生的問：「我有榮幸和白棋王后談話嗎？」

　　白棋王后說：「啊，好啊，如果妳是要幫我打理服飾[1]的話，但那根本不是我想要的事。」

　　愛麗絲心想，一開始交談就要爭論，那就談不下去了，於是微笑說：「陛下願意告訴我怎麼做，我一定盡力做好。」

　　可憐的白棋王后呻吟一聲：「可是我根本不要人家幫我，過去兩個鐘頭裡，我一直自己打理服飾。」

　　看她那邋遢樣子，愛麗絲禁不住懷疑，如果有人幫她打點，她

1　這裡又是利用同音異義字，愛麗絲問是否有榮幸與王后「談話」（addressing），而王后卻聽成是否要幫她「打理服飾」（a-dressing），身為王后當然習慣有宮廷侍女幫她整裝穿衣，但在荒郊野外沒有侍女服侍她，難怪穿得不夠體面。

應該穿得更體面。心想：「她身上每樣東西都歪七扭八，還滿頭髮夾！」──於是大聲說：「可以讓我幫您整理披肩嗎？」

白棋王后憂心忡忡：「我不知道這披肩怎麼搞的，好像在發脾氣。我把它釘在這邊，也把它釘在那邊，偏偏就是不順！」

愛麗絲說：「妳知道嗎，全部只釘在一邊，是**沒法**搞定的，」於是溫柔的幫她弄正：「唉唷，您的頭髮怎麼亂成那樣！」

白棋王后嘆了一口氣：「刷子纏在頭髮裡了！而昨天又弄丟了梳子。」

愛麗絲小心翼翼取出刷子，盡量幫她頭髮梳理整齊，然後重新夾上髮夾：「瞧，您現在好看多了！不過，您真需要有個貼身女侍才行！」

白棋王后說：「我會很樂意雇用妳！週薪兩便士，每隔一天還有果醬吃。」

愛麗絲禁不住笑起來：「我不需要您雇用**我**──我也不喜歡吃果醬。」

白棋王后說：「那是上等的果醬呢。」

「啊，不管怎樣，我今**天**不想吃果醬。」

白棋王后說：「妳今天**就是**想吃也吃不到。規矩是：明天吃果醬，昨天吃果醬──但是**今天**沒果醬吃。[2]」

───────────

2　白棋王后對於吃果醬的邏輯思考很莫名其妙，原來她把英文和拉丁文混為一
　　談，這個妙趣只有讀過拉丁文的才能體會。白棋王后是在套用拉丁文的文法規

愛麗絲反駁：「必定有一天是『今天吃果醬』的日子吧。」

白棋王后說：「不，不行，規矩是**每隔一天**吃果醬，妳知道，今天又不是每隔一天。[3]」

愛麗絲說：「我不懂您的意思，越聽越糊塗！」

白棋王后慈祥和藹的說：「這就是時光倒流[4]的效果，剛開始總

則，她所說的jam事實上是iam（古典拉丁文裡的i和j可以相通互換），意思是「現在」，iam這個字只能用在未來式和過去式，不能用在現在式，現在式要用nunc。所以她說：「規矩是：明天吃果醬，昨天吃果醬——但是今天沒果醬吃。」其實是：「文法規則是：明天用jam（或iam），昨天用jam（或iam）——但是今天不能用jam（或iam）。」大概只有學過拉丁文的讀者，才能體會個中奧妙，連*Annotated Alice*的作者也接獲拉丁文教師來函之後，才在2000年的新版予以特別注釋說明（頁196）。英國很多學童都學拉丁文，所以他們懂得這個笑話的背後指涉。白棋王后自己也混淆jam和iam，硬把拉丁文的jam（現在）套在英文的jam（果醬）上，中譯時也當然將錯就錯。

3　這裡又有中譯難以傳達的奧妙，原文是It's jam every *other* day: to-day isn't any other day，王后意思是：除了「今天」以外，「每一個」（every）「其他的日子」（other day）可以吃果醬，但是，今天不是「任何」「其他的日子」，所以不能吃果醬。這是遵照拉丁文法，除了「今天」不能用jam（或iam）以外，「其他的每一天」都可以用jam（或iam）。但是，遵照英文文法，every other day是個成語，指的是「每隔一天」。注意：路易斯·卡若爾有特別強調other這個字。不過，話說回來，如果依照這個邏輯推論，既然每個今天都不是其他的日子，因此可能每天都沒果醬吃，幽默只給懂得的人去欣賞。

4　原文是living backwards，「時光倒流」也有另外說法：backward living或time reversal，路易斯·卡若爾一向對這個概念很有興趣，他另外一部作品*Sylvie and Bruno Concluded*也出現事件逆時發生的情節，還喜歡把音樂盒的曲子倒著播放（參見Bowman, *The Story of Lewis Carrol*）。科幻小說或傳奇故事常出現「時光倒流」，最著名的例子是費茲傑羅（F. Scott Fitzgerald, 1896-1940）的短篇小說〈班傑明的奇幻旅程〉（"The Strange Case of Benjamin Button"），一個人出生時是80歲的老頭子，越活越年輕，最後變回嬰兒，這個故事的靈感來自馬克吐溫（1835-1910），他曾說過：「人生肯定會更快樂，要是我們出生時是80

讓人有點暈頭轉向——」

　　愛麗絲大為驚奇：「時光倒流！從來沒聽過這回事！」

　　「——可是，這有一大優點，那就是，人的記憶會有兩個方向。」

　　愛麗絲說：「我確定**我的**記憶只有一個方向，無法記得未來還沒發生的事。」

　　白棋王后說：「記憶力差的只記得過去發生的事。」

　　愛麗絲壯膽繼續問：「哪些事情您記得最清楚？」

　　白棋王后答得力不從心：「噢，下個星期即將發生的事。」一面說著，一面在手指貼上一大片醫療膠布，[5]「譬如說，紅棋國王的信差，目前在監牢裡服刑接受處罰，下個星期三才會審判他，當然哪，到最後他才會犯罪。」

　　愛麗絲問：「萬一他根本沒犯罪呢？」

　　白棋王后說：「沒犯罪，那就更好了，不是嗎？」說著，在貼著膠布的手指上綁一根緞帶。

　　愛麗絲實在無從反駁她那

歲，慢慢活到18歲。」（"Life would be infinitely happier if we could only be born at the age of 80 and gradually approach 18."）。

5　原文plaster指的是「膏藥貼布」，相當於band-aid，受傷時貼在傷口上。可是，白棋王后還沒有受傷啊，所以這裡算是一個伏筆（foreshadowing），也預告「時光倒流」。

麼說：「沒犯罪當然更好。但是，他還沒犯罪卻被處罰，對他可不太好。」

白棋王后說：「總而言之，那錯的就是妳了。妳被處罰過嗎？」

愛麗絲回答：「只有犯錯的時候。」

白棋王后得意洋洋：「妳犯錯所以被罰，對妳可是很好。我就知道！」

愛麗絲說：「是啊，因為我**先做了**錯事，所以後來被處罰，狀況完全不同。」

白棋王后說：「但是，如果妳**沒有**做錯事，那就更好了，更好，更好，更好！」每說一次，聲調就越提越高，到最後變成吱嘎聲。

愛麗絲正要說：「這當中大概有錯——」話沒說完，立刻停住，因為白棋王后開始尖叫，一面叫：「噢，噢，噢！」一面用力甩手，彷彿要把手甩掉似的。「我的手指在流血！噢，噢，噢，噢！」

她的叫聲跟蒸汽火車頭的汽笛一樣尖銳，愛麗絲不得不雙手搗住耳朵。

好容易等到白棋王后暫停尖叫，愛麗絲趕快問：「究竟是怎麼回事？您扎到手指了嗎？」

白棋王后說：「還沒扎到，不過很快就要扎到了——噢，噢，噢！」

愛麗絲差點笑出來：「您預計什麼時候會扎到？」

可憐的白棋王后呻吟著：「等我想再固定披肩時，胸針就會鬆開，噢，噢！」正當此時，胸針果然迸開，她一把抓住胸針，想要扣回去。

愛麗絲大叫：「小心！您胸針抓歪了！」但為時已晚，只見白棋王后手握胸針，針已經滑出來，扎進白棋王后手指。

白棋王后笑著對愛麗絲說：「妳瞧，這就是流血的原因。現

在，妳明白了吧，在我們這裡，事情發生的順序就是這樣。」

愛麗絲問：「那您**現在**為什麼不尖叫呢？」說著，又舉起雙手，準備摀耳朵。

白棋王后回答：「啊，我剛剛已經尖叫過了，再尖叫一次又有什麼好處呢？」

這時候天色已轉亮。愛麗絲說：「我想，那隻巨大烏鴉應該飛走了，真高興牠飛走了，剛才我還以為天黑了。」

白棋王后說：「希望我能夠快樂起來，只是我永遠記不得原則。住在這片樹林裡，一定要快樂起來，隨時隨地都要快樂！」

愛麗絲悶悶不樂：「只是在這裡**非常**孤單！」想起自己也是孤伶伶的，兩顆豆大淚珠滾下雙頰。

可憐的白棋王后絕望的擰著雙手：「噢，別那樣！想想看，妳是個很棒的女孩，想想看，妳今天走了那麼遠的路才來到這裡，想想看，現在幾點鐘了，想想任何事都可以，就是不要想哭！」

愛麗絲聽了忍不住笑出來，即使雙眼含淚：「想想別的事情，您就不會想哭了嗎？」

白棋王后毅然決然的說：「就是這樣啊，妳知道，人不能同時做兩件事。先想想妳的年紀——妳幾歲了？」

「我正好七歲半。⁶」

白棋王后說：「妳不必說『真正』⁷七歲半，妳不說我也相信。好吧，說點讓妳相信的事，我現在一百零一歲五個月又一天。」

6　從《愛麗絲幻遊奇境》第六章的那場瘋狂茶會得知，5月4日是愛麗絲‧黎寶的生日，那時她是7歲。《愛麗絲鏡中奇緣》場景發生在11月4日，所以她現在是整整七歲半。

7　愛麗絲說「正好」（exactly），王后說成「真正」（exactually），那是exactly和actually結合成一個字，特別強調完全正確。

愛麗絲說：「我不相信您有**那麼大歲數**！」

白棋王后語氣憐憫：「妳不相信？再試試看，深深吸一口氣，閉上眼睛。」

愛麗絲笑著說：「根本不用試試看，**沒人會**相信不可能的事。」

白棋王后說：「我敢說，妳沒怎麼練習。我像妳這麼大時，每天都要練習半個鐘頭。有時候，光是早餐之前，我就可以相信六件不可能的事。唉呀，我的披肩又飄走了！」

說話的當兒，她的胸針又鬆脫了，一陣強風突然吹來，吹得她的披肩飄過小溪流。白棋王后又高舉雙手，追逐披肩飛奔而去，這回她及時抓住披肩，得意洋洋的喊：「我抓住了！妳看我又會固定披肩了，我自己會！」

愛麗絲彬彬有禮回應：「希望您的手指好些了？」說完，隨著白棋王后渡過小溪流。

白棋王后大喊：「噢，好多了！」聲音高昂，同時轉成吱嘎聲：「好多——了！好——多了！好——多——多——了！好——多！」最後一個字的尾音，變成一長串咩咩叫，好像綿羊叫聲，愛麗絲非常驚愕。

她看著白棋王后，突然王后好像全身裹在一團羊毛裡。愛麗絲揉揉眼睛，再看一眼，搞不懂發生什麼事。她是在一家店鋪裡嗎？坐在櫃檯另一面的，真的是——真的是一頭綿羊嗎？她再揉揉眼睛，還是搞不懂怎麼回事：此時此刻她身在一間昏暗小店鋪裡，手肘靠著櫃檯，櫃檯對面是一頭老綿羊，坐在扶手椅上，織著毛線，

三不五時抬起頭來，透過厚重的眼鏡看看她。[8]

終於，老綿羊暫停織毛線，抬起頭來：「妳要買什麼嗎？」

愛麗絲很有禮貌的說：「我也不太清楚，可以的話，我想先四處看看再說。」

老綿羊說：「願意的話，妳可以看看前面，看看兩邊，但沒辦法四面都看到──除非妳腦袋背後長了眼睛。」

的確如此，愛麗絲腦袋背後沒有長眼睛，只好安慰自己，轉身來到貨架前面看看。

店鋪裡似乎擺滿各種稀奇古怪的東西──最奇怪的是，每當她盯著一層貨架，想看上面擺的東西時，那一層貨架就永遠空空如也，而周圍其他貨架卻擺得滿滿的。

她花了一分鐘左右的時間，緊盯著一個又大又亮的東西，卻徒勞無功，那東西有時像洋娃娃，有時又像針線盒，然而，不管她怎

8　牛津大學基督堂學院入口大門Tom Gate附近有一間兩層樓小小店面的雜貨店，路易斯‧卡若爾常帶孩童們來此。這一章「老綿羊店鋪」（Old Sheep's Shop）就是以這個雜貨店為藍本。現在此處已經改裝成著名的觀光禮品店Alice's Shop，專門販售與愛麗絲有關的各種紀念品。讀者在Google Maps鍵入 "Alice's Shop"，即可透過「街景服務」看到這間小店的街景和照片，好像身歷其境。

麼盯著，那東西總是出現在上方那層貨架。最後，她哀怨的說：「這裡的東西真會竄來竄去！」接著補上一句：「真是氣死人，」突然，又冒出一個念頭：「不過，我會——我會緊緊盯著它往上竄到最頂層貨架，它會穿透天花板才怪！等著瞧吧！」

但是這個計畫也失敗了，那「東西」居然無聲無息穿透天花板，彷彿習以為常似的。

老綿羊問：「妳是個孩子，還是個四面陀螺？[9]妳這樣一直轉個沒停，害我很快就頭昏眼花，」說著，拿起另一對棒針，而她手上已經用十四對棒針同時編織，愛麗絲看了禁不住驚訝萬分。

愛麗絲十分困惑，心想：「她怎麼**可能**同時用這麼多根棒針？每過一分鐘，她就更像一隻豪豬！」

老綿羊問：「妳會划船嗎？」說著，也遞給她一對棒針。

愛麗絲正說：「會呀，會一點點——但不是在陸地上划——也不是用棒針划——」突然，手上的棒針變成船槳，這才發現，此刻她們就在一艘小船裡，沿著溪流向前行進，她也沒辦法，只好盡力划槳。

老綿羊拿起另一對棒針，大喊：「平槳！[10]」

這話聽起來不像需要回答，愛麗絲沒說什麼，繼續不斷的划。心想，這溪流的水十分古怪，因為三不五時，船槳會卡在水裡，很

9　「四面陀螺」原文teetotum，並不是一般陀螺（top），而是一種四方形骰子，四個刻面有數字或文字，遊戲或賭博時以手擲轉，陀螺停止後，照著轉出的指示有所動作。

10　老綿羊一直喊 "feather!" 是要愛麗絲「平槳！」，「把船槳放平」，暫時停止划船，讓船自行漂浮前進。原文feather是命令句動詞「平槳！」，不是名詞「羽毛」，這是划船專業術語，指的是把船槳從水裡抽出來放平，槳葉向前伸，與船身平行，以便掠過水面。愛麗絲不太會划船，難怪不懂這個術語，只覺得「這溪流的水十分古怪，因為三不五時，船槳會卡在水裡，很難再拉出水面」。

難再拉出水面。

老綿羊拿起更多棒針，又大喊：「平槳！平槳！妳快要卡住船槳了[11]。」

愛麗絲心想：「抓到一隻可愛的小螃蟹！我應該會喜歡。」

老綿羊拿起一大把棒針，生氣的說：「妳難道沒聽到我說『平槳』嗎？」

愛麗絲說：「我是聽到了，妳說了這麼多次——又這麼大聲。請問，哪裡有螃蟹？」

老綿羊說：「當然哪，在水裡！」說著，把幾根棒針插在頭髮裡，因為雙手都滿了，「我說的是，平槳！」

愛麗絲終於惱火了：「為什麼妳一直說『羽毛』？我又不是一隻鳥！」

11　難怪老綿羊說愛麗絲快要「卡住船槳」（catch a crab），那是划船俚語，指划船者動作太大，船槳划得過深或入水角度不對，以至於槳葉卡在水裡動彈不得，或槳柄出水時打到船上的人。但愛麗絲不懂這個術語，卻以為「抓到一隻螃蟹」，翻譯這種「牛頭不對馬嘴」的文字遊戲時，應該分別遷就老綿羊愛麗絲的認知觀點，雖然讀者閱讀起來會覺得莫名其妙，但這也是路易斯·卡若爾原旨要表達的戲謔效果。

老綿羊說：「因為妳是啊，妳是一隻小笨鵝。[12]」

愛麗絲有點生氣，一兩分鐘之內她們沒有對話，小船繼續緩緩漂流，有時經過水草叢（這時船槳被緊緊卡在水裡，[13]比先前更嚴重），有時經過樹下，但永遠都是兩岸高聳，罩著她們頭頂上方。

愛麗絲突然大喊：「哇，好棒！那邊有一些燈芯香草！」愉悅之情油然而起，「真的呢——而且那麼美麗！」

老綿羊繼續編織，頭也不抬：「妳不必對我說『好棒』，又不是我種的，而且我也不打算摘了帶走。」

愛麗絲懇求：「不，我的意思是——拜託，我們可以停下來摘幾枝嗎？妳不介意把船停下來一分鐘吧。」

老綿羊說：「我怎麼可能把船停下來？妳不繼續划槳，船自己就會停。」

於是，小船順著水流漂盪，緩緩漂進隨波擺盪的燈芯草叢。愛麗絲捲起袖子，小手臂伸入水裡到手肘深度，從夠深的長度折下燈芯草莖——有好一陣子，愛麗絲完全忘了老綿羊和她編織的東西，只顧著從小船側面彎腰採摘，捲曲髮梢輕沾水面——睜著明亮迫切的雙眼，摘下一束又一束清新芳香的燈芯香草。

她還自言自語：「但願小船不要翻覆！噢，那一朵多麼可愛啊！可惜我摘不到。」隨著小船漂流前進，雖然她已經摘到很多美麗的燈芯香草，但遠處永遠有一朵更美麗的燈芯香草她摘不到，這的確有點惱人（心想：「好像故意那樣似的」）。

最後，對著那些頑固的燈芯香草，那麼遙不可及，她嘆了一口氣：「最漂亮的永遠長在最遠的地方！」然後，帶著紅潤的雙頰、

12　原文goose也指「笨蛋、傻瓜」，老綿羊說她是一隻小小「呆頭鵝」。

13　船槳果然卡在水草叢裡動彈不得，呼應前面老綿羊所謂catch a crab的划船術語意義。

滴水的髮梢與雙手，爬回小船座位，整理剛剛獲得的寶藏。

那些燈芯香草，從剛剛摘下的那一刻起，竟然開始逐漸枯萎，失去芳香與美豔，怎麼回事？妳也知道，真正的燈芯香草，應該還能持續一陣子——然而這些夢幻香草，成堆躺在腳邊，居然像雪一般融化了——但愛麗絲還需要思考很多其他稀奇古怪的事，所以也沒注意到這麼多。

她們前進沒多久，一支船槳就卡在水裡，再也不肯出來（愛麗絲事後如此解釋），結果是，船柄打到愛麗絲下巴，可憐的她也尖叫了幾聲「噢，噢，噢！」但還是被甩出座位，跌入一堆燈芯香草當中。

還好，一點也沒受傷，很快又坐起來。這當兒老綿羊繼續編織，好像什麼都沒發生，只說了一句：「妳的船槳卡得真好！[14]」愛麗絲爬回座位，非常慶幸自己還在船上。

愛麗絲回答：「螃蟹？我怎麼沒看見，希望沒放掉——我倒想帶一隻螃蟹回家！」老綿羊只是輕蔑微笑，繼續編織。

愛麗絲問：「這裡有很多螃蟹嗎？」

老綿羊回答：「有螃蟹，還有各式各樣東西，隨妳挑，只要拿定主意。現在，妳想要買什麼？」

愛麗絲回應：「要買！」語氣半驚訝半恐慌——因為船槳、小船、溪流都在一瞬間消失，又回到那間昏暗小店鋪裡。

她怯生生的說：「我想買一個雞蛋，請問怎麼賣？」

老綿羊回答：「一個五便士——兩個兩便士。」

愛麗絲掏出錢包，驚訝的問：「買兩個比買一個還便宜？」

---

14 此處的幽默是一連串的雙關語，老綿羊大概心想：活該！叫妳「把船槳擺平」妳不聽，妳以為是「羽毛」，自作自受，「船槳卡在水草裡」、「船槳把柄打到自己下巴」。

老綿羊說：「只是，如果買兩個，就必須兩個都吃了。」

愛麗絲說：「那麼，我只要買**一個**就好了，」把錢放在櫃檯上，心想：「可能兩個都不夠好。[15]」

老綿羊收了錢，放進盒子裡，然後說：「我從來不把東西放在人家手裡——那可行不通——妳必須自己去貨架上拿。」說完，走到店鋪盡頭，把雞蛋豎立在一層貨架上。

愛麗絲心想：「奇怪**為什麼**行不通？」因為店鋪盡頭非常昏暗，只好在桌子椅子之間一路摸索過去。「好像越往前走，雞蛋就離我越遠。讓我瞧瞧，那是一張椅子嗎？什麼？它居然有枝葉！店鋪裡面居然長了一棵樹，多麼奇怪呀！這裡還真的有一道小溪流！啊，一輩子沒看過這麼奇特的店鋪！」

*　　　　*　　　　*　　　　*

*　　　　*　　　　*

*　　　　*　　　　*　　　　*

愛麗絲就這麼摸索過去，越走越困惑，接近的每一樣東西，瞬間都變成一棵樹，預料那顆蛋也將如此。

---

15 聽說當年牛津大學基督堂學院的學生都知道，如果早餐時點一個白煮蛋，一定會送來兩個，因為其中必定有一個是壞的（參見 *The Diaries of Lewis Carrol*, Vol. I, 176）。

第六章：不倒翁大胖墩

　　然而，愛麗絲越接近，那顆蛋也越變越大，越來越像人的模樣，來到幾碼外，看到它有眼睛、鼻子、嘴巴，再走近一點，才看清楚那就是**不倒翁大胖墩**[1]本人。愛麗絲自言自語：「不可能是別人！千真萬確，彷彿他的名字就寫在臉上！」

　　不倒翁大胖墩那張臉非常大，大得可以輕輕鬆鬆在上面把名字寫上一百遍。他像土耳其人一樣盤腿而坐，坐在一堵高牆頂上──牆卻很窄，愛麗絲很納悶，他怎麼保持平衡──而且，眼睛一直盯著反方向，根本沒注意到愛麗絲，愛麗絲還以為只是一個填充玩具。

　　愛麗絲大聲說：「他像透了一顆蛋哪！」擔心他隨時會滾下來，伸出雙手準備隨時接住他。

　　不倒翁大胖墩沉默好一陣子，才把頭轉向旁邊：「被稱為蛋，讓人非常震怒──非常！」

1　他的名字 Humpty Dumpty 裡的字根 "ump" 即是圓形或團狀的東西，而且他長得就像一顆蛋，圓滾滾胖嘟嘟，活似一尊「不倒翁」，因而音譯加上意譯，譯為「不倒翁大胖墩」。Humpty Dumpty 是英國傳統童謠裡的著名人物，外型神似一顆蛋的矮胖男子，從牆頭上摔下來跌得粉碎，也泛指倒下去就爬不起來的人，或損壞後無法修護的東西，或自己胡亂創造字義的人，這些都符合他在本書中的行徑。

　　愛麗絲溫和的解釋：「先生，我說你**看起來像一顆蛋**，」又補了一句：「你也知道，有的蛋非常漂亮。」希望把剛才的批評轉變成恭維。

　　不倒翁大胖墩還是把頭一撇：「有些人的智慧還比不上一個嬰兒呢！」

　　愛麗絲不知怎麼回應，心想：這根本不像是對話，因為他根本沒對著她說話，事實上，他顯然是對著一棵樹在說話──於是，她站在那兒，輕聲背誦一首童謠給自己聽：

> 不倒翁啊大胖墩，盤腿坐在牆頭上，
> 不倒翁啊大胖墩，嘰哩咕嚕滾下來，
> 國王出動大批人，國王出動大批馬，
> 通通沒法放他回原位，不倒翁啊大胖墩。[2]

　　愛麗絲大聲的補上一句：「最後那一行太長了，搭配不上這首詩，」忘了不倒翁大胖墩會聽到。

　　不倒翁大胖墩這才正眼瞧她：「別站在那兒喃喃自語啦，告訴

2　這首童謠典故來自膾炙人口的「鵝媽媽童謠」（Mother Goose rhymes），只是最後一行稍有差異："Cannot put Humpty Dumpty together again"（沒法重新組合他）。這首童謠中的一句 All the King's men 被多人引用而赫赫有名：（1）1946年美國作家 Robert Penn Warren 出版 *All the King's Men*（《國王的人馬》，獲得普立茲獎（Pulitzer Prize），1949年及2006年兩度拍成電影；（2）1976年美國《華盛頓郵報》兩位記者 Bob Woodward 和 Carl Bernstein 出書 *All the President's Men*（《總統的人馬》），報導水門事件，同年拍成電影，由知名演員 Robert Redford 和 Dustin Hoffman 主演；（3）2004年美國歷史學家 Doug Wead 出版 *All the King's Children: Triumph and Tragedy in the Lives of America's First Families*（暫譯《國王的子女》），闡述美國第一家庭子女的悲歡歲月及命運。

我妳叫什麼名字，又是幹什麼的。」

「我的**名字**是愛麗絲，但是——」

不倒翁大胖墩不耐煩的打岔：「這個名字有夠笨！有什麼意義嗎？」

愛麗絲猶疑的問：「名字**一定**非有意義不可嗎？」

不倒翁大胖墩發出短促笑聲：「當然一定要有，**我的名字**就表示我的長相[3]——而且是很瀟灑的長相。哪像妳的名字，幾乎可以表示任何長相。」

愛麗絲不希望引發爭論：「為什麼你一個人坐在那兒？」

不倒翁大胖墩大喊：「因為沒有人跟我在一起啊！妳以為我連那種問題都答不出來嗎？換個別的問題。」

愛麗絲繼續問：「你不覺得地面上比較安全嗎？」絲毫不想再製造一個謎題，而是出自一片好意，擔心這個怪物的安全。「那牆頭很窄吔！」

不倒翁大胖墩咆哮怒吼：「妳的謎題簡單得離譜！當然我不那麼想！哼！要是我**真**的摔下去——那不可能——但**如果**真的摔了——」說到這裡，噘起嘴唇，神情莊重嚴肅，愛麗絲差點笑出來。接著又說：「**如果我真的摔下去，國王答應過我**——唉，妳大可臉色發白，隨便妳！妳以為我不會說，是嗎？**國王答應過我——親口答應的——要——要——**」

愛麗絲不太聰明的打岔說：「要出動全部的人馬。」

不倒翁大胖墩突然激動的大發雷霆：「太過分了！妳一定躲在門外偷聽——躲在樹後偷聽——溜下煙囪偷聽——不然的話，妳怎麼會知道！」

3　不倒翁大胖墩自詡他的名字符合他的長相，這也讓人聯想中國造字的六種類型（象形、指事、會意、形聲、轉注、假借）當中的「象形」。

愛麗絲溫和的說：「我沒有偷聽！是書上寫的。」

不倒翁大胖墩語氣稍微緩和：「啊，好吧！人家可能把這種事寫在書裡，就成了你們所謂的**英國歷史**，一定是。現在，仔細看看我！我是跟國王說過話的人，就是我，或許妳永遠找不到像我這樣的人，為了表示我並不驕傲，妳可以握握我的手！[4]」他笑得合不攏嘴，嘴角咧到兩邊耳根，[5]身體往前傾（還差點滾下牆頭），伸出一隻手給愛麗絲握。愛麗絲握住手時，有點焦慮的看著他，心想：「要是他笑得更開心，兩邊嘴角可能會咧開到腦袋後面會合，然後，不知道他的腦袋會怎樣！恐怕會掉下來吧！」

不倒翁大胖墩繼續說：「沒錯，國王全部的人馬，都會立刻趕來把我再撿起來，**他們一定會**！不過，目前我們對話進行太快，回到剛剛倒數第二個話題吧。」

4　不倒翁大胖墩強調他「不驕傲」，也絕不會「摔下牆頭」，但讀者心知肚明。路易斯‧卡若爾在此融入俗諺「驕兵必敗」Pride goes before a fall，字面上的意思是「驕者必摔」。

5　原文 grin from ear to ear 是個成語，指的是「笑得合不攏嘴，嘴角咧到兩邊耳根」，不倒翁大胖墩笑得太開心了，愛麗絲擔心他兩邊嘴角咧開連成一整圈的話，腦袋瓜子可能會掉下來。

愛麗絲很有禮貌的說：「恐怕我不太記得是哪個話題。」

不倒翁大胖墩說：「既然那樣，我們就重新開始吧。這回輪到我選擇話題——」（愛麗絲心想：「彷彿在玩遊戲似的！」）「那麼，問妳一個問題，妳剛剛說妳幾歲？」

愛麗絲迅速計算一下，然後說：「七歲六個月。」

不倒翁大胖墩得意洋洋的大喊：「錯了！妳剛才根本不是這樣說的！」

愛麗絲解釋：「我以為你是問『妳現在幾歲？』」

不倒翁大胖墩說：「如果我是那個意思，我會直接問。」

愛麗絲不想再引發爭論，所以沒說什麼。

不倒翁大胖墩若有所思複述一遍：「七歲六個月！一個挺麻煩的年紀。如果妳徵詢我的意見，我會說『停在七歲』——不過，現在為時已晚。」

愛麗絲憤慨的說：「我從不為長大而問別人意見。」

對方問：「因為太自負了？」

愛麗絲聽了這意見，更是憤慨：「我的意思是，人免不了要長大變老。」

不倒翁大胖墩說：「或許，一個人沒辦法，但是，兩個人就有辦法。配合適當協助，妳可以停在七歲。」

愛麗絲突然轉換話題：「你那腰帶真漂亮啊！」（心想：年齡的話題他們已談了夠多，更何況，若要輪流選擇話題，也該輪到她了。）念頭一轉，又更正剛才說法：「我應該說，真漂亮的領巾——不——我指的是，真漂亮的腰帶——」慌亂之下又補了一句：「對不起！」看到不倒翁大胖墩怒氣沖沖，又後悔選了這個話題。心想：「要是分得出哪裡是脖子、哪裡是腰，那就好了！」

不倒翁大胖墩顯然非常生氣，有一兩分鐘沒說話。等他再開口時，聲音變成低沉怒吼。

他終於說了：「居然有人連領巾和腰帶都分不清楚，那是讓人——最——震怒的事！」

愛麗絲語調十分謙卑：「我知道，我很無知。」不倒翁大胖墩這才緩和一些。

「孩子，這是條領巾，正如妳說的，非常漂亮的領巾，是白棋國王和王后送我的禮物，給妳看看！」

愛麗絲說：「真的嗎？」有點高興畢竟還是選對了話題。

不倒翁大胖墩蹺起二郎腿，雙手環抱膝蓋，若有所思繼續說：「他們送給我——當作『非生日禮物』。」

愛麗絲一頭霧水：「請再說一遍。」

不倒翁大胖墩說：「妳又沒冒犯我。[6]」

「我的意思是，什麼是『非生日禮物』？」

「當然哪，就是非你生日時送的禮物。」

愛麗絲想了一下，然後說：「我最喜歡生日禮物了。」

不倒翁大胖墩喊：「妳不知道自己在講什麼！一年有多少天？」

愛麗絲說：「三百六十五天。」

「那妳有幾個生日？」

「一個。」

「三百六十五天減掉一天，還剩幾天？」

「當然是三百六十四天。」

不倒翁大胖墩不以為然：「我寧可看妳在紙上演算。」

愛麗絲忍不住笑出來，拿出記事本，演算給他看：

6　當聽不懂對方所說的話時，"I beg your pardon?"是「對不起，請再說一遍」，而照字面解釋好像是「乞求你的原諒」。因此不倒翁大胖墩回應說「妳又沒冒犯我」，言下之意是「幹嘛乞求我原諒妳」。

$$
\begin{array}{r}
365 \\
-1 \\
\hline
364
\end{array}
$$

不倒翁大胖墩接過記事本，仔細看，然後說：「好像算對了——」

愛麗絲打岔：「你記事本拿顛倒了！」

愛麗絲幫他反轉過來，不倒翁大胖墩高興的說：「我就知道拿反了！難怪覺得有點奇怪。就像我剛剛說的，**好像**算對了——雖然我剛才沒時間仔細檢查——不過，這表示妳有三百六十四天可能收到『非生日禮物』——」

愛麗絲回答：「的確是。」

「而只有**一**天能收到生日禮物。這就是妳的榮耀！」

愛麗絲說：「我不懂你說的『榮耀』是什麼意思。」

不倒翁大胖墩鄙夷微笑：「當然妳不懂——除非我告訴妳。我的意思是，『妳這個不容反駁的辯證很棒！』」

愛麗絲抗議：「但是，『榮耀』的意思並不是『不容反駁的辯證』。」

不倒翁大胖墩又藐視的說：「**我**用的每一個字，都是我精挑細選用來表達的意義——既不過分也無不及。」

愛麗絲說：「問題是，你是否**能夠**讓字詞表示這麼多不同的意義。」

不倒翁大胖墩說：「問題是，誰才是**主宰者**——那才是重點。[7]」

7　不倒翁大胖墩斬釘截鐵的說："When *I* use a word, it means just what I choose it to mean — neither more nor less"，在語言世界裡，說話人權威至上，所以他強調："The question is, which is to be master"。這句話一語道盡他在兩本愛麗絲書

　　愛麗絲頓時困惑得無言以對，過了一分鐘，不倒翁大胖墩才又說：「有些字詞，是有脾氣的——特別是動詞，最驕傲——形容詞可以隨意處理，但動詞就沒辦法——不過，我就是有辦法掌控全部字詞！『難以洞察』！我就是敢這麼說！」

　　愛麗絲問：「可否請你告訴我，『難以洞察』是什麼意思？」

　　不倒翁大胖墩看來很高興：「現在妳講話總算像個懂事孩子了，我說『難以洞察』意思是，這個話題我們已經談了夠多，更何況，妳也該考慮一下，接下來打算做什麼，因為我在想，妳不至於一輩子都待在這裡吧。」

　　愛麗絲若有所思：「一個字竟然可以包含這麼多意義。」

　　不倒翁大胖墩說：「每次我讓一個字詞包含這麼多意義，我當然會額外付費。」

　　愛麗絲說：「噢！」又困惑得無言以對。

　　不倒翁大胖墩嚴肅的搖晃腦袋，繼續說：「啊，那妳應該星期六晚上過來，看看他們圍在我身邊，等著領工資的樣子。」

　　（愛麗絲不敢貿然問他，用什麼付工資，所以，我也沒法告訴妳。）

　　愛麗絲說：「先生，你好像很會解釋字詞的意義，請你告訴

中的一切「雙關語」或「雞同鴨講」，說者與聽者往往不在同一個認知領域裡，因而產生種種「誤解」。難怪愛麗絲聽不太懂他說的，只覺得他相當霸道，「強詞奪理」。路易斯‧卡若爾把不倒翁大胖墩塑造成一個語言學家和哲學家，尤其對語言中符號與意義之間的對應關係有獨到見解，也就是「語意學」（semantics），路易斯‧卡若爾曾在一篇文章中這樣寫：「文字並沒有附帶不可切割的意義；往往說者心裡想的，聽者未必能夠了解，就是這麼一回事。」（"No word has a meaning *inseparably* attached to it; a word means what the speaker intends by it, and what the hearer understands by it, and that is all." "The Stage and the Spirit of Reverence," qtd. Gardner, *Annotated Alice*, 213）。

我，那首詩〈空洞巨龍〉是什麼意思？」

不倒翁大胖墩說：「唸給我聽聽看，我有辦法解釋所有創作出來的詩──甚至很多還沒創作的。」

聽來很有指望，愛麗絲開始背誦第一節：

> 時逢烤餐時間，軟滑蠕動白獾，
> 又螺轉又錐鑽，日晷草坪鑽洞，
> 全身虛弱悲憐，襤褸鳥兒驚恐，
> 綠豬迷走鄉園，終日嚎哮戲欸。

不倒翁大胖墩打岔說：「先解釋這一節就夠了，這當中有不少艱難的字詞。[8]『烤餐時間』意思是下午四點鐘──到了開始燒烤食物當晚餐的時候。」

愛麗絲說：「很有道理。那『軟滑蠕動』呢？」

「嗯，『軟滑蠕動』意思是『柔軟而黏滑』，『柔軟』和『躍動』意思相同，妳看，就像一個複合字詞──兩種意義合併成一個字。[9]」

愛麗絲若有所思：「現在我懂了。那『白獾』呢？」

8　幸虧不倒翁大胖墩幫忙解惑，詮釋這首英文世界最有名也最難懂的「無稽詩」（nonsense poem），否則愛麗絲與讀者真的不知所云。

9　原文 portmanteau「複合字詞──兩種意義合併成一個字」，在英文世界裡路易斯・卡若爾是個中高手。portmanteau 一詞源自中古法語 *porter*（手提）和 *manteau*（外套、斗篷），原指「有兩個隔層的大旅行皮包或皮箱」，後來被借用為語言學概念，指兩個詞語和意義合併為一。現代英文很多新字都是複合字詞（又稱 blend），如 smog（煙霧）＝ smoke ＋ fog、motel（汽車旅館）＝ moter+hotel、brunch（早午餐）＝ breakfast ＋ lunch、Internet（網際網路）＝ international ＋ network 等等。

「嗯，『白獾』是一種像獾一樣的動物──有點像蜥蜴──又有點像瓶塞螺絲起子。」

「那牠們一定是長相奇特的生物。」

不倒翁大胖墩說：「牠們就是那種怪物，在日晷底下築巢──還靠乳酪維生。」

「那『螺轉』和『錐鑽』又是什麼意思？」

「『螺轉』是像陀螺儀般旋轉個不停。『錐鑽』是像螺絲錐子一樣鑽洞。」

愛麗絲說：「那我猜『日晷草坪』就是日晷周圍的草地吧？」也很訝異自己居然這麼聰明。

「當然是，這片草地被稱為『日晷草坪』，也是因為往前延伸一大片，又往後延伸一大片──」

愛麗絲補充：「還往兩邊延伸一大片。」

「完全正確。接下來，『虛弱悲憐』是『虛薄軟弱而又悲哀可憐』（妳瞧，又是一個複合字詞）。而『襤褸鳥』是一種瘦小虛弱襤褸不堪的鳥兒，全身羽毛張牙舞爪──簡直像一根活生生的拖把。」

愛麗絲又問：「那『綠豬迷走鄉園』呢？恐怕我給你添了不少麻煩。」

「嗯，『綠豬』是一種綠色的豬，而『迷走鄉園』我就不太確定

了，我想可能是『遠離家園』的縮寫——意思是，牠們迷路了。」

「那『嚎哮獻欷』又是什麼意思？」

「嗯，『嚎哮獻欷』是介乎吼哮和呼嘯之間的聲音，其中還夾雜著打噴嚏的聲音，不管怎樣——等妳到了那邊樹林——或許就會聽到這種聲音，而且一旦聽到，妳就會有點心滿意足。是誰唸這麼艱難的玩意兒給妳聽？」

愛麗絲說：「從書上唸來的，不過，也曾經有人唸詩給我聽，比剛才那首簡單多了——大概是，推德迪唸的。」

不倒翁大胖墩伸出一隻大手：「說到詩，妳知道嗎，我也會唸得和其他人一樣好，要是我也來上那麼一首——」

愛麗絲連忙說：「噢，不必來上那麼一首！」希望能阻止他唸詩。

他沒理會，逕自唸下去：「我要唸的這一首，是完全為了取悅於妳而寫的。」

愛麗絲覺得，既然如此，她就真的應該聽一聽，於是坐下來，無可奈何說了聲「謝謝」。

> 冬天原野白皚皚，
> 我唱此歌取悅妳——

他補了一句解釋：「只是我不用唱的。」

愛麗絲說：「我知道你沒用唱的。」

不倒翁大胖墩嚴厲的說：「假如妳能看出我是否用唱的，[10]那妳

---

10 愛麗絲說："I see you don't"「我知道你沒用唱的」，see 是「知道、了解」的意思，但不倒翁大胖墩卻照字面上解釋成「妳能看出我是否用唱的」，也是說者聽者認知有所差異。

的眼睛果然比別人銳利多了。」愛麗絲沒說話。

> 春天樹林漸轉綠，
> 我將訴說我心意。

愛麗絲說：「非常感謝。」

> 夏日漫漫白晝長，
> 妳將體會此首歌，

> 秋季樹葉轉棕黃，
> 拿起筆墨寫此歌。

愛麗絲說：「我會的，如果久久之後我還記得。」
不倒翁大胖墩說：「妳不必那樣一直發表評論，說得又言不及義，害我分心。」

> 拜託魚群傳訊息，
> 告訴牠們我願意。

> 海裡小魚聽訊息，
> 傳送回覆來給我。

> 小小魚兒答覆說，
> 牠們實在沒辦法──

愛麗絲說：「恐怕我不太了解。」

不倒翁大胖墩回答：「接下去就簡單多了。」

> 我又再次傳訊息，
> 拜託牠們請遵從。
>
> 魚群咧嘴苦笑說，
> 你的脾氣真不小！
>
> 我對牠們一再說，
> 牠們還是不聽勸。
>
> 我取水壺大又新，
> 完成任務必如此。
>
> 我心狂跳又狂捶，
> 唧筒取水灌入壺。
>
> 有人向我來通報，
> 小小魚兒已就寢。
>
> 我對他說很簡單，
> 再度喚醒牠們吧。
>
> 我很大聲說清楚，
> 對著耳朵狂吼叫。

不倒翁大胖墩唸到這一節時，音調提高近乎尖叫，愛麗絲心驚

膽跳，心想：「我**絕對**不要當那個傳達訊息的人！」

> 但他固執又驕傲，
> 叫我不必大聲叫！
>
> 而他驕傲又固執，
> 喚醒牠們即將去──
>
> 瓶塞起子我拿來，
> 御駕親征叫牠們。
>
> 牠們居然鎖房門，
> 害我不停推踢敲。
>
> 牠們居然關著門，
> 害我不停扭門把──

然後，停頓好久。

愛麗絲膽怯的問：「都唸完了嗎？」

不倒翁大胖墩說：「都唸完了，再見。」

愛麗絲心想：這未免太突然了，但聽到這麼強烈暗示她該走了，她也覺得，留下來反而不禮貌。於是站起來，伸出手，愉快的說：「再見，後會有期！」

不倒翁大胖墩再伸出一根手指讓她握，語氣十分不滿：「即使以後**再次**見面，我可能認不出妳來，妳長得跟其他人一模一樣。」

愛麗絲若有所思：「一般而言，臉是辨識一個人的依據。」

不倒翁大胖墩說：「我要抱怨的就是這個，你們每個人的臉都

長得一樣──都有兩隻眼睛──」（用大拇指在空中比劃出眼睛的位置）「鼻子在中間，嘴巴在下面。每個人都一樣。譬如說，要是妳兩隻眼睛都長在鼻子一邊──或嘴巴長在最上面──就比較容易區分了。」

愛麗絲反駁：「那才不好看呢。」但是，不倒翁大胖墩只是閉上眼睛：「等妳試了再說吧。」

愛麗絲等了一分鐘，看他是否還要講話，但他一直沒再睜開眼睛，也沒理會她，於是又說一遍「再見！」這回他也沒回應，於是悄悄走開，一面走一面忍不住說：「讓人最不滿意的──」（似乎很高興說出那麼長的字，於是又大聲說一遍）「我所見過的，讓人最不滿意的人──」話沒說完，背後突然傳來一陣撞擊破裂聲，[11]震撼整片樹林。

11　這裡似乎暗示，不倒翁大胖墩終於摔下牆頭撞擊在地，印證前面所說「驕者必摔」"Pride goes before a fall"。在這之前，他還「伸出一根手指讓她握」，維多利亞時代貴族階級還伸出「兩根手指」給身分階級較低的人握手，可見不倒翁大胖墩自視過高，難怪有所報應。

第七章：獅子與獨角獸

　　過了一會兒，只見士兵衝過樹林，起先是三三兩兩，然後是十個或二十個，最後是成群結隊，幾乎塞滿整片樹林。愛麗絲躲到一棵樹後，以免被踐踏，看著他們跑過去。

　　這輩子還沒見過步伐這麼凌亂的士兵，總是被各種東西絆倒，只要有人跌倒在地，就有更多人跌倒在他身上，所以地上很快堆滿一堆又一堆的人。

　　接著跑來馬匹，馬有四隻腳，走起來比步兵平穩多了，但牠們也是三不五時被絆倒，而且似乎成了一項規律：只要有馬匹絆倒，騎士立刻被掀落在地。情況越來越混亂，愛麗絲很高興逃出樹林，來到一

處空地，只見白棋國王坐在地上，忙著寫備忘錄本子。

白棋國王見到愛麗絲，高興的喊：「我把他們都派出去了，[12]親愛的，剛才妳走過樹林，有沒有碰到士兵？」

愛麗絲說：「有啊，大概有幾千人。」

白棋國王翻閱本子：「正確的數字是四千兩百零七人。我沒派出全部的馬匹，因為我們這局棋戲裡需要兩匹馬。[13]我也沒派出兩位信差，因為他們都進城去了。幫我看看路上，有沒有看到其中一位。」

愛麗絲說：「我看路上沒人。」

白棋國王焦躁的說：「真希望**我**有妳那麼好的眼力，居然能看到『沒人』！還距離這麼遠！唉，這種光線下，**我**頂多只能看到真人！」

這一番話愛麗絲都沒聽進去，她專注看著路上，一隻手遮著眼睛上方。終於，她喊著：「我看到有人來了！不過，他走得很慢——而且姿態好奇特啊！」（因為信差一路上蹦蹦跳跳，像鰻魚一樣蠕動身軀，兩隻大手張開，像扇子似的貼在兩側。）

白棋國王說：「一點也不奇怪，因為他是個盎格魯撒克遜信差——那些都是盎格魯撒克遜人姿態，[14]他高興了才會那樣。他的名字叫海爾。」（白棋國王這麼唸，以便和「梅爾」押韻。）

愛麗絲忍不住立刻用海爾名字的 H 玩起遊戲[15]：「我喜歡名字 H

---

12 國王果然遵守諾言，「出動大批人和馬」（All the King's horses and all the King's men），去拯救不倒翁大胖墩。

13 因為需要保留兩匹馬，當作棋戲裡兩個「騎士棋」（Knight）的坐騎。

14 所謂的「盎格魯撒克遜人姿態」（Anglo-Saxon attitudes）是路易斯・卡若爾自創，描述信差海爾走路的誇張姿勢，用來挪揄十九世紀中葉學者和工匠矯揉造作的風氣（參見 Ayres, *Carroll's Alice*, 70-71）。

15 愛麗絲玩的是維多利亞時代流行的一種「室內遊戲」（parlor game），算是一種

開頭的人，因為他名叫歡樂（Happy）。我討厭名字H開頭的人，因為他名叫可恨（Hideous）。我餵他吃——吃——吃火腿三明治（Ham-sandwiches）和乾草（Hay）。他的名字叫海爾（Haigha），他家住在——」

正當愛麗絲遲疑之際，思索一個以H開頭的鄉鎮名稱來押韻，白棋國王輕鬆接下去：「他家住在山丘（Hill）上，」根本沒想加入這遊戲。「另一個信差名字叫海特。妳知道吧，我必須有**兩位**信差來來去去送信——一個來，一個去。」

愛麗絲說：「拜託再說一遍。」

白棋國王說：「乞求是不榮譽的事。[16]」

愛麗絲說：「我只是說我聽不懂而已。為什麼需要一個來，一個去？」

白棋國王不耐煩的重複：「不是告訴過妳了嗎？我必須有**兩位**信差——收信和送信。一個收信來，一個送信去。[17]」

「字母接龍」，第一位遊戲者必須套用固定格式，在限定時間內填入A字母開頭的字詞，第二位則是B字母開頭的字詞，依此類推。愛麗絲在此直接跳到H開頭的字詞。固定格式如下：

I love my love with an A because he's a _____.

I hate him because he's _____.

He took me to the Sign of the _____.

And treated me with _____.

His name's _____.

And he lives at _____.

16 在本書第六章也出現過同樣的笑話。這裡愛麗絲又說：「對不起，請再說一遍」（I beg your pardon?），而國王聽成「乞求你的原諒」，因此才回應「乞求是不榮譽的事」。

17 讀者一定也很好奇白棋國王的邏輯思維：為什麼不能用「同一位」信差來回送信？

這時信差已來到面前，喘得上氣不接下氣，一個字也說不出來，只能揮舞雙手，對可憐的白棋國王擺出嚇人的鬼臉。

白棋國王介紹愛麗絲給他：「這位年輕女士喜歡你的名字有 H。」希望轉移信差的注意力——但是沒用——他那盎格魯撒克遜姿態越來越誇張，兩隻大眼睛骨碌碌轉來轉去。

白棋國王說：「你嚇壞我了！我快暈倒了——快快給我一個火腿三明治！」

聽到這話，信差打開脖子掛的郵袋，掏出一個三明治給白棋國王，國王立刻狼吞虎嚥，愛麗絲看了直想笑。

白棋國王說：「再給我一個三明治！」

信差往郵袋裡看了一眼：「什麼都沒了，只剩乾草。」

白棋國王有氣無力低聲說：「好吧，給我乾草。」

愛麗絲很高興看到乾草讓他復原不少，白棋國王嚼著乾草對她說：「頭暈時，沒有東西像乾草那麼好吃。」

愛麗絲建議：「我倒覺得潑你冷水會更好——或聞點嗅鹽。」

白棋國王回答：「我並未說沒有東西比乾草**更好**，我只說沒有東西**像**乾草那麼好吃。」愛麗絲果然不敢反駁。

白棋國王伸手向信差再要些乾草，繼續問：「你在路上看到誰了？」

信差回答：「沒人。」

白棋國王說：「對啊，這位年輕女士也看到他，所以，顯然『沒人』走得比你慢。」

信差忿忿不平：「我已經盡力了，我確信，沒人走得比我快！」

白棋國王說：「他不會比你快，不然的話，他會比你先到。不管怎樣，既然你已不喘了，那就告訴我們，城裡發生了什麼事。」

信差說：「我要低聲說，」然後，雙手在嘴邊捲成喇叭狀，彎下腰來，湊近白棋國王耳朵。愛麗絲覺得遺憾，因為也想聽聽消息。然而，信差不但沒有低聲說，反而用最高亢的音量大聲吼：「牠們又打起來了！」

白棋國王嚇得跳起來，全身發抖：「你這是低聲說嗎？你敢再這樣亂來，我就叫人給你抹上灰泥！你嗓門那麼大，就像地震穿透我腦袋！」

愛麗絲心想：「那種地震應該很小吧！」冒昧的問：「誰又打起來了？」

白棋國王說：「當然哪，獅子和獨角獸。」

「為了爭奪王冠嗎？」

白棋國王說：「是啊，沒錯，這當中最好笑的是，那畢竟是我的王冠呢！來吧，我們過去看看。」於是快步離去。愛麗絲一面跑，一面背誦那首古老歌謠：

> 獅子和獨角獸為爭奪王冠而戰，
> 獅子打得獨角獸滿城疲於奔命，
> 有人給白麵包又有人給黑麵包，
> 有人給水果蛋糕但擊鼓趕出城。[18]

---

18 這首古老歌謠十八世紀非常流行。獅子是「英格蘭徽章」（British coat of arms），獨角獸是「蘇格蘭徽章」（Scottish coat of arms），英格蘭和蘇格蘭征戰好幾世

愛麗絲跑得上氣不接下氣，好不容易才拼出一句話：「打贏——的人——會——得到王冠嗎？」

白棋國王說：「當然不能，天哪！這是哪門子想法！」

愛麗絲又跑了一段路，氣喘吁吁：「拜託你——好心一點——停下一分鐘——讓我——喘口氣，可以嗎？」

白棋國王說：「我是很**好心**，只是我不夠**強壯**，妳知道的，一分鐘的速度快得嚇人，簡直擋不住。[19]還不如想辦法去擋住一隻『攝命怪獸』吧！」

愛麗絲喘得沒法說話，只好默默跟著小跑，直到看見一大群人，圍著觀看獅子和獨角獸打鬥。周圍塵土飛揚，愛麗絲起初分不出誰是誰，沒多久，才靠那根獸角分辨出獨角獸來。

他們走到另一位信差海特身旁，海特站在那兒觀看這場打鬥，一手拿著茶杯，一手拿著一片奶油麵包。[20]

海爾在愛麗絲耳邊低語：「他剛從監獄被放出來，當初入獄時還沒吃完茶點。監獄裡他們只給犯人吃牡蠣殼——所以，妳看得出來，他又餓又渴。說著。親暱的用手臂摟著海特的脖子：「小兄弟，你還好嗎？」

紀，直到1603年伊麗莎白女王去世未留子嗣，入主擔任英國國王的詹姆士一世，其身分原本是蘇格蘭國王詹姆士六世，英格蘭和蘇格蘭才首度合併為一，英國國徽才出現這兩隻動物一左一右。近年來蘇格蘭又吵著要獨立要公投，果真獨立的話，「大英國協」（United Kingdom）國徽不知會有什麼變化？美國約翰霍普金斯大學（Johns Hopkins University）創刊於1977年的高水準國際級兒童文學學術期刊《獅子與獨角獸》（*The Lion and the Unicorn*），命名典故即淵源於著名童書《愛麗絲》。

19 愛麗絲說stop a minute，意思是「停下」一分鐘要休息，而國王卻聽成「擋住」一分鐘，所以才說「一分鐘的速度快得嚇人，簡直擋不住」。

20 插圖裡這位信差海特（Hatta）的造型就是「瘋狂茶會」裡的瘋帽匠，Hatta和Hatter發音近似，他在此出場時邊喝茶邊吃麵包。

海特看看四周，點點頭，繼續吃他的奶油麵包。

海爾問：「小兄弟，你在監獄裡快樂嗎？」

海特又看看四周，這時一兩顆眼淚滾下臉頰，仍然一個字也沒說。

海爾不耐煩的喊：「說啊，你不會說話嗎！」可是，海特只顧著嚼麵包，再喝一口茶。

白棋國王喊：「說啊，你不肯說吧！牠們打鬥得怎樣了？」

海特費了好大的勁兒，吞下一大口奶油麵包，然後哽咽的說：「牠們打鬥得很激烈，每個都被擊倒八十七次左右。」

愛麗絲冒昧的問：「我在想，很快就會有人送來白麵包和黑麵包嗎？」

海特說：「麵包已經等著牠們了，我現在吃的就是這種麵包。」

這時打鬥暫時停止，獅子和獨角獸坐下來，喘著氣，白棋國王則高喊：「休息十分鐘吃點心！」海爾和海特立刻展開行動，端來

大盤大盤的白麵包和黑麵包，愛麗絲拿了一塊嚐嚐，覺得麵包很乾。

白棋國王對海特說：「我看牠們今天不會再打了，傳令下去，開始打鼓。」海特像隻蚱蜢似的，蹦蹦跳跳離開。

愛麗絲看著他離開，靜默了一兩分鐘，突然靈機一動，手指著某個方向大叫：「看啊，看啊！白棋王后跑過那邊的原野了！從那邊樹林像飛一樣的跑出來——哇，那些王后們真是會跑啊！」

白棋國王頭也不回：「毫無疑問，一定有敵人在追趕她，那樹林裡到處是敵人。」

愛麗絲非常詫異他如此鎮定：「難道你不跑過去幫她嗎？」

白棋國王說：「沒用，沒用！她跑起來速度驚人，根本追不上，還不如想辦法去逮到一隻『擷命怪獸』呢！不過，如果妳要，我會在備忘錄幫她記上一筆——」他打開備忘錄本子，輕聲對自己說：「她真是個了不起的生物，請問妳拼『生物』這個字要用上兩個『e』嗎？」

這時獨角獸閒逛過來，兩手插在口袋裡，走過白棋國王身邊時，瞄了他一眼，對他說：「這回我表現得最好吧！」

白棋國王緊張的回答：「有一點——有一點，不過，你不該用獸角頂撞牠，你也知道。」

獨角獸滿不在乎的說：「我又沒有傷到牠。」正要走開，目光突然落到愛麗絲身上，立刻轉身，看著她好一會兒，露出極度嫌惡的表情。

最後他說：「這——是——什麼東西？」

海爾來到愛麗絲面前，用盎格魯撒克遜姿態介紹她，對她展開雙手，熱切回答：「這是個孩子！不過，我們今天才發現它，它像活人一般大，而且渾然天成！」

獨角獸說：「我一直以為它們是神話中的怪獸呢！它是活的

嗎？」

海爾一本正經的說：「它還會講話呢！」

獨角獸瞇著眼睛看愛麗絲：「孩子，講話啊。」

愛麗絲說話時，不由自主的彎起嘴角，露出一絲微笑：「我也一直以為獨角獸是神話中的怪獸，你知道嗎？我從沒見過一隻活的獨角獸。」

獨角獸說：「好吧，現在我們都見識到彼此了，如果妳相信我是真的，我也相信妳是真的，就這麼說定了？」

愛麗絲說：「如果你願意，當然可以。」

獨角獸轉向白棋國王：「來吧，老兄，水果蛋糕[21]拿出來！別再給我吃你們那種黑麵包！」

白棋國王喃喃低語：「那當然——那當然！」揮手召喚海爾過來，低聲說：「打開郵袋！快點！不是那個袋子——那裡面都是乾草！」

海爾從袋子裡拿出一大塊蛋糕，叫愛麗絲捧著，又從袋子裡拿出一個盤子和切片刀。愛麗絲猜不透袋子裡怎麼冒出這麼多東西，心想，大概是變戲法吧。

這時獅子也加入他們，牠看來非常疲憊，睡眼惺忪，眼睛半閉。看到愛麗絲，懶洋洋的眨了幾下眼睛：「這是什麼東西！」聲音低沉空洞，像一口大鐘低鳴。

---

21 原文的plum-cake令人望文生義誤以為是「梅子蛋糕」，其實在十八、十九世紀指的是「水果蛋糕」（fruit cake），含有大量水果乾或蜜餞（其中葡萄乾居多，也稱之「葡萄乾蛋糕」），因為材料豐富滋味美妙，聽說因而被認為過度奢侈，只有在聖誕節日或婚禮喜慶時才吃得到，又稱「聖誕水果蛋糕」（Christmas fruit cake）。這裡獅子和獨角獸打得天昏地暗，國王拿出美味的「水果蛋糕」，他們才暫告休兵，但為了誰分得比較大塊，又要大動干戈，可見這蛋糕有多麼好吃。

獨角獸熱切喊道：「哈，這是什麼東西，嗯？你永遠猜不到！我剛剛也沒猜到。」

獅子無精打采看著愛麗絲：「妳是動物——植物——還是礦物？」每說一個字，就打一個呵欠。

愛麗絲還沒回答，獨角獸就大叫：「它是神話中的怪獸！」

獅子說：「小怪獸，把水果蛋糕分給大家吃，」說著，趴下身子來，下巴擱在前爪上，（對白棋國王和獨角獸說）：「你們兩個，坐下來。蛋糕要分得公平，知道吧！」

白棋國王不得不坐在兩頭巨獸之間，顯然很不自在，但是，又沒有別的位子可坐。

獨角獸狡黠的看著王冠說：「現在，我們可能為王冠再大戰一場！」可憐的白棋國王嚇得全身發抖，差點抖掉王冠。

獅子說：「我會贏得輕而易舉。」

獨角獸說：「我可不以為然。」

獅子豎起半邊身子來，生氣的說：「哼，你這膽小鬼，我會把

你打得滿城疲於奔命！」

　　這時國王打斷牠們，避免爭吵下去，但他很緊張，聲音有點顫抖：「滿城疲於奔命？那可是很長的一段路，你們是經過舊橋，還是市場？經過舊橋的話，可以看到最美的風景。」

　　獅子趴在地上，又低吼一聲：「我確定不知道，塵土飛揚，什麼也看不見。嘿，那個小怪獸切個蛋糕，怎麼切了這麼久！」

　　愛麗絲坐在溪流畔，大盤子擱在膝上，正努力用刀子鋸蛋糕。她（已習慣被叫『小怪獸』）回答獅子說：「真是氣死人了！我已經切開好幾片了，才剛切開，蛋糕又合起來了！」

　　獨角獸說道：「妳不懂鏡中世界的蛋糕怎麼切，要先分給大家，然後再切片。」

　　這聽來很荒唐，但愛麗絲還是順從的站起來，端著盤子走一圈，這麼一來，果然蛋糕自動分成三片。等她端著空盤子回到原位，獅子說：「現在，切蛋糕吧。」

　　愛麗絲坐下來，手上拿著刀子，非常困惑，不知從何下手。這時，獨角獸大喊：「我說不公平！這個小怪獸給獅子的蛋糕，足足有我的兩倍大！22」

---

22 這兩隻動物為了爭奪白棋國王的王位而爭戰不休，表現又可愛又可笑，最後為了水果蛋糕才握手言和。蛋糕切好了，又為了誰的比較大塊而爭來爭去，獨角獸抱怨獅子分到的那一份蛋糕比較大，令人聯想到西洋成語典故"the lion's share"，源自《伊索寓言》故事，獅子和狼、狐狸、胡狼結伴打獵，合力獵到一頭雄鹿，貪心的獅子想用「萬獸之王」的威權，要求享用最大部分的獵物，the lion's share因而形容「最大或最好的部分」。路易斯‧卡若爾讓這兩隻動物神氣活現躍然紙上，有人考據說，譚尼爾的插圖像是一幅他專長的政治漫畫，影射維多利亞時代國會的兩大政黨領袖格萊斯頓（William Ewart Gladstone）和迪斯雷利（Benjamin Disraeli），兩人為了爭奪主導權而經常互鬥，即使兩人一再否認無此明顯企圖。

獅子說：「不過，她自己什麼也沒分到。小怪獸，妳喜歡水果蛋糕嗎？」

愛麗絲還沒來得及回答，就聽見鼓聲大作。

她也分辨不出嘈雜聲從何而來，只聽鼓聲響徹雲霄，四處迴盪，震耳欲聾。她害怕得站起來，拔腿就跑，滿懷驚恐，越過溪流。

匆忙之間，回頭只見獅子和獨角獸站起來，神情震怒，因為他們的饗宴被打斷。她跪倒在地，雙手摀著耳朵，想排除可怕的騷動聲，卻徒勞無功。

愛麗絲心想：「如果**那鼓聲**不能把牠們『擊鼓趕出城』，那就沒轍啦！」

第八章：我的獨家發明

過了一會兒，嘈雜聲似乎逐漸消退，最後歸於死寂，愛麗絲抬起頭，還有點驚惶未定。沒看到任何人，一開始以為還在作夢，夢到獅子和獨角獸，還有那兩個盎格魯撒克遜信差。然而，裝水果蛋糕的大盤子，此刻依舊躺在腳邊，因此自言自語：「所以，畢竟不是在作夢，除非——除非我們全部都在同一夢境裡。只是希望這是我的夢，而不是紅棋國王的夢！」語氣略帶抱怨：「我可不喜歡活在別人的夢境裡，果真如此，我一定非叫醒國王不可，看看會怎樣！」

就在這時思緒被打斷，只聞一陣大喊「啊吼！啊吼！停！」接著，一位騎士頭戴深紅色盔甲，騎馬奔馳而來，手裡揚著一根巨大棒槌。衝到愛麗絲面前，突然勒馬，騎士大吼：「妳是我的俘虜！」說著，滾落馬背。

愛麗絲雖然受到驚嚇，但反而更替騎士擔憂，焦慮看著他又翻滾上馬。才剛坐穩馬鞍上，立刻又大喊：「妳是我的——！」卻被另一陣「啊吼！啊吼！停！」打斷，愛麗絲轉身，驚訝看著新來的敵人。

來的是一位白棋騎士，他勒馬停在愛麗絲身邊，滾落馬背，跟紅棋騎士一樣，然後也又翻滾上馬。兩位騎士坐在馬上，彼此對看好一陣子沒說話。愛麗絲看看這位看看那位，有點不知所措。

終於，紅棋騎士開口了：「你知道吧，她是我的俘虜！」

白棋騎士回答：「我知道，但我是來拯救她的！」

紅棋騎士說：「嗯，那麼，我們必須為她而戰，」說著，從馬鞍上拿起頭盔（頭盔本來掛在馬鞍上，形狀像個馬頭），戴在頭上。

白棋騎士也戴上頭盔：「你會遵守戰鬥規則，對吧？」

紅棋騎士說：「我一向遵守戰鬥規則，」於是，他們廝殺起來，戰況猛烈，愛麗絲只好躲在樹後，免得被殃及。

愛麗絲從藏身處往外偷窺這場戰鬥，膽怯的自言自語：「我懷疑他們的戰鬥規則是什麼。第一條規則可能是，如果一位騎士打中另一位，就要把他打落下馬，如果沒打中，他自己就得滾落下馬——另一條規則好像是，棒槌應該用雙臂夾住，就像木偶戲《龐奇與茱蒂》[1]裡 的 主 角 一 樣——哇，他們摔落下馬聲音真大呀！像一大把火鉗劈哩啪啦掉進炭火圍欄！而馬匹卻又那麼安靜！任憑騎士爬上爬下，彷彿是兩張桌子！」

1　"Punch and Judy"（《龐奇與茱蒂》）是英國歷史悠久的木偶戲（hand puppet，或布袋戲），源自1662年5月9日，於倫敦柯芬園（Covent Garden）演出一對夫妻搞笑打鬧的逗趣場面，這項傳統每年5月推出，至今已有350多年歷史。

　　愛麗絲倒是沒注意到，還有一條規則好像是，摔落下馬時都要倒栽蔥式頭朝下。最後，兩位騎士雙雙倒栽蔥摔落下馬，戰鬥這才結束。然後紛紛從地上爬起，握手言和，紅棋騎士又騎上馬，奔馳而去。

　　白棋騎士喘著氣走過來：「這是一場光榮的勝利，對不對？」

　　愛麗絲滿腹狐疑：「我不知道，不過我不想當任何人的俘虜，我想當王后。」

　　白棋騎士說：「等妳越過下一道溪流，就會當上王后。我會護送妳平安到達樹林盡頭——然後我就得回頭，妳知道的，那是我最後一步棋。[2]」

　　愛麗絲說：「非常感謝你。我可以幫你卸下頭盔嗎？」顯然騎士自己沒法卸下，愛麗絲也費了一番功夫才幫他甩掉。

　　白棋騎士說：「現在呼吸總算輕鬆多了，」雙手將一頭蓬鬆亂髮往後撥，轉過氣質文雅的面孔和溫柔善良的大眼睛，看著愛麗絲，愛麗絲心想，這輩子還沒看過長相這麼奇怪的士兵。[3]

　　他全身穿著錫製盔甲，尺寸非常不合身，肩上斜掛一個奇形怪

2　這個「白棋騎士」（White Knight）就是作者路易斯・卡若爾本人的化身，在這裡先預告讀者一下，讓讀者在往後閱讀過程中，留意比對一下，是否充滿「自我調侃」（self-mocking）的趣味，是否語重心長的關愛之情發自肺腑？

3　很多讀者和學者都同意，路易斯・卡若爾似乎有意以自己為藍本塑造白棋騎士，因為他本人就是有著一頭蓬鬆亂髮、溫和的藍眼睛、氣質文雅的面孔，難怪愛麗絲覺得「這輩子還沒看過長相這麼奇怪的士兵」。但不是塑造成英雄人物，反而是笨手笨腳、可笑又可憐的漫畫型丑角人物。還有學者指證，這位白棋騎士很像「唐吉訶德」（Don Quixote）（參見Hinz, "Alice Meets the Don"）。他的騎士裝扮、舉止行為、浪漫心態、行俠仗義、邏輯推理等，的確有幾分神似。他有自己的原則，活在自己的世界裡，行事作為總是與眾不同。

狀的小小木片箱子，[4]箱子上下顛倒，蓋子開著。愛麗絲好奇的看著它。

白棋騎士語氣十分友善：「我知道妳很欣賞我的小箱子，這是我的獨家發明——用來放衣服和三明治。妳看，我把它倒著放，雨水就進不去了。」

愛麗絲溫和的說：「可是，東西全都掉出來了，你知道蓋子開著嗎？」

白棋騎士臉上掠過一絲苦惱：「我不知道蓋子開著。東西一定全都掉光了！既然裡面沒東西了，箱子也沒用了。」說著，解下箱子，正想丟進樹叢，突然想到一個好點子，又小心翼翼掛上樹梢，還問愛麗絲：「妳猜我為什麼這樣嗎？」

愛麗絲搖搖頭。

「希望蜜蜂會來裡面作窩——那我就有蜂蜜可吃。」

愛麗絲說：「可是，你馬鞍上已綁著——一個蜂窩——或像蜂窩的東西。」

白棋騎士語氣不滿的說：「是啊，那是個好蜂窩，最好的一種，不過還沒一隻蜜蜂靠近過。另一樣東西是個捕鼠器。我在想，一定是老鼠害得蜜蜂不敢靠近——或是蜜蜂害得老鼠不敢靠近，不曉得是哪種狀況。」

愛麗絲說：「我不知道捕鼠器有什麼用，馬背上不可能有老鼠出沒。」

白棋騎士說：「或許不可能，但是，萬一老鼠真的來了，我可不希望牠們到處亂跑。」

停了一會兒，又繼續說：「妳知道嗎，**凡事**準備周全當然更好，這就是為什麼我的馬兒腳踝上都圍著那些護環。」

4　原文deal box指的是一種用杉木（fir）或松木（pine）的木片做的小小箱子。

愛麗絲大為好奇：「那有什麼用處？」

白棋騎士回答：「避免鯊魚咬牠，這是我的獨家發明。現在扶我上馬，我陪妳走到樹林盡頭──咦，那個大盤子是做什麼用的？」

愛麗絲回答：「本來是裝水果蛋糕的。」

白棋騎士說：「那我們最好帶著走，萬一找到水果蛋糕，盤子就可派上用場。幫我放進袋子裡。」

愛麗絲小心翼翼幫忙撐開袋子，還是費了一番功夫才裝進去，因為騎士動作實在非常笨拙，頭兩三次，盤子沒裝進袋子裡，自己反而栽了進去。最後，總算裝進去了，還說：「妳知道，袋子已塞滿了，裡面還有幾座蠟燭台。」說著，把袋子掛上馬鞍，馬鞍上早已掛了幾捆胡蘿蔔、撥火鉗，還有很多其他東西。

正準備出發，他又問：「妳頭髮綁得夠緊嗎？」

愛麗絲笑著說：「和平常一樣。」

他焦慮的說：「那可不夠，妳瞧，這裡的風勢非常強勁，就像濃湯煮得沸滾翻騰。[5]」

愛麗絲問：「那你有沒有獨家發明，讓頭髮不被吹散？」

白棋騎士說：「還沒有，但我有個計畫，可讓頭髮不掉落。」

「我倒很想聽聽看。」

白棋騎士說：「首先，豎立起一根樹枝，然後，把頭髮盤在上面，像藤蔓爬上果樹。妳知道，頭髮之所以會掉落，是因為頭髮都是往下垂掛──東西絕不會往上掉落，這又是我的獨家發明。願意的話，不妨試試看。」

愛麗絲心想這計畫似乎不太可行，百思不得其解，靜靜的走了幾分鐘，三不五時還得停下來，幫忙那位可憐的騎士，他實在不是高明的騎士。

5　英文 strong 可以用來形容風勢「強勁」，也可以形容濃湯「煮得沸滾翻騰」。

每當馬兒停下來（偏偏牠又經常停下來），騎士便往前倒栽下去。每當馬兒突然起步（偏偏牠又經常突然起步），騎士便往後滑落下去。他騎得還可以，只是三不五時從側面摔下去，偏偏又常往愛麗絲這邊摔下來，所以愛麗絲很快就領悟到，最好別太靠近馬兒。[6]

　　愛麗絲第五度扶他上馬時，冒昧的說：「恐怕你騎術需要多加練習。」

　　白棋騎士聽了萬分驚訝，有點被冒犯，一面問：「妳怎麼這樣說呢？」一面勉強爬上馬鞍，一隻手抓著愛麗絲的頭髮，以免又從另外一邊摔下去。

　　「因為，要是有充分的練習，就不會老是摔下去。」

　　白棋騎士十分鄭重的說：「我已有充分的練習，充分的練習！」

　　愛麗絲不知該說什麼，只是回了一句：「是嗎？」不過，她盡量說得十分誠懇。之後，他們默默走了一段路，白棋騎士閉著眼

6　白棋騎士騎馬動不動就摔個「倒栽蔥頭下腳上」（"fall on the head"），據說與當時1870年剛剛推出的腳踏車有關，那是前輪大後輪小的penny-farthing bicycles（因為兩種銅板大小懸殊而得名，又稱high wheeler），座位在高達160公分的前輪上面，騎者重心不穩，碰到障礙、緊急煞車或起步時，很容易就從前後左右栽下來，就是書中白棋騎士的摔法。幸好1884年推出雙輪同樣大小的腳踏車（bi-cycle）。

睛，喃喃自語，愛麗絲焦慮的看著他，以免他又摔下去。

白棋騎士突然揮舞右臂，大聲喊：「騎馬的藝術，就是要保持——」話沒說完，突然中斷，因為他又倒栽蔥重重摔下馬，倒在愛麗絲面前，這回她嚇壞了，連忙扶起他，焦慮的問：「骨頭沒摔斷吧？」

白棋騎士說：「沒什麼大不了，」似乎摔斷兩三根骨頭也不在意。「騎馬的藝術，正如我剛說的，就是要——保持適當的平衡。妳看，就像這樣——」

他放開韁繩，伸出雙臂，向愛麗絲展示他的意思。但是，這一回，他摔得四腳朝天，躺在馬蹄邊。

他繼續重複說：「充分的練習！」每當愛麗絲扶他站起來，他又說：「充分的練習！」

愛麗絲終於失去耐心，大喊：「真是太可笑了！你該騎個有輪子的木馬，[7]真的應該！」

白棋騎士大感興趣的問：「這種木馬走得平穩嗎？」說著，雙臂抱緊馬脖子，總算及時拯救自己，沒再摔落下馬。

愛麗絲說：「當然比活生生的馬兒平穩多了。」儘管努力憋住，還是忍不住狂笑出來。

白棋騎士若有所思自言自語：「那我要去弄一匹木馬來，一匹或兩匹——甚至好幾匹。」

隨後一陣短暫沉默，然後又說：「發明新東西，我是個高手。[8]

7　愛麗絲指的"wooden horse on wheels"，應該是四隻腳下有四個輪子的兒童玩具木馬，當然穩重多了，就不會頻頻摔馬。

8　路易斯・卡若爾自己很喜歡創新的產品和科學學說理論，他買了最新的照相機和暗房沖印設備，研究最新科學發現和理論如達爾文進化論等，很能跟得上時代。他也多才多藝，很會發明新東西，還發明各種新奇玩意兒及創造文字遊戲。譬如旅行用西洋棋，棋子有小小木樁，可以卡在有洞的棋盤上，就不會滑

嗯，我敢說，妳最後一次扶我起來時，一定也注意到我正在沉思的表情，對不對？」

愛麗絲說：「你的表情是有點嚴肅。」

「嗯，那時我正在發明一種新方法，怎樣翻越籬笆門——想不想聽聽看？」

愛麗絲禮貌的說：「的確很想聽。」

白棋騎士說：「告訴妳我怎麼想的，妳瞧，我對自己說：『問題出在腳：因為頭已經夠高。』所以，我先把頭放在籬笆門上——頭的高度就夠了——然後我倒立過來——然後，妳瞧，腳的高度也夠了——然後，妳瞧，人就這麼翻越過去了。」

愛麗絲思索著說：「當然那樣就翻越過去了，不過，難道你不覺得有點困難嗎？」

白棋騎士嚴肅的說：「我還沒試過呢，所以也不敢確定——不過，恐怕可能會有點困難。」

顯然他非常苦惱這個想法，愛麗絲連忙改變話題，高興的說：「哇，你的頭盔好特別喲！也是你自己發明的嗎？」

白棋騎士低頭看馬鞍上掛的頭盔，得意洋洋：「是啊，不過我曾經發明過比這更好的頭盔——形狀像一塊圓錐糖。以前我戴上那個頭盔，每次摔下馬都是頭盔先著地，所以，摔下來的距離就非常短了——但是，當然也有過風險摔進頭盔裡面，以前就發生過一次——最糟糕的是，我還沒來得及從頭盔裡爬出來，另一位白棋騎

落。還發明一種「寫字夾板」（自稱為 Nyctograph），黑暗中可協助寫字。還設計一種小小郵票信封，他稱之為「奇境郵票夾」（Wonderland Postage-Stamp Case），放進他喜歡的兩幅插圖圖片，一張是愛麗絲抱著公爵夫人嬰兒的圖片，另一張是嬰兒變成小豬，這樣迅速輪流一抽一放，就會產生「視覺驚奇效果」（Pictorial Surprises）。兩本愛麗絲書裡的創意想像，更是空前未有。

士路過，撿起頭盔就戴上，以為是他自己的頭盔。」

白棋騎士講得一本正經，愛麗絲也不敢笑，反而顫抖著聲音說：「我擔心你弄傷了他，因為你就在他頭頂上。」

白棋騎士很認真的說：「當然啦，我不得不踢他，他才脫下頭盔。可是，我卻花了好幾個鐘頭，才從裡面爬出來，妳知道嗎，我動作迅速得像——像閃電一般。」

愛麗絲反駁：「不過那種迅速不一樣。」

白棋騎士搖搖頭：「我向妳保證，那可是我最迅速的動作！」說著，激動得舉起雙手，結果立刻又滾下馬鞍，一頭栽進路旁深溝。

愛麗絲趕忙跑到深溝邊找他，這一摔可把愛麗絲嚇壞了，他原本有一陣子騎得好好的，這回恐怕真的受傷了。不管怎樣，雖然只能看到他的鞋底，但聽他說話語氣一如平常，這才寬心一些，只聽得他重複說：「那可是我最迅速的動作呢，不過那傢伙也太粗心了，竟然戴上人家的頭盔——不知道人家還陷在裡面呢。」

愛麗絲抓住他的腳，把他拖出深溝，讓他坐在溝邊土堆上，這才問他：「你那樣子倒栽蔥，怎麼還能夠講話這麼平靜？」

白棋騎士聽到這問題表情驚訝：「我身體正巧是那種姿勢，跟講話有什麼關係？反正我腦袋還正常運作。事實上，我腦袋越是倒栽向下，越是能夠發明新點子。」

停頓了一下又說：「我發明的新點子，最聰明的就是一種新式布丁，與肉食主菜一起上。」

愛麗絲說：「主菜之後立刻上的一道？那

麼，上菜確實是很快，當然嘍！」

白棋騎士若有所思慢慢說：「嗯，不是**下一道菜**，不，當然不是下一道菜。」

「那麼，應該是第二天上菜了，你總不至於一頓晚餐吃上兩道布丁吧？」

白棋騎士重複先前說法：「嗯，不是**第二天**，不，當然不是第二天。」然後垂下頭來，聲音越來越小，繼續說：「事實上，我不相信那種布丁以往有人**曾做過**！事實上，我也不相信那種布丁往後有人**將會做**！不過，我發明那種布丁真是聰明絕頂。」

因為可憐的騎士好像有點沮喪，愛麗絲希望鼓舞他一下，於是問：「你說的那種布丁用什麼做的？」

白棋騎士呻吟一聲回答：「首先用吸墨紙。」

「我擔心——那味道不會很好吧。」

白棋騎士有點急切打斷她：「**單單**吸墨紙不會很好吃，但是，妳絕對想不到，混合別的東西，味道就大不同了——譬如火藥和封蠟。好了，現在我得跟妳道別了。」這時他們已經來到樹林盡頭。

愛麗絲只是一臉困惑，心裡還想著那種布丁。

白棋騎士語氣充滿焦慮：「看妳一臉悲傷，讓我唱首歌謠安慰妳一下。」

愛麗絲問：「會很長嗎？」因為當天已經聽過很多詩歌了。

白棋騎士說：「是有點長，不過，非常**非常**美麗的歌謠，每一個聽我唱過的人，不是被這首歌謠引得**熱淚盈眶**，就是——」

愛麗絲問：「就是怎樣？」因為白棋騎士突然停下來。

「就是不落淚。這首歌謠被稱為〈鱈魚眼〉。」

愛麗絲問：「噢，那是這首歌謠的名稱，是嗎？」努力裝出很感興趣的樣子。

白棋騎士看來有點心煩意亂：「不，妳不懂，那是人們**稱呼**這

首歌謠，這首歌謠真正的名稱是〈老老先生〉。」

愛麗絲更正她自己：「那我應該問『這首**歌謠**是這麼稱呼的』嗎？」

「不，妳不必這麼問，那完全是兩碼子事！這首歌謠被稱為〈方法與方式〉，但那只是被**稱呼**而已，妳知道吧！」

到頭來愛麗絲真的是一頭霧水，只好問：「好吧，那這首歌謠是怎麼唱的？」

白棋騎士說：「我正準備要唱呢，這首歌謠其實是〈端坐大門上〉，曲調是我自己發明的。」

說著說著，停下馬來，韁繩垂掛馬頸邊，然後，一隻手慢慢打拍子，一抹淺淺微笑讓他溫和憨厚的臉龐，頓時泛起光澤，彷彿陶醉在自己歌謠裡，然後他就唱了起來。[9]

愛麗絲在鏡中世界的旅程裡，遇到形形色色的奇怪事情，其中令她記憶最深刻的就是這一幕。多年之後，她還能回憶起整幕景象，一切恍如昨日──白棋騎士溫和的藍眼睛與和藹的笑容──燦爛的落日餘暉穿透髮絲，照耀在盔甲上，反映出令她目眩的光彩──他的馬兒靜靜的四下走動，韁繩垂掛頸邊，低頭吃著腳邊青草──樹林在他們身後投下長長的陰影──這一切彷彿如詩如畫映入腦海，此刻的她倚靠著一棵樹，舉起一隻手遮擋陽光，眼睛望著這一對奇特的騎士和馬兒，半睡半醒聽著這首歌謠的感傷旋律。[10]

她自言自語：「不過，這曲調不**是**他自個兒的發明，那是〈全

9　送君千里終須一別，臨別之際感傷而又語重心長，用「唱」的比用「說」的更動聽。

10　白棋騎士是鏡中世界唯一真誠對待愛麗絲的人，保護她直到她成為王后，永遠是文質彬彬溫文儒雅，難怪愛麗絲最懷念的也是他。這段文字是 flash-forward，「多年之後」追憶當年，文字優美，充滿詩情畫意，令人回味無窮。

部獻給你，我一無所有〉。[11]」站在那兒專心聆聽，但沒有熱淚盈眶。[12]

我將詳細告訴妳，
內容其實不相干，
我曾遇見老先生，
坐在大門頂端上。
我問先生何許人，
您靠什麼過日子？
先生回答水過篩，
點點滴滴在心頭。

他說每天捉蝴蝶，
撥開麥稈尋覓覓，
蝴蝶攪進羊肉派，
沿街兜售好賣錢。

11　愛麗絲說這首歌謠的曲調是〈全部獻給你，我一無所有〉（"I give thee all, I can no more"），但這是湯瑪斯・摩爾（Thomas Moore, 1779-1852）那首詩 "My Heart and Lute"（Sir Henry Rowley Bishop 譜曲）的第一句，整首詩描述詩人已把全部奉獻給愛人，已經一無所有，只剩一顆心和一把弦琴，希望用琴弦呈現心中滿腔熱情。

12　讀者若是知道路易斯・卡若爾早在1863年，結束划船出遊的第二年，就被愛麗絲・黎寶的母親拒絕他倆繼續來往，那麼他在撰寫《愛麗絲鏡中奇緣》的整個過程中，是否念念不忘這段「忘年之交」？將自己感傷之情寄託在白棋騎士身上？很多學者揣摩他當年心境，萬般不捨也只能放手，那一句「全部獻給你，我一無所有」，實在讓人鼻酸。書中愛麗絲即將成為王后，意味著現實世界裡她已長大成人，往後有自己的前途，所以安排她靜心聆聽，沒有熱淚盈眶。《愛麗絲鏡中奇緣》出版時路易斯・卡若爾已近40歲，有可能自比「老老先生」。

派餅賣給那些人，
波濤海上揚帆苦，
賺得小錢過日子——
蠅頭小利勉強撐。

但他內心正盤算，
想將鬍鬚染綠色，
手裡搖著大蒲扇，
避人耳目遮鬍鬚。
聽他道來無以對，
不知所云答非問，
何以為生我追問！
而且重重敲他頭。

聲調轉柔娓娓訴，
跋山涉水一路走，
來到山中小溪邊，
熊熊烈焰引燃它。
因而熬成潤髮油，
鼎鼎大名羅蘭氏——
一瓶只賣兩便士，
辛勞代價抵不過。

但他心裡另盤算，
一日三餐吃麵糊，
如此一日又一日，
身體養得肥嘟嘟。

左搖右晃喚醒他，
直到臉色轉蔚藍，
催他趕快回正題，
到底如何持生計。

他靠捕撈鱈魚眼，
石楠叢中勤找尋，
曬乾雕琢成鈕釦，
夙夜匪懈慢慢鑿。
澄澄金幣換不得，
閃閃銀幣也無緣，
一個銅幣半便士，
即可換得九鈕釦。

奶油蛋捲埋頭啃，
樹枝抹膠捕螃蟹，
時而漫步青草丘，
搜尋雙輪小馬車。[13]
老頭對我眨眨眼，
這是致富小秘訣，
非常樂意乾一杯，
敬祝閣下永安康。

當時聽他那麼說，
這才想出大計畫，

---

13 Hansom-cab是雙輪出租馬車，十九世紀中葉倫敦街頭常見的代步工具。

以酒烹煮孟奈橋，[14]
就可避免生鐵鏽。
由衷感謝他賜教，
教我致富小秘訣，
更要謝他祝福我，
為我健康乾一杯。

每當不幸犯錯誤，
手指伸進黏膠罐，
或是疏忽而導致，
右腳塞進左腳鞋，
或是重物掉落地，
因而砸傷腳趾頭，
淚流滿面想起他，
那位溫馴老先生——

神情溫馴言談緩，
銀髮晶瑩似雪花，
面貌五官似烏鴉，
眼神灼灼似火炭，
彷彿悲傷已遠離，
身軀搖晃不停歇，
喃喃低語聲聲切，
彷彿口中含麵糰，

14　孟奈橋（Menai Bridge）是英國威爾斯北部與安格爾西島（Anglesey）之間的一座懸掛吊橋，1826年完工。

打起鼾來似水牛——
回憶夏夜多年前，
先生端坐大門上。[15]

白棋騎士唱完這首歌謠最後一句，便拉起韁繩，調轉馬頭，朝向來時路，說道：「妳再走上幾碼路，下了山丘，越過小溪，然後就會變成王后——」愛麗絲滿懷期待轉頭望著他指的方向，這時他補了一句：「不過，妳會在此待一會兒，目送我離開嗎？不會花太多時間，妳在這兒等著，等我走到前面轉彎處，再向我揮揮手帕，可以吧！那會幫我打打氣。」

愛麗絲說：「當然我會等，謝謝你陪我走了這麼長遠的路——還有那首歌謠——我很喜歡。」

白棋騎士語氣懷疑：「希望如此，但是，妳沒有熱淚盈眶，我以為妳會。」

兩人握手之後，白棋騎士騎馬緩緩走進樹林。愛麗絲望著他離去，自言自語：「但願目送他離去不會花太多時間。唉呀，他又摔

15　白棋騎士吟唱的這首歌謠，是修改擴充路易斯‧卡若爾於1856年（24歲）匿名發表在 *The Train* 雜誌的一首詩〈走上寂寞荒原〉（"Upon the Lonely Moor"）。這首歌謠內容就包含這裡所提的四個不同歌名：〈鱈魚眼〉（"Haddocks' Eyes"）、〈老老先生〉（"The Aged Aged Man"）、〈方法與方式〉（"Ways and Means"）、〈端坐大門上〉（"A-sitting on a Gate"），這首歌謠描述一個年輕人向一位老老先生請教致富之道，老老先生說他也做過各種行業，但僅得餬口，後來靠著捕撈鱈魚眼，曬乾後雕琢成鈕釦販售，因而致富，老來樂得享清福「端坐大門上」。路易斯‧卡若爾信中曾言：這首〈端坐大門上〉是諧擬浪漫詩人華滋華斯（William Wordsworth）的 "Resolution and Independence"，詩裡那位詩人，詢問一位靠捕捉水蛭為生的窮苦老人，要他反反覆覆述說歷史，卻又不用心傾聽，最後的結論卻是：我不會以他為榜樣（參見Cohen, *The Letters of Lewis Carrol*, 177）。

下馬了！這回又是倒栽蔥！還好他又輕鬆爬上馬——因為馬兒身上掛了太多雜七雜八的東西——」愛麗絲就這麼一面自言自語，一面望著馬兒悠閒走下去，而白棋騎士不斷滾落下馬，一會兒從左邊，一會兒從右邊，就那樣滾下爬上四五次之後，終於走到轉彎處，愛麗絲向他揮揮手帕，直到不見他們蹤影。

愛麗絲說：「真希望這樣目送他離去，能夠幫他打打氣。」說完，轉身跑下山丘，「現在我只要跨過最後一道溪流，就可以當上王后！聽起來多麼了不起啊！」跑了幾步，來到溪邊。[16]越過溪流時，她高興的喊著：「終於到第八格了！」

16　在這裡路易斯．卡若爾本來寫了一個約1400字的章節〈假髮黃蜂〉（“A Wasp in a Wig”），這個章節都已經排版印刷成4頁的校樣（Galley proofs），但插畫大師譚尼爾寫信給路易斯．卡若爾，說他不知怎樣畫黃蜂戴假髮的插圖，而且認為刪除這一章節更好，路易斯．卡若爾非常尊重德高望重的譚尼爾，立刻從善如流。這4頁的校樣從此石沉大海，一直到1974年7月3日才出現在蘇富比（Sotheby’s）拍賣會場，以1,700美元拍賣成交，經過斡旋協商，買主同意出版印行。這一章節現已成為很多新版*Alice in Wonderland*的「附錄」（Appendix），畢竟這也是路易斯．卡若爾的原始創作，也是全書主題與結構上的重要一環。本譯注特將此一章節翻譯並加以注釋，置於本譯注最後幾頁的〈附錄〉，這好像也是坊間其他譯本沒有的。

〈假髮黃蜂〉章節描述愛麗絲正要跳過溪流，突然聽到一陣唉聲嘆氣，原來是一隻老態龍鍾的黃蜂戴著黃色假髮（A Wasp in a Wig），顯然非常鬱悶，愛麗絲天性善良當然樂於助人，見他假髮凌亂，想用「梳子」（comb）幫他整理，黃蜂卻誤會以為愛麗絲是蜜蜂有「蜂窩」（comb），黃蜂唱了一首歌敘述他的悲慘遭遇，他原本長了一頭金色鬈髮，但眾人奚落霸凌他，要他剃掉鬈髮改戴假髮，但從此之後鬈髮再也長不出來，眾人取笑他是豬。在白棋騎士和假髮黃蜂身上，可以看到路易斯．卡若爾「時過境遷、時不我與」的感傷情懷，歲月不饒人，萬般不捨也無可奈何，而愛麗絲需要追尋她的人生目標，她充滿鬥志與毅力，也終將心想事成變成王后。

＊　　　　＊　　　　＊　　　　＊

＊　　　　＊　　　　＊

＊　　　　＊　　　　＊　　　　＊

　　然後跳到草地上休息，草地又鬆又軟像苔蘚，四周處處點綴著花壇，「哇！真高興來到這裡！」突然，她驚訝大叫：「咦！我頭上是什麼東西呀！」伸手去摸頭頂，那個重重的東西緊緊掐著她腦袋。

　　她把那個東西摘下來，擺在腿上看個究竟，自言自語：「怎麼會不知不覺來到我頭上呢？」

　　原來是一頂金色王冠。

第九章：愛麗絲王后

　　愛麗絲說：「哇！**真是**太棒了！沒想到這麼快就當上王后了——」然後，換上一種嚴厲口氣（她一向喜歡責罵自己），繼續說：「陛下，我會告訴妳怎麼當王后，這樣懶洋洋躺在草地上，成何體統！妳知道吧，當王后得有尊嚴！」

　　於是爬起來四處走動——一開始走得有點僵硬，擔心頭上王冠會掉下來，不過也自我安慰一番，反正沒人看到，於是又坐下來，嘴裡說著：「假如真的變成王后，到時候自然有辦法把王冠戴好。」

　　這裡發生的每一件事都很奇怪，因此等她發現紅棋王后和白棋王后分別坐在左右兩邊時，也不覺得太驚訝，雖然很想問她們怎麼來到這裡，但又擔心不禮貌。不管怎樣，她心想，問問這一局棋下完了沒有，應該無傷大雅吧，於是怯生生的看著紅棋王后：「請問——可不可以告訴我——」

　　紅棋王后嚴厲打斷她：「有人問妳才可以開口講話！」

　　愛麗絲隨時隨地都準備據理力爭：「但是，如果大家都遵守這個規矩，如果妳非得等別人問話才說話，而別人也一直在等妳先開口才說話，那麼，大家就永遠都別說話了，這麼一來——」

　　紅棋王后大喊：「荒謬之至！唉，孩子，妳怎麼不知道——」這時又停住不說，皺著眉頭，想了一分鐘，突然改變話題：「妳剛剛說『假如我真的變成王后』是什麼意思？妳憑什麼資格這樣稱呼

自己？妳知道嗎，妳不可能當上王后，除非通過審慎的考驗。所以，我們越早開始越好。[1]」

可憐的愛麗絲語氣謙卑的辯解：「我只是說『假如』啊！」

兩位王后互看一眼，紅棋王后全身微微顫動：「她**說**她剛剛只有說『假如』而已──」

白棋王后攢著雙手，嘴裡呻吟：「可是，她說的比那多著呢！噢，比那還多很多呢！」

紅棋王后對愛麗絲說：「瞧，妳的確說了。永遠要講真話，開口以前要先想清楚再講──講完還要寫下來。」

愛麗絲正要說：「我確定沒那個意思──」卻被紅棋王后不耐煩的打斷。

「那正是我要數落妳的！妳**應該**有意義才說話！一個說話沒有意義的孩子，有什麼用？即使是說個笑話，也應該有某種意義──而我也希望，孩子比笑話來得重要。妳不否認這一點吧，即使妳用雙手去否認。」

愛麗絲反駁：「我不會用**雙手**否認事情。」

紅棋王后說：「沒有人說妳會，我說的是，妳用雙手也不能否認。」

白棋王后說：「她現在就是那種心態，心裡想要否認什麼──只是還沒搞清楚要否認什麼！」

紅棋王后也說：「真是卑鄙邪惡的個性。」接下來是一兩分鐘尷尬的沉默。

紅棋王后終於打破沉默，對白棋王后說：「我邀請妳來參加愛麗絲王后今天下午的盛宴。」

1　據說現實世界的愛麗絲‧黎竇差點變成王妃，她家族與英國皇室頗有淵源，詳情見本書〈中譯導讀〉頁65。

白棋王后淺淺一笑：「我也邀請妳。」

愛麗絲說：「我根本不知道自己要舉行宴會，不過，如果真有宴會的話，也應該由我來邀請賓客才對。」

紅棋王后說：「是我們給妳機會舉行宴會。不過，我敢說，妳還沒上過很多禮儀課吧。」

愛麗絲說：「課堂上是不教禮儀的，課堂上是教妳加減乘除之類的東西。」

白棋王后問：「那妳會加法嗎？一加一加一加一加一加一加一加一加一加一，等於多少？」

愛麗絲說；「不知道，我數不清有幾個一。」

紅棋王后打岔：「她不會加法。妳會減法嗎？八減九等於多少？」

愛麗絲毫不猶豫回答：「用八減九我辦不到，但是──」

白棋王后說：「她不會減法。妳會除法嗎？一條土司麵包除以一把刀子──，那樣得到什麼答案？」

愛麗絲正要開口：「我想答案是──」但紅棋王后搶著替她回答：「當然啦，答案是麵包和奶油。再試試另一道減法題：一隻狗減掉骨頭，剩下什麼？」

愛麗絲想了一下：「當然啦，如果我拿走骨頭，骨頭就不在了──狗也就不在了，狗會追過來咬我──當然我也不在了！」

紅棋王后說：「妳是說，然後一切都不在了？」

「我想答案就是這樣。」

紅棋王后說：「妳還是又錯了。那隻狗的脾氣還在。」

「但我不懂怎麼會——」

紅棋王后大喊：「當然哪，妳看看！那隻狗會發脾氣，對不對？」

愛麗絲提心吊膽的回答：「或許會吧。」

紅棋王后勝券在握喊道：「既然狗跑掉了，牠的脾氣就會留下來了！²」

愛麗絲盡量裝出一本正經的樣子：「狗和脾氣有可能朝不同方向跑掉啊。」卻忍不住心想：「我們都在講些什麼無稽之談啊！」

兩位王后異口同聲的強調：「她一點算術也不會！」

愛麗絲不喜歡一直這樣被挑毛病，突然轉向白棋王后：「那妳會算術嗎？」

白棋王后閉上眼睛倒吸一口氣：「如果妳給我時間，我會加法——但是，不論任何情況，我都不會減法！」

紅棋王后又問：「妳認得英文字母ABC吧。」

愛麗絲回答：「當然認得。」

白棋王后輕聲低語說：「我也認得。親愛的，以後我們會常一起唸字母拼單字。告訴妳一個秘密，我會唸只有一個字母拼成的單字！那不是很了不起嗎？不過，也別氣餒，早晚妳也學得會。」

這時紅棋王后又說了：「妳會做應用題嗎？」然後問：「麵包是怎麼做的？」

愛麗絲熱切回答：「我知道怎麼做！妳先舀一些麵粉——」

---

2 「狗會發脾氣」原文是"The dog would lose its temper"，而lose這個字又指「失去」，套用這個意義可解釋「狗失去脾氣」，所以狗跑掉了，「狗原先失去的脾氣不會跟著牠走，就順理成章的留下來。」

白棋王后問：「妳從哪裡摘來花朵？從花園裡，還是樹籬上？」

愛麗絲連忙解釋：「嗯，麵粉根本不是用摘的，而是用磨的——[3]」

白棋王后又問：「有多少畝的田地？[4]妳不該漏了這麼多東西沒講清楚。」

紅棋王后又打岔：「快幫她腦袋搧搧風！腦袋裡想這麼多，一定在發高燒！」立刻拿起大把樹葉替她搧風，直到她求饒為止，因為頭髮被搧得亂七八糟。

紅棋王后說：「現在沒事了。妳懂外語嗎？fiddle-de-dee的法文怎麼說？」

愛麗絲一本正經回答：「fiddle-de-dee又不是英文。」

紅棋王后說：「誰說是英文了？」

這回愛麗絲總算逮到機會解圍，得意洋洋：「如果妳告訴我fiddle-de-dee是哪一國語言，我就告訴妳fiddle-de-dee的法文！[5]」

---

3 「麵粉」flour和「花朵」flower是同音異義字，愛麗絲和白棋王后各有所指。所以愛麗絲連忙解釋，麵粉不是花朵，不是用「摘」（pick）的，而是用麥子「磨」（ground）出來的。

4 但白棋王后又把「磨」麵粉的ground誤解成「田地」的ground，所以才問有多少畝田地。

5 這段對話十分奧妙，紅棋王后問：「fiddle-de-dee的法文怎麼說？」愛麗絲說：「fiddle-de-dee又不是英文」，其實愛麗絲根本不知道fiddle-de-dee的法文，但面對這兩位無厘頭王后，她也不肯承認，於是「以子之矛攻子之盾」：「如果妳告訴我fiddle-de-dee是哪一國語言，我就告訴妳fiddle-de-dee的法文！」。這一來一往讓讀者丈二金剛摸不著頭腦，譯者也Google了半天，找不到「fiddle-de-dee的法文」，只見網路都說fiddle-de-dee這個字是個nonsense，指的是「胡扯瞎扯」，人在不屑、生氣、懊惱、不耐煩時表達的情緒。fiddle-de-dee有時也被說成fiddle-diddle，都與英國古老童謠有關，來源典故不一但大同小異。以下兩首相當有趣，第二首令人聯想到台灣民謠。

　　但是，紅棋王后卻挺起身子一板一眼的說：「當王后的從不討價還價。」

一首是：

Hey Diddle Diddle!	胡扯瞎扯又胡扯，
The cat and the fiddle,	貓兒拉著小提琴，
The cow jumped over the moon;	母牛跳躍上月亮；
The little dog laughed to see such sport,	小狗看了笑嘻嘻，
And the dish ran away with the spoon.	盤子帶著湯匙逃。

另一首是：

Fiddle-de-dee, fiddle-de-dee,	胡扯瞎扯又胡扯，
The fly has married the bumblebee.	蒼蠅娶了大黃蜂。
Said the fly, said he,	蒼蠅蒼蠅一直問，
"Will you marry me?	可否請妳嫁給我？
And live with me, sweet bumblebee?"	過來跟我一起住？

Fiddle-de-dee, fiddle-de-dee,	胡扯瞎扯又胡扯，
The fly has married the bumblebee.	蒼蠅娶了大黃蜂。
Said the bee, said she,	黃蜂黃蜂一直說，
"I'll live under your wing,	我將住你翅膀下，
And you'll never know I carry a sting."	你絕不知我帶刺。

Fiddle-de-dee, fiddle-de-dee,	胡扯瞎扯又胡扯，
The fly has married the bumblebee.	蒼蠅娶了大黃蜂。
So when Parson Beetle had married the pair,	甲蟲牧師來證婚，
They both went out to take the air.	雙雙飛到半空中。

Fiddle-de-dee, fiddle-de-dee,	胡扯瞎扯又胡扯，
The fly has married the bumblebee.	蒼蠅娶了大黃蜂。
And the flies did buzz, and the bells did ring,	蒼蠅嗡嗡鈴鐺響，
Did you ever hear so merry a thing?	此等妙事可聽過？

愛麗絲心想：「但願當王后的也從不亂問問題。」

白棋王后語氣焦慮：「我們別吵架。什麼原因造成閃電？」

愛麗絲覺得很有把握，於是斬釘截鐵回答：「造成閃電的原因是打雷——」又連忙更正，「不，不！我的意思是，正好反過來。」

紅棋王后說：「來不及更正了，話一旦說出口，就敲定了，就必須承擔後果。」

白棋王后緊張得一會兒握緊手，一會兒鬆開手，眼睛往下看：「那倒是提醒了我——上個星期二我們遇上這麼一場大雷雨——妳知道吧，我指的是上一組星期二的其中一天。」

愛麗絲十分困惑：「在**我們的**國家裡，每個星期只有一個星期二。」

紅棋王后說：「你們處理事情的那種方式很無能。在**這裡**，我們經常都是兩三個白天或夜晚連在一起過，到了冬天，我們有時候還連續五個夜晚一起過——就是為了取暖。」

愛麗絲不加思索就問：「那麼，五個夜晚連在一起過，就比一個夜晚更暖和嗎？」

「當然，暖和五倍。」

「可是，根據同樣道理，應該是**寒冷**五倍才對啊——」

紅棋王后大喊：「就是如此！暖和五倍，**也**寒冷五倍——就像我比妳富有五倍，**也**比妳聰明五倍！」

愛麗絲嘆口氣，放棄了，心想：「簡直就像沒有謎底的謎語一

這首英國古老童謠「蒼蠅娶了大黃蜂」，還有「甲蟲牧師來證婚」，讓人聯想到一首家喻戶曉的台灣民謠〈西北雨直直落〉：

　　西北雨直直落，鯽仔魚欲娶某，

　　鮎鮐兄拍鑼鼓，媒人婆土虱嫂，

　　日頭暗尋無路，趕緊來火金姑，

　　做好心來照路，西北雨直直落。

樣！」

　　白棋王后彷彿喃喃自語，低聲接著說：「不倒翁大胖墩也碰上了那場雷雨，他來到門前，手裡拿著一根瓶塞起子。」

　　紅棋王后問：「他想要幹什麼？」

　　白棋王后繼續說：「他說他**想要進來**，為了找尋一隻河馬。事實上，那天早上，屋裡沒有那種東西。」

　　愛麗絲驚訝的問：「屋裡通常會有河馬嗎？」

　　王后說：「嗯，只在星期四才有。」

　　愛麗絲說：「我知道他為什麼要來，他要懲罰那些魚，因為——6」

　　這時白棋王后又開口說：「那天雷雨**如此之大**，害我沒法思考！」（紅棋王后說：「她**永遠沒法思考**，妳知道吧。」）「部分屋頂被掀掉了，更多的雷聲跑進來——在屋裡**轟隆轟隆**滾來滾去——撞翻桌子和各種東西——把我嚇壞了，害我連自己名字都想不起來！」

　　愛麗絲心想：「意外發生那一剎那，我才不會去想自己叫什麼名字！更何況，想起來又有什麼用？」但她不敢大聲說出來，怕傷了白棋王后自尊心。

　　紅棋王后握住白棋王后一隻手，溫柔撫摸著，對愛麗絲說：「陛下，請妳務必原諒她，她是出自一番好意，難免不由自主說一些傻話，她就是那樣。」

　　白棋王后怯生生望著愛麗絲，愛麗絲覺得**應該**說點安慰的話，可是這個節骨眼卻什麼也想不出來。

　　紅棋王后繼續說：「她的教養出身不是頂好，但她脾氣卻好得

6　愛麗絲指的是第六章不倒翁大胖墩所吟唱的詩歌，他派魚兒們去傳達訊息，魚兒們卻在睡覺不理他，害他大發雷霆又吼又叫，御駕親征前去理論。

驚人！拍拍她頭吧，她會很高興！」不過，愛麗絲沒那個膽子拍她的頭。

「略施小惠——用紙捲幫她捲頭——會給她意外驚喜。」

白棋王后深深嘆口氣，頭枕著愛麗絲肩膀，低吟一聲：「我現在好睏！」

紅棋王后說：「可憐的她，已經累翻了！順順她頭髮——把妳睡帽借她——唱首催眠曲哄她入睡。」

愛麗絲遵從第一道指令，幫她順了順頭髮：「但我手邊沒睡帽，也不會唱什麼催眠曲。」

紅棋王后說：「那我只好自個兒來。」於是開始唱：

> 快快睡吧小寶貝，腦袋枕著愛麗絲，
> 宴會尚在籌備中，把握時間快小寐。
> 等到宴會結束後，再來參加大舞會——
> 紅白王后一起來，大夥加上愛麗絲。[7]

紅棋王后接著說：「現在，妳知道催眠曲的歌詞了，」然後，頭枕在愛麗絲另一邊肩膀上：「只要把它唱完給我聽就好。我也好睏。」片刻之後，兩位王后都睡著了，而且鼾聲如雷。

愛麗絲感嘆：「那我該怎麼辦？」非常困惑看看四周，只見一個腦袋接著另一個腦袋，相繼滾落下肩膀，枕在她腿上，像沉重的

---

7 這首催眠曲改編自最為膾炙人口的「鵝媽媽童謠」（Mother Goose rhymes）：

Rock-a-bye baby, on a tree top,	嬰兒搖搖，掛在樹梢，
When the wind blows, the cradle will rock,	風兒一吹，搖籃就晃，
When the bough breaks, the cradle will fall,	樹枝一斷，搖籃就掉，
Down will come baby, cradle and all.	嬰兒搖籃，通通摔落。

除此之外，還有各種不同版本，源自不同典故，在此不贅述。

肉團。她很不耐煩的繼續說：
「一個人要同時照顧兩位
熟睡的王后，我不相
信以往**曾經發生過**這
種事！不，整個英國
歷史也沒發生過——
不可能，妳也知道，
因為同一時期根本不
曾有過兩位王后。妳們

這兩個沉重的傢伙，快點醒醒！」可是根本沒有回應，只有和緩的
鼾聲。

　　隨著每一分鐘過去，鼾聲越來越清晰，也越來越像一首曲調，
最後，愛麗絲甚至聽得出歌詞，聽得那麼入神，以至於幾乎沒注意
到，那兩顆大腦袋突然從她腿上消失。

　　這時她已站在一扇拱門前，門上刻著「**愛麗絲王后**」幾個大
字，拱門兩邊各有一條門鈴拉繩，一邊寫著「賓客鈴」，另一邊寫
著「僕役鈴」。

　　愛麗絲心想：「我要等那首曲調唱完，」然後繼續說：「再拉那
條——那條——究竟我該拉**哪一條**拉繩呢？」對那兩個名稱感到非
常困惑。「我既不是賓客，又不是僕役。照理**應該**還有一條拉繩標
示『王后鈴』才對。」

　　就在這時候，門開了一條縫，一個鳥嘴長長的生物，探頭出來
看了一下說：「不得入內，下下週才開放！」說完，砰的一聲關上
門。

　　愛麗絲又敲門又拉鈴，折騰好一陣子都沒用，最後，原本坐在
樹下的一隻老青蛙站起來，一跛一跛慢慢走向她，身上穿著鮮豔的
黃色衣服，腳上穿著一雙巨大皮靴。

老青蛙低沉沙啞的聲音
輕聲問：「什麼事啊？」

愛麗絲轉過身來，一肚
子火正想找個人出氣，於是
氣呼呼的說：「負責應門的
僕人哪裡去了？」

老青蛙問：「哪一扇
門？」

愛麗絲看他慢吞吞的說
話樣子，氣得跺腳：「當然
是這一扇門！」

老青蛙眼睛呆滯無神，
望著那扇門，足足一分鐘，
然後才走向前去，用大拇指抹了一下門，彷彿檢查油漆有沒有脫
落，然後轉頭看著愛麗絲。

他說：「回答這扇門？這扇門問了什麼問題？[8]」聲音沙啞得愛
麗絲幾乎聽不清楚。

她說：「我不懂你什麼意思？」

老青蛙又說：「我剛說的是英文，不是嗎？不然的話，是妳耳
聾嗎？這扇門到底問了妳什麼問題？」

愛麗絲不耐煩：「門沒問我問題！是我剛剛在敲門！」

老青蛙喃喃說道：「不該敲門——不該敲門——妳知道嗎，門
會被惹毛的。」然後，走上前去，一隻大腳狠狠踢了門一下，踢完

8　愛麗絲說 "answer the door"，意思是「應門」，有人敲門，僕人就要來開門，而
　老青蛙卻誤解為「回答門」，所以堅持追究「門到底是問了什麼問題」需要回
　答。

又一跛一跛走回樹下，喘著氣說：「妳不惹它，它也不惹妳，知道吧。」

這時候，大門忽然洞開，傳出高亢嘹亮的歌聲：

> 鏡中世界愛麗絲，
> 手握權杖頭戴冠。
> 全體臣民一齊來，
> 紅白王后共饗宴。

上百個聲音接著加入合唱：

> 葡萄美酒注滿杯，
> 豐富美食堆滿桌，
> 貓鼠同桌慶歡宴，
> 歡呼三十乘三次！

接著是一片歡呼喝采聲，愛麗絲心想：「三十乘三次等於九十次，我懷疑有人在數次數嗎？」過了一會兒，一切重歸平靜，然後，高亢嘹亮的歌聲又唱起另一節歌詞：

> 全體臣民靠過來，
> 榮幸晉見聽我說，
> 共享盛宴共飲茶，
> 紅白王后還有我。

然後，合唱再度響起：

糖漿墨水注滿杯，

愛喝什麼斟什麼，

果汁攪沙酒攪毛，

歡呼九十乘九次！[9]

　　愛麗絲氣急敗壞的說：「九十乘九次！天哪，那可是沒完沒了！我最好快點進去——」於是走了進去，等她一出現，裡面頓時一片死寂。

　　愛麗絲走進大廳，緊張的掃瞄宴客大桌，注意到賓客約有五十位，各色人等都有，有些飛禽，有些走獸，還有一些花草植物。心想：「很高興他們都不請自來，不然的話，我真不知道該邀請哪些賓客！」

　　宴客大桌盡頭有三個座位，紅棋王后與白棋王后已經就座，中間座位是空的。愛麗絲坐上那空位，周圍一片肅靜，讓她覺得很不自在，希望有人開口說話。

　　最後，紅棋王后開口了：「妳錯過了湯和魚這兩道餐點。來人啊，端羊腿上桌！」侍者端來一大條羊腿，擺在愛麗絲面前，愛麗絲焦慮的看著羊腿，因為她從沒切過整條羊腿肉。

　　紅棋王后說：「妳看來有點害羞，幫妳介紹一下那條羊腿吧。愛麗絲——羊腿，羊腿——愛麗絲。」只見羊腿從盤子裡站起來，向愛麗絲微微一鞠躬，愛麗絲也鞠躬答禮，心裡卻不知該害怕還是好笑。

　　她拿起刀叉，對左右兩位王后說：「我可以幫妳們切一片肉嗎？」

　　紅棋王后斬釘截鐵的說：「當然不可以，切割剛剛介紹給妳的

9　路易斯‧卡若爾模擬英國詩人 Sir Walter Scott 於 1825 年寫的一首頌詩 "Bonnie Dundee"，祝賀蘇格蘭子爵 John Graham 繼位登基的獻詞。

朋友，是不合禮儀的。[10]來人啊，撤下羊腿！」侍者撤走羊腿，換上一大盤葡萄乾布丁。

愛麗絲連忙說：「拜託，不必介紹布丁和我認識，不然我們什麼都吃不到了。我可以分一點布丁給妳們嗎？」

紅棋王后卻沉下臉，咆哮著說：「布丁——愛麗絲，愛麗絲——布丁。來人啊，撤下布丁！」侍者連忙撤走布丁，速度之快害得愛麗絲來不及鞠躬答禮。

愛麗絲不懂，為什麼只有紅棋王后才可以發號施令，所以，彷彿做實驗似的，她也大喊一聲：「侍者，把布丁端回來！」布丁果然立刻回來，像變魔術一樣。布丁好大一塊，害她有點羞怯，就像剛才面對羊腿一樣。還好，她努力克服羞怯，切了一片布丁，端給紅棋王后。

布丁說：「真是無禮之至！如果我從妳身上切下一片，妳會高興嗎？妳這個畜生！」

布丁的聲音有點黏乎乎又油膩膩，[11]愛麗絲無言以對，坐在那兒

10　紅棋王后說：“it isn't etiquette to cut anyone you've been introduced to”，關鍵就在cut這個字是個雙關語，cut指的是「故意冷落、忽略或裝作沒看到」，在社交禮儀場合是非常不禮貌的行為。紅棋王后解釋成從人家身上「切割」下來一塊肉，何況是剛剛認識的朋友，難怪不合禮儀。

11　「葡萄乾布丁」是用蛋、水果乾、肉桂、荳蔻、丁香等，加上牛羊脂肪（suet，俗稱「板油」）而做成，所以又稱「牛油布丁」（suet pudding），難怪這塊布丁講話的聲音「油膩膩」（suety）。

瞠目結舌。

紅棋王后說：「妳開口說話啊，全讓布丁唱獨腳戲，這樣的對話太荒謬了！」

愛麗絲終於開口，剛開口的那一刹那，連自己都嚇了一跳，因為全場一片死寂，所有的眼睛盯著她看，「你們知道嗎，今天有很多人朗誦詩歌給我聽，而且奇怪的是──每一首詩歌多多少少都跟魚類有關。妳知道為什麼這裡的人都那麼喜歡魚類嗎？」

她這話是對紅棋王后說的，但王后卻答非所問不著邊際，把嘴湊近愛麗絲耳朵，慢吞吞又一本正經的說：「說到魚類嘛，白棋王后知道一則可愛的謎語──全是用詩寫成的──跟魚類有關的。讓她朗誦好嗎？」

白棋王后湊近愛麗絲另一隻耳朵，像鴿子般咕咕咕咕的喃喃低語：「承蒙紅棋王后如此厚愛，提到這個謎語，那是我**無比**的榮幸！我可以朗誦嗎？」

愛麗絲很有禮貌的說：「請吧。」

白棋王后高興的笑了，摸摸愛麗絲臉頰，開始朗誦：

> 首先必須捕到魚，
> 那很簡單，娃兒也能捕到魚。
> 接著必須買到魚，
> 那很簡單，一文便士買到魚。
>
> 然後得將魚煮熟，
> 那很簡單，一分鐘內煮熟魚。
> 把魚擺進盤子裡，
> 那很簡單，盤裡早已擺著魚。

端魚過來給我吃，

那很簡單，盤子早已端上桌。

快點掀起盤蓋來，

那很困難，我會擔心辦不到！

盤蓋緊扣黏如膠，

盤蓋盤子不分離，魚兒躺在盤中央。

哪樣比較辦得到，

掀開盤蓋吃到魚，還是謎底要揭曉？[12]

　　紅棋王后說：「先考慮一分鐘，然後猜猜看。此時此刻，我們舉杯祝妳健康——祝福愛麗絲王后身體健康！」她喊得聲嘶力竭，全體賓客舉杯暢飲，但大家喝酒方式千奇百怪，有的把酒杯當成滅燭罩子，倒扣頭頂上，然後啜飲流在臉上的酒——有的把酒壺打翻在桌上，然後喝著流到桌子邊緣的酒——其中還有三個（看起來像長頸鹿）擠在烤羊肉的盤子裡，貪婪的舔食肉汁，愛麗絲心想，「簡直像飼料槽裡的一群豬！」

　　紅棋王后皺著眉頭對愛麗絲說：「妳應該發表簡短的答謝辭。」

　　愛麗絲非常順從的站起來準備致詞，心裡有點驚慌，白棋王后低聲說：「我們一定支持妳。」

　　愛麗絲也低聲回答：「非常謝謝妳們，但沒妳們支持，我也能應付自如。」

　　紅棋王后斬釘截鐵的說：「那是絕對不可能的事。」愛麗絲只

---

12 很特別的是，白棋王后這個謎語的「謎面」是用「唱」出來的一首詩，首先要捕到或買到這種魚貝類，煮熟很快也很簡單，但是兩片殼蓋黏得很緊很難撬開，撬開才吃得到美味，「謎底」就是「牡蠣」。

好勉為其難欣然接受。

　　（事後，愛麗絲對姊姊描述這宴會過程時，這麼說的：「她們**真的**用力推擠我！好像存心把我擠得扁扁的。」）

　　事實上，她在致詞時，的確很難站穩，兩位王后一邊一個，緊緊推擠她，幾乎把她撐到半空中。才剛開始說：「我起身向大家致謝──」說話的當兒，她身體的確被撐高了好幾吋，幸好她抓緊桌子邊緣，設法把自己再拉下來。

　　白棋王后兩手抓住愛麗絲頭髮，尖聲喊道：「妳自己多保重！事情就要發生了！」

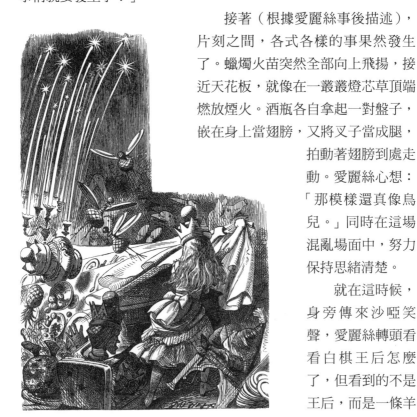

　　接著（根據愛麗絲事後描述），片刻之間，各式各樣的事果然發生了。蠟燭火苗突然全部向上飛揚，接近天花板，就像在一叢叢燈芯草頂端燃放煙火。酒瓶各自拿起一對盤子，嵌在身上當翅膀，又將叉子當成腿，拍動著翅膀到處走動。愛麗絲心想：「那模樣還真像鳥兒。」同時在這場混亂場面中，努力保持思緒清楚。

　　就在這時候，身旁傳來沙啞笑聲，愛麗絲轉頭看看白棋王后怎麼了，但看到的不是王后，而是一條羊

腿坐在椅子上。湯碗裡傳來一個聲音：「我在這兒！」愛麗絲又轉過身，只見王后那張忠厚的大臉龐，在大碗邊緣對她咧嘴一笑，然後就消失在湯裡面了。

　　情況緊急，片刻都耽擱不得，好幾位賓客已經躺在盤子裡，而湯杓攀上了桌子，朝愛麗絲座位走過來，不耐煩的比劃手勢，要她讓路。

　　愛麗絲大喊：「我再也受不了了！」跳起來用雙手抓住桌巾，使勁一拉，所有的盤子、碟子、賓客、蠟燭通通跌落地板，擠成一堆。

　　愛麗絲認為紅棋王后是這場鬧劇的罪魁禍首，兇巴巴的轉向她：「至於妳，」——可是王后不在身邊——她已經縮短成洋娃娃般大小，正在餐桌上高興的跑來跑去，追逐身後拖曳的披肩。

　　若是在平時，愛麗絲看到這情景一定大驚小怪，可是，**眼前這時**，她已氣得不再驚訝了，只能再說一遍：「至於妳，」眼見那個小傢伙跳起來，閃躲落在桌上的酒瓶，愛麗絲趁機一把抓住她，嘴裡說：「我要拚命搖晃妳，把妳變成一隻小貓，非要不可！」

第十章：搖晃

說著說著，愛麗絲從桌上抓起她，用盡力氣前後搖晃。
紅棋王后根本沒有抗拒，只是臉龐越變越小，眼睛越變越大也
變成綠色，而且，隨著愛麗絲繼續搖
晃，她也越變越矮──越胖──越
軟──越圓──越──

第十一章：醒來

——她真的變成了一隻小貓。

第十二章：誰在作夢

　　愛麗絲揉揉眼睛，畢恭畢敬又有點嚴厲對小貓說：「紅棋王后陛下，妳不該喵喵叫得那麼大聲！唉唷！那麼美好的夢境，妳竟然把我吵醒了！凱蒂，妳一路跟隨著我，進入鏡中世界，親愛的，妳知道嗎？」

　　（愛麗絲曾抱怨過）小貓都有一種不合作的習慣，那就是，不管妳對牠們說什麼，牠們總是喵喵叫回應。愛麗絲曾說：「要是牠們能夠喵喵叫表達『是』，哞哞叫表達『不是』，或任何其他方式，那就好了！那樣我們就可以對上話了！否則的話，跟一個總是說同一句話的人，妳哪能交談呢？」

　　聽她這麼說，小貓只是喵喵叫了一聲，根本猜不出牠到底表達「是」還是「不是」。

　　於是，愛麗絲搜索桌上的棋子，找到紅棋王后，然後跪在壁爐前地毯上，把小貓抓過來和王后面對面，得意的拍著手大叫：「凱蒂，聽著！坦白承認，妳剛剛就是變成紅棋王后的！」

　　（事後，愛麗絲解釋這情景給姊姊聽，還說：「凱蒂就是不肯正眼看那棋子一眼，把頭轉開假裝沒看見，但似乎有**一點點慚愧**，所以我想牠**必定**當過那個紅棋王后。」）

　　愛麗絲高興的笑著說：「親愛的，坐挺一點！記得嘍，當妳想要怎麼——怎麼喵喵叫的時候，先行個屈膝禮，那樣會節省時間！」

然後抱起小貓輕輕吻一下：「只是紀念牠當過紅棋王后。」

愛麗絲轉頭看著小白貓，小白貓正耐心接受梳洗，「我的寶貝，雪花！我懷疑，到底什麼時候黛娜才會幫白貓陛下梳洗完畢呢？難怪我夢裡的白棋王后穿戴不夠整齊。黛娜！妳可知道，妳正在為一位白棋王后梳洗嗎？真的，妳這樣實在不夠尊重！」

她舒舒服服趴下來，一隻手肘撐在地毯上，手掌托著下巴，嘰哩咕嚕的繼續說：「我在奇怪，**黛娜變成了誰**？黛娜！告訴我，妳是不是變成了不倒翁大胖墩？我想一定是的——不管怎樣，最好先別跟朋友說，因為我還不確定。」

「凱蒂，順便一提，如果妳真的跟我一起在夢境裡，有一件事妳**可能會很喜歡**——那就是，我聽到很多朗誦給我聽的詩歌，全都跟魚類有關！明天早上妳會吃一頓大餐。妳吃早餐時，我會朗誦那首〈海象與木匠〉給妳聽，親愛的，那妳就可以假裝早餐吃的是牡蠣！」

「凱蒂，現在，我們來想想，到底是誰在作夢？親愛的，這是個嚴肅問題，別一直舔爪子——彷彿黛娜今天上午還沒幫妳梳洗似的！凱蒂，妳知道嗎，在作夢的必定是我，或是紅棋國王。當然，他是我夢裡的一部分——而我那時也是他夢裡的一部分！凱蒂，在夢裡他是紅棋國王，親愛的，妳知道妳是他的王后嗎？——噢，凱

蒂，**拜託幫我弄清楚！等一下再舔妳的爪子！**」可是那隻惱人的小貓卻舔起另一隻爪子，假裝沒聽見愛麗絲問話。

　　妳認為是誰在作夢呢？

> 晴空當下一扁舟，
> 如夢如幻緩緩行，
> 七月黃昏霞滿天──
>
> 三個孩童偎身旁，
> 眼神熱切耳傾聽，
> 懇求說個小故事──
>
> 晴空逐漸轉灰白，
> 迴聲消逝記憶褪，
> 秋日霜寒逐七月。
>
> 縈繞心頭如魅影，
> 遨遊九霄愛麗絲，
> 稍縱即逝清醒時。
>
> 孩童渴望聽故事，
> 眼神熱切耳傾聽，
> 依偎身畔惹憐愛。
>
> 徜徉奇境樂逍遙，
> 夢裡不覺時光逝，
> 夢裡不覺夏日遠。

依然沿溪輕擺盪，

金黃光影盡普照，

人生豈非一場夢？[1]

1　這是一首典型的「藏頭詩」或「嵌入詩」（acrostic），也是路易斯·卡若爾著
　名傑作之一。這首詩7段每段3行，共21行，每行第一個字母湊起來正好是：
　ALICE PLEASANCE LIDDELL，就是愛麗絲·黎寶全名。這首「卷尾詩」
　（epilogue）和《愛麗絲幻遊奇境》的「卷頭詩」（prologue）遙遙呼應，回憶當
　年七月「金色午後陽光燦爛」，形成完美圓滿故事結構。最後一行Life, what is
　it but a dream?「人生豈非一場夢？」，讓人聯想到一首耳熟能詳的經典童謠，最
　後一句就是「人生不過一場夢」：

　　Row, row, row your boat,　　　划呀划呀划小船，

　　Gently down the stream.　　　緩緩划過小溪流，

　　Merrily, merrily, merrily, merrily,　開心開心又開心，

　　Life is but a dream.　　　　　人生不過一場夢。

　學者也常把這首詩與Edgar Allan Poe的 "A Dream within a Dream"（1849年）相
　提並論，這首24行的短詩以第一人稱敘述與愛人吻別之後的惆悵，眼看著生命
　中的美好事物都已流逝，金黃歲月荏苒不再一去不回，質疑如何區分幻想與真
　實，到頭來人生難道只是一場「夢中之夢」？

附錄 〈假髮黃蜂〉

（此一章節原來在第九章白棋騎士離開之後）

她正要躍過溪流，突然聽見深深嘆息聲，似乎來自背後樹林。

她焦慮的回頭看怎麼回事，心想：「那兒有人**非常**不快樂。」好像有個很老的人（但面貌更像一隻黃蜂），坐在地上，背靠著一棵樹，全身捲曲成團，好像很冷似的抖個不停。

愛麗絲止住腳步，第一個念頭是：「我不認為幫得上忙，但至少可以問問怎麼回事。」正想躍過溪流，到了溪邊又停住腳：「一旦我躍過去，一切會改觀，那就幫不了他了。」

於是來到黃蜂身邊——有點心不甘情不願，因為她非常渴望當上王后。

黃蜂見愛麗絲到來，嘟嘟噥噥起來：「唉，我的老骨頭，我的老骨頭！」

愛麗絲自言自語：「我在想，可能是關節炎。」彎下腰去，和藹的說：「你會很痛嗎？」

黃蜂甩甩肩膀，把頭一偏，自言自語：「唉唷喂呀！」

愛麗絲接著問：「我能幫忙嗎？你在這兒很冷嗎？」

黃蜂語氣暴躁：「妳還在囉唆！煩死人了，煩死人了！」[1]沒見過

1　英文 Worrit 是英國當時的俚語，表示憂慮、煩躁，Worrity 則比較粗俗，多為低

妳這種小孩！」

愛麗絲聽了覺得被冒犯，差點轉頭一走了之，但心裡又想：「可能是因為疼痛才害他脾氣暴躁。」於是再試一下。

「要不要我扶你繞到樹後面？那兒背風，沒這麼冷。」

黃蜂搭著她手臂，讓她攙著繞到樹後面，剛剛坐下，他又照樣說：「煩死人了，煩死人了！讓我清靜一下不行嗎？」

愛麗絲撿起黃蜂腳邊一張報紙，[2]問他：「我唸一段新聞給你聽，好嗎？」

黃蜂繃著臉：「妳想唸就唸吧，沒人礙著妳，我無所謂。」

於是，愛麗絲坐在他身邊，報紙攤在膝蓋上，開始讀了起來：「最新消息：探險隊再度進入食品儲存室，只找到五塊又大又完整的白糖方糖。回程時──」

黃蜂打岔：「沒找到紅糖？[3]」

愛麗絲迅速掃瞄報紙全文：「沒有，完全沒提到。」

黃蜂又嘟嘟囔囔：「沒找到紅糖！哪門子的探險隊！」

愛麗絲繼續唸：「回程時，他們找到一個糖漿湖，湖岸藍藍白白，看來好似瓷器。[4]他們品嚐糖漿時發生一件意外：兩位成員被吞噬了──」

下階層使用。

2　黃蜂腳邊有報紙，表示這種黃蜂擅長收集樹葉、乾木，或樹皮纖維，嚼碎與唾液混合，以建造或修補紙狀蜂巢，作為居所及哺育蜂群，是所謂的造紙專家「群聚黃蜂」（social wasp）。

3　brown sugar即「紅糖」或「黑糖」，較為便宜，低下社會階層常食用，有別於「精緻白糖」（refined white sugar）。

4　黃蜂會派出搜尋食物的探險隊，這支探險隊回程時找到的可能只是一「盤」糖漿，裝在藍白瓷器碟子裡。黃蜂體型小，在他們眼裡一「盤」糖漿就成了整整一個「湖泊」的糖漿。

黃蜂脾氣暴躁的說：「被怎麼啦？」

愛麗絲一個字一個字說：「吞——噬——了。[5]」

黃蜂說：「沒聽過這種話！」

愛麗絲怯生生的說：「報紙這麼寫的。」

黃蜂煩躁的把頭一偏：「別再唸了！」

愛麗絲放下報紙，和顏悅色：「我看你有點不舒服，我能幫上什麼忙？」

黃蜂語氣稍緩：「全是因為這頂假髮。」

愛麗絲問：「因為這頂假髮？」有點高興黃蜂不再發脾氣了。

黃蜂接著說：「要是妳有一頂這樣的假髮，妳也會脾氣暴躁。他們取笑我、煩我，我當然脾氣暴躁，心灰意冷，來到樹下，弄條黃色大手帕，把臉包起來——就像現在這樣。[6]」

愛麗絲深表同情：「牙痛時這樣包起來很有用。」

黃蜂說：「對『目空一切』也很有用。」

愛麗絲不確定這個字的意思：「那也是一種牙痛嗎？」

黃蜂考慮了一會兒：「不是。不用彎脖子——就——這樣抬著頭就可以了。」

愛麗絲說：「你是說落枕。[7]」

---

5 英國十六、十七世紀時engulphed是常用的拼法，現代則為engulfed，難怪黃蜂說沒聽過這個古老字眼。意思是「吞噬、狼吞虎嚥、陷入」。大概是這支探險隊在享用糖漿時，有兩個隊員狼吞虎嚥，不小心跌入糖漿湖泊裡，因而淹死。

6 這位衰老黃蜂遣詞用字粗俗，講話不合文法，比較深奧的字眼都聽不懂，顯然來自低下階層，與愛麗絲來自上層社會形成強烈對比。然而愛麗絲不嫌棄他，出自一片真心關懷他，讓他擺脫憂鬱，更襯托出愛麗絲天性善良又有教養。

7 原文stiff neck照字面上解釋是「脖子僵硬」，扭傷肌肉所造成的疼痛，俗稱「落枕」，也是形容「高傲自負、目空一切、裝腔作勢的人」，頭總是昂得高高的，以至於肩頸僵硬彎不下脖子。

　　黃蜂說：「這倒是個新鮮詞彙，我們那個時代稱之為『目空一切』。」

　　愛麗絲說：「『目空一切』應該不是一種疾病。[8]」

　　黃蜂說：「也算是，等妳到那狀況時，就知道了。到時候，弄條黃色大手帕包住臉，立刻就會治好。」

　　一面說一面解開大手帕，愛麗絲看到假髮大吃一驚。假髮也是鮮黃色，全部雜亂糾結成團，像一堆海草：「你可以弄整齊一點，要是有把梳子的話。」

　　黃蜂大感興趣望著她：「這麼說，妳是一隻**蜜蜂**？那妳一定有**蜂窩**，[9]蜂蜜很多嗎？」

　　愛麗絲連忙解釋：「不是那種，是用來梳頭髮的——你的假髮非常雜亂。」

　　黃蜂說：「告訴妳我怎麼落得戴假髮。妳知道嗎？我年輕時滿頭鬈髮像波浪——」

　　愛麗絲腦中靈光一現，這一陣子遇見的幾乎都把故事唱給她聽，心想黃蜂或許也可用唱的，於是很有禮貌的問：「你介不介意用唱的？」

　　黃蜂說：「我還不習慣，不過可以試試看。等一下。」停頓片刻，然後吟唱起來——

8　原文conceit有多種意義，教育程度有限的愛麗絲不認識這個字，黃蜂的解釋也誤導她，但黃蜂的認知也很模糊，不確定他究竟是何意思，conceit指的是「驕傲、自負、隱喻、幻想等」，如果照他所說的「不用彎脖子——**就**——這樣抬著頭就可以了」，或許「目空一切」差可擬。

9　這裡comb一字雙義，愛麗絲說的是「梳子」，黃蜂以為是「蜂窩」。

年少鬈髮像波浪，
又捲又曲滿頭是，
他們卻說該剃光，
換上一頂黃假髮。

聽從勸告剃光頭，
效果大家都在看，
他們卻說不美觀，
完全不如所預料。

造型完全不適合，
看來平庸再不過，
無可奈何又怎樣，
滿頭鬈髮不再長。

如今年老又灰白，
頭髮全部掉光光，
他們拿走我假髮，
此等垃圾怎能戴？

每次當我出現時，
取笑嘲弄罵我豬！
為何如此對待我，
只因我戴黃假髮。[10]

---

10 這首詩似乎並未諧擬任何原作。

　　愛麗絲由衷同情：「真替你難過，要是你假髮服貼一點，他們就不會一直取笑你了。」

　　黃蜂看著愛麗絲的頭髮，羨慕得喃喃說道：「**妳的假髮非常服貼**，緊緊貼著腦袋瓜子。雖然妳的下顎形狀不漂亮——我看妳咬東西力道不夠。」

　　愛麗絲忍不住噗哧笑出聲，但立刻假裝成咳嗽，還努力說得很莊重：「我愛咬什麼就咬什麼。」

　　黃蜂堅持己見：「妳那麼小的嘴巴咬不出什麼力道，要是跟人家打鬥——妳能一口咬住人家脖子後方嗎？[11]」

　　愛麗絲回答：「恐怕不行。」

　　黃蜂又說：「因為妳下顎太短了，不過妳圓圓的腦袋很漂亮。」說著說著，拿下自己的假髮，又伸手想拿下愛麗絲的，愛麗絲躲開了，假裝不知道他要做什麼。於是黃蜂繼續批評下去。

　　「還有，妳的眼睛——的確長得太前面。一隻就夠了，不需要兩隻，即使兩隻眼睛，也不必非**要**長得這麼靠近——[12]」

　　愛麗絲不喜歡被品頭論足，眼見黃蜂已經不再鬧情緒，還變得能言善道，心想可以安全離開了：「我得走了，再見。[13]」

　　黃蜂說：「再見，謝謝妳。」愛麗絲輕快走下山丘，很高興剛才有回頭，和這個可憐的老傢伙講上幾句話，讓他舒坦一些。[14]

11　由此可見，這位老黃蜂可能是一隻公蜂（drone），需要「戰鬥」護衛蜂巢。

12　黃蜂也是本位主義者，以自己「蜜蜂類」的長相外型，來批判愛麗絲「人類」的長相外型。

13　這位壞脾氣、唱反調、自以為是、「目空一切」的老傢伙，他的辛酸悲慘故事，固然令人一掬同情之淚，但他也咎由自取，沒有自知之明，人家叫他剃掉金色鬈髮，他就剃掉，犧牲自己最寶貴的東西。不過，從另一角度看，被眾人霸凌訕笑的滋味也很不好受。

14　愛麗絲繼續走下山丘去完成當上王后的願望。

參考研究書目

《愛麗絲》中文譯本（依出版年代排序）：

一、趙元任譯本

趙元任譯。《阿麗思漫遊奇境記》。上海：商務，1922。

趙元任譯。《走到鏡子裡跟阿麗思看見裡頭有些什麼》（*Readings in Sayable Chinese* 第二冊）。美國加州：Asia Language Publications，1968。

趙元任譯。《阿麗思漫遊奇境記》。台北：仙人掌，1970。

趙元任譯。《愛麗思漫遊奇境記》（中英對照）。台北：正文，1972。

趙元任譯。《阿麗思漫遊奇境記》。台北：大林，1974。

趙元任譯。《阿麗思漫遊奇境記》/《阿麗思漫遊鏡中世界》（中英對照）。北京：商務，1988。

趙元任譯。《阿麗絲漫遊奇境記》。台北：水牛，1990。

趙元任譯。《阿麗思漫遊奇境記》/《阿麗思漫遊鏡中世界》。北京：商務，1997。

趙元任譯。《阿麗思漫遊奇境記》。上海：少年兒童，1998。

趙元任譯。《愛麗思漫遊奇境》（賴慈芸修訂）。台北：經典傳訊，2000。

趙元任譯。《阿麗思漫遊奇境記》。北京：商務，2002。

趙元任譯。《阿麗思走到鏡子裡》。（海倫・奧森貝里插畫）。台北：尖端，2005。

二、其他譯本

程鶴西譯。《鏡中世界》。上海：北新，1929。

許應昶譯。《阿麗斯的奇夢》（改寫本翻譯）。上海：商務，1933。

何君蓮譯。《阿麗思漫遊奇境記》。上海：啟明，1936。（改編自趙元任版）

楊鎮華譯。《愛麗絲鏡中遊記》。上海：啟明，1937。

劉之根譯。《阿麗思漫遊記》（中英對照）。重慶：正風，1946。

范泉譯。《阿麗思漫遊奇境記》（依趙元任譯本節錄1/5）。上海：永祥，
　　1948。

劉之根譯。《阿麗思漫遊記》（中英對照）。香港：英語，1950。

劉之根譯。《阿麗思漫遊記》（中英對照）。香港：三民，1951。

啟明書局編譯所。《愛麗思漫遊奇境記》。台北：啟明，1957。（改編自何君
　　蓮上海啟明版）

啟明書局編譯所。《愛麗思鏡中遊記》。台北：啟明，1957。（改編自楊鎮華
　　上海啟明版）

潘玉芬譯。《阿麗思漫遊記》。台南：何家，1970。

陳雙鈞譯。《愛麗思鏡中遊記》。台北：正文，1973。（改編自啟明版）

大眾書局編輯部。《愛麗斯夢遊仙境》。高雄：大眾，1976。（改編自啟明版）

李豔惠譯。《愛麗絲夢遊記》。台北：成文，1979。（改編自啟明版）

西北編輯部。《愛麗絲夢遊記》。台南：西北，1979。

管紹淳、趙明菲譯。《愛麗絲漫遊奇境記》／《愛麗絲鏡中奇遇記》。烏魯木
　　齊：新疆人民文學，1979。

正言出版社編輯部。《愛麗斯夢遊仙境》／《鏡中漫遊》。台北：正言，1981。

陳復庵譯。《阿麗思漫游奇境記》（中英對照）。北京：中國對外翻譯，1981。

陳定安譯。《愛麗絲漫遊奇境》。香港：大光，1981。（錄音帶）

管紹淳、趙明菲譯。《愛麗絲奇遇記》／《鏡中奇遇記》。烏魯木齊：新疆人
　　民文學，1981。

許季鴻譯。《艾麗絲鏡中奇遇記》）。北京：文化藝術，1981。

李豔惠譯。《愛麗絲夢遊境》。台北：水牛，1988。

吳雅惠譯。《愛麗絲夢遊仙境》／《愛麗絲鏡子國之旅》。台北：漢風，
　　1988/1993。

吳秀玲譯。《愛麗絲漫遊奇境》（中英對照）。台南：大夏，1990。

郭悅文譯。《愛麗絲夢遊仙境》。台北：世茂，1991。

奚淞譯。《愛麗絲漫遊奇境》。台北：英文漢聲，1992。

張富貴譯。《愛麗絲夢遊仙境》。台南：南台圖書，1992。

張高維譯。《愛麗絲夢遊境》。台北：陽明，1993。

許季鴻譯。《艾麗絲鏡中奇遇記》）（雙語）。北京：中國對外翻譯，1993。

容向前、古理平、羅丹丹譯。《愛麗絲漫遊奇境記》／《愛麗絲漫遊鏡中世
　　界》。南京：譯林，1994。

鄭大行譯。《愛麗絲夢遊仙境》。台北：三九，1995。

楊令怡譯。《愛麗絲鏡中奇遇》。台北：三九，1995。

呂明譯。《愛麗絲夢遊仙境》。台北：國際少年村，1995。

陸瑩譯。《愛麗絲鏡中奇遇》。台北：國際少年村，1995。

鄭大行譯。《愛麗絲夢遊仙境》。台中：三久，1995。

袁德成譯。《愛麗絲夢游仙境（英漢對照）》。台北：建宏，1995。

吳鈞陶譯。《愛麗絲奇境歷險記》。上海：譯文，1996。

袁德成譯。《愛麗絲夢游仙境（英漢對照）》。北京：中國對外翻譯，1996。

盧易麟譯。《愛麗絲漫遊奇境》／《愛麗絲漫遊奇遇》。石家莊：花山文藝，
　　1997。

劉思源譯。《愛麗絲夢遊仙境》。台北：格林文化，1997。

盧珊譯。《愛麗絲夢遊奇境》。台北：聯經，1997。

張曉路譯。《愛麗絲奇境歷險記》／《愛麗絲鏡中遊》。北京：人民文學，
　　1998。

賈文浩、賈文淵譯。《愛麗絲漫遊奇境記》／《愛麗絲鏡中奇遇記》。北京：
　　燕山，1999。

陳育堯譯。《愛麗絲夢遊仙境》（中英對照）。台北：寂天，1999。

李淑貞譯。《愛麗絲夢遊仙境》（中英對照）。台北：九儀，1999。

管紹淳、趙明菲譯。《愛麗絲漫遊奇境記》／《愛麗絲鏡中奇遇記》（中英對
　　照）。北京：大眾文藝，1999。

石心瑩譯。《愛麗絲漫遊奇境記》／《愛麗絲鏡中遊記》。海口：南海，1999。

鄭大行譯。《愛麗絲夢遊仙境》。香港：壹出版，1999。

陳麗芳譯。《愛麗絲夢遊仙境》／《鏡中奇緣》。台北：希代，1999。

陳麗芳譯。《愛麗絲夢遊仙境》／《鏡中奇緣》。香港：精品，1999。

雨笠譯。《艾麗絲漫遊奇境記》。浙江：浙江文藝，2000。

何文安、李尚武譯。《愛麗絲漫遊奇境》／《鏡中世界》。南京：譯林，2001。

袁雨花譯。《愛麗絲漫遊奇境記》（英漢對照）。北京：中國少年，2001。

陳麗芳譯。《愛麗絲夢遊仙境》。台北：主人翁，2001。

王惠仙譯。《愛麗絲漫遊奇境》。台北：小知堂，2001。

林望陽譯。《愛麗絲夢鏡中奇緣》。台北：小知堂，2001。

李育婷譯。《愛麗絲夢遊仙境》。台北：紅蜻蜓文化，2001。

張曉路譯。《愛麗絲奇境歷險記》／《愛麗絲鏡中遊》。北京：人民，2002。

張燁譯。《愛麗絲漫遊奇境》／《愛麗絲鏡中奇遇》。北京：中國少年兒童，
　　2002。

周曉康譯。《愛麗絲鏡中漫遊記》。哈爾濱：哈爾濱，2002。

童家貞譯。《愛麗絲夢鏡中奇遇》。北京：中國文史，2002。

吳鈞陶譯。《愛麗絲奇境歷險記》。香港：三聯，2002。

劉思源譯寫。《愛麗絲夢遊仙境》。台北：台灣麥克，2002/2008。

李漢昭譯。《愛麗絲夢遊仙境》。哈爾濱：哈爾濱，2002。

李漢昭譯。《愛麗絲夢遊仙境》。台中：晨星，2002。

陳育堯譯。《愛麗絲夢遊仙境》（中英對照）。台北：寂天，2002。

朱衣譯。《愛麗絲夢遊仙境》。台北：愛麗絲書房，2002。

吳鈞陶譯。《愛麗絲鏡中奇遇記》。上海：譯文，2002。

賈文浩、賈文淵譯。《愛麗絲漫遊奇境記》／《愛麗絲鏡中奇遇記》。北京：
　　中國致公，2003。

黃筱茵譯。《愛麗絲夢遊奇境》。台北：格林文化，2003。

王永年譯。《愛麗絲漫遊奇境》／《鏡中奇遇》。北京：中央編譯，2003。

王惠君、王惠玲譯。《愛麗絲漫遊奇境記》／《鏡中世界》（中英對照）。新
　　疆奎屯：伊犁人民，2003。

陳育堯譯。《愛麗絲夢遊仙境》。台北：語言工廠，2004。

呂明譯。《愛麗絲夢遊仙境》。台北：新潮社，2004。

陸瑩譯。《愛麗絲鏡中奇遇》。台北：新潮社，2004。

李敏中譯。《愛麗絲漫遊奇境記》。北京：中國書籍，2004。

（不詳）《愛麗絲漫遊奇境記》／《愛麗絲鏡中奇遇記》。長春：吉林大學，

2004。

黃建人譯。《愛麗絲漫遊奇境》／《愛麗絲鏡中奇遇》。北京：中國書籍，
　　2005。

賈文浩、賈文淵譯。《愛麗絲夢遊仙境》／《愛麗絲鏡中奇緣》（附DVD）。
　　北京：中國致公，2005。

賈文浩、賈文淵譯。《愛麗絲夢遊仙境》／《愛麗絲鏡中奇緣》。台北：商
　　周，2005。

李漢昭譯。《愛麗絲夢遊仙境》。天津：天津教育，2005。

莊愛莉（編寫）。《愛麗絲夢遊仙境》。台北：飛寶，2005。

李云譯。《愛麗絲漫遊奇境》／《愛麗絲鏡中奇遇記》。北京：光明日報，
　　2006。

鄭建、于淼譯。《愛麗絲漫遊奇境記》。北京：中國對外翻譯、2006。

黃建敏譯。《愛麗絲鏡中世界奇遇記》（中英雙語）。烏魯木齊：新疆人民文
　　學，2006。

陳麗芳譯。《愛麗絲夢遊仙境＆鏡中奇緣》。台北：高寶，2006。

（不詳）《愛麗絲夢遊仙境：在幻想的世界裡徜徉》。台北：雅書堂，2006。

ㄚ亮譯。《解說愛麗絲漫遊奇境》。台北：ㄚ亮工作室，2006。

李淑真譯。《愛麗絲鏡中遊》。台北：理得，2007。

李淑真譯。《愛麗絲鏡中遊記》（中英對照）。台北：方向，2007。

黃麗儒譯。《愛麗絲夢遊記》。台北：企鵝，2007。

趙莉譯。《艾麗絲漫遊奇境記》／《艾麗絲鏡中歷險記》。北京：北京大學，
　　2007。

王麗麗譯。《愛麗絲漫遊奇境記》／《愛麗絲鏡中奇遇記》。北京：中國畫
　　報，2007。

黃建人譯。《愛麗絲漫遊奇境》／《愛麗絲鏡中奇遇記》。北京：光明日報，
　　2007。

黃建人譯。《愛麗絲鏡中奇遇記》（雙語）。北京：中國對外翻譯，2008。

劉思源（譯寫）。《愛麗絲夢遊仙境》。台北：城邦，2008。

鄭家文譯。《愛麗絲漫遊奇境》／《愛麗絲鏡中奇遇記》（英漢對照，附
　　MP3）。台北：寂天，2008。

青閨、宰倩、丹心譯。《愛麗絲漫遊奇境記》（中英對照，附CD）。北京：
　　中國宇航，2008。

管紹淳、趙明菲譯。《愛麗絲漫遊奇境記》。北京：大眾文藝，2008。

陳復庵譯。《艾麗絲漫遊奇境記》／《艾麗絲鏡中奇遇記》。北京：中國對外
　　翻譯，2009。

許季鴻譯。《艾麗絲鏡中奇遇記》。北京：中國對外翻譯，2009。

蕭寶榮譯。《愛麗絲鏡中歷險記》。上海：上海人民美術，2009。

王蓓譯。《愛麗絲漫遊奇境記與鏡中世界》。天津：天津科技翻譯，2009。

王勳、紀飛譯。《愛麗絲漫遊奇境》（中英文版）。北京：清華大學，2009。

呂明譯。《愛麗絲鏡中奇遇》。台北：元麗書社，2009。

林旺陽譯。《鏡中奇緣》。新北市：立村文化、2010。

李懿芳譯。金珉志圖。《愛麗絲夢遊仙境》。高雄：核心文化，2010。

冷杉譯。《愛麗絲夢遊仙境記》／《愛麗絲穿鏡奇幻記》。北京：中國社會科
　　學，2010。

賈菲譯。《愛麗絲夢遊仙境》／《愛麗絲鏡中奇遇》。北京：法律出版社，
　　2010。

龔勳（主編）。《愛麗絲漫遊奇境》／《愛麗絲鏡中奇遇》。北京：華夏，
　　2010。

宋璐璐、杜剛（編譯）。《愛麗絲漫遊奇境》／《愛麗絲鏡中奇遇》。長春：
　　吉林出版集團，2010。

林望陽譯。《鏡中奇緣》。台北：立村文化，2010。

張華譯注。《挖開兔子洞──深入解讀愛麗絲漫遊奇境》。台北：遠流，
　　2010。

張華譯注。《愛麗絲鏡中棋緣──深入解讀愛麗絲走進鏡子裡》。台北：遠
　　流，2011。

吳鈞陶譯。《愛麗絲漫遊奇境》（中英雙語插圖本）。上海：上海譯文，2011。

陸篠華譯。《愛麗絲夢遊奇境》（海倫‧奧森柏莉插畫）。台北：國語日報，
　　2014。

賴慈芸譯。《愛麗絲鏡中奇遇》（海倫‧奧森柏莉插畫）。台北：國語日報，
　　2015。

林則良譯。《愛麗絲漫遊奇境》150週年特別版（海貝卡‧朵特梅插畫）（譯
自法文 *Alice au pays des Merveilles*）。台北：繆思，2015。
郭漁譯。《愛麗絲夢遊仙境》。台北：三采文化，2015。

英文研究資料（依字母順序排序，同一作者則依其出版年代排序）：

Abeles, Francine. "Multiplication in Changing Bases: A Note on Lewis Carroll."
　　Historia Mathematica 8.3 (1976): 183-84.

Ackerman, Sherry L. *Behind the Looking Glass*. Newcastle: Cambridge Scholars,
　　2008.

Adair, Gilbert. "Not So Brillig at Maths." *New Statesman* 14 July 2008: 58.

Adelman, Richard Parker. "Comedy in Lewis Carroll's *Alice's Adventures in
　　Wonderland* and *Through the Looking-Glass*." Dissertation Abstracts
　　International. Temple University, 1980.

Aikens, Kristina. "How Wanderer Alice Became Warrior Alice, and Why." *Bitch
　　Magazine: Feminist Response To Pop Culture* 48 (2010): 26-31.

Alice in Wonderland (1951). *The Internet Movie Database*.

Alice in Wonderland (1966). *The Internet Movie Database*.

"*Alice in Wonderland* (2010) post-production." *The Internet Movie Database*.

Alexander, Peter. "Logic and the Humor of Lewis Carroll." *Proceedings of the
　　Leeds Philosophical and Literary Society* 6 (1952): 551-66.

Alkalay-Gut, Karen. "Carroll's Jabberwocky." *Explicator* 46.1 (1987): 27-31.

Anastasaki, Elena. "Harry Potter through the Looking Glass: Wordplay and
　　Language in the Works of Lewis Carroll and J. K. Rowling." *Carrollian: The
　　Lewis Carroll Journal* 19 (Spring 2007): 19-31.

Ang, Susan Basingstoke. *The Widening World of Children's Literature*. London:
　　Macmillan, 2000.

Appel, Alfred, Jr. *The Annotated Lolita: Revised and Updated*. New York: Vintage
　　Books, 1991.

Armitt, Lucie. *Fantasy Fiction: An Introduction*. New York: Continuum, 2005.

Armstrong, Nancy. "The Occidental Alice." *Contemporary Literary Criticism: Literary and Cultural Studies*. Ed. Ronald Schleifer. New York: Longman, 1998. 537-64.

Arp, Robert. "Alice, Perception, and Reality: Jell-O Mistaken for Stones." *Alice in Wonderland and Philosophy: Curiouser and Curiouser*. Ed. Richard Brian Davis. Hoboken, NJ: John Wiley & Sons, 2010. 125-36.

Ashbourne, M. S. "The Cheshire-Cat: Sign of Signs." *Interdisciplinary Journal for Germanic Linguistics and Semiotic Analysis* 6.1 (Spring 2001): 79-106. Rpt. in *Nineteenth-Century Literature Criticism*. Ed. Marie C. Toft and Russel Whitaker. Vol. 139. Detroit: Gale, 2004.

Atherton, James S. "Lewis Carroll and *Finnegans Wake*." *English Studies* 33 (1952): 1-15.

———. "Carroll, the Unforeseen Precursor." *The Books at Wake: A Study of Literary Allusions in James Joyce's* Finnegan's Wake. 1959. New York: South Illinois UP, 1974. 124-36.

Attanasio, Joseph S. "The Dodo was Lewis Carroll, You See: Reflections and Speculations." *Journal of Fluency Disorders* 12.2 (April 1987): 107-18.

Auden, W. H. "The Man Who Wrote 'Alice'." *New York Times Book Review* (28 Feb. 1954): 4.

———. "Today's 'Wonder-World' Needs Alice." *New York Times Magazine* 1 (July 1962): 5.

———. "Lewis Carroll." *Forewords and Afterwords by W. H. Auden*. Ed. Edward Mendelson. New York: Random House, 1973. 283-93.

Auerbach, Nina. "Alice and Wonderland: A Curious Child." *Victorian Studies* 17.1 (Sept. 1973): 31-47.

———. "Falling Alice, Fallen Women, and Victorian Dream Children." *English Language Notes* 20.2 (Dec. 1982): 46-64.

Auerbach, Nina, and U. C. Knoepflmacher, eds. *Forbidden Journey: Fairy Tales and Fantasies by Victorian Women Writers*. Chicago: U of Chicago P, 1992.

Avery, Gillian. "Fairy Tales with a Purpose." *Nineteenth-Century Children: Heroes and Heroines in English Children's Stories, 1780-1900*. London: Hodder and Stoughton, 1965.

Ayres, Harry Morgan. *Carroll's Alice*. New York: Columbia UP, 1936.

Bakewell, Michael. *Lewis Carroll: A Biography*. London: Heinemann, 1996.

Barry, Georgina. "Lewis Carroll's Mock Heroic in *Alice's Adventures* and *The Hunting of the Snark*." *Jabberwocky: The Journal of the Lewis Carroll Society*, 8.4 (Autumn 1979): 79-93.

Bartley, William Warren, III, ed. *Lewis Carroll's Symbolic Logic*. Sussex: Harvester, 1977.

Batchelor, John. "Dodgson, Carroll, and the Emancipation of Alice." *Children and Their Books: A Celebration of the Work of Iona and Peter Opie*. Ed. Gillian Avery. Oxford: Clarendon; 1989. 181-99.

Batey, Mavis. *Alice's Adventures in Oxford*. Norwich: Pitkin Pictorials, 1980.

———. *The Adventures of Alice: The Story behind the Stories Lewis Carroll Told*. London: Macmillan. 1991.

———. *The World of Alice*. London: Macmillan, 1998.

Baum, Alwin L. "Carroll's Alices: The Semiotics of Paradox." *Modern Critical Views: Lewis Carroll*. Ed. Harold Bloom. New York: Chelsea House, 1987. 65-82.

Bay Petersen, Ole. "Chess in Western Literature." *NTU Studies in Language and Literature* 10 (June 2001): 239-68.

Beaslai, Piara. "Was Joyce Inspired by Lewis Carroll?" *Irish Digest* 78.1 (1963): 35-38.

Beckman, Frida. "Becoming Pawn: Alice, Arendt and the New in Narrative." *Journal of Narrative Theory* 44 (Winter 2014): 1-28.

Berger, Matthew Oakes. "Between Nonsense and Reality in the *Alice* Texts." *Carrollian: The Lewis Carroll Journal* 21 (2008): 17-24.

Bernadette, Doris. "Alice among the Professors." *New Humanities Review* 5 (1951): 239-47.

Bernays, Anne. "Indestructible Alice." *American Scholar* 69.2 (Spring 2000): 138-41.

Bernays, Anne, and Justin Kaplan. "Rereading." *American Scholar* 69.2 (2000): 138.

Billone, Amy. "The Boy Who Lived: From Carroll's Alice and Barrie's Peter Pan to Rowling's Harry Potter." *Children's Literature* 32 (2004): 178-202.

Birns, Margaret Boe. "Solving the Mad Hatter's Riddle." *Massachusetts Review* 25.3 (1984): 457-68.

Bivona, Daniel. "Alice the Child-Imperialist and the Games of Wonderland." *Nineteenth-Century Literature* 41.2 (1986): 143-71.

Bjork, Christina. *The Other Alice: The Story of Alice Liddell and Alice in Wonderland.* London: R&S Books, 1993.

Bjork, Christina, and Inga-Karin Erikssonn. *The Story of Alice in Her Oxford Wonderland.* London: R&S Books, 1994.

"Black Humor in Children's Literature." *Children's Literature Review.* Ed. Tom Burns. Vol. 104. Detroit: Gale, 2005.

Blake, Kathleen. *Play, Games, and Sport: The Literary Works of Lewis Carroll.* Ithaca: Cornell UP, 1974.

———. "Three Alices, Three Carrolls." *Soaring with the Dodo, Essays on Carroll's Life and Art.* Eds. Edward Guiliano and James R. Kincaid. New York: Lewis Carroll Society of North America, 1982. 131-38.

Blake, Kathleen. "Alice's Adventures in Wonderland." *The Hero's Journey.* Ed. Harold Bloom. New York: Bloom's Literary Criticism, 2009. 11-24.

Bloch, Robert. "All on a Golden Afternoon." *Fantasy and Science Fiction* (June 1956): 105-25.

Bloom, Harold, ed. *Modern Critical Views: Lewis Carroll.* New York: Chelsea House, 1987.

Bloomingdale, Judith. "Alice as *Anima*: The Image of Women in Carroll's Classic." Rpt. *Aspects of Alice: Lewis Carroll's Dreamchild as Seen Through the Critics' Looking-Glass 1865-1971.* Ed. Robert Phillips. New York: Vanguard, 1971. 378-90.

Bókay, Antal. "Alice in Analysis: Interpretation of the Personal Meaning of Texts." *Semiotics and Linguistics in Alice's Worlds.* Eds. Rachel Fordyce and Carla

Marello. Research in Text Theory 19. Berlin: Walter De Gruyter, 1994. 79-92.

Bond, W. H. "The Publication of *Alice's Adventures in Wonderland.*" *Harvard Library Bulletin* 10 (1956): 306-24.

Bowman, Isa. *The Story of Lewis Carroll.* London: J. M. Dent and Sons, 1899. Rpt. as *Lewis Carroll as I Knew Him.* New York: Dover, 1972.

Brandt, Per Aage. "Curiouser and Curiouser: A Brief Analysis of *Alice's Adventures in Wonderland.*" *Semiotics and Linguistics in Alice's Worlds.* Eds. Rachel Fordyce and Carla Marello. Research in Text Theory 19. Berlin: Walter De Gruyter, 1994. 26-33.

Brooker, Will. *Alice's Adventures: Lewis Carroll in Popular Culture.* New York: Continuum, 2004.

Brown, David S. "Reasoning Down the Rabbit-Hole: Logical Lessons in Wonderland." *Alice in Wonderland and Philosophy: Curiouser and Curiouser.* Ed. Richard Brian Davis. Hoboken, NJ: John Wiley & Sons, 2010. 79-92.

Brown, Maryn. "Making Sense of Nonsense: An Examination of Lewis Carroll's *Alice's Adventures in Wonderland* and Norton Juster's *The Phantom Tollbooth* as Allegories of Children's Learning." *Looking Glass: New Perspectives on Children's Literature* 9.1 (2005): [no pagination].

Brown, Jennifer Stafford. "Surrealists in Wonderland: Aspects of the Appropriation of Lewis Carroll." *Canadian Review of Comparative Literature* 27.1-2 (March-June 2000): 128-43.

Brown, Julie. *Writers on the Spectrum: How Autism and Asperger Syndrome Have Influenced Literary Writing.* London: Jessica Kingsley Publishers, 2010.

Brown, Sally. *The Original Alice: from Manuscript to Wonderland.* London: British Library, 1997.

Bruhm, Steven, and Natasha Hurley, eds. *Curioser: On the Queer Lives of Children.* Minneapolis: U of Minnesota P, 2004.

Buki, Ann McGarritty. "Lewis Carroll in *Finnegan's Wake.*" *Lewis Carroll, A Celebration: Essays on the Occasion of the 150th Anniversary of the Birth of Charles Lutwidge Dodgson.* Ed. Edward Guiliano. New York: Clarkson N.

Potter, 1982. 154-66.

Burke, Kenneth. "The Thinking of the Body: Comments on the Imagery of Catharsis in Literature." *Language as Symbolic Action*. Berkeley: U of California P, 1966. 308-44.

Burpee, Lawrence J. "Alice Joins the Immortals." *Dalhousie Review* 21 (1941): 194-204.

Burstein, Sandor. "The Alice in Wonderland Syndrome." *Jabberwocky: The Journal of the Lewis Carroll Society* 46 (1987): 31-39.

———. "The 'Alice in Wonderland' Syndrome, An Update." *Jabberwocky: The Journal of the Lewis Carroll Society* 86 (1997): 13-31.

———. Letter. "Lewis Carroll's Neurologic Symptoms." *Carrollian: The Lewis Carroll Journal* 1 (1998): 55.

———. "The 'Alice in Wonderland' Syndrome Part 3." *Carrollian: The Lewis Carroll Journal* 7 (1999): 40-52.

Buuren, Lucas van. "Prosodic Options for Alice and the Caterpillar." *LACUS Forum* 34 (2009): 291-301.

———. "Some More Readings of Alice and the Caterpillar." *LACUS Forum* 35 (2009): 271-80.

Byatt, A. S. Introduction. *Alice in Wonderland* and *Through the Looking-Glass*. New York: Modern Library, 2002. xi-xxi.

———. "Queen of Hearts and Minds." *The Guardian* 14 December 2002.

Byatt, A.S. "Thank Heaven for Little Girls: A. S. Byatt Explores the Dark Alternatives to Innocence in Lewis Carroll's Deeply Disturbing Looking-Glass World." *Spectator* 28 Mar. 2015: 36+.

Byrne, Charlotte, ed. *Lewis Carroll*. London: British Council, 1998.

Cadogan, Mary. "Alice's Adventures in Wonderland and Through the Looking-Glass: Overview." *Reference Guide to English Literature*. Ed. D. L. Kirkpatrick. 2nd ed. Chicago: St. James Press, 1991.

Cameron, Rachael. "Watching Alice: The Child as Narrative Lens in *Alice's Adventures in Wonderland*." *Papers: Explorations into Children's Literature*

9.3 (Dec. 1999): 23-29.

Canham, Stephen. "From Wonderland to the Marketplace: Alice's Progeny." *Children's Literature* 28 (2000): 226-29.

Carpenter, Angeliea Shirley. *Lewis Carroll: Through the Looking Glass*. Minneapolis: Lerner, 2003.

Carpenter, Humphrey. "Alice and the Mockery of God." *Secret Gardens: A Study of the Golden Age of Children's Literature*. Boston: Houghton Mifflin, 1985. 44-69.

Carr, Annabel. "The Art of the Child: Turning the Lens on Lewis Carroll." *Literature and Aesthetics* 19.2 (Dec. 2009): 123-37.

Carr, Lydia, Russell Dewhurst, and Martin Henig, eds. *Binsey: Oxford's Holy Place: Its Saint, Village, and People*. Oxford: Archaeopress, 2014.

Carroll, Lewis. *Alice's Adventures in Wonderland*. London: Macmillan, 1865.

———. *Through the Looking-Glass and What Alice Found There*. London: Macmillan, 1871.

———. *Sylvie and Bruno*. Ill. Harry Furniss. London: Macmillan, 1889.

———. *The Nursery Alice*. Ill John Tenniel. London: Macmillan, 1890.

———. *Sylvie and Bruno Concluded*. Ill. Harry Furniss. London: Macmillan, 1893.

———. *Alice's Adventures Under Ground: Turning the Pages of Lewis Carroll's Original Manuscript*. London: British Library Board, 2005.

———. *Lewis Carroll, The Complete Works*. London: CRW Publishing Ltd., 2005.

———. *Lewis Carroll's Diaries*. Ed. Edward Wakeling. Vols. 1-10. Luton: Lewis Carroll Society, 1993-2007.

———. *The Logic Pamphlets of Charles Lutwidge Dodgson and Related Pieces*. Ed. Francine F. Abeles. New York: Lewis Carroll Society of North America, 2010.

Chadwick-Joshua, Jocelyn. "'Alice's Adventures in Wonderland' and 'Through the Looking-Glass': A Menippean Assessment and Rhetorical Analysis of Carroll's Alice Books." *Dissertation Abstracts International*. 49. 6 (Dec. 1988): 1461A.

Chaparro, Alba. "Translating the Untranslatable: Carroll, Carner and Alícia en

Terra Catalana?" *Tesserae: Journal of Iberian and Latin American Studies*6.1 (June 2000): 19-28.

Chesterton, Gilbert Keith. "A Defence of Nonsense," *The Defendant*. London: J. M. Dent, 1914. 42-50.

Christopher, Joe R. "Lewis Carroll, Scientifictionist." *Mythlore* 9.3 (1982): 25-28.

———. "Lewis Carroll, Scientifictionist (Part 2)." *Mythlore* 9.4 (1983): 45-48.

Ciardi, John. "A Burble through the Tulgey Wood." Rpt. *Aspects of Alice: Lewis Carroll's Dreamchild as Seen Through the Critics' Looking-Glass 1865-1971*. Ed. Robert Phillips. New York: Vanguard, 1971. 253-61.

Ciezarek, Rebecca. "The New Worlds of Wonderland." *Journal of Language, Literature & Culture* 61.3 (Dec. 2014): 192-98.

Ciolkowski, Laura E. "Visions of Life on the Border: Wonderland Women, Imperial Travelers, and Bourgeois Womanhood in the Nineteenth Century." *Genders* 27 (1998).

Cixous, Hélène. "Introduction to Lewis Carroll's *Through the Looking-Glass* and *The Hunting of the Snark*." Trans. Marie Maclean. *New Literary History: A Journal of Theory and Interpretation* 13.2 (Winter 1982): 231-51.

Clark, Anne. *Lewis Carroll: A Biography*. London, J. M. Dent, 1979.

———. *The Real Alice: Lewis Carroll's Dream Child*. London: Stein and Day, 1981.

Clark, Beverly Lyon. "Carroll's Well-Versed Narrative: *Through the Looking-Glass*." *English Language Notes* 20.2 (Dec. 1982): 65-76.

———. "Nabokov's Assault on Wonderland." *Nabokov's Fifth Arc: Nabokov and Others on His Life's Work*. Ed. Julius Edwin Rivers. Austin: U of Texas P, 1982. 63-74.

———. "Lewis Carroll's Alice Books: The Wonder of Wonderland." *Touchstones: Reflections on the Best in Children's Literature*. Ed. Perry Nobleman. West Lafayette, Indiana: ChLA Publishers, 1985: 44-52.

———. *Reflections of Fantasy: The Mirror-Worlds of Carroll, Nabokov, and Pynchon*. New York: Peter Lang, 1986.

———. "What Went Wrong with Alice?" *The Fantastic in World Literature and the Arts*. Ed. Donald E. Morse. Westport, CT: Greenwood; 1987. 87-101.

————. "A Portrait of the Artist as a Little Woman." *Children's Literature* 17 (1989): 81-97.

————. "Wondering with Alice." *A Narrative Compass: Stories That Guide Women's Lives*. Ed. Betsy Hearne. Urbana: U of Illinois P, 2009. 125-30.

Clute, John, ed. *The Encyclopedia of Fantasy*. New York: St. Martin's Griffin, 1999.

Coats, Karen. *Looking Glasses and Neverlands: Lacan, Desire, and Subjectivity in Children's Literature*. Iowa City: University of Iowa Press, 2004.

Cohen, Eileen A. "Alex in Wonderland, or 'Portnoy's Complaint.'" *Twentieth Century Literature* 17.3 (July 1971): 161-68.

Cohen, Morton N. *Lewis Carroll's Photographs of Nude Children*. Philadelphia: Phillip H. & A.S.W. Rosenbach Foundation, 1978.

————. "Another Wonderland: Lewis Carroll's *The Nursery Alice*." *The Lion and the Unicorn* 7 (1983): 12-26.

————. "Lewis Carroll and Victorian Morality." *Sexuality and Victorian Literature*. Ed. Don Richard Cox. Knoxville: U of Tennessee P, 1984. 3-19.

————. *Lewis Carroll: A Biography*. London: Macmillan, 1995.

————. Review. "*Lewis Carroll: A Portrait with Background*, by Donald Thomas." *Victorian Studies* 42.1 (1998): 182.

————. *Reflections in a Looking Glass: A Centennial Celebration of Lewis Carroll, Photographer*. New York: Aperture, 1999.

————, ed. *Lewis Carroll and the Kitchens*. New York: Lewis Carroll Society of North America, 1980.

————, ed. *Lewis Carroll: Interviews and Recollections*. Iowa City: U of Iowa P, 1989.

Cohen, Morton N., and Roger Lancelyn Green, eds. *The Letters of Lewis Carroll*. 2 vols. Oxford: Oxford UP, 1979.

Cohen, Morton N., and Anita Gandolfo, eds. *Lewis Carroll and the House of Macmillan*. Cambridge: Cambridge UP, 1987.

Cohen, Morton N., and Edward Wakeling, eds. *Lewis Carroll & His Illustrators: Collaborations & Correspondence, 1865-1898*. Ithaca: Cornell UP, 2003.

Collingwood, Stuart Dodgson. *The Life and Letters of Lewis Carroll*. London: T. Fisher Unwin, 1898.

———. *Diversions and Digressions of Lewis Carroll*. New York: Dover Publications, 1961.

Conkan, Marius. "Dystopian Structures in *Alice's Adventures in Wonderland*." *Caietele Echinox* 25 (2013): 83-93.

Colquhoun, Daryl. *The Alice Concordance*. Adelaide: Lang. Laboratory at U of Adelaide, 1986.

Conroy, Mark. "A Tale of Two Alices in Wonderland." *Literature and Psychology* 37.3 (1991): 29-44.

Coolidge, Bertha. "How Pleasant to Know Mister Lear!" *Colophon* 3.9 (Feb. 1932): 57-68.

Corliss, Richard. "Tim Burton's Frabjous Alice." *Time*. 15 March 2010.

Coveney, Peter. "Escape." *The Image of Childhood*. London: Penguin Books, 1967. 240-49.

Cripps, Elizabeth A. "*Alice* and the Reviewers." *Children's Literature* 11 (1983): 32-48.

Crutch, Dennis. *Mr. Dodgson: Nine Lewis Carroll Studies with a Companion-Guide to the Alice at Longleat Exhibition*. London: Lewis Carroll Society, 1973.

———. "Letter to the Editor." *Jabberwocky: The Journal of the Lewis Carroll Society* 5.1 (1975): 5.

Curtis, L. Perry, Jr. "Sir John Tenniel: Aspects of His Work." *Victorian Studies* 40.1 (1996): 168-71.

Dargis, Manohla. "What's a Nice Girl Doing in This Hole?" *New York Times*. 5 March 2010.

Davis, Richard Brian, ed. *Alice in Wonderland and Philosophy: Curiouser and Curiouser*. Hoboken, NJ: John Wiley & Sons, 2010.

Day, David. "Oxford in Wonderland." *Queen's Quarterly* 117.3 (2010): 402-23.

—————. *Decoding Wonderland: Ancient Wisdom, a Forbidden Education and Real-Life Drama in Lewis Carroll's Alice*. Toronto: Doubleday Canada, 2015.

de la Mare, Walter. "Lewis Carroll." *Lewis Carroll*. Faber and Faber, 1932. Rpt. in *Nineteenth-Century Literature Criticism*. Ed. Laurie Lanzen Harris. Vol. 2. Detroit: Gale Research, 1982.

de Lauretis, Teresa. *Alice Doesn't: Feminism, Semiotics, Cinema*. Bloomington: Indiana UP, 1984.

Deleuze, Gilles. "The Schizophrenic and Language: Surface and Depth in Lewis Carroll and Antonin Artaud." *Textual Strategies*. Ed. Josué V. Harari. Ithaca: Cornell UP, 1979. 277-95.

—————. "From Lewis Carroll to the Stoics." Preface. *The Logic of Sense*. Ed. Constantin V. Boundas. Trans. Mark Lester and Charles Stivale. New York: Columbia UP, 1990.

Demurova, Nina. "Towards a Definition of *Alice*'s Genre: The Folktale and Fairy-Tale Connections." *Lewis Carroll, A Celebration: Essays on the Occasion of the 150th Anniversary of the Birth of Charles Lutwidge Dodgson*. Ed. Edward Guiliano. New York: Clarkson N. Potter, 1982. 75-88.

—————. "Vladimir Nabokov, Translator of Lewis Carroll's *Alice in Wonderland*." *Nabokov at Cornell*. Ed. Gavriel Shapiro. Ithaca: Cornell UP, 2003. 182-91.

Dickins, A. S, M. *A Short History of Fairy Chess*. London: A. S. M. Dickins, 1975.

Dimock, George. "Chilhood's End: Lewis Carroll and the Image of the Rat." *Word & Image: A Journal of Verbal/Visual Enquiry* 8.3 (July-Sept. 1992): 183-205.

Docherty, John. "Dantean Allusions in *Wonderland*." *Jabberwocky: The Journal of the Lewis Carroll Society* 19.1-2 (Winter-Spring 1990): 13-16.

Donovan, Ann. "Alice and Dorothy: Reflections from Two Worlds." *Webs and Wardrobes: Humanist and Religious World Views in Children's Literature*. Ed. Joseph O'Beirne Milner. Lanham, MD: UPs of America, 1987. 25-31.

Doonan, Jane. "Realism and Surrealism in Wonderland: John Tenniel and Anthony Browne." *Signal: Approaches to Children's Books* 58 (1989): 9-30.

Douglas-Fairhurst, Robert. *The Story of Alice: Lewis Carroll and the Secret*

History of Wonderland. Cambridge: Harvard UP, 2015.

Dunn, George A., and Brian McDonald. "Six Impossible Things Before Breakfast." *Alice in Wonderland and Philosophy: Curiouser and Curiouser*. Ed. Richard Brian Davis. Hoboken, NJ: John Wiley & Sons, 2010. 61-78.

Dusinberre, Juliet. *Alice to the Lighthouse: Children's Books and Radical Experiments in Art*. London: Palgrave Macmillan, 1987.

Dyson, A. E. "Kafka and Lewis Carroll: Trial by Enigma." *Twentieth Century* 160 (1956): 49-64.

Eagleton, Terry. "Alice and Anarchy." *New Blackfriars* 53.629 (Oct. 1972): 447-55.

Ede, Lisa Susan. *The Nonsense Literature of Edward Lear and Lewis Carroll*. PhD Diss. Ohio State University, 1975.

———. "An Introduction to the Nonsense Literature of Edward Lear and Lewis Carroll." *Explorations in the Field of Nonsense*. Ed. Wim Tigges. Amsterdam, Netherlands: Rodopi, 1987. 47-60.

Elliott, Kamilla. "Adaptation as Compendium: Tim Burton's *Alice in Wonderland*." *Adaptation* 3.2 (2010): 193-201.

———. "Tie-Intertextuality, or, Intertextuality as Incorporation in the Tie-in Merchandise to Disney's *Alice in Wonderland*." *Adaptation* 7.2 (2014): 191-211.

Empson, William. "*Alice in Wonderland*: The Child as Swain." *Some Versions of Pastoral*. London: Chatto & Windus, 1935.

Engen, Rodney. "Alice 1864-1872." *Sir John Tenniel: Alice's White Knight*. Aldershot, England: Scolar Press, 1991. 67-99. Rpt. in *Children's Literature Review*. Ed. Tom Burns. Vol. 146. Detroit: Gale, 2009.

Ennis, Mary Louise. "Alice in Wonderland." *The Oxford Companion to Fairy Tales*. Ed. Jack Zipes. Oxford: Oxford UP, 2000. 10-12.

Falconer, Rachel. "Underworld Portmanteaux: Dante's Hell and Carroll's Wonderland in Women's Memoirs of Mental Illness." *Alice beyond Wonderland: Essays for the Twenty-First Century*. Ed. Cristopher Hollingsworth. Iowa City: U of Iowa P, 2009. 3-22.

Farrell, Jennifer Kelso Farrell. "Synaptic Boojums: Lewis Carroll, Linguistic

Nonsense, and Cyberpunk." PhD Diss. Louisiana State U, 2007.

Feldstein, Richard. "The Phallic Gaze of Wonderland." *Reading Seminar XI: Lacan's Four Fundamental Concepts of Psychoanalysis*. Ed. Richard Feodstein. Albany: State U of New York P, 1995. 149-74.

Fensch, Thomas. "Lewis Carroll--The First Acidhead." (1968). Rpt. *Aspects of Alice: Lewis Carroll's Dreamchild as Seen Through the Critics' Looking-Glass 1865-1971*. Ed. Robert Phillips. New York: Vanguard, 1971. 421-24.

Fet, Victor. "Beheading First: On Nabokov's Translation of Lewis Carroll." *Nabokovian* 63 (Fall 2009): 52-63.

Fiss, Laura Kasson. "Pushing at the Boundaries of the Book: Humor, Mediation, and Distance in Carroll, Thackeray, and Stevenson." *The Lion and the Unicorn* 38.3 (Sept. 2014): 258-78.

Fisher, John, ed. *The Magic of Lewis Carroll*. New York: Bramhall House, 1973.

Fitzgerald, Michael. *The Genesis of Artistic Creativity: Asperger's Syndrome and the Arts*. London: Jessica Kingsley Publishers, 2005.

Flescher, Jacqueline. "The Language of Nonsense in *Alice*." *Yale French Studies* 43 (1969): 128-44.

Flynn, Bernard. "Review of *The Logic of Sense*." *Canadian Philosophical Reviews* 11.5 (Oct. 1991): 307-09.

Fordyce, Rachel, ed. *Lewis Carroll: A Reference Guide*. Boston: G. K. Hall, 1988.

Fordyce, Rachel, and Carla Marello, eds. *Semiotics and Linguistics in Alice's Worlds*. Research in Text Theory 19. Berlin: Walter De Gruyter, 1994.

Foulkes, Richard. *Lewis Carroll and the Victorian Stage: Theatricals in a Quiet Life*. Aldershot, UK: Ashgate, 2005.

Fromkin, Victoria, Robert Rodman, and Nina Hyams. *An Introduction to Language*. 8th ed. Boston: Thomson, 2007.

Frey, Charles, and John Griffith. "Lewis Carroll: *Alice's Adventures in Wonderland*." *The Literary Heritage of Childhood: An Appraisal of Children's Classics in the Western Tradition*. Greenwood P, 1987. 115-22.

Gabriele, Mark. "*Alice in Wonderland*: Problem of Identity-Aggressive Contact and Form Control." *American Imago* 39.4 (1982): 369-90.

Gardner, Martin. "Introduction." *The Annotated Snark*. New York: Simon and Schuster, 1962. 11-25.

————. "Speak Roughly." *Lewis Carroll Observed*. Ed. Edward Guiliano. New York: Clarkson N. Potter, Inc., 1976. 19-30.

————. *The Universe in a Handkerchief: Lewis Carroll's Mathematical Recreations, Games, Puzzles, and Word Plays*. New York: Copernicus, 1996.

————. *The Annotated Alice: The Definitive Edition*. New York: Norton, 2000.

————. *The Annotated Alice: 150th Anniversary Deluxe Edition*. New York: Norton, 2015.

Garland, Carina. "Curious Appetites: Food, Desire, Gender, and Subjectivity in Lewis Carroll's *Alice* Texts." *The Lion and the Unicorn* 32.1 (Jan. 2008): 22-39.

Gattégno, Jean. "Assessing Lewis Carroll." *Lewis Carroll Observed*. New York: Potter, 1976. 74-80.

Geer, Jennifer. "'All Sorts of Pitfalls and Surprises': Competing Views of Idealized Girlhood in Lewis Carroll's *Alice* Books." *Children's Literature* 31 (2003): 1-24.

————. "(Un)Surprisingly Natural: A Response to Angelika Zirker." *Connotations* 17.2-3 (2007-2008): 267-80.

Gibson, Lois Rauch. "Beyond the Apron: Archetypes, Stereotypes, and Alternative Portrayals of Mothers in Children's Literature." *Children's Literature Association Quarterly* 13.4 (Winter 1988): 177-81.

Gilead, Sarah. "Magic Abjured: Closure in Children's Fantasy Fiction." *PMLA* 106.2 (Mar. 1991): 277-93.

Goldfarb, Nancy. "Carroll's 'Jabberwocky'." *Explicator* 57.2 (Winter 1999): 86-88.

Goldschmidt, A. M. E. "Alice in Wonderland Psychoanalyzed." *New Oxford Outlook*. Ed. Richard Crossman, Gilbert Highet, and Derek Kahn. Basil Blackwell, 1933. 68-72.

Goldthwaite, John. *The Natural History of Make-Believe: A Guide to the Principal Works of Britain, Europe, and America*. Oxford: Oxford UP, 1996.

Goodacre, Selwyn H. "Alice and Rip Van Winkle." *Jabberwocky: The Journal of the Lewis Carroll Society* 6 (1970): 23-24.

————. "The Illness of Lewis Carroll." *Jabberwocky: The Journal of the Lewis Carroll Society* 8 (1971): 15-21.

————. "Alice's Change of Size in Wonderland." *Jabberwocky: The Journal of the Lewis Carroll Society* 29 (1977): 20-24.

————. "The 1865 *Alice*: A New Appraisal and a Revised Census." *Soaring with the Dodo: Essays on Lewis Carroll's Life and Art*. Eds. Edward Guiliano and James R. Kincaid. Charlottesville: U of Virginia P, 1982. 77-96.

————. *Elucidating Alice: A Textual Commentary on Alice's Adventures in Wonderland*. Portlaoise: Evertype, 2015.

Goodacre, Selwyn H., and Denis Crutch. "The 'Alice' Manuscript, and Its Facsimiles: An Annotated List." *Jabberwocky: The Journal of the Lewis Carroll Society* 7.4 (1978): 89-99.

Gordon, Caroline, and Jeanne Richardson. "Flies in Their Eyes? A Note on Joseph Heller's *Catch-22*." *Southern Review* 3 (1967): 96-105.

Gordon, Colin. *Beyond the Looking Glass: Reflections of Alice and Her Family*. London: Hodder and Stoughton, 1982.

Gordon, Jan B. "The *Alice* Books and the Metaphors of Victorian Childhood." (1971). *Modern Critical Views: Lewis Carroll*. Ed. Harold Bloom. New York: Chelsea House, 1987. 17-30.

Gordon, Jan B., and Edward Guiliano. "From Victorian Textbook to Ready-Made: Lewis Carroll and the Black Art." *Soaring with the Dodo: Essays on Lewis Carroll's Life and Art*. Eds. Edward Guiliano and James R. Kincaid. Charlottesville: U of Virginia P, 1982. 1-25.

Gordon, Lyndall. "Curiouser and Curiouser: Lewis Carroll and His Little Girls." *New Statesman* 27 Mar. 2015: 68+.

Gorham, Deborah. "Women and Girls in the Middle-Class Family: Images and Reality." *The Victorian Girl and the Feminine Ideal*. London: Croom Helm, 1982. 3-13.

Graham, Neilson. "Sanity, Madness, and Alice." *Ariel* 4.2 (1973): 80-89.

Gray, Donald J. "The Uses of Victorian Laughter." *Victorian Studies* 10 (1966): 147-76.

―――, ed. *Alice in Wonderland: Authoritative Texts, Backgrounds, Essays in Criticism*. 2nd ed. New York: Norton, 1992.

Green, Roger Lancelyn. *The Story of Lewis Carroll*. London: Methuen, 1949.

―――. "The Real Lewis Carroll." *Quarterly Review* 292 (Jan. 1954): 85-97.

―――. *Lewis Carroll*. London: Bodley Head, 1960.

―――. "Alice." (1960). Rpt. *Aspects of Alice: Lewis Carroll's Dreamchild as Seen Through the Critics' Looking-Glass 1865-1971*. Ed. Robert Phillips. New York: Vanguard, 1971. 13-38.

―――. More Aspects of Alice." *Jabberwocky: The Journal of the Lewis Carroll Society* 13 (1972): 9-14.

Gray, Rosemary, ed. *Alice in Wonderland Everlasting Diary*. Hampshire: Collector's Library, 2014.

Greenacre, Phyllis. *Swift and Carroll: A Psychoanalytic Study of Two Lives*. New York: International Universities P, 1955.

―――. *A Psychoanalytic of Two Lives*. New York: International Universities Press, 2010.

Groth, Helen. "Projections of Alice: Anachronistic Reading and the Temporality of Mediation." *Textual Practice* 26.4 (2012): 667-86.

Grotjahn, Martin. "About the Symbolization of *Alice in Wonderland*." *American Imago* 4 (1947): 32-41.

Gubar, Marah. "Lewis in Wonderland: The Looking-Glass World of *Sylvie and Bruno*." *Texas Studies in Literature and Language* 48.4 (Winter 2006): 372-94.

Guiliano, Edward, ed. *Lewis Carroll Observed: A Collection of Unpublished Photographs, Drawings, Poetry, and New Essays*. New York: Clarkson N. Potter, 1976.

―――, ed. *Lewis Carroll: An Annotated International Bibliography, 1960-1977*. Charlottesville: U of Virginia P, 1980.

————, ed. *Lewis Carroll, A Celebration: Essays on the Occasion of the 150th Anniversary of the Birth of Charles Lutwidge Dodgson*. New York: Clarkson N. Potter, 1982.

————, ed. *The Complete Illustrated Works of Lewis Carroll*. New York: Avenel, 1982.

————. "Lewis Carroll: A Sesquicentennial Guide to Research." *Dickens Studies Annual* (1982): 263-310.

Guiliano, Edward, and James R. Kincaid, eds. *Soaring with the Dodo: Essays on Lewis Carroll's Life and Art*. Charlottesville: U of Virginia P, 1982.

Guyer, Sara. "The Girl with the Open Mouth: *Through the Looking Glass*." *Angelaki* 9.1 (2004): 159-63.

Hadomi, Leah, and Robert Elbaz. "*Alice in Wonderland* and Utopia." *Orbis Litterarum* 45.1 (March 1990): 136-53.

Hancher, Michael. "Humpty Dumpty and Verbal Meaning." *Journal of Aesthetics and Art Criticism* 40 (Fall 1981): 49-58.

————. "Punch and Alice: Through Tenniel's Looking-Glass." *Lewis Carroll, A Celebration: Essays on the Occasion of the 150th Anniversary of the Birth of Charles Lutwidge Dodgson*. Ed. Edward Guiliano. New York: Clarkson N. Potter, 1982. 26-49.

————. "The Placement of Tenniel's Alice Illustrations." *Harvard Library Bulletin* 30.3 (July 1982): 237-52.

————. "Pragmatics in Wonderland." *Bucknell Review: A Scholarly Journal of Letters, Arts and Sciences* 28.2 (1983): 165-83.

————. *On the Writing, Illustration, and Publication of Lewis Carroll's Alice Books*. New York: Knopf, 1984.

————. *The Tenniel Illustrations to the "Alice" Books*. Columbus: Ohio State UP, 1985.

————. "Alice's Audiences." *Romanticism and Children's Literature in Nineteenth-Century England*. Ed. James Holt McGavran. Athens: U of Georgia P, 1991. 190-207.

Hansen, Jonathan. "Reconstructing Lewis Carroll's Looking Glass." *Iowa Journal of Cultural Studies* 2001 (2001): 1-18.

Hardy, Barbara. "Fantasy and Dream." *Tellers and Listeners: The Narrative Imagination*. London: Athlone, 1975. 33-45.

Hargreaves, Alice Liddell. "Alice's Recollection of Carrollian Days as Told to her Son, Caryl Hargreaves." *Cornhill Magazine* 73.433 (1932): 1-12.

Harvan, Colleen Lorraine . "Voices from the Void: Lewis Carroll, Samuel Beckett, and Language." Diss.: Drew University, 2013.

Haskell, Eric T. "Down the Rabbit Hole: *Alice's Adventures in Wonderland* and Image-Text Inquiry." *On Verbal/Visual Representation: Word and Image Interactions* 4. Eds. Martin Heusser, Michele Hannoosh, Eric Haskell, Leo Hoek, David Scott, and Peter de Voogd. NewYork: Rodopi, 2005. 65-74.

Haughton, Hugh. Introduction. *Alice's Adventures in Wonderland and Through the Looking-Glass*. By Lewis Carroll. London: Penguin, 1998, ix-lxv.

Hawley, John C. "*The Water-Babies* as Catechetical Paradigm." *Children's Literature Association Quarterly* 14.1 (1989): 19-21.

Hearn, Michael Patrick. "*Alice*'s Other Parent: John Tenniel as Lewis Carroll's Illustrator." *American Book Collector* 4.3 (1983): 11-20.

Heath, Peter, ed. *The Philosopher's Alice*. New York: St Martin's, 1974.

Helff, Sissy. "Alice in Oz: A Children's Classic between Imperial Nostalgia and Transcultural Reinvention." *Commodifying (Post)Colonialism: Othering, Reification, Commodification and the New Literatures and Cultures in English*. Ed. Oliver Lindner. Amsterdam, Netherlands: Rodopi, 2010. 77-91.

Hemmings, Robert. "A Taste of Nostalgia: Children's Books from the Golden Age: Carroll, Grahame, and Milne." *Children's Literature* 35 (2007): 54-79.

Henderson, Andrea. "Symbolic Logic and the Logic of Symbolism." *Critical Inquiry* 41.1 (Autumn 2014): 78-101.

Henkle, Roger B. "The Mad Hatter's World." *Virginia Quarterly Review* 49.1 (Winter 1973): 99-117.

———. "Carroll's Narrative Underground: 'Modernism' and Form." *Lewis*

Carroll, A Celebration: Essays on the Occasion of the 150th Anniversary of the Birth of Charles Lutwidge Dodgson. Ed. Edward Guiliano. New York: Clarkson N. Potter, 1982. 89-100.

———. "Comedy from Inside." *Comedy and Culture: England 1820-1900.* Princeton: Princeton UP, 1980. 201-11.

Heyman, Michael. "How Dare You? A Conversation with JonArno Lawson on Nonsense." *Bookbird: A Journal of International Children's Literature* (Johns Hopkins UP), 53.3 (2015): 72-81.

Higbie, Robert. "Lewis Carroll and the Victorian Reaction against Doubt." *Thalia* 3:1 (Spring & Summer 1980): 21-28.

Inaki, Akiko. "A Small-Corpus-Based Approach to Alice's Roles." *Literary and Linguistic Computing: Journal of the Association for Literary and Linguistic Computing* 21.3 (Sept. 2006): 283-94.

Higonnet, Anne. *Lewis Carroll.* London: Phaidon Press Limited, 2008.

Hillman, Ellis. "Who Was Humpty Dumpty?" *Jabberwocky: The Journal of the Lewis Carroll Society* 12 (1972) 18-21.

———. "Who Was the Mad Hatter?" *Jabberwocky: The Journal of the Lewis Carroll Society* 3 (1973) 12-14.

Hiltz, Siri. "Curiouser and Curiouser: An Exploration of Surrealism in Two Illustrators of Lewis Carroll's *Alice.*" *Looking Glass: New Perspectives on Children's Literature* 15.2 (2011): [no pagination].

Hinz, John. "Alice Meets the Don." *South Atlantic Quarterly* 52 (1953): 253-66.

Hirsch, Gordon. "Double Binds and Schizophrenic Conversations: Readings in Three Middle Chapters of *Alice in Wonderland.*" *Denver Quarterly* 19.2 (1984): 85-106.

Hirschbein, Ron. "Nuclear Strategies in Wonderland." *Alice in Wonderland and Philosophy: Curiouser and Curiouser.* Ed. Richard Brian Davis. Hoboken, NJ: John Wiley & Sons, 2010. 33-46.

Hite, Shere. "Girls Fight the System: Alice Asks Questions of Wonderland? How Real is Reality? " *The Hite Report on the Family: Growing up under Patriarchy.*

New York: Grove P, 1995.

Holbrook, David. *Nonsense against Sorrow: A Phenomenological Study of Lewis Carroll's Alice Books*. London: Open Gate, 2001.

Hollander, John. "Carroll's Quest Romance." *Modern Critical Views: Lewis Carroll*. Ed. Harold Bloom. New York: Chelsea 1987. 141-51.

Hollingsworth, Cristopher. "Lewis Carroll, H. G. Wells and Scientific Wonderland." *Carrollian: The Lewis Carroll Journal* 18 (Autumn 2006 Autumn): 25-38.

———. "'The Beauties of Fortuity': Victorian Photography, Carrollian Narrative, and Modern Collage." *Carrollian: The Lewis Carroll Journal* 21 (Spring 2008): 25-40.

———. "Improvising Spaces: Victorian Photography, Carrollian Narrative, and Modern Collage." *Alice beyond Wonderland: Essays for the Twenty-First Century*. Ed. Cristopher Hollingsworth. Iowa City: U of Iowa P, 2009. 85-100.

———, ed. *Alice beyond Wonderland: Essays for the Twenty-First Century*. Iowa City: U of Iowa P, 2009.

Holmes, Roger W. Rev. "The Philosopher's *Alice in Wonderland*." *Antioch Review* 19.2 (Summer 1959): 133-49.

Holquist, Michael. "What Is Boojum? Nonsense and Modernism." *Yale French Studies* 43 (1969): 145-64.

Hooley, Steve, and Cristopher Hollingsworth. "Thoughts on Alice: An Interview with Rudy Rucker." *Alice beyond Wonderland: Essays for the Twenty-First Century*. Ed. Cristopher Hollingsworth. Iowa City: U of Iowa P, 2009. 53-62.

Hornback, Robert. "Garden Tour of Wonderland." *Pacific Horticulture* 44 (Fall 1983): 9-13.

Hossein Mikhchi, Hamidreza. "Translation and Literary Criticism: Regarding Psychoanalytic Literary Criticism for Rendition of *Alice's Adventures in Wonderland*." *World Journal of English Language* 2.4 (2012): 48-56.

Howard, Jeffrey Garn. "'What Use Is a Book Without Pictures?': Images and Words in Lewis Carroll's *Alice's Adventures in Wonderland*." *Explicator* 73.1 (Jan.-Mar. 2015): 13-15.

Hu, Rong. "Zhao Yuanren's Translation of Alice's Adventures in Wonderland and Its Significance in Modern Chinese Literary History." *Frontiers of Literary Studies in China.* Sept. 2010, 425-41.

Hubert, Renée Riese. "The Illustrated Book: Text and Image." *Intertexuality: New Perspectives in Criticism.* Ed. Jeanine Parisier Plottel and Hanna Charney. New York: New York Literary Press, 1978. 177-95.

Hubbell, George Shelton. "The Sanity of Wonderland." *Sewanee Review* 35 (1927): 387-98.

———. "Triple Alice." *Sewanee Review* 48 (1940): 174-95.

Hudson, Derek. *Lewis Carroll: An Illustrated Biography.* London: Constable, 1954.

———. "Charles Lutwidge Dodgson." *British Writers.* Ed. Ian Scott-Kilvert. Vol. 5. New York: Charles Scribner's Sons, 1979.

Hunt, Peter. "The Fundamentals of Children's Literature Criticism: *Alice's Adventures in Wonderland* and *Through the Looking-Glass.*" *The Oxford Handbook of Children's Literature.* Eds. Julia Mickenberg and Lynne Vallone. Oxford: Oxford UP, 2011. 35-51.

Hunt, Peter. "The Fundamentals of Children's Literature Criticism: *Alice's Adventures in Wonderland* and *Through the Looking-Glass.*" *The Oxford Handbook of Children's Literature.* Ed. Julia L. Mickenberg. Oxford: Oxford UP, 2011. 35-51.

Hunt, Peter, ed. *Children's Literature: The Development of Criticism.* London: Routledge, 1990.

———, ed. *Understanding Children's Literature: Key Essays from the International Companion Encyclopedia of Children's Literature.* London: Routledge, 1999.

Huxley, Francis. *The Raven and the Writing Desk.* London: Thames & Hudson, 1976.

Hyland, Peter. "The Ambiguous Alice: An Approach to *Alice in Wonderland.*" *Jabberwocky: The Journal of the Lewis Carroll Society* 11.4 (1982): 104-12.

Inaki, Akiko. "A Small-Corpus-Based Approach to Alice's Roles." *Literary and Linguistic Computing: Journal of the Association for Literary and Linguistic*

Computing 21.3 (Sept. 2006): 283-94.

Irwin, Michael. "*Alice*: Reflections and Relativities." *Rereading Victorian Fiction.* Ed. Alice Jenkins and Juliet John. Houndmills, England: Palgrave, 2000. 115-28.

Imholtz, August, Jr. "The Caucus-Race in *Alice in Wonderland*: A Very Drying Exercise." *Jabberwocky: The Journal of the Lewis Carroll Society* 10 (1981): 83-88.

Jaques, Zoe, and Eugene Giddens. *Lewis Carroll's Alice's Adventures in Wonderland and Through the Looking-Glass: A Publishing History.* London: Ashgate, 2013.

Jenkins, Ruth Y. "Imagining the Abject in Kingsley, MacDonald, and Carroll: Disrupting Dominant Values and Cultural Identity in Children's Literature." *The Lion and the Unicorn* 35.1 (Jan. 2011): 67-87.

Jensen, Jens Juhl. "The Case of the Missing Poem: Nabokov's Homage to Carroll." *Nabokovian* 66 (Spring 2011): 51-55.

Johnson, Paula. "Alice among the Analysts." *Hartford Studies in Literature* 4 (1972): 114-22.

Jones, Jo Elwyn, and J. Francis Gladstone. *The Red King's Dream, or Lewis Carroll in Wonderland.* London: Pimlico, 1996.

Jones, Jo Elyn, and J. Francis Gladstone, eds. *The Alice Companion: A Guide to Lewis Carroll's Alice Books.* London: Palgrave Macmillan, 1998.

Joyce, James. "Lolita in Humberland." *Studies in the Novel* 6.3 (Fall 1974): 339-48.

Keep, Christopher. "Technology and Information: Accelerating Developments." *A Companion to the Victorian Novel.* Ed. Patrick Brantlinger and William B. Thesing. Malden: Blackwell, 2005. 137-54.

Kelly, Richard. *Lewis Carroll.* Boston: Twayne, 1990.

———. "'If You Don't Know What a Gryphon Is': Text and Illustration in *Alice's Adventures in Wonderland.*" *Lewis Carroll, A Celebration: Essays on the Occasion of the 150th Anniversary of the Birth of Charles Lutwidge Dodgson.* Ed. Edward Guiliano. New York: Clarkson N. Potter, 1982. 62-74.

Kenner, Hugh. "Alice in Chapelizod." *Dublin's Joyce* (1956). New York:

Columbia UP, 1987. 276-300.

Kent, Muriel."The Art of Nonsense." *Cornhill Magazine* 149 (April 1934): 478-87.

Kérchy, Anna. "Ambiguous Alice: Making Sense of Lewis Carroll's Nonsense Fantasies." *Does It Really Mean That? Interpreting the Literary Ambiguous.* Ed. Kathleen Dubs and Janka Kascakova. Newcastle: Cambridge Scholars, 2010. 104-20.

———. "Wonderland Lost and Found? Nonsensical Enchantment and Imaginative Reluctance in Revisionings of Lewis Carroll's Alice Tales." *Anti-Tales: The Uses of Disenchantment.* Ed. David Calvin. Newcastle: Cambridge Scholars, 2011. 62-74.

Kincaid, James R. "Alice's Invasion of Wonderland." *PMLA* 88.1 (Jan. 1973): 92-99.

———. *Child-Loving: The Erotic Child and Victorian Culture.* New York: Routledge, 1992.

———. *Erotic Innocence: The Culture of Child Molesting.* Durham: Duke UP, 1998.

Kibel, Alvin C. "Logic and Satire in *Alice in Wonderland.*" *American Scholar* 43.4 (1974): 605-29.

Kirk, Daniel F. "A Day in Dodgsonland." *Colby Library Quarterly* 6 (1972): 158-68.

———. *Charles Dodgson, Semiotician.* Gainesville: U of Florida P, 1963.

Knepp, Dennis. "You're Nothing but a Pack of Cards!" *Alice in Wonderland and Philosophy: Curiouser and Curiouser.* Ed. Richard Brian Davis. Hoboken, NJ: John Wiley & Sons, 2010. 47-60.

Knighton, Mary A. "Down the Rabbit Hole: In Pursuit of *Shōjo* Alices, from Lewis Carroll to Kanai Mieko." *U.S-Japan Women's Journal* 40 (2011): 49-89.

Knoepflmacher, U. C. "Little Girls without Their Curls: Female Aggression in Victorian Children's Literature." *Children's Literature* 11 (1983): 14-31.

———. "The Balancing of Child and Adult: An Approach to Victorian Fantasies for Children." *Nineteenth-Century Fiction* 37.4 (1983): 497-530.

———. "Avenging Alice: Christina Rossetti and Lewis Carroll." *Nineteenth-Century Literature* 41.3 (1986): 299-328.

————. *Ventures into Childland: Victorians, Fairy Tales, and Femininity.* Chicago: U of Chicago P, 1998.

Kolbe, Martha Emily. "Three Oxford dons as Creators of Other Worlds for Children: Lewis Carroll, C. S. Lewis, and J. R. R. Tolkien." Ed. Diss. University of Virginia, 1981.

Krutch, Joseph Wood. "Psychoanalyzing Alice." *The Nation* 144 (30 Jan. 1937): 129-30.

Lakoff, Robin Tolmach. "Lewis Carroll: Subversive Pragmaticist." *Pragmatics: Quarterly Publication of the International Pragmatics Association*3.4 (Dec. 1993): 367-85.

Landes, Joan B. "Mary Does, Alice Doesn't: The Paradox of Female Reason in and for Feminist Theory." *Mary Wollstonecraft and 200 Years of Feminisms.* Ed. Eileen London: Rivers Oram, 1997. 49-60.

Lane, Christopher. "Lewis Carroll and Psychoanalysis: Why Nothing Adds Up in Wonderland." *The International Journal of Psychoanalysis* 92.4 (August 2011): 1029-45.

Lanning, George. "Did Mark Twain Write 'Alice's Adventures in Wonderland'?" (1947). Rpt. *Aspects of Alice: Lewis Carroll's Dreamchild as Seen Through the Critics' Looking-Glass 1865-1971.* Ed. Robert Phillips. New York: Vintage, 1971.

Lawton, Rachel. "Lewis Carroll's 'Alice': A Quest for Humanity in the Cultural Underground of Social Politics in Victorian England." Dissertation Abstracts International, 2007 Texas A&M U, 2006.

Leach, Karoline. *In the Shadow of the Dreamchild: A New Understanding of Lewis Carroll.* London: Peter Owen, 1999.

Leach, Elsie. "*Alice in Wonderland* in Perspective." *Victorian Studies* 25 (Spring 1964): 9-11. Rpt. *Aspects of Alice: Lewis Carroll's Dreamchild as Seen Through the Critics' Looking-Glass 1865-1971.* Ed. Robert Phillips. New York: Vanguard, 1971. 88-92.

Leathes, C. S. "Lewis Carroll as Story-Teller." *Saturday Review* (25 Jan. 1898):

102-10.

Lebailly, Hugues. "C. L. Dodgson and the Victorian Cult of the Child." *Carrollian: The Lewis Carroll Journal* 4 (1999): 3-31.

———. "Through a Distorting Looking-Glass: Charles Lutwidge Dodgson's Artistic Interests as Mirrored in His Nieces' Edited Version of His Diaries." *Contrariwise: The Association for New Lewis Carroll Studies.*

Lebovitz, Richard. "Alice and Autism: A Psychological Approach to the Dormouse in 'The Mad Tea-Party.'" *Jabberwocky: The Journal of the Lewis Carroll Society* 8 (1978): 8-12.

———. "Alice as Eros." *Jabberwocky: The Journal of the Lewis Carroll Society* 10 (1980): 11-16.

Lecercle, Jean-Jacques. *Philosophy through the Looking-Glass: Language, Nonsense, and Desire.* La Salle: Open Court, 1985. 74-79.

———. *Philosophy of Nonsense: The Intuitions of Victorian Nonsense Literature.* London: Routledge, 1994.

———. "Alice and the Sphinx." *REAL: The Yearbook of Research in English and American Literature* 13 (1997): 25-47.

———. "Response to 'Alice Was Not Surprised.'" *Connotations* 17.2-3 (2007/2008): 281-86.

Lee, Michael Parrish. "Eating Things: Food, Animals and Other Life Forms in Lewis Carroll's Alice Books." *Nineteenth-Century Literature* 68.4 (Mar. 2014): 484-512.

Lehmann, John F. "Lewis Carroll and the Spirit of Nonsense in English Literature." *Lewis Carroll and the Spirit of Nonsense.* Nottingham, England: U of Nottingham, 1972. 3-20.

Lehmann-Haupt, Christopher. "Lewis Carroll in Criticland." *New York Times* (2 Dec. 1971).

Lennon, Florence Becker. "Escape Through the Looking-Glass." (1945). Rpt. *Aspects of Alice: Lewis Carroll's Dreamchild as Seen Through the Critics' Looking-Glass 1865-1971.* Ed. Robert Phillips. New York: Vanguard, 1971.

66-79.

————. *The Life of Lewis Carroll*. New York: Collier Books, 1962.

Leslie, Shane. "Lewis Carroll and the Oxford Movement." *London Mercury* 28 (1933): 233-39. Rpt. *Aspects of Alice: Lewis Carroll's Dreamchild as Seen Through the Critics' Looking-Glass 1865-1971*. Ed. Robert Phillips. New York: Vanguard, 1971. 211-19.

Lesnik-Oberstein, Karin. Review. *"Ventures into Childland: Victorians, Fairy Tales, and Femininity*, by U. C. Knoepflmacher." *Yearbook of English Studies* (2001): 285.

Levchuck, Caroline M. "Critical Essay on 'Jabberwocky.'" *Poetry for Students*. Vol. 11. Ed. Elizabeth Thomason. Detroit: Gale Group, 2001.

Levin, Harry. "Wonderland Revisited." *Kenyon Review* 27.4 (Autumn 1965): 591-616. Rpt. *Aspects of Alice: Lewis Carroll's Dreamchild as Seen Through the Critics' Looking-Glass 1865-1971*. Ed. Robert Phillips. New York: Vanguard, 1971. 175-97.

Lewis, C. S. "On Three Ways of Writing for Children." *Off Other World: Essays and Stories*. Fort Washington: Harvest Book, 1966. 22-34.

Li, Li. "Influences of translated children's texts upon Chinese children's literature." *Papers: Explorations into Children's Literature* 16.2 (2006): 101-06.

Lin, Hui-wei. "Reconstructing English Language Teaching in Taiwanese English Departments: An Interface between Language and Literature." *Intergrams* 5.2-6.1 (2004): 1-14.

Lin, Jutta. "Mathematics in the English Lesson-Integrative Teaching Illustrated by Lewis Carroll's *Alice in Wonderland* and *Alice through the Looking-Glass*." Proceedings of the XII Convention on Chinese Academics and Professionals in Europe. Belgium: Brussels, 2000. 60-62.

Lindseth, Jon A., and Alan Tannenbaum, eds. *Alice in a World of Wonderlands: The Translation of Lewis Carroll's Masterpiece*. 3 vols. New Castle: Oak Knoll, 2015.

"Literature: 'Sylvie and Bruno'." *The Athenaeum* 3245 (4 Jan. 1890): 11-12. Rpt.

in *Nineteenth-Century Literature Criticism*. Ed. Laurie Lanzen Harris. Vol. 2. Detroit: Gale Research, 1982.

Little, Edmund. *The Fantasts: Studies in J. R. R. Tolkien, Lewis Carroll, Mervyn Peake, Nicolai Gogol, and Kenneth Grahame*. London: Avebury, 1984.

Little, Judith. "Liberated Alice: Dodgson's Female Hero as Domestic Rebel." *Women's Studies* 3.2 (1976): 195-205.

Liu, Fiona Fong-hsin (劉鳳芯). "Fiona's Website." <http://web.nchu.edu. tw/~fsliu/>.

Lloyd, Megan S. "Unruly Alice: A Feminist View of Some Adventures in Wonderland." *Alice in Wonderland and Philosophy: Curiouser and Curiouser*. Ed. Richard Brian Davis. Hoboken, NJ: John Wiley & Sons, 2010. 7-18.

Lluch, Gemma."The Worlds of Fiction of *Alice's Adventures in Wonderland*, *George's Marvellous Medicine*, I, and *The Hunger Games in Catalan*." *Thinking through Children's Literature in the Classroom*. Ed. Agustín Reyes-Torres, Luis S. Villacañas-de-Castro and Betlem Soler-Pardo. Newcastle: Cambridge Scholars, 2014. 150-66.

Long, Carol Y. "*Alice's Adventures in Wonderland*: From Book to Big Screen." *The Antic Art: Enhancing Children's Literary Experiences through Film and Video*. Ed. Lucy Rollin. Fort Atkinson, WI: Highsmith, 1993. 131-40.

Lopez, Alan. "That Hysterical Discourse in Lewis Carroll's *Alice in Wonderland and Through the Looking-Glass*: Locating a Critical Subject within Carroll." *Deleuze and Feminism*. Ed. Barish Ali and Alla Ivanchikova. Spec. issue of *Theory@Buffalo* 8 (2003): 69-98.

López-Varela, Asunción. "Metalanguage in Carroll's 'Jabberwocky' and Biggs's *reRead*." *Comparative Literature & Culture: A WWWeb Journal*. 15.5 (Dec. 2014): 1-8.

―――. "Deleuze with Carroll: Schizophrenia and the Simulacrum and the Philosophy of Lewis Carroll's Nonsense." *Angelaki: Journal of the Theoretical Humanities* 9.3 (Dec. 2004): 101-20.

Lovell-Smith, Rose. "The Animals of Wonderland: Tenniel as Carroll's Reader."

Criticism 45.4 (2003): 383-415.

————. "Eggs and Serpents: Natural History Reference in Lewis Carroll's Scene of Alice and the Pigeon." *Children's Literature* 35 (2007): 27-53.

Lovett, Charles. *Alice on Stage: A History of the Early Theatrical Productions of Alice in Wonderland.* Westport: Meckler, 1990.

————. *Lewis Carroll's England: An Illustrated Guide for the Literary Tourist.* London: Lewis Carroll Society, 1998.

————. *Lewis Carroll and the Press: an Annotated Bibliography of Charles Dodgson's Contributions to Periodicals.* London: British Library, 1999.

————. *Lewis Carroll among His Books: A Descriptive Catalogue of the Private Library of Charles L. Dodgson.* Jefferson, NC: MacFarland, 2005.

Lott, Sandra. "The Evolving Consciousness of Feminine Identity in Doris Lessing's *The Memoirs of a Survivor* and Lewis Carroll's *Alice in Wonderland* and *Through the Looking-Glass.*" *Women Worldwalkers: New Dimensions of Science Fiction and Fantasy.* Ed. Jane B. Weedman. Lubbock: Texas Tech P, 1985. 165-79.

Lowe, Virginia. "Which Dreamed It? Two Children Philosophy and Alice." *Children's Literature in Education* 25.1 (1994): 55-62.

Lucas, Ann Lawson. "Enquiring Mind, Rebellious Spirit: Alice and Pinocchio as Nonmodel Children." *Children's Literature in Education* 30.3 (Sept. 1999): 157-69.

Luchinsky, Ellen. "Alice: Child or Adult." *Jabberwocky: The Journal of the Lewis Carroll Society* 6 (1977): 63-71.

Lukens, Rebecca J. *A Critical Handbook of Children's Literature.* 7th ed. Boston: Pearson, 2003.

Lukes, Alexandra. "The Asylum of Nonsense: Antonin Artaud's Translation of Lewis Carroll." *Romanic Review* 104.1-2 (Jan-Mar 2013): 105-26.

Lull, Janis. "The Appliance of Art: The Carroll-Tenniel Collaboration in *Through the Looking-Glass.*" *Lewis Carroll, A Celebration: Essays on the Occasion of the 150th Anniversary of the Birth of Charles Lutwidge Dodgson.* Ed. Edward

Guiliano. New York: Clarkson N. Potter, 1982. 101-11.

Lumby, Catherine. "Ambiguity, Children, Representation, and Sexualitiy." *CLCWeb: Comparative Literature and Culture* 12.4 (Dec. 2010) <http://docs. lib.purdue.edu/clcweb/vol12/iss4/5>

Lurie, Alison. *Don't Tell the Grown-Ups: Subversive Children's Literature.* Boston: Little, Brown, 1990.

MacArthur, Fiona. "Embodied Figures of Speech: Problem-Aolving in *Alice's Dream of Wonderland.*" *Atlantis* 26.2 (2004): 51-62.

Madden, William A. "Framing the Alices." *PMLA* 101 (1986): 362-73.

Mahendru, Sejal."The Child's Body and the Novelistic Subject in *Alice's Adventures in Wonderland* and *Through the Looking Glass.*" *Criterion* 5.3 (June 2014): 272-79.

Mallardi, Rosella. "The Photographic Eye and the Vision of Childhood in Lewis Carroll." *Studies in Philology* 107.4 (Fall 2010): 548-72.

Maloy, Barbara. "The Light of Alice's World." *Language and Literature* 11-12 (1986-1987): 99-113.

———. "The Mirror Image of the Light of Alice's World." *Language and Literature*11-12 (1986-1987): 115-25.

Mandelker, Amy. "The Mushroom and the Egg: Lewis Carroll's Alice as an Otherwordly Introduction to Semiotics." *Canadian-American Slavic Studies* 22 (1988): 101-14.

Manlove, Colin. *From Alice to Harry Potter: Children's Fantasy in England.* Christchurch: Cybereditions, 2003.

Maroldt, Karl. "'Him, and Ourselves, and It': On the Meaning of the 'Evidence Poem' in *Alice's Adventures in Wonderland.*" *Semiotica: Journal of the International Association for Semiotic Studies/Revue de l'Association Internationale de Sémiotique* 118.1-2 (1998): 121-30.

Marret-Maleval, Sophie. "Metalanguage in Lewis Carroll." *SubStance: A Review of Theory and Literary Criticism* 71/72 (1993): 217-27.

———. "'And, as in Uffish Thought He Stood.'" *'We're All Mad Here'.* Ed. Maire

Jaanus. Minneapolis: U of Minnesota P, 2013. 99-120.

Massey, Irving. "Aspects of Metamorphosis in Alice." *The Gaping Pig: Literature and Metamorphosis*. Berkeley: U of California P, 1976. 76-97.

Matthews, Charles. "Satire in the *Alice* Books." *Criticism* 12 (Winter 1970): 105-19.

Mavor, Carol. "For-getting to Eat: Alice's Mouthing Metonymy." *The Nineteenth-Century Child and Consumer Culture*. Ed. Dennis Denisoff. Aldershot, Hampshire: Ashgate, 2008. 95-116.

————. "Alicious Objects: Believing in Six Impossible Things before Breakfast, or Reading *Alice* Nostologically." *Alice beyond Wonderland: Essays for the Twenty-First Century*. Ed. Cristopher Hollingsworth. Iowa City: U of Iowa P, 2009. 63-82.

May, Leila S. "Wittgenstein's Reflection in Lewis Carroll's Looking-Glass." *Philosophy and Literature* 31 (2007): 79-94.

Mayock, Tick. "Perspectivism and Tragedy: A Nietzschean Interpretation of Alice's Adventure." *Alice in Wonderland and Philosophy: Curiouser and Curiouser*. Ed. Richard Brian Davis. Hoboken, NJ: John Wiley & Sons, 2010. 153-66.

Maynard, Theodore. "Lewis Carroll: Mathematician and Magician." *Catholic World* 85 (1932): 193-201.

McDonagh, Melanie. "All Hail Alice and Her 150 Years of Quiet Skepticism." *The Independent* (1 July 2012).

McGillis, Roderick. *The Nimble Reader: Literary Theory and Children's Literature*. New York: Twayne, 1996.

McGillis, Roderick. "Humour and the Body in Children's Literature." *The Cambridge Companion to Children's Literature*. Ed. M. O. Greneby and Andrea Immel. Cambridge: Cambridge UP, 2009.

Meier, Franz. "Photographic Wonderland: Intermediality and Identity in Lewis Carroll's *Alice* Books." *Alice beyond Wonderland: Essays for the Twenty-First Century*. Ed. Cristopher Hollingsworth. Iowa City: U of Iowa P, 2009. 117-33.

Mellor, Anne. "Fear and Trembling: From Lewis Carroll to Existentialism?"

English Romantic Irony. Cambridge: Harvard UP, 1980. 165-84.

Mendelson, Michael. "Can We Learn Practical Judgement? *Alice's Adventures in Wonderland* and the Quest for Common Sense." *Carrollian: The Lewis Carroll Journal* 16 (Autumn 2005): 36-60.

———. "The Phenomenology of Deep Surprise in *Alice's Adventures in Wonderland*," *Connotations* 17.2-3 (2007/2008): 287-301.

Meyers, Jeffrey. "Lewis Carroll and *Lolita*: A New Reading." *Salmagundi* 172-173 (Winter 2011): 88-93.

Mickenberg, Julia, and Philip Nel, eds. *Tales for Little Rebels: A Collection of Radical Children's Literature*. New York: New York UP, 2008.

Mickenberg, Julia, and Lynne Vallone, eds. *The Oxford Handbook of Children's Literature*. Oxford: Oxford UP, 2011.

Milner, Joseph O'Beirne, and Lucy Floyd Morcock Milner. "Sacred and Secular Visions of Imagination and Reality in Nineteenth-Century British Fantasy for Children." *Webs and Wardrobes: Humanist and Religious World Views in Children's Literature*. University Press of America, 1987. 66-78.

Milner, Florence. "The Poems in *Alice in Wonderland*." *Bookman* 13 (Sept. 1903): 13-16.

Monteiro, Stephen. "Lovely Gardens and Dark Rooms: Alice, the Queen, and the Spaces of Photography." *Alice beyond Wonderland: Essays for the Twenty-First Century*. Ed. Cristopher Hollingsworth. Iowa City: U of Iowa P, 2009. 101-16.

Montgomery, Lall F. "The Eastern Alice." *Literature East & West* 12 (1963): 3-9.

Morgan, Chris. *The Pamphlets of Lewis Carroll: Games, Puzzles and Related Pieces*. Vol. 5. Charlottesville: U of Virginia P, 2015.

Morris, Frankie. *Artist of Wonderland: The Life, Political Cartoons, and Illustrations of Tenniel*. Charlottesville: U of Virginia P, 2005.

Morrison, Delmont C., and Shirley Linden Morrison. "The Voyeur and His Muse: Lewis Carroll and 'Alice'." *Imagination, Cognition and Personality* 10.3 (1990-91): 213-29.

Morrow, Patrick. "Yossarian in Wonderland: Bureaucracy, the Alice Books and *Catch-22*." *North Dakota Quarterly* 43.2 (1972): 50-57.

Morton, Lionel. "Memory in the *Alice* Books." *Nineteenth-Century Fiction* 33 (1978): 285-308.

Moss, Anita. "Charles Lutwidge Dodgson." *Writers for Children: Critical Studies of Major Authors Since the Seventeenth Century*. Ed. Jane M. Bingham. New York: Charles Scribner's Sons, 1987. 117-27.

Muskat-Tabakowska, E. "General Semantics Behind the Looking-Glass." *ETC* 27 (1970): 483-92.

Morris, Frankie. "The Grotesque Alice." *Artist of Wonderland: The Life, Political Cartoons, and Illustrations of Tenniel*. Charlottesville: U of Virginia P, 2005. 182-97.

Moses, Belle. *Lewis Carroll in Wonderland and at Home*. New York: Appleton, 1910.

Morton, Lionel. "Memory in the Alice Books." *Nineteenth-Century Fiction* 33.3 (1978): 285-308.

Mulderig, Gerald P. "Alice in Wonderland: Subversive Elements in the World of Victorian Children's Literature." *Journal of Popular Culture* 11.2 (1977): 320-29.

Murphy, Ruth. "Darwin and 1860s Children's Literature: Belief, Myth or Detritus." *Journal of Literature and Science* 5.2 (2012): 5-21.

Natov, Roni. "The Persistence of Alice." *The Lion and the Unicorn* 3.1 (1979): 38-61.

Neill, Anna. "Developmental Nonsense in the Alice Tales." *Style* (Fall 2013): 382+.

Nichols, Chloe. "The Contribution of Mary Howitt's 'The Spider and the Fly' to *Alice's Adventures in Wonderland*." *Carrollian: The Lewis Carroll Journal* 13 (Spring 2004): 32-43.

Nichols, Katherine. *Alice's Wonderland: A Visual Journey through Lewis Carroll's Mad and Incredible World*. New York: Race Point, 2014.

Nickel. Douglas R. *Dreaming in Pictures: The Photography of Lewis Carroll*. New Haven: Yale UP, 2002.

Niéres, Isabelle. "Tenniel: The Logic behind His Interpretation of the Alice Books." *Semiotics and Linguistics in Alice's Worlds.* Eds. Rachel Fordyce and Carla Marello. Research in Text Theory 19. Berlin: Walter De Gruyter, 1994. 194-208.

Nikolajeva, Maria. "'When I Use a Word It Means Just What I Choose It to Mean': Power and (Mis)Communication in Literature for Young Readers." *Humane Readings: Essays on Literary Mediation and Communication in Honour of Roger D. Sell.* Ed. Jason Finch. Amsterdam: Benjamins, 2009. 77-87.

Nicholson, Mervyn. "Food and Power: Homer, Carroll, Atwood and Others." *Mosaic: A Journal for the Interdisciplinary Study of Literature* 20.3 (Summer 1987): 37-55.

Nilsen, Don L. F. "The Linguistic Humor of Lewis Carroll." *Thalia: Studies in Literary Humor* 10.1 (Spring 1988): 35-42.

Nodelman, Perry, and Mavis Reimer. *The Pleasures of Children's Literature.* 3rd ed. Boston: Allyn and Bacon, 2003.

Noimann, Chamutal. "Empowering Nonsense: Reading Lewis Carroll's 'Jabberwocky' in a Basic Writing Class." *The CEA Forum* 43.1 (2014): 21-36.

Nord, Christiane. "It's Tea-Time in Wonderland: Culture-Markers in Fictional Texts." *Intercultural Communication.* Ed. Elmar Bartsch. Frankfurt: Peter Lang, 1994. 523-38.

———. "Alice Abroad: Dealing with Descriptions and Transcriptions of Paralanguage in Literary Translation." *Nonverbal Communication and Translation: New Perspectives and Challenges in Literature, Interpretation and the Media.* Ed. Fernando Poyatos. Amsterdam, Netherlands: Benjamins, 1997. 107-29.

Nöth, Winfried. "Alice's Adventures in Semiosis." *Semiotics and Linguistics in Alice's Worlds.* Eds. Rachel Fordyce and Carla Marello. Research in Text Theory 19. Berlin: Walter De Gruyter, 1994. 11-25.

Oates, Joyce Carol. "Dodgson's Golden Hours." *English Language Notes* 20.2 (Dec. 1982): 109-18.

O'Brien, Hugh B. "The Mirror-Image Relationship between *Alice's Adventures in Wonderland* and *Through the Looking-Glass.*" *Jabberwocky: The Journal of the Lewis Carroll Society* 7 (July 1971): 6.

O'Connor, Michael. "Through a Looking-Glass Darkly -Lolita: Alice's Precocious Offspring." *Carrollian: The Lewis Carroll Journal* 6 (1999): 3-10.

Orwell, George. "Nonsense Poetry." In *Shooting an Elephant and Other Essays*. London: Secker and Warburg, 1950.

Ostry, Elaine. "Magical Growth and Moral Lessons: or, How the Conduct Book Informed Victorian and Edwardian Children's Fantasy" *The Lion and the Unicorn* 27.1 (January 2003): 27-56.

O'Sullivan, Emer. "Narratology Meets Translation Studies, or The Voice of the Translator in Children's Literature." *The Translation of Children's Literature: A Reader*. Ed. Gillian Lathey. Clevedon, England: Multilingual Matters, 2006. 98-109.

Otten, Terry. "*Steppenwolf* and Alice: In and Out of Wonderland." *Studies in the Humanities* 4.1 (Mar. 1974): 28-34.

———. "After Innocence: Alice in the Garden." *Lewis Carroll, A Celebration: Essays on the Occasion of the 150th Anniversary of the Birth of Charles Lutwidge Dodgson*. Ed. Edward Guiliano. New York: Clarkson N. Potter, 1982. 50-61.

Oultram, Ken. "The Cheshire Cat and Its Origin." *Jabberwocky: The Journal of the Lewis Carroll Society* 3.1 (1973): 8-14.

Ovenden, Graham, ed. *The Illustrators of* Alice in Wonderland *and* Through the Looking-Glass. Rev. ed. London: Academy 1979.

Paglia, Camille. "Oscar Wilde and the English Epicene." *Raritan* 4.3 (1985): 85-109.

Paloposki, Outi. "The Domesticated Foreign." *Translation in Context*. Ed. Andrew Chesterman. Amsterdam: Benjamins, 2000. 373-90.

Parker, Scott F. "How Deep Does the Rabbit-Hole Go? Drugs and Dreams, Perception and Reality." *Alice in Wonderland and Philosophy: Curiouser and*

Curiouser. Ed. Richard Brian Davis. Hoboken, NJ: John Wiley & Sons, 2010. 137-52.

Partridge, Eric. "The Nonsense Words of Edward Lear and Lewis Carroll." *Here, There, and Everywhere: Essays upon Language*. London: Hamish Hamilton, 1950. 162-88.

Patten, Bernard M. *The Logic of Alice: Clear Thinking in* Wonderland. New York: Prometheus Books, 2009.

Peabody, Richard, ed. *Alice Redux: New Stories of Alice, and Wonderland*. Arlington, VA: Paycock P, 2005.

Pennington, John. "Alice at the Back of the North Wind, Or the Metafictions of Lewis Carroll and George MacDonald." *Extrapolation* 33.1 (1992): 59-73.

———. "Reader Response and Fantasy Literature: The Uses and Abuses of Interpretation in Queen Victoria's *Alice in Wonderland*." *Functions of the Fantastic: Selected Essays from the Thirteenth International Conference on the Fantastic in the Arts*. Ed. Joe Sanders. Westport: Greenwood P, 1995. 55-66.

Pérez, María Calzada. "Translators in Wonderland: A Study of the Tempo-Cultural Aspects of *Alice in Wonderland*." *Babel: Revue Internationale de la Traduction/International Journal of Translation* 41.2 (1995): 86-109.

Petersen, Calvin R. "'To Sleep, Perchance to Dream': Alice Takes a Little Nap." *Jabberwocky: The Journal of the Lewis Carroll Society* 8 (1979): 27-37.

———. "Time and Stress: Alice in Wonderland." *Journal of the History of Ideas* 46.3 (1985): 427-33.

Pfeiffer, John R. "Charles Lutwidge Dodgson." *Supernatural Fiction Writers: Fantasy and Horror*. Ed. Everett Franklin Bleiler. Vol. 1. New York: Charles Scribner's Sons, 1985.

Pilinovsky, Helen. "Body as Wonderland: Alice's Graphic Iteration in *Lost Girls*." *Alice beyond Wonderland: Essays for the Twenty-First Century*. Ed. Cristopher Hollingsworth. Iowa City: U of Iowa P, 2009. 175-98.

Phillips, Robert, ed. *Aspects of Alice: Lewis Carroll's Dreamchild as Seen*

Through the Critics' Looking-Glass 1865-1971. New York: Vanguard, 1971.

Pierce, Joanna Tapp. "From Garden to Gardener: The Cultivation of Little Girls in Carroll's *Alice* Books and Ruskin's 'Of Queens' Gardens'." *Women's Studies: An Interdisciplinary Journal* 29.6 (Dec. 2000): 741-61.

Piggins, David. "The Cheshire Cat and the Stabilised Retinal Image." *Jabberwocky: The Journal of the Lewis Carroll Society* 9 (1980): 42-45.

Pitcher, George. "Wittgenstein, Nonsense, and Lewis Carroll." *Massachusetts Review* 6.3 (Spring-Summer 1965): 591-611.

Polhemus, Robert M. "Carroll's *Through the Looking-Glass*: The Comedy of Regression." *Comic Faith: The Great Tradition from Austen to Joyce*. Chicago: U of Chicago P, 1980. 245-93.

———. "Lewis Carroll and the Child in Victorian Fiction." *The Columbia History of the British Novel*. Ed. John Richetti. New York: Columbia UP, 1994. 579-607.

Poole, Gordon M. "Sense and Nonsense in the *Alice* Stories." *Carrollian: The Lewis Carroll Journal* 21 (2008): 3-16.

Poundstone, William. *Gaming the Vote: Why Elections Aren't Fair (and What We Can Do about It)*. New York: Hill and Wang, 2008.

Preston, Michael J. "*Robinson Crusoe, Gulliver's Travels*, and *Alice's Adventures in Wonderland*: Wonderful Texts." *Merveilles & Contes* 2.2 (Dec. 1988): 87-105.

Preston, Michael J., and James R. Kincaid. *A KWIC Concordance to Lewis Carroll's* Alice's Adventures in Wonderland *and* Through the Looking-Glass. New York: Garland, 1986.

Prickett, Stephen. "Consensus and Nonsense: Lear and Carroll." *Victorian Fantasy*. Bloomington: Indiana UP, 1979. 114-49.

Priestly, J. B. "A Note on Humpty Dumpty." *I for One*. New York: Dodd, Mead, 1921. 191-19. Rpt. *Aspects of Alice: Lewis Carroll's Dreamchild as Seen Through the Critics' Looking-Glass 1865-1971*. Ed. Robert Phillips. New York: Vanguard, 1971. 262-66.

Prioleau, Elizabeth. "Humbert Humbert Through the Looking Glass." *Twentieth Century Literature* 21.4 (Dec. 1975): 428-37.

Puckett, Kent. "Caucus-Racing." *Novel: A Forum on Fiction* 47.1 (Spring 2014): 11-23.

Pudney, John. *Lewis Carroll and His World*. London: Thames & Hudson, 1976.

Pycior, Helena M. "At the Intersection of Mathematics and Humor: Lewis Carroll's *Alices* and Symbolical Algebra." *Victorian Studies* 23 (Autumn 1984): 149-70.

Rackin, Donald. "Alice's Journey to the End of Night." *PMLA* 81 (1966): 313-26. Rpt. *Aspects of Alice: Lewis Carroll's Dreamchild as Seen Through the Critics' Looking-Glass 1865-1971*. Ed. Robert Phillips. New York: Vanguard, 1971. 391-46.

———."Corrective Laughter: Carroll's Alice and Popular Children's Literature of the Nineteenth Century." *Journal of Popular Culture* 1 (1967): 243-55.

———. "What You Always Wanted to Know about Alice But Were Afraid to Ask." *Victorian Newsletter* 44 (1973): 1-5.

———. "Laughing and Grief: What's So Funny about *Alice in Wonderland*?" *Lewis Carroll Observed: A Collection of Unpublished Photographs, Drawings, Poetry, and New Essays*. Ed. Edward Guiliano. New York: Clarkson N. Potter, 1976. 1-18.

———. "Blessed Rage: Lewis Carroll and the Modern Quest for Order." *Lewis Carroll, A Celebration: Essays on the Occasion of the 150th Anniversary of the Birth of Charles Lutwidge Dodgson*. Ed. Edward Guiliano. New York: Clarkson N. Potter, 1982.

———. "Love and Death in Carroll's *Alices*." *English Language Notes* 20 (Dec. 1982): 26-54. Rpt. *Modern Critical Views: Lewis Carroll*. Ed. Harold Bloom. New York: Chelsea House, 1987. 111-27.

———. Alice's Adventures in Wonderland *and* Through the Looking-Glass: *Nonsense, Sense, and Meaning*. New York: Twayne, 1991.

———. "Mind over Matter: Sexuality and Where the 'Body Happens to Be' in the *Alice* Books." *Textual Bodies: Changing Boundaries of Literary Representation*. Ed. Lori Hope Lefkovitz. Albany: State U of New York P,

1997. 161-83.

———. "Through the Looking Glass: Alice Becomes an I." *Alice's Adventures in Wonderland and* Through the Looking Glass*: Nonsense, Sense, and Meaning.* New York: Twayne, 1991. 68-87.

Rackin, Donald, ed. *Alice's Adventures in Wonderland: A Critical Handbook.* Belmont, CA: Wadsworth, 1969.

Reed, Langford. *Further Verse and Prose by Lewis Carroll.* New York: Appleton, 1921.

———. *The Life of Lewis Carroll.* London: W. & G. Foyle, 1932.

Reichertz, Ronald. "Alice Through the 'Looking Glass Book': Carroll's Use of Children's Literature as a Ground for Reversal in *Through the Looking Glass and What Alice Found There.*" *Children's Literature Association Quarterly* 17.3 (fall 1992): 23-27.

———. *The Making of the Alice Books: Lewis Carroll's Uses of Earlier Children's Literature.* Montreal: McGill-Queen's UP, 1997.

Reinstein, Phyllis Giles. *Alice in Context.* New York: Garland Pub. 1988.

Ren, Aihong. "A Fantasy Subverting the Woman's Image as 'The Angel in the House'." *Theory and Practice in Language Studies* 4.10 (2014): 2061+.

Rice, Adrian, and Eve Torrence. "'Shutting Up Like a Telescope': Lewis Carroll's "Curious" Condensation Method for Evaluating Determinants." *College Mathematics Journals* 38.2 (2007): 85-95.

Richards, Mark R. "The Queen Victoria Myth." *Carrollian: The Lewis Carroll Journal* 6 (1999): 35-40.

Richardson, Joanna. *The Young Lewis Carroll.* London: Parrish, 1964.

Rickard, Peter. "Alice in France; or Can Lewis Carroll Be Translated?" *Comparative Literature Studies* 12 (1975): 45-66.

Rieke, Alison. *The Senses of Nonsense.* Iowa: U of Iowa P, 1992.

Roberts, Lewis C. "Children's Fiction." *A Companion to the Victorian Novel.* Ed. Patrick Brantlinger and William B. Thesing. Malden: Blackwell, 2005. 353-69.

Robson, Catherine. *Men in Wonderland: The Lost Girlhood of the Victorian*

Gentlemen. Princeton: Princeton UP, 2001.

————. "Reciting Alice: What Is the Use of a Book without Poems?" *The Feeling of Reading: Affective Experience & Victorian Literature*. Ed. Rachel Ablow. Ann Arbor: U of Michigan P, 2010. 93-113.

Rogobete, Daniela. "Six Impossible Things before Midnight: Gothic Fantasy in Tim Burton's Alice in Wonderland." *Reading the Fantastic Imagination: The Avatars of a Literary Genre*. Ed. Dana Percec. Newcastle: Cambridge Scholars, 2014. 132-55.

Rogers, Katie Woods. "The Sun Never Sets on Alice's Wonderland." *Publications of the Mississippi Philological Association* (2008): 97-106.

Rohter, Larry. "Drinking Blood: New Wonders of Alice's World." *New York Times*. New York Times, 28 Feb. 2010. Web. 6 Apr. 2011.

Rollin, Lucy. "Humpty Dumpty and the Anxieties of the Vulnerable Child." *Psychoanalytic Responses to Children's Literature*. Ed. Lucy Rollin and Mark I. West. Jefferson, NC: McFarland, 2008. 111-17.

Romney, Claude. "The First French Translator of *Alice*: Henri Bué (1843-1929)." *Jabberwocky: The Journal of the Lewis Carroll Society* 10.4 (1981): 89-94.

————. "Of Cats and Bats in *Alice's Adventures*, and Its French and German Translations." *Jabberwocky: The Journal of the Lewis Carroll Society* 12.1 (1982): 15-20.

Roos, Michael E. "The Walrus and the Deacon: John Lennon's Debt to Lewis Carroll." *Journal of Popular Culture* 18.1 (Summer 1984): 19-29.

Rosenthal, M.L. "Alice, Huck, Pinocchio, and the Blue Fairy: Bodies Real and Imagined." *The Southern Review* 29.3 (1993): 486-90.

Ross, Deborah. "Home by Tea-Time: Fear of Imagination in Disney's *Alice in Wonderland*." *Classics in Film and Fiction*. Ed. Deborah Cartmell. London: Pluto, 2000. 207-27.

Roth, Christine. "Looking through the Spyglass: Lewis Carroll, James Barrie, and the Empire of Childhood." *Alice beyond Wonderland: Essays for the Twenty-First Century*. Ed. Cristopher Hollingsworth. Iowa City: U of Iowa P, 2009.

23-35.

Rother, Carole." Lewis Carroll's Lesson: Coping with Fears of Personal Destruction." *Pacific Coast Philology* 19.1-2 (Nov. 1984): 89-94.

Rousseau, George, ed. *Children and Sexuality: The Greeks to the Great War.* New York: Palgrave Macmillan, 2007.

Schanoes, Veronica. "Fearless Children and Fabulous Monsters: Angela Carter, Lewis Carroll, and Beastly Girls." *Marvels & Tales* 26.1 (2012): 30-44.

Scharfstein, Ben-Ami. *The Nonsense of Kant and Lewis Carroll: Unexpected Essays on Philosophy, Art, Life, and Death.* Chicago: U of Chicago P, 2014.

Schatz, Stephanie L. "Lewis Carroll's Dream-Child and Victorian Child Psychopathology." *Journal of the History of Ideas.* 76.1 (Jan. 2015): 93-114.

Schilder, Paul. "Psychoanalytical Remarks on *Alice in Wonderland* and Lewis Carroll." *Journal of Nervous and Mental Diseases* 87 (1939): 159-68.

Schiller, Justin G. *Alice's Adventures in Wonderland: An 1865 Printing Re-Described.* New York: Jabberwock, 1990.

Schmidt-Rosemann, Birgit M. "Through the Looking Glass: Mirroring the Evolution of Feminist Theory in the Criticism on Lewis Carroll's *Alice Books.*" MA Thesis: Angelo State University, 2001.

Schwab, Gabriele. "Nonsense and Metacommunication: Reflections on Lewis Carroll." *The Mirror and the Killer-Queen: Otherness in Literary Language.* Bloomington: Indiana UP, 1996. 49-70.

Schwartz, Narda Lacey. "The Dodo and the Caucus Race." *Jabberwocky: The Journal of the Lewis Carroll Society* 6.1 (1977): 3-15.

Scott, Virginia. "Doris Lessing's Modern Alice in Wonderland: *The Good Terrorist* and Fantasy." *International Fiction Review* 16.2 (Summer 1989): 123-27.

Sewell, Elizabeth. *The Field of Nonsense.* London: Chattp amd Windus, 1952.

———. "Law-Courts and Dreams." *The Logic of Personal Knowledge.* London: Routledge, 1961. 179-88.

———. "Lewis Carroll and T. S. Eliot as Nonsense Poets." *T. S. Eliot: A Collection of Critical Essays.* Prentice-Hall, Inc., 1962. 65-72.

————. "The Nonsense System in Lewis Carroll's Work and in Today's World." *Lewis Carroll Observed.* Ed. Edward Guiliano. New York: Clarkson N. Potter, Inc., 1976. 60-67.

————. "Nonsense Verse and the Child." *Explorations in the Field of Nonsense.* Ed. Wim Tigges. Amsterdam, Netherlands: Rodopi, 1987. 135-48.

Shaberman, R. B. "Lewis Carroll and the Society for Psychical Research." *Jabberwocky: The Journal of the Lewis Carroll Society.* 11 (Summer 1972): 4-7.

Shaw, John Mackay. *The Parodies of Lewis Carroll and Their Originals.* Tallahassee: Florida State UP, 1960.

Shea, Brendan. "Three Ways of Getting It Wrong: Induction in Wonderland." *Alice in Wonderland and Philosophy: Curiouser and Curiouser.* Ed. Richard Brian Davis. Hoboken, NJ: John Wiley & Sons, 2010. 93-106.

Sheehan, Kevin James. "Two Childhoods." Dissertation Abstracts International. U of Pennsylvania, 1995.

Sherer, Susan. "Secrecy and Autonomy in Lewis Carroll." *Philosophy and Literature* 20.1 (April 1996): 1-19.

Sherry, John. "Enlightening Alice." *Carrollian: The Lewis Carroll Journal* 13 (Spring 2004): 49-51.

Shires, Linda M. "Fantasy, Nonsense, Parody, and the Status of the Real: The Example of Carroll." *Victorian Poetry* 26.3 (Autumn 1988): 267-83.

Shores, Tyler. "'Memory and Muchness': Alice and the Philosophy of Memory." *Alice in Wonderland and Philosophy: Curiouser and Curiouser.* Ed. Richard Brian Davis. Hoboken, NJ: John Wiley & Sons, 2010. 197-212.

Siemann, Catherine. "'But I'm Grown up Now': *Alice* in the Twenty-First Century." *Neo-Victorian Studies* 5.1 (2012): 175-201.

————. "Curiouser and Curiouser: Law in the *Alice* Books." *Law and Literature* 24.3 (Fall 2012): 430-55.

Sigler, Carolyn. "Introduction." *Alternative Alices: Visions and Revisions of Lewis Carroll's Alice Books: An Anthology.* Lexington: U of Kentucky P, 1997. xi-xxiii.

————. "Authorizing Alice: Professional Authority, the Literary Marketplace, and Victorian Women's Re-Visions of the Alice Books." *The Lion and the Unicorn* 22.3 (September 1998): 351-63.

————. "Brave New Alice: Anna Matlack Richards' Maternal Wonderland." *Children's Literature* 24 (1996): 55-73.

————, ed. *Alternative Alices: Visions and Revisions of Lewis Carroll's Alice Books: An Anthology.* Lexington: U of Kentucky P, 1997.

Silverstone, Ben. "Children, Monsters, and Words in *Alice's Adventures in Wonderland* and *Through the Looking-Glass.*" *Cambridge Quarterly* 30.4 (2001): 319-56.

Simoniti, Barbara. "How to Make Nonsense: The Verbalizing Procedures of Nonsense in Lewis Carroll's Alice Books." *Bookbird: A Journal of International Children's Literature* (Johns Hopkins UP), 53.3 (2015): 66-71.

Simonsen, Theresa. "Modern Educational Ideology in *Alice's Adventures in Wonderland.*" *Carrollian: The Lewis Carroll Journal* 16 (Autumn 2005): 3-8.

Simpson, Roger. "Alice and the Popular Tradition." *Sir John Tenniel: Aspects of His Work.* Rutherford, NJ: Fairleigh Dickinson UP, 1994. 143-63.

Skinner, John. "Lewis Carroll's Adventures in Wonderland." *American Imago* 4 (1947): 3-31.

Sly, Catny. "Re-membering the Self: Psychoanalytic Theory and Subjectivity in Adolescent Fiction." *Papers: Explorations into Children's Literature* 14.1 (2004): 40-48.

Smith, Lindsay. *Lewis Carroll: Photography on the Move.* Chicago: U of Chicago P, 2015.

Snider, Clifton. *The Stuff That Dreams Are Made On: A Jungian Interpretation of Literature.* Wilmette, IL: Chiron Publications, 1991.

————. "Victorian Trickster: A Jungian Consideration of Edward Lear's Nonsense Verse." *Psychological Perspectives* No. 24 (1991): 90-110.

Somers, Sean. "Arisu in Harajuku: Yagawa Sumiko's Wonderland as Translation, Theory, and Performance." *Alice beyond Wonderland: Essays for the Twenty-*

First Century. Ed. Cristopher Hollingsworth. Iowa City: U of Iowa P, 2009. 199-216.

Sontag, Susan. "On Alice in Bed." *Common Knowledge* 2.1 (Spring 1993): 12-14.

Soule, George. "The Golden afternoon of C. L. Dodgson: and How It Grew." *Carleton Miscellany* 13.1 (Fall-Winter 1973): 102-08.

Spacks, Patricia Meyer. "Logic and Language in *Through the Looking-Glass*." *ETC: A Review of General Semantics* 18.1 (1961): 91-100.

Stanhill, Gerald. "The Reverend Charles Lutwidge Dodgson and Lewis Carroll: A Mystery Wrapped in an Enigma." *Carrollian: The Lewis Carroll Journal* 12 (2000): 36-44.

Steig, Michael. "Alice as Self and Other: Experiences of Reading *Alice's Adventures in Wonderland*." *English Studies in Canada* 12.2 (June 1986): 178-91.

Stern, Jefferey. "Lewis Carroll the Surrealist." *Lewis Carroll Observed: A Collection of Unpublished Photographs, Drawings, Poetry, and New Essays*. Ed. Edward Guiliano. New York: Clarkson N. Potter, 1976. 132-43.

———. "Lewis Carroll the Pre-Raphaelite: 'Fainting in Coils.'" *Lewis Carroll Observed: A Collection of Unpublished Photographs, Drawings, Poetry, and New Essays*. Ed. Edward Guiliano. New York: Clarkson N. Potter, 1976. 161-180.

———, ed. *Lewis Carroll's Library*. Silver Spring, MD: Lewis Carroll Society of North America, 1981.

Stevenson, Frank. "Things Beginning with the Letter 'M'." *Concentric: Literary and Cultural Studies* 36.2 (2010): 3-16.

Stoffel, Stephanie Lovett. *Lewis Carroll and Alice: New Horizons*. London: Thames and Hudson, 1997.

———. *Lewis Carroll in Wonderland: The Life and Times of Alice and Her Creator*. New York: H. N. Abrams, 1997.

Stow, Glenys. "Nonsense as Social Commentary in the Edible Woman." *Journal of Canadian Studies/Revue d'Etudes Canadiennes* 23.3 (Fall 1988): 90-101.

Stowell, Phyllis, "We're All Mad Here." *Children's Literature Association*

Quarterly 8.2 (Summer 1983): 5-8.

Suchan, James. "Alice's Journey from Alien to Artist." *Children's Literature* 7 (1978): 78-92.

Sunshine, Linda. *All Things Alice: The Wit, Wisdom and Wonderland of Lewis Carroll*. New York: Clarkson Potter, 2004.

Susina, Jan. "Educating Alice: The Lessons of *Wonderland*." *Jabberwocky: The Journal of the Lewis Carroll Society*. 18.1-2 (Winter-Spring 1989): 3-9.

———. *The Place of Lewis Carroll in Children's Literature*. London: Routledge, 2010.

Sutherland, Robert D. *Language and Lewis Carroll*. The Hague: Mouton, 1970.

Swaab, Peter. "'Wonder' as a Complex Word." *Romanticism* 18.3 (Oct. 2012): 270-80.

Sweeney, Kevin W. "Alice's Discriminating Palate." *Philosophy and Literature* 23.1 (Apr. 1999): 17-31.

Taliaferro, Charles, and Elizabeth Olson. "Serious Nonsense." *Alice in Wonderland and Philosophy: Curiouser and Curiouser*. Ed. Richard Brian Davis. Hoboken, NJ: John Wiley & Sons, 2010. 183-96.

Tamen, Miguel. "Interpretation and Resistance." *Common Knowledge* 18.2 (Spring 2012): 208-19.

Taylor, Alexander L. *The White Knight: A Study of C. L. Dodgson*. Edinburgh: Oliver & Boyd, 1952.

Taylor, Roger. "'Some Other Occupation': Lewis Carroll and Photography." *Lewis Carroll*. Ed. Charlotte Byrne. London: British Council, 1998. 26-38.

———. "'All in the Golden Afternoon': The Photographs of Charles Lutwidge Dodgson." *Lewis Carroll, Photographer: The Princeton University Library Albums*. Eds. Roger Taylor and Edward Wakeling. Princeton: Princeton UP, 2002. 1-20.

Taylor, Roger, and Edward Wakeling, eds. *Lewis Carroll, Photographer: The Princeton University Library Albums*. Princeton: Princeton UP, 2002.

Taylor, Steven M. "Wanderers in Wonderland: Fantasy in the Works of Carroll and

Arrabal." *Aspects of Fantasy: Selected Essays from the Second International Conference on the Fantastic in Literature and Film*. Ed. William Coyle. Westport, CN: Greenwood P, 1986. 163-73.

Telotte, Jeffrey Andrew. "Disney's Alice Comedies: A Life of Illusion and the Illusion of Life." *Animation* 4.3 (2010): 331-40.

———. "Tim Burton's 'Filled' Spaces: *Alice in Wonderland*." *The Works of Tim Burton: Martins to Mainstream*. Ed. Jeffrey Andrew Weinstock. New York: Palgrave Macmillan, 2013. 83-96.

Thody, Phillip. "Lewis Carroll and the Surrealists." *Twentieth Century* 163 (1959): 261-64.

Thomas, Donald. *Lewis Carroll: A Portrait with Background*. London: John Murray, 1996.

Thomas, Joyce. "'There Was an Old Man . . .': The Sense of Nonsense Verse." *Children's Literature Association Quarterly* 10.3 (1985): 119-22.

Throesch, Elizabeth. "Nonsense in the Fourth Dimension of Literature: Hyperspace Philosophy, the 'New' Mathematics, and the *Alice* Books." *Alice beyond Wonderland: Essays for the Twenty-First Century*. Ed. Cristopher Hollingsworth. Iowa City: U of Iowa P, 2009. 37-52.

Tigges, Wim. "An Anatomy of Nonsense." *Explorations in the Field of Nonsense*. Ed. Wim Tigges. Amsterdam, Netherlands: Rodopi, 1987. 23-46.

———. *An Anatomy of Literary Nonsense*. Amsterdam: Rodopi, 1988.

Tigges, Wim, ed. *Explorations in the Field of Nonsense*. Amsterdam: Rodopi, 1987.

Todorov, Tzvetan. *The Fantastic: A Structural Approach to a Literary Genre*. Trans. Richard Howard. Ithaca: Cornell UP, 1975.

Tribunella, Eric L. "Literature for Us 'Older Children': *Lost Girls*, Seduction Fantasies, and the Reeducation of Adults." *Journal of Popular Culture* 45.3 (June 2012): 628-48.

Tseng, Eva Wen-yi (曾文怡), and An-chi Wang (王安琪). "*Alice in Wonderland*: Teaching English through Children's Literature." The 4th International Conference on Foreign Literature Teaching (2009.5.22). Asia University,

Taichung, Taiwan.

Tuerk, Richard. "Upper-Middle-Class Madness: H. G. Wells' Time Traveller Journeys to Wonderland." *Extrapolation* 46.4 (2005): 517-26.

Turci, Mario. "What Is Alice, What Is This Thing, Who Are You?: The Reasons of the Body in Alice." *Semiotics and Linguistics in Alice's Worlds*. Eds. Rachel Fordyce and Carla Marello. Research in Text Theory 19. Berlin: Walter De Gruyter, 1994. 63-73.

Turner, Beatrice. "'Which Is to Be Master?': Language as Power in *Alice in Wonderland* and *Through the Looking-Glass*." *Children's Literature Association Quarterly*35.3 (Fall 2010): 243-54.

Vallone, Lynne. "Notes." In *Alice's Adventures in Wonderland* and *Through the Looking-Glass*. New York: Modern Library / Random House, 2002. 245-62.

Van Doren, Mark. "Lewis Carroll: *Alice in Wonderland*." *The New Invitation to Learning*. New York: New Home Library, 1942.

Vid, Natalija. "The Challenge of Translating Children's Literature: *Alice's Adventures in Wonderland* Translated by Vladimir Nabokov." *ELOPE: English Language Overseas Perspectives and Enquiries* 5.1-2 (2008): 217-27.

———. "Domesticated Translation: The Case of Nabokov's Translation of *Alice's Adventures in Wonderland*." *Nabokov Online Journal* (2008) (no pagination).

Vitacolonna, Luciano. "Aspects of Coherence in Alice." *Semiotics and Linguistics in Alice's Worlds*. Eds. Rachel Fordyce and Carla Marello. Research in Text Theory 19. Berlin: Walter De Gruyter, 1994. 93-101.

Vugt, Peter van. "C. L. Dodgson's Migraine and Lewis Carroll's Literary Inspiration: A Neurolinguistic Perspective." *Linguistica Antverpiensia* 28 (1994): 151-61.

Waggoner, Diane Margaret. "In Pursuit of Childhood: Lewis Carroll's Photography and the Victorian Visual Imagination. PhD Diss. Yale University, 2000.

Wakeling, Edward. "What Happened to Lewis Carroll's Diaries." *Carrollian: The Lewis Carroll Journal* 8 (2001): 51-64.

———. "Register of All Known Photograph by Charles Lutwidge Dodgson."

Lewis Carroll, Photographer: The Princeton University Library Albums. Eds. Roger Taylor and Edward Wakeling. Princeton: Princeton UP, 2002. 240-75.

———. Foreword. *The Mystery of Lewis Carroll: Discovering the Whimsical, Thoughtful, and Sometimes Lonely Man Who Created* Alice in Wonderland. By Jenny Woolf. New York: St. Martin, 2010.

———. *Lewis Carroll and His Circle.* London: I. B. Tauris, 2014.

———. *The Photographs of Lewis Carroll: A Catalogue Raisonné.* Austin: U of Texas P, 2015.

———, ed. *Lewis Carroll's Games and Puzzles.* N. Chemsford, MA: Courier Dover Publications, 1992.

———, ed. *Rediscovered Lewis Carroll Puzzles.* N. Chemsford, MA: Courier Dover Publications, 1995.

Wallace, Richard. *The Agony of Lewis Carroll.* Melrose, MA: Gemini P, 1990.

Walsh, Susan A. "Darling Mothers, Devilish Queens: The Divided Woman in Victorian Fantasy." *Victorian Newsletter* 72 (1987): 32-36.

Waltz, Robert B. *Alice's Evidence: A New Look at Autism.* (self-published e-book) 2014.

Warner, Marina. "'Nonsense Is Rebellion': The Childsplay of Lewis Carroll." *Lewis Carroll.* Ed. Charlotte Byrne. London: British Council, 1998. 7-25.

Warren, Austin. "Carroll and His Alice Books" *In Continuity.* Ed. George A. Panichas. Macon, GA: Mercer UP, 1996.

Watson, George. "Tory Alice." *American Scholar* 55 (1986): 543-52.

Weaver, Warren. *Alice in Many Tongues: Translations of* Alice in Wonderland. Madison: U of Wisconsin P, 1964.

———. "In Pursuit of Lewis Carroll." *Library Chronicle of the University of Texas at Austin* 2 (Nov. 1970). Rpt. *Lewis Carroll at Texas.* Ed. Robert N. Taylor et al. Austin: U of Texas, 1985.

Westmoreland, Mark W. "Wishing It Were Some Other Time: The Temporal Passage of Alice." *Alice in Wonderland and Philosophy: Curiouser and Curiouser.* Ed. Richard Brian Davis. Hoboken, NJ: John Wiley & Sons, 2010.

167-82.

Wheat, Andrew R. "Dodgson's Dark Conceit: Evoking the Allegorical Lineage of Alice." *Renascence: Essays on Values in Literature* 61.2 (2009): 103-23.

White, Alison. "Alice After a Hundred Years." *Michigan Quarterly Review* 4 (1965): 262-64.

White, Mark D. "Jam Yesterday, Jam Tomorrow, but Never Jam Today." *Alice in Wonderland and Philosophy: Curiouser and Curiouser*. Ed. Richard Brian Davis. Hoboken, NJ: John Wiley & Sons, 2010. 19-32.

Whiting, Daniel. "Is There Such a Thing as a Language?" *Alice in Wonderland and Philosophy: Curiouser and Curiouser*. Ed. Richard Brian Davis. Hoboken, NJ: John Wiley & Sons, 2010. 107-24.

Williams, James A. "Lewis Carroll and the Private Life of Words." *Review of English Studies* 64 (Sept. 2013): 651-71.

Williams, Sidney Herbert, Falconer Madan, and Roger L. Green, eds. *The Lewis Carroll Handbook*. Rev. ed. Oxford: Oxford UP, 1962.

Willis, Gary. "Two Different Kettles of Talking Fish: The Nonsense of Lear and Carroll." *Jabberwocky: The Journal of the Lewis Carroll Society* 9.4 (1980): 87-94.

Wilson, Edmund. "C. L. Dodgson: The Poet Logician." (1932). *The Shores of Light*. New York: Farrar, Straus & Giroux, 1952. 540-50.

Wilson, Robin. *Lewis Carroll in Numberland: His Fantastical Mathematical Logical Life*. New York: Norton, 2008.

Winchester, Simon. *The Alice behind Wonderland*. Oxford: Oxford UP, 2011.

Witchard, Anne. "Chinoiserie Wonderlands of the Fin de Siècle: Twinkletoes in Chinatown." *Alice beyond Wonderland: Essays for the Twenty-First Century*. Ed. Cristopher Hollingsworth. Iowa City: U of Iowa P, 2009. 155-73.

Wong, Mou-lan（王沐嵐）. "Visualizing Victorian Nonsense: Interplay between Texts and Illustrations in the Works of Edward Lear and Charles Lutwidge Dodgson." PhD Dissertation, University of Oxford, 2009.

———. "Generations of Re-generation: Recreating Wonderland through Text,

Illustrations, and the Reader's Hands." *Alice beyond Wonderland: Essays for the Twenty-First Century*. Ed. Cristopher Hollingsworth. Iowa City: U of Iowa P, 2009. 135-51.

Wood, James Playsted. *The Snark Was a Boojum: A Life of Lewis Carroll*. New York: Pantheon, 1966.

Wood, Michael. "'Who in the World Am I?'." *New York Times Book Review* 14 June 2015: 15(L).

Woolcott, Alexander. Introduction. *The Complete Works of Lewis Carroll*. (1939). Rpt. "Lewis Carroll's Gay Tapestry." *Aspects of Alice: Lewis Carroll's Dreamchild as Seen Through the Critics' Looking-Glass 1865-1971*. Ed. Robert Phillips. New York: Vanguard, 1971. 50-56.

Woolf, Jenny. "Lewis Carroll's Shifting Reputation: Why Has Popular Opinion of the Author of *Alice's Adventures in Wonderland* Undergone Such a Dramatic Reversal?" *Smithsonian Magazine* (April 2010).

———. *The Mystery of Lewis Carroll: Discovering the Whimsical, Thoughtful, and Sometimes Lonely Man Who Created Alice in Wonderland*. New York: St. Martin, 2010.

Woolf, Jenny, ed. *Lewis Carroll in His Own Account: The Complete Bank Account of the Rev. C. L. Dodgson*. London: Jabberwocky P, 2005.

Woolf, Virginia. *The Moment and Other Essays*. London: Hogarth, 1947.

Wright, Julia M. "'Which Is to Be Master': Classifying the Language of Alice's 'Antipathies.'" *English Studies in Canada* 20.3 (Sept. 1994): 301-17.

Wu, Ying-Chi. "A Story of the Past Makes Its Way to the Present: Mobility in *Alice's Adventures in Wonderland*." Dissertation Abstracts International. Pennsylvania State U, 2012.

Wullschläger, Jackie. *Inventing Wonderland: Victorian Children as Seen Through the Lives and Fantasies of Lewis Carroll, Edward Lear, J. M. Barrie, Kenneth Grahame and A. A. Milne*. London: Methuen, 1995.

Yaguelo, Marina. *Language Through the Looking Glass: Exploring Language and Linguistics*. Trans. Trevor Harris. Oxford: Oxford UP, 1998.

Zadworna-Fjellestad, Danuta. Alice's Adventures in Wonderland *and* Gravity's Rainbow: *A Study in Duplex Fiction.* Stockholm: Stockholm UP, 1986.

Zipes, Jack David. *Fairy Tales and the Art of Subversion* (1983). London: Routledge, 1991.

———. *Why Fairy Tales Stick: The Evolution and Relevance of a Genre.* London: Routledge, 2006.

———, ed. *Victorian Fairy Tales: The Revolt of the Fairies and Elves.* London: Routledge, 1987.

Zirker, Angelika. "Alice Was Not Surprised: (Un)surprises in Lewis Carroll's *Alice*-Books." *Connotations* 14.1-3 (2004/2005): 19-37.

———. "Dreaming Alice: Contemporary Stories Inspired by Lewis Carroll's *Alice* Books." *Carrollian: The Lewis Carroll Journal* 19 (Spring 2007): 32-45.

———. "(Un)surprises Uncovered: A Reply to Jennifer Geer, Jean-Jacques Lecercle, and Michael Mendelson." *Connotations* 18.1-3 (2008/2009): 215-29.

國內碩博士論文（依年代排序，論文英文篇名在前表示以英文撰寫，中文篇名在前表示以中文撰寫）：

王瑋（Wang Wei）。"Disrupting the Ladders of Hierarchy: Metamorphosis in Lewis Carroll's *Alice's Adventures in Wonderland* and *Through the Looking-Glass*（階層權力之瓦解：路易斯・卡洛愛麗絲夢遊仙境）"。靜宜大學英國語文學系碩士論文，1999。

徐曉珮（Hsu Hsiao-pei）。"Lewis Carroll's *A Tangled Tale*: A Critical Reading and Translation路易斯・卡羅《解結說故事》評論暨中譯"。國立臺灣大學外國語文學系碩士論文，2000。

王沐嵐（Wong Mou-lan）。"A Paratextual Study of the Interactions between Text and Illustrations in C. L. Dodgson's Alice Books邊緣文本之探討：「愛麗絲漫遊奇境」及「鏡中奇緣」的文字與插圖之互動"。國立台灣大學外文研究所碩士論文，2002。

江翠琴。〈路易斯・卡羅艾莉絲夢遊仙境中的自我追尋之旅及其在國中英語

教學上之應用 The Journey of Self-identity in Lewis Carroll's *Alice's Adventures in Wonderland* and Its Application to English Teaching〉。國立彰化師範大學英語學系教學碩士論文，2005。

陳佳汶。〈噗噗維尼如是說——無稽的意涵探究 So Does Winnie-the-Pooh Say: A Study on the Meaning of Nonsense〉。國立台東大學兒童文學研究所碩士論文，2006。

馬子凡（Ma Tzu-fan）。〈論《愛麗絲漫遊奇境》與《鏡中奇緣》之顛覆〉。台北市立教育大學應用語言文學研究所碩士論文，2005。

黃玲毓（Huang Ling-yu）。"Aspects of Travel: A Deleuzian Reading of *Alice's Adventures in Wonderland* 旅行面面觀：以德勒茲閱讀《愛麗絲夢遊仙境》"。國立政治大學英國語文研究所碩士論文，2007。

陳立晨（Chen Li-chen）。〈缺席的複本——論《愛麗絲夢遊仙境》中的虛擬性 The Absence of Double: The Virtuality in *Alice's Adventures in Wonderland* and *Through the Looking Glass*〉。國立中山大學哲學研究所碩士論文，2007。

鄭詠中（Cheng Yung-chung）。〈尋找文字與動畫之間的路徑——以迪士尼動畫《愛麗絲夢遊仙境》為例 The Link Between Text and Animation in the Disney Animation Alice in Wonderland〉。國立台東大學兒童文學研究所碩士論文，2007。

許瑋昀（Hsu Wei-yun）。"Madness and Truth: Dream and Mirror in *Alice's Adventures in Wonderland* and *Through the Looking-Glass* 瘋狂與真實——《愛麗絲夢遊仙境》與《鏡中奇緣》的夢與鏡子〉。國立東華大學創作與英語文學研究所碩士論文，2008。

顏玲琳（Yen Ling-lin）。"A Carnival Interpretation of Lewis Carroll's Alice Text: *Alice's Adventures in Wonderland* 路易斯‧卡洛爾《愛麗絲》文本研究——一種嘉年華式的解讀〉。國立台北教育大學兒童英語教育研究所碩士論文，2008。

卓慧玉。〈以愛麗絲夢遊仙境之故事文本探索網際空間的閱覽方式 Exploring the Navigation Methods in the Cyberspace through the Story Context within *Alice's Adventures in Wonderland*〉。朝陽科技大學建築及都市設計研究所

碩士論文，2008。

張霈喬。〈愛麗絲夢遊仙境圖像研究An Iconographic Study of Alice's Adventures in Wonderland〉。國立雲林科技大學視覺傳達設計系碩士論文，2008。

李昭宜。〈愛德華‧李爾《無稽詩集與無稽詩歌》翻譯研究The Translation of Edward Lear's *The Book of Nonsense and Nonsense Songs*〉。佛光大學文學研究所碩士論文，2008。

許婉婷（Hsu Wan-ting）。〈論《愛麗絲漫遊奇境》與《鏡中奇緣》中空間的多重意涵Multiple Space in *Alice's Adventures in Wonderland* and *Through the Looking-Glass*〉。國立台東大學兒童文學研究所碩士論文，2009。

吳恬綾。〈《大傢伙的蹤影》童詩集中譯自評──探胡鬧詩之翻譯策略與雙語圖文本侷限Translating *Something Big Has Been Here*: Commentary on the Translation Strategies of Nonsense Verse and the Limits of Bilingual and Illustrated Translations〉。國立台灣師範大學翻譯研究所碩士論文，2010。

佟韻玫。〈文字遊戲的翻譯：以路易士‧卡洛爾的愛莉絲夢遊仙境為例The Translation of Wordplay in Lewis Carroll's *Alice's Adventures in Wonderland*〉。國立雲林科技大學應用外語系碩士論文，2011。

顏嘉華。〈從語言學門徑來理解《愛麗絲漫遊奇境記》A Linguistic Approach to Understanding *Alice's Adventures in Wonderland*〉。輔仁大學語言學研究所，2011。

蔣裕祺（Chiang Yu-chi）。"Biophilosophy and the Logic of Nonsense: A Deleuzian Reading of Lewis Carroll's Two *Alice* Books生命哲學與荒誕邏輯：卡洛爾《愛麗絲夢遊仙境》與《愛麗絲鏡中奇遇》的德勒茲式閱讀"。國立台灣師範大學英語學系博士論文，2012。

周惠玲。〈永恆小孩or混沌怪獸？──從卡洛爾與斯凡克梅耶的「愛麗絲」看童年建構An Eternal Child, or A Chaos Boojum?: The Construction of Childhood in Carroll's and Svankmajer's "Alice"〉。國立台東大學兒童文學研究所碩士論文，2012。

朱淑華。〈愛德華‧李爾（Edward Lear）無稽美學研究The Study Of Nonsense Aesthetics in Edward Lear〉。國立台東大學兒童文學研究所碩士

論文，2012。

鑽幸慧。"*Alienation and Self-Discovery in The Little Prince, Stuart Little* and *Alice in Wonderland*《小王子》、《小史都華》和《愛麗絲夢遊仙境》中的異化和自我發現〉。中國文化大學英國語文學系碩士論文，2014。

中文參考資料（按出版年代排序）：

林怡君。〈愛麗絲的旅行：兒童文學中的女遊典範〉。《中外文學》27.12（1999年5月）：頁79-96。

林文淇、單維彰。國立中央大學 Spring 1999 課程網站：「英文與數學閱讀：愛麗絲夢遊仙境」。<http://www.ncu.edu.tw/~wenchi/english/carroll/index.htm>。

〈《愛麗絲夢遊仙境》文本分析〉。<http://blog.roodo.com/lucialucy/archives/8837301.html>。

劉鳳芯譯。Perry Nodelman 著。《閱讀兒童文學樂趣》（*The Pleasures of Children's Literature*）。台北：天衛文化，2000。

張華。〈《愛麗絲漫遊奇境》臺灣中文全譯版本比較其探討〉。《兒童文學學刊》4（2000年11月）：頁62-83。

———。〈華文世界「愛麗絲」故事研究現況及展望〉。《兒童文學學刊》6（2001年11月）：196-221。

———。〈從「因巧見難」到「因難見巧」——談雙關語的圖解、分析與翻譯〉。《翻譯學研究集刊》6（2001年12月）：頁93-117。

———。〈譯者與作者的罕見巧合——趙元任的「阿麗思」中文翻譯〉。《翻譯學研究集刊》7（2002年12月）：109-35。

婁美蓮譯。舟崎克彥、笠井勝子著。《愛麗絲夢遊仙境：路易斯・卡洛爾與兩本愛麗絲》。台北：台灣麥克，2002。

謝瑤玲譯。John Rowe Townsend 著。《英語兒童文學史綱》（*Written for Children: An Outline of English-Language Children's Literature*）。台北：天衛文化，2003。

釣浩康著、簡瑞宏譯。《與愛麗絲同遊奇妙の數學世界》。台北：時報文

化，2003。

思果。〈《阿麗思漫遊奇境記》選評〉。北京：中國對外翻譯，2004。

古佳豔。〈兔子洞與鏡中世界：《愛麗絲夢遊仙境》導讀〉。《愛麗絲夢遊仙境》。賈文浩、賈文淵譯。台北：商周，2005。頁5-9。

單維彰。〈《愛麗絲夢遊仙境》專文推薦〉。《愛麗絲夢遊仙境》。賈文浩、賈文淵譯。台北：商周，2005。頁15-20。

幸佳慧。《掉進兔子洞——英倫童書地圖》。台北：時報文化，2005。

吳文薰。〈兒童文學作品在英語教學中的應用——以《噗噗的世界》和《愛麗絲夢遊仙境》為例 The Language Games and EFL Pedagogy in *The World of Pooh* and *Alice in Wonderland*〉。《兒童文學學刊》13（2005年7月）：161-82。

劉鳳芯。〈《愛麗絲夢遊仙境》中的無稽、死亡、與自我正名〉。〈《鏡中奇緣》在前往皇后寶座的路上〉。《愛麗絲夢遊仙境＆鏡中奇緣》導讀。陳麗芳譯。台北：高寶，2006。頁6-11，頁130-33。

賴慈芸。書評：〈讓人驚豔的舊譯本——趙元任《阿麗思漫遊奇境》的啟發〉。《中國時報》2000.9.30。

賴慈芸。〈論童書翻譯與非文學翻譯相左之原則——以趙元任《阿麗思漫遊奇境記》為例〉。《台灣童書翻譯專刊》。台北：天衛，2000。

Chiang, Yu-chi（蔣裕祺）. "Nonsense or Non-sense? Lewis Carroll's Nonsense Game Played upon Victorian Didactic Poetry 荒誕或荒謬？路易斯卡萊爾對維多利亞時代教誨詩之戲擬." Paper delivered at the 17th Annual English and American Literature Association Conference on Senses and Literature, Soochow University (Taipei, Taiwan), 14 Nov. 2009.

Chiang, Yu-chi（蔣裕祺）. "The Language Game of Nonsense in Lewis Carroll's Two *Alices* 路易斯卡萊爾《愛麗絲夢遊仙境》及《愛麗絲鏡中奇緣》中荒誕的語言遊戲." 。Paper delivered at the Second International Deleuze Studies Conference, University of Cologne (Germany), 10-12 Aug. 2009.

王淼。〈「目的論」指導下的兒童文學翻譯——*Alice's Adventures in Wonderland* 譯本對比分析〉。《遼寧師範大學學報》32.4（2009年7月）：87-90。

雷靜。〈《阿麗絲漫遊奇境記》兩個中文譯本的比較——基於歸化和異化的

分析視角〉。《中南民族大學學報》29卷5期（2009）：172-76。

林文淇。〈兔子洞裡的心血結晶〉《挖開兔子洞──深入解讀愛麗絲漫遊奇境》推薦序文。台北：遠流，2010。頁9-10。

向鴻全。〈戲仿的習作──論沈從文《阿麗思中國遊記》〉。《2010海峽兩岸華文文學學術研討會論文集》。台北：中國現代文學學會，2010。

謝鴻文。〈《愛麗絲漫遊奇境》與台灣通話之夢境敘述比較 The Dream Narrative in *Alice Adventures in Wonderland* and Taiwanese Fairy Tales : A Comparison〉。《靜宜語文論叢》4.2（2011年6月）：69-90。

黃盛。《飛越愛麗絲：邏輯、語言和哲學》。台北：新銳文創，2012。

童元方。〈趙元任的翻譯用心──《阿麗絲漫遊奇境記》〉。《譯心與譯藝──文學翻譯的究竟》。台北：書林，2012。頁116-21。

盧詩韻、盧詩青。〈日本版的《愛麗絲夢遊仙境》──析論宮崎駿動畫《神隱少女》的視覺創作意涵 Japanese Version of *Alice in Wonderland*: Analyzing the Visually Creative Significance from Miyazaki Hayao Animation *Spirited Away*〉。《藝術研究學報》5.2 (2012年10月)：83-96。

蔡欣純。〈品嚐玩味、探索自我《愛麗絲書》及《史凱力》中的食物經驗〉。《兒童文學新視界》。古佳豔主編。台北：書林，2013。頁145-84。

賴維菁。〈兔子、魔法、音樂隊：跟著童話與幻奇去旅行〉。《兒童文學新視界》。古佳豔主編。台北：書林，2013。頁185-229。

王沐嵐。〈重現《愛麗絲》：維多利亞式奇觀與光學〉。《英美文學評論》22（2013年6月）：61-82。

Chiang Yu-chi（蔣裕祺）。 "Nonsense Humor: A Battlefield for Ludwig Wittgenstein or a Playground for Lewis Carroll 荒誕幽默：維根斯坦的殺戮戰場或是路易斯卡萊爾的遊樂園"。《修平人文社會學報》20（2013年3月）：27-46。

郭家珍。〈《愛麗絲夢遊仙境》與《鏡中奇緣》中的檔案、夢與荒誕〉。《英美文學評論》「奇幻與文學書寫專題」24（2014）：79-102。

草間彌生繪、王欣欣譯。《草間彌生╳愛麗絲夢遊仙境》（150週年紀念經典書盒版）。台北：麥田，2015。

小説精選

愛麗絲幻遊奇境與鏡中奇緣

2022年10月二版　　　　　　　　　　　　定價：新臺幣450元

有著作權・翻印必究

Printed in Taiwan.

著　　　者	Lewis Carroll	
插　畫　家	Sir John Tenniel	
譯　注　者	王　安　琪	
叢書主編	梅　心　怡	
校　　　對	陳　佩　伶	
封面設計	高　偉　哲	

科技部經典譯注計劃

出　版　者	聯經出版事業股份有限公司	副總編輯	陳　逸　華
地　　　址	新北市汐止區大同路一段369號1樓	總　編　輯	涂　豐　恩
叢書主編電話	(02)86925588轉5305	總　經　理	陳　芝　宇
台北聯經書房	台 北 市 新 生 南 路 三 段 9 4 號	社　　　長	羅　國　俊
電　　　話	(0 2) 2 3 6 2 0 3 0 8	發　行　人	林　載　爵
台中辦事處	(0 4) 2 2 3 1 2 0 2 3		
台中電子信箱	e-mail:linking2@ms42.hinet.net		
郵 政 劃 撥 帳 戶 第 0 1 0 0 5 5 9 - 3 號			
郵 撥 電 話 (0 2) 2 3 6 2 0 3 0 8			
印　刷　者	世 和 印 製 企 業 有 限 公 司		
總　經　銷	聯 合 發 行 股 份 有 限 公 司		
發　行　所	新北市新店區寶橋路235巷6弄6號2F		
電　　　話	(0 2) 2 9 1 7 8 0 2 2		

行政院新聞局出版事業登記證局版臺業字第0130號

本書如有缺頁，破損，倒裝請寄回台北聯經書房更換。　　ISBN　978-957-08-6537-0 (平裝)
聯經網址 http://www.linkingbooks.com.tw
電子信箱 e-mail:linking@udngroup.com

國家圖書館出版品預行編目資料

愛麗絲幻遊奇境與鏡中奇緣 / Lewis Carroll著．
Sir John Tenniel插畫．王安琪譯注．二版．新北市．聯經．
2022.10．480面．14.8×21公分．(小說精選)

譯自：Alice's adventures in wonderland: through the
looking-glass
ISBN　978-957-08-6537-0（平裝）

[2022年10月二版]

873.596　　　　　　　　　　　　　　　111013643